我的狼爸时代

Wolf Dad

新世界出版社
NEW WORLD PRESS

图书在版编目（CIP）数据

我的狼爸时代 / 老栾著. -- 北京 : 新世界出版社, 2017.5

ISBN 978-7-5104-6243-6

Ⅰ. ①我… Ⅱ. ①老… Ⅲ. ①长篇小说－中国－当代 Ⅳ. ①I247.5

中国版本图书馆CIP数据核字(2017)第076896号

我的狼爸时代

作　　者：老　栾
责任编辑：黄　倩
责任印制：李一鸣
出版发行：新世界出版社
社　　址：北京西城区百万庄大街24号(100037)
发 行 部：(010)6899 5968　(010)6899 8705（传真）
总 编 室：(010)6899 5424　(010)6832 6679（传真）
http://www.nwp.cn
http://www.nwp.com.cn
版 权 部：+8610 6899 6306
版权部电子信箱：nwpcd@sina.com
印　　刷：北京亚通印刷有限责任公司
经　　销：新华书店
开　　本：880mm×1230mm　1/32
字　　数：150千字　印张：7.625
版　　次：2017年5月第1版　2017年5月第1次印刷
书　　号：ISBN 978-7-5104-6243-6
定　　价：35.00元

Contents

目录

1 / 我承认我不是一个称职的父亲

傍晚，我肩背着渔包骑车回家。一路上琢磨不透，S 城徐家堰的鱼到底是患了口腔糜烂、急慢性肠炎、胃溃疡，还是肺穿孔？

听当地人说：白露时节鱼好上钩。

而眼看寒露临近，我仍旧鱼须无获。还是暑季钓的鱼好吃——纯野生、纯天然，鱼肥肉嫩，味道鲜美，跟池塘养殖的鲤鱼绝对不是一个等量级。

怪了，正当时节别人也曾偶有鱼获，我何故屡屡空手而归？

鱼食、撒窝、钓位、钓法没什么新鲜的。我的杀手锏——标前丢闪光棒，钩柄套荧光球，向来屡试不爽，但这次也失去了效力。为此，我心有不甘。

怎么办？换个做窝法——用酒糟，图味浓。俗称：要钓先喂。可气的是这个塘子大鱼少小鱼多。这一个多月，我只喂小崽儿就是勾引不来它们的爹娘祖辈。

昨天，我买了三斤油枯，用纱布缝成口袋扔进水里。这种做法见效慢，油枯的雾化度也慢。鱼嗅着味道来了想吃，隔着纱布干着急管吃不管饱。

三斤油枯足够浸泡十天八天，这倒传达出一个信息："此地油枯三十两，水底阿二不曾吃。"酒糟如是速战速决，油枯则是持久战。

一般北方钓友采用此方法，可南方行得通吗？加之这堰塘水肥，坐享其成惯了的大爷们如果扭头不顾反倒给白条、火鳞片子安上个家，俗称：闹小鱼儿，那真是画蛇添足，得不偿失，偷鸡不成反蚀把米——自找一件令人头疼的事情。

想了想，我还是不甘心，管它呢，试试看吧。没有办法的办法就是一个办法。

今天刚开始，胜败优劣，明后几天方可露出端倪。

进了家，推开门，小子在家呢。

"今天刚走，一个住校的初中学生怎么又回来了？"我看着他纳闷地问。

涂晓看着我怯生生地说："我可能要挨揍……"

一听是"挨揍"两字，而非"打架"一词，我表情一松道：

“又是隔壁门的邻居李飙？”

我卸下渔包抬眼盯着小子，看是他神经过敏还是确有其事。

涂晓帮我支上自行车，点头道：“下午我看见他去普通班召集人。”

李飙在学校里够不上大哥级别，顶多二马仔一类高级衰，胆小如鼠才混到烂仔堆里。在我眼里，从来汉奸比鬼子更可恶。我可不愿意涂晓和李飙有什么纠葛。

我埋怨道：“你招惹他干吗，不是一再强调要躲他远点吗？敬而远之，远而视之。”

这小子怎么教都不会。领先一步是前驱，超前两步做烈士。正当防卫是男儿，防卫过当成罪人。该如何指点这小子？尺度拿捏不准，委实不好把握。

“那天我跟老师借的足球，我们几个同学想踢足球。他却跑来不让我们玩，要抢我们的足球……”

“细节不听，冰冻三尺非一日之寒。你俩的梁子早结上了，不是这一件事。老话说不怕贼偷就怕贼惦记，躲得了初一躲不过十五。我问你，怎么让贼惦记上的？”

“不愿意当衰。”涂晓垂着头，一只脚在地上画圆圈，“可能是眼神里露出来内心的不服气吧？他就是看我不顺眼，我也看他不顺眼。”

“哎呀！喜怒无形于色难道学不来吗？”我的脸皱成一团，“真能急死谁。你看不顺眼非要表现出来吗？！”

“正在学呀，一时半会儿也学不会。”小子自己有理。

“这是学得不够！快去学！”一看见涂晓愣头愣脑的样子我心里就着急，恨不得啐他一脸口水，“做人要勤奋，这个不需要遗传基因。”

涂晓不以为意，低声道：“请一小时假，7点钟晚自习。”

我也没多话，转身上楼，点上支烟，泡上杯茶，坐在竹椅上沉思，始终犹豫不安。

平日，涂晓周末回家，我俩的话题自然转移到他的在校生活及学习上的方方面面。我作为父亲，准确地说，作为他的教练，给予他这样或那样的指点。他把我当哥们儿，父子俩身处异地，茕茕孑立，自认彼此无话不谈。

最近连续几个星期，小子的闲言碎语中总是夹杂着李飙如何找碴儿欺负他的事……自己的儿子自己清楚，小子平时会那么老实吗？总让这个李飙欺负？

最初，我曾产生过疑问。但小子不说，我也没细问。但我心里清楚，自己的儿子也不是一盏省油的灯。

在北京上学时，他曾有三大罪状：上网、撒谎、打架。这三样罪状使他成为学校普通班里成绩最差的学生。我一心想救他，他也甘心要自救，道远心诚地从大城市来到小乡村S城补课。经过“素质教育”后，再来接受“应试教育”，以求自身的改变。

离开北京的重点学校，落脚在S城郊外一所不起眼的蘑菇中学。给他蹲一年班，重新复读初二。我知道这是找罪受、找苦吃。但我的目的仅一个：劳教两年，伐毛洗髓，脱胎换骨，改头换面。然后，挥戈回日再返北京去考重点高中。

之所以选S城，也是因为老张。

老张的爱人在S城，嫌北京的雾霾严重，不愿意在北京生活。两人也总不能两地分居，这不老张也下决心全家搬到了S城生活。这里安静宜居，空气质量好，住惯了倒也不愿意回北京了。

所以一听我说涂晓想转到外地学校复读，他立刻提出到S城，他在那边认识人多，也可以找到好的复读学校。

我一听也没犹豫，拉着小子就去了S城。

起初各种不适应，每天耳边听着各种杂七杂八的口音都觉得闹心。

摊开手指，再掰开脚趾算，我们来S城已经十三个月了，这一年多过来，倒也慢慢适应了这里的生活起居。

依照以往的惯例，S城的这所蘑菇学校从初一到初三，这三个实验班的学生们必须重做调整。涂晓由原来的1班调到3班，恰好和李飙分在同一个班里。

自打两人分在一个班后，就总能从涂晓嘴里听到李飙的消息。所以我第一个记住的就是这个名字。因为听到的都是负面的消息，对李飙我的印象也极差。

来S城的这一年多，我从涂晓天真的脸上还是看到了些许的变化。他变得思维正常了，笑得灿烂了，淡化了以往少年老成的消沉和隐忍不言，骨子里深埋着的那一股仇恨与凶狠也渐渐远去。

我觉得这是好事。以前从他嘴里听到什么坏同学的名字，说出来的都是打过架的。来S城后，至少他不敢轻易打架了。像李飙这样的，以前他早就动手了，现在他能冷眼旁观，这就算是不小的进步了。

记得曾有老师向我反映，说："这孩子打架的时候，两眼露出凶光，非常可怕。每次他犯事，班主任老师气得要打他，他能攥住班主任的手长达半个多小时。"

一场拳赛每回合三分钟，一个孩子哪里有那么大力气能长达半个多小时？对此，我心生疑虑，这说法是否有点夸张？在我眼里，总觉得自己的孩子没那么嚣张。

"是，有这么回事，"涂晓却笑着说，"但确实夸张了，绝对没有半个多小时。那次，张赛华也挨了揍……"

"张赛华？就是免交学费的那位同学？同日不同年，比你小一岁。学习成绩特好的那个……他父亲好像在你们学校当杂工？"

"是他，"涂晓说，"我当时有点害怕，怕老师真打我，我就一把攥住老师的手，吓了他一跳。其实我是在哀求，我没打算还手。我说：'老师，我错了，能不能别揍我。'老师把我叫到办公室里念校规，还问我：'知道你错哪儿了吗？'我说：'不知道，反正就是害怕。'后来，老师笑了也把我放了，说：'下回再违反校规就得真打。'"

我用手指着他："没错，你是该打。免得你忘性大，记不住，下次再犯。"说完，我也只是微微一笑，耸耸肩而已。

我吸一口烟，吐出来一圈烟雾。

我问他："你记得刚来S城时打的第一场架吗？也是自以为被人欺负了。"

"记得。"小子默默地点点头。

"那你还记得咱俩的谈话吗？"我严肃地再问。

"记得。所以我跑回来问你，我不知道怎么办了……就知道自己闯祸了……"小子愣愣地看着我。

"既然知道打架是闯祸，那就不要再打了。我记得当时是这么跟你说的吧？"

小子点点头："但是问题一直没解决，有些事不打架好像就解决不了。"

"解决不了有老师啊，要老师干吗？！"我反问。

"可有些事老师也不管啊。"小子反驳。

"有什么事老师解决不了？"我奇怪地问。

"李飙的事老师就管不了。李飙抢我们的足球，这种小事还用找老师汇报？我们又不是三岁孩子了。"

话题又回到李飙身上，我头都快大了："老师管不了再说，你得先让老师管！"

"李飙不承认抢足球，他在老师面前说想跟我们一起玩，说我们不愿意跟他玩……他心眼坏，老师也信他的话了。那你说我该怎么办？"小子向我求助。

"其实，我也不知道……"这句话我堵在喉咙里，不让它发出来，可最终它还是跑了出来。

我承认我不是一个称职的父亲。

当孩子遇到难题的时候，我不能保证给他的答案是标准答案。当他问我时，用这样愣愣的眼神看着我时，其实我真的没有答案。

2 / 输了婚姻，不能再失去孩子

时近六点，新租住的房间里面空空荡荡。S 城的房价便宜，每年仅需付很少的租金即可入住。房子有七十多平方米的起居室，外加屋后四十来平方米的小院儿，两室一厅附带一个遮阳棚的顶楼平台。绿瓦青砖，雕梁画栋，我和小子一眼相中，都很满意。比起北京那拥挤的小窝，这里好太多了。只是美中不足的是，室内暗褐色的陈旧家具及装饰装潢稍显寒酸了一点儿。反正又不是自己的家，又不常住，这样的条件我已是相当满足了。

我在卧室里独坐桌前读书，平时除了钓鱼，我只喜欢读书。可能自己没上过大学，心里总觉得读书少低人一头。逮着机会，我就想多读点书，别落别人太多。仿佛多读了书，就能消除我内心的自卑感一样。没有人知道我读书是因为自卑。尤其是在孩子面前，我每天都要坚持读书，就想给他立个爱读书的好榜样。

才翻了几页，就听到楼底下有轻微的开关门声响。我知道一定是这小子回来了。

涂晓蹑手蹑脚地上楼。看到我敞开的屋门他立刻心惊肉跳。

我转回头见他面色苍白、神色凄惶，故作轻松地说：“又不是第一次了，别紧张，进来吧……”

涂晓缩头缩脑地从包里翻出一张纸条递给我。上面写道：“爸，首先向你道歉，我又犯错了。我……又打架了……不敢当面承认是怕你生气，我真的不想再惹你生气了……”

低头看完纸条，我抬头审视着他的眼睛，同时也在思索背后的另一层含义：这是逃避惩罚的做法，还是开始有所醒悟了？

涂晓的话我从来不敢信。就像他向我保证再也不打架了，我能信吗？

自从跟他母亲离婚后，涂晓跟我过的这两年，瞎话说得比实话都真，我早被他骗怕了。现在即便他讲真话我也权当假话听，唯恐再掉进他的连环套里，又是狼来了的故事。

记得涂晓上小学的时候，我就被他骗了整整好几年。说起这事来，我自己都想笑。那是有一次我尿急，就趁人不注意在小树林里解决了。小子看到这一幕后非常生气，他呵斥我不讲文明。我跟他辩解就是尿急没办法。他说尿急也得忍着，这是一个公众形象问题。为此他鄙视我。

小子说得没错，但我当时并没当回事。谁没个三急啊，狗急了还跳墙呢。

结果第二天小子跟我说："爸，我把你随地小便的事写进作文里了，老师当范文给全班同学读了。"

我一听，肺都快气炸了："你小子就缺德吧，你这么一写，不是让老师和全班同学都笑话我吗？你是我亲儿子吗？！"

"你知道丢人还干？"小子挖苦我。

我看他那坏样更气："你就作吧，以后我还怎么去给你开家长会？我还有脸见人吗？！"

"没事，还有妈呢，你不去，老妈可以替你开家长会。"小子笑笑说。

从此小学这几年，全是他妈妈去开家长会，我再也不敢露脸。这事说小可小，说大可大，这是一个涉及公众形象的问题。像我这种死要面子的人还怎么见他班主任？

谁知几年后，等涂晓上了初中，有一天他突然对我说："爸，你真好骗。"

我当时一愣，没明白他说的话是什么意思。

这时他才跟我说写作文的事是假的，他怎么可能把自己老爸随地小便的事写进作文里啊。他就是不想让我去开家长会，省得我回家揍他。

我这一听，立刻火大了，对小子一顿揍。

居然骗了我这好几年，你说这小子有没有鬼心眼。一个小人精把我耍得团团转，那时他才多大啊！

想到这儿，再看看小子这张幼稚又透着老练的脸，脸拉得老长。

我指着桌面表情严肃地说："书里说：'逆境、苦难、挫折，是一个人的最大财富。'前提是针对有抱负而非背包袱的人。现实中，逆境使多数人随波逐流，逆流而上者少之又少。不信吗？哪位农民不炙肤皲足，强出头的有几人？城市人高谈阔论可以，自以为是之能，不惧困难与挫败敢于冒险的又有几人？为什么呢？"

"老爸，你这话是不是有点过了？乡下人、城里人没谁招惹你，你找灭呢吧？"小子斜眼看我。

我情绪稍显得激动，不管不顾道："鹰少鸡多。鹰，即便在鸡群里最后仍要展翅高飞，翱翔于蓝天。鸡，在不在鸡群里也永远是鸡，望鹰莫及。遇事先问自己，是鹰还是鸡？是鹰，忍常人不忍干常人不干；是鸡，可以随心所欲任惯性所为，那样既省心又省力。只是，昊天不吊……想帮，我无能为力；想助，自助者天助。只见鹰击长空，也见鸡抖翅膀，一个在天一个在地。又为什么？因为鹰志存高远。天，才助给它一对坚韧的翅膀。"

"给恃强凌弱者以回击不也符合男人的性格。"涂晓偷换概念。

我随即有些不耐烦道："那不属于你的职责范围。学生，应以学为主；做人，应以忍为纲。"

"让一让二不让三。忍也得忍得有道理，忍得没道理也是白忍。"涂晓据理力争地跟我强辩。

“那是多数人的理论。你是我的作品，天生不同凡响。能忍，则让人成就大事，创造奇迹；不忍，恰恰符合市井草民的逻辑。也许你知道越王勾践，不知道陪着他卧薪尝胆的还有一对孪生兄弟：一个叫承受力，一个叫意志力。对鹰来说，承受是块画布，包容各色颜料任其涂抹，犯而不校，容而不责。意志是位画家，它自会挥洒毅力之笔，在忍耐的时间流程中勾勒大账，而不再单纯地称斤注两计较得失，使之出现一幅傲视群雄、独霸颠峰的雄鹰图。”

说话间，我发现小子的眼睛没有与我对视，他望着窗外，思想又在四处游离。

我瞪着他问：“想什么呢？”

“韩信。”他答。

亏他还记得。这个典故还是他小时候我讲给他听的。韩信做大官时曾招欺辱过他的“少年”曰：“汝昔年欺我，今日可欺我乎？”韩信不仅赦免他罪过，并封他做一小官，楚中尉。可见大人不记小人过，达到宽大为怀的高度，也为自己找回来面子。与娄师德、韩琦等唾面自干、器量过人的风度差一个境界。故而，我口呲狂言，不在我所敬佩的司马光、吕公著等诸多先辈的行列。

我一脸不屑道：“他翻篇了。时代变迁、更新了。现在胯下之辱算得了什么？风云开阖世事难料，你要做好准备呀。”

“我做好了……”小子直视着我，完全是一张不谙世事的脸。

“没有，你没有做好被打入十八层地狱的准备。”我瞪起眼睛，斩钉截铁道，“你以为打个架，道个歉就算完了？你以为这事可以这么简单？”

涂晓挠挠头，有些不知所以。

“你轻估了，艰难时世日趋严酷，才屡次在考验面前措手不及。”我拍拍小子肩膀强作微笑，鼓励道，“没关系，振作起来。遇事问自己，是鹰还是鸡？”

“爸，我会记住的，我知道打架不应该，但这次我是有道理的……”小子还想替自己找补。

“去吧，”我打断道，“进你屋里去读书，今晚我们俩都没有饭吃，是对你我犯错的惩罚。”

“爸，我犯错，我应该挨饿。你没错，你不应该挨饿。我给你去做。”小子有些不好意思道。

“不！”我坚决地摇摇头，“子不教父之过，你的错就是我的错。记住，你以后每次犯错，我都会陪着一起接受惩罚。”

“爸——你这又是何苦？”小子皱着眉头道。

“为了你，我认了！”

说完，我自己躲到一边生闷气。有时我自己也在想，是否这个婚离得有些草率？如果不离，有母亲在身边，也许涂晓也不至于落成现在这样。

当时在北京，为涂晓上学的事我和她没少吵架。那时我个性冲动，对孩子不讲道理，脾气急躁，动不动就对孩子“棍棒教育”，整个一个“狼爸”。我的教育理念就是一个字——打，总觉得孩子不打不成才。尤其是当小子在学校闯了祸，回家没别的，就是一顿暴打。

他母亲看不过去，就跟我吵。那时我真没耐性，总觉得她是妇人之见，久而久之，我俩的矛盾也越来越大。眼见着日子就过不下去了。再加上当时我在的工厂不景气，工资月月见少，她对此也没少埋怨。她在居委会一直当干部，干得比我好，家庭背景比我好，学历比我高，挣钱比我多。这一对比，我有些自惭形秽，似乎各方面都不如她。可嘴上还得死犟，死不认错。冰冻三尺，非一日之寒。最后日子过不下去，只得以离婚收场。

那时候涂晓野性十足，身上带着长期堆积起来的诸多恶习，林林总总……他知错难改的个性也着实令我苦不堪言。

最后没辙，我带他来了S城，我想换个地方重新开始，总好过在一个地方一蹶不振。当然我自己也有私心。当时离婚后，我非要小子跟我，输了婚姻，不能再失去孩子。我这个死要面子的个性一时半会儿难改。在北京，街坊都知道我离婚了，多没面子。内心还是觉得没脸在那个地方混了。

小子一开始不愿意跟我，怕我打他。我跟他深谈了一次，父子俩交了交心，我发誓要和他一起改造，并发誓再不打他，重新到S城活一次。小子见我铁了心，也没辙，再加上内心总归还是有些怕我，就跟我去了S城。

当时他母亲也不同意孩子跟我。她觉得我自己都养活不了自己，更别提养孩子了。

我就做她的工作，怎么也做不通。最后我说："其实我要孩子，也是不想给你增加负担。你还年轻，条件比我好，以后也不可能不再找个人过日子。带着个孩子总归找对象困难点。所以孩子我带走，你想看孩子随时。小子我了解，在你身边也是给你惹事。就他这臭脾气，万一你遇到个好男人，他都给人家吓跑了。你听我的，我这次是真的为了你好。孩子我带到外地复读，也是为了让他能安心读书。这么决定对你、对孩子都好……”

头一次见我这么心平气和地讲道理。她最终还是接受了。

当时我一心想离开北京，管他去哪儿。正好S城有老张，他想跟我合伙开店，我就立马去了。我俩都喜欢钓鱼，就合伙开了一个渔具店，也勉强维持生计。

当时我只有一个信念：婚姻已经失去了，不能再失去孩子。

虽然小子身上有各种各样的毛病和问题，但谁身上没有毛病没问题？我的毛病比他还多，这个我心里有数。我必须包容他、改造他，和他一起成长。

小子自从生下来就跟我有扯不断的缘分。都说母子连心，父子也一样。

记得他妈妈生他的时候，赶上难产，拖了一天一夜才生出来。当时孩子脑缺氧进了保温箱。一家人全吓坏了。

当时医生就找我谈话，说必须马上进行专家会诊，这孩子心跳过缓，医生担心活不下来。

我记得当时看到小子生出来的模样，那脸又丑又皱，像个小老头。看到这张脸，我都没有半点做父亲的喜悦。看到别的父亲喜极而泣的样子，我都不好意思。我怎么就没半点激动呢？

可是，当医生宣判这孩子快活不下去时，立刻我当父亲的感觉全来了。我看着小子，当时泪就下来了。

当天下午就进行专家会诊。医生说这孩子是三度心脏病。我当时没明白什么是三度心脏病。

医生解释说就是孩子的心脏不好，可能稍微有点响动，孩子就会被吓死。

我还是没明白。医生又解释说，比如关门声一响，别的孩子没事，这孩子可能就被吓死了。天哪，这是什么要命的病？！谁家不关门，门一响，我家孩子就吓死了！这可怎么办啊！

医生让我决定这孩子留还是不留？动不动手术？

我当时就说："这孩子当然要留！不管他日后会不会被吓死，吓死了再说！"

当晚，一家人都没睡。

我母亲急坏了，好不容易有了一个孙子，就这么要没了？

一家人呜呜地哭。

第二天我到医院去签字，全家人一致决定必须马上动手术。

结果医生非常抱歉地跟我说："实在对不起啊，会诊的时候抱错孩子了，你家孩子没问题，我们查了没有三度心脏病……"

什么？！我当时扑通一下就给医生跪下了。我双手握着医生的手，热泪盈眶："谢谢大夫，太谢谢了！"嘴上除了谢谢，什么也说不出来。

就这么着，虚惊一场。从此，小子给我带来的虚惊又何止这一场。

3 / “狼爸”的帽子我得摘了

小子经过一年多的改造，网吧不去了，成绩上去了。尽管这期间他又打过架，性质已迥然不同，至少站在“理”字上面，只是涵养、包容等方面不够水平……当然，有些不好的事情他总想有意无意地对我隐瞒，以求躲过我落在他身上的那一顿老拳及棍棒。

我来S城这一年多，人也平和了许多。因为来之前发过誓，轻易不打涂晓，既打必恨，使他感之深，切之痛，刻肌刻骨的铭记。当初来之前，我答应过他，父子俩一起改造，所以我要求自己不轻易动手打孩子，自己要给孩子立个好榜样。“狼爸”的帽子我得摘了。

今天涂晓跑回家来问我就是一个嬗变。看得出他不想打这场架，或许介乎两者中间，各占一半吧。至少我看到了他脸上的难堪和为难。

我本身是位市井草民，另有一套俗人理论：宽容忍让不等于接受成心找碴儿，这与男人胸襟没有丝毫关联。事后反省，我知道他的忍耐已到极限。这段时间，小子没事就在我耳边提李飙的名字：什么李飙以大欺小，恃强欺弱，见着尿人拢不住火……

每次我都打断他的话。因住得近，李飙这孩子我见过几面，一看五大三粗，运动员似的体格，涂晓哪儿是他的对手？可小子偏不管不顾地往上冲。

我沉默不语，抽着烟，思考着。我们来S城的目的是——全面改造。好，我开始揿动按钮。往下，点击鼠标，一步步进入有序的思考程序……

素质教育的整体思路侧重“顺”着孩子的性情发展。其间，采用种种方法调动起本人的主观能动性，使之走上正轨。应试教育的整体思路相反，侧重“逆”着孩子的性情发展。对褒错打，让孩子接受被动式教育，一旦觉悟同样步入正轨。一种是引导、启发；一种是硬灌、强压。

做个不太恰当的比喻，倘若称素质教育为慈祥的母亲，应试教育该是严厉的父亲了吧。再倘若，一个缺少母爱或父爱的家庭被称之为残缺不全，将对孩子的成长造成某些影响。素质、应试的两种教育模式似乎都有各自的缺陷，又该如何让慈母与严父之间适度地和谐起来呢？我思索着，脑子里一锅粥。

历史上，有孟母三迁造就孟轲一说，也有囚犯咬掉亲娘奶头一说。有不堪家庭暴力沦落成被丢弃路边的垃圾，也有接受父严子孝的古训最后成材的诸多事例。事实上，不管是大城市里的名校，还是普通乡村的中学，同样都能造就一批批出类拔萃的优秀生，甩下来一拨拨差生。学校以成绩排名，也分三六九等。这里面是否存在软硬兼施的度数和慈母严父和谐起来的体系？不和谐的声音始终存在，学生、家长、老师、学校的矛盾也从未间断，这里面有更深层次的问题，其原因谁也无法深究，也弄不出一个所以然。站在各自的立场，各说各的理，各有各的理，辩不清。只是，我觉得慈母严父，不管哪种方式，大家都应以同一个“爱”字为前提。

一个孩子伴着家庭、学校、社会三方面的影响成长起来。他的思维、性情也会随着遭遇的变化而变化，就是俗称的不定性和可塑性。从教育的角度看，书籍、报刊、电影、电视等媒介罗列出的一些大概规律只能仅供参考，没有循循的固定模式技压群芳一览众山小。教育问题还需因人而异，对症下药；因时而异，灵活掌握；因地而异，辩证施用。无论最后伦理说服棍棒、惩罚抑或是恩威并施，都不该照本宣科、人云亦云。我从不提倡教育问题生搬硬套，更不能一刀切了。尤其对问题孩子，更是要制定专门的对策，对症下药。

这一年来，涂晓由野调无腔、长发飘然、拢背缩肩以为是酷，套身耐克以为是乔丹的城市伪小资，一下子被丢进乡村 S 城。一下变得土得掉渣儿，说句玩笑话，真是兜比脸干净。在S城，他没有好的物质条件，甚至还不如农民子弟有钱，我就是想创造这样一种氛围，条件越艰苦，才能促使他心有所悟——原来生活还有另外一番情形……

对涂晓的教育问题我是费了一番苦心的，只是这番苦心今天还是换来了打架事件。

“狼爸”的帽子我准备摘了，可涂晓“狼孩”的帽子何时能摘呢?

4 / 孩子伤痛，家长心痛

晚上，寝室里有同学泡方便面，以补充学校伙食上的不足和填补自己味觉上的需求。涂晓躺在床上，手捧着书，咂巴着嘴，眼睛偷偷地瞄准目标。

同学吃完面要去洗碗，涂晓马上从床上蹦起来："别倒！汤给我喝，碗我来洗。"

同学白他一眼，还是倒了。这年头谁愿意喝别人的剩汤呢？涂晓无所谓，他总是觉得容易饿，只要能填饱肚子，剩汤也肯喝。

课堂上，有位大款家的孩子给同学们分发雪碧，放到涂晓的课桌上一听。涂晓看着雪碧咽咽唾沫，最后还是送了回去，重新坐回自己位子上。

有同学举着雪碧走过来问：“你怎么不喝？”

“拿什么还呢？”涂晓哭丧着脸说，“我没钱。”

“又没让你交钱，不喝白不喝。”

“那我也不愿意。”

小子就是这么有骨气，这点随我了。从小我给他灌输的思想是男人必须凭真本事吃饭，不劳而获这种事我向来排斥。

涂晓从惯常称作洗澡间的厕所出来，穿一身市价 50 元的处理品三保暖内衣，裸露的头部及手脚冒着腾腾热气。他伸出两只红肿的手放进洗衣盆里搓洗衣裤。我不忍地拎起暖壶往盆里倒上一点儿开水。

涂晓仰头说：“这是又惯我了？”

“就这一回，手生冻疮了。”看着那双红肿的手，我有些心疼。

“这水裸洗真凉。我憋着气钻进莲蓬头底下，从一次三秒坚持到最后一次九秒。实在不行，太凉了。”小子说得轻松，脸上却是痛苦的表情。

“下星期水更凉，争取一次坚持十二秒。数九寒天八一湖，几十位爷爷奶奶一起破冰冬泳，你还在零上呢。”

我强掉头硬煞车，一把轮将小子生掰过来。可在这过程中，我也心疼啊。

我苦心孤诣和殚精竭虑的目的，及为此付出的代价，是要把小子锤炼成一条直立着的汉子。我总觉得男人宁做草原狼，不做圈里羊。

我鼓励道："天时、地利、人和，三不占，强龙压不过地头蛇。诸葛亮决不会干此一仗。哪怕你有八百条理论也没用，剖腹藏珠又何苦呢？"

"我知道了。"涂晓边搓洗衣裤边说。

"违反校规你要自己承担责任。你要是再打架，你知道咱们立的规矩。"我在一边老生常谈。

"知道了，真烦人……你说过来S城不再打我的。"小子跟我辩论。

"你没做错事为什么要打你？你做了错事有理由不打吗？"我也跟他辩。

"你赖皮！你发过誓再不打我……"小子瞪我一眼。

"你发过誓再不打架的。"我也瞪他一眼。

我俩都沉默了。

每次一说到这事，就好比在讨论鸡生蛋，还是蛋生鸡。谁也说不赢谁。涂晓打架，我再打他，整个一个恶性循环。

我记得上次打他还是在北京的时候。

那次班主任找我谈话，说小子成绩跟不上，让他蹲班复读的事。我回到家就一肚子气。别人的孩子都在挑选哪所重点高中，自己的孩子却是要选择蹲班复读，这种落差越想就越来气。

我倒了一杯酒，自己闷头喝。

小子正好进门。我把他叫过来，质问他："为什么回回考试都是班里倒数第一，你要不要脸啊？你还有脸在班上待着吗？

同学不笑话你吗？我要是你，我脑袋都要撞墙了。”

我话音刚落，只见小子真拿脑袋就往墙上撞，把他妈妈吓坏了，跑过来死死抱着他，嘴上还骂我。

我当时气得一嘴巴扇过去，打得小子嘴角流血。

他妈妈一边推我，一边护着小子。谁知小子把他妈妈推开，走到桌边，什么话都没说，一口气把我杯子里的白酒全喝光了。

他妈妈喊道：“涂晓，你疯了！”

小子狠狠瞪着我，一句话不说。

我气得抽出裤腰带就打过去。那次我真是急红眼了，从没见这孩子这么拧。

“你还长本事了，连白酒你都能抢过来喝，怎么学习的本事你一点儿没有啊？！”

我发狠地打，小子也不躲，任我这么打。

最后连裤腰带都打断了。打得我满头是汗、精疲力竭地倒在墙边。

小子始终一句话不说，死死咬着牙。

从那以后，我知道这孩子已经不怕我打了。这么打下去，非要打出病来。

他妈妈流着眼泪求我：“你以后能不能别再打孩子了，要打，你打我！”

一家三口，虽还没到家破人亡的地步，可我感觉真的好像已在崩溃的边缘了。

那次我答应他妈妈，以后尽量不打了，控制情绪。我知道再打下去，我自己都要疯了……

往事不堪回首，想想全是泪。

可孩子就是孩子，好了伤疤忘了疼。打了一次架，他就得挨我一顿揍；打过了，罪也受过了，可过一段时间必然又会再犯。他完全不知道我这个当父亲的每打他一次有多心疼！

来到S城后，小子是收敛了许多，一直没打过架。我以为情况慢慢就会好转了，也许孩子一点点大起来，也会转性了。可没想到这一次，因为李飙，他竟然又打架了。

我了解小子，也清楚他的性情。我感觉他这次有点忍不住了。我故意不评判，只是打断他的话，我想让他自己决定，这场架他该不该打？

我一吐口无异于吹一口气，重新助燃起他渐渐熄灭掉的那股子野火，一场架在所难免要打。

只要是打架，哪有不受伤的？上次打架勉强躲过去了，虽是一把普通小折叠刀，他那模特式的瘦身条连皮带肉加上衣服能有几厘厚？捅得不深也够一呛。哪疼自己清楚，孩子伤痛家长心痛。

这里一般烂仔都会备有一把小刀，好像社会上不文身不是黑道、不吸粉没法当明星似的。

那晚当他再次提起李飙时，我耷拉下眼皮说："算了吧，能忍者自安，你出一口气又能怎么样？你别忘了你还是个学生。"

"我就是觉得不能由他们这样胡闹，一顿没事，顺鞋打软底子，以后怎么办？"小子觉得忍无可忍。

“学学古人，走走中庸。你以为你是救世主啊！”我的语气苍白，也有点言不由衷。其实我骨子里跟小子一样，最见不得那些仗势欺人、欺软怕硬的流氓。

“看吧……爸，我上学去了。我能忍尽量忍。”小子看了我一眼走了。

我追了一句：“忍不了也得忍！你别给我惹事啊——”

涂晓走了，我看他的背影隐隐地担心。这小子一定会忍不住。自己的儿子自己了解，我甚至都做好了为小子养伤和赔偿李飙医药费的准备。这场架他到底打还是不打，我一整天都在琢磨。

“抱一摞愚蠢哲学挺理直气壮？能让儿子顶着刀尖往上冲？好容易刚有一撇，别因性格缺陷毁掉孩子的那一捺。”

我安慰自己，小子也许不会那么冲动，也许他会视情况而定。我也寄希望另一方李飙能睁一只眼闭一只眼算了，没准这场架也打不起来了。也许天下本无事，庸人自扰之。

谁知事事都没有侥幸，两小时后我接到了学校的电话……

5 / 打架风波

一进校门，我就看到了个子高挑的江校长。他瘦瘦的，戴着眼镜，文质彬彬，一身书卷气。他正和几个人在交涉打架的事。其中一位很像学生，样子惨兮兮的。甭说，就是跟小子打架的那位。夜色薄雾，没看清楚，应该就是李飙吧？

门卫铺开登记册，特地拧亮手电筒为我照明，告诉我要去政教处解决问题。初二学期，我几乎每星期来学校一两趟，或早或晚不等，连门卫都认识我了。每次我都是隔着初二（1）班的教室窗户向里探头，观望小子课堂上的表现，也因此与门卫彼此间混得十分熟悉。

我签过名放下笔，点头致谢，旋踵离开，心怀不安地直奔主楼二层的政教处。

李飙正站在政教处叶主任座位旁边，手托两根冰棍敷着肿起来的右半边脸。

原来刚才校门口碰上的是另外一位学生，而非李飙。看来这架打得够惨烈的，连其他人也卷进来了。小子在哪儿？成什么样儿？躲得过那一把单刃小刀吗？我的心揪起来……

叶主任把案情向我概述了一遍，忽略掉中间的来龙去脉，重点强调涂晓如何行凶，如何把一位叫黄永生的学生打得满脸是血，连保安带老师五六个人都拉不住。

我默然点头，这小子已然给老师留下了行凶的印象……看来这次是他把别人打了，我的脑袋一阵发蒙。

“你看看。他跟黄永生打架，李飙过来劝架，脸就被涂晓打成了这样……”叶主任继续说。

我默默听着，一句话也说不出来。原以为挨打的会是自家儿子，哪想到他能把别人打成这样。

叶主任以为我仍会像以往那样，一听小子在学校惹事立刻暴跳如雷。顾不及面子，周围有老师、同学，照样让涂晓饱尝一顿暴捶。

但这一次，我突然转了思路，我回味叶主任说的话。

“他劝架？”我看着李飙说，“三小时前，涂晓说他正在召集人。我觉得他好像不是那个劝架的那个人吧？”我说出了我的疑虑，也许孩子也有不得已的地方。我了解自己的孩子，他本质没那么坏。况且这次打架，李飙是主因，又怎么会跑出个黄永生？

叶主任坐在办公桌后面一张皮椅子上，一头染过的黑发烫成波浪型。她穿戴得体，整个人显得冷静而稳重。她眨眨眼睛问：“是不是涂晓和他们之间发生了什么误会？”

我印象里的叶主任工作能力强，有一定威望，学校里属实权派人物。我觉得这次的打架事件有些蹊跷，我冷静分析道：“一、同学间难免有摩擦，一些事涂晓也曾告诉过我。他对一些事情可能看不惯，觉得有的学生以大欺小。二、我知道这件事本不该发生，可孩子气一上来可能就控制不住，这肯定也不是一个人的责任。孩子之间一闹起来就没谱。三、涂晓也不是那种想称王称霸的孩子，他为什么打人，肯定这里面有原因。”

我解释完之后，叶主任没有立即表态。过一会儿她说：“只要是打架，双方肯定都有问题，但我看到的是涂晓一点儿事没有，别的学生都受了伤，这怎么解释？”显然，叶主任没有听进我的话。

我开始有点急躁，口无遮拦道：“至少，我不相信现在你们说的。我不认识谁叫黄永生，但我认识他……”我不识时务地手指李飙道，“这孩子连周围邻居家一年级小孩儿他都打，他就是那种地痞癞子。他是来劝架的？我绝对不相信！”

叶主任及室内其他老师们都愣住了。他们对我的有些激动的措辞集体愕然，目光齐刷刷地逼视着我。几秒钟后，老师们七嘴八舌，议论开了……

一屋子人凑在一起足有二百多岁了，为解开常识性的 1+1

问题各持己见，唇枪舌剑，争执就这么发生了。大家就李飙是不是来劝架的展开了讨论，各说各的理，没完没了，喋喋不休。

有劲没劲？越争论越走样，完全脱离开事件本身的主体。当然这件事我成了主因，都怪我的口无遮拦。

“是城乡文化，观念上的差别。”我感觉头脑发涨，嘴唇干燥，最后总结了一句。

我转头望向窗外那朝不见日晚不见月的夜空暗地思量。这润泽的空气羽化出多少文韬武略、才子佳人，经天纬地、华夏英杰。我们坐在这里扯的是哪一门子闲淡？

我按捺住心里的不悦，渐渐冷静下来。叶主任曾帮助小子补习过功课，熄灯也曾经让小子在她办公室里读书，她是小子的恩人，我应该知恩图报的。我怎么成为现在这般口无遮拦状？

我习惯性地将两手握在一起，稳了稳情绪，改用低沉的声音解释说：“北京人有时嘴没把门，什么京骂张口就来。我这孩子从小在北京长大，可能也爱随口说了什么不雅的话，有时候矛盾冲突可能就这么来了……”我打开攥在一起的双手，“我这孩子我了解，这孩子本质不坏，他不是随便就会打人的。”

叶主任显然对我的言辞与表现十分不满。也许之前对我这个家长印象还好，这次却大大出乎她的意料。也许这次与她最初对我的期望值差得太多，让她大失所望了。

“这是S城，在这里你们父子俩要学会入乡随俗，毕竟这里不是北京。”叶主任毫无表情，冷冷地说。

这话让我从心底里觉得特别不是滋味，究竟什么是入乡随俗？

我喘一口气，感觉脉速加快，心律不齐，火气顺着血管流遍全身："确实这里不是北京，我会提醒涂晓。涂晓还小，是个学生，我也不希望他学坏，我只是希望他在学校里有尊严地活着，而不是被误解。"

说完这些还是很心虚。恐怕伤众，我紧闭双唇，怒火刚一冲上喉咙又把它生吞下去。倘若到东北、内蒙古、新疆打工，张嘴说谁"瓜娃子"，春节还想全须全缨回家过年吗？

这时涂晓从外面走进来，见他身上没有受到外伤，我那悬着的心才放回原位。

他惊惧地站在门口，表情蔫蔫的。我头上血管剧烈跳动，涨得眼睛发疼，一眼不眨地凝视他。我尽量放缓语调，冲着他说："小子，一人做事一人当。事做了就要敢做敢担着，不然别去做。你的错你承担！"

小子点点头，站那儿一动不动。

"人一旦冲动起来，后果你知道吧？身为家长你一定要担起这个责任来……"叶主任插了一句。

我马上点点头迎合道："所以我在墙上挂了一个'忍'字，便于随时提醒自己。"我看了看小子，又转过头看着叶主任，"叶主任，以往无论对错，只要他打架，回家我二话不说先收拾了他，从来不讲任何理由，打架就是错！但这次李飙欺人太甚，我听着都有些忍无可忍。叶主任，你了解李飙的行为吗？"

叶主任语调平静道："学校准备开除黄永生，江校长已经把他送回家了。李飙的事我们也会再做详细调查。"

准备开除黄永生？我听了心里咯噔一下。

“这起打架事件的主因是在李飙身上，并非黄永生。”我还是忍不住要这样说。

叶主任避而不答：“你先领涂晓回家吧。这件事学校会处理的。”

为何叶主任只往黄永生身上弯，却不谈李飙一句？我抬眼在室内扫视一圈，一种失望的阴影掠过脸孔。我悻悻地站起来，拉着涂晓走了出去。

难道李飙有什么特殊背景？

这话我不能问。但今天我说出的话已得罪一屋子人了。

哎，子不教父之过。我这个当父亲的都不会处理各种关系，更何况是儿子。我知道我犯了一个致命的错误。

我向来是坚信有理走遍天下的。可再有理也不能靠打架解决问题，我想让涂晓明白这个道理。

“从一进政教处，表情、语气、观点就已经奠定了可悲的下场。如果在官场、生意及须与人交往的其他场合基本属于不带玩儿，甚至于……你老实了吧？”我实在懒得说下去了，打架的后果还用说吗？

“我老实了。”小子现在的表情是真老实了。

“还讲理吗？”我严厉地瞪视着他。

“不讲了，有一次就够。我已被收拾得踏踏实实、服服帖帖的了。”小子态度良好，他也怕我再冲他挥起拳头。

“这就对了，赶紧改吧！我看你还敢不敢有下次。”我攥紧了拳头，忍着气。我发过誓不再轻易打他的。

……

房间里一阵静默，我们再也没说话。我什么也不想说了，心情差到了极点。

这个无可奈何的氛围里，我脑中莫名地想到一句话：“贵人语话迟，吞声大英雄。”

真是讽刺！

6 / 你必须说实话

浓雾弥漫，夜色朦胧。昏黄的路灯懒洋洋地踅在街边，有气无力地耷拉着脑袋，散落下点点微光。在这早睡的S城小镇上，各家农户大多已经闭灯歇息，沿途不要说一辆车，连个人影也没有瞧见。唯有我们父子俩被裹进越来越重的夜雾里，街上静极了。

路上，我和涂晓并肩而行，我推着自行车诱导道："你不用紧张，自古将在外，君命有所不受。你只需实话实说，娓娓道来，讲给我听事情发生的整个过程。注意，不要藏头露尾，专挑拣你的理由去说。"

小子看了看我，看到了信任的眼光，他才说："晚上下第二节课我在位子上看书。黄永生走过来，他叫我出去。我抬头发现教室门口堵着外班的几个同学，我预料黄永生是有备而来。真实情况肯定是安排黄永生进来叫，李飙几个人在外边等。因为只有第二、三节课间会休息二十分钟。天又黑，跟着去到没人地方或寝室，几个人围上去把谁打一顿，二十分钟足够了。每次他们都这样，人不知鬼不觉地就把人收拾了。我早料到他们会这么干，我就说：‘我不出去。’黄永生见我不动上来给了我一拳，我们俩就在教室里打了起来……”

听小子说完，我忍不住道：“你挨了一拳就要打架？你为什么就不能不还手？你忘了当初咱们俩来S城的约定：夹起尾巴做人。都一年时间了，你三拳都承受不住，我陪你窝在这里干什么呢？！”

小子苦着脸，不语。

我们边走边谈，浓雾似气浪迎面朝我们扑过来。为缓解涂晓的紧张，我强压住寻不到缘由的无名火，困难地咽下唾沫，摆一摆手道：“哥们儿，别着急，你慢慢说，我没打算打你，你放宽心说。”

小子这才继续说：“不是你说的吗？躲得过初一躲不过十五，还不还手也是早晚的事。挨一拳也是打，挨三拳还是打，在劫难逃就不管不顾了。一打起来就很难控制了，一直从我的座位打到教室后面。等物理老师赶过来的时候，黄永生抱着头，靠着墙，已经满脸是血了。老师护住他让我去办公室。一出教室，几个普通班的学生冲我围过来。李飙也从花坛上跳下来。花坛你知道，站那上面能观察教室里的动静。我一看情况不妙，撒腿就往操场上跑。我跑到操场他们也一直追到操场。李飙他们围住我，又打了起来……”

“一共有多少人？”我舔一下干燥的嘴唇。故作镇定地伸手抓住一把雾水，揉搓几下，张开手，感觉到手掌都湿润了。

“大约六七个人吧。”涂晓瞥我一眼，又接着说，“反正我东挨一脚，西挨一拳，全是冷拳偷袭。我只顾盯着李飙。后来发现黄永生从物理老师那里挣脱出来也跟着跑过来，手里还攥着一把刀。我知道事情不妙，这时候，我也顾不上李飙了，只盯着黄永生。他手里有刀。我就抓起地上的一块石头和他对抗，不让他靠近我……后来，老师和保安跑过来给我们拉开了……”

“听说五六个人都拉不住你？”我的眼神紧盯住他不放。

“我不知道。我当时只顾打架了，没管那么多。”涂晓说着又瞥了我一眼，他也在观察我的表情。

借着路灯我停下来，涂晓随着我也止住脚步。

我问他：“既然老师们都赶来了，你怎么还不扔掉石头？拿着它还准备打，是吗？这时候，你又想去打谁呢？”

我转身靠着自行车，眯起眼睛观貌察色，集中注意力仔细倾听他讲述时的语速。哪怕一次停顿都十分留意，不肯放过。测谎仪根据心率、脉搏变化的原理面试于世。我的分析与学校的分歧正是由此处开始，双方矛盾焦点也完全集中在李飙的身上。

“黄永生一直拿着刀。”涂晓说，“我怕一扔掉石头他就会冲上来，那我就死定了。再说，李飙他们也会从后面扑上来。

他们不怕我，是怕我手里的石头。后来老师拉着我往回走，李飙从后面踹我，我反手一抡正好打在他脸上。要是真有五六位老师拉我，右臂也挥不起来呀。记得当时我还说了一句：‘刚才就踹我几脚，没完了你。’说完我才打过去的。”

我语调低沉地问：“是一拳吗？怎么会有那么重？我看他满脸是血了……”

“我手里一直握着石头，打过去肯定会重。”涂晓从兜里掏出一块尖棱带角的石头递给我，“喏，就是这块。”

“如果真像你说的，”我接过石头拿在手里，一边端详这件涂晓的护身凶器，一边纳闷，不解其中谜团。这桩案子不复杂，不需要专业刑侦知识，稍微明白点的人都能分析出来。六七个学生加上五六位老师拉不开两个打架的孩子？我带着怀疑的目光抬头看小子一眼，“不对吧？叶主任说李飙是来劝架的，你怎么解释？”

“他们这些人多油。哪个星期不打几回人，又能被老师逮住过几回？我原来不也那样，干点什么我不说你不是也不知道吗？他们见老师过来都往一边缩，马上搂着我跟哥们似的，都在老师面前演戏。”

我歪头又问：“当时谁拽你去的办公室？老师还是保安？就算其他人全没看见，这个人也应该清楚，至少能感觉到你这是在自卫，而非主动闹事啊。”

“当时场面特乱，我又紧张，看谁都像是来打我的。我一个人根本不是他们的对手，就拿着石头乱抡。”小子边回忆边说，

“最后好像是物理老师拉走我的吧？他一直拦着我，对，是他把我拉到办公室里的。”

这是问题的关键，想一想，马虎不得，必须明确回答。说完，我推起自行车，离开路灯，钻进夜色浓雾中，舒出来一口长气，事态发展与我想象的差不太多。

“没错，就是物理老师。”涂晓追上来，强调了一句。

“确定吗？再想想，我是要去核实的。”我依然操着不紧不慢的调子，内心轻松下来。

“没错，我敢保证，不信你去问。”

……

回到家，上楼后我把房门钥匙随手往门厅里的橱柜上一丢。打开灯，进到房间，眨眨眼睛，灯光刺目，一时有些不太适应。我把石头放在书桌前的窗台上，临窗而立。眼睛瞪得很大，实际什么也没看见，心里犯起嘀咕：小子今天说的话究竟含有多少水分？可他的微表情告诉我，他今天没有撒谎。

月光，星闪，近处的田野，远处的竹林，通通被迷雾遮蔽住，大地在安享中滋润地沉睡了。

我聚精会神地盯着窗外，脑子里充分展开想象的翅膀，回放那一场斗殴时的情景……有些质疑、谜团就是撕扯不开。叶主任、物理老师、黄永生、李飙……唉，想得我脑袋嗡嗡作响，只觉得太阳穴后面那根神经绷住了。这么多人追着小子打，难道所有的人都看不见吗？他明显是自卫，为什么老师也视而不见呢？

紧接着又是一阵撕裂的阵痛。我低头到楼下的水龙头冲个痛快，顺便灌了半肚子凉水，凉丝丝地沁人心脾，清爽怡然，立刻感觉舒服多了。

横看成岭侧成峰，远近高低各不同——双方各自站立的角度不同，同样都有走入误区的可能。

记得曾和一位外地来京的朋友聊天，说他们来北京抱着学习的态度。北京人在哪里总带出一副盛气凌人的傲气。皇天在上，服冕乘轩，褒衣博带跟我们普通庶民有何关联？

那时我并不在意这些。现在冷静下来细想一下自己的行为，是否有失态的地方？显然我的言语有些过激了，明显是护犊子了。终究是学校帮助我把涂晓改造过来，他们自然有一整套管理规则。不论我有什么想法，终究属于微观。学校则是站在宏观整体的利益上考虑问题。个人服从集体，地方服从中央，一个亘古不变的游戏规则。

我坐到桌前，面对着窗外的雾水如此反思着。小子自知闯了大祸，老老实实地站在我身侧。

“明早该上学上学，有处分自己背着，老师批评你什么都虚心接受，心悦诚服地承担责任，但同时不能耽误学习功课……还有，把你的塑料夹子拿过来……”

涂晓点头去了，到他房间给我拿过来他的一本相册。

闲暇时，小子经常一页页地给我翻看这本相册，跟我炫耀：一会儿是 F4 和 40G，一会儿是 HOT 和 NRG 组合，再加上 W3 和 BOA，产品更新之快，歌星一拨接一拨轮换，乱七八糟的尽是代码符号。

我想看的不是这些，而是插在那里面的两份奖状：一份是他在北京中学里拿到的有些讽刺意味的“思想活跃奖”，一份是他在蘑菇学校靠进步挣到手的“优秀学生奖”。

我经常给他讲：“思想活跃固然是人的优点，那也是北京中学的班主任老师煞费苦心的鼓励。说实在的，你也没什么其他优点能让老师再编纂出来了。尽管那样，大家对你还是一次次地抱着希望！你恬不知耻，一次次地还给老师们的却全部都是失望。”

同是人间，同有冷暖。我捧着相册，随便往后翻看着。

在一篇作文稿的扉页，涂晓用订书器订着上学期蘑菇学校邢老师对他的评语。我知道，那是邢老师送给涂晓的第二份奖状——“优秀学生奖”。说实话，那里面并不是百分百的含金量，也同样寄予着邢老师对他的鼓励与厚望。

涂晓：

顽皮机灵的你充满了阳光般的朝气与热情，但不知学业对你来说就是一个沉重的负担？纪律就是一个恼人的约束？你的保证书我一直收藏着。每次你痛下的决心经常被一种力量给冲散，而潇洒与无所谓不过是你自欺欺人的掩饰与借口。在这种挣扎沉浮中你走过了一个学期。而你，可曾细读过你父亲的眼神？满满的，快要溢出来的是对你无尽的期待。做一回男子汉吧，一个能担当的、有责任感的男子汉！如果你能正视自己的不足，策马扬鞭，我相信在不久的将来大家都会看到一个出色的涂晓，一个真正的北方汉子。朋友，我期待着你！

班主任邢阳萍

我接着翻看下面的作文，听涂晓讲，这篇作文邢老师曾当作范文在班里给同学们念过——

《父亲的爱》

我和父亲原本住在北京城里，那个地方好玩的东西真是太多了，因此我不爱学习。就盼着天天都能和小哥们儿在一起，玩呀，乐呀。父亲却总和我较劲，规定这儿，规定那儿。星期天也必须学习六小时才可以出去。行吧，总比不让玩强。于是我就在自己的房间里看看这儿，玩玩那儿，假装学习，只等着六个小时快点过去。

我不明白父亲为什么像交警一样？这么走不行，那条路不通，总给我种种限制。还说已经很放纵我了。什么防芽遏萌不然滋蔓难图，什么积羽沉舟往往小事酿大祸……这话我听了就想吐。

机会终于来了，他出差去到外地，走之前我们定下一项协议：如果下次考试成绩再上不去就让我离开心爱的北京。家里只剩下我一个人，幸福之门被打开还管什么北京不北京？每天除了玩就是玩，无忧无虑，整整半个学期我过得都像糖一样甜蜜。直到期末我才知道害怕，考试成绩竟然破了我的最差纪录。就这样，我只好随着父亲来到S城郊外一个农村的小镇子里。

父亲对我的态度变得更加严厉了，哪怕有一点点小错他也绝不放过我。这时我才明白他过去为什么说：已经很放纵我了。然而，现在我们的感情反而越来越深，因为我知道他对我的期望是那么高，我又曾经令他那么的失望过。我不再撒谎，开始听他的话，成绩也悄然提高了。我慢慢地感觉到自己有了希望，也就忘记了玩的快乐、糖的甜蜜。还对学习产生了兴趣，性格也变了。现在的我与原来的我已经不是一个人了，真应了那句话：环境改变人呀。

父亲看到我的成长高兴极了，他经常拍拍我的肩膀向我竖起大姆指，我也从每次的鼓励中得到了快乐。这种快乐是永久的，不会像糖一样甜味过后变得乏味。这些都是父亲送给我的礼物。如果没有他的指导，简直不可想象自己将会是个什么样子，也许还是一个顽皮无知的少年，也许还在浪费稍纵即逝的时光，也许还在自己的屋子里度日如年般地混那六个小时，也许……

父亲如同园丁，正在把我如杂草般的坏习惯一一除去；父亲如同艺术家，正在将我这块掉在路边的碎石雕刻成一部成熟的作品。

……

我的视线模糊了，我赶紧转移开。片刻，目光落在窗台上放置的那一块石头上面。我拿过来掂在手里，自问：这是我要的作品，还是该丢弃掉的凶器？紧接着脑神经又是一阵痉挛，突突地跳。我连忙两手抱头，用手指按住，好似这样能缓解一些。

我就这么迷迷瞪瞪地睡了。没有洗漱，没有盖被，和衣而卧……梦里一直回旋着顺流逆流、小人君子、阴险狡诈，正大光明……人到底是什么？

等我再次睁开眼睛，天色大亮，阳光破窗而入。抬腕看表，10点多了，我翻身而起，我准备先去趟学校找叶主任谈谈。不争论，止谤莫如自修。

哟，对了！思绪突然飘到徐家堰，惦记那三斤油枯，虽不贵也是花三块钱买的。让阿二发现了吗？来没来，吃没吃？该不会掉头走了吧？

7 / 只想给孩子一个公道

我骑着自行车来到学校，在主楼二层的楼梯拐角正碰上叶主任下楼。

“叶主任，我来想找您谈一谈……”我赶紧迎上去，特别注意了一下语气，一定不能太生硬。

“你先找班主任去谈吧。”她干巴巴地说，目光犹如三九严寒的北京冬季一样的冰冷。

我只好点点头，微笑道：“好吧……”

也许她还在生我的气。我并不介意，我始终记得她是儿子的恩人。

顺着楼梯右拐，我进了班主任办公室。没看见姚老师，却发现涂晓正坐在最里面的桌子上，正埋头在写着什么。我吓了一跳，赶紧走过去。涂晓看到我也吓了一跳，他忙接住我责备的目光，解释说："不用站在教室外面罚站，老师把课堂讲义给我了。这不，我正在做。"

"物理老师呢？"

"上课去了，我坐的就是物理老师的座位。"

既然老师不在，我亦不便多留。想了想，我留了一张字条：

叶主任，昨晚我不够冷静，有些话说得很不恰当。我们之间或许存在着一些理解上的偏差？对于涂晓打架这件事，我想，能否和校方之间、您、班主任老师，大家坐在一起再沟通一次。这样也利于以后对孩子的教育。当然，是在各位老师有时间的情况下。您看行吗？我随时配合学校的安排。

我折好字条嘱咐小子："交给叶主任。"

昨夜的一场浓雾换来难得的日照天青，蔚蓝的天空一碧如洗，远方天际尽头悬有几丝云缕，紧贴着堰塘对岸那一片翠绿的竹林戏谑性地在它上面游荡飘移……

狡滑呀！丢油枯的地方空着呢。我仰头望晴空，低头暗自庆幸。

我抓住了周围其他钓友的特点——细腻。他们常常要去抢占入水口和出水口以适应鱼善活水喜逆流的习性，不论路途远近大多也会备上马扎、竹蹬、遮阳伞，习惯性地去找缓坡、从前的约位、舒适安闲地稳坐约鱼台，一般不会来生疏的地方或选择有陡坡的位置。

一脸橘子皮，又没正经业务，出门顾不上擦皮鞋，活得比较真实。渔包里随时预备块塑料布，往地上一铺就是张大象皮沙发。想躺躺，想卧卧，日晒雨淋始终一把晴雨伞，从来没有那么多讲究。

昨天我特地在一处陡坡下将油枯丢入一个回水湾，紧挨旁边浮有一大片凤眼莲。俗话说：钓鱼不钓草，多数是白跑。

我利用架杆上的铁扦子凿出来一小块平地，够放下个屁股足矣。照例往水里面扔几把小麦和玉米，支上两根手竿又开始和鱼食。刚才从学校出来顺便拐到镇上渔具店里买了一包专攻鲤鱼的日产丸九——甩海竿，直击堰塘中心底部。

照理说，七十多亩的一个池塘，边上水深四五米，中央水深至少七八米。夏季暑天正该是施展海竿的特点及优势。两个月前，无论我用自制的饭盒还是纯正的吸入仕挂，每次打进去四团食儿均无反应。是饵料问题，还是鱼压根没在堰塘中心？我一边自己配制鱼饵，一边也结合国内各大厂家的出品，甚至在底钩挂上蚂蚱、蝼蛄、油葫芦一类活饵，海竿尖上的铃铛却从没响过。我又改了，两支竿垂底等鲤鱼，两支竿换上串钩悬浮挂草，试图找到草鱼的滞留层。还是没用，浮标犹如钉在水里的木桩纹丝不动。在我反反复复的折腾中，尝试无效；再尝试，仍无效。时间慢慢地遛达过去，海竿从未给我立下过战功。

手竿呢，S城当地人基本上用三种食物：麦子、蚯蚓、孑孓。孑孓俗称蚊子卵，也叫沙虫子。我偏不爱这三种，我什么都敢尝试，甚至还试过牛肉丁、蛤蜊肉及春腥夏淡秋香的各种面饵。都说鱼的蛋白质含量高，是否跟它本身喜食高蛋白有关系？至少我觉得鱼不可能仅食这三种食物。美国人也不是单靠吃汉堡包喂大的。可能我一时没有寻到对口的胃药和对味的食谱，要不在哪个地方有纰漏？临场实战经验,鱼都有违反一般规律的习性和食性。

倘若我是某钓鱼协会成员，必要引来众多高手。这堰塘里的鱼颇耐人寻味，不轻易上钩。大家一起琢磨、交流，跟高手过招多少总能学到点儿什么……没辙，我认识的渔友不多，不过是落脚此地暂居两年的一位过客。

当地农民大多支上一根长竿，愿者上钩的姿态，将主要精力放在小鱼身上，坐一天弄十几二十条手指粗的猫儿鱼，偶尔谁钓上一条一二两的鲫鱼或鲶鱼的鱼孙便激动得不得了，满足于小富即安且故步自封。这还算文明，后半夜经常有鱼老蛙下网电鱼。每听到此我的心便往下沉，幸好这堰塘大，不然鱼早被赶尽杀绝了。不是我假事儿地自视清高，真能钓几条三四两的鲫鱼我也备着海钩呢。如果大家规规矩矩，活水深塘，多么理想的天然钓场。何不爱护、保护，非得把它糟蹋掉呢？嗨，观念随着价值取向的不同随之发生不同的转变，还是没辙。

都说鲤鱼贼，这里的鲤鱼更贼。大鱼闭口的根本症结是受到惊吓，被电网、人为的其他原因惊着了。当然，这并不绝对，我也没有绝望。

真正直奔大鱼来的估计仅剩下我了，往池塘中央甩团食的也仅仅只有我一个人。偶尔听谁说起哪位碰上大鱼了，钩直了、线折了、梢头拉走了，一有传闻我既着急心又痒。有人看到我长期钓不到鱼，再看我经常变换饵料，曾善意地劝我："瓜呀你，这塘口的鱼不吃饲料。"

我故作谦逊道："是吗？"点点头，一笑了之。说完，不管不顾，只当耳边风，依然我行我素。

眼看垂钓旺季快过去了，我有些按捺不住，半小时前自己买两个锅盔，花三十八元准备给鱼备上一顿大宴。我边踏着车边嚼着锅盔回家，急着扛上渔包再来跟水下阿二斗智力、拼狡猾。估计百分之九十九的丸九将赠送给堰塘填充肥料了，省着用，没舍得一次全和了。

秋鱼喜欢集群游弋，真正拿鱼的还要靠三块钱的油枯。丸九抛投入水挂上铃铛不用去管，我的眼睛一直瞄着悬在油枯外侧的两只浮标。几个小时仍不见动静，与往日也没什么变化，还是小鱼闹，说明阿二尚未到。

哎，何时阿二才来啊！

8 / 我被学校开除了

四周寂静，翠鸟鸣啼，下午的阳光使池塘里的水显得碧蓝清澈。大自然赋予这得天独厚的环境，置身其中的我尽情享受着这份难得的安宁与舒适、释放和松弛，且一直乐此不疲从不旁骛他顾。

“爸——”小子突然从我身后上方叫了一嗓子，吓我一跳。我扭转脖子回头。陡坡上，涂晓正跨在一辆自行车上。

“你跑这儿干吗来了？这么早放学了？”我奇怪道。

“我被学校开除了……”小子说着低下了头。

我闻言大惊，犹如晴天霹雳：“被开除？怎么可能？！”

"真的，今天同学和老师们都知道了。"小子口气嗫嚅。

"要闹出人命啦？"我心里一寒，骤然一惊。直起身来脚下的石头子一滑，身子不由自主地跟着歪斜，一瞬间便被直接送进水里。

小子看到这一幕也吓蒙了，只知道狂喊："爸——爸——"

我急中生智一把抓住架竿，惊呼一声："快，来拉我一把。"

这堰塘是九年前人工挖沙石留下来的一个河套口。斜坡陡直，经过常年活水冲刷，再加上人为丢弃的废弃物，坡陡得足有七八十度。听说，暑期还淹死过一个来此洗澡的中学生。一道同来的四五个孩子眼巴巴地看着他在水里挣扎扑腾，呼救无从。等远处的渔友跑过来见义勇为时，那孩子已经沉入了水底。

我舍命不舍财，一手扶着碰掉的鱼竿，又唯恐架杆插得不牢固，是进行一场全副武装的实战演习，还是一场泅水浮渡的野战训练？我一动不敢动，只等小子下来拽我。

涂晓赶紧放倒自行车顺着陡坡蹲着身子出溜下来，一手紧拽着地上的野藤，另一只手伸向我。

我小心翼翼地抓着他的手，不敢使劲，假如一脚踏空连带着再把不会水的小子拽下去那就更热闹了。我一点点移动自己的身体，小子使出吃奶的劲儿一点点拉我上岸。

好不容易折腾上岸后，我一屁股坐在大象皮沙发里，抖搂着已经湿到大腿的两条裤腿，又惊又怒道："给我讲讲到底怎么回事？！"

当时我的样子一定很狼狈，以致引得对岸的钓友们也纷纷站起身来朝我这边观望。我把裤腿一直卷到膝盖。脱掉鞋子，倒出里面的脏水重新套在脚上，连泥带沙的，硌脚又难受。索性又脱下来战战兢兢地蹲在岸边，在水里面涮涮，再褪下袜子，还是光脚穿鞋舒服。

小子半天才开口："主要是因为你。老师们都说：'那边的学生表现不好，家长的表现好；这边的学生表现好，家长的表现真不怎么样。'"

"什么这边那边，乱七八糟的。"我愣是没听懂。

"那天你在学校的表现不好，老师都说了。"小子把责任往我身上推。

"都因为我？我害你被学校开除？！你跟我细说说到底怎么回事？！"我只觉得周身发抖，体内的血像是被完全瘀滞在脑袋的顶部。

"上午你来学校之前黄永生他妈妈也来了，人家直接给姚老师跪下了，求学校不要开除黄永生，都哭了。接着你又来学校了，你留了张字条让我交给老师。你走以后，姚老师回来就不高兴了，直接把我轰出去了……"

这时，对岸不知哪位渔友钓上来一条鲶鱼，周围人一阵哄笑，陪着这位幸运者一起兴奋了好一阵。

湖面水波粼粼，相隔一百多米远依旧清晰可见，那一条鱼儿至少有半斤重。落进地狱的人羡慕进入天堂的人。而此刻，即便有四十斤鱼来咬我的钩我也提不起一点儿兴趣了。我双臂无力，四肢僵硬，连竿也抬不起来了。

“后来呢？”我已经觉得有气无力了。

涂晓脸上挂着惯常的那副表情，大大咧咧，满不在乎：“同学们隔着窗户看得见我，太现。我被轰出去后也不能在教室门口待着，后来我去了新食堂。食堂刚扩建完，还没装修，就在校门左侧。正好地上堆着些碎砖乱瓦，我踩着爬上去，顺着窗户框子翻进去的。”

“你可真有办法，那午饭怎么解决的？”我接着问。

“中午我就在食堂吃饭。同学们问我怎么还不回家？问得我很纳闷儿，看来同学都知道我被开除的事了。他们说老师在班里宣布了，说：‘想打架回家打，学校绝对不留涂晓这样的隐患。’这时我才明白为什么姚老师把我轰出办公室。”小子看我阴沉着脸，又低声补充道，“你不该到学校跟老师理论。不光姚老师，学校从没见过有家长支持孩子打架的。”

我沉着脸看着地，失望和痛苦像杯苦水顺着干裂的嘴唇流进肚子里：“什么时候我支持过你打架？！我找老师谈也是想弄清楚事实，怎么就因为这个被开除了？！”我愤怒了，百思不得其解。

“我看你是有点狂。”小子出言不逊，居然敢骂我。

“这怎么是狂？如果这就算是狂，那总比谦逊的后面掩藏着自卑闭塞强，更怕和善的面具后面闷着一个黑色的阴影，险些要了我的命。”

嗡嗡的马达声划破寂静，一架刚从双流起飞的空客顺着航线掠过堰塘上空，向着东北方向的某个机场飞去。我伸长脖子，张着大嘴，半天，方才明白涂晓早已经讲完了。我从上衣胸前的口袋里伸手摸出皱巴巴的香烟盒，从里面取出一支放到唇间，用打火机点着，狠狠地吸一大口，望着绿水蓝天凝神思索一语不发，脑子里充斥着各种疑问……孩子间拔葵啖枣的小打小闹能引出这么大动静？

慢慢地平静一下心情，理智地捋出一个头绪。

我本想去找物理老师核实情况，不想却惹出这么一个后果，再想串起一条证据链也是枉然，真相已经被掩埋起来。我感觉到隐隐的心悸——前锋、中场、后卫全乱了……麻烦了，遇上一个乱局。结果肯定是要输了，一个人形单影只、单枪匹马怎么踢也是必输无疑。这个时候的我即便再哀叹也于事无补，难道只有束手待毙了？

往乐观想，开除一个学生在哪儿也不是件小事情，学校怎么也得上报吧？也不会那么快吧。唉，又一想，瞎掰！学生打架这事，说大就大，也够开除级别了。

我绝望地瞪大眼睛，抬头上仰，一筹莫展。从远处飘来一层厚厚的浓云，在碧蓝色的晴空里正贴着地平线悄悄地朝着这边缓缓地压过来，预示着一场强烈的暴雨将要降临……

一位做父亲的万箭穿心的心情更不用提。开除，意味着自己家孩子将被扔出去，成为社会的弃儿，一个孤独的流浪者。

涂晓的事我清楚得很，他这应该算是正当防卫。一旦打起来了，双方都有责任，就算是防卫过当，但也不至于开除吧？！

我头脑发涨，眼睛发涩，喉咙发干，挫折和愤怒使我连气也喘不过来。想当初转战S城改造，谁想到会落一个学校开除的下场，这叫什么事啊！

我不语，击闷了，无话可说，傻愣愣的，呆若木鸡。

偏过头问小子："我给叶主任留的字条呢？"

"放在姚老师办公桌上了。"小子也傻愣愣的，他也没想到会是这个结果。

"对了，你这自行车哪儿来的？"这时候我才发现不对。

"路上碰上李飙他妈妈，她看我往这边跑，问我干吗去？我说急着找你。他妈妈就把自行车借给我了，还问李飙在学校表现怎么样，我说挺好的。"

"是挺好的，他肿着半个脸，我掉进池塘里，你眼看没学上……大家全都挺好的是吧。"我有点哭笑不得，"李飙他妈妈人倒是挺善良的，儿子怎么这么混。看来她还不知道你们打架的事吧？"

"应该不知道吧，要是知道了，肯定不借我自行车了。"小子怯怯地说。

"该收竿了，回家——"

日薄崦嵫，暮霭炊烟，晚霞尚在天边。附近的村落里响起一声耳熟能详的正宗乡音："卖卤肉嘞……"声音顺着迤逦的田野向四周围扩散，传得很远，很远……

泣风雨于梁山，惟枯鱼之衔索。

这时候的北京街头最繁忙最拥挤，下班一族摩肩接踵，不管四环以里还是横竖马路，此时此刻人挨人车顶车。忙碌一天的人们，承载着各自不一样的心情，各回各家，各找各妈了。

我内心喧嚣的声浪也与静谧黄昏的色调极不和谐地混杂在一起。不管南北方的地域相隔多远，没有规矩不成方圆，想起这句大俗的老话。

我手脚缓慢，一边跟涂晓收拾渔具，一边嘴里哼唱着："河里水蛭，傻眼了吧？吃亏了吧？倒霉了吧？歇菜了吧？瞎蹦跶呀！"

天上的那团浓云已经浮荡着过来，低低地罩住宁静的堰塘，停留在我头顶上方，堆积，凝结，固态化了。

红日终究不甘被云翳遮挡，火辣辣地穿透最后一抹晚霞，给大地撒下来一片金黄……

9 / 谁也不能剥夺你上学的权利

窗外悄无声息，漆黑一片，万籁寂静，四野阒然。偶尔，从远处传过来几声狗吠……

一阵玄妙的音乐从远处山峦间飘荡着过来。缓缓地漫过竹林，轻轻地滑过田野，顺着窗户的缝隙悄悄地钻进来……

> 只怨你胸脯高，体质差，脸上长满了青春疙瘩，修身养性安心动脑垂钓，静观棋局别胡乱支招，夜深了怎么不想睡，看来也没有辙吧？只要你忍气吞声低头认罪，从容退让也屈膝下跪了吧。有理不走天下，坐着发呆，想不明白吗？

请翻一翻《孙子兵法》。

谁敢来窝里打，胆子大，曹操孙权曾经都败啦。司马懿厉害吧周瑜软吗，单挑群斗更甭提你了，夜深了即使想睡，恐怕也睡不着吧？只要能垂柳随风看风使舵，师道尊严仅赏一次机会。算了吧，就这样认输吧，傻傻等待，也是没办法，多替孩子想想未来。

小崽子腰椎弯，脊梁塌，忍耐本是进攻亏赚大福，受制于人做提线木偶，夜深了还不赶紧睡，估计也学乖了吧？父子俩看堂吉诃德大战风车，哭笑不得还要惦记买票，乘坐哪趟北去的列车……

谁家房顶上的高音喇叭发出一阵电磁波干扰，车轮压轨、咔嚓咔嚓疾驰地叫唤。音频尖厉刺耳，音律杂乱无章。片刻后，音调转入平稳，恢复正常，音质纯净悦耳清晰逼真。有一对男女无聊地唱着：“两只小蜜蜂呀，飞在花丛中呀，飞呀飞呀……”

哟？这儿哪儿跟哪儿？我晃晃头，睁开眼睛，坐在椅子上犯迷糊，脑子里面好似出现了幻觉。

涂晓穿着内衣站在房间门口问：“爸，你怎么了？”

“我？没事。”

“还没事呢？你喝多了。”涂晓冷言冷语地抢白我一句，走进屋里一把夺过桌子上的酒瓶，扭头回他房间，不顾夜深人静，“砰”地一声摔上房门，赌气地发泄着对我的不满。

“是吗？”我含混地嘟囔着。再眨眨眼皮，看看桌上闹表，凌晨5点。

大难临头哪里敢烂醉如泥？我晃晃悠悠地带着几分醉意直奔涂晓房间，经过走廊，顺着对面临街窗户，看到街道上空无一人，寂若死灰一般。推开门，涂晓屋里亮着台灯。他已经穿戴整齐坐在桌前摊开书本，唯独不见我那瓶渔樵仙。我问：“你学得下去吗？”

小子抬起头，满脸倦容地答道：“特乱。”他的头向后仰，手在脸前不停摆动，厌恶我吐出来一股呛鼻难闻的酒气。

“歇一会儿吧。一小时后该上学了，先做好心理准备。”我坐在对面另一张竹椅上，一只手按住他肩膀，紧紧盯住他的眼睛，嘱咐道，“你想过吗？今天看门的爷爷或保安很可能挡住你，不让你再进学校的门了。”

涂晓眨巴一下眼睛，想了想说：“我翻墙。”

“没有任何人可以剥夺你上学的权利。我没有，学校更没有。但今天，无论看门的爷爷和保安怎样对你都不该去记恨。校方一纸命令谁也不敢违抗，桀犬吠尧各为其主，大家都要吃饭，到了关键场合有时人的行为不得不和内心相互矛盾，这么干，那样想，绕着说。不得已而为之的事情太多了，随手拈来，俯拾皆是。这或许是郑板桥被赫然照壁于古今的缘由吧？”说完，我拍拍他膝盖，改口道，“这一点不太清楚，不敢轻易地胡说八道。歪批祖宗犯不敬之罪，你可以当我什么都没说，但你今天一定要忍。”

“你故妄说之，我故妄听之。”

小子没准谱，倏忽间放松心情又像往日一样地跟我臭贫起来。

"今天在学校里……"我用力捏捏他的肩膀，目光如炬，"无论发生什么意料不到的情况必须坚定信念：要上学不是罪过，老爸坚信一场打架构不成被开除的理由。从现在开始端正心态，在我没接到判决书前你继续去学校。只要不进课堂该怎么学就怎么学，学校还是你的学校，老师还是你的老师。目标不变，做好期中考前准备，争取冲进班里前五名。剩下的事交给老爸来处理……"看着涂晓发呆的样子，我故意笑着问，"那句广告词怎么说来着？"

小子会意地笑了笑站起来，离开椅子，摆开架势，翘起拇指，嚼着大舌头道："相信我，没错的。"

"哼。"我吭叽一声掩饰住内心的苦，自己家孩子自己心疼。我转身下楼去给涂晓熬粥，回过头来说，"这件事情过去了。你尽快忘掉，越早越好，忘得一干二净最好！"

我站在厨房里的煤气灶前愣愣地看着锅里滚沸着的稀饭，不知怎么想起一年前刚来S城时带着涂晓逛夜市的情景……

去年8月29号那一天上午，我和涂晓坐在车厢靠后的双人座椅上。汽车入站，站台上没有乘客等车，司机脚踏油门车马上驶离站台，后门要下车的小伙儿见状大声嚷嚷要下车。司机埋怨道："要下车早怎么不开腔？"

"现在开腔还晚吗？"

两个人在车厢里你来我往地互相对骂开了，汽车一直行驶着丝毫没有减速的迹象，就是不让小伙子下车……

“看见没有？”我对涂晓说，“其实乘客没有嚷嚷下车的义务，司机却有每站必停的规矩。”

小伙子见车子没停，马上怒了，立刻冲过去，揪住司机的衣领准备开打。乘客们全体哗然，众说不一，各持一词……

司机意识到来者不善，赶紧猛踩一脚刹车，打开前门，让小伙子下了公交车。

涂晓说：“我就站在司机这边，谁叫他到站不着急下车，耽误了一车乘客。要是我，不开门就不开门，看你能怎么着……”

“是不能怎么着。这是惯性的力量、可怕的力量。我倒觉得这位司机有骂人的工夫，只需轻抬一脚油门，早踩一脚刹车，非等着被揪住了衣领才想起来刹车就有点尴尬了。大家也一样，终生都是习惯的奴仆。其实这些小事都是各让一步的事。如果大家都能把自己的坏习惯改改，这社会也太平了。但谁都知道坏习惯很难改，这也是大多数人的行为状态和生存状态。你要靠意志力去影响它，靠时间来改造它，让自己的习惯优胜劣汰。这事看着小，其实事关重大，牵涉到你将来是喝稀粥还是吃面包的大问题。今天，你的思维惯性如同这辆车把你载到 S 城，要是再不刹车有时间老人等着你呢，到时候命运会揳在你脑袋上一棍子……”

“这只是车厢一隅……”一个清脆的声音从我的头顶上飘然而至，“并不代表 S 城的全貌。”

我仰起头，看见一位身着职业女装的少妇正目不转睛地盯着我。她平静端庄，两颗黑色的眸子深不见底，那神情好似涂晓他妈妈，我浑身一紧。这种神似迫使我有一种透不过气的感觉，我连忙解释：“是，这确实不是S城的全貌……我只是借助日常琐事，随便议论一下，那什么……”我一时语塞，手指着脑袋比画，“挑开……弦，一点儿没有要贬低S城市民的意思。”

少妇故意将目光移向别处，似乎漫不经心地反问：“听得出你是北京口音，如果我没猜错，你们是从北京来的？”

我点点头。

“北京教育条件多好啊！你可别让孩子在这儿上学……”少妇接着说。我却有些尴尬了。

我苦笑着说不出口，又能说什么呢？说涂晓成绩一塌糊涂，不得不转战S城复读……或者说我离了婚，北京没了容身之地，只得远走他乡？想了想，我只得拐了个弯说：“其实哪里都一样，同分左、中、右。我觉得S城也挺好的，没那么复杂……”说完我都冒虚汗了。

我看了看身旁的涂晓，他倒一脸自在的样子。我转回身，目视前方，仍感觉背若芒刺。少妇见我转过身去，便也停止了话题。这倒让我稍稍放下心。

当汽车又一次减速，我顺着车窗向外望，路边人头攒动，大厦林立，比肩接踵，热闹非常。我拽一下涂晓说：“走，下车吧。”我先起身离开座椅让到一旁，对少妇说，“您坐吧。”

少妇却没有动，她说：“你们是不是要逛一下S城的步行街？还差三站地呢。”

我的心倏地一紧，惊得周身一颤，心想她怎么知道我要逛步行街？我赶忙掩饰说：“逛街就当锻炼身体，安步当车。”我有一种被她捉住的感觉，拉着涂晓逃也似的直奔车门口。

当汽车到站停靠，我回头迎上少妇投过来的目光。她已经坐到座位上，两眼细眯，一直观察着我们父子俩。我的心狂跳不止，掩饰着咧咧嘴，随即嗓音嘶哑地说：“……再见。”

少妇点点头微笑着。那一对自信的美丽的眼神随之飞了过来。

涂晓也向少妇摆摆手：“阿姨再见。”

“再见，小朋友，你有一个十分称职的父亲。”

车厢门哗地关闭，把她的话生生夹住。可我依旧十分清晰地听到了这一句。心里竟涌出一股莫名的激动……

从来没有人说过我是一位称职的父亲，今天头一次听到，竟会如此兴奋。这说明来到S城，我有转变，有进步。

我笑眯眯地问小子：“哎，你听到阿姨最后一句说什么了吗？”心里很是得意。

不想，小子回我一句：“没听清。”

真够扫兴的。

“她说什么？”小子问我。

“好话你向来听不到。算了，我也懒得跟你重复。”我拍了拍小子的肩膀，加快了脚步，心里却是甜丝丝的。头一次觉得来S城来对了！

小子只顾往前走，急着逛夜市，他哪儿能体会此刻我这个当父亲的心情。

……

厨房门大敞，小子不知从哪儿冒出来，他一步蹿到煤气灶前关掉煤气："大哥，你熬什么呢？一锅浆子，全煳了！"

他的一句话把我的回忆全打断了。

10 / 作为父亲，我该怎么办?

上午八点，我兜里装上盒烟走出家门。站在路边截住一辆中巴车坐上去，二十分钟后我已经穿行在S城青山区的大街小巷。

这里市井繁华，吆喝声此起彼落，带有一股憋着劲准备崛起的朝气。我用力地活动着两只僵硬的胳臂，大口呼吸着久违了的城市空气，顿觉轻松，神清气爽，整个人的精神也跟着振奋起来。新的一天总该抱着希望。

身在林泉，心悬魏阙。一想起小子或许正在校园里东躲西藏，我的心境复又跌落下来，再无暇顾盼左右，欣赏街头市井的那一份幽逸的闲情雅趣。

路上遇到行人热情地给我指点通往去教育局的路径，我顺着织如密网的大街小巷左拐右弯。接着就转向了，一时发蒙，不知所往。到底要不要去教育局？我有种走投无路的感觉。可不去，还有什么办法吗？眼睁睁地看着小子无学可上？这要是让他母亲知道了，这得多揪心啊。肯定不会让小子跟着我过日子了。可现在对我来说，儿子就是我的支柱，我要留住他，我要让他重新上学。这个信念一遍遍撞击着我的内心。

或者去报社，跟记者反映反映情况？当地有家报纸叫《民声时报》，听说反响不错，挺替老百姓说话的。但真实情况又是怎么样？我也不知道。

如果就这么去了，谁也不认识，记者会接待吗？万一都不让我进门怎么办？那可真够丢脸的。就算记者同志接待了我，听我说了情况之后不干实事也是白搭。

我开始胡思乱想。在这段路上反反复复地走，引得路人直看我。有人走过好远扭头回望我。我想此刻我那样子一定又滑稽又狼狈，跟神经病没什么区别。我苦笑着摇摇头，不敢与他们对视。人在落魄时，腰杆都是弯的。

突然脑袋北半球有一根神经嘣、嘣、嘣地连续跳跃三下，蹦出三个字：关系网。使我立刻停住脚步踅在街边。看着从我身旁经过的那些正为生计奔波忙碌着的人们，一时间怅然若失无所适从。

蠢啊！怎么没早点想到，应该找找关系，或许谁认识S城学校的校长，帮着说个情，这事也就过去了。犯得着找教育局吗？

再说了，就算找了教育局局长，人家能接待你吗？冷静下来一想，这事不能干。这么一找没准更让小子在学校没法待了。

可仔细梳理了一下自己可怜的关系网，发现能认识S城校长的人几乎没有。才来S城一年多，说实话，哪儿来什么关系网啊？！除了跟我一起开店的老张，其他人也都是打个招呼而已，都到不了请人帮忙的份儿上。

想了想，我还是把电话打给了老张。除了他，这事还能打谁呢？

老张帮我想了一圈，说自己有个朋友是律师，或许可以问问他。

我放下电话，便直奔律师事务所了。

一点儿没堵车，二十分钟我就鬼使神差地站到了某大厦门口。我抬头一看，这不是司法局吗？不禁吓了一跳。我可没想找到司法局来。定睛一看，院落门口立着一块牌子，几家律师事务所的名称在上面按序排列。我这才心头落地。进了写字楼，只见门口一面墙上贴有各位律师的照片，还附有简历、学历、擅长受理的案件等。杀人放火、财产分割、邻里纠纷、男女奸情等各种各样、乱七八糟的所谓疑难杂症，分门别类罗列得一目了然，清清楚楚。

一个人无论身在何处落在何方，更无论谁的人情网织得再密、官腔拉得再长、表面文章写得再漂亮，全国终究实行统一的法律宝典。片刻，我又迟疑了，心生疑虑顾虑重重。条款是死的人是活的，一部宝典的约束岂可矩镬绳尺让天下安澜？想了想，管他呢，事到如今只能试试看。我虽不确定哪条路能走得通也不能不试着去走。

我伸手整了整衣领，敲开了律师事务所的大门……

接待我的李律师耐心地听我讲述完，便问：“当时为什么你不让孩子去告诉老师实情？”

“我说了实情，可是没人相信啊。作为家长，我总想保护孩子，我想我出面说应该比他自己说好吧，结果没想到，反倒被学校开除了。这也太冤枉了！”

李律师点点头，说：“相对于成年人，根据你叙述的情况，我想会被法院界定为正当防卫。但无论怎样，涂晓罪不容诛，他确实打人了。但能否将落后生定性为烂仔开除，还需教育部门认定。孩子嘛，终究还是孩子。作为个人我很钦佩你的举动，都是独生子女，你的心情我能理解。但你这个做法确实也不是一般人所为。”

李律师的话让我略作停顿：“你是说我不该到学校去找老师谈判？但我觉得为了正义我应该这么做。我想给孩子一个交代。孩子打人是不对，但不至于被开除吧。况且就像李律师你说的，如果这孩子是正当防卫，也应该情有可原。因为一个不公正的盖棺定论，让孩子没学上，我觉得对孩子太不公平了。”

李律师点点头，又摇摇头，欲言又止的样子。

我知道他一定也很为难。这事不好处理。

我不安地说：“李律师，您看这事该怎么处理好？我在S城朋友也不多，就想问问您的意见。”

李律师沉吟一下。

我见状立刻补了一句："谢谢啊。对了，李律师，我该付多少钱？"

李律师开口道："像这类咨询一般不收费，如果委托我们打官司就得收费了……这个官司要赢，理论上没有太大问题。不过你确定想打这场官司吗？"

打官司？我确实没想。可是不打官司，这事能解决吗？我有些迷茫。

"您看呢？"我只得问。

"我觉得这事，你应该让孩子去认个错，如果认个错就能让孩子上学，何苦要打官司呢？这官司一打起来，几个月是它，几年也是它。费时费力也费钱。一场官司打下来，费用也是很可观的。再说，即便我们帮你打赢了这场官司，耽误的可是你儿子的学业啊。这个损失，你、我、学校、法院，谁也赔偿不来。"

李律师的话确实有道理，我直愣愣地看着他，没了主意。

李律师看我不解其意的样子，接着说："不光是孩子认错，您也该一起去。家长的态度就是孩子的态度，这点你应该明白吧。"

我沉默了。这要是放在过去，我早反驳了。可今天，我什么也没说。冲动是魔鬼，为了孩子，我不能再冲动了。

"谁都有过被强按牛头喝水的经历，有时候你不喝也得喝。听我劝，多一事不如少一事，委曲求全。你也是为孩子着急才来到我这儿，既然是老张的朋友，我也劝你一句，不到万不得已，别走官司这条路。"李律师意味深长地说。

我从椅子上站起来，走过去用力握住李律师的手摇了摇，顺带把一直攥在左手里剩下的多半盒烟塞进他手里，语气不畅道：“一个举目无亲的人，落在四面楚歌、八方无援的境地。你清楚，一句出自肺腑的语言的分量……你的话我一定会考虑的！”

以前我是绝不会随着妥协之风满处乱跑的，宁肯让小子再重新复读一年，我也不愿意去认这个错。在事实还没调查清楚之前，为什么要先认错？可是那是以前，我知道现在不能再这样做事不经大脑了。

走到门口，我冲李律师说：“谢谢你李律师，再见！”

李律师握着我的手说：“但愿我们不见吧。”

我笑了一下，尴尬地点点头，由心底里蹦出一个声音：“是呀，但愿不再见……”

我知道学校是孩子的第二父母，滴水涌泉的道理我懂，绝不能以怨报德。

走出了律师事务所，我脸上的表情依旧茫然，和刚来的时候毫无两样。但是李律师的话我装进了脑中，因此脸上更多了一份沉重。

11 / 你没权利要求别人对你好

离开律师事务所，我急着赶回家见涂晓，这小子也不知回家没有。

这一天我都揪着心，他今天到底上成学了没有？老师会赶他出门吗？

带着一连串的担心，我匆匆赶回了家。

还好，涂晓没在家，那就意味着他今天上学了。也可能老师原谅他了，又让他上课了。想到这儿，我不禁高兴起来。

生活如戏，不必在意。世事如棋，各有路数。我的心一下平稳了许多。脑子里全是小子认真上课的表情。

正想着，楼下一阵喊里哐啷。我知道准是这小子回家了。

果然，几分钟后，涂晓进了家门。

我没等他卸下书包，赶紧上前急切地询问今天上学的情况。不想结果却大大出乎我的预料。

“今天早上，我刚到学校门口，就看见姚老师在校门口扫地。我赶紧躲到树后面，幸好他没看到我。我看见化学老师从远处走过来，就赶紧跑到他身旁，边交作业边问问题，就这么混进了学校。”小子说到这儿一脸得意。

“后来呢？”我急着问。

“后来，姚老师看见我了，但也没管我。我有点奇怪，化学老师是我们学校的副校长，你说他怎么不管我呢？”他忽闪着两只眼睛疑惑不解。

今天白天可真是虚惊一场。涂晓回忆白天的情形，手心还冒汗。

今天课间，涂晓和原来 5 班的几位同学凑在一起。一个同学问他：“你们 3 班怎么样？”

涂晓答：“不行，跟邢老师没法比，差远了。作文抄《中学生优秀作文选》上的，才判 70 分。”

“打小抄被老师发现了吧？”同学问。

“那倒还没有，如果发现了他还不收拾我啊。我觉得他是没有审美，他不懂什么叫创造性思维。”涂晓口若悬河。

而此时正巧化学老师从这几位同学身旁经过……涂晓全然不知，仍继续滔滔不绝地吹牛皮：“化学课就更别提了，做高锰酸钾制氧气实验。化学老师手忙脚乱的，试管都烧坏了好几个，最后实验还是没做成功。”

这句话恰好被化学老师听到了，他看了涂晓一眼走过去了。

一个同学继续插话说：“我们班的化学老师特棒，比你们班的强多了……”

涂晓正欲往下说，突然转眼看到了化学老师的身影。他吐了吐舌头，两眼发直。完蛋了，这下要惨了……

晚上，张赛华走到涂晓床前：“我的头碰了一下，帮我看看，没流血吧？”

涂晓看了一眼，说：“没事。”

“怎么眼睛还有点疼……”张赛华还未说完，正好化学老师巡查到此。大家立刻噤声。

化学老师用手电照着张赛华，见他脸上有伤，立刻警觉起来。他又举起手电照了照涂晓。

张赛华见状，立刻说：“老师，是我自己摔的，我们俩真的没闹。”

化学老师只盯着涂晓看。

涂晓忙说：“这事跟我无关。”

“跟你无关？平时你最爱打架。哪次打架的事跟你无关？”化学老师怀疑道。

张赛华赶紧解释：“老师，这事真的跟涂晓无关。我今天自己摔了一下，头碰了一下，我让他帮我看一眼。我俩真的没打架。真的没涂晓的事，是我自找的。”

化学老师走到张赛华面前，细看他的脸：“真的不是打架打的？”

张赛华一本正经道：“老师，真的不是打架。平时我和涂晓的关系挺好的，我俩是好兄弟，打不起来的。”

化学老师又看了一眼涂晓，看两人的样子确实不像撒谎，又叮嘱了一通才离开了。

涂晓悬着的心这才放下来。他总觉得那次跟5班的同学聊天，说了化学老师的坏话，他一定记仇了。不然怎么会这么晚突然袭击？

又一日，校园里，涂晓和张赛华一起迎面碰上了化学老师，两人不约而同地喊道：“老师好。”

化学老师看他俩一眼，严肃地点了一下头。

涂晓心虚地说：“你看化学老师的表情特别严肃，可是他对别的学生都笑眯眯的。”

“我觉得还好吧，你想多了吧？”张赛华不经意道。

接着涂晓跟他说了那天和5班学生说老师坏话的事。

张赛华不以为意道：“你确定化学老师听见了？”

“那还用问，当时他就狠狠地瞪了我一眼。”涂晓回忆道。

“我倒觉得这么多学生，老师会在意你一个差生的话？”张赛华直截了当地说。

“老师一般都小心眼。我又是老师眼里的坏学生，老师一定恨上我了。这下我在学校更不好混了。”涂晓担心道。

“那也不一定，你一个差生，老师都懒得多看你一眼。就算那天他听见了那句话，没准现在也忘了。老师事多多啊，再说他又是副校长。你也别多想了。”张赛华毕竟是涂晓的师傅，说话就是比他成熟。

二人进了课堂，正好就是化学课。

课上到一半，化学老师问：“还有哪位同学的作业没交？”

涂晓战战兢兢地举起了手。

“怎么又是你？”化学老师有些气愤。

“老师，我作业忘家里了，我确实写完了。”涂晓解释。

不用问，老师显然不会相信这样的借口。

“那你现在回家取去吧。”化学老师不客气道。

此话一落，同学间开始议论纷纷。

“大家安静！涂晓，你回家取作业，其他同学继续上课！”化学老师严肃道。

大家立刻安静了。目光都注视在涂晓身上。

涂晓二话不说，抓起书包就冲出了教室。

张赛华看到这一幕，心里暗暗担心，这家伙肯定是没写作业，一时半会儿也回不来了。

不想等到下课时，涂晓奇迹般地出现在大家面前。

他把作业高高举过头顶，大声道：“老师，交作业！”

化学老师也是一愣，惊讶地打开作业本，没想到本上不是空白一片，他还真是写了作业。

“以后记得带作业本，其他同学都能带，你为什么就会忘，不要搞特殊化，要遵守纪律！”化学老师批评了一句。

不想涂晓却回了一句：“你就是看我不顺眼。”

这句话虽声音不大，但连张赛华都听到了。

眼看着局面开始僵持，张赛华赶紧冲到了教室前面，拉起了涂晓就往座位上走：“你交完作业就得了，废什么话！”

“涂晓，你刚才说什么？”化学老师接着问。

“老师，他没说什么……”张赛华边说边拉着涂晓回到了座位。

涂晓还是一脸气愤，正欲发作。

张赛华死死按住了他的肩膀：“怎么还想打架？还想让你老爸再来学校？！”

提到这个，涂晓不说话了。他也怕事情再搞大了，又要找家长。

这时同学们有几个围了上来。

“哎，化学老师为啥老批你啊？你做啥子了吗？”

“管他呢，爱怎么着怎么着，反正我也没错。”涂晓梗着脖子说。

张赛华没理他，转过身去。

好一会儿，涂晓见他没吭声，便问：“怎么样师傅，我今天没做错吧？我又没打架。”

张赛华啥也不说，递给他一张纸：“这是从《文摘》上抄的，你看一下第十二条。”

涂晓接过来一看，只见纸条上写着：“你没权利要求别人对你好。”

他挠了挠头，皱皱眉头道：“哎，我怎么老惹事？可我今天确实忘了带了……”

“要想别人挑不出你的错，你自己先别犯错，别让别人揪着你。”张赛华学着大人的口吻说。

“师傅，下回你提醒我一下。”涂晓吐了吐舌头。

“以后咱们互相提醒，不管谁说谁什么，错了不许记仇，也不许伤感情。”张赛华笃定地说。

涂晓笑了一下：“一言为定！”

12 / 整个一个不可救药

周末，我没有像往常一样去看店，把店交给了老张。自己在家跟小子大眼瞪小眼。上学的事没有解决，其他什么事都不重要了。

涂晓把责任全推我身上："都是你跟叶主任吵了，不然情况也不会这么坏。"

"我跟叶主任那次也不算争吵吧，我只是想摆清事实。"我当然不承认那是吵架。

"本来他们也没说要开除我，就是你那次找叶主任之后，他们才决定开除我的。这事绝对跟你有关系。"涂晓不依不饶。

“你还怪我，我去学校不是为了你啊！你自己要是不打架，能有今天的事吗？”我火冒三丈。

涂晓见我发火，不敢还嘴了。

“还嫌我得罪人，你在学校得罪的人还少啊，化学老师，那个副校长不是你得罪的？！”我也不依不饶。

涂晓低下了头，他自知理亏。

看小子那可怜样，我口气又软了：“姚老师是你的班主任，你又是怎么得罪他的？”

“那天我跟黄永生被带到办公室，姚老师过来问情况。黄永生说他是挨打的，姚老师信了他的话，想过来揍我，我就挡。我一直按着他的手臂，但确实没有半个多小时，我估计也就十分钟吧……”

听涂晓说到这儿，我快气炸了：“上次班主任专门跟我说过你的问题，说你挡他的手臂能挡半个多小时。你怎么这次还挡？！再说了，你让老师打一下会死啊！你在老师面前逞什么能！”

“我就是气不过他信了黄永生的话。黄永生明明是先打我的，我是自卫。他非说成自己是挨打的。这是血口喷人。姚老师居然信他了！”涂晓的声音激动起来。

“那你可以慢慢跟他解释啊。后来呢？后来姚老师怎么说的？”我开始翻后账。

“后来……办公室比较乱，我们就吵起来了。其他老师一直在边上劝，有两个老师拉着我。邢老师站在我边上用身体挡着我，生怕我跟姚老师打起来。姚老师急了，冲我嚷嚷说：‘我给你爸打电话。’”

“还有吗？”我让小子继续说下去，“然后你又做什么了？”

涂晓摇头，给我一个否定答复：“没有了。然后他就给你打了电话，我什么也没说。”

“推己及人换位思考，站在老师的角度，老师做得没错。自己的学生打架，他的面上也挂不住。你要发现自己的问题，社会噪声将减少一半。你也该成熟了，不必非等四十不惑的时候。你老爸我都快五十了，我就是成熟得太晚，你不能走我的老路。”

说到这儿，我自己才意识到，我到学校找叶主任其实是火上浇油。

我记得八月份实验班提前开学，我的确曾跟姚老师当面交代过，与初二学期跟邢老师交代过的如出一辙：“涂晓犯错，您就狠狠地打。十下的罪过，照二十下打。怀疑就打，宁错打一千，不放过一回。这孩子就缺管教。”

嘴上这么说，心里当然也不落忍。可当家长的总得在教师面前表表决心。谁让你的孩子总在学校犯事，让老师闹心。

末了还得补充一句：“这孩子本质不坏，就是脾气不好，爱冲动。”

孩子在外面惹事，家长肯定生气；学生给班里惹事，班主任同样生气。这个道理谁都知道。谁都希望自己有个不惹事的孩子。可涂晓偏偏让我不省心。

以前这孩子是胡打架，为了伸张正义，还美其名曰替社会除害，见坏人就打。我一方面觉得他说的有一定道理，可一方面也觉得社会坏人多了，哪用得着你一个小毛孩子伸张正义。学生的本职是学习，哪儿是打架。

所以每次打架，不管他是伸张正义还是为民除害，只要他打架，我就必打他。得给他一个教训，让他知道打架不是学生该干的事。

可这一次，我没上来就打他，我也想换种方式教育孩子。我也想多从理解的角度教育孩子。这次我给他定性为自卫，只是自卫得有些过了头。他又太能打。自卫之后，还是把别的学生打伤了。老师肯定只看受伤的结果，黄永生被打得满脸是血，老师当然会倾向同情他。

涂晓虽是受害者，可他一还手就把别人打伤了，怎么他也不占理。我找叶主任谈判，也是想给涂晓一个机会，而不是一棒子把他打死。毕竟这次他不是主动要打架的那一个。

不想，我嘴笨，脾气又冲，又不会谈判的艺术，自然把叶主任也给得罪了。嘴上我批评小子，其实我自己还不是跟他一个德行。

楼下一阵敲门声间或有人叫我的名字。我让涂晓放下书包顺便去烧一壶开水，自己匆匆跑下楼梯。

门外，两位穿淡蓝色工装的年轻人站在门外。我赶紧说：“快进来吧，就是这儿。”

我前头引路，他们却并没有要进屋的意思。在房子四周先观察一遍，待确定下安装线路的位置后随我上楼。看到我指定的接线地点是背阳的房间有些挠头了。

“之所以选择这间屋子，主要是因为那边的窗户邻街，有点嫌吵……”我见状忙解释，“这边的窗外能看到田野、绿竹，还清净。”说着，我忙递上烟。现在求人办事，就得先拿出个态度。可是转念一想，在学校我跟叶主任见面的时候，为什么不是现在这个态度？如果当时我也能递个烟，口气软一些，是否结局不会这么惨？想到这儿，我心一沉。

两位工人并没有接过烟，其中一位登上顶楼平台查看一番，两人这才下楼去室外布线。我随着他们身后下楼去厨房。涂晓站在煤气灶前等着烧开水。

我便问他：“明天你打算怎么学习？”

“跟昨天一样，继续上学。”涂晓表决心。

我看看他一脸严肃的表情，点点头。耽误什么也不能耽误学习，这是我俩的约定。

周一，一整天我都揪着心，不知小子在学校怎么样。老师会赶他走吗？

一边看店，我一边闹心。最近生意惨淡，店里也没什么人光顾。幸好老张还有一些老客户能定期要货，不然还真要喝西北风了。

到了傍晚，我直接关店回家，我急着问涂晓上学的事。

进了家，涂晓已在屋内。我忙问：“今天上学怎么样？”

“我还是和往常一样混进去。老师也没管我，也可能他们谁都没看见我。坐在校门口的门卫爷爷好像也不知道我被学校开除的事。他从来也没拦着我。上课时老师也没赶我，我照常上。下课我就躲进食堂里，也挺好。”

小子还能这么想得开，我也真是服了。

正说着，小子换了口气，脸一沉说：“爸，马上该期中考试了，学校能让我参加考试吗？”

我的心咯噔一下，这才是个大问题。想了想，我说：“会的，再坚持几天。下星期就能去上学。你相信我，老爸有办法。”我嘴上这么说，心里也是疑虑重重。

“爸，你这么肯定？”小子犹豫地看着我。

我不敢与他对视，其实我心里根本没底。

“时下有句流行的时髦词：态度决定一切。只要你态度端正，没有解决不了的问题！”我给小子鼓劲，也给自己鼓劲。

“是我学习态度的问题？”小子被我转晕乎了。

“你最近学习态度是有明显改善了，这个我得肯定你。”我沉吟一下说，“是我处理问题的方法有问题。老爸的态度是有问题，这事我负有不可推卸的责任。我不应该只想着给你维权。如果当时我能狠狠揍你一顿都比现在的结果强。”

“爸，你可说过以后不轻易打我了。”小子正色道。

“是啊，所以我当时没打你，还替你讨了公道。现在公道没讨成，反而害得你被开除。”我苦笑着，捏着他的脖子不着四六地胡言乱语，“如果当时我把你痛打一顿，哪怕回家再给你揉呢，后面所有的事情也许就不会发生，你说老爸的态度是不是有问题？”

小子略显惊奇地歪歪头瞄我一眼：“早知道这样，你打我几下不就完了？我本来就是差生，你还到老师那儿替我说话，老师肯定会反感。”

这时，李律师的话又重新冒出来：“我觉得这事，你应该让孩子去认个错，如果认个错就能让孩子上学，何苦要打官司呢？这官司一打起来，几个月是它，几年也是它。费时费力也费钱。一场官司打下来，费用也是很可观的。再说，即便我们帮你打赢了这场官司，耽误的可是你儿子的学业啊。这个损失，你、我、学校、法院，谁也赔偿不来。”

我的脑袋一阵发蒙，接下来屋子里传来的还是李律师的话：“不光是孩子认错，您也该一起去。家长的态度就是孩子的态度，这点你应该明白吧。”

小子见我不吭气，他伸出一个手指头，在我面前晃一晃，咂咂嘴道：“NO，NO，NO，你不是一个老练的游击队员。”

我低头看着地板，不无羞愧地扤着后脖颈说：“行，有进步，你会说 NO 了。”抬起头来强辩道，“可我不能教你呀，咱不能搞阳奉阴违的那一套，我一直认为它太低级。你说呢？”

我身体里有东西在打架，找学校道歉这算阳奉阴违吗？你有什么可清高的？有什么不能低头的？可我这辈子都没找谁道过歉，就是当年草率离了婚，明知我错在先，可我也不跟老婆道歉。我嘴硬，死抗着。

“整个一个不可救药！”小子骂了我。

我刚想还一句，这时，一个工人推门进来继续干昨天没干完的活儿。

这个点来实在有些晚。师傅说得一家家来，轮到这个点了。

确实是，人家这个点了还不能回家，还得一家家干，确实不容易。我赶紧招呼。

师傅问我：“能不能把线从临街那边窗户穿进来？顺着走廊进房间，这样免得上房顶了。”

我马上点头：“行，怎么都行。只要接上线，师傅，你从我头顶上穿过去都行。”

工人笑着离去，我转回身对小子说：“好啦，不谈闲事。这次期中考试你准备得怎么样？胜算把握有多大？你和张赛华不是还打赌了吗？”

“数学只要不考奥数差不多，主要是英语拉分。可我不害怕，我觉得我的基础单词、句式、知识点上去了，现在就是具体运用还不够熟练。”涂晓一副志得意满的神态，“再说，张赛华这次AB卷他还比我考得低，这次我觉得胜算把握挺大的。我这次加大了赌注，罚他打两星期的饭。我要把上两次输的一次全给赢回来。”

我听他说得这么信誓旦旦的，就有种不好的预感——这次又要输。

其实，他何时赢过？哪一次成绩排名也没有达到过事先设定的目标。尤其他平时疲疲塌塌、吊儿郎当，顾此失彼不然就叠床架屋，有猛劲没有韧劲。看似晚上窝厕所挑灯夜读，白天经常课堂不听讲伏桌睡觉；就会抓紧课间十分钟，却不计算日常无谓消耗掉的时间；敢于知难而进苦解难题，却不善运用方法、技巧，而选择去走其他另外一条捷径，根本颠倒了战略与战术的位置关系……

一想到这些，我的头又大了。

13 / 今天居然能被这小子感动了

来 S 城的一年多，我眼见着涂晓从一个没有学习兴趣到后来看课本半天放不下的学生。刚来的时候还听不懂英语课，闹出复读初二的学生不会说“stand up！（起立）”的笑话。他的理由是北京学校是班长领喊,这里的蘑菇学校是学生按位子轮流喊。

这是什么狗屁理由?

在老师印象里，涂晓平时还算用功，几个月考试成绩却不尽理想。是脑缺氧、积水，还是根本没有智商？我弄不明白。

英语老师课堂测验：“What do you usually do？（你平时都做些什么？）”

涂晓当堂站起，满嘴跑火车，不知所云……

张赛华手捂着嘴，低声提醒他道：“Take a shower。（洗澡）”

涂晓照猫画虎，鹦鹉学舌：“Take……a shower。”

老师点点头：“好，很好，你很讲卫生。注意天气凉了，别冻感冒。”

同学们都笑了，是哄堂大笑。连英语老师也笑了，是摇头苦笑。

涂晓知道又让张赛华耍了，下课捡根电话线带上几个人找他算账。这是小子的一惯作风，出了什么事先拿武力解决问题。

谁知到了现场，他带的那几个人一见张赛华，都集体倒戈，全倒向了张赛华这边。本来是要找张赛华算账的，不想却被带来的自己人捆在了一棵树上。这叫什么事啊。涂晓痛苦地喊也不是，不喊也不是。转眼上课铃声就响了，老师要是见不到他上课，肯定又是一顿批评。

正在此时，张赛华却突然回来解开电话线给他松了绑。这剧情逆转得太快，涂晓还没反应过来。张赛华喝了他一句：“还不赶紧上课去，这次我救了你，不会白救，你得认我当师傅。”

涂晓嘴硬：“凭什么呀！”

张赛华拿着电话线说：“难道再让我给你捆上？”

涂晓嘴一咧，投降道：“师傅饶了我吧。”

自此，张赛华成了涂晓的师傅。二人不打不相识，成了好兄弟。

小子拿出茶叶、杯子，提起暖壶给门外干活的师傅沏上茶，备好烟，放到门口凳子上。看着师傅干活儿插不上手，我们俩人又转身回屋。

“这次考试你要是能打败你师傅张赛华，我就奖励你。”我用激将法。

“我觉得能打败，你打算奖励我什么？”小子自信满满。

一个曾经普通班里的劣等生，一步一步顶着压力走了过来，今天敢向实验班里的优秀生张赛华发起挑战，这个勇气可嘉。虽说屡战屡败，也在屡败屡战，但没有服输。我心里是想表扬他的：“多棒啊！虽败犹荣。”

“请你吃一顿好的！”我回道。

“嘁，没劲！”小子不屑道。

我给了小子一拳：“听你这口气好像一定能赢似的，老爸支持你！有句话你记住：一个攀岩者，登顶只是时间问题。我也相信这次你一定能考好！”我把手搭住他肩膀，“等你有时间去读读《我的大学》这本书。”

“我哪儿有时间。”小子哭丧着脸看着我。

“是，学习要紧，先把考试这关过了再说！”

哎，我也无可奈何。当初他有的是时间，没有珍惜，白白荒废过去。以至于今天准备不足，粮草不足、弹药不足、方方面面的不足。无论综合素质，还是学习成绩都一时半会儿上不去。但我还是鼓励道：“没关系，还有时间就有希望。一线的希望百分百地去拼，全力以赴总会有好的结果。”

我心里非常清楚：小子现在凭着担心以后上不了学和我的鼓励支撑着他在努力。但这远远不够。我总是无形中给他压力：以后还想不想回北京上学？如果成绩不好，怎么考回北京去？

我知道从内心深处他是渴望回北京的。那里有他的同学、朋友、好哥们儿。那是他从小生活过的地方，他当然想回去。但是，学习不好，一切免谈。但他从小玩野了，文化课的兴趣没有浸透到他大脑的记忆里面，他也进入不到忘我境界里的那份全神贯注。他不是主动学习，还得用各种各样的方式方法激励着他才行。看着他和张赛华师徒间差距那么大，我这个做父亲的当然着急。如果这次考试他真能考过张赛华，这么关键性的一步，至关重要。

工人师傅已布好外线又进室内帮我插线试机，待一切调试完毕后才让我填写一张验收单。等我把他们送出去，只见放到门口的烟和茶水纹丝未动。哇！真是优质的服务，我竟有些莫名的感动。如果人人都有这种服务精神，社会一定就会皆大欢喜了。

今天小店里来了几个老张的朋友，也是经常在一起玩的渔友。大家挤在一间小屋里侃大山。我心不在焉地跟着他们打哈哈。

S 城初来乍到，人地两疏。能说上话的朋友也就那么几个。全是渔友俱乐部里的人。平时嘻嘻哈哈，但真正能掏心窝的、能给我指点高招的没有几个。

大伙多半都爱戏弄奚落我，说我鱼痴、傻实诚、一根儿筋……我也不生气，任他们怎么说都行。只要大家开心，称谓什么我都无所谓。

一位渔友俱乐部的领导嫌我这几天都不来报到，立刻赠予我一个“娜塔莎”的雅号。我嘿嘿一乐，管他叫什么。

乌烟瘴气的聊天室，你一嘴我一嘴，转眼已口干舌燥。我不自觉地摸摸嘴，泡上一杯茶。涂晓的事没有解决，说什么也进不了我脑子。我只在人群中跟着傻乐。久梦初醒无所适从，整个人确实有一点点呆傻。

什么样的圈子都有，你只是来凑凑热闹，未必熟悉的圈子你就能融得进去。我随手拿起桌上的一份报纸，一目十行地看着，却只觉得老眼昏花。

众人开始议论时事。时代发展了，网民领先。报纸上的要闻、快讯都已跟不上节奏了。手机上的新闻更新那叫一个快。我埋头盯着社会版，一眼不眨，看得我竟忘了他们聊到哪儿了。

晚上回去的时候，都已忘记是否吃过晚饭了。很久没这么晚回去了。

涂晓做了一锅面条，给我留了大半锅。我这才觉得肚子饿了。

狼吞虎咽地全吃光了。这才发现没有小子的声音。

往里屋一扫，他居然已经睡了。看了看表，都已快十一点了，怪不得。

看着我吃空了的那一锅面条，心里竟莫名地一暖。接着眼眶湿了，自以为心硬如铁，今天居然能被这小子感动了。不管这面条好不好吃，我都吃得香极了。这小子做饭的手艺随我，面条随便一做都香。

那一晚睡得格外香，满屋子都还有面条的香味。

14 / 道歉也行，你去我就去

一大早被小子吵醒了，一看表，已早上 6 点了。他已背上了书包。

我这才想起什么说："别，等会儿再走。"

我从口袋里掏出五块钱："去，自己到街上买点早点。"

"不用。"涂晓说，"昨晚吃得多，现在还不饿。饿了还有食堂呢。"

我一想也是，食堂的饭钱已交过了。

昨晚也没喝酒啊，我的脑袋怎么还是发蒙。

来 S 城的一年多，除了开了这个小店，其他正事啥也没干。

这一年多，我只顾放情乡野栖身沟壑，把时间消磨在鱼塘、河流上，自得其乐。平心静气地过着鸡犬桑麻式的田园生活，简直成了神仙中人。周围十里八村被我脚下蹬的一辆破自行车转了个遍，转晕了、倒退了、落伍了，转成井底之蛙了。孤陋寡闻不说，蜀犬吠日，少见多怪了，还奢谈什么紧跟时代、超前意识……怨不得俱乐部的领导把“娜塔莎”的桂冠戴我头上，一点儿不冤。

晚上渔友俱乐部聚餐。我跟老张都去了。

这次我喝大发了，喝到最后吐了一地。在北京最后那一晚，也是这么没命地喝。一醉解千愁，我最无能的地方就是买醉。

今晚好似又回到了一年前的北京。喝到老泪纵横，喝到不省人事。

那才叫痛快。一年多没这么痛快地醉一次了。

那晚，不知老张怎么把我弄回家的。迷迷糊糊，好似一直在浩瀚宽阔的太空遨游。

整整睡了一天一夜。小子以为我病了，什么也没说。他问我要不要去医院。我摇摇头，喝个酒上什么医院。

接着两天两夜我都没合眼。不知是睡过了头还是怎么了，一点儿也不困。脑子说清醒也清醒，说糊涂也糊涂。

第三天，内火攻心，疲惫不堪，可还是睡不着，不眠不休，满嘴燎泡。我走到厨房，就着水龙头，朝脸上随便浇了几捧冷水。对着镜子照照，头发蓬乱满脸胡碴，眼睛充血，目光呆滞，好似一名通缉犯。

这两天来一直压抑着烦闷，脸色不好，心绪也完全被遭遇到的境况搅乱了，犹如被人锁进柜子里，上下颠倒，呼吸不畅，四只蹄子连蹬带踹也钻不出来。

“爸，你好久没去钓鱼了。”小子没头没脑地说了一句。

我知道他是怕我真得病，让我去散散心，放松放松。想想我还在堰塘埋了三斤油枯。不行，哪里还有心情？

“涂晓，你明天去学校跟每个老师道个歉。”我一字一顿地把话说完。

小子一愣，半天回了一句：“跟每个老师道歉？那能道得过来吗？”

“那也得道！”脑袋裂开般疼痛，我吼了一句。

“我张不开嘴。”小子埋下头。

“张不开嘴也得张！你还想不想上学？！你还想不想考回北京？！”我把火全撒在小子身上。

“怎么张？你说得容易。”小子白我一眼，最后说，“道歉也行，你去我就去！”

“你……”我被他噎得哑口无言。他知道我的软肋，他知道我也张不开嘴。可我也是个奔五十岁去的老人啊，我总得要点脸面吧。

“你不去，我也不去。”小子跟我摊牌。

我气得胸口快炸开，头也不回地打开房门，冲到街上。

那一刻我无法面对他，我知道自己做不到的事不能勉强别人，可涂晓不是别人，他是我儿子！连他都不听我的话，我还能指挥谁？！

我做几个深呼吸，感觉快憋死了。我一口气从家里走到了堰塘，走得我快瘫了。

不一会儿，晨鸡报晓，朝阳静静地从远处蓊郁的山丘后面缓缓升起。在阳光照射下，空气格外清爽。过不了多久它就会被汽车污浊的尾气和荡起的尘埃污染，新的一天随之开始。

我这才意识到我该回家了，不然身体快扛不住了。

打了辆车，回到家，我实在走不动了。

涂晓不在家，应该上学去了。

我直接爬到床上，倒头便睡，似梦半醒，眼皮发沉，头脑似乎又是清醒的。稀里糊涂地却又怎么也睡不着。一闭上眼，那几张包藏祸心的脸像是在对着我狂笑，幸灾乐祸地怪笑，飘飘然地纵声狂笑，让我睡不安稳，魂不守舍，久久踏实不下来……

15 / 老泪纵横的滋味不好受啊

不知过了多久，放在走廊橱柜上的电话烦躁地一阵爆响。我从迷糊状态一下子清醒过来，全身顿时紧张地警觉起来。我揉揉眼睛又在脸上揉搓几下，谨慎地举起电话放到耳边。

没想到打来电话的是李律师。

“我听老张说，你孩子的事还没解决呢？”

我尴尬地回道：“是啊，这孩子拧，不愿意跟老师道歉……我说他了……”

说这话时我自己都心虚，自己当父亲的没立好榜样，还怎么要求孩子？可在李律师面前，我也只好这么说。

“这事你带孩子去一趟学校，孩子胆子小，肯定觉得张不开嘴。你这个当家长的带着他去，应该没什么问题。这事能早解决就别拖了。我听老张说为这事你都喝大发了……”

“是啊……”我的面色难看到极点，我都不知如何回应了。

这个当父亲的磨不开面子，如果能早把这张老脸放一边，也不至于这事到今天也解决不了了。我心里比谁都清楚。可一想到要领着小子挨个找老师道歉，那场面别提有多尴尬了，想想都迈不开这一步。

跟李律师客气了几句，又再三表达了谢意，终于放下了电话。

放下电话却意难平。当律师的总是一针见血。他哪知道我还把自己这张老脸看得这么重。

第二天到了店里，我就跟老张说了实情。

我问老张还有没有其他办法。

老张说了一句：“为了孩子，你这张老脸也该豁出去一回吧。”

“……”我无语凝噎。

老张是看着涂晓长大的，我知道他有发言权。

“老涂啊，你还记得吗？涂晓上小学的时候，有一次学校组织夏令营，你因为随地小便的事不敢再去学校了，他妈妈正好有事去不了。你让我陪着涂晓去。”

我看着老张无奈地点点头。

“我当时就喜欢涂晓这孩子，我就替你去了，假装是他爸。晚上我俩睡一屋，这孩子一直睡不着。我问他为什么睡不着，是不是不习惯跟假扮的父亲睡？你知道这孩子说什么？他说：‘张叔叔，你就当我睡着了吧，不然你老担心我睡不着，那你也睡不着了。’我当时一听这话，眼泪差点没下来，这孩子多懂事啊。”老张回忆道。

我使劲点点头，却什么话也说不出。

“我一直觉得涂晓这孩子没问题，可一到你手里全是问题。你没想过这问题？”老张质问我。

我无言以对。

“当时涂晓上小学，我从没觉得他是个问题学生。怎么后来又是打架，又是考试不及格，又是复读……我真有点整不明白了。我觉得这孩子不笨啊，智商也没问题，为什么就是总考试不及格呢？”老张不解道。

“……全是我的问题。”我反思道。

“你也不用全揽身上。我是觉得这里面有问题。我觉得最大的问题是这孩子叛逆期比别的孩子早。他喜欢跟家长对着干。你让他学习，他偏不学；你不让他打架，他偏打……你说会不会有这种心理？”老张分析道。

“老张，说实话，我从没琢磨过孩子的心理。孩子一会儿一变，我哪儿知道他什么心理。不过确实我是觉得他总喜欢跟我对着干。”我惭愧地说。

“你天天逼他学习，他本来爱学习也变得不爱了。一旦学习的兴趣没了，你怎么逼他都没用了。孩子已经皮了。”老张继续分析，“咱们小时候都是棍棒教育，但现在时代不同了，都是一家一个孩子，谁还这么打孩子啊！”

“最近这一年多，我都没打过他。”我替自己申辩。

“我是说在北京的时候，你没少打。我记得有一次，咱们哥几个吃饭，你带着涂晓去的。你当时多喝了几杯，涂晓不乐意了，瞪你一眼，你就急了。抄起酒瓶子就扔过来，说他不好好学习就该打。”

我一愣：“还有这事，我怎么不记得了。”

“你当时喝多了，你记得什么？人家涂晓什么都没说，只是瞪你一眼。瞪你一眼的目的，也是让你少喝点。你说你那个脾气，当场就发飙。我赶紧塞给小子打车钱，让他打车回家了。不然那场面你想想，不又是一场拳打脚踢啊！”老张埋怨道。

“这事我真记不住了。”我汗颜道。

“你是记不住了，你能记住什么？我看你就记得两样：打架和学习不好。你这样把孩子的逆反情绪都调动起来了。我当时就劝过你，孩子不能这么教育。你不听，你说孩子不打不成器。当年你父母怎么对你的，你就怎么对你的孩子。哎……”老张叹了一口气。

当年我妈打我的事确实全院儿皆知。几乎每天我妈都得追着我满院儿打。我父亲去世得早，家里只有这么一个严母，动不动就是一顿揍。确实等我自己有孩子了，我也这么对涂晓。真是一个可怕的轮回。可我自己竟然不觉得。

我看着老张，有点抬不起头。

“我到S城也是想改造，我知道我的问题比涂晓大多了。只是我从没意识到这事的严重性。”我坦白道。

“你是得好好改造了。今天聊到这儿，老哥也跟你掏几句心里话。其实涂晓他妈人也不错，现在你们也离了，本来挺好的一个家庭。你又没外遇，她也没二心，就是你脾气大过不到一块儿，怎么就不能改一改、忍不忍？”老张劝道。

“我配不上她。”我说了句心里话。

“你配不上她，人家当初干吗非要跟你？”老张反问。

“我也纳闷呢，她看上我什么？我始终不明白。我估计她当时也是年纪大了，想赶紧找个人嫁了，正好碰上我，也就稀里糊涂结了。估计结了也一直在后悔……”

“一直后悔跟你生了涂晓？”老张替我说完。

“这不明摆着嘛。”

老张白我一眼：“你可真行，你真是无可救药！人家就不能图你人好，你就这么一无是处？什么优点都没有？”

“我确实一无是处，涂晓一直怀疑我是黑社会的，连儿子都这么看我。”

老张又气又好笑：“百年修得同船渡，千年修得共枕眠。两人能走到一起实属不易，你得珍惜。甭管你俩合不合得来，你得有这个珍惜的心。”

“哎，现在说什么也晚了，已经支离破碎了。”我叹气道。

“等你把各种关系处理好了，尤其是你跟涂晓之间的关系，其他关系都能迎刃而解。有些事可不能随便放弃啊！”老张语重心长道。

“老张，我明白。”我答了一句，心里五味杂陈。

“你明白就好。我毕竟是外人，许多家庭矛盾还得自己解决。外部矛盾是外因，家庭矛盾是内因。哪个处理不好都不行。”

我接过老张的眼神，重重地点了点头。也只有老张能说出这些话，我心里一暖，酸酸的。

那天涂晓帮我收拾起渔具，跨上车，我们俩一起往回骑。经过一段石子坑洼路，我突然抖动不止的两条腿蹬不动车了，两臂也扶不住把，没闹明白怎么回事就连人带车一起倒下。我爬起来，卸下肩上渔包交给涂晓，让他先回去，顺便把车子还了自己再走过来，我会在街口那家自助餐厅等着他。

“咱们去餐厅吃？”小子有点不相信我说的话，考试还没考呢，怎么突然要去餐厅吃，这不符合逻辑。

我有气无力地点点头。实在没有力气做饭了，我也懒一回。

“爸，我犯这么大事你还到餐厅吃……”小子有点心虚。

我闭上眼，点着头，羞愧地低声抱歉：“都是我的错，我请你吃鱼赔罪。”这话是真心的，尽管小子不相信。

涂晓愣愣地看着我，见我一直沉默着，他也没再说话。他背起渔包，回头瞟一眼我那条沾满泥土的湿裤子，竟忍不住一脸坏笑。

我气道：“你还笑？！”

他冲我吐了吐舌头，用讥诮的口吻“哼”了一声，又甩我一句：“扛着渔包去吃鱼，空军司令，你是够现的。”

一个孩子，没听过刑场上的一吼：“死刑，立即执行！”

他哪儿能体会死到临头的感觉。

枪一响，双膝往前，扑通一声，犯人自己就跪地下了，那是吓的。谁都怕死，尤其是在刑场上。

我摸了一下裤子，真是全湿透了。那一刻，我觉得世界末日将要来临一样，灰心至极，绝望至极。仿佛自己此刻就在刑场上，正在等着那一声可怕的枪响。

小子一溜烟走了。到底是个孩子，没心没肺。

身心俱疲的我如枯鱼病鹤，昏昏沉沉地坐到灯火明亮热气喧闹的餐馆里。它虽够不上豪华，在小镇子上也称得上是体面的一家。尤其地理位置别致独特，守着十字交叉的路口的一角，弧形落地玻璃窗视野开阔。四条街的街景一目了然，尽收眼底。每次，涂晓取得一点点成绩我都会领着他来这里吃几十块钱的自助餐，以资鼓励。但最近四五个月了，涂晓一直没有突飞猛进的进步，我们也再没有来过这家餐厅了。

今天我却想到这里来，不知为什么，好似给自己圆梦。

我多想此刻是给小子庆贺的日子，而不是现在，硬着头皮走进来麻醉自己。

老板给我送上一盘炒豌豆，我垂着头向她弯弯两根手指，有气无力、无精打采地说："两个人，来二两酒。"

窗外，开始飘落几滴雨丝，不一会儿淅淅沥沥地下起了小雨。我看了看窗外，小子还没来，也不知带伞了没有。这小子没心没肺惯了，肯定没带。又过了一会儿，雨越下越大了。我不时担心地看看窗外，小子得淋成什么样了。

老板吩咐伙计去厨房里点锅子，给我送过来一个小玻璃杯。我嚼着豌豆，喝着苦酒，还不时盯着窗外，担心小子被淋雨。

好一会儿，远远地从落地玻璃窗朝外望去，终于看到涂晓顺着马路边时跑时颠着过来。人常说：浪子回头金不换，初生牛犊不怕虎。他经过了素质、应试的诸多考验，应该成熟了。我自己从小就不好好读书，书到用时方恨少。我把所有读书的希望都落在小子身上了。我盼着他日后能考上大学，甚至能读上研究生。

我是有私心的，总想着我教育出来的孩子能让他妈妈刮目相看。证明这孩子跟着我没错，没让他妈妈失望。当然也是满足我这个老爸的虚荣心。儿子学习好，老爸面子上也有光。谁让现在都是以成绩论英雄。学习不好，其他什么都免谈。

我把我的希望、小子的前途全部寄放在学校了！因此，孩子不能没学校上啊，绝不能！

涂晓冒雨跑了进来，顺着头发直往下滴水。雨声“哗哗”作响，等涂晓踏进餐馆时，雨势骤猛。倾盆大雨滂沱而下泼向小镇。也许连老天爷都伤心了。

看小子淋成了落汤鸡，我数落道：“我就知道你没拿伞。”

小子瞪我一眼，也没脾气。

伙计端上来烧得滚沸的红锅子，涂晓伸出舌头舔舔嘴唇，看得出他是饿了。他先把一只鱼鳔给我，然后毫不迟疑地用筷子夹起一大坨鱼肚放进他碗碟里，大吃特吃起来。那狼吞虎咽的样子好像几日没吃过饭了。

这也怪我，没给他做过几顿像样的饭菜，不是不会做，是没心思做。能凑合就凑合了。去饭馆吃饭也是为了给他改善伙食。毕竟他还是长身体的时候，不能让他吃得太差。

涂晓简直就是一只食肉类动物，总吃不腻的炸猪排、肯德基、麦当劳、羊肉串……一年多清汤寡水肠子早被刮干净了。他曾创过一顿早点吃七个馒头的纪录。他是太能吃了！七个馒头得多大一堆，那胃是高级橡胶制的，质量稍微次点还不得撑破了。我都担心他那肚子别炸了。每到周末我尽量为他改善伙食，只是在周末，平时都是凑合吃。他贪食如猪，每次都跟喂不饱似的。这么个吃法，换别人早吃成个大胖子了。可他人长得精瘦，光吃不长肉，看不出有一个伸缩性极强、膨胀性极佳的橡皮肚子。

他妈妈总担心我喂不饱他，有时打电话来也是问吃得怎么样，再就是学习怎么样。小子每次都说吃得好，学习也还凑合。

他不敢说实话，我在旁边。他也是为了让他妈妈放心。

我看着小子大快朵颐，自己的筷子却一动不动，一点儿胃口都没有。我喝了一口酒，却也没品出什么滋味。舌头都麻木了。

涂晓吃完一坨鱼，伸筷子想到锅里再去夹，这才想起来抬眼睛看看我：“爸，你怎么不吃呀，琢磨什么呢？”

看着小子这张单纯的脸，我感慨道：“我记起十几年前，有一次我跟你妈妈去首都影院看电影，在休息大厅里偶然遇到我上学时期的班主任——王风老师。我把你妈妈介绍给她，然后垂着头说：‘王老师，我经常想起您。想起您对我的好，想起我对您的……对您做的那些错事，今天我给您鞠个躬吧。’王老师用手胡噜着我的头说：‘别这样，这么多人。你都长大了，都娶媳妇了，怎么还像个孩子？我也时常想起你，想起你小时候多调皮、多可爱的一个小毛孩儿。你再气我，老师还是喜欢你的……’”当时，我忍不住流下眼泪。你妈妈站在旁边都傻了。她从没看见我这样，一下在边上手足无措。

“自那次邂逅，我又去看望过几次王老师。她教我的时候也像现在教你的余老师、邢老师那么年轻。现在她已经退休了，变成了一个每天上街买菜的老太太。”我沉吟了一下，仍觉得喉头酸涩，“再想想你北京学校的余老师，她对你多好啊！你怎么那么不听话？余老师批评你，都是为了你好。你就光记仇，记着老师怎么批评你，其他的你都不往心里去。”

说到这儿，涂晓看了看我，又埋下头。

我接着说：“余老师就怕你学习跟不上，下课她把你叫到办公室给你单独开小灶，给你补课，一有时间就跟你谈天说地，潜移默化地来开导你。你本该被学校开除八百回了，这个警告、那个处分的，余老师哪次不是保着你？没有余老师你早就没学上了。”

小子不吭气，满脸的愧疚。

“在北京，我也有问题。忙于工作和生存，忙着自己的那点破事，忽略了对你的教育，对此我负有不可推卸的责任。把你一个人丢在家里，管都不管你，以为有你妈妈看着你，我就可以什么都不管了。连你考试成绩都没放在心上。我已经违反了《未成年人保护法》。”

“爸，你说得有点严重了吧，是我自己不争气。”小子回了我一句。

“你几次考试不及格，余老师都没放弃你。不光是余老师，还有牛老师、杨老师、张老师大家一起帮助你，生怕你掉队。这些老师尽到了本应由我来承担的责任。说起来我都惭愧。”我喝了一口酒，满嘴的苦涩。

“我一直以为你能跟上去，老师们这么帮你，我想你没问题。哪知道后来一次家长会，余老师跟我说了实话。余老师没跟我拐弯，直接明说了。说你要想在本校上高中，只能选择复读一年。我当时听到这话都蒙了，别人的孩子都能顺利上高中，咱自己的孩子就得复读一年。我不能接受啊！余老师给我指点迷津，她说：‘你这孩子基础太差了，起步太晚了，跟别的同学比有很大的差距，让他复读一年是有好处的。把初中的基础打扎实一些，上了高中就不会太吃力。不然孩子自己也会没有自信心。一年时间很快就过去，我觉得是对孩子有好处的。’我当时就想，我是一个失职的父亲，而余老师、牛老师、杨老师、张老师她们就是真正领你上路的领路人。”

小子静静地听着，他知道今天的我有点激动。

“当时我就听了余老师的话，我把她看成了你的救命恩人。就像我当年的班主任王风老师。今天我们父子迷途知返，知错必改，知耻后进……”

“爸，你别说了，别提余老师，别提北京了，我想哭……”小子眼圈红了。

“想哭？那就痛痛快快地哭，一哭为快，哭出来痛快。”

我把杯子里的酒一干而尽，“最该哭的是老爸我。到S城复读一年，我是想让你带着优异的成绩去向余老师汇报的，哪儿想到现在都被学校开除了……余老师要是知道这个消息，她得多失望啊！”

小子呜呜地哭起来。

我也流泪了，老泪纵横的滋味不好受啊。

这家火锅店生意很好。亲朋好友相聚，喝着小酒，推杯换盏，酒酣耳热，开怀畅饮，酒入舌出。也有一家老小围坐在中央冒着火锅热气的圆桌前，其乐融融地享受着天伦之乐……相比之下，我们父子俩各自怀揣着的却是想不明白的凄惨和伤感。

小子放下筷子只顾着哭，我夹起鱼鳔蘸蘸油碟里的佐料送进嘴里，味同嚼蜡。

“爸，明天我就去学校挨个给老师道歉，我以后再不打架了……”小子哭着向我保证。

我使劲点点头：“如果你害怕，我就跟你一块儿去！”我也终于说出了这一句。

小子摇摇头：“爸，你不用去，我自己做的事自己承担，我一个人去！”

我笑了，这是我心中的涂晓，我的好儿子！

天色已经完全黑了，每张餐桌上都坐满了客人。临桌的一家子有说有笑，场面温馨。

窗外的大雨仍在哗哗地下，伴着涂晓的哭声一刻没停，可我心里觉得暖，没有一丝寒意……

16 / 向黎明致敬

小子的泪眼里叠化出北京的一个个记忆片段——

课堂上，一直低着头的涂晓从本子上撕下一页纸，他捅捅前排的齐琪，想把纸条塞给她。齐琪没理他。涂晓见她不理，继续捅她，最后干脆直起身体，把胳膊伸到齐琪的座位上……结果可想而知，正在上语文课的牛老师当即制止："涂晓，你在干什么呢？"

涂晓吓了一跳，赶紧收回前倾的身体。

他正想着找什么理由，下课铃声响了……

牛老师严厉地说："把你手里的纸条交给老师。"

涂晓赶紧说："什么纸条？我手里没有纸条。我是要问齐琪问题。"

牛老师沉下脸道："你淘气可以，但不能撒谎，老师知道涂晓是一个诚实的孩子。"

老师这么一说，涂晓反而不敢再撒谎了。他心情复杂地掏出兜里的字条交给了牛老师……

牛老师打开纸条，只见上面写着：

> 别理我，烦着呢！
>
> 你不用假装淑女了，你那点本事地球人都晓得。你的打法确实手法熟练，技巧又独特。我越痛苦你就越快乐。我旁边那位已经够猛的，但跟你比起来可差得远了。我的内伤已经够多了，你别再折磨我了，行吗？对我来说，皮肉之苦不算什么。拳脚打不过可以抄家伙，我反正一句道歉的话也不会说。你这人我完全了解了，别拿微笑再来蒙我。这只胳臂你就别再掐了，伤口昨天才刚刚好的。以后别打了行吗？
>
> 我不行了，我要是出了人命，我父母全靠你养了。哦，别打了，我要跑了，这样的折磨我受够了！哦，放了我，我不上学了，下辈子咱俩一定挪同桌。

牛老师看完反而想笑。她和蔼地说："涂晓，我的课上没有一节你遵守过纪律。这节课你的情节犹为严重，但老师还是给你一次机会，这节课老师可以不追究你。但希望你以后遵守课堂纪律，不要影响其他同学，做一个诚实的好孩子。”

涂晓忐忑的心终于放了下来，他也奇怪，今天牛老师为何没惩罚他？

牛老师接着说：“今天我送你一首诗，你认真读。”

说着，她说在纸条背面写下：《向黎明致敬》。

望着这天，
因为它就是生命，生命中的生命。
在它短短的时间里，有你存在的所有变化与现实。
生长的福泽，
行动的荣耀，
成就的辉煌。
因为昨天不过是一场梦，
而明天只是一个幻影，
但是只有把握住今天，
才能使每一个昨天都是一场愉快的梦。
每一个明天，又是有希望的幻景。
所以，让我们珍惜时间吧，
这就是我对黎明的致敬。

我问小子还记得这首诗吗？

小子抹了把眼泪，点点头。

我还记起来曾经和牛老师的一次对话——

我问牛老师："打架给学生处分。我觉得撒谎这一恶劣的品质也应该给一个处分。我最怕涂晓这孩子撒谎。"

牛老师说："按现代心理学分析，儿童只属于半个人。他们在成人面前无力保护自己才用撒谎作为逃避惩罚、推卸责任的手段，还不能完全说是品质问题。随着成长过程中时间的推移和不断碰壁，他们自然会慢慢改掉身上的一些坏习气。想想我们小时候是不是也爱经常撒谎？这个还不能马上定性，要给孩子成长的时间。撒谎当然是个不好的习惯，这得需要时间去慢慢改变。另外，我想说，涂晓爱撒慌的毛病是不是跟你强硬的惩罚态度有关系呢？他的偏激、叛逆、极端等一些阴暗心理都是和家长密切相关的。你们夫妻的关系是否和睦也直接会影响孩子的言行。"

我听完这话低下了头，是的，我跟涂晓的妈妈几乎是天天吵架，哪来的和睦关系？我对牛老师说了实话："牛老师不瞒您说，我们夫妻关系一直不好，正在闹离婚……"

"怪不得……"牛老师轻声说，"夫妻感情不好，肯定对孩子是有影响的，你们没有给孩子立一个好榜样。小孩子最喜欢模仿。涂晓在学校总爱跟其他同学打架，是不是你在家里也经常动用武力？"

"是，我确实爱用武力，只要孩子不听话，我就打。我总觉得孩子不打不成器。"我越说越没底气。

"我是说，不光对孩子，你们夫妻是否也经常动手？"

我点了点头，面上一片尴尬："有时候吵到不可开交，也会动手，不然也不会闹到离婚的程度……”

“你们这样做确实对孩子影响太坏了……你们为了孩子也得改啊。不能总要求孩子不撒谎，大人却不自律，这样的教育是有问题的。”牛老师直言不讳。

“是啊，我们也知道，所以我已经同意离婚了。我想如果两个人在一起不合适，还不如分开。总在孩子面前吵架，确实不好。这些日子也是在忙离婚的事，所以对孩子的事也没上心。我这个家长当得太不称职了……”我赶紧自我检讨。

“夫妻离异对孩子也是种伤害啊……但如果你们真的过不下去，分开倒也是没有办法的事。只是你们的行为举止都会直接或间接地影响孩子。”牛老师语重心长地说。

我使劲点点头，牛老师的苦心让我感动。正因为她了解孩子、了解家长的心理，所以她才没有惩罚孩子，而选择送给孩子一首诗来鼓励他。

牛老师对我说的那番话，多年后都在我脑中挥之不去……

我俩吃完火锅准备离开。这时店里仍座无虚席，人声鼎沸，喧哗一片，热气腾腾。

我边走边说：“咱俩都是贱骨头，都欠一起放进这锅子里去煮煮。你不接受惩罚式的应试教育，改造不过来浑身的臭毛病；我没以身作则，给你立了坏榜样，都不是合格的父与子。”

走出火锅店，雨终于停了。空气中有一丝清冷。我大口吸气，脑中还在回味牛老师的话，心里面觉得热乎、暖和、舒服。突然很想念北京的夜晚，繁星满天，灯火通明……

过往的片段不断涌出来，一幕幕，好似就在昨天——

涂晓跟院里的两个孩子蹲在电视机前忙着按键，大家比赛叠摞俄罗斯方块。三个人玩得不亦乐乎。就在此时，电话铃声响了。涂晓只得停下来去接电话。不想打电话来的竟是张老师！

涂晓忙叫了一声："张老师好！"

张老师说："涂晓，快考试了，你数学复习得怎么样了？有什么不懂的吗？"

涂晓吐了吐舌头，他一直在玩俄罗斯方块，哪儿还顾得上复习功课？

他抬头看一眼墙上挂钟，顾左右而言他："张老师，这么晚了您还打电话来……我还没想出什么问题……"

"我正在批改作业，想起你一个人在家里面。你是在学习还是在玩呢？"

涂晓红着脸说："是玩了一会儿，也在复习功课呢。"

他已把撒谎当成一种习惯了，他觉得至少这算是善意的谎言吧。

"行了，你早点睡吧，有什么不懂的记得问老师。"

放下电话，涂晓良心发现似的，跟两个伙伴儿说："行了，今天就到这儿吧，我该睡觉了，明天老师要检查我数学作业。"

第二天的数学课上，张老师提了几个问题，大家都踊跃举手。

涂晓看着同学踊跃的样子，面上火辣辣的。

待第一位同学发言后，张老师点了涂晓名字。

幸好这道题涂晓做出来了，不然真给老师丢脸。要知道张老师是多关心他的成绩。

下课后，邻座的同学追着他问："哎，涂晓，怎么每次张老师都爱让你发言。每次我们都举手，老师从来不点我。"

涂晓笑而不答："这是秘密。"

差生更愿意得到老师的关心。这是涂晓的心声。

上课铃声响起，又赶上了倒霉的英语课……涂晓最怕的就是英语课。不用说，他的英语成绩向来最差。

杨老师一进来就向班里的同学宣布："这堂英语课是作文课，作文的题目是《自画像》。"

同学们开始交头接耳各自用英语描述自己的长相……

涂晓手里玩着 GBA，完全没参与到讨论中。杨老师一下就注意到了。

他走下讲台，慢慢走到涂晓座位边上，在他课桌上轻轻叩击两下，嘱咐道："先写完作文再玩。"说完不动声色地顺着走道向后走去。

涂晓赶紧收起 GBA，他问同桌李欣欣："喂，大学问。这作文怎么写啊？你写完了吗？"

李欣欣看都没看他："我正打草稿呢，别捣乱。"

"你还用打草稿？直接写就完了。哎，跟你商量一下，能给我写一篇吗？我欠你一瓶可乐好了。"

“你欠我的也太多了，再说可乐谁稀罕啊！”李欣欣白他一眼。

涂晓赶忙说：“别着急啊，哪天请你吃麦当劳。”

“我不急，我也指不上你这顿，我就当根本没有这档子事。”李欣欣又埋下头奋笔疾书。

“行，你够聪明。”涂晓眼睛一转，计上心头，“要不你这篇草稿借我一用吧。放心，我在这篇基础上写一稿，绝不会和你这篇一样。”

李欣欣没吭声。

涂晓面上一喜，不吭声就代表默认。于是，他放心大胆地又继续玩 GBA……

不一会儿，杨老师从教室后面走回来，又在涂晓课桌上轻轻叩击两下……

涂晓胸有成竹地说：“老师，我已经写完了。”

杨老师惊奇地问：“这么快？”

涂晓忙递上李欣欣的草稿。

杨老师一看，质疑道：“你的作业本呢？”

“丢了。”涂晓张口就来。

杨老师拿着草稿走回了讲台，大声说：“同学们，大家请停 5 分钟。”

这时全体同学都仰起头来看着讲台。

“同学们，今天涂晓写作文的速度最快，非常值得表扬。”杨老师面带微笑，表扬起涂晓来。

这一表扬，涂晓吓了一跳，面上顿时火辣辣的。

边上的李欣欣心里也开始忐忑起来，这毕竟是她写的，万一被老师发现了，她也少不了一顿批评。都怪这个涂晓，非抢她的草稿。

杨老师接着说："现在我们一起来分析一下这篇作文。虽然这篇作文……字迹稍微有一点儿潦草。大家仔细看——"杨老师手一按电钮，作文草稿被投影到教室上方的大屏幕上。

同学们随着杨老师一起磕磕巴巴地翻译："我有一张白白胖胖的面孔……"

咦，这是涂晓的自画像吗？他不白啊，也不胖。同学们都纷纷看向涂晓。那眼神像一把把锋利的刀，削得涂晓头都不敢抬了。

同学们接着往下翻译："我有一头乌黑的长发，略微有点卷曲……"

有的同学开始笑了，涂晓怎么可能有一头乌黑的长发，还略微有点卷曲，这不是胡编吗？

杨老师看了看涂晓，也觉得有些不对劲。

这时涂晓忍不住从座位上站起来，揪着头发向同学们展示道："我以前头发挺长的，是有一点点卷毛儿啊。"

杨老师示意他坐下，接着读他的作文："我小小的鼻梁上架着一副黑框眼镜……"

看到这儿，杨老师再看一眼坐他同桌的李欣欣，便全明白了。他顿了顿说："同学们，这篇作文就读到这里，我希望大家照自己的真实情况去描写。好，请大家继续写作文吧。涂晓，你跟我出来一下。”

涂晓知道纸包不住火了，也只得灰溜溜地跟着老师走了出去。

楼道里静悄悄的，杨老师站在涂晓面前，气得面孔发白。

涂晓根本不敢跟老师对视，他的头低低的，恨不得低到尘埃里。

杨老师恨铁不成钢地看着他，苦口婆心道："涂晓，你不能再抄了！马上就要考试了，你打算怎么办？"

"我打算学呗。"涂晓低着头应付道。

"学？怎么学？你的学习计划呢？"杨老师生气道。

见杨老师真有些生气了，涂晓赶紧抬起来头来保证道："杨老师，我这次真的打算好好学了！杨老师，你指导我吧！"

看涂晓一脸诚恳的样子，杨老师又有些不忍心了："要不这么着吧，我给你定个学习目标。这次考试你只要提高 10 分，老师就表扬你。老师送给你一本牛津字典。怎么样，有信心吗？"

涂晓点点头，片刻又低下头，神情漠然的样子。他哪儿有什么信心啊……

说起这一段往事，我盯着涂晓问："那本牛津字典，你没丢吧？"

"当然没丢，这是杨老师送给我的。"涂晓马上回道。

我心情沉重地说："涂晓，把英语赶上去，拿着成绩单回北京，让杨老师真的表扬你一回。”

涂晓默默地跟着我往回家的方向走，能看得出他心事重重。

他的自信心从来都在打架上，一说到学习、提高成绩，他向来就是这个表情。

“小子，你以为杨老师只是送你一本牛津字典吗？你想想，他为什么不送别人，只送你这个学习不好的差生？”

涂晓不敢看我，眉头皱起。

“老师送的是他对你的关心、关爱、鼓励，是想让你找回自信，重拾对学习的热情。你呢，一再辜负他。这么好的老师，你忍心一次次让他失望，一次次去伤他那颗爱你的心？！”

涂晓嗫嚅道：“我也不想啊……”

“有一件事我一直没明白。你看你自打上学以来，交的朋友都还是些学习不错的学生。作为家长，我担心你跟坏学生在一起，怕他们影响你。但我发现你交的这些小朋友学习还都不错。有的是市三好，有的是区三好，在班里的成绩都不错，怎么他们对你就没一点儿好的影响呢？”我不解地看着他。

小子继续恢复心事重重的样子。此刻他的脑中应该都是他那些好朋友的身影。

“你看，雷淘经常到咱们家玩，他学习就挺好的；周琳娜还给你默写生词，她一直也挺帮你的；齐琪，多文静的一个女孩儿，你没事招猫惹狗，老气人家，人家也没跟你急，后来还挺喜欢你的；还有李欣欣，英语作文都借你抄……这些同学怎么都没影响你？你的学习成绩怎么就永远赶不上他们呢？”

见小子不吭声，我继续说："有一次，你不想学习了，往课本上浇水，政教处的赵老师批评你，你还记得这事吧？后来赵老师找到我还劝我，让我回家千万别打你，说你还是个孩子，也认过错了，让我好好找你谈谈。赵老师的年龄比我都大一岁还替你求情。为什么呢？你有没有想过这个问题？大家本该合在一起揍你才对。老师不让揍，同学又对你不错，处处帮你……怎么到了S城，你非但没长进，反而倒退了？我本来以为至少你应该比在北京混得好，至少学习成绩应该比北京好吧？你别忘了，你是复读啊！你得争口气啊孩子！"

小子嗫嚅道："其实我觉得我的成绩真比在北京时好了，只是进步空间不大，所以你就忽略不计了……"他替自己说情。

夜晚的空气里又开始飘起丝丝小雨。我竟然浑然不觉，闷闷不乐的时候什么都可以忽略。

涂晓来到S城的一年，确实如他所说是有进步的。只是这个进步不够突出。我倒不是忽略不计，而是他那点进步都被他打架这事一笔勾销了。

街上驶过一辆重型货车，带来一阵隆隆巨响，车轮驶过溅起一身的泥浆。

"这司机怎么开车呢？一点儿不注意。"小子抱怨了一句。

我全然未觉，继续说："我想给你请个家教。不请家教，我看你的成绩未必能上去。"

涂晓一愣，说："请家教很贵的……"

"你也知道贵，可不花这个钱，你能学得好吗？"我平静地注视着他，竭力掩饰着自己内心的不安、焦虑、紧张、恐惧，眼前是望不到边的灰色、黑色，就像这浓浓的夜色紧紧地罩住了我。只是，我绝对不能被涂晓觉察出来。我是他的支柱，我一垮，他也就跟着垮掉了。

“爸，我不想请家教，学校有老师教，没必要花这个钱。”小子心疼地说。

我严肃道：“我是说万一，万一学校最后决定开除你，你就在家里学吧。我给你请个家教，想学习怎么都能学。”我越说越没有底气，最坏的结果我已然想到了。万一学校还是不原谅涂晓的行为，请家教也是最后一步退路了。

“爸，我不想请家教，我要在学校里学，我愿意跟着同学、老师学！”涂晓声音激动起来。

“我当然也希望你在学校学，谁叫你老打架，我是说万一！”我也激动起来。

“没有这个万一，学校不会开除我的，他们只是想教训我一下，让我记住这次教训。爸，我向你保证，我以后再也不打架了！”涂晓声嘶力竭道。

又是狼来了，这话涂晓都跟我保证过多少遍了。我的耳朵都快起茧子了。

我深吸了一口气，努力让自己平静下来。

两人默默走了一站地，谁也没说话。

好一会儿，涂晓开口了：“爸，前面有个网吧，我想去上一会儿网。”

“没事上什么网？玩游戏？”我的火气又上来了。

“不是，爸，我就是想去跟北京的同学和老师们聊聊天。我好久都没跟余老师、牛老师聊天了，挺想他们的。”

一听这话，我同意了：“好吧，是该跟他们好好聊聊了。你也不必觉得委屈，自己的错自己认，这只是你成长中的一小段经历，不经磨砺，如何成长？”

涂晓望着我，眼睛里闪着光。

我突发感憾道：“想起一首诗，我念给你听——”

> 我不再抱怨命运与时间，
> 属于我的终究会到来。
> 睡去，醒来，黑夜与白天，
> 我苦苦追寻的朋友也在焦急地等待。
> 懊悔能给我带来什么？
> 我将以快乐直面将来。
> 我的心灵终将回到它的地方，
> 我的心愿必将会实现。
> 哪怕壕沟，哪怕天堑，
> 时间与空间再也无法吞噬我内心的期待。

涂晓听完冲我笑了笑。

丝丝小雨已完全停了。我看到前面网吧门口闪着霓虹灯。这就是小镇寂寥的夜生活。

街旁的路灯散射出一片暗淡的光柱，灯伞下各种各样的小虫子上下翻飞。一辆别克轿车轰地一声加速，副座上一位女生尖声笑着从我们身旁疾驰而过，街上又陷入死一般的沉寂。随着轿车尾灯渐渐变成两粒小光点，使得夜晚的街道更显得冷清、阴森又有点恐怖。

我俩继续朝前走去。我俩就像小镇上的两粒微尘，没有人关心，也没有人理睬。

我的脑子里依稀有一个遥远的大学梦。这个梦诱惑着我继续朝前走去。前方总会有希望，只要继续走，总有一条属于自己的路。

凡事都做好最坏的打算。如果最坏的打算都做好了，还有什么可怕的呢?

网吧到了，我看着涂晓走了进去。我目不转睛地看着，这个孩子将会有怎样的命运，我不知道。我只知道我会寸步不离地跟着他、保护他、支持他。不管他以后会有怎样的命运，我都是他永远的精神支柱。

17 / 我相信你说的全部

新的一天依旧平常，天还是那么蓝，风还是那么轻。

我在屋里横扫一眼，这才发现房间里凌乱不堪。厨柜和茶几上四处乱堆着一些杂物，喝咖啡的杯沿结着茶色的硬痂。茶杯里附着一层咖啡色的茶渍。几个烟灰缸里都插满了烟头，烟灰洒得乱七八糟，衣服扔得到处都是。再看看床上的被褥没摞也没叠。这是一个单身男人独自带孩子的房间，只能用一片狼藉来形容。

有什么样的房间，就有什么样的心情写照。没错，这乱七八糟的景象就是我目前的处境和糟糕的心境。我一屁股坐到沙发上，环视着这糟糕的一切，再想想这些日子发生的种种突如其来的变故，思绪万千，又了无头绪。我只感觉到满腔的压抑、心烦、愤怒。

我准备给整个小屋做一次彻底的清洁，也该动手清理烦躁的现场了，也借此排解自己心中的郁闷。我嘴上叼着烟，吹声口哨，抽一口烟，哼一个怪调，一边扫地，一边惦念着学校。

涂晓按照我说的，跟每个老师都道了歉。听小子描述的，老师和校长都没有发火，貌似原谅他了。但小子说的是否添油加醋了，还未可知。这么大的事，小子应该不敢骗我吧。

只是几天过去了，学校仍没有动静。至少应该再把家长找去谈个话？或者重新宣布一下涂晓不用被开除了？还是这事就这么悄悄过去了，不会再去追究？

到底什么是真实情形，我判断不好，只能胡猜。

手脚忙乱地收拾着房间，一弄就是一上午，却忘记了根本没有吃早点和午饭。怪了，肚子一点儿也没感觉到饿。

找出了一包方便面，看了一眼快过期了，还是赶紧把它煮了吧。

烧水开锅下面，眼睛盯面条，脑子却还在学校方面打转。

为何学校一直见不到动静？这是好事还是坏事？往好里想，学校可能原谅了涂晓，让他继续上学，为了不扩大影响，也就不正式通知了；往坏里想，学校还是没能原谅涂晓，继续维持原判，自然也不用再过来通知家长。

到底是哪种情况？面条扑出了锅，我下意识地赶紧关火。一心真不能二用，想着学校的事，连个面条都能煮煳了。

租住的小屋家具虽旧，在我几盆洗衣粉和清洁剂的数遍擦拭下，顷刻间变得窗明几净，纤尘不染。我用手指在桌子上抹了一下，非常干净。感觉立刻好起来，我随手从花瓶里扯断一枝枯萎的桂花枝，瞄准垃圾筒扔过去。挺准，正好落进筐里，这才扭身下楼。

冰箱里什么都没有，再不买点菜，晚上都没东西下锅了。

找出了点钱，我就直奔菜场。

买了几样小菜，称了一斤猪肉，我就往家赶。没准小子已经到家了。

果然家里的自行车已经在楼下了。

我赶紧上楼。刚进门，我就主动说："小子，今晚爸给你包饺子，瞧，肉都买回来了。"

不想小子不吭声，只用眼神狠狠地看着我。

"什么表情？"我奇怪地问，看样子，学校那边又有事了。

小子梗着脖子问："你这几天干什么坏事了吗？"

我把菜放进了厨房，转身又走了出来："干坏事？这话我要问你才对。"

小子继续梗着脖子说："招吧，你干了什么老实跟我说。"

"什么情况？小子审起老子来了。"涂晓把我审了个痴呆懵懂。

"你就说吧，你又为我这事去哪儿申冤了？"

我还是一愣："申冤？"

"你就招吧，我送你一个模范态度奖。"

看小子那样，我倒正经起来："别这么没大没小，怎么了，今天学校又找你麻烦了？”说着我转身去了厨房。

“我就问你干什么坏事了？”小子也跟进了厨房。

“坏事？”我边洗菜边问。水龙头的水哗哗地往下冲，“我刚刚碾死个蟑螂，怎么了这算坏事吗？”我两手捏成个小球状，比画一下，“这里的蟑螂确实有元宵那么大个儿，俗叫偷油婆，鱼喜食那玩意儿。不光蟑螂，连苍蝇、蚊子比北方的也大两号，它们得穿特体服装，估计是 XXL 的。”

“你是不见棺材不落泪。告诉你吧，今天报社的记者来学校了，是你干的好事吧？”小子说出了实情。

“怎么了？跟我说说具体情况。”我把菜一放，从围裙兜里掏出烟盒，顺手点上一支。最近烟瘾渐涨，一天两包了。

“今天的校门哗啦啦地开，哗啦啦地关，一辆报社的汽车就停在新食堂门口。我看见江校长都出来了，是江校长亲自接待的记者。”

“是哪家报社？”我问。

“我看那车上写的是《民声时报》。我记得以前听你说过，你说应该给《民声时报》反映反映。你跟我说实话，你是不是去报社反映了？爸，你就坑我吧，这事要是闹大了，我更别想在学校上学了……”小子说着快哭了。

我赶忙说：“我真没去反映。以前是想这么干来着，后来别人也劝我这事不能闹大，我也就没干。”

“如果你没去反映，那报社为什么去学校？”小子斩钉截铁地说。

“那也可能是别人反映的？或者压根不是反映，只是记者去采访你们江校长，真实情况你又不清楚。”我分析道。

“别人谁会反映？黄永生肯定不会，他们一家子都胆小。只有你干得出来。”小子一口咬定我。

我吸了一口烟，缓缓地说：“爱是盲目的不求回报的，何况是对自己儿子呢？如果我去报社反映了，那干吗还让你去学校道歉？你想想，爸是一个从不求人的人，为了你这事，爸去找了多少人。老脸都豁出去了。为了你，我也说过，我也可以去学校乞求。舐犊之情人皆有之，为你还有什么做不出来的？我的膝盖比黄永生他妈的还软。”

小子怀疑地看着我，半信半疑。

我继续说：“有些事情并不是你表面看到的那样。如果事情都按你想象的发展，那还要公安局干吗？什么案子你凭想象都能破。在没有弄清事实之前，不要轻易妄下结论。”

小子这才松了口气。

“学校里有这么多学生，也许别人会去报社反映，但我只信我自己，我也不相信反映给报社就能马上解决问题。到现在我也不认为学校的做法对，但我也不认为找报社反映就是解决问题的方法。咱们得一步步来，咱们先做出姿态来。所以我让你先去找老师道歉，让他们意识到你的态度是有转变的，你是想继续上学的。”

我贪婪地紧吸了几口剩下的半截烟头，随手拧灭了。我已感觉到非常疲惫了。

“行了，你该帮老爸干点事了，去，剁馅儿去！”

小子有点不好意思，感觉错怪了老爸，只好缠着我说：“我哪儿会剁馅儿啊，爸，咱们一起吧，你教我，我也学学。”说着过来拉我。

“爸都累死了，你没看见房间干净多了，我打扫一整天了。从学校回来你就开始烦我，我都头疼死了！”

“爸，我知道你烦着呢，我也烦着呢。今天我也是吓坏了。我想如果真是你告报社了，那我真的就没学上了。”

“现在你上课，老师没管你吧？”我问到了重点。

“没有，其他各课的老师也不管我。我基本是照常上课。我也怕哪天老师把我赶出课堂。”小子担心地说。

“不会的，老师不是那人。没准你道歉之后，学校已经原谅你了。”我选择往好里想。

小子点点头：“姚老师对我还是挺好的，他不愧是教研组长、一级教师、区优秀青年……我感觉他看我时没有戴有色眼镜。”

“老师没你想的那么坏，批评你也是为了你好。学校的环境比起外面单位来还是没那么复杂。爸也在外面公司干过，那关系盘根错节、错综复杂，滑稽又可笑。”

我边说边环视了一下门厅，房间里面的每件家具和日常用品被擦得洁净光亮。东西也各归各位，摆放得井井有条，整整齐齐，看着心里都舒坦。

“别的老师也是挺善意的。我听他们说老师也会私下议论，说开除的应该是黄永生，不该是我……他们都挺同情我的。”小子坐我对面，玩弄着手里的那枚硬币。

“保安和门卫爷爷没赶你走吧？”我担心地问。

涂过一层红漆的水泥地板经过全方位的擦拭变得油光锃亮。我从沙发上坐起来，来回踱着步。小子手里握着硬币，眼珠子一直随着我不停走动的身体在转悠：“他们对我还是和从前一样。那天我回寝室拿课本经过传达室，门卫爷爷悄悄跟我说：我要进不了年级前十名他也打我……”

我突然哽咽了。

涂晓看着我，不解其意地问：“爸，你眼睛怎么红了？”

我努力不让眼泪流下来：“小子，我完全相信你了。”

“相信什么？”小子一愣。

“相信你说的全部。”

人为何总打不出一份十分完美的履历表？我自己的履历表已经一塌糊涂了，我多想给涂晓打印一份至少还算体面的履历表。从北京来S城，已经算是败笔了，如果再被S城学校开除，接下来的履历什么也不用写了，已经不堪入目了。

我始终觉得涂晓这孩子品质不坏，这点北京的老师也明确跟我肯定过。他爱打架的毛病也是源自于我。但他打架不是为了自己，是为了伸张正义，虽然这种方式不可取，但至少出发点是好的。我担心的不是这孩子打架问题，我坚信这个毛病他以后会改。我担心的始终是他的学习问题。他身上的要害就是“功课”二字。

关系学、人情世故得慢慢来。要吃的亏、该交的学费多着呢，距离社会大学还需几年时间。但学习问题不解决，他以后连大学都进不去。大学梦是我一生的梦想，我把希望全寄托在涂晓身上。

我瞄了涂晓一眼："都说少不看《水浒》，老不看《三国》，现在我倒觉得未必了。没事时你应该去读读《三国》，对你绝对没坏处。不过你现在也没时间看，以后吧，等考完试放假的时候看。"

"我哪儿有时间。"小子白我一眼，"放假了我还得补英语，这不是你说的。"

"得，都是我的错。你呀，得多跟你师傅张赛华学学，人家的成绩从没落下过。"

"我看，咱还是包饺子吧，咱再不动手，一晚上也别想吃上了。"小子冲我吐舌头。

我拉着他一起进了厨房。这父子俩一起包饺子也是一大趣事。看他那手忙脚乱的样子，我只在边上乐。如果他妈妈在边上看到这一幕，又该笑他笨了。

只是，一家三口的场面再也不会有了……

18 / 孩子是一面镜子

夏日酷暑，骄阳似火。

尤其是正午时分，尤其难耐，我让小子出门买几根冰棍解渴，这时小子才说张赛华的妈妈就是卖冰棍的。

我听了一愣，这怎么可能？！张赛华在学校学习成绩这么好，我一直以为他父母至少有一个是知识分子。早前我听说他父亲在学校当杂工，我已经觉得很震惊了，哪想他母亲竟以卖冰棍为生。小子说张赛华的父母从来不管孩子学习的事，人家照样学得好，直怪我管得太多。

我迷茫了，看来孩子的学习问题还是在自身，没有家长监督着，照样能学得好。

我挤对小子："你还好意思说，人家没有家长管着，自己就能学这么好。你呢，我是天天监督着，你还这么差。我要是再不管，你得成什么样啊！"

小子一时词穷，想不出什么话反驳我。

我边说边进了厨房："小子，这不是故事，这是真实地发生在你身边的事实。张赛华不是别人，他是你师傅，你得以他为榜样啊！他的事说明什么？说明人家学习全靠自律，不是靠家长监督！"

"我也不用你监督，我自己能学！"小子回了我一句。

"你自己能学？你学哪儿了？你的成绩呢？你的成绩怎么从来没有追上过张赛华？我的要求不高，你能追上你师傅就行！"

涂晓跟我进了厨房，看我那操心的样子，忍不住拍拍我的肩膀说："老爸，你不能拔苗助长啊。我基础差，也得一步步来啊。"

我把开水做上，鼻子开始发酸："你是一步步来，马上就要考试了，这次考不好怎么办？你什么时候才能考回北京啊？来S城已经一年多了，你的目标是要考回北京上重点高中！"

"爸，我知道。"小子快被我说烦了。

我只顾发泄："原来老爸轴，认死理儿，总觉得只要站在理儿上，走遍天下到哪儿也不怕。到了S城这一年多，我才知道我这套理论根本行不通。谁跟你讲理？谁来评判你站在理儿上？一切成绩说了算，讲理有用吗？你看人家张赛华，不管人家父母是做什么的，人家学习好这就够了，人家需要跟谁讲理去？”

“爸，你别老盯着张赛华不放，人家基础好，我跟他没法比。”小子驳我。

“那让你跟谁比？黄永生？李飙？”我故意激他。

“爸，你放心，这次考试我一定拼全力，争取超过张赛华。那个黄永生，我从不把他放在眼里。李飙就更别提了，我眼里只有英雄。”小子信誓旦旦地说。

“这话你说得对，你得有个学习的目标，你眼里得有英雄。咱们在S城生活，虽说比不上北京，但是老爸也没让你愁吃愁穿。咱们家的条件可能比张赛华家还要好呢。这么一比，你就要拿出斗志来。”

“爸，这次考试如果不及格，你一定狠狠惩罚我。”涂晓紧攥着手心，一副胸有成竹的样子。

看着他这副表情，我的心情豁然开朗了，小子或许真的明白了我的良苦用心。我感觉这一年多，他在渐渐地成长。只是他还需要再努力一些，再柔韧一些，不因失落而沉沦，不因困境而放弃。我感觉他在渐渐地自信起来，逼迫自己支撑住各种压力。以前他那个凶狠的眼神，我慢慢看不到了。

我有时打压他，有时用激将法，有时骂他，有时夸他……就是想全方位地让他振作起来，不因前途渺茫而灰心。如果他能将成绩追赶上去，一切都有希望。

我感觉那颗倔强不屈的种子已深深植埋在他自己的心里。他不那么张扬跋扈了，不那么盛气凌人了，如果他能继续保持住这个状态，再一点点把成绩提上去，我的心也能彻底地踏实下来。

“通往理想的路上鲜有一路顺风，人人都会遇到坎儿，老天对谁都是公平的。那些现在一帆风顺的未必以后不遇到坎坷。人迟早都会遇到困难波折，就看你能否轻易不被困难击倒。你记住，只有愈挫愈勇、誓不轻言放弃、跌倒爬起来再战的勇士，最终才攻取了成功的桥头堡。”

我们父子谈话完毕，整个房间似乎都敞亮了许多。

以前在北京，我从不跟小子谈心。谈心的事交给他妈妈。大男人不干这个。来S城后，我才知道跟孩子谈心的重要。

父子从来都是一条心，你不谈，才会生出二心。现在我倒乐于跟小子谈心。每次谈完，不管成效多少，我都觉得是对自己心灵的一次梳理。孩子是一面镜子，看着这面镜子，我也看到自己身上的诸多问题。

涂晓成长了，同样，他那个不称职的老爸也在每天进步。此刻我突然想到，如果他妈妈今天也能感受到这一切，该多好！

19 / 学校想让我转学

这天涂晓从学校回来，脸拉得老长。

看他那样子，我刚刚放下的心又悬起来。

学校肯定又有事情发生，不然他不会脸上挂着这个表情。难道学校已决定维持原判，坚持开除他？

我迫不及待地走过去追问他怎么了。一种不好的预感从心底袭来，我的心突突地跳。

小子哭丧着脸说：“姚老师让我转告你……”

“转告什么？快说！”我急死了。

“……学校想让我转学。姚老师想让你把我转回北京上学。”

话音刚落涂晓的眼泪已经出来了。

“转回北京？”我机械地重复一句，“这话怎么说的？”

“老师说我在学校老打架，给其他同学带来了不好的影响，他们想让我转回北京上学……”小子哽咽道。

“你当北京学校是我开的，想回去就能回去？”我蒙了，一下子不知道该怎么办，说话都没底气了。

“爸，怎么办？”涂晓流着眼泪说。

“你问我，我问谁？”我瘫坐到沙发上，一阵天旋地转。

“爸，要不咱们就回北京吧，我不相信在北京咱们找不到学校上。”小子铁了心道。

“你是站着说话不腰疼，你给我坐下。”我看着小子在我面前晃就眼晕。

“这事我觉得得仔细分析分析。”我点了一根烟，让自己冷静下来，孩子乱了我更不能乱，“学校想让你转学，这就和开除不是一个概念了。至少他们不再坚持开除你了。我觉得这是好事。”

“我看你这是阿Q精神。”小子白了我一眼。

我没理他，继续说：“我觉得你还得跟老师谈谈，谈谈你当初为什么转到S城上学。咱们是要转回北京上学，但不是现在，是在你成绩提高之后，凭真本事考回北京。我觉得你应该让老师知道你的真实想法。”

“没用的，老师能不知道吗？”小子直摇头。

“你还没试怎么知道没用？谁叫你打架在先，你当然要给老师一个交代。你得跟老师保证你以后再也不打架了。”我的声音大起来。

“我保证了，上次跟老师道歉那次，我都说了。”小子难过地说。

“那肯定是你没有说服他们，你的话老师都不信了。”我猛吸几口烟，满脸焦虑，“我觉得你明天去学校必须和姚老师好好谈谈。你说你不想转学，只想在这儿好好学习，等学习成绩提高了再转学。你到S城就是来复读的，就是为了来提高成绩的。你要让老师信任你！”

“老师已经对我形成这个坏印象了，怎么改变？我说什么他们也不信了。”小子泄气地埋下头。

“现在知道坏印象不好改变了，打架的时候怎么不想想这些后果。我总觉得这事现在发生，未必是坏事，这个难关你能走过去，对你以后的人生绝对是好事。”我向他投去鼓励的目光。我知道小子这个时候最脆弱，他需要鼓励。

“我现在还不能出面，一出面，这事更不好处理。还得你自己来。老师对学生不会心狠的，他们也都是为了这个学生好。所以你心平气和地去谈，我觉得老师应该能给你这个机会。”我又强调了一遍，我当然要让小子看到希望。

幸好明天是周末，还有一个缓冲。等到周一，涂晓也冷静了，跟老师谈话应该能更有底气些。我现在要做的工作就是鼓励，给他信心。

也许下周就是决定涂晓命运的时刻。一想到这儿，我浑身都起鸡皮疙瘩。

如果下周学校坚持让涂晓转学，我该怎么办？怎么办？怎么办？

其实更着急的是我，涂晓毕竟是个孩子，他可以没皮没脸，要要赖。我不行，我这张老脸还得体面地回到北京，我可不想永远为这事抬不起头来。我更不想让他妈妈为这事更瞧不起我。活到这个境遇，我还想有尊严地活着。烟一根接一根地抽着，我在恐惧中挣扎……

可想而知这个周末我是怎么度过的。什么叫度日如年？我这两天全体会了。

我找到老张说了实情。在S城，能说上话的只有他。

老张这次不提道歉的事了，他劝我："我倒觉得不行真回北京算了。你在S城毕竟也是个临时决定，你最终还是要回北京的。其实孩子复读，在哪儿都是读，我就不信在北京你找不到一所学校复读？"

"可我当时答应过涂晓的班主任，保证让他以优异的成绩考回北京来。现在这么回去，算什么？！"

"这里面还是一个面子问题，你就是一张老脸放不下。"老张一针见血道。

"当然了，如果有钱，在北京想上什么学都不是问题。问题是我没那么多钱，孩子成绩又差。我不知道真回了北京能给孩子找个什么样的学校。如果是个特差的学校，那当初到S城复读的努力全白费了。所有人都会看你笑话，我也没脸再见涂晓的老师……"我实话实说。

“现在不是你想选择的时候！如果涂晓真能考回北京当然是最理想的。可现在是他在学校出了问题，学校让他转校，这事你觉得可以商量吗？”老张直直地看着我。

我一时语塞，是啊，这事能商量吗？

“我觉得学校现在这么处理至少比开除强。我要是你，我赶紧带孩子回北京了，何必在这儿受这个气呢！”老张语气强硬道。

沉默了好一阵儿，我开口道：“当初来S城，除了孩子的原因，还有一个原因就是我跟他妈妈离婚了，闹得非常不愉快，你也知道。来S城，其实我也是自私。我就是想换个环境，换个活法，重新开始一种新生活。我不想被别人指指点点，更不想被别人看扁……”

“没人拦着你开始新生活，问题是你的新生活过不下去了。你既然要换个活法，回北京也可以换个活法，我不信非待在这儿就叫换个活法？”老张的话让我喘不过气。

“在北京，亲戚朋友都知道我离婚了，你知道那种感觉吗？涂晓在北京也无法再继续学业，涂晓的班主任让他复读，这些因素加起来都使我想离开北京。我怕触景生情，这种心情你能理解吗？”我声音颤抖道。

“我能！我知道你难受，谁没个难受事？一难受就离开北京？那北京城的人都该走光了！”

老张的话彻底将我打垮，我说不过他！

我闷头抽烟，满肚子的话说不出来。说出来也被老张噎回去了。

“我觉得你该出面了，不能老让孩子冲到前头。孩子毕竟是孩子，作为家长，这时候你该跟学校谈谈了！”老张建议道。

我看着老张，缓缓地点了点头。是啊，我其实一直在逃避，总想着如果涂晓自己能解决，就不用我这个当爹的出面了。我不是怕出面，我只是怕又谈不拢，反而雪上加霜。

“心平气和地跟老师谈谈，千万不能激动。我也怕你这臭脾气又把双方弄得很僵。你一定要冷静。退一万步，如果真谈不拢，也只能转学了。”老张劝道。

我不敢接他的眼神，只看向窗外。

“转学也不丢人，你得转变思路。树挪死，人挪活。摆在你面前的不是只有一条路，条条大路通罗马。你最终的目的是让孩子有学上，至于在哪儿上，你没必要较真。即使最后真到了差学校上，也不丢人。差学校也能培养出好学生，这个道理不用我说。”

劝人谁都会，老张说的一点儿没错。只是我了解自己的孩子。就是进了好学校，涂晓还能近朱者赤；真要进了坏学校，只会近墨者黑了。天天守着张赛华这么一个学习榜样，尚且学得不伦不类，真要天天跟差生在一起，他只会更差。

“道理谁都懂……”我附和了一句。

“放心吧，天不会塌下来。你放平心态去和学校谈一次，没有解决不了的事，就看你想不想解决。”老张投过来鼓励的眼神。

我感激地接住。这个时候我太需要朋友了。

在老张面前，还有一句话我没好意思说出来，我是多担心被涂晓的妈妈看不起。如果我真这么带涂晓回北京，她更得坚信这婚离对了。我不想被她看死。来S城，我本是想让她后悔来着，哪知道命运捉弄人，非让我这张老脸在她面前撕成八块，要多恶心有多恶心……

晚上我找小子谈话。

我面色紧绷道："等周一我陪你去学校。"

小子瞥了我一眼，说："不用，我自己去。"

"我陪你去，我也该出面跟老师好好谈谈了。"我叹气道。

小子站起身来，不看我："不用你去，你去了更坏事。"

"怎么叫我去了更坏事？我是去帮你。"我也站起来。

"你去了就是和老师吵架，你能帮什么？"小子埋怨道。

"这次去一定不会吵了，你放心吧。我早想明白了，吵架解决不了任何问题，只会让事情更糟。我跟你妈妈吵了大半辈子，吵出什么来了？最后还不是离婚收场。如果我们当初不吵架，或许也到不了今天这地步。"我自我检讨道。

"两件事别混为一谈。"小子学着大人口气说话。

我瞪他一眼："你小子也奚落你爸。"

"我当时就不叫你俩离，你也不听我的啊。现在后悔了吧？"小子责怪地看着我，"如果我妈在身边，咱俩也不至于过得这么难……"小子说了实话。

我面上挂不住了："怎么就难了？不就是一个转学的事吗？

实在不行，咱们就转学，有什么的，在北京我就不信找不到一个能上学的地方。”

我赌着气，不想在小子面前下不来台。

“要回你回，我不回去。我回去就是上高中，现在回去算什么？逃兵啊！”小子倔强道。

那眼神像极了我。这才是我的儿子，我心里一震。

“好，小子，有你这句话，老爸陪你到底！”我激动地说。

“爸，明天我自己去学校，我先跟老师谈谈，万一他们同意不用转学了，不是皆大欢喜？”小子跟我商量。

“……那好吧。”我还是抱着一线希望，我总觉得小子这次能摆平，“那这样，明天你先去学校，看看老师怎么说。实在不行，老爸再出马。”

谈话到此结束。可是我的心情久久难以平复。

我看着小子紧紧皱在一起的眉头，心里真犯酸。

周一一整天我都处在慌张忐忑中，神经紧绷，仿佛稍一用力就会断掉。

老张让我回家等消息，他的心脏也快受不了了。

傍晚小子终于回来了。

看他那表情，我就知道情况不乐观，可内心还抱着希望。

“怎么样？情况怎么样？”我冲了过去，把小子吓了一跳。

没想到小子平静地说：“姚老师让你去趟学校，下星期……”

我的心猛地一沉：“姚老师跟你怎么说的？你跟我详细

说说。”

“我一早就和姚老师谈了，该说的我都说了。姚老师什么也没说，就说让你爸来一趟学校吧。我也不知他什么意思。”

“让我哪天去？”我焦急地问。

“下周……下周几我忘了，好像只说是下星期……”

可想而知小子当时得多紧张，连时间都忘了。

“那你快给老师打个电话，问问具体时间，别耽误了大事。”我一脸焦急。

小子闷闷不乐，脸聚愁云。

“打个电话不难。这有什么的。老爸都把老脸放一边了，你还顾及什么？”我看出小子为难的样子，劝了一句。

“……”小子欲言又止，懊恼地拿起了电话。

拨通了电话，问清楚了时间，小子沉着脸说：“下周五。”说完抑郁不欢地转过身去。

我从烟盒里抖出一支烟，麻木地点上。

我知道小子心里不好受，我这个当父亲的更不好受。

房间里全是沉默的空气。谁也不想说话。

我只顾抽烟，仿佛只有这么机械地看着烟吸进呼出，我才能不去想现在发生的这一切。

一支烟的工夫，我们俩没说一句话。

我看看表，已近十二点，才开口道：“喂，中午想吃什么？”

“随便！”小子冷冷地回了一句。

“面条？”我强忍着说。

“随便！”小子还是这一句。

“饺子？”我再问。

“我都说随便了，你没听见啊？！”小子爆发了一句。

“你这么大声干吗？！你冲我吼有用吗？！”我也快爆发了。

“我没冲你吼……”小子不悦地嘟囔。

“早知今日，何必当初？！”我愤怒道，“我当时劝你忍，让你别打架，你听吗？！”

小子赌着气。

“现在知道难受了？早干吗了？你说你为了打架这事捅过多少娄子了？”

“行了，你少说一句吧！”小子瞪我一眼。

“你生气，你当我比你好受啊？！”我的眼里全是火。

眼看着父子俩就要火拼起来。

这关键时刻，电话响了。我吓了一跳，难道老师又把电话打过来了？我赶紧示意小子去接。

没想到小子接起来，一张口就喊了一声：“妈——”紧接着眼泪就哗哗地往下掉了。

是他妈妈打来的。

那一刻，我竟然有把电话夺过来跟她说几句话的冲动，可我还是忍住了。

我转身进了厨房，我知道小子不希望我在边上，他肯定有太多的话要跟他妈妈说。

也许他现在正非常后悔，当初离婚时没选择跟他妈妈过。

我只有躲到厨房，选择这种方式。如果当初能不离婚，境况应该不会这么惨吧。世上没有后悔药，我强忍着泪在眼眶里打转，又忍不住去偷听小子和他妈妈的对话……那样子真是狼狈极了。中年离婚,再加上独自带孩子,这两样加起来足够要我的命了。

我承认我没有这个能力。我自己都活不好，又怎么去养活一个桀骜不驯的孩子?

20 / 孩子是我的支柱

中午涂晓正打算去食堂吃饭，远远就看见李飙的身影。

他跟了上去。

李飙边上跟着几个同学。有一个问："哎，李飙，你脸上的伤好了，打你那个涂晓处理了吗？"

李飙十分牛气地说："当然处理了，开除了，想跟我斗？门都没有！"

同学跟着附和道："牛啊！"

正说着有人看到了跟在后面的涂晓，立刻示意大家不要说了。

李飙回头看了涂晓一眼，一时不知怎么办。他以为涂晓肯定要冲过来动手，不免心里有一丝紧张。

不想涂晓就当没听见一样，与他擦肩而过。

边上的同学啧啧道："这不是糙哥嘛，怎么还在学校？"

李飙瞪了他一眼，示意他不要说话。他已做好了要打架的准备。

涂晓并没有回头，苦笑一下进了食堂。

李飙奇怪道："他不是被开除了吗？怎么还在食堂吃饭？学校不管吗？"

"也可能学校手下留情，又不开除他了，这也没准。"

"这算什么？说开就开，说不开就不开啊。"

"学校说话也太不算数了……"

"我看这里面有问题！"

……

大家纷纷在背后议论起来。

涂晓就当什么也没发生，一进食堂就看到了张赛华。

他刚想上前打招呼，却看见李飙也跟了过来。

李飙故意挡在了张赛华面前，哼了一声："挡啥子路？"

张赛华见状，并没觉得奇怪，也没吭声。这个时候还是少找麻烦，他赶紧躲开了。他也看到了涂晓。他用眼神示意涂晓走开，当什么都没看见。

涂晓会意，便去了另一窗口排队。

张赛华反复跟他谈过多次，这个节骨眼上，不能再犯任何错误。打架冲突这种事再不能发生，否则再难翻身了。涂晓明白，这个时候他心里只有一个忍字。他握紧了拳头，咬了咬牙根。如果能早点听老爸的话忍下来，确实也不用到今天这个地步。

打了一碗饭，他默默地离开了……

周六，涂晓去学校复习功课了，只留我一人在家。

我刚要去店里，电话又响了。

我的心突地一跳，生怕又是学校的电话。不会约定的时间又提前了？

我小心地接起电话，不想那声音一出来，让我瞬间震慑住。

电话是涂晓妈妈打来的。

我有点语无伦次道："你是找涂晓吧，他上学去了。周六我让他复习功课去了。"

"我今天找你。"

声音一点儿没变，我听着却觉得陌生，太久没有通话了。

"我听涂晓说了学校的事，你打算怎么办？"她口气严肃道。

"我，我……能处理。"我对付了一句，心乱如麻。

"你能处理？！你打算怎么处理？"她的声音冷冷的。

气氛有点僵。

"我下周准备去学校，跟老师和学校领导好好谈谈，争取让他们原谅涂晓的行为，能让他继续上学。"我老实地说，在他妈妈面前我不敢乱来。

"你的把握有多大？"她追问。

“80% 吧。”我壮着胆子说。

“需要我过去一趟吗？”她的声音软下来。

“不用！”我立刻跟了一句，我可不想让她来 S 城看我一贫如洗的狼狈样子。

“两人一起去谈，可能比你一个人去谈好吧？”她跟我商量。

“真不用！学校通知我去谈，又没通知你。我能解决的事你何必跑一趟？”我打肿脸充胖子。

“这样吧，你先去谈，好好跟学校求求情。你这臭脾气，我生怕你把事情搞砸了。”她担心道。

“你放心，这事我有分寸。我这臭脾气已经改好多了。”我的表情慢慢舒缓过来。

“涂晓打架就是不对，不管他出于什么原因，你也不用强调他是什么自卫，你只管承认错误，千万别和学校争辩，这样只会越搞越砸。”

“我知道，我就是去求情。”我表明态度。

“涂晓这孩子本质不坏，一定让学校给他一次机会。”她哽咽了。

我的心一沉，心里一酸。

“我们的孩子不是坏孩子，都是我没起到表率作用，没带个好头。”我趁机检讨。

“现在说这些都没用了。你做了最坏的打算吗？万一学校不收他，你打算怎么办？”

“我……”我实在张不开口了。

“学校是想让他转学，如果转回北京，你能找到学校吗？”她替我说出了后半句。

“我……”我还是张口结舌。

我能保证什么呢？北京那个伤心地我没有任何把握。

“老涂，你得给孩子找好后路啊！”她急了。

“我一直在想办法……”我困难地说了一句。

“你想到什么办法了？该找人你找了吗？你好好想想还有什么人能帮忙？”

“我……我想想……”我痛苦地说。

“我看你也想不出来，你在北京还有什么人脉？你那几个狐朋狗友，打麻将行，办事行吗？”她不客气道。

这话如果放在以前，我俩肯定又是一场大吵。可今天我无言以对，她说的都是事实。在北京的那几个哥们儿，在一块儿打架、打麻将行，给孩子解决上学的事，一个也指不上。

我握着电话，什么也说不出来。

“你先谈吧，谈完告诉我结果。不行，涂晓也只能回北京。不过我有个条件……”

她说到这儿，我紧张了。

“如果涂晓转学回北京生活，我希望这孩子跟我过。我的意思你明白吧？”

“不可能，法院都判了，孩子归我！”这事我绝不能让步。

“法院是判了，那是因为我尊重孩子的选择。当时孩子说愿意跟你，我没反对。但现在你没有抚养孩子的这个能力。孩子在S城生活，现在连学都没得上了，你让我说什么？”她一针见血道。

“涂晓就是我的一切，如果你把涂晓抢走，我也不活了！”我豁出去了。

“你说这话有意思吗？！”她不悦道。

我不想跟她吵架，只得赶紧结束对话：“涂晓的事我会尽全力解决，这事没解决之前，任何事我都不想谈！我不是一个好父亲，这个我知道，但我正努力做一个好父亲，请你给我一点儿时间！”

“时间不等人，不是我不能等你，是孩子不能等你。孩子的功课不能落下，孩子不能没学上！”她激动道。

“你放心，这事我一定能解决！我就算豁出这条老命，我也会让孩子有学上！”

放下电话，又是一场不欢而散。

面对她，我还是没能做到心平气和。我这臭毛病怎么就一直改不了。

挂了电话我又开始自责起来。我知道刚才说的话有点重了。可是我不能没有涂晓，我已经失去一切了，孩子是我的支柱啊！

21 / 抓住时间等于延长生命

我打开渔包，在一堆鱼竿里翻找，最后才把一根 7.2 米的玻璃钢竿挑选出来。

它的底部带有橡胶坠砣，起后重前轻的平衡作用。我拔开上面的塞堵灌进去多半瓶 502 胶，连鱼竿带螺丝扣粘连在一起，再把上端的塞堵也牢牢粘固。反过来拿在手里，长短粗细酷似警棍，尤其橡胶坠砣落在谁身上，外表看不出来什么，内伤嘛……就不好说了。

涂晓见我一上午都在摆弄那东西，有点害怕地问："爸，你不会去学校带着这个吧？"

我一愣，苦笑道：“你以为我是替你打架去啊？”

“可不，你什么事干不出来？”小子淡淡回了我一句。

这话看似平常，实则太伤人，我气道：“我在你心中就这形象？”

“我从小就看你打架，这没什么新鲜吧？”小子理直气壮道。

“你少打了？你说这话好像你从来不打架似的。你就知道批评老爸，你什么时候做过自我检讨？”我心里觉得痛。

“爸，不瞒你说，我从小就觉得你像黑社会的，”小子说出了一直憋在心里的话。

我心里一震。我感觉小子的情感天平已经慢慢转向另一边了。

“爸以前是爱打架，跟你妈也老打架，但是自从咱们搬到S城之后，你看我打过架吗？”我想在孩子面前找回尊严。

“那也没用了，我已经跟你学坏了。”小子像泄了气的皮球，一点儿斗志都没了。

“谁说你学坏了，你是个好孩子，你只是遗传了我的好斗的性格。这个东西是缺点，不是致命的东西。缺点可以改，你看老爸都改了，你也可以！”

“现在改也晚了……”小子一蹶不振道。

“谁说晚了，你爸四十多岁改都不晚，你晚什么？你才多大！”我想给小子鼓劲，“打架这事过去了就过去了，我没给你定性，我不认为这就是你人生中的污点。我也不认为学校处理得对。打架就能把学生开除，这个做得有点不合情合理。这事你不要再胡思乱想了。下周我去学校谈，不管谈成什么结果，你也不用担心。老爸会让你有学上的，你放心。”我苦口婆心道。

“你办事我不放心。”小子顶了一句。

我的心都凉了。我在小子心目中的形象完全崩塌了。

“小子，你信老爸一回。你现在也只能信我！”我强硬道。

“我还可以信我妈！”小子像是有备而来。

我怔愣住。显然他妈妈已给他做工作了。并且，小子完全信他妈妈的话了。

我是男人，我不能就这么在儿子面前败下阵来。

“你妈能为你做到的，我也能！并且，我只会比你妈做得更用心！”我信誓旦旦道。

“让我拿什么信你？”小子质疑道。

“你妈妈早晚会再嫁人的，难道你要跟着后爸过日子？我别的不能跟你保证，但这条我敢今天在你面前发誓：我这辈子不会再娶！”

小子一愣：“爸，你这又是何苦？”

“我一切为了你，小子，你信我一回，老爸对你能付出一切！”说完我的鼻子都酸了。

小子不吭声了，他半信半疑地看着我，那表情一半信任一半怀疑，矛盾极了。

那表情我不忍再看了。我转身留下一句：“我去买点菜，晚上吃火锅吧。”

小子“嗯”了一声。

我匆匆转身，飞快逃离现场。

头一次在孩子面前我说话没了底气，甚至有点无地自容。

下周是决定命运的时刻，不是决定涂晓的命运，而是我！

还有四天才到周五，老张一度怀疑我抑郁了。

一整天我都不说一句话。

老张不放心道：“去医院看看吧。”

“我没病。”我机械地回答。

我知道自己快绷不住了，可我还要死命地扛住。

“你最近是不是总失眠？”老张试探地问。

我点点头，这个我得承认。连着几个晚上我都睡不着觉了。

“我觉得你没准得了抑郁症。”老张分析道。

“我打小就抑郁，这么多年都过来了。”我不以为意道。

“学校那边谈妥了吗？”老张关心道。

“约的周五谈。”我眉头紧皱。

“没什么大不了的，谈不拢就算了，也不是只有这一条道。你别给自己太大压力。”老张看着我，有点心疼。

“没事，我扛得住。”我打肿脸充胖子。

“一个人带孩子确实不容易。”老张拍了拍我的肩膀。一股暖流瞬间袭来。

我不想当一个十足的窝囊废。我以前只想着自己出气，凡事都做好了摔得头破血流的准备，甚至做好了粉身碎骨的准备。只要自己赢了，任何代价在所不惜。我是解脱了。可结果呢？我真的赢了吗？

我是出气了，结果婚离了；跟老师辩论，我也赢了，结果孩子跟着倒霉。我确实有病，我不是抑郁症，我是神经病！

“瞬间的冲动将导致长久的悔恨。”这话我每天重复一遍。我觉得有效果，我不是无药可救，只是我需要一个过程。我不知道这个过程有多长，但是我在慢慢转变。

也许老张能看到我这个变化。他默默地拍了拍我的肩膀，我知道一切尽在不言中。

从小店回来，我把房间好好收拾了一遍，就坐在楼下等着小子放学。

一小时、两小时过去了，真邪门，涂晓还没回来。地上已有一堆烟头。我不知道出了什么事，一直没给小子配手机，怕他分心。现在有点后悔，别真出了什么事？现在想联系都联系不上。

我开始有点不安了，平时这点，小子早回家了。

我决定马上去学校，是否学校跟涂晓发生了冲突？或者又跟黄永生、李飙这些人打起来了？越想越害怕，我赶紧蹬上自行车，往学校追去。

结果刚骑上马路，老远就看见小子的身影，我冲他远远地大叫一声：“涂晓——”

小子也吓了一跳，他没想到是我。

“出什么事了？今天这么晚？”我赶紧冲他骑过去。

“江校长找我谈话了。”涂晓平静地说。

我的心又被提起来，吓了一跳，校长终于出马了：“江校长说什么了？”

“也没什么事，他说我和黄永生是打架的双方，说我俩都有责任。”

“还是没提李飙的事儿？”我下意识地问。

“我没提，校长肯定也不提。”涂晓还是一脸平静。

“都说到这儿了，你为什么不提呢？”我又急了。

“我提有用吗？校长问我的问题，又没让我说别人。”

“那你也得为自己争取啊。”我急道。

“我还争什么？江校长只是让我认识到自己的错误，也没提开除的事。我再提，不是又把矛盾激化了。”

小子比我冷静。

我推着自行车边走边思考，也慢慢让自己平静下来。

也许学校只是借这事好好教育一下涂晓，也并没有真把他开除的打算。终究他们是教书育人的老师，他们的素养肯定比我们要高。他们教过的孩子也多，更了解孩子的本性。这是一种曲折教育。

想到这儿，再想想我当初的做法实在有些欠妥。

我伸手捅了小子一拳：“小子，练你胸襟了，宽容实为美德。我觉得你有进步。”

小子边走边说：“我觉得学校能让我继续上学，就是大人不计小人过。”

“呵，你还一套套的。”突然觉得小子成熟了。

“既然学校没把我往死里整，我们也得退一步。用我师傅的话说：退一步海阔天空。”

“呵，你别把学校想得那么坏。咱们只是借此地复读，他们有必要把你往死里整吗？”我为他宽心道。

“开除就算是往死里整了。”小子闷闷不乐道。

“也不能这么说。谁叫你打架在先。虽然不是你挑起的，但如果你当时没还手，这事你就没责任了。这是教训。”我总结道。

“爸，我以后不打架了。不管是一个人还是一群人，我都不还手了。”小子发誓道。

“这话我爱听，你如果真正能领悟到这一点，老爸就放心了。”我欣慰道。

“你不是说过吗？抓住时间等于延长生命。我要抓紧时间考回北京！”小子咬着牙说。

我兴奋地跳起来：“值了，这场架没白打。学校也没白开除你，这才是真正意义上的永不言败、绝不屈服。小子，你终于又迈上一个台阶了。好啊，等再过半年，你来当我的师傅。我等着你羽翼丰满，翅膀长硬，尽快离开我的庇护。我等得都着急了。”

我笑了。这次真的是发自内心地笑，好久没有在小子面前笑了。

我拍了拍小子的肩膀，就如同老张拍我的肩膀一样。我全都懂了。

户外，鸟儿啁啾，鸡鸣喈喈，香椿树枝叶繁茂，翠色欲滴。微风中有几片翻卷的枯叶飘落在地，我没有留意，我只顾笑，肆无忌惮地笑……

22 / 头一回父子俩一条心了

今天是周三，离我去学校谈话还有两天。

晚上放学，小子一进家门便说："爸，周五你不用去学校了。"

"不用去了？"我一惊，同时又好似一块石头落了地，但转念一想，不对啊，学校这是放弃了？连家长谈话都不用了？我慌了，赶紧拉住小子正色道："为什么不用去了？老师怎么说的？"

小子面色平静道："老师说周五要给我们开会，所以让我通知你，暂时不用去了。"

我松了一口气，但心里还是发紧："暂时不用？那就是说还得再去，只是去的时间待定？"

“是这个意思吧。”小子答道。

“周五你们是什么会？全校大会吗？”我不知学校到底是什么安排。

“好像是吧。你就别瞎问了，周五再说吧。”小子转身进了房间。

我愣了半天没缓过神。

担上的包袱一下卸掉之后，我反而更担心了。生怕学校连谈话都放弃了，直接做出决定。

现在急什么也没用，一切都得等到周五了。

焦灼了两天，周五下了班，我匆匆往家赶。

一进门，鸦雀无声，小子还没到家。今天这会开这么长时间？

我看看表，进了厨房。

刚把下面条的水做上，小子回来了。

我紧张地问：“怎么样？到底是什么会？老师怎么说的？”

小子一脸的沮丧，看得出心情极差。那表情更让我担心了。

“今天学校共组织了六十个问题学生开会。我以为是全校大会呢，不是。我们班就我和黄永生。”小子说着卸下书包，朝我床上一摔，一脸不高兴。

“那到底是什么会啊？学校怎么说的？”我急死了。

“学校要求我们这六十个问题学生每周四去政教处汇报，要求每星期四交一份学习情况汇报。”他一屁股坐到床上，像受了打击般。

见小子那样，我忙安慰道：“这是好事啊，说明学校重视你们了。还专门给你们开了会，这是要拉你们一把啊！我觉得这是好事。”我反而踏实了。

“什么好事，马上就要考试了，谁有工夫写什么学习情况汇报，还每周交一篇。这不是耽误学习吗？”小子噘起嘴，不悦道。

我倒有些高兴：“你能意识到这事耽误你学习，我觉得就是一大进步。”

“我还没说完呢，我和黄永生还得每人交一份两千字的检查。”小子欲哭无泪道。

“这检查你是该写。你犯了错误当然要写检查，这个我赞成。你得这么想，两千字的检查，你可以当作文写，就当练手，不挺好。”我一点儿不觉得意外。

“我真写不出那么多字，两千字太多了！”小子抱怨道。

“我觉得这是学校给你的机会。如果学校放弃你，还让你写什么检查，直接开除走人了。现在让你写检查，这就说明学校没有放弃你。再说还让你写学习情况汇报，说明学校的态度是非常积极的。”我看到了希望，反而表情轻松起来。

“又得写检查，又得写学习情况汇报，我哪儿有那么多时间啊。”小子苦丧着脸。

“没时间也得写，再说写这个的又不是你一个人，不是有六十个吗？”我劝道。

“凭什么李飙就不用写检查？”小子心里不服气。

“你和黄永生是直接打架的当事人，李飙是参与者，为什么没让李飙写，这事我也觉得学校欠妥。但是你不能要求学校按你的思维处理问题，是不是？”我完全想开了，以前我绝说不出这样的话。

“我觉得这很不公平。”小子愤愤不平道。

“不公平的事多了，你管得过来吗？我觉得学校也是一番苦心。你不能激化矛盾。你那天说什么来着，既然学校没把我往死里整，我们也得退一步。怎么说完就忘了。既然学校布置了，你就当作业一样完成，何必让学校再抓住点什么把柄呢？你现在得做一个听话的学生。”

“我不知道后面学校找你谈话会说什么？”小子突然话锋一转。

“……我也不知道。”下一步棋，我自己都看不清了，更别说孩子。

“先谈了再说，没必要紧张。”我倒先劝起来，其实我心里比谁都紧张。

当结果看不清楚时，这就意味着存在很大风险。不管风险多大，这条路都要往下走。

学校已经做出让步了，这就是希望。

“老师是有师德的，我相信他们一定会处理好的……”我给涂晓鼓劲，也给自己，“事物是往返曲折的。我相信事物会随着时间的推移而变化，不该静止地看待问题而忽略掉时间。最考验人意志品质的也正是时间。这事已经发生有一段时间了，这一段时间你我都有改变，这是不可忽视的。而忍让，将使人露出善

23 / 重新回味上学时写检查的那种心境

自从来到S城后，我从没去学校接过涂晓。我总觉得孩子上初中了，应该自立了。

每次路过学校，看到门口聚集着的那些情深意厚的家长，我心里常感叹：可怜天下父母心。不管孩子长到多大，在家长心里永远是孩子。

我总想培养孩子能独立处理自己的麻烦，从小能让他的内心变得坚强，不要过多地依赖家长。让孩子从小懂得：当遇上困难与危机时，不要指望有人会来适时地伸出援手。

小子倒是不太依赖我，遇到事了喜欢跟他妈妈说。自从离婚后，跟他妈妈又不在一个城市，倾诉的机会更少了。

有时我试着跟他聊，让他有苦闷说出来。

小子好像更愿意跟他师傅说。都是同龄人，更容易沟通。他总觉得跟我有代沟。

代沟这个东西，我承认有，这是父子之间无法逾越的东西。

我曾经问过老张：“你跟孩子之间有代沟吗？”

老张回答我：“当然有，但这并不影响我俩交流，观点不同无所谓，但孩子必须得有正确的价值观，大方向对了就行了。别指着事事他的想法都得和你一样。那是不可能的。”

我挺羡慕老张，他孩子比涂晓还小两岁，他们之间能无话不谈，就像朋友一样。而我和涂晓之间除了必须说的话，好像从没有过什么像朋友这样的谈话。他在我面前轻松不起来，我在他面前也一样。

来S城后，父子俩相依为命之后，我自认我们之间的关系慢慢变得像朋友了，但跟老张比起来，差太多了。

也许从小我把涂晓打怕了，他看我的眼神永远带着抗拒和不安。

在北京的时候，有一次他考试不及格，我狠揍了他一顿。他一句话不说，也不哭，直接跑到他妈妈单位去了，说发誓不再理我。

之后果然几星期都不和我说话。后来还是他妈妈两边做工作，才开始说话的。

小子拧，我也拧，两人凑一块儿，关系就紧张，气场也不对。

到了S城之后，也许我年纪大了，再加上慢慢学会了反省自己，跟孩子的相处倒比北京时好太多了。以前我从不反省自己，总觉得我做得对，打孩子也是为了孩子好，我坚持我打得有道理。包括跟小子他妈妈吵架，我也觉得每次都吵得理所当然。我总是想赢，不管对方是我儿子还是老婆，我都想赢。

现在我才明白，即使赢了又怎么样？一家人，谁赢谁输，又有什么关系？

可是在北京时，我不能明白这点，所以才和孩子关系这么紧张，才和老婆离了婚。如果时间能倒回，我一定不会这么做。

现在说什么也晚了。好歹孩子还在我身边，好歹我还有机会去弥补曾经的缺失。

父爱如山，我盼着我跟涂晓也有一天能像老张跟他孩子那样，毫无心事地谈天说地。

我觉得这一天一定会来，只是我说不好会是哪一天……

那天放学后，小子跟我说："爸，学校今天开了大会，老师表扬我了，说我学习有进步。"

我一听，大喜："真的？太好了！看来你打架的风波算过去了。"我简直是喜上眉梢。

小子却没有半点儿高兴，眼神忧郁地说："今天老师表扬了我，明天星期四又得去交问题学生的学习汇报，好坏都有我。"

"人无完人，谁都有做错事的时候。老爸小时候也一样，总让老师又爱又恨的。"

小子不理会我说的话，继续自言自语道："我到底是个什么样的学生？我都迷瞪了。"

"问题学生只是暂时的，我对你有这个信心，你能变成好学生，只要你坚持！"我鼓励道。

他身子一倒，躺到床上，眼睛望着天花板道："我还想入团呢。我能入得上吗？老师能同意吗？"

"当然可以，错误你改正，学习你跟上，老师有什么理由反对你入团吗？我觉得不会。"我有点欣喜小子能有入团的想法，这个我从没敢提，没想到小子今天自己提出来了。

"我担心我资格不够。"小子嘟囔道。

"我觉得这事咱们可以慢慢来，不急。有的人早成功，有的人晚成功，只要永不屈服或早或晚一定能成功。我问你，什么是检验真理的唯一标准来着？"

涂晓从床上翻过身，抢答道："实践。"

"是实践，但还有时间。有些事情是需要时间一点点证明的。"

涂晓坐起来，歪头看我："我觉得光靠等有点消极。"

"你现在知道时不我待了吧。"我笑他。

"不跟你说了，没劲。"

本来挺好的气氛，小子又不愿意聊了。

我赶紧表态："我呢，没啥本事，各方面都不能帮到你，我只能做你的后勤，给你做饭、洗衣服。你只管到自己屋里专心去做期中考试的准备。"

涂晓拿着书包乖乖回他房间里复习功课去了。

我追了一句："检查写完了吗？两千字完成了吗？"

小子回身冲我吐吐舌头："还差一千字。"

"赶紧给我写！才写了一半还好意思跟我说入团。"我已经习惯性地打击他，"今天晚上什么也别干，把这份检查写完！"

晚上吃完饭，父子俩守着一盏台灯开始奋战。

虽说我不该帮着孩子写检查，可毕竟我写检查的经验比他丰富，好不容易能帮到他一回，我不能袖手旁观。再说我太了解自己儿子，写作文他都没兴趣，更别提写检查。我也是不想他在这事上耽误太多时间，马上就要期中考试，我比他还着急。

看着小子手写的"检查"二字，我仿佛一下跳入了学生时代——几乎每学期都要写检查的我。上课不听讲给老师画小人；偷偷模仿家长字迹签名；抄别人作业，还不能让老师发现；接盆水放在门口，老师一进来踩一身水……这些坏事自己全干过。

如今涂晓正经历着自己曾经经历的一切，确实有些讽刺。原来坏细胞也是会遗传的，这个我万万没想到。

我边给他挑着错别字，边苦笑着。都说千万别走我的老路，他还是走了。

我都不好意思说我现在的狂草是写检查写出来的，说出来真是要被人笑死。

我边改边往里面添词。两千字的检查，才写了一千字，等于才检讨了一半。我搜索枯肠、翻箱倒柜地折腾着，重新回味上学时写检查的那种心境。

窗外秋风送爽，屋内的我却热汗直冒。好久都没提笔了，半天都憋不出几行字。好容易磨蹭了一个小时，数了数字数，一千九，还差一百字。我只好把一句话分两句话说，中间多来几个标点，再添上一些呢、啊、哪、吧。数一数，终于凑足了两千字。

我赶紧递给小子，让他马上抄一遍，而且绝不能抄错。

小子感激地看了看我，说："爸，以后我给你洗衣服，家务我分担一半。"

"这算拍马屁吗？"我拍了一下小子的脑袋，"你怎么就不知道拍老师马屁啊，平时嘴甜点，跟老师关系搞好点，也不至于到今天。"

"没办法，有其父必有其子。"小子耍贫嘴。

是的，他说得一点儿没错，打小我也不会拍马屁，曾经还非常鄙视。可现在想想，这也是一种态度，我这么冲的性格，适当能拍点马屁，对心态也是个调整。

但这个我一时半会儿也学不会，也不是我想教涂晓的。我转入正题道："一切以不耽误学习为前提，期中考试一定打个翻身仗，让老师对你刮目相看。"

小子认真地点点头，我这才松了一口气。

24 / 没想到我担心的事还是发生了

检查第二天顺利交了上去。

以我的文笔，我觉得应该能一次通过吧。

记得小时候写检查时，老师总说我诚意不够，一个检查有时得写上个四五遍。

没想到我担心的事还是发生了。

星期五的傍晚，顺着敞开的屋门，我发现涂晓驮着双肩背书包，驼背哈腰、亦步亦趋地爬上楼梯。我开门迎向他。不想，他一看到我就竖起眉毛，冲我瞪眼。

来者不善啊。我等着他发飙。

果然他一进屋就嚷开了：“你可把我坑了，告诉你吧，检查没通过……”

“怎么可能，我可是从小写到大的，怎么可能通不过？！”我有些不能接受。

“老师说检查不深刻。”小子瞪我。

“怎么会不深刻？！”我开始回想我添加的那些内容，我觉得已经非常深刻了。难道这些年我的思想觉悟又退步了？

“老师说要重写。”小子沮丧道。

“得，今晚什么也不用干了。”我也跟着沮丧了。本以为老师会把涂晓的检查当成范文呢。

“你自我感觉也太良好了吧。还说什么从小写检查长大的，太可笑了。”小子嘲笑我。

“你说会不会让老师发现这检查是我代笔的，所以让你重写？”我分析道。

“有可能啊，你不能用您老人家的口气，你得用我的口气。”小子回道。

“你还好意思教我，本来就是你应该自己完成的事。我是怕耽误你学习才替你揽过来，结果还是没通过。”我抱怨道。

“我都觉得里面空洞无物。你不能光喊口号，得写点实际的。”小子点拨我。

“那你自己写，你写点实际的。我都不知道你身上有什么实际的东西。我都弄不明白你们老师要什么？是要保证书还是检讨啊？”我也晕了。

“其实我也不知道。我要知道了，也不会麻烦你了。”小子有气无力地说。

“可能写得是有点虚了。我以前写的那些检查估计也早过时了。我真不知道现在流行什么写法了。我的世界里总是觉得写检查也得写出真理，口号必须喊，一句顶一万句。看来这种表达方式现在已经不认可了。”我思索道。

“都什么年代了，您还一句顶一万句呢。”小子奚落我，“我觉得得换个思路。因为老师肯定能一眼看出来这些口号不会是我喊的。”

“也是，你这个年纪确实喊不出这些口号。我本来想给你拔高一下，没想到画蛇添足了。”我醒悟道。

“爸，如果我检查通不过，是不是还得转学？”小子突然严肃地问。

“这个……当然。”我一愣。同时也意识到检查的重要性。

“今晚你先别学了，你得参与进来。光我写，写不出你的味道，还得你自己写。你写我提意见。今晚这事一定得搞定，不能再拖了。”我认识到问题的严重性。

“爸，如果你给北京的余老师打个电话，跟她求求情，咱们有没有可能回北京上学？”小子突然话题一转。

“你想什么呢，臭小子。”我骂了一句，“你以为求一句余老师就管用？你把我想得也太伟大了。”我生气道。

“不试怎么知道？”小子跟我抬杠。

“行，要打你打，我看余老师能卖你这个面子吗？人要脸，树要皮，你有脸跟余老师说打架被开除了？”我气呼呼道。

小子不吭声了，像一个可怜巴巴的小丑。

我把手机扔给他：“打吧，现在就打！”

小子见我怒了，没接手机，转身进了自己的房间。

那一晚，谁也没睡。

检查写完就快凌晨一点了。然后我就再也睡不着了。

我担心万一这个检查还是通不过怎么办？辗转反侧，我暗下决心：如果这次再通不过，我就去学校。

一直不见面，光靠孩子在传递信息，可能也有传错的时候。

月光从窗外淡淡地照进来，显得比平时的夜晚都亮。

我盯着窗外那些暗淡的光，更无睡意。这是S城特有的朦胧光线，比北京的要亮。而此刻我满脑子里想的都是北京。

我多想马上带着涂晓回北京，马上见到余老师还有他的那些同学。我不想让涂晓半途而废。走上大学的独木桥才是他最终的目标。那将是一场多么令人振奋的比拼啊。我怎忍心让他退出那番角逐的战场？

打架不对，我认；开除却不能认。涂晓是要考大学的，哪儿能现在就退学？

转学，我也不能认。因为我知道这个时候回北京，是失败而归。这种失败我不能接受。

把涂晓归为问题学生，我认。他确实问题太多，打小就是个不让人省心的孩子。涂晓最缺的是自控力。

在北京时，我找过余老师。我说：“涂晓这孩子如果不听话，您就打，我一点儿意见都没有。”

我以为用这种方式才能把涂晓这种缺少自控力的毛病改造过来。

余老师却极力反对：“改造孩子不是靠打的，你的那一套教育方式真的有问题。家长不能打孩子，老师更不能打孩子。成绩也不是打出来的。老师体罚学生是犯罪，家长同样也是。”

小子在余老师班里的那一年，确实比在小学时听话多了。我想，如果余老师一直管着涂晓，或许他也不会有今天。

可现实就是现实，生活里没有如果。

我知道余老师让他复读不是想放弃他，我明白她的苦心。

我一直也心存侥幸，以为到了 S 城，涂晓的命运就会改变。我这种侥幸心理其实害了我。每天我得过且过，拿着小棍儿在涂晓屁股后面追着、打着，累得半死，也收效甚微。我找不到好的方法，任凭我怎么做，结果总是事与愿违。

我担心的是时间——时间把涂晓给放弃掉了。过了期中考试，就是期末考试，没几天了。半年多的时间真是一晃而过啊。时间这个概念在我脑中从来没这么紧迫。

看着他一天天滑坡，我心里面是干着急。病急乱投医，总不得法。我想着死马当活马医吧，总比不医强，不料，总是医不好。

假设一下：个性 + 放纵 – 规矩 = 漂流的船；规矩 – 放纵 = 四平八稳的船；规矩 – 个性 = 由水手掌控的船；那么，个性 + 规矩 – 放纵 = 自己驾驭自己的船。这个公式可以继续更细致地演算下去……我想让涂晓立起规矩，减去放纵，能自己驾驭自己，整个人能阳光起来，把那些曾经的偏激、叛逆、极端等阴暗心理通通抹去……

当然这些都是我的设想，我希望涂晓能在我的设想内一步步改变自己。

我曾经特反对应试教育，总觉得那是对学生的一种束缚。至少我觉得目前的应试教育不规范。一切以成绩来决定孩子的生死，很不公平。

但余老师跟我聊过，她说："如果不采用应试教育，全国这么多学生，拿什么去考核？应试教育有利有弊，但你要想走高考这条路，只能选择应试教育。除非你不想在国内考大学，直接去国外读，那倒是不用挤这座独木桥了。"

去国外读？我想都没敢想过，那得多少钱啊！我自认没这个经济条件，无奈，只有选择挤这座独木桥了。和余老师聊完之后，我也无话可说了。

上次涂晓和余老师通电话，她还鼓励说："还剩下半年多时间，完全来得及。这个节骨眼绝不能放松，一定坚持住！"

我和涂晓一同坚持，怎么也得把这个难关渡过来。

"小子，挺住，再坚持一下！"我冲他喊口号。

"你还睡不睡啊，都几点了，说什么梦话啊……"小子半梦半醒中怼了我一句。

我收回散落在窗边的目光，转过头来看了小子一眼，见他翻了个身又睡着了。

我苦笑了一下，帮他拉了拉被子，又是一个不眠之夜……

25 / 一整天我都在不安中

今天涂晓带来了好消息：检查通过了！

我俩击掌一下，我总算一块石头落了地。

刚放松片刻，我转入了正题："下周期中考试，你把握多大？"

"没把握。"小子不敢看我。

我刚想再说，小子打断道："爸，你别老逼我行吗？我都快被你逼疯了！"

看他那崩溃的样子，我有点不落忍，只好收了口："好吧，我什么也不说了，你自己心里有数就行。"

"没数！"丢下两字小子进了房间，把房门狠狠一关。

我愣愣地看着房门，没脾气。

这个时候也得少安毋躁，我劝了劝自己，转身进厨房做饭去了。

这一周，小子不跟我说话。

我问他几句，他都说忙着复习，没时间和我说话。

小子在躲我。我也不想太给他压力，只好随他去了。

考试那天正赶上下雨，一种不好的预感悄然来袭。

一整天我都在不安中。

老张看不过去了，让我回家等消息。我拒绝了。在家更难受，那种死等的滋味，还不如在店里待着。

见我魂不守舍的样子，老张扔给我一支烟："别胡思乱想了，能考什么样就什么样了，涂晓也尽力了。"

"也只能听天由命了，我真怕他考得不行，前功尽弃了。"我猛抽了一口烟，双眉紧锁。

"有一次我跟涂晓聊天。"老张转了话题。

"什么时候？"我随口问。

"有一次他来店里找你，你没在。我俩聊了一会儿。我问他长大了想干什么？"老张看着我，认真道，"你猜他说什么？"

"我还从没问过他这个问题。"我回忆道。

"你这个当爹的就是失职，这么重要的事不问。孩子长大了想干什么这是他的理想，咱们当家长的应该尽力去帮孩子完成这个愿望。"

我叹了口气："整天督他学习还不够呢，还有时间谈理想？"

“你知道涂晓长大了想干什么吗？”老张顿了顿，“他想当老师！”

“啊！”我惊讶道，“这个我真没想到，我印象中他对老师这个职业很抵触啊！”

“所以说你这个当爹的不称职嘛，也可能涂晓不愿跟你说心里话。我毕竟是个外人，跟我说说他没压力。我敢说，他要是当你面说想当老师，你当时就能嘲笑死他。”老张直言不讳道。

“就他这个学习成绩还想当老师？！”我一脸不屑。

“对啊，你这不是嘲笑吗？！”老张直言道。

“愿望是愿望，它也得有实现的可能。这个愿望有点太不切实际了。”我泼冷水道。

“你听我说完行吗？涂晓说就想当英语老师。”老张继续说。

我喷出一口烟，笑了出来：“这孩子所有课目最差的就是英语！他还想当英语老师，真是做梦啊。”

“有你这样的吗？就是因为他英语不好，他才想当英语老师，说明他有努力的方向。我觉得这是好事啊。如果是我，我一定鼓励他！哪会像你这样冷嘲热讽。”老张白我一眼。

我面色一沉，觉得老张说的话也在理儿，确实我对涂晓用得最多的就是冷嘲热讽。

“有一次我女儿跟我说她长大了想当歌手。如果换成你，你一定骂她了。我却没有。我知道这孩子五音不全，所以她特别羡慕会唱歌的人。所以她才会梦想当歌手。孩子的心理你得琢磨，得鼓励。”老张掏心窝道。

我点点头，我就是个大老粗，哪儿有老张这细腻的心思。想了想，我说：“我还得改，这些问题我自己都寻思不到。”

“孩子的梦想可不能被咱们抹杀了。”老张正色道。

我面色发窘，同样是做父亲的，我这层次照老张差了一大截。

听了老张一番话，我才知道小子的梦想竟然是当老师。这是我做梦也没想到的。几乎天天跟老师对着干的涂晓怎么会立志当老师呢？这点我怎么也想不通，这就意味着我对小子多么的不了解。

老张能理解女儿为什么想当歌手，我却理解不了小子为什么想当老师。同样是父亲角色，跟子女的距离却差着深浅万丈。

我惭愧地低下头，心里暗暗下决心，我也得向老张看齐。

熬到五点钟，我终于骑上车回家了。

一进家门，小子正给我洗衣服。

我刚想问考得怎么样，看他洗衣服那认真劲儿，我不忍问了。

我想等着小子主动跟我开口。

一直到我做完饭，摆好碗筷，俩人坐下吃饭，小子仍是一句不说。

我吃了一口饭，忍不住开口了：“涂晓，你还记得吗？你也曾创造过从 42 名在一个月的时间窜至第 22 名的奇迹。”

小子也不看我，光顾着吃：“有这事吗？我都不记得了。”

我接着说：“那一刻我几乎都承认你有天分了，反而我们认为的天才人物却从不承认有天才一说。由茨威格到爱因斯坦……”

小子埋头吃，好似完全听不进去。

我提高了音量："可从那以后，你就在20名里晃来荡去，这里面有什么问题我也没想明白。当然，有时就是个坎儿，被一个坎儿卡住怎么也迈不过去，一旦迈过去天堑将变通途。还有半年的时间，这坎儿能不能过去，就看你了。"

小子终于抬头看我一眼，没有吭声。

"基础不好不能再作为理由了。虽说勤能补拙不能制造天才，但对于不是天才的人就管用。我不指望你能变成爱因斯坦，我也没这个基因。你现在就是缺少刮垢磨光的那一份专心。二流也得争一流，不能就在二流里混着，还自我感觉良好。"

小子终于开口了："爸，你说来说去还是说到成绩，说实话，我这次没考好。"

我的心一沉，尽管已做好了准备，可心里还是难受："我不是要你跟我交差，我是让你发自内心地知道自己的问题。你要对你自己负责，而不是做表面文章给我看！"

小子避开了我的视线，他知道我生气了。

"这次期中考试考不好没关系，还有期末考试，还有半年的时间，你还有机会。"我强忍着说。

小子点点头："还有半年，我知道。"

"那次你一个月就能创造奇迹，我希望半年时间，这个奇迹来得更大！你不是长大了还想当老师吗？只有先过了眼下这一关才行，你要争口气啊！"不知不觉中，两行眼泪夺眶而出。

小子看我哭了，一惊："爸，你哭什么呀？我去学。"

我流着泪，哽咽着："你不能光喊口号啊，你是男人，做人的原则是要脚踏实地。”

小子脸色变得铁青：“我知道。”

“这次你师傅考得怎么样？”我慢慢平复下来。

“没问，肯定比我强吧。”小子不敢看我。

“别忘了，他始终是你的目标……”

对话进行不下去了，越说越伤心，索性不说了。

周六我给小子做完早餐，早早去看店。

刚到没多久，却看到老张也来了。

“周六我来就行了，你来干吗？你回去吧。”我奇怪道。

“我手机落店里了，这不才想起来。昨晚想起来太晚了就没过来。”老张边说边倒了杯茶，看那样子，他好似并没打算马上走。

“有话跟我说？”我会意道。

“昨天我爱人从北京回来了，她见着涂晓他妈妈了。”老张欲言又止道。

“噢，是吗？”我不咸不淡地回道，“她，她怎么样？还好吧？”

我这才想起有好一阵没孩子他妈的消息了。最近电话也少了，孩子的事又多，也没顾得上问。

“我说你们俩有没有复合的可能？”老张直言道。

我一愣：“说什么呢，婚都离了这么长时间了。”

“我听说她可还是一个人呢。听说院儿里有人要给她介绍她都拒绝了，是不是还对你……”老张分析道。

“别胡说了，没那可能。”我打断道，“我俩就是打怕了才离的婚，她巴不得我赶紧消失。”

“这又是你瞎猜的吧。那你说，别人给她介绍对象，她为什么拒绝？她才多大，刚四十，就不打算找了？”老张关心地问。

“也可能条件不行，也不愿意见吧。她心气挺高的。”我双眉紧锁，思绪混乱。

“那你什么打算？也打算一辈子光棍？”老张直直地看着我。

“我有涂晓，这小子的事我还没解决呢，其他什么事也不想。”我实话实说。

“这也没几个月了，期末考试一结束，你怎么也得带他回北京，你跟他妈妈也得见面，不如你们见面再好好聊聊，万一有可能……”

“没可能了！”我固执地打断老张的话，“我现在的目标就是培养涂晓，让他考上大学，其他我什么也不想了。光棍挺好，一人简单，没那么多事。”

“别嘴硬了，谁不愿意老婆热炕头。夫妻俩哪儿有不吵架的。我跟我爱人还不是天天吵，但吵完就完了，第二天照样乐呵呵地过日子，这就是生活。涂晓以后慢慢大了，他也要过他自己的生活。你得为自己想想，别光知道嘴硬，也得想想你个人问题。别为了孩子，失去自我了。”老张劝道。

我知道老张是为我好，可眼下涂晓的事已占据了我生活的全部，哪儿有心思干别的。想了想，我说：“一切等涂晓上了高中再说，他的事不落定了，我的日子也没法过。”

“你呀……”老张摇摇头，“我不管你了，反正我觉得涂晓他妈妈不错，也就是脾气急点，但人挺好，你这臭脾气还不如人家呢。”

“我知道，但我俩真不可能回头了。不瞒你说，前一阵，她还想跟我要回孩子，说后悔把孩子给我了。断了也就断了，回不去了。”我叹了口气。

“随你吧。”老张这才站起来。

“赶紧回去做饭吧，别操心我了，我心里有数。”我送老张到门口。

“你要是有数就好了。算了，这种事外人也没法劝，你好好想想。好歹我比你大几岁，你听我一句劝，也得为自己打算打算，总得找个人陪你过后半生吧。孩子将来都是要离开父母的，他们有自己的世界。”出了门口，老张又补了一句，“我听我爱人说，涂晓他妈妈的脸色可不大好，人也瘦了一大圈，你没事也关心一下，离了婚也是朋友，让孩子也多关心关心。”

我冲他点了点头，心里隐隐地犯酸。

确实，谁不想有个完整的家，复合的事不是没想过，是不敢往下想。结婚十几年，也打了十几年。我自己这驴脾气我自己知道。孩子他妈受了多少委屈我也知道，就是不想再拖累别人，才不想再回头。

你有让别人幸福的能力和资本吗？我扪心自问，我没有！

涂晓一个人我都照顾不过来，更别提照顾两个人了。

没有让别人幸福的能力，也没有资格想别的。

不惑的年纪，已让我不敢多想，也让人变得理智。涂晓的现状更让我不能多想。作为父亲，我不称职；作为老公，我更不称职。从“老公”这岗位上退下来，能专心做好“父亲”的角色，我也心满意足了。

当晚回到家，我就让涂晓给他妈妈打电话。老张说的也让我有点担心。

通完电话，我问小子怎么样？

他说：“挺好的，我问她是不是瘦了，她说工作忙的，没什么事。我让她多休息。还有几个月等我考完回北京就能见面了。”

听小子这么说我倒放心了。

是啊，还有几个月就能见面了，这几个月的时间真是快把人给熬死了。

26 / 触目惊心

期中考试过后，学校像往常一样召开家长会，我如期前往。

路上我的心情犹如坐过山车。涂晓打架事件这么久了，我终于要再次迈进学校的大门，不知道见到校长、老师他们会怎么说？

我想象着那个场面，有些无地自容。

打开手机，有关校园暴力的几条新闻引起了我的注意：

【校园暴力触目惊心】发生在一些省市中小学里的校园暴力屡屡报道，上半年，多达数十起。有的同学被殴打、索要钱财、甚至烟头烫伤……人们在瞠目结舌之余不禁要问：这些疯狂的少年都是怎么了？

这个话题一下引起了我的注意，看来校园暴力不止是发生在S城。

我接着往下看：

【校园暴力面面观】从对暴力事件的处置结果来看，因恶性犯罪最终承担刑事责任的案件比例较小，以故意杀人、故意伤害、强奸等罪名判罚居多。依据我国现行执法量刑标准，14周岁为最低刑事责任年龄，14至18周岁的人犯罪量刑从宽。然而随着犯罪越来越低龄化，刑责年龄之争也越来越引发关注。数据显示，一些校园暴力事件是在多人甚至几十人之间展开，校园暴力事件呈现出明显的群体性特征。多数人因附和与从众心理，顺应强势者的权威而加入施暴群体。此外，部分围观者冷漠地纵容、拍摄等行为，给被侵害人造成的精神、心理损伤极大。在校园暴力事件中，受害学生和家长，由于不想招惹更多麻烦，往往选择接受道歉或者隐忍转校；而少部分学校，对校园暴力行为进行低调处理，这无疑会纵容和强化施暴者“恃强凌弱”的思维和行为。不仅对于受害者而言非常不公平，也未能杜绝暴力行为。

看到这儿，我的心绪不能平静了。

涂晓的打架事件同样也属于校园暴力，学校的处理方式由最初的“开除”变成后来的“转学”，再到现在的“写检查”，一步步是往好的结果发展。但是情节最严重的学生并没有得到应有的处理。

我握着手机，心脏突突地跳。作为当事人的家长，我应该怎么做？

我接着往下看对策：

> 【对策——严格惩处，完善相关法规】校园暴力频发的现象引起了中央有关部门的关注。宣教部门有关负责人称：《未成年人保护法》对校园暴力的制约和打击过于落后和偏轻，对于青少年的暴力犯罪要加以惩戒，该追究刑事责任的就追究刑事责任。另外，由于现在未成年人成熟得较早，因此建议，刑事责任能力年龄应该提前。从长远讲，从立法、司法、社会治安治理的角度来综合治理。
>
> 【对策——心理教育，不做旁观者】少年庭法官认为应坚持“教育为主，惩罚为辅”的原则，通过社区矫正制度、犯罪记录封存制度等帮助施暴青少年回归社会。此外，要加强对未成年人的心理引导与教育，使正处于青春期的孩子们形成良好的心理平衡机制，从而控制好自己的行为。不欺负他人，也不要做暴力的旁观者。
>
> 【对策——维权有道，保护弱势学生】教育研究院教

授表示，对于校园暴力事件，建立健全处理机制，强化规则意识和规则教育，是对施暴学生的“保护”，更是对所有弱势学生群体的保护，让所有学生懂得尊重他人的权利，也积极维护自身的权利。因此，有必要针对校园暴力，建立健全的学生事务投诉、处理机构，并进行公开的调查、听证会，给学生维权提供一个很好的意识教育和渠道。

文章的最后有许多家长留言评论，其中一条一下刺痛了我的眼睛：

孩子是面镜子，投射的是父母，孩子什么样，父母就是什么样！当下最需要教育的是父母，而非孩子。父母不合格，经常打骂孩子，孩子的怨气需要发泄，就会找更弱小的孩子。而父母之所以不合格，与只追求分数，不注重内心有很大关系。一个自己都被分数摧残得满是心理阴影的父母，怎么会正确地影响及引导孩子呢？！

这说的不正是像我这样的家长吗？

我愣愣地看向窗外，直到乘务员报出站名，我才意识到差点坐过站。我赶紧下了车。脑袋却是如针扎般疼痛。

走到学校门口，我竟一眼看到了江校长就站在学校门口，正和一些熟悉的家长们打着招呼，彼此间嘘寒问暖。我赶紧躲到角落里，生怕他看见。一个曾经要被开除的学生家长——这个尴尬的身份令我对校长不敢靠近。

我在传达室登记完，门卫指点我：“初三（3）班的学生家长要去小会议室。”

“在哪儿？”

门卫指向远处，我仍摸不着门路。

这时一个人走过来，声音洪亮道：“我领你去吧。”

我一看竟是江校长：我脑袋“嗡”的一声，立刻头一低，赶紧说：“谢谢！”

我不知道江校长是否还能记得住我是谁的家长，我存着侥幸的心理，从他的眼神中好似并没有太多异样，或许他早已记不住了。

我跟着江校长一起绕过主楼，往教学区的深处走去……可我脑中全是那篇有关“校园暴力”的报道。走了一段，江校长没有开口说话，好似对我的身份并不知晓，我便大着胆子说：“江校长，我想跟您说说校园暴力的事。”说完我后背的冷汗都渗出来了。

江校长看了我一眼，示意我说下去。

我赶紧抓住机会说：“校园暴力在S城有，在北京也有。现在全国好多学校都发生了，这是非常可怕的一种现象。学校和家长谁不害怕，谁不头疼？学校和家长都应该有义务杜绝校园暴力。”

“是啊。”江校长眉头一皱，点点头。

“但处理校园暴力也不能一概而论，比如有的学生是出于自卫，被逼无奈才还手的；而有的学生是打架的主因，这样的学生才应该严惩。这两种情况是否可以区别对待？”我大着胆子问。

“学生打架就是不对。遇到问题可以找老师，不管是自卫还是无奈还手，都造成了打架的事实。”江校长严肃地说，“校园暴力的问题我们也一直在研究。这个问题该如何妥善处理我们也很头疼。”

“是啊，是啊。”我赶紧低下头去，躲过江校长的注视。这话只能点到为止了，我感觉不能再说下去了。

我心平气和地朝着校园后面的小会议室走去。表面平和，脑子里的某根神经却在一刻不停地高速运转着……

“你刚才提到了自卫问题，我想你可能误会、曲解了。”江校长慢条斯理地说，“这里是校园，应该不存在正当防卫和蓄谋犯罪的问题。”

我随着江校长的脚步拐过学校小卖部，再次试探地说：“校园也是一个小社会，看似单纯，实际也很复杂。我是担心这里存不存在表面现象和内在的实质问题呢？”我们一同迈上通往二楼小会议室的楼梯，“我是说公平性的问题，比如……”

正说着，就来到了小会议室门口，迎面走来了姚老师。他一眼看到了江校长，赶紧走过来打招呼。

“你刚才说什么？”江校长显然没听清我上一句说的是什么。

“噢，没什么。”我打了个哈哈。关键时刻我不敢往下说了。一是怕小子怪我，二是我自己也没底气。

姚老师笑容满面地朝着我们走过来，依旧那一身深蓝色的西服配领带。他走近了才认出是我，愣了一秒马上又恢复了平常。他憨态可掬地掏出烟来递给校长和我一支。

我有些不好意思，我以为姚老师不会理睬我，没想到他竟然能给我递烟，一下子有点盛情难却，同时满脸的尴尬。我记得上次见面，我还对他说了那么多不友善的话。想到这儿，我主动向他伸出手，握一握。

姚老师十分大度地把我引向前排就座。我赶紧摆摆手，低着头往后走。又不是什么光彩人物，还能坐在前面现眼。我有些自惭形秽，选了最后一排靠窗的位置独自坐下来。

时间尚早，来的家长们仅有三分之二。主席台左侧立着一台液晶电视，里面正播放着一部介绍学校的宣传片。每个座位前的桌子上摆放着一瓶矿泉水，可见学校对家长会的重视程度。周全的考虑及对学生家长们的尊重已然管窥一斑。

我愣愣地看着学校的宣传片，想从里面找到涂晓的影子。找了半天也没有。我又自嘲地笑笑，差生又怎么可能上电视。我手里捏着姚老师送的香烟，心里不是滋味。

姚老师在过道上穿梭往返，面上始终保持微笑。看着他热情接待每一位前来与会的学生家长，那份诚恳、亲切的态度令我感动不已，也自叹弗如。看来之前我对S城的老师真的有误解。

10点钟，窗外的操场上开始陆陆续续地聚集起学生，到了做广播操的时间。我一眼望去，根本找不到涂晓的影子。

室外耀眼的阳光直直地射进小会议室里，洁白的墙壁粉饰一新，窗户两边垂挂着淡青色磨毛线窗帘，还有一排排配套的桌椅，清纯中不失淡雅，简约中更显新潮。没错，这里是校园，看似单纯平静的校园却接连发生校园暴力，学生变得爱打架，这里面有家长的责任，这个责任逃不掉，但是否也有学校的责任？这个我不敢想。

正思来想去，姚老师低垂着的脑袋迎着室外的阳光，手里拿着记事本闪亮登场。点过名后，他先向各位家长介绍这次的期中考试的情况，我急忙竖起耳朵来听——

“这次期中考试年级前 30 位中，3 班占了 9 名。”

不对吧？明明这个班里的学生成绩普遍往下落，被落在 4 班、5 班的后面。上次月考涂晓表面班里第 15 名，年级第 49 名。实际年级排列第 54 名，姚老师给班里的学生分别提了十几、二十分不等。初二学期，涂晓从年级第 132 名，一年时间超过 96 人，上窜至 5 班的第 19 名，年级排位第 36 名，5 班最强。初三开学仅两个月，涂晓往下掉了 18 名。

这里面有学生考砸和如何适应老师的问题，也存在着老师的管理能力及教学水平的问题。至少大家应该实事求是。现在这个统计正确吗？我脑中一串疑问。

操场上，伴着广播体操的节拍，学生们井然有序地做操。我木然地看着姚老师坐在主席台上侃侃而谈，却一句话也听不进去，好像一下子没有方向。

“……另外，初三实验班的学生，因为每星期六要到校学习。伙食费要比原来多收二百元，在此给各位家长说明一下……”姚老师脑门上折射着晶晶闪亮的光。这句话我听清楚了，幸好只是多了二百元。之后姚老师又说了一些客套话，家长会就结束了。

临走时，我看着姚老师礼貌地跟他再见。其他一肚子的话再也说不出来了。

27 / 好消息，我解放了！

在我租住的楼下经常有一个疯子转悠，他嘴里永远重复吟唱着这么几句信天游：“人为一己之利 / 同样不择手段 / 看似道貌岸然 / 实则狡猾阴险 / 以为名正言顺 / 背后隐藏机关……”

我听着就闹心。那疯子每天披头散发地走在路边，浑身带着一股子从垃圾堆里钻出来的酸臭味。老远就能闻到那个味道，我浑身禁不住打个寒战，心里不由自主地一阵阵发冷。这样活也是一辈子，人的一生究竟是为什么而活？

从学校开完家长会回来，我的心一直发冷。我不知道该怎么和涂晓谈。我一下子失去了方向。

十五岁的孩子正是花季，可是他们没有享受花季时光的美好。学校的压力、家长的压力、成绩的压力，再加上同学之间关系的混乱、和老师之间的矛盾、和家长之间的矛盾……花季少年经历的都是这些负面的东西。我该怎么做？我该怎么帮他？我自己都发蒙。

小子看我到家后沉默不语，心里有些害怕。他知道我因他没考好正生闷气。其实我生气的还真不是这些。从学校回来的路上，我对成绩突然释怀了。我觉得我不能再逼他了。我几乎是要认命了。

小子愣愣地看着我，见我拿出了烟，他赶紧给我点上。

我默默地抽了几口，还是一句话不想说。

涂晓看着我，心虚道："爸，我错了，我没考好，你惩罚我吧。"

我看着他那可怜的表情，胡撸了一下他的头，回了一句："这都是命。"

"爸，你不是不信命吗？我反正不信。"小子一脸幼稚。

"以前不信，现在信了。"我淡淡地回道，面无表情。连表情我都做不出了。

"爸，对不起，都是我的错。"小子从没见我这样，口气出奇地软。

"你别学老爸，老爸没出息，没斗志，一事无成，连教育孩子也是失败。我应该把你还给你妈……"说到这儿我的鼻子酸了，我强忍着说，"当初你要是跟了你妈妈，可能不会这样，都怪我……"

“爸，你别这样，当初是我愿意跟着你的。”小子同情地看着我。

我点点头，别过脸去，生怕在小子面前掉眼泪。

“爸，以后我一定好好学习，还有半年，也许半年会有奇迹。”小子保证道。

我没看他，只是说：“我希望任何事都不要打垮你的意志。将来做个有用的人，别像老爸这样失败。”

“爸，你相信我吧，我有信心。这次我以为能考好的，怎么到了临场就发挥不灵了。我师傅说了，要给我补课，谁叫他是我师傅。”

我重重地点点头：“好，晚上吃什么？炸酱面？”

小子也冲我重重地点头：“成交！”

我的脸上闪出来一丝既勉强又狰狞的微笑……

星期五，涂晓回家的第一句话就是：“好消息，我解放了！”

看他满面堆笑，我好奇道：“什么解放了？”

小子笑道：“今天六十位问题学生里提前释放了两人，我是其中之一。”

话落，我周身一阵轻松，长长呼出来一口气，这消息确实太让人振奋了！

我拿出烟盒抽出一支点着火，站在走廊窗前，如释重负地深吸一口，立刻被呛得拼命咳嗽起来。

涂晓站一旁幸灾乐祸地哈哈大笑，喜笑颜开地从我手里抢过烟，放进橱柜上的烟灰缸里，随手掐掉。我边咳嗽边流泪——打架事件眼看已经两个多月了，这是迄今最令我高兴的一刻。事实证明小子努力了，他没有对我食言。这是我最欣慰的。

我俩站在窗边正沉浸在喜悦中，突然楼下一个熟悉的身影闯入视线——一身运动服的李飙正在门前空场地上玩起了足球。摆头晃肩，一招一式都带着专业运动员似的酷劲。

涂晓啧啧道："你别说他学习不行，踢足球倒是个好手。"

我用眼睛斜斜地一瞥："我没看出他有什么运动天分，他那样子就像个武夫，一辈子也做不了运动员。"

涂晓探头俯视着窗外，满脸惊讶地转回头："他球踢得不错，你怎么一上来就给他判死刑啊？"

"哼。"我露齿一笑，"马拉多纳没有超乎常人的进球欲望，上帝怎能帮他伸出那一只手来？你再看他，浑身都是一股邪气。他是赢了这场小战斗，却将输掉自己整个一生的战役。"

涂晓的眼睛一时间好像被冻结住了："那也不一定，没准人家命好。"

看他恍恍惚惚的样子，我进一步解释："永不言败是战略，识时务则是战术，一旦位置颠倒就是两个概念。我们看过泰森和霍利费尔德的拳赛。老霍不惑之年妄图老罴当道，重佩拳王金腰带，可能吗？可他还要打，也敢打。因为他看见有一线的希望。"我翻开烟盒里取出一支烟，捏住它举在涂晓的面前，"也只有一根烟的希望，很渺茫。泰森同样渺茫，打不过就咬老霍的耳朵。我们作为观众随便评论，有一点是刘易斯所不及也是普通人体察不到的，那就是他们体内流淌着不屈的血液。尽管他们都是刘易斯的手下败将，没有抓住那仅存瞬间的一锤定音，却虽败尤荣。识时务者的战术，让老霍苦练出全面娴熟的技术。绝不服输的战略，让泰森跳开街头的小流氓成为拳坛上的一只猛虎。摆正了战略与战术的位置关系，他们身上的光环才让我们世人瞠目结舌。记得吗？去年 8 月 26 日，在火车上我送你的那一件礼物。”

小子点头：“记得，那首《旅途》。”

“还会背吗？”我问。

小子立刻背诵起来——

坚强吗？
不，我脆弱。
从地上爬起来，轻轻掸掸土不去舔舐伤口，
疼痛会使我退缩。
悄悄蜗居在宿命的龟壳里哀叹，
自怜拯救不了我。
旅途上，航海梯山须咬牙度过，
往前走，试试牙齿咬碎几颗？
任遭遇蘸着鲜血一起凝固，
去日留痕随四季循环往复。
它不是沧桑的印证待日后赖以炫耀，
将变成丛林虎头上那一枚特殊的符号。

我的眼前幻化出列车奔驰的情景……车窗外，麦田、稻浪一掠而过。河北、河南，城市、省会一夜之间跨了过去……

“当时，我也害怕，这趟凶吉未卜的远行，是带着你走向断头台，还是抓住未来？我心里没底，直到今天心里也没底。战士就要负弩前驱，跬步千里，困知勉行，越是胆怯越往绝路上逼。色子一旦掷出，唯其渡过鲁比孔河了……”

“爸，你要说什么？”小子不解地看着我。

我这才停了下来。点燃手里的那支香烟，凝视着他，思索一会儿才说：“江湖险恶，云谲波诡，随时会出现陷阱和障碍，稍有不慎将掉进万丈深渊……”

小子茫然不解地摇头，闷声不语地望着我，仿佛在听我讲述外星人的故事。

我吸了一口烟，沉默了。是啊，我想说什么啊？有些话能跟孩子说吗？

学校并没有惩罚李飙，谁都知道他家里的背景。这个问题我不能跟小子探讨。

谁让他有我这么一个不称职、也无地位的父亲。一种无力感深深地袭来。

回想我这两个多月都在干什么？去法院、找教育局、找报社、找律师、托关系、找熟人、求爷爷告奶奶……我都干了些什么？！

我的眼前又幻化出列车奔驰的情景……我留恋地看着窗外的风景奔驰而去，心下茫然。

放眼望去S城，它虽见不到大都市里高耸的建筑、繁华的商圈，它却有满眼的盎然绿意、飘香的麦田、滚滚的稻浪、绿树翠竹……还有一条条通往田野深处的蜿蜒小路。那样的风景就仿佛睡卧在美术馆里的一幅大写意：室外喧哗、节奏紧张、车水马龙、游人麇集。它依然洁身自好，清雅绝尘，保持着自己的那一份安详与宁静。这是北京没有的东西……这幅画里，只是少了一所学校，如果再能加上涂晓的身影，这幅画就太完美了。

脑中经常会跑出来这幅画面，我暗恋着它，深情地热恋着它，也经常不由自主地潸然泪下……

小子跟不上我的思维，毕竟他还只是一个十五岁的学生。

他还沉浸在从差生中解放出来的喜悦中，就连平时最讨厌的李飙，他都不想去指责了。

我不想破坏他的喜悦，只闷头抽烟，再不多话。

28 / 中考前的杂七杂八

“我看每次家长会最后都要提到钱的事，不是餐费涨，就是学费涨，就是老爸的工资不涨。”

最近店里生意不好，我看着手里的那点工资不停地叹气。也可能慢慢天气冷了，钓鱼的人都懒得出门了，谁还会跑来买渔具?

小子看着我，劝道：“跟北京比，这里的物价已经很低了。”

“那倒是。”我瞪眼道，“可这点工资也确实不给力。”

昨天和老张也商量对策，他也觉得是该拓宽点业务了，一时也没想好卖什么。

“爸，叶主任说我凶，我看你……其实比我凶。”

小子面冲着我，背靠着窗。夕阳斜下，他的身后，天色淡淡地暗了下来，远处农户家里的炊烟缕缕上升。一辆小奥拓在凹凸不平的小路上，一路歪歪斜斜地向着深处行驶……

“我凶吗？”我正色道，“你也只是遗传了我的那一对狼眼儿，亏却屡屡吃在瞎咋呼、没眼力；再加上嘴笨、智商低，可不成了差生。”说完我又后悔了，说话没把门，这个老毛病也难改了。嘴上说小子，实际我也是这个德行。

“什么时候你能变得慈眉善目？”小子也挑我毛病，二人斗嘴。

“许多慈眉善目的人是真凶。你老爸我是假凶。什么是真凶？乘虚而入，动作之快、出手之重、直捣软肋，那才叫真凶啊。”我掏出心窝子揣进涂晓怀里。

“其实我也是假凶，可遗传了你的狼眼儿，别人都以为我是真凶。”小子沉声道。

我言辞恳切，语重心长道：“小子，你眯起两眼，少说废话，多做实事，喜怒无形于色。什么时候你能当上优秀生，慢慢你也会变得慈眉善目了。”

“又来了，什么时候能当上优秀生谁知道呢？也许期末等我考好了就能当，也可能一辈子也当不上。”小子说话没有底气。

我下意识地拉开抽屉，拿出一块石头：“还记得这块石头吗？”

小子直直地看着：“当然。”

“这块石头是你后几十年不再打架的警示标志。我一直帮你收藏着，今天起转给你保管。你放你抽屉里吧。”

小子接过石头：“还挺沉。”

“你就是用这块石头打架的。”我直言道。

“我真是挺没人性的。”小子冲我吐吐舌头。

“知道就好。”转眼我又从抽屉里拿出一个塑料夹，抽出一张奖状——思想活跃奖。

小子愣愣地看着：“这个你也转交我保存吧。”

我捏住奖状的一角，立在涂晓眼前，紧盯着他说：“记住，这是你的荣誉！我其实宁肯不要这个奖状，只要你考出好成绩。”

小子接过奖状，没接话。好一会儿，他才说：“我交了入团申请书……”

“老师怎么说？”我更关心这个。

“老师没说什么。我这又不是干坏事，老师能说什么呀。”小子淡淡地说。

“你觉得能入上吗？”我小心地问。

“不知道。”小子仍是那副迷茫的表情。他永远缺的是“自信”二字。

“这个奖状是思想活跃奖——思想活跃乃是学生的无价之宝，所以这份奖状我一直保留着。但这只是你一个阶段内的奖励。那个阶段你思维活跃，学习成绩直线往上升，我当时都觉得是奇迹。现在我看不到你的思维活跃了，你明白吗？所以这个奖状我不保留了，转给你。”

涂晓惶惑不解地望着我，瞪大眼睛一个劲儿地眨巴着。片刻，他突然猛地将奖状撕成碎片，揉成一团，顺着窗户抛出去，恰似天女散花。

我一惊。

“既然你都看不上了，我留着也没有意义。”

小子脸上有愤怒，我意识到可能说话有些重了，马上说：“我不是看不上，而是这个已是过去式了，我想看新的东西、新的变化。”

小子赌气地转过身。

我换了口气道：“好了，架打完了。检查也写完了，入团申请书也交了。过去的事不再提了。记住泰森、老霍和我送给你的礼物。下面轮到你跟张赛华去拼。输赢我不在乎，我只想看到一个努力拼搏的过程。你敢去拼吗？”

“这有什么不敢。”小子撇嘴，“输了再来，有什么的。”

“对！”我一时兴奋，扬起胳膊照着涂晓肩膀一掌欲拍。突然被他攥住悬在半空，我缓缓放下手臂，用手拈起他衣服上的一根头发丝，竟是白色的。我下意识地看了看他的头顶，一头黑发丛中悄悄隐藏着一些零散的白色发丝。我的心一沉。

“早就有白头发了，你才发现啊。”小子不以为意道。

“身体是革命的本钱，从今天起我得好好给你补补身体。明天就给你买海参去，身体养好了，才有胜利的可能。咱为了重点高中，为了考回北京，为了明天的大学，也得保护好自己的身体。”我心疼地说。

“瞧你说的，一根白头发就把你吓成这样了，我没那么金贵。我也不爱吃海参，你别瞎浪费钱了。”

涂晓把石头和空空的塑料夹放回他房间里。我看着他的背影，满腹心酸。

第二天，我什么也不干，先去超市买了两袋海参。

路过邮局时，我犹豫了。想了想，我把自行车靠边一停，走了进去。

老张说涂晓他妈妈瘦了一圈，也是要补补。这母子俩真是让人不省心。

把那串熟悉的地址写完，我寄了一袋海参回北京。

周末这天，阳光煦暖，心情也跟着灿烂起来。

我来到走廊，拽下立在墙角的渔包拉链，从里面抽出 7.2 米的定位竿，我把它甩到一边，整理着渔包。最心疼那一袋子丸九鱼食，闻一闻。行，味儿还挺浓。我转念一想匆匆往楼下跑直奔院子。

一个多月忘记浇水了，我边走边苦笑：“完喽，损失惨重。”我看到花盆里掺着秸秆灰和牛粪的泥土已经结成块了。我把花盆磕到地上，里面养的红蚯蚓已没剩下几根了，有些活着的个头儿明显见小，蔫头耷脑。

“凑合用吧。”嘴上只得宽慰自己，多亏还泡着几种嫩玉米和煮成半熟的麦粒。更重要的，趁天没黑先上趟街，再去买三斤油枯。不，这次买六斤。今晚缝口袋，明天再去丢水里。不甘心，钓不到鱼就是不甘心。怎么也得给小子钓几条新鲜的大鱼，好好补补。咱海参买不起，鱼总能钓着吧。

我把土重新放回花盆，连同残兵败将似的蚯蚓，往里面浇上点水。经过厨房，涂晓正凑着水池子在那里淘米。我说道："收了它，你先去餐馆等我。"

涂晓斜着身子问："出去吃？"

"废话。"我眯眯眼睛。

"万一你能钓着呢。"小子一脸坏笑。

"万一我钓不着呢？"我回道。

"这么没自信啊？"小子揶揄我。

"这不是自信的问题，是客观因素不具备，你没看到蚯蚓都瘦成那样了，鱼能稀得吃它吗？"

"你的思维很活跃，我想给你发个奖状。"小子咧嘴冲我笑。

我把手里的花盆差点砸他身上："臭小子，今儿这顿你请，我给你记着账！"

说完我也止不住地笑起来。

好久没这么开心地笑了，却又不知有啥好笑。小子笑得眼泪都出来了，我也是。

就在这时我接到了一条短信："海参收到了，谢谢！照顾好自己，照顾好孩子，以后别寄了，别浪费钱了。我给孩子寄了点衣服，天冷了，多加衣。"

那一刻，我才能体会，笑中带泪的时候也是幸福的。

29 / 但愿奇迹真的会来临

一个月后，涂晓手握团徽给了我迎面一击。

我看着团徽，眼睛一热。小子终于入团了，我一直不抱希望的事终究成真了。

我刚要开口，小子打断道："……月考成绩排位年级 74 名。"说完他长长地一声叹息。

尽管我经常想入非非，对他的名次做出种种理性地推断，也料到了输，但万万没料到输得一次比一次惨。74 名，这是又落后了！

躺在床上闭眼计算一下，去年涂晓被我逼着苦学一个暑期，什么也不会，赤手空拳，晃晃悠悠地一路追赶，从 132 名冲上年级第 36 名，真难啊！两任班主任都尽了力，涂晓也拼了。谁能想到今天竟掉落到了 74 名！

我也跟着长长一声叹息。想骂他，也骂不动了。幸好还换回来一枚小小纪念章。可是北京要的是分，不是这枚小小的团徽啊。

我一个鲤鱼打挺站起来，睁圆眼睛硬撑着说：“泰森被击倒过多少回，我们有什么输不起的。小子，风樯阵马不足为勇，胜败取决于持之以恒。”

小子低着头不敢看我。

我盯着他的脑袋，又赫然看到了几根白发。

我果断地说：“明天就给你买海参去。最近老张开发新项目了，我们有钱了。”说完我努力一笑。

涂晓看着我仰起的面孔，睁大眼睛问：“又买海参？上个月吃了也没管用啊。”

“那是吃得不够！”我安慰自己。

“爸，我脑子笨，吃什么也没用了。我师傅也从不吃海参，他回回都考得好。这是智商的问题。”

我听后一下也泄了气。我总不想承认自己的孩子智商有问题，我也总担心是否小子出生的时候因难产对脑子受了点影响……我总给自己找各种各样的理由和台阶。

“不，我觉得不是。我一直觉得你挺聪明的。你忘了，小时候你骗我说把我随地小便的事写进作文里，害得我那几年都不敢去学校。你就是不想我去学校开家长会，故意编了这一段。我当时真信了。你说你多聪明，笨的孩子哪儿会想出这一招。”我边回忆边苦笑道。

“那是小聪明。”小子一针见血道。

我无语了。小聪明和聪明只差了一个字，意思上却是全拧。我一直固执地认为涂晓是聪明，而不是小聪明。

我就是个老顽固、老固执，我知道。

我向他投去善意的微笑：“胡说，我就是觉得你聪明，你要是再努力努力，一定能超过你师傅，我一直这么认为。”满眼充溢着对他的关怀之情。小子却不接我的眼神。

“爸——”小子打断我。

屋子里一下子安静了。在那一对视的时空里，我俩都沉默了。

我们久久凝视着，不带任何表情，直到我鼻子发酸，我才别过头去。

小子的眼神我已不忍直视了……

S 城的三月，乍暖还寒，风吹在脸上还是冰凉，树枝光秃秃，仍没有返绿。徐家堰的渔友们对垂钓的兴趣似乎还没起色。

我却一直坚守徐家堰，风雨无阻。我只有一个信念：要钓最大的鱼给涂晓！鱼头炖汤，鱼肉红烧。明知他吃烦了，也得给他吃。都说吃鱼补脑，不补能行吗？！毕竟没有那么多的海参吃。

在我海竿的轮番轰炸下，油枯不间断地往窝子里面续，一只手竿采用传统的铅坠落底，另一只崭新的炭素竿采用台钓的悬坠法，且以10公分的尺度往上移钩，时而垂底，时而悬浮。今天我又钓上来一条六斤重的贼鲤鱼，我这兴奋啊，脑子一热，竟然晕了过去……

小子把我的海竿没收了，他也不想再吃鱼了，他说快吃吐了。

我没反驳他。收就收吧，天这么冷，谁愿意挨冻去？

我把鱼切成段儿放进冰箱里。现在快吃吐了，过一阵儿准保又想吃了。要么说是孩子呢。

“爸，黄永生因不肯剪头发跟叶主任发生冲突了，他打了叶主任，被勒令退学了。”小子正色道。

“噢。”我沉吟一下，一点儿不意外。这事黄永生做得出来。

“李飙一星期没来上学，被老师在网吧抓着了，老师让他写检查，他不写，学校让他停课了。”小子接着说。

我安静地听着，学校终于也对李飙采取行动了。虽说不是针对打架这件事，但总算学校也有个态度，这是转变，我心里一喜。

片刻我又问：“你没捅什么娄子吧？”

“我……我这月末考试排到72名……”小子嗫嚅道。

“那就是说前进了两名……”我欲哭无泪道。

小子脸红了，不敢看我。

“虽然前进了两名，但远远不够北京的分数线，是这样吧？”我明知故问。

小子点点头，再不多话。

我也再不多话，我认命了。那一刻，我认命了。

一个月后，姚老师跑来劝我："涂晓的成绩一直没有提高，这个成绩恐怕很难考上北京的高中，你有何打算？"

"我一点儿办法也没有，学校什么意见？"我感觉到姚老师话里有话。

"我们学校的意思还是让他转学吧。毕竟北京的师资力量比我们这儿好，教学条件也好。涂晓在这儿学习成绩一直没有提高，我们当老师的也很着急，也是怕耽误他。如果他能回北京找个好学校上，或许他的成绩能上去……"

话说到这个份儿上，我还能说什么。

想了想，我无力道："你的意思我明白。还是等期末考试考完吧，不管成绩怎么样，那时我都会带他走。"

"我们学校的意思是能否现在就转？因为我们现在对老师的业绩考核还是很严的，他一个人的成绩很可能会拖垮整个班的平均分……"

姚老师的话不无道理，可是我这个当父亲的就是这么不通情理，明知别人有理的事，我还要无理搅三分。我硬着头皮道："谢谢，姚老师。请转告学校：不管考试结果如何，做事还是要有始有终。6月24日以前，我们哪里也不去。只要一考完，我们一天也不多待。请理解我一个做父亲的心情，这个时候你让我们转学，现联系也来不及啊。况且也没多少天了，请学校再容忍一下。这期间，我就是不吃不喝不睡，也想尽办法让涂晓把成绩搞上去，绝不拖学校的后腿……请学校再给涂晓一次机会……"我差点给姚老师跪下了。

那次谈话，我把一辈子的尊严全抛弃了。只要涂晓有学上，我这张老脸不要了！

还有三个月的时间，我知道这三个月不可能出现什么奇迹了，情况已十分明朗，涂晓考回北京重点高中的可能性为零。我的目标一降再降，我想只要能考回北京，上个普通高中也算完成任务了。如果他连普通高中都考不上，那真的只有喝西北风了。

我乐观地相信奇迹，悲观地担心概率，无论乐观与悲观，我们总要往前面走啊！生活在延续，艰难也在延续，暗流险滩在哪里也躲不过去。

“双脚落地，承受现实。”我跟小子的谈话也变了调。我只求他能继续读书上高中，其他啥也不敢奢求了。

小子安慰我说：“没准会有奇迹。”

我白他一眼，可也不忍再说他了。

但愿奇迹真的会来临。

30 / 满眶的泪水

倒计时开始，我一边撕着墙上的日历，一边叹着气。

还有一个月的时间，我如履薄冰。

那晚，头一次涂晓他妈妈给我打了电话。平时都是打给涂晓，这次却打给了我。

我意外又稍显紧张地接起了电话。

“还有一个月就中考了，涂晓准备得怎么样了？”她直入主题。

我知道她会问，想了想我说：“一直在准备，但这孩子基础太差，我估计考回重点高中是没可能了。我希望他能正常发挥，至少考个普通高中。”

我跟她交了底，这个时候也没必要隐瞒了。

“能上普通高中也行，千万别太逼他。万一他没考好也别打他。”她苦口婆心道。

我握着电话点点头：“我明白，他尽力就行。也许咱们孩子天生不是读书的料。月末考试都是在70名以后。”

听我说得这么泄气，她安慰道：“你在那边也不容易，别给自己那么大压力。万一考不上高中，咱们就让他上职高，总会有学上的。”

听她这么一劝，我反而更心酸了：“你在北京还好吧？”

不知为什么我们突然变得如此客气，以前天天见面吵架的时候好像从来没发生过，现在是相敬如宾。

“我挺好的，我也帮不上你们的忙。对了，我给孩子也存了点钱，将来上高中也得花钱，密码是涂晓的生日。”

怎么说起了这个，我一愣：“不用，你的钱你留着用，你一个人在北京生活也难。我这儿有钱，这边生活水平低，物价也低，我的工资够用。”

“老张的店生意也不是太好吧，这钱你拿去用吧。”

我赶紧打岔：“你别操心我跟孩子了，先不说了，我得去盯着他复习，先这么着。”

“别给孩子压力，健康最重要，多给他加点营养。你也别累坏了……”

挂了电话，我鼻子一酸，头一次我接了她的电话想哭。可又不想让小子看见，赶紧跑到屋外面抽了一根烟。

回味刚才我俩的对话，总觉得怪怪的。

时间这个东西真是不可言喻，能化解一切的矛盾、尴尬、争吵、爱恨。

“刚才谁来的电话？是妈妈？”小子闻声从屋里走出来。

“嗯。”我点了一下头。

“怎么不让我接啊。”小子奇怪道。

“你忙着复习，你妈也没敢打扰你。你妈就是担心你考不好。”

小子刚想还嘴，我打断道：“赶紧回屋学习，你不想给你妈一个惊喜啊？”

小子瞪我一眼也没脾气，乖乖回屋学习去了。

这一个月时间，老张让我没事多在家，店里也不让我去了。他知道这一个月是最折磨人的。

我知道别的插不上手，只能往超市和菜市场多跑，多给小子补充点营养。这一个月再怎么追赶也是难上加难了。我只盼着考试那天涂晓能超常发挥。

不知道这一个月是怎么过来的，几乎夜夜失眠，一想到如果小子考不上高中，越觉得生活没有盼头，心灰得快要死过去。

中考前一晚最煎熬，给小子做了一桌有史以来最丰盛的饭菜，我却胃口全无。

举着筷子，又放下，什么也吃不下。

小子闷头吃，一句话不说。我知道他的压力一点儿不比我少。他憋着不说。

收拾完碗筷，我让小子把书从头到尾再翻一遍，知道是临时抱佛脚没用，那也得抱。这个时候死马当活马医吧。

为了不打搅他，我拿了一包烟楼下溜达去了。

刚走到楼下，手机响了。一看，是涂晓他妈妈。

我接起来，这个电话这个时候打来我一点儿也不意外。

“明天就中考了，让涂晓早点休息，今晚可别弄得太晚。”一上来就是嘱咐。

“我知道，今天准备九点就让他睡。明天早点起，有个精神头。”我附和道。

“那个……”她欲言又止，好似有话说。

“怎么了？没别的事吧？”我问。

“噢，没有……就是我上次和你说的，我给涂晓存了点钱，存折的密码是涂晓的生日……”她重复道。

“怎么又来了，那钱你自己留着用。我这边有钱，你放心吧！”我打肿脸充胖子。在孩子妈妈面前，我可不能随便低头伸手啊。

“我是说你别忘了就行。”她顿了顿，接着说，“你们考完回北京住哪儿啊？不行，先住我这儿吧。”

“不用，我租一个房子就行，老张一个朋友好像在出租房子，到时我找他。”光顾着小子中考的事，住哪儿的问题还真没想。

“不行就先住我这儿吧，我反正不在家，房子也是空着。”

她语气平静道。

“你怎么没在家住？”我诧异道。

“噢，我……我去医院动个小手术，可能住两个星期，这房子空着，你们回来就先住下。”

她依旧不动声色，可我听着倒紧张起来：“什么手术？”

“没什么，就是一个小手术，你别管了。”

我隐约觉得好像有什么不大对，我又问：“哪天的手术？”

她答：“明天。”

“那我明天给你打电话，在哪个医院做？”

“你别打了，我估计手机都不在我手里，我做完给你打吧。”她坚持道。

“……那好吧。你是上午做吧？你一做完就给我打，报个平安。”我关心地说。

不知为什么，最近这两次电话，她像变了一个人，我也好像变了。我们像两个老朋友那样说话，语气虽然都是淡淡的，可我能感受到这里面的变化。我脑中突然跑出“牵挂”二字，是的，就是这两个字。头一次我对她有了一种牵挂，我们都变得随和了，我不再出言不逊，她也不再咄咄逼人。我们突然变得很融洽，那种融洽是老夫老妻才有的。

“涂晓还在学习吧？”她轻声问。

“是，我让他再翻翻书，我在院儿里溜达，一会儿就回去。”

“你一会儿回去，拍一下他的视频发我吧，好久没见到他，怪想他的。”

我心里一酸："一会儿回去，我让他跟你通话。"

"不用，别打扰他。我怕影响他明天中考。你就拍一段视频发我就行，我看看就行，不通话了，等考完再通话。"

"嗯。"我点了点头，"我这就回去拍。"

放下电话，我快步回了家，赶紧拿手机给涂晓拍了起来，边拍边说："涂晓，这是你中考前的记录，我发给你妈妈看看。有没有信心考好？"

小子抬头冲我笑笑："当然有。"

"大点声，说给你妈听听！"我鼓励道。

"妈，我有信心考好！"小子冲镜头大声说。

我这才满意地放下手机，转手便发给了他妈妈。

都说母子连心，这种亲情谁能割舍。

看了看表，已快九点了，我赶紧让小子洗漱了。

小子二话不说，一切服从指挥。

又是一个不眠之夜。

我突然想起了老张的话："我说你们俩有没有复合的可能？"

这话跟有回响似的反复袭来。

我辗转反侧地琢磨着这句话，也在问我自己："有没有可能？"

一想到明天小子水深火热的中考，我自己却在想着复婚的事，实在有点跑偏了。再想她明天要动手术，心一乱更睡不着了。

就这么胡思乱想了一整夜。

第二天一早，我送小子去中考，那一路我自己都快崩溃了。到了学校门口，我腿都快站不住了。其实我还不如小子坚强。

我握着涂晓的手，用力地说："沉着冷静，别慌，我和你妈妈都等你的好消息。你妈说了，咱俩回北京先住她那儿。"

"真的？太好了！"小子冲我咧嘴一笑。

"爸，等我考完，你俩就复婚吧。"小子突然严肃地说。

"别替我俩操心，你先把中考考好，等你考好了，没准你妈一高兴，就同意了。你要是考不好，我看悬。"我故意激他。

"有你这句话，那我肯定能考好！爸，你等我好消息吧！"小子跟我自信地一击掌，从容地迈进了考场……

到了下午仍没有电话打来，我没敢跟小子说他妈妈手术的事，怕他担心。

下午回到家，我赶紧打她的手机。

打了几遍都没人接，我慌了，一遍遍再打。

终于电话接通了，我马上问："情况怎么样？手术顺利吗？"

一个陌生的声音响起："您是找张女士吧？"

"你是哪位？"我紧张地问。

"我是医院的护士，张女士刚动完手术，还不方便接电话，您明天再打来吧。"

"噢，我是她爱人，手术怎么样？"我赶紧追问。

"手术还比较顺利，但要看病人的恢复情况，毕竟是个大手术，现在还说不好。"

“大手术？”我一听慌了，“怎么是大手术，不是个小手术吗？”

“您是她爱人，您还不知道？张女士没跟您说吗？”护士奇怪道。

“噢，我没在北京，我现在在外地，还没来得及细说。”我打马虎道。

“张女士是脑瘤，手术已切除了，但要看她个人恢复的情况。”

听完我完全傻了，居然是脑瘤！我再回想她最近两次电话的内容，再想到她告诉我存折的密码，原来她早知道自己的病情不乐观。我却傻到问也没问。

“那现在情况怎么样？我后天就回北京，这是我的手机号，等她醒了你能不能让我马上跟她通个话？”我心急如焚。

护士见我急了，只好说：“好吧，有情况我打给你。”

“一定请医生全力抢救啊！”说完眼泪已成片流下。

“我们医生已尽力了，手术也很成功，现在就看患者自己的恢复情况了。您别太担心了。”

我接着连说了七八个谢谢，才放下电话。

晚上涂晓回来后，我什么也没说。不能说，一切都要等他考完。

考得怎么样也没问。什么也不想问了。

小子奇怪地看着我，愣愣地说：“爸，你都不问我考得怎么样？”

“考得好与坏，今天都翻篇了。明天最后一天，你要咬牙坚持住。”

小子点点头，见我怪怪的，也没敢多问。

又是一夜无眠。

第二天，送完小了去学校后，我立刻又给他妈妈打了手机，这次没有人接电话。任我打多少遍都没有人再接了。

我害怕了，手都软了，手机都已快握不住了。查了医院的座机电话，我直接打了过去。

接电话的医生说她仍没醒来，还在重症监护室。

我赶紧去买了两张机票，然后直奔店里。

跟老张交代完，让他晚上务必送涂晓去机场，我等不及了，要先走一步。

老张让我赶紧去，涂晓交给他。

我感激地看着老张，还要说几句感谢的话，老张把我一推，轰我快走。

到了机场，再打她的手机，马上传来：“您好，您拨打的电话已关机……”

下了飞机，再打，仍是这一句。

打了辆车，我心急如焚地直奔医院。司机都快被我的样子吓傻了。

进了医院，找到护士，我不管不顾地说：“我是张女士的家属……”说得上气不接下气。

那个护士反应过来："噢，是你，我们之前通过电话的……张女士她……"

看着她遗憾又沮丧的表情，我立刻急急地打断了她的话："她现在在哪儿？！"

这一声吼，我自己不觉得，把周围的人都吓了一跳。

那个护士指了指房间号，我快步走过去，每一步都如履刀锋……

楼道里突然安静下来，我只听到一个声音："老婆，我来了！老婆，咱们复婚吧……"

对面的她笑吟吟地看着我，还是结婚时的那身红袄，脸粉嫩得能掐出水来。

"老婆，咱们复婚吧！"

"老婆，咱们复婚吧！"

"老婆，咱们复婚吧！"

那个声音不断重复着……

她冲我重重地点了点头。

我笑了，冲她飞奔过去，却摇落了满眶的泪水……

桑調元集

〔第一册〕

〔清〕桑調元 著
林旭文 點校

浙江文叢

浙江古籍出版社

圖書在版編目(CIP)數據

桑調元集 / (清) 桑調元著；林旭文點校. —杭州：浙江古籍出版社，2016.6(2024.3 重印)
(浙江文叢)
ISBN 978-7-5540-0848-5

Ⅰ.①桑… Ⅱ.①桑…②林… Ⅲ.①古典詩歌－詩集－中國－清代②古典散文－散文集－中國－清代 Ⅳ.①I214.91

中國版本圖書館 CIP 數據核字(2016)第 137481 號

桑調元集

(全五册)

〔清〕桑調元 著　林旭文 點校

出版發行 浙江古籍出版社
(杭州市體育場路 347 號　郵編:310006)
網　　址 https://zjgj.zjcbcm.com
責任編輯 陳小林
封面設計 劉　欣
責任校對 余　宏
責任印務 樓浩凱
照　　排 浙江時代出版服務有限公司
印　　刷 浙江新華數碼印務有限公司
開　　本 710mm×1000mm　1/16
印　　張 97
字　　數 993 千
版　　次 2016 年 8 月第 1 版
印　　次 2024 年 3 月第 3 次印刷
書　　號 ISBN 978-7-5540-0848-5
定　　價 700.00 圓(精裝)

ISBN 978-7-5540-0848-5
01>
9 787554 008485

桑調元像一（采自民國六年《餘姚司前桑氏宗譜》）

桑調元像二（采自乾隆蘭陔草堂刻本《弢甫集》卷首）

弢甫集卷一

詩一

錢塘桑調元

古詩二首

萬事有本意舉世失其眞孰經就緇帷學子咸賓賓
詩書亦何用挾之登要津褰衣首大路躑躅懷先民
面熱免園冊昕夕勞吾神魯叟去已遠世風何由淳
暘谷一以昇羣動不得息邱陵與錙銖小大爭之力
心事運淩機顏鬢見槁色百年紛營營欣戚塡胸臆
緬惟達士懷何者爲眞得振衣南山南長嘯北山北

驛亭堰舟次謁餘山先生

清乾隆蘭陔草堂刻本《弢甫集》

嵩山集卷上

錢唐桑調元

詩一

嵩遊口號

中州山水暢乘淩手攬蒼崖萬歲藤蓋卓一峯雲氣擁灘高八節浪花騰遊參禽向吾應得飛逐猿猱老尚能最惜春風餘幾日回看苑樹綠層層

登車

微雨浥輕塵登車發興新清遊始中嶽好景屬閒人地擅三川勝天留幾日春猶餘花柳色紅翠眼邊勻

出郭三首

清乾隆修汲堂刻本《五嶽集》

前言

桑調元（一六九五—一七七一），字伊佐，一字弢甫，自號獨往生、五嶽詩人，清代錢塘（今浙江杭州）人。雍正四年（一七二六）舉順天鄉試，雍正十一年（一七三三）欽賜進士，授工部屯田司主事。丁父憂，廬墓三年，服闋補官，旋引疾歸。歷主大梁書院、道山書院、濂溪書院、濼源書院。年五十七遊嵩山，經近六年時間，足跡遍五嶽。乾隆三十六年卒，年七十七。著有《論語説》二卷、《躬行實踐録》十五卷、《弢甫集》四十四卷、《弢甫續集》二十卷、《五嶽集》二十卷、《洞庭集》二卷等。

桑調元精於性理之學，少師事儒者勞史（一六五五—一七一三）。勞史一生未仕，躬耕自養，爲餘山學派創立者。該派以朱熹之學爲宗，以居敬窮理爲要。勞史認爲學以剛健篤實爲本，始於不妄語、不妄動，能盡心竭力、務實不懈，即爲聖賢。桑調元的理學思想受勞史影響，尊崇程朱理學，强調『誠』，認爲『誠者聖人之本』，主張『博綜、折衷、自得』的『窮經』風格。桑調元爲濂溪書院山長時，特建須友堂，祀勞史。歸老於家，於東皋别業闢餘山書屋，宣揚勞史學説。撰《論語説》，闡《集注》未盡之義；又撰有《躬行實踐録》，持論醇正。桑調元的理學思想對其詩文創作不無影響。

桑調元的詩文縱横恣肆，抒寫性靈，自成風格，同時其思想内涵又在儒家倫理的規範之内，體現忠孝信義的儒家精神。《清史列傳》稱桑調元的詩文『縱横排奡，自成一家』，梅曾亮評論桑調元『以孝義奇偉之性發爲詩文，高奇清曠，有自得之趣』（《柏梘山房文集》卷四），皆可謂切中肯綮。桑調元爲李夢陽詩集所作的序文中，有一段話頗能概括其詩文創作理念：『詩本陶冶性靈，而性靈觸撥，一時或横溢莫可制。聖人欲授之範也，故曰發情止義。若千古偉人之生，心胸皎若雪日，根元忠孝，世俗嵬瑣之見，不入乎其中。』（《空同詩鈔序》）

《桑調元集》收録桑調元所撰詩文，據《四庫全書存目叢書》影印清乾隆刻本點校。其中《弢甫集》詩十四卷，有乾隆七年（一七四二）序，文三十卷，有乾隆二十八年（一七六三）序；《五嶽集》二十卷，有乾隆二十一年（一七五六）序；《弢甫續集》二十卷，有乾隆三十二年（一七六七）序。書後附録集外文、傳記、酬贈、評論等資料，供讀者參考。桑氏詩文集版本並不複雜，本次點校未參校他本。底本所缺兩頁及模糊難辨之處，據浙江圖書館藏《弢甫集》《五嶽集》及湖南圖書館藏《弢甫續集》補足，未能補足者，仍以『□』標識。對於明顯錯誤，點校者改正後，以校勘記説明。底本原有目録標出各卷詩歌數量，今移置正文各卷二級標題之下。《弢甫續集》卷一《初秋同人集湖舫二首》及其和作，第二首原皆標有『二』字，今并删去。底本避諱字一律不改，但如『玄』缺末筆者，則補足。

感謝慈溪市地方誌辦公室的童銀舫先生提供《餘姚司前桑氏宗譜》，書前桑調元畫像一幅、附録中《靈秀亭跋》《明潤亭跋》《敬林楊公傳》《戎公思齊公妻桑孺人行述》《五嶽夫子像贊》五文，皆采自《宗譜》。

限於點校者的水平，錯誤之處定所難免，尚祈讀者不吝指正。

林旭文

丙申春杪於西溪誠園

弢甫集目録

弢甫集詩十四卷

卷二　古今體詩三十四首

卷三　古今體詩三十二首

卷四　古今體詩四十一首

卷八　古今體詩三十八首

卷七 古今體詩四十一首

卷六　古今體詩三十五首

卷五　古今體詩三十五首

卷九　古今體詩四十三首

卷十　古今體詩二十八首

卷十一　古今體詩二十五首

卷十二　古今體詩三十九首

卷十三　古今體詩四十首

卷十四　古今體詩四十三首

弢甫集文三十卷

卷三十 四六

弢甫五嶽集二十卷

卷上 古今體詩九十四首

卷下　古今體詩一百七十首

卷上 古今體詩四十八首

卷中　古今體詩七十七首

卷下　古今體詩七十首

泰山集序

卷上　古今體詩九十六首

卷中 古今體詩九十二首

卷下　古今體詩七十四首

卷二　古今體詩一百首

卷四　古今體詩六十五首

卷一 古今體詩五十七首

卷二　古今體詩六十六首

卷三　古今體詩八十四首

卷四　古今體詩一百八首

卷五　古今體詩一百八首

卷六　古今體詩一百八首

卷七　古今體詩八十一首

弢甫續集

卷二

卷三

卷四

卷五

卷六

卷七

卷八

卷九

卷十

卷十二

卷十三

卷十四

卷十五

卷十六

卷十七

卷十八

卷十九

卷二十

附録

弢甫集

序

予年十四五，及餘山先生之門。先生教之行所言，調元悦而學之，未能也。尋爲朋儕牽率，傚作詩、古文辭。年少氣盛，伸紙輒千言，不數年卷帙填溢。既而省觀之，知弗善，悉棄去。思研經討古，以求其所自得。謀養走四方，昔聖賢載道之書，如騎而觀佳景，即小憩流連，恒不饜乎其心。五車四庫，夢想未能卒讀，以是爲恨。然自是筆墨亦知慎矣。迨游京師，爲人作酬應文字，例不存片楮。中年厭薄蟲篆之爲，覰薄有所自見，竊講求當世之務。漫浪一出，抱愚守拙，竟不可施。遂請急歸，有終焉之志。

少愛山水，登眺適興，時時發爲歌詩。此景歷蒼素髪不變。涉世懷古，亦當振筆抒所鬱塞。本不知古作者意，亦不遑橅古作者。海内著述家林立，予耽閉户，稀與之往還。總角之交，老蒼之友，磊砢寂寞之士，膠漆無多。屈指年來凋喪略半，存者率星散。故有韻無韻之文，贈答最簡。諸草稿委敝簏中，門人輩私相鈔録，將付諸剞劂。予恐其雜沓，摭收定詩十四卷、文六卷，其抽闡餘山先生之論，即附諸先生遺書中。嗚呼！予豈以是爲足以行世傳後哉？顧自念童年稟先君之訓，奉人師爲師，疲駑未克自立，年向五十，碌碌無成，愴焉痛心，若攢芒刺。區區無用之言，非欲寶千金敝帚，亦非留雪泥鴻爪，聊志吾媿而已。詩先鋟版成，門人請書一言爲序。書之。

乾隆七年重九日，桑調元自序。

弢甫集卷一

詩一　古今體詩三十三首

古詩二首

萬事有本意，舉世失其真。執經就緇帷，學子咸賓賓。詩書亦何用？挾之登要津。褰衣首大路，躑躅懷先民。面熱兔園册，昕夕勞吾神。魯叟去已遠，世風何由淳？

暘谷一以昇，群動不得息。邱陵與錙銖，小大争之力。心事運深機，顔鬢見槁色。百年紛營營，欣戚填胸臆。緬惟達士懷，何者爲真得？振衣南山南，長嘯北山北。

驛亭堰舟次謁餘山先生

拔堰衝寒渡驛亭，扁舟得仰古儀刑。春初海月當空白，雪後湖天分外青。徽國千秋論統系，姚江今日肅門庭。側聞十五男兒志，傍舍從容願執經。

盧玉巖存心招同其從子備三壽朋讀書三益堂

阮溪須種竹，宋宅早誅茅。古有同袍義，身爲總角交。波瀾航學海，風雨坐書巢。辛苦吾曹志，無煩賦解嘲。

朱子崇道書院

空山雲溶溶，遺搆數椽巋。下拜破階苔，佇立緬杖屨。巖春草色鋪，谷晚松聲起。髣髴寓靈芝，夷猶得到此。赫赫盡寒煙，清光餘李杞。韓侂冑禁僞學，朱子去國，寓湖上靈芝寺，獨李杞從遊。遲日緑蘋香，雙匏薦湖水。

同玉巖登丁仙亭

巖凹秋草緑芊芊，共躡危梯眺遠天。雲氣六時生洞底，江光一掬散亭前。鶴歸城郭知何日，鴈落沙洲帶晚煙。太息神仙終寂寞，日斜沽酒莫論錢。

報國寺

山猿喜客至，躇階似相識。壁像腥涎皴，幢字緑花蝕。蕭摵壞桐飛，清井渫可食。瞿浮木瓢長，苔卧石磴仄。荒荒垂拱基，砌埋古灰黑。崩天閶闔毁，秋雨滴荆棘。惟餘金銅鐘，禁物鎮浄域。繡辨淳熙欵，考古一悲惻。日落廣院陰，鴨脚起寒色。白鴈去江天，峰青杳何極。

桐井

烏啼金井闌，宫女乍知曉。春朝散淚粧，銅瓶汲未了。鳳山山下路，轆轤聲已杳。晻曖青桐枝，漲空出雲表。千秋蘗碧冷，猶宿迦陵鳥。葉墮缺清陰，兔漾水華皎。

湖上謁范忠貞公祠

閩海河山乍陸沉，黑頭樞密愧丹心。獄中風雨三年節，壁上龍蛇百苦吟。蹀血收骸勞毅甫，同聲罵賊得王琳。英魂或到勾留處，不盡湖光照古今。

侍父歸姚江

唤渡重江兩日程，沙灘杖履緩隨行。家山隔浦籠煙翠，鄉老同舟問姓名。一帶林廬遵熟逕，四隣鵝鴨接春聲。飄零生計歸難得，每拜荒邱老淚横。

訪汪津夫鑒

周巷人家面浦居，新來移置一牀書。雪殘點點梅梢後，雨長青青菜甲初。回首煙霞憐舊塢，側身天地總吾廬。數弓園地三篙水，清曉澆花午釣魚。

汪巡檢殉節詩

江湖劇盜所出没，下注之地無高墉。有明末葉失撫馭，沙塵時躙萑苻蹤。萬曆癸丑月建未，中宵賊火燒天紅。村莊堡户乍鼎沸，耶孃妻子逃深叢。偉哉巡檢膽如斗，大呼走者毋匆匆。我往之所賊亦往，徒以殺掠供狂兇。不如丁男齊執炬，連村擂鼓聲鼕鼕。鐵鋤木棓足殪賊，我領士兵當其衝。言遲勢疾賊已至，裂眥怒駡攢蛇鏦。以百戰千氣益猛，况有二子虓虎同。軍聲民聲鼓聲洶，亂殲群醜成沙蟲。忽然山摧鼓聲死，賊矛已洞巡檢胸。嗚呼巡檢爲鬼雄，浩氣夜亘千尋虹。二子奪屍自賊手，尋仇還以長戈舂。傷目者孟仲傷足，忠孝大節通皇穹。胡爲上官匿不奏，褒恤未見光堂封。死者只遂裹革願，豈圖竹帛書吾功？國家刑賞自有紀，上下詎合長相蒙？此時禍胎釀闖獻，乃令毒潰流天崇。下注遺民紛雨泣，思故巡檢如思翁。至今爲位關侯廟，臈臘祭拜於其中。借問巡檢疇姓氏，餘姚汪秉懿卿是，樹敏樹政乃其子。

女黔婁并序

嘉何汪氏作也。

女黔婁，誰與儔？阿孃病，心懷憂。嘗糞甜，憂孔稠。嘗糞苦，病以瘳。宗族稱，女黔婁。時疫行，省病父。貧骨肉，藥鐺釜。母妹活，氣如縷。父弟歿，淚如雨。女汪姓，嫁于何。夫也逝，痛則那。哭父弟，雨滂沱。又哭夫，溢爲河。影矢隻，死靡他。奉君舅，舅癉病。三年養，考終命。乳孤兒，淚交迸。手只鍼，面不鏡。無與儔，女黔婁。

菱池水并序

弔汪氏一門五節也。

姒符氏，娣夏氏，又一從娣曰宣氏。老者誰？王姑老符氏。小者誰？媛也女子子。倭自澥山來，一一躍入水。其時嘉靖年，畢命在於此。此何水？名菱池。流澌下上群靈馳，文魚鱗鱗紛媵之。汪家洪㟁居，曷不走避向岪嵂？山死未若水死潔。菱池水，五完節。

謁王文成公祠

姚江遺像肅崢嶸，辛苦龍場負盛名。飛艦到江吴濞縛，麾戈入峝鬼方平。象山講學推高座，諸葛行師列舊營。千載武宗輝廟號，多緣新建大功成。

同玉巖謁林處士墓

釣艇來遊碧水澄，空亭裒翠好同登。終南有逕羞种放，封禪無書謝茂陵。抔土千年春寂寞，孤山一片雪崚嶒。風流只合先生獨，子鶴妻梅僕未能。

浩歌贈陸皆吉謙

予笑有桑户琴，子笑無陸賈金。丈夫落魄不在意，貧賤何須流輩欽。却憶前年結交始，風塵一面稱知己。昂藏論古哭重瞳，俠氣稜稜吾與爾。狂來筆力牛弩强，淋漓潑墨何煌煌。酬贈歡呼至日暮，開懷一飲千百觴。飲時豁達陳肝膈，予心自赤予眼白。道左常麾輕薄兒，坐中每謁悲歌客。維君意氣何其雄，大言欲挂扶桑弓。吹簫賣漿不足恥，男兒感慨將毋同。時予二十君四十，忘年之交相對揖。從兹三載復蹉跎，予不乘車子戴笠。貧交肝膽自有真，羈旅還同骨肉親。陸郎斑騅自可騁，胡爲與我同埃塵？只今蕭蕭無善狀，凄風苦雨情相向。徒步單衣行路難，可憐壯士神難王。我思南走交趾北走燕，東入大海西入川。横行闊步破萬里，安能局促塵沙前？杖劍欲行行復止，英雄此日爲人子。一氊聊復作書生，環堵還須藏國士。噫吁戲！天生我輩豈終窮，窮途之氣當如虹。

和淵明輓歌詩三首并序

淵明自作輓歌，後人亦多效作。而東坡和陶，反無此篇，豈猶未了晝夜耶？淵明故自曠達，而三詩吐音悽惻，頗難爲讀者。予頃嬰沉疾，伏枕和此，不知後之讀予詩者何如也。

少慕死大節，氣量不局促。牖下與鼎俎，必令史官録。恥爲拘墟士，凋枯同草木。英雄悲無年，千秋同聲哭。生而非夢夢，鄙哉談大覺。咿唔歎公等，誰洗儒林辱？遺文庶幾傳，吾壽亦云足。

後賢誰弔古，欷歔奠我觴。昌黎祭田横，乃勝蒸與嘗。棺中殉離騷，瘞我大道傍。一抔風雅土，千載生輝光。才鬼俯頑仙，焉求白雲鄉？神氣返混沌，相依帝中央。

大地紛遝沓，蘭芷交稂蕭。多少磊砢人，埋没同荒郊。我去何用悲，帝宫鬱岧嶢。光曜拂日月，手折若華條。愜意諸古人，相見在崇朝。崇朝一以没，千秋夫如何？神魂不飄離，鴻濛以爲家。誰爲後來者，翩翩和我歌？天實愛英鋭，韜光全太阿。

輓汪元錫先生鼎珍

乾坤此别渺無期，出入門庭空復思。古物猶存南郭几，高風罷舉北窗巵。春前蘭作傷心讖，曙後星傳絶命辭。先生蒔蘭一本，今春開花特盛。方喜劇，治具招客，越宿忽無故而萎。易簀時唯次女侍側，即予妻也。最是靈牀陳麈尾，清言零落有餘悲。

長歌行爲明台州司馬楊公主僕作并序

明薊北楊公體元，副崇禎己卯鄉榜，官台州司馬。鼎革後，流寓武林。同年某再邀之仕，不應。公與夫人及子孫相繼歿，不克葬。有僕陸萬金，歸仁和黄稗登，求葬故主。康熙丁酉，慈谿鄭義門與稗登捐貲葬焉。塚在秦亭山之陰。工竣而萬金歿，遂瘞於傍。稗登爲作誌銘，義門作長歌紀之。予聞而感焉，故有下句。

凄凉勝國楊司馬，旅櫬久暴西湖濱。英魂悲嘯松林月，蒼頭募葬良苦辛。誰其慷慨了斯舉？鄭黄高義誠難湮。我讀歌銘兩悽惻，爰知始末聊具陳。伊昔雲雷大開闢，司馬功名等遺跡。章安兵火亂離身，錢塘風雨僑居宅。三千驛路鄉國遥，百六乾坤時命厄。同年競貴不易心，孤臣萬死長爲客。風吹蒿里揚悲音，公嗣疊夭傷人心。公及夫人骨雙朽，頻年無主寒煙侵。吾重蒼頭陸萬金，下泉故主情何深。零丁七十衰老迫，措葬無貲涕墮襟。今年寒食春草緑，艱難始獲扶靈轂。躬親負土馬鬣成，奄從故主瞑雙目。秦亭之陰屹豐碑，一塚纔封一塚續。嗚呼司馬及蒼頭，臣是貞臣僕義僕。我聞此事增感傷，當時鼎變號窮荒。山顛水濆斷骸骨，亡臣孤子摧中腸。身名滅没寒灰燼，攟拾那得鄭與黄。白楊蕭颯國殤聚，普天遥弔悲茫茫。

哭張絅修光斗

月皎天清一哭君，泉臺消息杳無聞。客齋情事空流水，高士精靈化白雲。六尺遺孤棲壞屋，幾編吟藁殉荒墳。千秋生輓傳新曲，吹滿悲風大海濆。絅修亦自作輓歌辭。

呈汪元珍先生以銓

騷客咸悲此日秋，江楓海堆不勝愁。獨逢寒雨空樽酒，頻感西風一蒯緱。青鬢行藏甘落落，黄金交好謝悠悠。狂來抱筑從翁擊，激發商聲散百憂。

題煙雨樓

禾人競集煙雨樓，吾亦停舟一登訪。青冥蕩蕩窗牖開，千頃琉璃雲滉瀁。天風洶若動渤澥，樓前石脚衝波壯。螭龍疑蟠大澤中，駕鴿忽叫層雲上。一自飛甍蜃氣噓，年年絲管停歌舫。六朝煙雨剩迷離，千載水天空激宕。景物消沉今古多，賤子凭欄猶騁望。凌寒霜雪犯關河，天地蒼茫迷所向。踟躕客路問江南，敗荻枯楊色悽愴。茫茫旅思一扁舟，憑高望遠悲歌放。

集平湖蔣君宅

地主平原古誼敦，鱸魚冬鱠爲開樽。圍爐佳會初更集，傾蓋新知一坐論。小榭烏啼霜滿樹，曲屏人醉月侵門。難忘今夕酣歌興，燭下題箋漬墨痕。

留别蔣君

辭君轉入太湖遊，故好情多尚强留。三萬六千煙水窟，一時流滿别離愁。

五人墓

吴下無斯墓，要離塚亦孤。義聲嘘俠烈，悲弔有屠沽。闖𡨚朝廷黨，峥嶸里巷夫。田横島中士，足敵五人無？

劍　池

弔兹寶劍入荒塋，盤郢魚腸最有名。阜勢猶疑神虎踞，金精直使祖龍驚。九淵不没衝星氣，萬古尤深殉主情。端爲三千鐔鍔閉，石邊嗚咽落泉聲。

弔子胥

生死因君父，英雄嗚咽論。避仇身載橐，覶寇目懸門。怨毒簫聲洩，神靈雪浪奔。可憐忠孝志，楚破越猶存。

蘇州旅懷二首

浪遊無定着，信宿叩金閶。帆飽東風下，愁連一水長。凄凉高士墓，脱略少年場。風土繁華甚，蕭蕭屬客囊。

爲弔蘇臺古，孤舟尚復停。騷情足哀怨，旅思益飄零。故苑明宫月，寒江動客星。吴娘歌自好，愁煞異方聽。

驛亭堰懷舊

堰頭流水浩茫茫，寒夜同舟故跡荒。一老山頹滄海曲，諸生雷慟白茅堂。布衣講席參新建，竹簡遺書續紫陽。東下逶迤長壩路，青天明月黯神傷。

弢甫集卷二

詩二　古今體詩三十四首

讀景菊公先生星杓詩集賦贈

丈夫吐辭見胸臆，骯髒自寫平生豪。語當雷轟驚俊傑，手寧篆刻矜風騷。嶙峋眉骨人罕具，慷慨絃拍誰能操？先生慨復古作者，老手揮斥諸兒曹。千鈞大力挽繁弱，萬石洪音撞蒲牢。詫公横行神色王，令我學步氣格高。縱目饞視莫能定，驅腕勤録何知勞。狂吟勝舞太阿劍，劇興添飲中山醪。就中感激氣忽塞，掩卷罷吟三嘆息。有筆健若鵬翼翻，有性耿若鵾絃直。命窮竟厄城東皋，身老不騰天北極。意氣悲生笳角鳴，姓名夢在鐘彝勒。奮躍風雲事若何，昂藏天地時難得。白髮潛消壯盛心，黄金頓阻英雄色。石壁詩歌弔古今，茅廬風雨艱衣食。酒瓶菊圃亦蕭條，擊筑彈棊增闃寂。吁嗟此感自古然，一生才命難兼全。窮居著述得天助，杜陵野老千秋傳。

晚泊臨平

夾湖芳草青茸茸，中有一泓鏡面鎔。孤篷到岸上明月，古寺隔溪鳴晚鐘。沙禽拍拍浪花大，野樹童童煙翠濃。荷鉏歸來倒濁酒，此樂那能如老農？

曉行書所見

勞生未得休，躡屩凌清晨。東明轉海底，鮮霞散天垠。中有一痕緑，春波汎淵淪。化工有真色，巧繪難爲皴。萬象生太虛，光怪時臚陳。輸彼川岩逸，坐閱羅清新。明明舒霄漢，延矚無由親。扶桑道幾許，不得馳飈輪。倏焉踆烏上，擾擾同邱民。

侍父歸姚江

西興纔過倚船窗，越釀承歡酌玉缸。寒日倒明千嶠雪，亂帆欹渡百官江。烏啼隴樹聲稠疊，鷺掠湖田影一雙。竹塢柴門談往事，老人相對白眉厖。

扶竹酬玉巖十四韻

此君徵妙合，之子惹相思。把臂林中輿，揮毫鄴下辭。元精凝會地，靈質挺生時。雷雨蟠深圃，煙雲護短籬。高標偏覺聳，大本詎能移？直是論扶植，非關惜別離。締交神自合，偕隱道尤宜。不見陰陽巧，焉知造化私？箭含鐘吕韻，竿授帝王師。天遣乘時出，人難作意爲。有生原共命，何事嘆羈雌？綴譜還勞凱，爲園不數淇。無傷情轉美，得耦數寧奇。異種還須迸，尋春莫較遲。

洗　兒兒名繩鐘

嘉辰和煖浴蘭湯，繡褓初看上草堂。男子生當有奇骨，不須貌美似王昌。

寄津夫

湯湯錢江水，畠畠鷺山雲。幾載相契闊，怊悵雲水分。却憶上君堂，拜母顔色欣。漿酒忽羅列，語笑忘夕曛。山深林木茂，兒女狎麛麐。競來樽前揖，勸客何殷勤。此懽宛如昨，流光駛沄沄。近獲展親眉，一兒呱呱聞。戲彩聊復喜，奉盞亦增醺。老父懷故鄉，結念東海濆。行將奉之歸，里社依榆枌。結茅相隣近，子孫同耕耘。

戲爲對句五首呈玉巖

嶠方蘇頲皆名父，信與徐陵並好兒。一代才人饒缺恨，兩家宫體鬬新詩。

詩名杜老江闢動，文筆韓公星宿羅。錯改金根美難繼，試吟玉案法如何。
家傳風雅韋丞相，世掌絲綸賈舍人。經術千秋元自貴，誥辭一代總能新。
陶令責兒仍曠達，東方誡子欲和同。傳家紙筆從渠嬾，處世龍蛇獨爾工。
英傑平生元卓犖，聰明天性各瑰奇。季方政覺難爲弟，謝傅常時自教兒。

過菊公先生拗堂避雨

絶愛林居好，煙雲抱古楹。蘿香空際落，竹響雨中生。鳥識天機静，池涵活水清。相留堪永夕，未用放新晴。

哀新安同菊公先生作

近聞新安夏水決，濤奔六縣翻東溟。螭龍騰空霧雨黑，鬅鬅神怪群慼爭。軒波如山蕩厥土，原野淊濇屍縱横。我乍聞此涕泗迸，群黎何辜白浪傾。沴祲詎能叩蒼昊，隄防豈不稽圖經？何爲滚滚横汎溢，歲在戊戌奇災生。坎侯誰鼓折心骨，巫陽帝命招英靈。吁嗟乎！杞人感事增鬱結，東念海塘憂患并。黄金買築苦未就，狂瀾欲撼鹽官城。安得風旆護禹下，水土悉使黄輿平。哀歌慘楚未終曲，悲風激雪來秋冥。

艮山

行行越城闉，迺至艮山下。艮山一何卑，頹基識者寡。蘚碑猶可摸，云此元時社。彷彿寒煙墟，玲瓏兀廣厦。煌煌三領軍，陸離照鞍馬。側懷沈學録，書珉稱作者。倏來四百年，零落無片瓦。繞塢延藤蘿，參天列松檟。常恐時載移，穹土平爲野。迢迢泝昔賢，臨風涕一洒。

元錫先生手植香櫞樹一株今春始花悽然有作

庭後香櫞樹，先生手自栽。何知隨羽化，不見此花開。果定懸秋圃，香難入夜臺。殷勤望遼鶴，重向故園來。

明昌化伯墓

皇陵錮三泉，金鳧出抔土。矧兹外戚墳，蕪没詎足數？荒荒野蔬青，翁仲立暝雨。螢火照煙墟，獸石散秋圃。嵯峨改葬初，穹封邁堂斧。等是付耰鋤，不異青芝塢。誰家營巨壙，宰木更新主。我心無磈礧，酒亦宜澆取。

煙霞嶺

峻嶺匯晴輝，衆景如發覆。猿吟竹磴秋，雲畫松坪秀。山鵲野巢歆，土蜂崖蜜溜。白日蝙蝠藏，旁洞苔花繡。混沌誰雕鑱，煙霞冪寒皺。缺眠萬仞青，選勝時裹糗。

水樂洞

谺然巖户開，赭日有寒色。清泉屈曲流，丁東奏不息。回風激新秋，律欲中夷則。古器久散亡，商羽誰引刻？正聲留韶濩，雲山抱樂德。琤琤好磵泉，亦足娱幽仄。節奏况泠泠，恍侍軒轅側。彼哉沸箏琶，清渾各有得。

菊公先生枉過山齋

駕言過山舘，杖履出墻東。天氣新晴候，風情大雅中。眉奇江夏老，身健草堂翁。今日論詩道，洋洋振國風。

和菊公先生複壁竹并序

先生原序云：僕之複壁，偶於暑月整治之，得竹一竿於中。殊訝生非其地，亦爾成長。物性各遂，於兹獨苦。詩以記之，調元和作焉。

此君柯葉獨蕭疎，複壁寬然作隱居。潛結鳳凰千歲實，秘鐫科斗一行書。孤根直似生陰磵，清節無由照碧虚。羌是幽篁湘楚種，欲依騷士景差廬。

侵曉看荷花

澹月隱林西，輕風着池面。昨宵微步人，的的波中見。烟華冪清香，露色點深茜。渺渺曉鏡明，楚楚新衣袨。心空既飽吸，眼飫猶留盼。天工妙調鉛，寫此一疋練。

舟汎三潭

一舟如輕鷖，漾入清光裏。澄泓鏡面平，三塔浮空起。上有卵色天，倒映深無底。漪紋颺方空，浄白鋪側理。襹褷魚尾漩，狼籍蘋香委。漁師狎淵潭，梭艇日夕倚。欲與蕩暝烟，彎彎看月子。縹緲想琴高，撇波上赤鯉。

放生池

浩淼明湖波，游泳任水族。漁舠輕似萍，汎汎連信宿。葑泥規爲池，鼂魚静涵育。千頃碧漪秋，劃此煙一幅。疎柳摇空明，絲絲雨新沐。徙倚好生亭，未許投綸竹。扣檻集堂堂，生趣盎在目。此外有豫且，白龍休魚服。

夕至花港

乘凉度平橋，湖面清滑笏。蘿逕不逢人，隱隱樵歌發。微風來遠汀，荷香送不歇。罾船閣淺沙，粥鼓動疎樾。螢白水中星，螺青天際髮。夜静魚出遊，讙聲宕明月。芳堤難久留，草露已沾襪。

重和菊公先生複壁竹

幽異孤根脱斧斤，未容塵世挹清芬。寓身方内終然隱，掃迹墻東更不群。環堵自偕千載士，平岡常護一陂雲。庭前萬竹非無節，天地完貞在此君。

重過沈氏鷦枝軒

江路逶迤重遠尋，小軒風月省清吟。故人滿眼增華髮，一土重泉愴素心。謂絅修。納納乾坤從去住，茫茫人事幾升沉。萬竿修竹嗟無恙，空翠飛來戀客襟。

奉唁菊公先生悼亡

天乎殞懿德，我丈淚汍瀾。悽悽傷逝音，援琴不忍彈。賤子前爲弔，誼切唧哀酸。禮宗夙所悉，揚徽未能殫。高賢初伉儷，詎合尋常歡？報仇入都市，衹戒懷與安。思將剪爪髮，投爐作鏌干。萬金立揮盡，破甑不復看。豈惟翁烈士，母義良復難。同心薄世榮，高隱偕盤桓。笥出大布服，案具雕胡餐。老吟贈内詩，俠骨猶珊珊。池塘霜風急，鴦羽遽摧殘。先生贈内詩有『却似池塘霜芰底，西風吹老兩鴛鴦』之句。英雄有至情，寧作曠達觀。逝者矧淑偶，得不痛肺肝？令儀當表孟，嫐行請誄桓。續書列女傳，鐫刻青琅玕。彤管貽孫子，悲思庶得寬。

登鍾翠亭

一江如練四山青，萬翠環飛赴此亭。蕭颯楓香飄冷堞，依微鴈影下空冥。海風入樹潮初上，秋氣侵人酒半醒。安得重門開石壁，讀書高卧老岩扃。

謁汪越公祠

楊花飄蕩錦帆遥，四海群雄各建標。吴芮能軍收故國，竇融知命欵興朝。青龍蹲日祥符現，鐵佛歸來浩劫消。幾疊神弦喧古廟，紫陽山色似烏聊。公寢舅氏家，伺者見青龍蹲負，見胡申撰行狀。唐武德四年，遣宣城長史鐵佛表降，見朱松年撰本傳。

答菊公先生以拗堂詩集見託之作

鉅境必獨闢，英響必獨吼。昔夢浣溪翁，近拜拗堂叟。隆運啟國家，元音出户牖。上至祝聖君，下至吟匹婦。草莽忠孝心，騷雅傳記手。規頌詩史兼，正變國風有。麗則播金石，續綺餘花柳。藉眠兩峰雲，沽醉三江酒。風流映今古，酬唱挈賓友。撰述良以富，悲嘆爲之久。魯書恐掇灰，揚文或覆瓿。雄才潛幽仄，奇寶没溷溲。朅來見不才，忽謂殊儕偶。志氣共激昂，辨論判可否。貽我嶰管雙，付我周鼎九。體製徐闚觀，凡例細析剖。大文久而昌，盛譽良不朽。詎吸日月精，不並乾坤壽。晦托羽陵藏，秘遺龍威守。一日蒙深契，千載期不負。

于忠肅公墓

大碑山立表孤忠，忠武英魂祭祀同。高廟神靈欣有主，中樞籌策罷和戎。南宫愁滴通宵雨，西市悲鳴動地風。黄屋何緣重入塞，可憐只論奪門功。

姚節母 劉氏 并序

母值歉歲，窮餓累日，里人呼爲餓寡婦。

不殉重泉爲撫孤，大書餓寡古今無。七齡周晬兒俱長，二十餘霜總茹荼。

輓菊公先生

白楊蕭蕭雨嚴霜，英豪逝日天蒼茫。今之菊公古元亮，千秋自輓臨重陽。城南一夕少微墮，秋空有聲撒寒芒。先生有意佐槖籥，浩浩一氣還穹蒼。我悲雄才死草莽，抱策不獲陳天王。布衣無媒竟落魄，茅屋有氣空軒昂。一寸丹心况激烈，數行青竹應輝煌。且如頻年報西警，蠢蠢小醜横披猖。脱徵耆老入帷幄，筋力雖衰智略强。圖事可憐虚傳舍，行歌聊復霸詞場。三千紙着精神王，億萬年留光燄長。不才後出荷賞契，風騷志節雙廻腸。拾公遺詩省公面，此心炯炯疇能忘？斜陽冷寫千个竹，靈風蕭颯吹㘭堂，曰哀郢士淚萬行。

弢甫集卷三

詩三　古今體詩三十二首

同劉元歎先生凡登張氏樓望江

高處同凭檻，雙眸爲底明。秋光收不得，一抹大江横。孤鶩艇邊落，寒濤天外生。踟躕發清詠，忽憶謝宣城。

和元歎先生富春碧沼寺韻

山翠飛千疊，天花雨一窩。深林盤白鴿，空水寫青螺。人影依潭冷，江聲入寺多。新詩鑱石壁，應許和羊何。

奉題元歎先生于役存稿四首

掌上鷩鴻譜玉笙，當筵斂袂受新聲。香羅争繡紅燈曲，青草年年塚上生。『青塚年年春草生，人間歌舞明燈下』，先生《觀昭君燈劇》句也。

圍爐劇飲瀉紅泉，雨雪新詞破玉箋。明鏡何須憎白髮，風流不數柳屯田。

勾芒消息到龍沙，吹盡春風不見家。一曲何戡能記取，邊城澆酒看唐花。

垂楊萬縷映邊樓，深寫君恩淺寫愁。入暮悲笳聽不得，篋雲城上月如鈎。

送梁君歸嶺南

風騷合并針芥投，交加暖眼殊凡儔。霰雪昨零海東樹，傾杯磨墨相唱酬。唱酬顛倒吐胸臆，清歡促膝情無極。今春吟醉小軒同，十萬吴箋期盡擘。誰知會合不可常，君今别我騰歸裝。天南迢遥六千里，花飛驛路春茫茫。丈夫胸襟隘九有，東西南北輕奔走。塵沙來往意何如，萬端撥置空杯酒。更聞此歸欲作南瓊遊，指麾蛟龍翼行舟。天風曠蕩舒嘯傲，題詩獨登海山樓。平生壯懷苦蕭瑟，醉擁紅裙計亦得。桄榔葉上寫春吟，蠻花犵鳥生顔色。我亦豪氣重激昂，詑君挽弓能挽强。大黄入手摧霹靂，左射右射莫可當。徑欲短衣匹馬逐君去，遠看射虎黎母岡。

寒食弔元錫先生

重逢寒食動悲吟，俯仰歡遊判古今。人去亭臺憐興盡，花含風雨怨春深。啼烏有意尋華屋，歸鶴何緣識故林。一盞椒漿何處奠，湖阡草緑最傷心。

狂歌別友作

狂生意氣饒崎嶔，燒燈讀史得我心。千古難消一壘塊，酒澆不得成豪吟。豪吟那識詩律細，崩雷直吐喉間音。胸中物消稱大快，騰譏不顧子墨林。唯君知我賞我獨，道我新製殊哇淫。東園門巷多水竹，逶迤草徑煩過尋。頻年契闊稀接塵，一江一海違辰參。野夫今欲走輦轂，就談曲室分清襟。知音自古號難得，前陳一語悲慨深。我有孤桐嶧陽得，良工斲作龍脣琴。囊以吴羅五文采，燦燦徽軫嵌瑶琛。爲君抱來彈一曲，高深之意無古今。大雅相看色飛動，低徊餘韻留愔愔。我今行矣足惆悵，前途安得逢所欽？天炎日赭焦金石，所往不憩惡木陰。浪遊聊復向北斗，渴饑手把天漿斟。腰間既無雙寶玦，牀頭兼少千黄金。摩挲兩膝屬我有，心知未宜組與簪。徙倚風塵拚落拓，慨慷作歌叩劍鐔。倘念清狂久沉痼，乞按我體施砭箴。

金山

金山之山何離奇，大江中心湧出之。高擎一朵碧菡萏，下堆萬頃青琉璃。蓬萊宛爾在渤澥，天地偶然施鑪鎚。上有高臺可攀躋，呼吸帝座陳予辭。

隋　苑

蕪城歌舞使人迷，魚鑰沉沉夜月低。四十離宫花草盡，多情楊柳尚隋堤。

淮　陰

英雄饑餓尋常事，一飯堪從漂母求。食邑萬家當辟穀，莫教哀汝作王侯。

睢州觀菜園二首

轂轆生涯足苦辛，忘機慚對灌園人。流泉祇長青蔬美，不涴征衣一襆塵。

蟋蟀聲寒秋氣悲，豆棚瓜架影離離。滿園落葉西風晚，辛苦傾陽見一葵。

人日同朱予齋嵩齡集永光寺友寓

詩人自古愛人日，况在旅底偕良朋。騷溮雅癖由結習，陰何所著雙彪弸。咄嗟吾輩心骨壯，炎暉事業方朝昇。丈夫自當志挺立，雕蟲剩技焉足矜。填胸狂氣久扃鑰，一吐萬丈雄虹騰。百年鼎鼎會有盡，數行青竹名須登。區區短策在懷抱，坐惜日月頻環絚。三條九劇翳煤土，奔波輿馬聞軿軩。踽踽獨行者誰子，兀爾傲骨撑剛稜。酷臻貧賤殊自得，客嘲賓戲百不膺。或掉或頷心語口，我軀洵有能不能。同心喜得三二子，秉節直若朱絲繩。論古難消一壘塊，急斟大斗澆吾膺。細葅薄餅錯羅列，煖鍋肥臠當筵蒸。紅裙文字兩擺脱，淶酒易酒都如澠。此日春寒苦料峭，玉河春水復欲冰。鶯難出谷花未坼，東風作意吹凌兢。酒酣面頳興豪激，熱氣盡散重寒凝。江鄉情事忽振觸，曰有盧子仝壇堋。其人孤高出塵表，雲中一鶴衆所稱。晴明黯黮異風色，得閒相覓緣溝塍。佳辰便作南樓會，霜蔬可剪魚可罾。一自天風吹斷袂，彼仍閉户予擔簦。贈予練絲三丁寧，可黄可白嚴戒懲。感此不辭尺蠖屈，未敢妄慕圖南鵬。棼如旅思結新歲，懷人有操冰絃揯。羈旅得君破蕭瑟，僧家窗檻欣同凭。白日譁呼縱談笑，遮留卜夜燒銀燈。感君情味真且厚，醉作老鴉棲剡藤。明年此日知聚否，作歌聊記今年曾。

玉巖書來悉其婦馮孺人歿寄詩輓之十四韻

禮傳鄉國真賢淑，訃到京門最慘悽。屬纊數言欽内則，殘機半匹悼中閨。難將人憾從天問，其奈兒嬌索母啼。恨曲已聞彈別鶴，徽聲猶道警鳴雞。寒漿汲處留瑶甕，大布裁來屏繡袿。班氏文章全付女，孺人爲山公先生女。姜生孝行自同妻。堂留佳客除釵珥，架搆新書裹錦綈。一昔歸寧欣澣葛，幾年代匱苦茹虀。初婚識記明霞散，永逝悲看落月低。剩有蓍簪仝髻委，何由玉案與眉齊？君姑痛淚時承袖，吾女傷心未及笄。芳草生憎鶗鴂唤，碧梧死憶吉光樓名棲。安仁室内存遺挂，道韞奩中有舊題。他日風前修薄奠，靈輀擬送段橋西。

寄懷蔣子羽振鷺

索居憶我友，交自辛丑冬。我初客京華，舊好稀迎逢。子從魏塘來，欻然合雲龍。訂交在寓舍，密坐聯飧饔。論文入遥夕，燭綻紅芙蓉。客緒易蕭瑟，歲序繁愁搈。感子慰多方，暄如飲醇醲。昨歲嬰寒痾，炎月裘蒙茸。良藥期瞑眩，苦言爲動容。迢迢遊子身，親心每怔忪。毋倚年事壯，謂勝厥疾攻。聞此涕若霰，憬悚銘吾胸。及今元年春，賢路開八衢。相邀並總轡，金臺庶騰踔。惜哉時不遇，仍保前修蹤。子容不憔悴，隱霧滋豹脇。我口喜哦吟，蟄草鳴蛩螿。詎因客遊倦，自覺歸興濃。高堂髩已鶴，子職赧不供。願言省晨夕，斑斕舞章縫。騰裝轉悽惻，難御琉璃鍾。燕山黄一葉，别魂黯憧憧。短衣馳匹騎，疾若南飛鴻。江程度揚子，一帆飽秋風。遄歸循蘭陔，聊得承歡悰。秋清出西郭，娍娍螺黛重。雨晴翠濃淡，昏曉煙横縱。月輪鏡乍磨，湖面銀初鎔。恨不偕子遊，同宿僧榻中。轉憶客話長，幽棲想磵淙。倘辦草堂貲，安排就疎慵。築居水中央，密篠環葱蘢。浮香滿水際，蓮芰蒓菰葑。還翻種魚經，頭尾多於鱅。堂懸文梓琴，檻繫木蘭舼。泝洄者誰子，高人足音跫。吾親鹿門逸，榮利等浮萍。此意許阿奴，其樂也融融。天慳苦難破，痴願不遂儂。遲遲耦耕約，定策終何從。他鄉與故里，空羨水田農。揣知故人意，冷煖將毋同。雨窗定北望，停雲正溶溶。

北高峰

環簇武林山，一峰極陡峻。雲蒸靈藥香，露洗美竹潤。洞赭陽烏皴，磴緑陰苔襯。高頂摩空青，千仞衣一振。群岫盤香林，浮圖屹雄鎮。墜翮煙鷲停，過影霜鶻俊。歲古崖佛陊，天晴齋鼓震。樛桂雨岩幽，子猿啼石疊。遠練明江湖，秋光冷顏鬢。偏伯劫飛灰，孱王花落蕣。徑灣三十六，腰脚健須趁。

稽留峰

秋高天氣清，山深人意静。荒蹊失樵蹤，木葉飛滿嶺。瀺瀺激商飈，無窮去鴈影。白石雙澗乾，青松一屏冷。許由方外聖，辭堯此遊騁。荒山清名留，終古貯光景。雷掃古道場，岩屋餘真境。圓月潔層空，明河滌微眚。

怡　庵

晴岩收雨雲，破堦被完蘚。冷銼留煙迹，迎人只跛犬。古佛黄金軀，冷日光炫轉。庵有銅佛。像教今已微，高座塵容靦。苦空近真意，禪關誰肯鍵？飛來念佛鳥，深秋正毛毨。

初地庵

石掃鏡面平，愛玆初地潔。細蒲緣方階，苔廊故紆折。登樓八窗開，江光帛初裂。海門潮欲上，浦帆落如雪。度磵清磬沉，衝煙飛鳥滅。日炙晚花明，鼠齧孤藤絶。隔江嵐意深，山隱青玉玦。岩塔秀孱顔，沙樹低漻泬。秋氣滌遥氛，澄空不可涅。忘機耽静便，久坐匡牀熱。

龍樹庵

幽岩晚始花，精廬昨俱堊。鉤樓領秋光，丹黄寫江郭。日下半啣山，雲生早埋壑。暝色上方深，何處樵歌作？

武原觀海

秦駐山邊白浪浮，武原城郭迥堪愁。水天東望渾無際，木石高填苦未休。風色當秋摧萬樹，潮聲入夜響重樓。伯牙臺冷絃空撫，蹤跡難尋大九州。

玉岩之兖州予上京師偕行留别親友聯句

偕往江之北存心，初行郭以西。親朋憐共去調元，亭堠惜分攜。折柳情何極存心，飄蓬意總悽。難忘親髩曤調元，已分客顏黧。負米愁瓶罄存心，擔簦恐路迷。遲回懲守兔調元，激越感聞雞。忍缺蘭陔養存心，寧安蓽户棲。晨昏憑舍弟調元，癸甲娶山妻存心新續婚。繞膝誠爲戀存心，傷心遽爾暌。斑衣憐並涇調元，驪馬苦長嘶。適魯無良策存心，遊燕有舊蹊。塵從京轂浣調元，詩向郡樓題。浪走身同鹿存心，狂歌氣吐霓。渾河重遠泛調元，泰岱一窮躋。拓地黃沙迴存心，黏天碧草齊。遊踪遵大道調元，別思抱回溪。贈策春光暮存心，傾盃夕照低。那堪愁似海調元，拚作醉如泥。白雪聊翻曲存心，青雲莫問梯。闗門揮袂處調元，不斷栗留啼。

郯城訪古

郯城何處訪遺蹤，傾蓋亭邊翠靄重。少皞官名知紀鳥，老成行輩儗猶龍。秦灰冷後傳新簡，沂水春來繞舊封。亦欲追隨陳束帛，先生道古迥難逢。

謁孔林

天地留鴻冢，河山拱舊壇。玄雲瑶殿閟，白日楷林寒。洙泗千源合，龜鳬一氣盤。青春練時日，黃目捧祠官。野曠樵蘇禁，階空拜跪寬。上公仝帶礪，博士列鴛鸞。壞壁金絲振，穹碑雨雪攢。東家紛禮器，曲阜藹儒冠。麟紱書猶繫，龍門史不刊。凝眸庭檜碧，悚息廟楹丹。闕里傳新志，滄溟得大觀。悲歌憶梁木，雅操撫猗蘭。在泮于今盛，升堂自昔難。吾徒稀砥柱，世事足波瀾。删述尋孤緒，峥泓感百端。躊躇多古意，煙景浩漫漫。

登兖州南樓故址

兀突荒城土一邱，相傳此郡舊南樓。霜林梨棗嵫陽晚，鐵笛關山月下秋。萬里高風喧燕雀，十年遠道困驊騮。杜公臨眺留題處，有客狂歌上上頭。

謁孟廟

氣象巖巖在，千秋命世賢。朝廷勞一暴，宅里表三遷。翠抱連山影，寒生古木煙。讀書兼論世，微意惡闍然。

九日兖署書懷呈玉巖

昨年省記西山會，着屐飛凌紫翠顛。今日仝爲東郡客，搔頭悵望泬寥天。曙催隔院棲鴉起，風卷當階落葉旋。歷亂紅萸香作佩，斕斑黄菊小于錢。纔追良會人何在，未上高臺意惘然。旅思難消千盞雪，夢魂猶蕩兩湖煙。天涯虚湧登臨興，岡畔多違讌飲緣。游學桓生成底事，賦歸陶令苦無田。燕聲早解辭雲幕，馬汗空思戲玉鞭。吹帽有誰欣入座，題糕對我詫如椽。風流肯落群公後，懷抱還增十載前。斑管生涯元自苦，緑萍踪跡共相憐。秋光潑眼仝流水，月影驚心又上弦。倦客身留青社裏，故鄉目斷白雲邊。地寒擬把鷫裘禦，天闊難將鴈字傳。欲寄茲辰游子淚，泗河西去自潺潺。

玉岩垂和疊韻酬之

騷人最愛重陽節，郡署空懷萬仞顛。漂泊二生棲魯地，迢遥千里望昊天。花含玉露濃香綻，蓬舞金飈斷梗旋。未盪層雲摩石壁，且移曲磴破苔錢。關山摇落心愁絶，歲月崢嶸骨挺然。寶匣芙蓉開曙旭，故園楊柳墮寒煙。專城志業傷寥寂，岸幘心情謝撲緣。人繞籬邊思栗里，客來莊上記藍田。歌呼落日聊揮管，蹭蹬窮秋未着鞭。濁酒横吞千百盞，高齋暫借兩三椽。茱萸色豔絲囊裏，蟋蟀聲低板户前。翠靄龍山身未到，波瀾人海意堪憐。清光敢道聯如璧，勁節終看直似弦。河渚鴈鴻猶有伴，天涯風月更無邊。牛山涕淚何須灑，峴首英雄自足傳。重抱焦桐彈一曲，案頭流水響淙潺。

讀備三所寄悼汪孺人詩音調悽惻爲作哀輓十韻貽之

蘭閨禮法傳東海，薤露悲歌送北邙。劇恨于歸無百歲，可堪長逝近端陽。伶俜嬌女心傷日，悽愴慈姑鬢益霜。萬朵榴偏承涕淚，三年艾不治膏肓。絃摧柱鴈聞何慘，案對梁鴻憶最莊。入地未纏長命縷，所天空覓返魂香。常師列女遺圖畫，虚採宜男委佩纕。往日竹林供洗清觴。

盞，明年桑陌罷攜筐。桃花潭遠鈿車斷，梨樹庭寒繐幕張。回望吴天多黯淡，那能臨殯奠

題吴君垂釣圖遺照

君性適同予，對面見豪爽。瀟瀟風雨廬，一語三撫掌。披圖識舊顔，襟抱覘素養。持竿不志魚，聊以謝塵坱。渭淮與桐江，古水清盎盎。寄意各有存，豈必多師仿？平生脱略志，眉骨餘倜儻。龍性晚自馴，煙波面滄漭。嗟予狂未砭，入世慨以慷。倚薄廣路塵，夢斷湖痕長。所至同調希，涕落思疇曩。此中垂釣人，於今已安往？

弢甫集卷四

詩四　古今體詩四十一首

酬馬墨麟維翰贈别并序

憶癸卯秋省覲南還，墨麟以詩贈行，未及酬答。頃重來都下，檢諷清詩，用酬高韻。

重聚京華日，論心一慨然。素交青眼底，熟夢白雲邊。寒灑臯亭雪，春生禁苑煙。何須追舊事，衹自惜流年。

扶竹酬何淵若溥十二韻

偕居林下好，嘉耦見蒼筤。散灑高枝雪，駢凝老幹霜。園池無契闊，風雨總扶將。植立同完節，森排異萬行。連陰團嶰谷，交翠滴清湘。詎鬬青霄勢，從增緑水光。葉柯偏自對，節目巧相當。掃户雙梢活，凌空一本强。天教成密契，誰得與聯芳？只羨三生洽，寧憂兩美傷。虚心標伴侣，靈氣孕春陽。君子論膠漆，相親共鼓簧。

奉酬墨麟見和病起書懷之作四首

紫陌春泥印屐融，小裘披出颺微風。艱難處處經過飽，消渴年年不放空。夢斷葑湖浮鴨緑，喜過花市見猩紅。擬歸村圃尋生活，手縛茅廬占數弓。

落落疎星看及晨，那堪寄食旅愁新。影寒每被燈花笑，量窄猶呼酒盞親。天苑稀逢三月雪，池塘又負一年春。也知禊帖今零落，倍覺蕭凉伏枕人。

年光最惜落花深，黄鳥多情伴客吟。潦倒自成吾輩格，疎頑久動故山心。十年旅食同巢幕，一領儒衣好掛林。漫踏九衢緣底事，空教濁水濺蹄涔。

久客青門百不諳，西山遥爲送晴嵐。病軀睡過三竿日，醉眼淌來百尺潭。乘興舊曾追剡曲，聯吟今莫讓城南。無多春色留同賞，花信催過二十三。

春夕集董君寓齋送徐君之天津聯句

蕭齋兀静坐董，剥啄鴉驚鬧。取别朋盍簪調元，永夕良所樂。主人洗尊罍徐，薄酌簡錢鈔。式飲蕩離心董，晤言掬古貌。赤肝重輪囷調元，白眼賤騰踔。窮韓愈崛奇徐，戇汲黯排拗。徵逐牛馬風董，蟠蟄鰍龍淖。青袍點緇塵調元，世途歷機巧。求友薄輕肥徐，躬耕苦瘠磽。去去廣衢輪董，汎汎層波櫂。天津送浮鷗調元，燕山顧隱豹。明晨黯欲分徐，舊雨忻來教。酒兵鬬陘轟董，詩壇互跉踔。簷花遞暗香調元，燈跋迸輕爆。漏鼓咽咽沉徐，睡魔炯炯覺。心清聞風鈴董，肺熱想冰窖。道義矢久要調元，謡詠慎弗較。固當爲直矢徐，焉肯作枉橈？徐邈中聖賢董，董生行慈孝。霖雨志彈琴調元，爾祖是則傚。首途復遲遲徐，寄跡姑稍稍。努力事詩書董，篤行光學校。執袪念子行調元，斷金竊自効。後夜夢迢遥徐，漠漠春陰罩董。

贈人二首

家園苦憶小長蘆，夢裏人凭畫檻無。一丈紅薔黏鳳子，千絲碧柳覆鴉雛。

滿院桐陰夏晝長，可堪作客誤年光。天涯節物盤中見，梅子青青杏子黄。

對雨和韻二首

積潦盈川浸兩涯，猶聞瀑點打窗斜。騷歌遣悶從頭讀，肌髮迎涼信手爬。漏屋淋漓茅一把，遥村泥濘路三叉。懸知貧户多愁思，安飽深慚擲歲華。

園林一洗緑無涯，捲地風來草樹斜。蝸篆數行緣壁寫，蛛絲萬縷傍簷爬。關山行客遲驅轂，洲渚漁翁捷挺叉。龍噴九天雲轉黑，枉催詩句愧才華。

復雨疊前韻二首

紅曦纔照御河涯，又見釃空碎瀑斜。嘗恨人情善翻覆，誰知天道戲推爬。花開紅白乾還溼，圖黯丹青卷復叉。半日雨晴多倚伏，可知憔悴與榮華。

遠走轟雷水沸涯，還憂牆脚半欹斜。高灘鷺翅須臾晒，濕土蜣丸輾轉爬。隣客悔過前後巷，曝衣忙煞短長叉。劇愁簷溜通宵滴，夢想東窗曙色華。

小晴再疊前韻二首

瀰漫厭絶浪衝涯，餘雨飛殘數點斜。也算新晴林鵲啅，可堪陰濕草蟲爬。竹根酒色斟來凸，沙尾河流瀉作叉。却似人間憂患過，時來未敢説豪華。

十日愁霖定有涯，凉宵覿對白河斜。新花出水迎眸賞，腐草黏泥快意爬。隣樹蟬嘶抵鸞吹，書堂燕掠展鴉叉。老晴誠得天如水，消夏亭皋景倍華。

驟雨三疊前韻二首

驀地翻盆注滿涯，萬烏陡蔽夕陽斜。狂風飄瓦渾如捲，猛溜穿渠不費爬。平展凉篷添罅漏，低張油傘强支叉。料他晴意非蒼老，欲放霞紅頓掩華。

蒼茫愁思渺無涯，勢助飈風旋轉斜。欹樹橧巢方迸落，壞牆甎甓未疏爬。將湮隴畝嗟農父，欲叩天門隔野叉。霪潦轉教詩思惡，摭來景物少高華。

雨過四疊前韻二首

雨餘流水亦歸涯，只有萍蓬逐泛斜。小熱蠅從蘆簟集，輕明蜂上紙窗爬。風雷幾度身高寄，漁釣相逢手對叉。連陣鳴湍俱已過，野夫願閲好年華。

塵途憂樂兩無涯，飛轉雙輪影易斜。匣澁還抽雙劍舞，園荒未秉一鋤爬。浮雲幻狗終消迹，退筆塗鴉劣帶叉。梅雨從今知了未，莫論雲日已光華。

天陰五疊前韻二首

四望空濛際遠涯，雲中旭影那知斜。痴烏蹲屋忘三匝，飢鼠翻琴悮一爬。爐爲焚香勤撥箸，錢因買酒再挑叉。泥塗底事還深語，傾蓋無因遇子華。

沉沉雲霧接陰涯，沙燕迎風慣自斜。窗檻依花聊近嗅，衣裳沾蘚試輕爬。飯容飽喫何勞裹，手爲微吟且復叉。詎恨迂生長潦倒，却愁群物少鮮華。

晴雨不定六疊前韻二首

水痕消長看溪涯，緩急飛湍幾道斜。豆架疎叢猶採掇，蔬畦壞葉已芟爬。烏黔鵠白雲争勢，老碧新黄樹間叉。氣候炎凉看錯伍，杞人憂思損容華。

天北天南各一涯，空憐客舍柳枝斜。鵓鴣翻覆登高喚，郭索行藏就淺爬。前度水如腸九曲，故鄉山作髻丫叉。羈人愁裏忘昏曉，苦望星雲四照華。

老晴七疊前韻二首

啟曙紅輪出海涯，煙拖一帶鎖林斜。排空螺髻分明數，浴水拳毛仔細爬。高卷隔花簾額影，爽開當户戟枝叉。九重何限勤民意，親至龍堂駐翠華。

年光流浪不知涯，容易秋風脱葉斜。朱果無心經雨長，青蟲有喜向陽爬。客情終覺憐儀舄，詩格何妨學島叉。共話連旬陰雨後，乾坤暄霽更增華。

酬茅渠眉應奎見贈韻

文章黼藻有原本，盛載大道體則隆。狂瀾洶洶或倒决，巨手作障歸之東。古今作者良有數，揚鑣正轡聲瓏瓏。豈惟才力挾贔屭，根原積厚超群雄。吾聞立言配功德，斷簡壞壁傳無窮。渾沌元氣汗漫在，志士收得天無工。盛世三辰會珠璧，炳烺文運多鉅公。眼瞻師友導先路，踸踔海寓群爲空。走也讀書竟罕獲，車轍未欲隨嚴終。擬向青山縛草屋，遺經久抱求疏通。酷悔少年誤涉獵，詞場造次從趨風。萬言祇成瓦釜鬧，發聲那似洪鐘洪。朅來却坐飢驅急，駸駸馬足馳軟紅。奔波南北不一役，羈棲影逐天邊鴻。重遊燕碣謀作活，幾載風雪裘蒙戎。安得全拋衣食累，虎觀或可論異同。儒先堂奧闕未得，拘墟有若蹲樊籠。鍵關稍稍基蓄養，至哉六籍先尊崇。吾年壯矣愧卓立，瑣細詎暇箋魚蟲。詫君才壓流輩百，盛譽早歲騰吳中。今秋直凌泰岱頂，豪吟遠矚摩蒼穹。囊雲袖句走輦轂，寓齋會面談深衷。君詩與顏並蒼老，古心復不遺狂侗。大雅源流指諸掌，磊砢之氣如雄虹。地爐自烈冰自壯，轟然語笑廻春融。顧我發凡蹈鹵莽，卮言積習勞芟礱。菿邱禹穴拾異篆，書城萬雉蘄仝攻。更欲讀君周易榷，看掃理窟開溟濛。論交有道未恨晚，記茲始揖逢旃蒙。人生遭遇具有命，休計伏處兼騰沖。

重酬渠眉見贈韻

鴻儒文行遵古制，大噓風會隆而隆。書田深耨恒産在，準諸古畝存南東。吾輩豈羨少年俠，玉羈快馬標璁瓏。又豈動心通侯貴，拖紆金紫呼豪雄。章逢本業關萬古，苦學詎暇憂途窮。南山北闕隨所遇，賁藻不獨文章工。後來誰作人物表，當有定論平且公。崢嶸奇杰果挺出，氣象兀若撐青空。喜君同調援焦桐，重爲鼓之曲三終。未信中存古山水，無言嘆息心相通。塵途作客耐寂寞，誰其憐者蚿蛇風。就汝高談涌狂興，滔滔一决黄流洪。圍爐堅坐常抵黑，燭光簇綻芙蕖紅。羈棲久類繞樹鵲，得伴密作啣蘆鴻。論交本略窮達跡，五咏何必遺濤戎。要須道義足膠漆，昂藏意氣難强同。梧鳳噰鳴雲鶴逸，其德並自辭絛籠。羽儀頡頏千仞上，婦孺仰見咸欽崇。不爾洪爐物有萬，得不瑣視猶沙蟲。百年鼎鼎懼虚擲，願圖不朽留寰中。特書姓氏上青簡，此事不係於高穹。平生壯氣對激發，端賴直諒明丹衷。况我較子才力薄，忍令爲懦爲倥侗。曾聞先師有撰作，自天萬丈流赤虹。心知經術飽斟酌，壞廬之樂偏融融。命教貧賤亦爲福，美玉須錯金須礱。倘厭愁城高嵲嵲，熱酒姑用偏師攻。即今神皋春色起，醉看草樹青濛濛。敝裘徒步意亦得，酸寒不受塵埃蒙。丈夫修名卓自立，皇甫安能重太冲？

送渠眉之楚中

更無人與慰羈顔，惜别情同骨肉間。櫪驥長嘶論價重，沙鷗小聚悵緣慳。渚宫煙月從吟釣，燕市春燈記往還。迢遞南雲望遄返，莫教留戀緑蘿山。

送王君歸桐鄉

狂夫骯髒氣則麤，君才温雅體貌殊。白華相傳古孝子，詎必金紫横拖紆？時來虎拜上殿陛，不爾綵服庭闈趨。晨夕團圞樂復樂，風雲際會無時無。瓏瓏馬首東急轉，翻翻鵬翼南緩圖。甑山春笋肉殊脆，爛溪烏鯽腹又腴。錦堂春酒勤侍勸，砂顔雪鬢饒歡娱。閒來仰視白日駛，牀頭休碎玉唾壺。嗤予落拓遊神都，頻看廟市春華敷。吾親老矣缺歸養，咄嗟遊子緣飢驅。苦冒緇塵非熱客，屢逢青眼猶窮途。幾處漂流着寓舍，一身陶埴隨洪爐。只今擬作天南客，欲行不行三踟躕。總傍人門作桃梗，翻從蠻府吟娵隅。時欲赴嶺南。白雲回望益復遠，夢想親舍增煩吁。况復風前送歸軫，那不淚落淋衣襦。君記吾顔蒼且癯，近年鬑鬑頗有鬚。平生意氣本豪縱，遠謀菽水徒區區。終當歸歟供子職，力耕磽瘠披茅蒲。逌拏一櫂來訪汝，汝飛千鐘我百觚。古畫曾摩王次仲，醉掃堊壁同歌呼。

渡揚子江

信宿波濤阻客程，今晨風便剪江行。飄零書劍頻年渡，依舊金焦兩點明。歷歷廻帆鄉路熟，滔滔流水壯心驚。關山一葉迎秋氣，横笛吹過鐵甕城。

九日感舊

風雨無情毀拗堂，籬花久失一叢黄。依稀皂帽形容古，寂寞蒼山歲月長。故里何年歸野鶴，空階此日急寒蛩。尋思石壁留題處，不待登高已斷腸。

送友之泰安州

茫茫人代易滄桑，封禪臺邊緑草荒。七十二君塵劫盡，祇教君去弔斜陽。

寓齋對酒

陰雨二旬蘚上墻，青春狼籍去堂堂。迎人蝴蝶可憐白，繞屋菜花無數黄。獨客久遊楚逕熟，雙魚不到湖波長。眼前萬事我何與，且對遠天傾一觴。

落　花

一片纔飛萬片催，窗前着處點成堆。飄零未覺春情薄，更逐回風入酒杯。

保叔塔

峥嶸寶石山，塔勢聳孤秀。撑空入重冥，危顛鵶鵲鬬。鐵簷舊莊嚴，盤梯上層構。露鈴語天風，星鐙閃雲竇。浩劫春雨飛，頹剥苔花繡。近碧抱灣澴，遠青堆衆皺。天界澹斜陽，夕陰烟景輳。奇壁西巉岩，猱騰不可又。

天然圖畫閣舊址

昕夕對湖山，百變煙雲界。天然閣已灰，清景長不壞。春嵐澹夷猶，雪波遠砰湃。樹晚掩漁莊，雲殘露鶴砦。濤松萬壑傳，弦月一峰挂。落照溟海天，髣髴王蒙畫。身堪岩穴着，意豈俗物敗？結茅此最佳，高眠餐沆瀣。

寶石山北望

扶筇遲欲下，且復立雲屏。澹煙汎湖墅，餘雪明皋亭。縱横長蒲麥，愛俯沙田青。殘碁布仙石，單鷺拳漁汀。我行春山暝，草木浮芳馨。巢松願未果，孤月剩岩扃。

別　懷

天付崚嶒骨，從教練苦辛。輕裝携襆被，縱步入風塵。眼冷幾多事，腸廻祗老親。波濤何足問，忠信在吾身。

揚子江憶往年與金君共渡作

一道雲帆此重過，却思共渡奈愁何。新秋的的逢征鴈，舊事茫茫對白波。何處塵沙淹日月，連年音信斷關河。故人豪興猶堪憶，水急風高發浩歌。

新泰謁羊太傅祠

投鞭旅店訪遺祠，名德如公百代垂。倘有鵂人羊叔子，應無墮淚峴山碑。旌麾落日猶疑動，裘帶春風自可師。雄鎮襄陽勳業就，魂歸故里未云遲。

題　畫

倒壁長松樹樹圓，晴雲片片薄於綿。無邊清景偶然見，一髮曉山青際天。

弢甫集卷五

詩五　古今體詩三十五首

題桑青培元甲觀海圖

乾坤覓壯觀，大意屬四溟。四溟彎環一泓水，渾淪灝瀚包元精。榑木翠如薺，[illegible]碧如萍。周觀咫尺裨海外，目力豈止窮壺瀛？倚天之劍長納鞘，白光恐使魚龍驚。我前爲[illegible]發孤桐響，試臨天風操水伶。或使雪波化作酒，卷脣一吸蒼顔赬。不然以此溟洋爲墨瀋，醮[illegible]意書縱横。倒覆星河洗日月，老腕未遺濤瀾平。蓬萊玉女千娉婷，珠喉不似人間聲。喚來[illegible]歌新製曲，妙囀勝奏雙鸞笙。仙之才者屈指數，其餘正堪作使令。君乃掀髯大笑置不答，四顧遼廓天海清。

古意二首

君子訂偕老，匪同邂逅私。誰知綢繆極，同衾翻見疑。笑言未有違，微覘中情移。踟躕載寒暑，君情妾已知。賤妾固多愆，願君保令儀。

疇昔蒙厚寵，賤妾懼莫當。詎厭君情多，祇願君情長。故歡不可留，悲來遂無方。怨君復思君，夙愛中心藏。箱中疊輕紈，篋内藏明璫。撫君曩時物，脉脉以自傷。

過景州有簡

玉杯繁露續遺經，千載賢良見典刑。恨不下帷居此地，翻教刺棹入東溟。孤雲淰淰横天白，萬柳垂垂抱郭青。擬欲從君話疇昔，歸轄一縱那能停。

題花南老屋

園林舊闢好躋攀，高棟依然葺數間。只識濃情留遠客，那知幽景落塵寰。朝烟浮市欄前起，夏漲穿城屋外環。試問何人能種竹，若論吾意欲移山。出墻新樹文鶯坐，垂架長條黠鼠扳。翻砌螢光千點亂，入簾蟾影一痕彎。地堪燒藥泥丹竈，浜可通舟置水關。纔過黄梅甎半溼，又添碧蘚磴全斑。年深薜荔侵帷密，日午戎葵似火殷。人到他鄉拚放浪，天容此處寄蕭閒。相將賓主成歡讌，更與漁樵作往還。不是雙湖萍汎熟，揭來吟嘯已緣慳。

題沈氏青箱草堂

漠漠苔花舊艸堂，沈家别業貯青箱。横蹲石壁小蠅虎，飛下古藤黄鼠狼。倦裏恰便蒲席軟，病來深喜藥鑪香。撑空張王梧桐樹，與致炎天一院凉。

客齋九日

何須臨眺上高臺，閉户狂歌亦快哉。蕭爽從吹頭上幘，沉酣連覆掌中杯。白趖圓影憐駒過，紅透層蘶指鴈來。浜口苹花緣浪轉，天邊木葉被風催。鬆窗恰得瞻金塔，蠟屐慵令破繡苔。野雀娟娟窺幔下，晴雲皛皛汎空回。十年兔管勞驅策，孤棹龍淵厭泝洄。星散朋遊懷郭李，日聯酬唱少王裴。隨時也結茱萸佩，作意寧求鳩鳥媒。小隱幽偏元匪石，獨吟癲放直如雷。溷誰青眼真堪鑑，剩我丹心總不灰。弔古纔嘘豪士氣，悲秋况念大夫才。厖凉歲序當披褐，寂寞居停免鑿坏。興會留觀西水月，生涯屬剪北山萊。已教一瀋横翻墨，更欲雙湖盡化醅。旅舘緑藤高掩藹，故鄉翠嶂疊崔嵬。辭巢社燕應增感，狎客沙鷗未用猜。煙徑思量疏栗里，草堂慙愧署蘭陔。夢魂慣着斑衣舞，消息頻將錦字裁。南浦自然傷伴侣，東籬到底絶塵埃。只今騁望楓香落，及早言歸菊蘂開。萬事糺紛休計算，樽前身健且徘徊。

章柱天楹垂和客齋九日作疊韻酬之

范湖借得讀書臺，倦圃先生安在哉？思煞群公争握管，續教一士此御盃。晴天乘興看花到，昨日何人送酒來。檇李亭傾隨水逝，鯉魚風起把寒催。嗅餘蒼塢叢叢菊，踏破重扉寸寸苔。劇憶秋墳埋鮑照，謂餘杭亡友鮑虞皋廷堅，予因虞皋得交柱天，故及之。頓令我國失顏回。十年交譜難沉没，一派詞源尚泝洄。零落音塵重懷謝，懷謝山房，虞皋別墅也。喧轟領袖素稱裴。已亡驂裹誰收骨，未嫁娉婷總少媒。眼底相知膠在漆，耳邊苦鬧釜鳴雷。連朝有客尋幽嶼，幾首無題不劫灰。柱天無題詩最佳。金谷園應成雅會，玉溪生自擅仙才。襟情並熱薰爐爇，風氣先寒蟄户坏。手筆空憐押餻字，腰鎌端羨闢汙萊。旅懷冷過鴛鴦浦，歸思濃于琥珀醅。墜葉隔橋紅歷亂，飛雲横墅白崴嵬。聽歌蟋蟀真成慨，任嚇鵷雛浪費猜。觥令森嚴傳百罰，詩壇高峻築三陔。洪爐大小從陶鑄，散木支離謝剪裁。喜甚招呼逢傳舍，超然榮利掃浮埃。良辰却放重陽過，癖性猶將萬卷開。漱研泉邊頻炤影，只緣吟賞倍低徊。

朱園

荒園隱洲島，夙昔嘗寄居。古木窈蒙密，修竹羅清疏。東頭小瓦閣，風帆漾晴湖。詩朋來接跡，小艇緣菰蘆。撫懷欣慨雜，倏忽十載餘。空齋喜我至，秋畦剪芳蔬。燈前拜童稚，迴然洗嘆歔。蓬茅添幾楹，携家與之俱。耕稜計良得，暇讀叢殘書。清霜鶴立磵，寒水魚依蒲。幽深松窟宅，須着高吟徒。此意亦邈然，惘惘臨尊壺。明朝解舸去，淡烟望林墟。

見水際一螢

寒宵矚孤螢，流岸一何速。明珠淪道傍，飛星過水曲。凌冬應改燧，入夜故秉燭。儔侶歸何所，淹留只汝獨。却思氣鬱蒸，碎火翻簇簇。疎密綴林莽，高低散岩谷。荏苒清霜飛，感此節序促。頗悽影踽凉，敢矜光曄煜。咄嗟腐化餘，過時照人目。休論三足烏，夜半咸池浴。

蕉上雨聲

今冬喜久晴，一雨良復美。急點灑蕉上，乍聽清心耳。暑汀荷芋間，淅瀝毋乃是。疾徐時有間，疎密晚不止。寂坐洗神魂，冷夢脱塵累。人生苦煩促，佳處能領幾？漂宕厭孤篷，愁絶喧枯葦。空齋亂跳珠，静窅入無始。宵深餘響歇，霽月到窗几。

乍浦登湯山望海歌

方輿四際水四周，乍浦一角居東陬。客行到此望東海，奮身飛上湯山頭。滄溟勢與天混一，天東海東寒悠悠。湯山之脚插海底，山巔往往噴龍湫。檣竿成林巨艘矗，波力所到摇輕鷗。隱隱黟點出洋面，倏忽帆湧如奔牛。秦駐一峰綴萍葉，海中春動鋪青油。連朝沉冥煙霧積，今日日上紅錦毬。晴霞光焰燭萬道，龍鮫宫室堪窮搜。天容海色徐淡淹，豈容蜃氣噓臺樓。浮空島嶼依微見，黄盤山似黄盤浮。瀕海小港潮吞吐，艅艎新造塗彤髹。訓練水師鎮重鎮，營房移駐千貔貅。東南西洋開道路，高麗大月雙琉球。重驛且來蘇逯國，波濤平帖行田疇。貢舶所通通市舶，擁入浦口連千舟。時平有備慎封守，廟堂遠大存謨謀。試取百壺暢懷抱，左手右手交相酬。脚底亦有九峰在，峰峰踏遍蒼苔幽。人間詩意略收拾，光怪應須入海求。溟濛積水無險阻，撇漩萬里騎螭虯。蓬萊方丈亦小景，洧盤咸池非遠遊。九點煙涵一泓水，蒼茫元氣探齊州。乘興不勞擇日出，金芝玉屑充糧餱。回顧親舍白雲下，汗漫欲遊且復休。長嘯天風捲海水，有人驚起鳳麟洲。

春暮作

楊柳作花濕不飛，冥冥細雨春將歸。鄰翁窨汲宿砂酒，客子笥翻單褐衣。沙燕背人獨自語，海鷗與我都忘機。東皐遄返賃田種，莫道老農生事微。

題争子圖二首

世局故有争，君心平如水。况對光髪人，不妨饒一子。

只應任輸羸，嬌顔睨紅玉。不有康猧兒，能亂已成局。

舟過繞門山

層巖石氣冷丹青，根插崩濤削翠屏。洞底飛光穿日月，谷中奇響走雷霆。雲門陡峻盤孤鶻，溜壁嵌空鑿五丁。恐復此中通禹穴，欲探秘簡問山靈。

舟夜望夏蓋山

夏蓋山連夏蓋湖，遥看萬仞插虚無。雲來神鬼乘空下，月出魚龍破浪趨。漲海荒寒留此土，扁舟狂醉屬吾徒。依稀夜渡經揚子，煙擁焦山一點孤。

驛亭堰懷舊

幾年逢掖滯京門，此夕烏篷下水村。隴上秋風吹宿草，堰頭人語鬧黄昏。湖波湔洗塵埃色，江月流連涕淚痕。莫怪哀歌扣舷起，差池心事不堪論。

冷泉亭

適從絶壁來，如漿翻白汗。少憩面渟泓，沁骨不待盥。潭潭虚白光，一鏡涵止觀。清極少黿魚，石髮風漪散。春淙雨後盈，落磵飛瀧悍。喧靜本同波，對境發三嘆。今晨遊屐稀，孤影漾泉畔。山靈其許我，猗玗稱浪漫。

飛來峰

造物娛畸人，墮此嵌空石。幽淙一滴寒，春苔幾重碧。洞陰小沮洳，正可度蠟屐。霽散雪竇煙，四罅天光坼。探奇思遥夜，破碎穿月魄。黠猿攀蘿窺，識我非生客。陰房透底虚，谺徑削面窄。静聽冷泉飛，倒磵聲崩湱。老樹盤巖根，棧雲拄孤策。莞彼脚拔塵，艱於烏頭白。

涵青精舍

叩扉鴿不怖，看客藤梢立。破衲語清寒，禪扃初啟蟄。竹爐裊茶烟，甌緑供快吸。春池石週遭，澮白手可汲。德水涵澄虚，冷鑒一影入。蕉浪不見翻，軒櫺雨苔澁。後樂汝何人，沈灰思遥集。瘦竹穿空嵌，壞墻筍䚦䚦。

懷鶴洲

鶴洲風日最清妍，苦憶凉生小閣前。碁劫打殘千點雨，笛聲吹散一湖煙。

雨散林梢月逗川，客心猶戀草堂煙。故人久向天南去，應記春波舊釣船。

立夏前一日

鴛鴦湖波春可憐，落花如雨草如煙。日中爭曬蛺蝶粉，風過亂翻榆莢錢。舊山紆阻二百里，濃景倏拋九十天。縱摇兩槳急歸去，櫻筍已是新夏筵。

瓶中白蓮

銀塘侵曉露珠溥，魯縞衣輕玉豔寒。迎到湘簾冰簟裏，一瓶秋水是情瀾。

瓶中白蓮和韻

生涯辛苦寄軍持，賺得冰紈幼婦詞。微動秋風香脉脈，酒醒夢覺有人知。

留錫庵即白蓮寺舊址。

白蓮妙香窅，忽復一錫卓。蕭蕭風雨秋，雲構已頹剥。窗竹瘦檀欒，逕石圓犖确。經龕塵不掃，鉢池清可濯。茶煙白澮浥，絲颺出蘿幄。坐久聞敲鏗，枯木一鳥啄。

福城庵

羸旋下峰坳，投此一憩脚。荒園宿雨乾，秋風掃叢籜。策足功未狗，轉瞬髮已鶴。古緑曠岩扃，冥棲孰果諾？蓬萊境亦寓，雅志此焉託？葛翁煉丹于此，號小蓬萊。樵者拾丹砂，靈跡遺林薄。池荒月魄寒，雲淨天容廓。際夕聞疎鐘，一葉兼螢落。

攜張聖書天麟登飛來峰憩冷泉亭作

石竇潛通小有天，喜能濟勝歷層巔。一亭蕭爽當秋日，百尺清泠俯冷泉。急雨飛濺岩洞底，斜陽倒映寺門前。此間雲水千年白，幾輩登臨姓氏傳。

九日感舊

十年懷舊淚縱横，南北山頭萬古情。釃酒自緣酬令節，整冠却爲弔先生。松篁故宅無多翠，猿鶴空山尚幾聲。長向東籬想標格，黄花端的似淵明。

烏龍廟

背江面山根，古祠立森竦。躨跜鐫青珉，蓊蔚渲畫栱。靈宮翼青冥，形勢壓岡隴。陰寒玉座秋，有嚴石礎蛩。負屋攢松杉，翠纛若環擁。犇濤捲盲風，殷殷聲洶洶。冷客無所祈，雜慮掃紛氄。欲訪太虚亭，松嶺賈餘勇。

法華庵

結廬古城下，讀書秋樹根。方丈懸此一聯。東皋有此景，移來贈沙門。沙門愛衣紫，豈識清妙言？金地頗幽潔，繞舍竹亦繁。健者義食力，桔槔自灌園。嶺獮候果熟，江烏集烟昏。萬物得本性，于人何怨恩。祇林白雨洗，流水兼清渾。霜物弄寒響，曦景生晚暄。寂寞自適意，去彼谷口村。

見漁艇

朝光散洲渚，老漁横輕舠。船頭勇撒網，撇漩船尾高。徐牽過深碧，風荻鳴颼颼。有魚舉手拾，無魚信所遭。青錢鬻錦鱗，行舟爲停操。茅篷有醇酎，酤取良足豪。孤身無長物，醉眠遺竹篙。焉知岸傍客，暫對心勞忉。

同玉岩晚步東園

逶迤取冷徑，步屧參差行。水底見半月，了印如珪形。霜皋楓的的，冬畦菜青青。犬候籬隙吠，鴈向天南征。豆棚落老蔓，孤花媚零丁。隔沙漁火上，接户寒機鳴。童齡覯儵處，波細風泠泠。翳然面濠濮，真想存靈扃。猶餘厲屐興，難却髭星星。弗使兒輩覺，哀樂實飽經。晚鐘荒寺動，徐歸且遥聽。

勵孝女并序

杭勵孝女珥，母病且死。額叩牀前，歷未申酉三時，母甦而女死。予哀之，作此詩。

祖洲返魂香，方士唐荒語。以死回母生，只聞一孝女。牀前紅斕斑，尚留額血痕。巫陽在何許，不予此女魂。

弢甫集卷六

詩六　古今體詩三十五首

遊虞山二首

中峰迢遞亂雲低，一道松聲一道溪。僧閣流連過卓午，放生雞向隔林啼。

山莊紅豆已成塵，猶話尚書老病身。當日魂消一株柳，露條風縷不勝春。

長歌送李介百昌祺歸

芋魁豆食不易得，出操一管當力穡。此田小稔此口亦足糊，不如農也自得行胸臆。我家住在腰鼓城中東苑中，君家門逕紆回通。故林未許着形影，齊驅之出如旋蓬。旋蓬信捲西復東，天南地北各不同。君嘗盤嶺險涉建溪水，我嘗跨河泠泝燕山風。悲君身宮坐奇厄，天末歸來影成隻。噫乎！皇天老眼何懵騰，竟忍虐此厖眉之書客。我雖落魄身較强，氣麤胆麤故態狂。耆見君顏足黯黮，顛語欲得君飛揚。君時頷之涕一破，今古茫茫雜弔賀。濁醪且博醉如泥，那知舊恨如天大。更喜今秋客路仝作遊，尚父湖停鴨嘴舟。篝燈青熒照醉臉，夜箭欲沉談不休。欵語促膝滋味稠，和調心膓病亦瘳。雄談轟轟笑啞啞，星河倒激當軒流。有時興發屐響遒，天風吹上虞山頭。狂歌河海俱震盪，快哉二鳥鳴相酬。文人合并鬼所妬，惆悵君歸難久聚。海頭剩我苦唫身，風色蕭蕭冰雪暮。咄嗟嚙毫生活常苦勞，君今辭去意亦豪。敝裘破帽有風調，悲歌慷慨歸吾曹。惟我夢歸熱火熬，扁舟送別心忉忉。皚皚親髮稀復短，遊子罪大將焉逃？羨君舟發疾如矢，廬墓讀書計良是。我有親養胡不歸，負薪負米斯可矣。不爾負郭十畝亦可租，春雨一犁健手扶。君之隣舍有二廬，耦耕併擬相招呼。歸與歸與樂復樂，時價爲我問烏犪。

寄聖書

高館時相憶，周旋數汝才。叢談春雨過，散步小園開。霽閣垂星影，澄湖豔酒杯。沙頭秋水漲，期我挂帆來。

憶沈琢英璿

何事經旬滯草堂，情懷小別亦蒼凉。憐予病不隨春了，念子愁偏似歲長。吟過花涇晃拍拍，夢醒竹屋雨浪浪。客齋冷處留青眼，苦向湖波望短航。

望家信不到

正月出門草尚微，楊花楝花今亂飛。海角雲空月自湧，沙頭水漲魚何稀。平安誰報故園竹，單袷已更遊子衣。燕尾船輕疾如駛，艄公胡不載我歸？

小泊舊港

舊港人家凉復凉，緣灘垂柳更垂楊。艤船恰得小茅店，注酒宛如寒玉漿。尾掉黄魚港水活，花飛白稻天風香。愛兹鷄犬一村静，起柁却看煙渺茫。

古怨歌

西風振鳴悲，葉墮青桐樹。隨風又飄飖，不知南北路。葉去何由返，人别何由聚？

鷄鳴歌

月光淡淡星光稀，汝南鷄聲報重闈。博山爐中桂火微，金缸沉沉凝寒輝。杯行既醉沾裳衣，花幃正煖香霏霏，安知簾外嚴霜飛？

遣興和予齋

拋却茅廬一水濱，仝君結束傍風塵。喜添夜雨聯牀興，暫駐河橋走馬身。楊柳烏啼如有恨，扁舟漁釣豈無因？青青樓角鐘山色，拄頰朝看爽氣新。

瞻園榴花歌

中山王，十世孫，孫名宏基治瞻園。園中花木百種繁，一種赤燄光乾坤。亭臺岩洞參錯與布置，上下種植百十根。朱門炎威隨劫散，平泉緑野摧長垣。大功坊宅改官廨，鐵券不存嘉樹存。嘉樹百種豈盡存，春露空洗枯椿痕。有樹有樹脱落珠璣子，子活作樹如雲屯。炎精不死孕於土，熊熊光氣根渾元。薰風一嘘離火迸，狂花萬朵燒霞暾。潑以大雨轉烘熾，横空爍爍明朝昏。頑雲陡合當晦夕，燭龍啣照下天門。客來喜覩絳仙舞，四面豁達開重軒。琉璃之鍾琥珀酒，對之連作長鯨吞。醉看小樹火齊錯，大者天半拖朱旛。平池瀲灩影倒入，百尺深杳通仙源。紅氍毹襯一茵碧，落英鋪到蘅蘼菅芷蒿莎蘋。却憶魏國花滿邸，賓從雲集傾芳尊。美人當筵玉喉囀，管吹鸞鳳弦撥鵾。澄鮮閣迥日方午，芳秀亭高蘿可捫。當時芳菲亘四季，豈獨夏木紅繽繙？揭來銀榜换標署，一枝巢拆無復論。惟剩一林照耀舊岩谷，攢飛小鳥鳴啾喧。嗚呼！金陵月下傷心豔，寂寞中山萬古魂。澄鮮閣、芳秀亭、一枝巢，見《瞻園記》中。

登燕子磯

風送輕帆拂翠微，泊船賈勇登危磯。巉巉怪石半空矗，洶洶白波終古飛。海月江天一鴈度，金陵鐵甕千山圍。誰能無事學垂釣，坐向此間長息機。

燕子磯謁關壯侯祠

磯石崔嵬屹似城，磯頭祠宇夕陽明。西川只續三分統，上將空垂百戰名。古木朝昏鴉聚散，大江南北水縱橫。至今風激濤聲怒，一片吞吴氣未平。

髮塚行爲桐城張吾未純作

桐城西北有山山名船，其陰一塚張氏阡。此塚何塚塚瘞處士髮，其子純也述之涕潸潸。悲乎水發雍正丁未年，桐城秋漲浮鮫涎。純也謀葬適遠出，祖妣與考之柩隨波漩。妻抱幼子死於溺，神魂滾滾遊黄泉。純也跣奔向天慟，到江求柩沿濤淵。求之二十八日始辨祖妣柩，哀哀考柩終茫然。終天之恨恨難宣，爰瘗遺髮片碣鐫。維純之考篤孝行，有生事父至性纏。父嬰膈疾需醇酎，盛暑遠搆衝炎煙。爲采蘆根抵江岸，二百餘里時往還。喪畢終身不醉飽，此意悽惻尤拳拳。酷哉陽侯漂厥柩，忍使先德亦逐洪濤湮。髮塚瘞自庚戌臘，及今壬子歲屢遷。

遇予白下語嗚咽，遑悲妻子隨逝川。嗚呼！水勢暴漲蛟肆虐，其時人民廬舍盡棄捐。恨無澹臺子羽周子隱，拔劍悉斬諸蜿蜒。坐使危湍翻一劫，泯没誰賦招魂篇。我作髮塚行，轉欽純也賢。純考處士諱永錫，其骨則失行則傳。純妻朱氏子三戢，亦備書之志所憐。純今老矣尚作客，古心磊砢窮益堅。猶有二子延先祀，歸把一樽澆墓田。君不見，日者崇明上海諸邑又被海波蕩，靈風蕭瑟悲遠天。

九日感舊

湖山夢斷客中身，樽酒空思酹此辰。黄葉黄花爛秋色，一亭一榭窅前塵。遺編曾滴英雄淚，荒峪疇銘草莽臣。烏石峰尖雲散後，登高作賦更何人？

同張君登高

瞻園秋色爛如霞，岩塢仝盤細徑斜。石沼清涵雙鶴影，茅亭高出萬人家。簾收郭外鐘山翠，帽插風前野菊花。猶剩大功坊底井，武寧寂寞一長嗟。

石屋嶺

攝衣陟岧嶢，一境清遠目。宿雨洗高旻，凉風振群木。懸蘿翠尾禽，眠苔雪色鹿。螺皴數

投餘姚張明府

瀕海建吾邑，魚鹽利頗盈。沙棉白如雪，穫倍於香粳。一從潮蕩析，拮据勞經營。明府來何暮，撫字心和平。比年元氣復，景象還豐亨。顧惟水利重，尺澤所必争。前墾汝仇湖，黔首亦已驚。厥姓四十八，下田藉滋生。盛夏一不雨，念之心忪怔。猶幸新湖存，蓄瀉留一泓。所以湖塘堰，例役東頭氓。新湖塘係四十八姓代之築，以其承𤅷湖水也。近傳併議墾，婦孺涕濯纓。廟謨闢曠土，本以資民生。詎貪數圩稻，廢此萬井耕。依依父母仁，疾痛摩童嬰。側聞語温煦，歡呼動柴荆。風謡出隴畝，庶以達精誠。

渡黄河

落日孤光淡，渾河九曲黄。獨爲天地險，持比海潮强。禹力全歸壑，堯封善决防。平原無砥柱，古塹剩宣房。白月翻高浪，秋煙湧大荒。神來驚水立，蛟舞擺雷硠。渺矣探星宿，終焉入渾茫。川祇呵護穩，廟算補苴忙。糧漕千夫輓，官鉦一葦杭。風檣慣欹側，雨岸易頽唐。捧土神猶旺，乘槎意已忘。無心争利涉，底事屢迴翔？前渡笠篌急，頻經鬢髮蒼。祇餘忠信在，不畏怒濤揚。

照　閣

昏黑到上頭，聊取憩吾足。萬形倏已暝，未勞眼往屬。深山夕氣寒，虛牖雲溼燭。侵坐破孤清，流螢一箇緑。冷塢猿吟低，細澗泉溜續。攢林疑風雨，蕭摵匯空曲。未知東溪光，海上出團玉。

潮音堂

山堂坐寥廓，仙唄自殷起。餘善送泠然，散入空冥裏。霜樹雜流響，風泉清溢耳。蕭晨心偶會，一息悟無始。秋冷山骨青，苔滑不可履。蘿逕翠盤回，梵放逢開士。

方圓庵

四山秋樹疎，緑埋一庵净。偕來石逕稀，蕭寂塵跡屏。脱葉當南榮，反本見真性。淅淅物聲乾，皛皛天宇靚。醜石蹲礌砢，壞柏倒瘦硬。虛堂擊瓶罍，白日飢鼠横。挂桁破緇衣，延壁疎苔映。眼屬荒寒墟，興趣入幽敻。龍鸞渺塵劫，張雨《遊方圓庵》詩：『空山一室内，舉目皆龍鸞。』宿雨岩泉迸。止榻度深宵，高空看冰鏡。

龍井寺

荒橋生隱心，破寺匯冷趣。無風竹自摇，不雨泉常注。古磵流白雲，晴階曖緑霧。禪席换巾瓶，爐烟猶裊炷。鳥飛苔磴秋，鹿過花宫暮。茗柯馨本山，粥鼓響常住。題鑱多缺訛，留意不若寓。山林跡縱睽，石壁嬾留句。

滌心沼

夙昔愛清泠，瑩眼宛良覿。適來杳無心，未由取而滌。止觀匯圓潭，皎鏡不湍激。冷鑒憺忘歸，萬慮此俱寂。悠然見疎髭，微霜慵手摘。棲岩吸寒泉，冰顔洗愁戚。湖雲接賓鴈，孤影度的的。撥蘿向月林，回首池烟羃。

寂　堂

人生苦行役，驚驂暝不息。清遊無程期，宴憩水精域。幽窟静聞見，僧來相對默。秋星散虚空，未覺天黝黑。一燈燁宵明，靈曜虞泉匿。香藴未開花，聲戢已棲翼。塵几餘梵夾，微妙飽蠹蝕。冲泉啜自佳，澹泊有所得。

個峰，玉削一叢竹。流泉灌下田，白雲媚空谷。虛襟照南高，静機入幽獨。晚欲卧煙霞，未須伯夷築。嵌邱神所構，枰枕已置屋。

九　溪

連朝凉雨瀉，發興尋九溪。潺潺漱碕谷，清瑩如玻瓈。松栝寒映日，沙礫浄無泥。悵然來遊晚，秋草今已萋。

十八澗

磴道十八盤，未若此澗曲。曲曲清瑶流，秋泉灌注足。長瓶一僧汲，圓渦雙鷺浴。略彴通夷庚，緣源苦不數。

風篁嶺

蒼筤拔嵌巉，亭午陽光掩。秋樹鬬清森，衫襟碧于染。半嶺天籟吟，琅玕冷磨颭。霎聽碎瀑聲，飛濺萬雨點。倏忽翠掃空，殘雲落西崦。虎溪續笑譁，龍泓絶塵玷。昔時開山人，菀裘指厓厂。

讀孟子二首

際會時難見亦難，君王常在雪宫寒。尋思出書緣何事，莫是當年用賈驩？

東西湍水勢湯湯，排抑功高配禹王。一滴曹溪等游戲，後來誰與砥瀾狂？

涿州道中雪後曉行口號三首

茅店三更曙色通，不知大雪滿車篷。征途不碾紅塵去，亂舞銀沙驟玉驄。

萬里寒光動曉星，高原立馬辨旗亭。却看粉本乾坤裏，芳草河堤一線青。

白塔崚增聳碧空，林端樓閣玉玲瓏。渾忘督亢陂前路，一帶山川入剡中。

贈别藍君之任廣州

天地灝灝流元精，誰其翕聚標峥嶸？洪鑪鑄物隨意鑄，豪傑之成要自成。古今巨室費整頓，幾人出力扶八閎。時平非無偉業建，鼇極既正須牢撑。使君堂堂出閩海，壯年盛氣轟談兵。飼鴨小兒亂天紀，佐佑連帥臺灣平。淋漓大筆書東征，將才史才身合并。功成幕府轉韜晦，記室軍諮不署名。名自諸生貢天府，上殿條奏群臣驚。天生我才爲時用，一腔熱血凝丹誠。即今一麾指嶺表，黄堂高映珠江清。珠江人物庶且富，賢守只抱如傷情。岩棲海泊種雖雜，猺人蜑户皆吾氓。土産穇糧未足給，苦向隣省求香秔。勸令春田下穀種，毋貪估利抛農耕。微聞近日米價貴，糶糴或向商船争。常平倉穀覈名實，此事平日勞經營。城狐社鼠跡已斂，要使伏莽消其萌。煩苛姑息兩不着，乃見使君仁且明。使君平生志拔俗，夫豈徒哉五馬榮。便蕃賜物九重下，殷憂一念緣蒼生。我送使君自日下，春風遠道摇雙旌。沈香浦上停官舫，懷古端應酹一觥。

畫　蘭

南陔有舊叢，當春發華滋。何人涉朝露，往循而采之。中廚潔飱膳，玉盤充芳蕤。雖無甘與旨，愛此色養爲。嗟予作遊子，芳塢春風吹。猗彼華與萼，夢想香披披。誰爲寫一叢，一叢抽百思。懷哉束先生，示我補亡詩。

弢甫集卷七

詩七　古今體詩四十一首

謁遠祖御帶公祠

有唐宣廟時，吾祖官御帶。奉使勤民事，瀕海功永賴。逝而爲水神，舲迴砰擊汰。傳芭滿湖江，揚靈九州外。枌榆歸祠堂，子孫永保艾。當年海氛上，賊火中宵會。有赫卓神騅，颯颯摇雲旆。荼火列中田，驚潰紛狼狽。練長實吾考，保聚功亦大。壞壘逢遺老，指點發深嘅。木主配祀宜，涕並椒漿酹。惟考勞用宣，惟祖恩徂賚。松檜動泠風，精爽迥不昧。低空水鶴飛，照夕霞如繪。

奉題族父應侯先生國祥照

先君與翁善，誼如親弟兄。先君歸自杭，翁起笑而迎。兩翁作鄉語，把酒開柴荆。歲喜晚禾熟，蕎麥亦豐盈。語長飲却少，燈至顔已赬。先君墓柏翠，翁淚猶濯纓。步履老矍鑠，藤竹辭扶撐。輩行長一族，以式我後生。小子瞻翁面，不語心怦怦。

奉題族母周孺人照

吾族有賢母，不愧鐫管彤。母賢何所似，古媛少比蹤。叔娣葉孺人實少寡，憐其遘閔凶。助育兩藐孤，恩與所生同。鬻産度荒歲，食貧不芥胸。藐孤長復夭，涕淚仝潺淙。荼蓼與分茹，廚下何雝雝。婉承君子志，友于挽頹風。完貞表叔娣，乃以靡他終。母今獨皤首，殘髩似飛蓬。

題陸莘田先生章垂釣圖

鴛湖有一士，陸姓字紹成名之謨。儒行窮而光，童子欽英名。嗟予至斯晚，不及瞻先生。厥弟戴笠翁，風格亦耆英。典型今稀有，炯若晨星明。蒼蒼葭菼内，一竿垂深泓。釣艇巍不動，秋水照眼清。延緣許我見，緬想笠者兄。

示琢英

翠竹寒生白板門，濱湖煙月影村村。已存畎畝蕭然志，未答君親罔極恩。多病猶難拋筆硯，長貧端不計兒孫。青燈惟汝從吾久，苦覺情多一共論。

葛嶺問仙亭

搴蘿訪仙蹤，半嶺小歇脚。一亭結搆牢，磴石鬼斧削。新泉溜翠壁，如綫四縈絡。瀺瀺昨夜雨，冷匯盈一勺。寂聽湛心魂，塵累已浣却。歷歷湖南山，秋螺寫寥廓。清景易亡逋，夕佳坐而獲。尋山類解牛，得徑奏刀砉。攬翠詎云多，更上勞芒屩。

葛仙庵

冷翠滴巖扃，晝闃迎吠犬。絶境吸湖江，水光滋澮演。杰閣俯層松，細徑幾贏轉。青珉鑱遺影，羽服苔花篆。神仙妙見幾，道風幽可闡。大藥非丹砂，嶺雲日夕卷。營營餐腥腐，對翁意自靦。幽伴約數登，不辭雙足繭。庵有碑，鐫葛翁像。

葛翁丹井

巖凹瑶草青叢叢，忍飢酌泉懷此翁。幾人就照晚鬢白，一掬可濾名心空。玉聲漱落裏湖冷，丹光湧如初日紅。數弓隙地許我借，連夜便縛香茅篷。

初陽臺遺址

奮陟寶雲山，山椒平如蓋。耕雲種瑶草，數畝香晻靄。高臺餘廢礎，登臨發深嘅。萬象等浮漚，寅賓亦蓬艾。寅賓亭在三茅寧壽觀。海底騰金鴉，乾坤撥茫昧。飛甍麗中天，想像壯觀最。落日烘霞嵐，晚風動松檜。未入茶塢遊，煙蕩湖裏外。

净慈上方晚眺

薄晚登上方，竹閣經聲息。西晻漏餘霞，層雲羃如墨。不知東旻空，初地滿月色。蒼林寂無喧，已定暝栖翼。後山松風起，虚濤泠佛國。

雷峰塔下拾得華嚴經石刻數行并序

舊在塔上四圍，吴越王錢俶記，今頽剥盡矣。予所拾數行，書法頗娟逸。

危構壓湖澨，費六百萬緡。尚未慊初志，姑爾標嶙峋。驕彼許元度，彈指成梯旻。落成鐫華嚴，八面嵌青珉。自詡精進幢，合十贊嘆頻。王俶嗣偏伯，財力殫生民。瑶坊出宫監，豈信多寶身？劫火一以飛，金碧成泥塵。剷字盡隊剥，赭標烟空躋。數行瓦叢拾，雨餘盥剔新。書法空娟逸，念之不足珍。顧此片石在，愚誕跡未湮。脂膏作功德，炯鑒諗後人。

慈雲嶺

嶺路朝雨餘，綠艸尚含潤。衝滑先樵登，芒屩類輕儁。湖江二雪練，林岩阻重峻。海雲陡飛烏，剡嶠亂奔駿。秋宇豁蒙密，穎脱淩千仞。颶風捲回潮，鴈沙起圓陣。樹色浄卦塍，陽光灼心印。前功溯涒灘，開鑿厲乃刃。篆名紀月日，摩厓蹟可認。人雄起盗販，江山氣爲振。漠漠寒冥空，决眥一鳥迅。

石佛院

禪寮積幽荒，古壁秋雨濺。天晴沙蚓啼，風勁寒梭戰。佛身鑱蒼厓，新苔綠到面。塗金半剥蝕，圓髻蛛絲轉。傍窺洞門黝，滴溜泠若霰。誰鐫石像記，額篆猶可見。舊篆額有『新建鎮國贊延遐齡石像之記』十二字，文已磨去。彼徒贊佛牙，贋托仁皇撰。白雲汎高空，閒心與游衍。

攜瑑英登湖心亭

奇絶湖心湧數楹，亭成面面俯空明。飛仙凭檻雲中立，攜爾乘槎鏡裏行。壺嶠中央天影倒，瀟湘無際浪花生。今宵皓月堪乘興，懷抱秋高分外清。

謁于忠肅公墓

澶淵震天威，讒者目孤注。豈如土木變，一擲喪革輅。偉哉司馬公，決策安玉步。明年元景泰，順正告踐阼。光擁翠華歸，辱異金繒賂。奇功在社稷，萬禩炳竹素。寂寥南内年，骨肉艱調護。復辟本繇天，名爲奪門誤。冤痛灑碧血，一抔並岳墓。何處踵文成，一哭青山莫。『赤手挽銀河，君自大名垂宇宙；青山埋白骨，我來何處哭英雄』一聯，王文成公所題。

謁文信國公祠

山河水飄絮，何處着公脚？黄冠歸故鄉，反正志猶昨。柴市悲風生，西臺淚波落。于墳隣公祠，正氣共噴薄。

朱節母詹氏

淚血過清晝，簪蒿入暮年。鸞孤虚幌月，虎伏若堂煙。同穴伏虎山。毛裏看猶子，心魂繫所天。旌門知有録，吾友把如椽。括庵有詩。

乙卯録别

惆悵當筵不舉尊，曲房紅燭影昏昏。他時莫把羅衣浣，中有交加别淚痕。

秀州紀別凡舊遊經宿之地雜憶成詠得十五首

雙湖細浪白縱横，殘照西風欲別情。猶有霜黄幾絲柳，不堪攀折送人行。

裴公島上日將低，蝸壁蜿蜒拂舊題。水鳥山禽渾惜別，雲帆欲挂盡情啼。

千个篔簹羃沈庵，故人彌勒記同龕。浮生踪跡萍開合，回首明明月一潭。謂介百。

開落藤花往事空，轉蓬又度幾秋風。虛齋倒影銅官塔，研席猶留塔影中。

奚橋舊舘水雲低，棹泝回汀客意迷。夢裏難忘良讌會，金櫻花釃玉東西。

南船北馬苦間關，人去人來未得閒。思煞生香浮几榻，一宵春雨過瓶山。

客來聽雨過簾櫳，二水瀠洄鎖大虹。苦憶桐川老秋士，黄花催別太匆匆。謂玉巖。

烏篷七尺小浮家，凉夕頻銷蠟炬花。一片秋聲連海角，南湖催散鶺鴒沙。謂静軒弟有元。

春草堂前碧㲪芳，愛他諸謝夢池塘。竭來携得江東弟，也解清吟伴我狂。謂浩賓弟應義。

橘花如霰映書燈，橘子紅酣夢到曾。風起聞湖寒浪湧，愁心亂似雪瀰騰。

畫意詩情在雪蕉，油檽不雨亦瀟瀟。蟬聯石塔浜中語，坐爐銅槃得幾宵？

滮湖一望一魂銷，煙雨迷離舊恨饒。重過當年生訣處，寒波添淚欲成潮。謂徐東美觀。

新霜騾背曉凌兢，五上長安策白藤。却惜球兒小裝束，隨爺飛渡一河冰。

京華煙月伴吟廬，花管分題得意初。齊灑魏塘懷舊淚，更無心賞老尚書。

東西鴻爪偶然留，銀燭光前話舊遊。東馬橋東一揮手，滿川烟月使人愁。

夜渡揚子江

黄昏鳴槈發沙汀，一片江聲入杳冥。京口商帆千疊雪，瓜洲漁火兩三星。浮生跋涉華年逝，往事悲歌涕泗零。常愛金焦照雙眼，此來辜負插天青。

攜浩賓弟及兒子繩球登青培藴真堂有作

何處一爲别，重逢情黯傷。共餘線上血，轉益鬢邊霜。書在孫能讀，吟成老更狂。寒沙有鴻鴈，風急暫迴翔。

寥落京華日，依依一榻親。杯乾勞手勸，裘敝遺僮紉。話舊邗江月，衝寒驛路塵。長征挈兒子，惜别感情真。

郯　城

明星三五照征驂，古道逶迤重過郯。野史有亭空筆禿，晴雲傾蓋與誰談？靈光古殿看猶巋，碣石徵車到此慚。寒樹濛濛春色動，那堪回首望江南。

平原道中大風作

連日暄煖天無風，殘年已覺春融融。今晨陡聞噫氣作，出門掀舞征車篷。僕夫皸瘃出寒涕，烏羊裘敝披蒙戎。茅店稀熬價頓長，小户亦欲傾千鍾。曦輪凌兢不敢上，踟躕弭節扶桑東。塵沙豈止十丈捲，漫空白霧昏濛濛。行離泰岱尚未遠，回頭不見突兀撑青空。且喜前車後車已出險，不愁崎嶇确犖顛頓陂陀中。嗟我車如鷄栖馬如狗，到此意氣猶吐干霄虹。簸揚不畏南箕口，一任南海北海鼓怒聲逢逢。吾生慣遇風伯故相戲，扁舟斷岸相撞舂。横江欲渡不得渡，中宵惡浪翻魚龍。又嘗炎歊六月匹馬衝，火雲烈日天爲紅。漿翻白汗雜垢膩，觸熱那論風雌雄。往者出京洛，飛飈摧倒松柏桐。我行車翻軸亦折，骯髒不肯悲途窮。昨年塊依先人馬鬣封，大海吹裂千艨艟。哀號環護幾封樹，不惜捲我屋上茅三重。况兹五行羸旺有定理，造物例以風鳴冬。所幸前途恰有故人在，投鞭爲我一洗塵埃容。

看球兒躍馬

騰身飛控翠麒麟，肯向青雲拂後塵。却語兒曹休造次，春風緩帶是何人。

孟門處處飽經過，却想英雄海上騾。任汝康莊乘輿去，一鞭超越百陂陀。

河間雪一百韻

皚皚河間雪，令我泣沾袪。問我泣何爲，欲語咽嚨嘝。往在赤奮若，我行向神都。大雪過此間，不知我父徂。我父堂前寢，我身天一隅。我父目不瞑，我足泥中趨。我夢連夜噩，我口寐驚呼。我肉熱以沸，我汗襟背濡。我頭涔涔然，我心割昆吾。彷徨問遠道，燕趙齊魯吴。誰知恨終天，我死有餘辜。父老不能養，父衰不能扶。父病不能侍，父逝不復甦。哀哀父逝日，我弗號庭除。含飯無由視，空生不肖軀。生慙高子羔，死則隨臯魚。無益縗麻服，三年隙過駒。天地識我悲，雪擁前年塗。良友識我悲，爲我減朝餔。從弟識我悲，淚絲迸清矑。門人識我悲，環唁擁我輿。穉兒識我悲，竟日停嬉娱。僕夫識我悲，相顧聲嗟吁。征馬識我悲，跼行三踟躕。我悲何能休，音斷松間墟。攬涕登高原，萬里開輿圖。何方見我父，凝想霜眉鬚。凝想成狂癡，泣血亦已徒。欲從黄泉下，省我父起居。却念老母在，鬢白顔亦癯。常當依膝下，胡爲復馳驅？我父抱醇德，潛光居草廬。至行比曾閔，青竹宜特書。十三喪母氏，無人勑中廚。大父染噎疾，關鬲阻不舒。父爲炊白粲，肥豚與之俱。膏滑進一飯，疾篤終難袪。肉糜與肉汁，手自熬風爐。窮思到羊脂，一匙伺所須。如此四寒暑，精誠繫曦車。終焉抱鐺哭，淚血竟已枯。此宜請於朝，旌揚閭八區。餘生出苦塊，忍痛趨天衢。皇帝新嗣位，孝治媲周虞。覬邀錫類恩，天褒鐫琪玗。我師臨川公，大筆韓歐如。銜哀求表墓，千秋信不誣。何當礲山骨，圓首而方趺。眼前見突兀，丹篆光臨摹。銜寒首北路，微志緣區區。同雲低轉暗，舞片瀰空虛。弭節古衡漳，蒼茫混河渠。出門昧南北，車轍交盤紆。依稀回首顧，故鄉想枌榆。支河合海凍，廣甸連沙鋪。幾尺馬鬣封，一夜皜黃壚。荒寒沁中野，無復温衾幮。回憶土岡卧，壙側茅爲誅。諸生雪涕對，塾舍延春蕪。蓼莪爲之廢，拜奠羅樽壺。我饘粥於是，苴杖經臘膢。晨昏墓門繞，寢門意不殊。前年初負土，穿塋恨齟齬。斷竹復續竹，銜尾群竄逋。去年颶風作，新柏搖根株。號林百迴旋，强立冬榮敷。依墳墳土煖，匪獨歆一盂。別墳墳土孤，曠若定省疎。得毋過野牧，跡踐牸與羭。得毋叢嘯舞，類引貛與狐。況此雰雰下，邱隴形模糊。離離數封樹，重壓寒梢無。年時慟哭地，寸寸滋青膚。今晨淚亦赭，抔土虛沾污。復念我老母，望遠倚門閭。慈母手中線，密密縫我襦。慈母眼中淚，點點滴我裾。正慮此遠遊，霰雪行趑趄。素華被原隰，寒色淒有餘。禽獸號曠野，不辨日已晡。我體劇骯髒，母心憂饑劬。沓沓思僕馬，云何不瘏痛。我年生非弱，四十昨已逾。母愛若嬰孺，梨棗私阿奴。阿奴去眼時，送之踰户樞。雖有弱弟存，顏足承怡愉。顧獨惜阿奴，氣味苦于荼。矧携阿球出，如分掌上珠。短小未勝衣，廼令涉崎嶇。淒淒遊子意，輾轉縈蜘蛛。阿鐘少多病，彳亍憐憃愚。參差小兒女，纔得離呱呱。病婦在牀第，何以奉老姑？仰觀道傍樹，上有孝烏雛。雪中出覓食，歸以奉老烏。覓食亦不遠，歸飛不須臾。氄毛爲蔽覆，煖似貂襜褕。我生不如烏，空名識字夫。我欲竟此曲，此曲悲嗚嗚。泣語爲人子，勿似不孝孤。

弢甫集卷八

詩八　古今體詩三十八首

詠冰二首

蒼茫萬里塞寒光，結得層陰百丈強。大壑生來鍾灝氣，窮冬鍊後具剛腸。心澄象外千秋鑑，齒冷塵寰一盞漿。自是炎天仗調燮，好令茅屋受清涼。

厲斧横侵河伯宫，凌人應候鑿冲冲。品須珍重仝鹽虎，語漫驚奇向夏蟲。六月頑堅成骯髒，千年精白動昭融。怪來心事清如水，熱惱凴教一洗空。

屯田司廨對雨五首

亭午曦輪駐絳天，曹司束帶汗如泉。誰鞭潭底雄龍起，飛送跳珠到檻前。

千門琉瓦瀑飛同，官閣遥連玉宇風。起望溟濛煙霧裏，碧城佳氣轉葱葱。

園陵掌故疊如山，當暑勾稽少得閒。雨灑珠邱雲影濕，蒼梧凝望淚痕斑。

緑槐夾道浄無泥，吏散才聞翠鳥啼。上馬籠鞭迎爽去，西山雨脚半收齊。
瀟瀟對雨省江天，媿脱青簑賣釣船。却愛同曹好吟伴，不妨小隱隱屯田。

病中雜咏八首

凉宵腹疾卧難成，海水真添玉漏聲。一様梧桐梢上月，照來癯骨倍凄清。
秋雨如塵草又芳，近阡渾恐上牛羊。未將誓墓文先就，慚愧當年内史王。
桂醑何因奉玉缸，迢迢歸夢泠秋江。年來銀海無多水，纔一看雲一濕窗。
鼉江縹緲白雲夫玉岩，催逐秋風到九衢。兒女含愁猿鶴怨，却憐羈病得人扶。
尚書秋病小堂清，風砌鬖鬖落馬纓。蘄簟湘簾添客卧，藥鐺香氣掩茶鐺。涂存齋先生天相。
妙贊詼諧未用莊，友人作《中山狼贊》語最奇雋。輸他小筆亦雷硠。若論我齒寒於水，不到中山獵後狼。
侵晨一雨洗炎蒸，午展桃笙瑩似冰。方覷秋窗清夢穩，不知紗幭轉多蠅。
常參怕後禁鵶飛，曉枕驚心慣倒衣。多爲清羸占風調，并齋官馬不教肥。

題夢遊黄山圖

吾愛樂彦輔，説夢何名通。萬境無因夢不到，睠此名山蒼翠心神融。屯田曹長南溪翁，本是天都靈秀之所鍾。當官直氣森噴薄，幽懷忽夢黃山中。黃山攢簇青芙蓉，迴溪深洞寒煙濃。春光澶漫花似海，窅然大化觀鴻濛。撐空老樹妍且雄，繁英千縷黃金容。不知仙葩何名字，但見流蘇瓔珞歷亂垂茸茸。留住一日可當一百日，況有白雲萬頃堪耕穊。吾聞黃帝鍊丹此山中，丹成白日驂飛龍。容成子與浮邱公，從帝仙去凌清風。千秋霜露閟弓劍，橋陵屼起山巃嵸。昨年龍馭升蒼穹，園陵大典心甄綜。鉅細案牘如山崇，退食常過日下舂。烏髭數莖倏已鶴，傳神端藉添毫工。我望龍髯攀不及，曹司晨夕摳趨同。同治龍輴轉碚礧，中夜悲歌泣世宗。却嗤魯鈍無寸功，禮成欲去巢雲松。題詩試此仙郎筆，送我天邊六六峰。

九日感舊簡玉巖

永恨方家峪，奇光萬丈埋。紅萸誰醉把，遺艸未編排。夢寐東臯路，凄凉聖水涯。游蹤不重聚，淚點此頻揩。却想人如菊，曾傾酒似淮。拄藜過古磴，灑墨在荒厓。呼嘯嘉晨引，登臨數子偕。寒風禁裋褐，好月戀荆柴。老死書中蠹，枯黏壁上蝸。儀型虛皀帽，意興失青鞵。雲況離雙岫，塵方冒六街。秋容新病瘦，山景故鄉佳。白鶴歸何日，丹楓落滿堦。鴻罏悲異物，燕邸覓同儕。相與追詩叟，寧惟動旅懷。可憐良讌會，無復舊高齋。

泰陵詩

千官來穰穰，晚出禁城闉。寒焰燈竿接，平沙輦路遵。山鳴移萬騎，霧塞暗三辰。羽衛先排列，宫車晏轉輪。靈旂正前導，大樂只虚陳。祖奠重堦上，兒啼率土濱。紙錢飛似雪，儀馬望如銀。墻翣兼明器，冠裳雜遠人。仍然建黄屋，無復播丹綸。地過雷音杳，天含雨意新。長號聖情戚，備禮睿思勤。中夜追先帝，悲歌屬小臣。龍髯攀不及，日角仰何因。性道親聞妙，恩波下逮頻。分曹居黯黯，展事走踆踆。謚號誠無並，園陵固有神。猶傳哀痛詔，不薙猓獢民。嗣服瞻惟肖，彌留意孰親。宗工寧易秩，廟算合周詢。陟降聯群廟，寅清飭四隣。殷憂念蓬户，善述戴楓宸。初就橋山日，難期鴈海春。馨香升閟殿，英爽在高旻。紫翠熊羆夕，青蕪象鳥晨。松聲空曲轉，霜色草頭匀。雲氣蒼梧遠，清秋淚滿塵。

酬和墨麟醉歌行韻

問奇跡斷眠空壜，誰能索莫潛書龕。春風泱漭踏何處，人海細瑣堆螺蚶。摇鞭直排我友闉，有客先到譁高談。杯前喜我影參入，不須呼月剛成三。小奚揚揚添滁器，凹金彎角窪瘤楠。無事齊拚作牛飲，無功之鄉恣遨探。狂言帀歲肩嚨齶，只緣拱揖簪朝簪。今夕主賓認我輩，驚瀾陡覆滄瀛涵。戇甚汲黯氣不滅，饑死臣朔心猶甘。公孫主父是何物，字涅青史名奚堪。況復齞齞横驕酣，污吻莫洗湘江潭。落筆耻矜賦草就，運籌當使羌苗戡。未怪雄心請脱穎，却嗤名士投空函。朝暮蹴飛軟紅土，馬上虚挹西山嵐。曹司期會若山重，曰旅而進同𧾍𧾍。東閣暄和冰雪薄，官梅半坼香苞含。悵望千秋高韻歇，誰發詩興勞研覃？劇喜故人吟卷積，墨香浮架飼仙蟫。扶輪更得好吟伴，一時大雅雙驔驂。嗟予年來兔管禿，强與此事中懷慚。還輪詩思括奇險，青天萬仞開魚鼉。拓戟可曾邀杜甫，植棹忽復逢劉惔。文章崛奇交磊落，彼已俱覺酸鹹諳。亘古聲光三不朽，狂思籠取何其貪。精神强悍耐盤錯，春帆休颺湖波藍。人豪詎爲富貴縛，夢亦骯髒雄槐邯。推遷難緩羲和馭，出處肯放乾坤擔。禁樹鶯聲已可聽，遑攜斗酒兼雙柑。當筵姑一大酩酊，燈晃髮影青毿毿。薝蔔林中叱撥去，我徑倒榻留花南。

河東崔母少寡奉姑鞠子全貞而殁以其夫之客死于楚也故爲楚聲以哀之

秋蘭兮怨思，幽篁兮淚滋。夫君兮不歸，睇汏寥兮曳靈旂。泛三湘兮歷九疑，魂之來兮何遲。夫君有母兮垂鬢絲，晨飧夕膳兮鮮肥。藐孤三兮均哺之，矢同穴兮終如期。驂霧豹兮雲螭，遨松楸兮長不離。李之子兮嬪于崔，告河東之女兮汝師。

輓朱君

渾沌一以鑿，中央無停機。嬴劉局遞變，懷葛風已微。吾丈古眉髮，不愧儒冠衣。自具榮叟樂，更餘卜子肥。老讀三代書，竹間闔雙扉。游世未盡興，清氣超然歸。吁嗟不可作，攬涕將何依？

馬忠勤公殉節詩

擊賊陳公殞，孤臣遂與俱。承家原裹革，報國竟銜鬚。故事鐫青竹，新碑壓緑蕪。雙忠巍廟在，頑豔動悲吁。

送墨麟分察江南

人生無賢愚，得時斯爲虎。得時或倒行，得時虎亦鼠。張眼盡今古，默默持此語。自非心相知，未肯輕洩與。觥觥吾友氣，盤互起俘浦。十年把麾出，西奭欣安堵。應手摧冰山，大吏莫予侮。新恩整峨冠，分察江南土。江南洵樂土，土風待匡補。古者薙水規，善治存舊譜。子才窄滄溟，誰能量以甒？蹴太行孟門，意已無巖阻。巧拙注瓦金，寓言吾有取。前功不足鳴，後氣更須鼓。還喜親舍近，白雲映江渚。江鮮以時進，耆顔酡緑醑。顧我闊略人，與綰垂垂組。建明在何所，中若春千杵。飢寒最細事，吾意詎遑憮？勞勩分所當，吾體詎知苦？一寸暗遲廻，媿此身空許。瘦骨方剛彊，忍想清溪篙。只念垂白母，無能報鷇乳。燕吳三千里，夢煞斑斕舞。私幸捉子臂，豁達傾肝腑。遊宦自有方，影散春前雨。此後吾獨行，嗟睘睘踽踽。知有一言留，昔人重贈處。

寄備三

觴詠追顛倒，朝霞認夕曛。輕帆先落葉，佳句寄停雲。谷鳥春求友，江鷗早别群。遥天明月夕，何事不思君？

姬人程沈氏守志詩二首

珊枕無多夢，瓊樓黯不春。雙鬢渾白盡，七十四年人。

玉指深閨斷，蛾眉泣主恩。春風尚嗚咽，往事話曾孫。

贈别王近顔 者輔

十年不對面，相見無怍色。相見復相離，慷慨情何極。此意誰足當，實惟君也得。君從天長來，意氣如絃直。風塵目睛射，清濟初相識。同車上京華，傾寫赤胸臆。子誠掇皮真，我亦謝雕飾。才地雖差池，古義同匡飭。諸生上雲陛，器宇見嶷嶷。特詔令海豐，乳字宣臣力。上官攢蟲沙，觸忤怒不測。一官敝屣然，凛凛萬夫特。埃塵遘知己，冠佩親拂拭。寶劍豈終埋，貝錦無停織。勞苦性所甘，馳驅指西域。軍需咄嗟辦，沙磧徧跋涉。氣震塞垣表，奇才破偪側。九重聞英名，快令群喙息。重起牧吾民，曰汝爲汝翼。天地有炎火，專用待螟螣。當其族生時，嘉苗根節食。君如寒潭清，忌者中以墨。忌者自不仁，翻謂召杜刻。浮雲蔽白日，不獨我心惻。連年走甘肅，恐君瘦且黑。堂堂八尺軀，轉覺神充實。下馬作露布，上馬能擊賊。彊項未足奇，奇才老經國。君今往赤縣，求瘼低憑軾。何以恤氓蚩，何以勸稼穡？何以鋤强梁，何以理溝洫？遇民則柔克，遇吏則剛克。君才夙有餘，臨事斷不惑。天下仰望深，吾弗能默默。吾有一寸心，感事意不愜。喉中物難探，微願終抑塞。録録復録録，素飽行自劾。詩人多夸語，自比契與稷。衆論雖不許，忠愛固天植。我仇嫉軟媚，我病犯剛愎。遲迴聖明朝，忍遽北山北。愧無分毫補，洪鑪負陶埴。老母髮垂霜，烏鳥情孔亟。决計采陔蘭，庶用供子職。君爲親民官，利弊耆興革。丈夫輕别離，何者長相憶？古人亦有言，努力崇明德。

和馬君遊西山詩韻六首并序

春杪，馬君以遊西山詩見貽。予愛之而欲和，未果也。比偶小暇，檢步高韻，時則已清秋矣。

宿卧佛寺

馬頭見西山，側想梯其麓。秋嵐澹容與，一道盤林谷。散客遊虚堂，不勞主僧肅。鴨脚幾片黄，鵶翻墮空曲。偃然古先生，苔髻冷蛾緑。感嘆疲津梁，與伴白雲宿。巑岏雨後青，萬象清心目。還聞山窗幽，夕風戛叢竹。

退　谷

秋掃衆峰出，孤雲自在行。谷口足音窅，蒼鶴遥相迎。松泉四山合，回飈擊虚亭。振衣立天表，遠目寒空青。安得築吟室，終焉此巖扃。寮寮懷古逸，千載薜蘿情。

五華寺

湧翠千山疊，淩空一寺開。白蓮秋社裏，烏帽逸人來。風雨孤僧定，元明浩劫催。何當捫絶壁，剗却姓名回。

香山來青軒中

巉巉青不極，來抱此禪扉。衆壑泠秋色，一峰明落暉。白雲空際遠，朱果雨餘稀。遥意桂花發，幽人寒未歸。

曲磴道上洪光寺

盤盤過巖凹，上有青蓮宇。雪留松頂鶴，風磴坐而俯。雲飛嶺樹秋，鳥下齋鐘午。有時窗冥濛，亂灑豆花雨。倏放殘照明，晴嵐五雜組。

法海禪寺

檜柏竦一林，飛梁壓空構。秋雨鳴急淙，丁東水樂奏。滿户白雲生，几榻滃可袖。紛吾祇卧遊，粉壁睨皴岫。夢去西峰曉，煙空露搏鷲。

和馬君病中憶故園梅韻

迢遞別鄉園，支離宿孤帳。是身爲蝴蝶，飛到寒枝上。寒枝絶磵横，數點凌空放。病子千里心，白月助怊悵。何以解清愁，松醪青盎盎。

題謝梅莊濟世首夏軍中學易圖

百年萬事總楸屣，赤肝陡激匪得已。芒芒軫蓋須扶撑，開闢及今幾男子。寰中磊落君其一，匹馬當年穿塞出。恢台纔斷一河冰，凌兢猶凍層空日。尋常蝟縮牛馬毛，軍營六月圍豐貂。材官羽騎若虓虎，到此意氣何由驕。惟君剛耿不動魄，視若等閒茲一役。把來先天後天圖，坐徧西山北山石。聖垂彖繫韋作編，斯文憂患意不刊。我知君憂亦復大于山，勢與杭靄齊巑岏，澆以蒲桃一斛終難寬。問君何所憂？所憂不在飢不在寒，不在七尺埋置塵沙端。亦不在家山萬里雲漫漫，亦不在賊火夜半星攢攢。是時首夏當純乾，一陰欲進方磐桓。快心一夬忽復姤，排之不得空長嘆。春明春樹連天緑，鵷鸞春向臺端復。春雨迷離一片雲，孤臣淚盡蒼梧哭。屈軼神羊安在哉，惠文冠在拂黄埃。賜環湔祓新恩重，詎忍長吟歸去來？况復天門九重蕩蕩開，守關虎豹無疑猜。此時奮舌動天意，斗樞旋轉乾坤廻。君莫謂封狼之皮已寢處，四海蒼生各環堵。憑城怙社者何物？誰其埽清了斯舉，我心惻惻我顔憮。我歌慷慨君試聽，陀羅海遠不足驚。

喜桑伯子寄生至

槐街一雨洗紅塵，十暑相違鬢已銀。白鶴清姿那便老，黄鵝新釀總能醇。秋風先到飛連鴈，玉觀重遊失一人。謂青培。狂興漸因人事減，浩歌却記往年春。

題畫三首

傍水疎林碧一涯，平隄路斷接雲沙。茅亭柱插秋江底，三面高空見浪花。

澄波如雪捲空明，淡抹青煙遠岫横。渾似樟亭秋渡晚，一痕螺翠隔江生。

一泒秋光似水澆，雲根竹屋冷瀟瀟。殊憐芳草重新緑，已過清溪第幾橋。

弢甫集卷九

詩九　古今體詩四十三首

呈張季直元方

當風愧詠伐檀篇，猿鶴荒荒憶惘然。貧裏酸寒僮僕笑，病餘憔悴故人憐。掠陰輕燕來清晝，嘯雨靈椿似去年。屯田司廨有椿一株。迢遞吴天幾千里，夢魂飛繞白雲邊。

題因樹屋圖

在刑部獄中，椒山先生曾居之。友人被繫於此數年，事白後爲此圖。

浩氣何人薄太虚，容城往事汗青書。秋林蕭瑟煩君到，猶有清陰罩若盧。

秋日過周君書齋

出郭鵶始噪，初日開天光。遠烟浮蒼翠，近樹辨青黄。正喜市聲窅，不覺馬跡長。小村見瓦屋，犬護雲木莊。停我訪友車，登君讀書牀。到眼數叢菊，茗碗涵清香。松風吹客語，坐對澹相忘。住處領未竟，僕夫趣奔忙。乃知林居子，其樂未渠央。

寄餘姚趙明府七首

賢者事割雞，亦用牛刀鋋。我爲邑之民，利弊夙所詳。地繁吉貝花，紡布白如霜。沙田雖豐稔，未足經年糧。辛苦舟車運，争糴於隣疆。昨者海波溢，沿海罹其殃。十年培元氣，猶存小痍創。至今父老語，痛泪沾淋浪。我欲罄土音，土音悽且長。侯如弗厭聽，續吟引吾吭。

吾邑地未隘，一十有五都。沿海增塘塹，捍護資良謨。其内百萬頃，水利講灌輸。有湖曰汝仇，蓄洩備所須。首事未深思，誤闢爲菑畬。四十八姓田，承癃愁乾枯。利一害已百，曰咨盈海隅。前年不懲患，復規牟山湖。未斷奸民舌，萬衆立噪呼。厥議幸中寢，驚魂始獲蘇。此實命所繫，弗訾愚民愚。迤邐新湖塘，代役忘飢劬。争此涓滴水，有若甘醍醐。聖主曠蕩恩，山東下詔書。升科有未便，悉除新田租。願主剷湖議，怙恃憐呱呱。豪猾覬開墾，上刑辜有餘。秋冬固堤堰，修築通川涂。前賢立法善，有堰必有夫。美政各修舉，我民有寧居。

何者爲民蠹，鄉曲藏險奸。上司充厮役，勢挾千萬端。詛訟工反覆，黑白恣欺謾。一土有一豪，一豪有一官。里胥黨附之，良善何由安？亦曾經小懲，不改舊肺肝。謂此非元惡，法網遂屢寬。宥此衆螟蝝，我心爲之寒。

國家設官職，大小有專司。煌煌甲令禁，佐貳受民辭。况屬百夫長，弓兵汝所治。太平修武備，濱海添水師。訓練行伍外，何得傍侵爲？窮鄉遠官府，有事趨報之。翼以土奸滑，武斷縱横施。具辭申至縣，曲直欺氓蚩。縱然早寢息，中産無餘貲。事權宜歸一，端在下車時。

篤行先君子，先贈公著孝行，却海寇，臨川李穆堂先生題贈曰：『古之篤行。』奇孝自童時。大父患噎膈，風爐手親炊。肥豚和白粲，持作飯與糜。久之奉肉汁，更爲熬羊脂。密伺胸氣順，徐進一二匙。羊脂又復却，抱鐺血漣洏。康熙甲寅際，海氛晝漫瀰。慷慨集鄉勇，練長公私推。誓師於祖廟，先遠祖仲才公，縣之燭溪人。唐宣宗朝官御帶，奉使海昌。没爲水神，至今子孫環祠而居。先靈默護之。神兵列哨口，寇見驚宵馳。三載始解嚴，隣堡免阽危。至今沙中叟，喃喃喜陳辭。尚欲奉栗主，配食御帶祠。是宜聞九重，褒旌下彤墀。藐孤出草土，上請猶稽遲。雖邀恩綸贈，顧惻祀典遺。治内有先民，跽告明府知。

姚江奔大海，兩潮湧瀺灂。萬山四盤迴，攢簇青嶽嶽。鍾靈産一儒，大道推先覺。遺書壽穹壤，古德完渾璞。肫肫孝感公存齋先生，特筆表實學。故里與荒邱，照耀豐碑卓。徐侯聞之起括庵，山骨任礱斲。想像寒煙墟，秋苔壓斑駁。工成倚明府，道風未云邈。他日祀瞽宗，有待丹榱桷。

客從海鄉來，語侯清且良。窮海得父母，赤子眉開張。今年沙壠熟，有穀堆滿倉。花利復三倍，老幼采擷忙。顧維桑梓私，每飯耿不忘。迢遥聞得所，加餐快中腸。寒宗執本分，秀樸業有常。絶無竿牘飾，耕讀安時康。兩年倚京華，望雲思彷徨。遲須一壓受，清謳寄海鄉。

送徐括庵元肅復之太平兼呈予齋

自古豪傑有本性，錚錚百事雄鬚眉。宇宙相望若傾蓋，徐君磊砢今見之。屈君爲宰履吾浙，牛刀恢恢烹伏雌。此來報最掖庭上，赤子得乳天容怡。尚方賜衣映冰雪，重臨亟慰邦人思。國家升擢樞柄在，國士詎計官崇卑？苦心彌縫復元氣，要使晚近流淳熙。群公委佩自都雅，親民獨恤民寒飢。盛時不作春陵咏，有感亦放華星辭。更喜天台之山含靈姿，琪花翠羽紛葳蕤。千峰鬱盤萬瀑噴，黄岩已過纔坦夷。君治之邑洵清美，田疇澶漫山逶迤。我有故人此司教，以膠投漆誰能離？兩賢希有天作合，邦人有父更有師。吾輩豈肯蝗廩粟，行處繫心於職司。朋友名成指千載，日夕相與陳良規。我未識君憶我友，曾經草屩踏巘巇。窮冬風雪鳥飛絶，獨馳疾赴千里期。我友招君識面大拊掌，謂我衝寒藹足成一奇。噫乎！我膽亦復紅如曦，交無新舊惟取義。不虧論心慷慨一言足，丹雞白犬徒爾爲。感君氣誼堅相持，遂我素願感不訛。我有先師傳實學，河東餘干續以東海陲。亦有孝感公，敬慕題兩碑。亟思巧匠斲山骨，君直任之無然疑。高義奚翅百朋錫，羽翼大道非君誰？乃知文人循吏未足盡，君品偉哉轉俾高名垂。霜風滿郊木葉盡，抗手論别記此時。抗手論别記此時，他年相見添霜髭。

臨川李母吴太夫人輓詩并序

乾隆二年八月十五日，臨川吴太夫人疾終於家。太夫人，吾座主穆堂先生紱之母也。先生時官詹事，奉命祭告夏禹王、明太祖陵，瀕行，奏請歸省。禮成，遄歸。至九月五日抵家，而已無及矣。先生痛飯含之莫親，顧音徽之不沫，譔行略，并洊封。所膺誥敕之辭，先生所爲《御書北堂鶴算扁額記》，諸鉅公所爲壽序文，先生所爲求壽言引，具梓焉。以乞銘誄於當世之蓄道德而能文章者。調元伏而讀之，仰太夫人之德，淑教懿毓。先生爲國朝社稷之臣，文章之伯，奉使歸遲兩旬，竟不及見，益有以觸。調元之心之恫，蓋調元之喪先君，實不及親飯含。子之賢不肖雖殊，其不及一見，抱終天無窮之恨，則一也。先生有輓先君詩，又爲文表先君墓。調元感不朽，非他門下士比。顧魯人無文無能，爲太夫人銘誄，又非賤幼之所敢也。竊爲詩一百十七句，以志哀而并序調元所以詩太夫人之意。其辭曰：

太夫人，李之嬪，吴之子。孝乎孝，生色養，殁哀毁。女有此，男子子，顙有泚。女而女，婦而婦，母而母。内則禮，義方教，寵而有。才子五，一名世，隻無耦。儒門户，筆耒耜，經菑畬。學以成，排金堂，立玉除。外節使，内卿列，身洊居。三仕已，一得喪，屹不動。喉舌奮，眉鬚張，心肝捧。稟母訓，執臣節，荷天寵。帝曰咨，志八旗，汝允釐。帝曰咨，疇詹事，惟汝諧。帝曰咨，館三禮，汝予治。帝曰於，予皇考，陟配天。用昭告，偏群神，肅明禋。惟南鎮，惟金陵，疇告疇。汝往哉，拜稽首，臣有請。臣母老，臣使竣，臣定省。帝曰俞，汝使竣，汝定省。使方竣，馳江艘，水滔滔。秋烏哭，秋月黑，秋風饕。子歸遲，母先逝，搶以號。搶以號，聲未咽，血已滿。幾大耋，不少延，景何短！蒼蒼天，薄薄地，塊黯慘。憶憲廟，揮宸翰，燦琳琅。賜予渥，珍駢羅，出尚方。上北堂，悲不見，涕滂洋。太夫人，中書誥，實三錫。太夫人，子孫曾，珠的皪。鄉賢母，前截髮，後畫荻。鄉先正，陶歐陽，史册光。嶠後起，既事功，又文章。子有是，母之賢，孰與方？歲卿悲，中秋月，淚如水。悲復悲，不一面，旬日耳。魂感傷，作此詩，門下士。

重和馬君遊西山詩韻六首

朱君約遊西山，僕病未能也。伏枕無憀，重和馬君詩韻，用當卧遊。

宿卧佛寺

童齡志獨往，輿發穿林麓。誤褫青荷巾，屐響離空谷。薄寒况中人，風牆草肅肅。緬彼西山西，虛嵐結心曲。一巖覆卧者，秋换空堂緑。因依方竹牀，晝抱孤琴宿。癉我遊山脚，遮我看山目。徒羡籋雲翁，飛捻一枝竹。

退谷

泠徑松葉滑，過澗獨鶴行。谽谺折流泉，磊磊仄石迎。盤登溪竹上，徑造雲中亭。想見雲中人，秋衣隱遥青。惝怳神清洞，緑篆方新扃。神仙縱非虚，狡獪初無情。

五華寺

古棟懸崖置，寒嵐射日開。青黄秋樹雜，今昨故人來。龍氣前峰上，曦車白露催。陂陀吾買得，坐月必千回。

香山來青軒中

自來就寂者，犯冷叩雲扉。下界瀰青氣，東林漏白暉。山高霜信早，天闊鴈聲稀。衆鳥遥憐汝，暝栖蒼葡歸。

曲磴道上洪光寺

蜵緣空翠間，禪關豁天宇。不知乘凌高，忽爾衆山俯。晝林雲爲暝，夜榻月當午。飛瀑一道雪，落葉四山雨。遐哉古善卷，不識腰下組。

法海禪寺

群嵐鋪海濤，霧閣蜃王構。照眼地衣寒，清魄潮音奏。去者盡浮邱，末由挹其袖。白雲終自嬾，微出仍還岫。病枕夢鄉山，湖西翹一鷲。

和馬君秋日有懷西山韻

延望西山佳，胸中有邱壑。雙屐何時蠟，至竟空言託。爽氣開天關，秋風振林薄。圓冰當高空，纖雲了不着。此時峰頭眠，一嘯鸞音作。冷夢結冰雪，清怨聞猿鶴。之子藐姑神，微吟見綽約。悵懷空山花，無人自開落。

送梅莊糧儲湖南四首

亮節重忠孝，二者常難兼。斯言不謂然，血性從闚覘。一腔之所攄，伸天通幽潛。仕可爲親養，請外夫何嫌。塵勞任州縣，臣子心歡恬。皇帝以孝治，盛事史筆拈。不見謝侍御，恩命方新霑。有友愁獨處，風詩稱葛蘞。

葛蘞實蔓生，君行我獨處。欲別三踟躕，豈爲失儔侶？人非麋鹿群，焉用此常聚？却憶未別時，日夕詎聯武？況君遂孝養，外臺良得所。此別歎何爲，深衷鬱如許。問我鬱何爲，迸淚不得語。

得語者外臺，視糧擁鳴騶。視糧良獨難，何術平徵求？可憐辛苦粒，貯之如山舟。是月日夜分，送子於道周。角甬而正概，丁寧王政修。行部粲粲亭，爲酹元道州。爲問邦伯内，得有此人否？盛世無掊克，我心滋懷憂。

懷憂心孔多，反哺我所切。我亦中原烏，反哺何獨缺？我固無處啼，我聲用塞咽。我哺自可反，不哺復何説？翩翩南飛烏，老烏顧怡悦。得食哺老烏，念之我情熱。我歸雖無食，重與老烏别。趣歸苦相依，覓食向風雪。蕩蕩中原天，南天路闊絶。交語立須臾，哺貴白且潔。梅莊《西北域記》云：『軍中烏比中原産者大。啼，亦飛堉斥之。烏乎，烏乎，汝即不能不啼，其俟反哺畢乎？』篇中衍述此意。

九日感舊

吴山頂上醉唫餘，終古荒凉水竹居。海月不浮棼尾盞，洞雲猶護擘窠書。高人自昔躭黄菊，清氣何年散碧虚？恰是秋城風雨後，依稀寒食迴愁予。

病中雜咏八首

愁人時節是清明，露滴松阡夢未成。劇怪紛飛白蝴蝶，翻風學作紙錢輕。

病益思親病益愁，纔教闔眼見霜頭。浮生甲子知餘幾，夢裏分明續一籌。昨夢家母與一籌。

四年三度上京華，蓬鬢新霜故故加。老去名心澹於水，爲看羈宦涉風沙。謂予齋。

南北因依老惠連，十年多難一燈前。重經春草人躭病，何處池塘不可憐？

天涯池館苦多情，漂泊微軀一寄生。多謝春風甦病骨，許教留命聽啼鶯。

却思舊病黯驚魂，草土餘生一縷存。亦有荒沙諸弟子，茅廬風雨坐黄昏。

官曹何惜一人歸，久擬春陔映綵衣。倦枕朦朧剛睡着，連江赤馬去如飛。

支牀瘦骨玉槎枒，煙裊青燈夜正賒。猶有娱人寒食月，紗窗斜影送梨花。

馬文毅公殉節詩

日澹烏金鋪，斕斑碧血重。揚沙文信國，擊笏段司農。真氣千行草，清吟獨秀峰。魂兮招得未，桂嶺墨雲濃。

何履上名世得子簡贈

番番何先輩，陶元淳湯右曾同應舉。一名上京兆，年過半百許。生兒更較遲，同人競致語。長者今長成，少亦隨肩序。問年齊絳老，用以識乃父。出爲六館師，國子賓賓聚。談經煖重席，聲振大昕鼓。兒當傳素業，峍屼諸生伍。標格話龍超，意氣看彪怒。儒林重耆宿，代起光交譜。亦有瞿先生之駿，心貌與俱古。鳳老雛不聞，我心爲一撫。

方　鏡

體製宜圓亦作方，天生本質况純剛。從心鑄就都成矩，正面看來不是墻。豈有虚空翳塵土，免教顛倒着衣裳。誰含兒女團圞意，别映秋眸一瓣光。

寄括庵志感

先師讀易讀且耕，沙田大類圖縱横。空堂默識畫前義，片石涕流門下生。堯夫不擬子雲草，苞蓍迴壓靈芝莖。布衣司空有神契，雙南金比明府情。

别近顔

苦憶蘭陔夢正賒，君恩便許早還家。宦餘轉覺心如水，病起驚看鬢有華。老計久拚成獨往，客途真免問三叉。桃花春水今全漲，亟欲從君借釣槎。

己未歸道河間作

岸谷開生面，風塵失壯顔。憎騰追雪夜，慟哭過河間。鈴鐸天邊騎，松楸夢裏山。征袍慈線在，歸舞戀斑斕。

妖夢當年踐，傷心急景徂。重經黯遊子，百感謝征途。冷棧鳴疲馬，空巢望老烏。何人認題字，來往一踟躕。

遊丁仙洞四首

松潮盤瀉玉虛宫，吹到仙岩藉好風。洞口無人殘月曉，白雲穿透碧玲瓏。

靈窟嵌空宛轉登，題名剛在白雲層。桃笙也是人間物，展向金庭冷似冰。

清名底用注飛仙，無際青山世外緣。獨鶴他年遊不返，杭州城郭故依然。

百年灑落對枰間，數子輸贏亦等閒。比較向平先一着，未須了局便遊山。

弢甫集卷十

詩十　古今體詩二十八首

磨石研

何人割紫雲，一片落吾手。晶瑩豈謂然，貞朴良可取。到處欲汝携，未須體魄厚。磨之斯適用，雖磷亦無咎。礪石自他山，細意礲治久。摩挲輕且堅，試墨光深黝。囊以青氍毹，寶愛等瓊玖。置諸雜佩間，取用在左右。哦詩與注易，寂寞從之叩。他年往空山，相隨許爲友。後賢徵故事，一洗鐵研醜。

秋日玉巖招同渠眉錢坤一載泛長水遊姚園二首

清遊約屢爽，連雨紛如麻。黟雲催解駮，高空漏曦車。招邀屐聲厲，沙逕衝高窪。逃虚不多侶，齊上煙湖槎。風萍漂何所，荒荒一水涯。秋園露白未，雜樹青羅遮。冷響戛檀欒，靈氣皴谽谺。小山團團馥，早桂亦已花。吟訪水周堂，姚尚書園堂名。故基懸秋瓜。浪花漾空碧，澮渰鷗所家。却顧枳笆外，小舠横菰葭。築居水中央，結夢空復賒。溪翁久占此，流憩生咨嗟。選境清難得，葉舟去復廻。朱綦鬱相望，未若荒池臺。生香洩秋氣，流水豳飛埃。梧桐挂我衣，好風徐徐來。雜坐陂下上，黏損新莓苔。最憐割鷲雲，幾片青嵬嵬。東西魚自戲，童兒洗樽罍。移登曉樓上，園中樓名。詄蕩青天開。浮生意沉冥，所得惟此杯。水花出豔靓，村蝶翻黄灰。主客一群鷗，百過無纖猜。長水未遄别，柔櫓尋灣洄。

偕玉巖遊范湖招渠眉作

沿緣少伯湖，空亭一分憩。斯人去渺然，野水澹容裔。高蹤動微吟，清賞招吾契。一老穿林來，翩翩振葛袂。悠然論古心，五湖好津逮。功成意亦偶，不爾亦蟬脱。虹氣散秋空，波光明夕霽。群魚戲萍間，一鴻鳴沙際。歸人影已稀，西風暗凄厲。煙汉有扁舟，吾亦從此逝。

行望皋亭山

朝空翠倚疊，秀絶皋亭山。晴初曉嵐薄，霜後秋林斑。遠松寒冪𡾊，怪石清孱顔。岩巒勢相屬，洩雲交往還。炊煙起磵谷，澹渰縈柴關。老農腰鐮出，貌癯神自閑。嗟余沿廛陌，飛霞邈難攀。興阻瘦筇竹，眼冷青髻鬟。山泉照客鬢，素絲不可删。連山徒曠闊，虛想茅三間。

泊武原

寒色滿平楚，樹頭風葉鳴。仍爲苦吟客，熟識武原城。䲦鴨知天氣，耕漁不世情。廿年塵夢黯，僕僕此浮生。

奉啥墨麟居憂叙别

斯文有同氣，魂夢心相於。訪子苦土中，相視一悲吁。霜風吹練冠，寒色生階蕪。循陔顧賤子，白絳看華趺。采蘭供晨羞，即事良饑劬。風塵憶初面，對映顔敷腴。藻思互推激，高吟動皇都。人事有聚散，一心皦不渝。前年寓蕭寺，滄酒滿眼沽。春風送行蓋，不得長歌呼。側聞知己語，謂我介且孤。頗憶潛夫潛，得保愚公愚。年時素驥過，微霜點吾鬚。平生志獨往，顧養方踟躕。一凌天際峰，未由攬我袪。我袪不足攬，眷眷情有餘。百年幾良覿，所傷非離居。相思輒命駕，有使常寄書。

聞琢英歸自瓜洲

煙艇一爲别，五年駒隙過。清緣失瓜步，退計戀漁蓑。蝸篆心情冷，鴒原涕淚多。故園朋舊在，吟醉意如何。

渡錢江

吴舠狎濤浪，覆没驚昨朝。雨風冷蕭瑟，遊魂不可招。我何旬日中，五汎漸江潮。前渡波湧雪，一葉凫飄飖。柁工捷有神，濟險氣不驕。浮沙今欻漲，去岸二里遥。牛車聲鳴悲，艱於逆水橈。滄田跡信幻，達觀神理超。隔江遠煙白，水光寒泬寥。

渡百官江

沙路兼乾溼，牛蹄雜後先。雲烘千嶺樹，舟漾半江煙。茗椀清瞳注，茅亭倦足便。年光捲飛瀑，催老石厓前。

津夫草堂落成

泠風拂衣返，蓬屋舊所安。了無新修葺，秋雨漏未乾。夫君隱於市，小築當考槃。茅楝搆良固，菜圃闢亦寬。雜花十數種，修竹三兩竿。掃除半畝地，月白留盤桓。無事飽脱粟，老遂憩息歡。酒釃把盃飲，調古横琹彈。缺寄草堂貲，笑我清且寒。爲報濮川逸，哦句嘔心肝。謂陳俯恭梓。

古詩二首

南山共命鳥，並棲寒樹枝。和鳴度陰雨，短翼無差池。結髮爲夫婦，同心百事宜。如何遘迍艱，不共宛轉爲？薄暮出門去，深閨尚未知。隣老傳行跡，舟發河之麋。踽踽無僮僕，苦慮體單羸。侵冬天氣寒，衣薄風凄其。道途親故稀，接對拙言辭。婦人畏多露，路夕無由追。通川有波浪，魂夢遥相隨。早歸免相失，苟幸無渴饑。

昔人別有見，婦言戒勿聽。婦言亦宜擇，槩棄非持平。良人如絃直，世路多欹傾。微聞古賢寓，慎密功乃成。常恐失坦率，警勸懷深情。我言類葑菲，豈謂清且明？顧兹義黽勉，願鑒區區誠。結褵自一夕，百歲同死生。雙棲身婉孌，交勗心合并。省此危苦辭，外患庶不嬰。烏鳶飛下上，江渚波縱横。君行甚激烈，妾心方怔營。

鴈媒

江南有鴈媒，同類專相賊。其初一羈俘，馴養遂見德。看雲不飛去，戀此腥臊食。媚主効小忠，惡性發殘刻。秋風動關塞，吹送連翩翼。就中種類繁，厥族如舊識。孤影翻野田，招邀一何力。舉頭仰嗚呼，情欵吐胸臆。細草藉茸茸，流水浮清湜。四顧闃無人，伴侣堪遊息。連群碧霄下，翔集意頗得。稻粱恣俯啄，接翅歡何極。誰知平碧中，禍機藏不測。其上鋪青蕪，其下布罝罭。旁穴暗偵伺，羅者巧伏匿。衆客昧周防，黠主離此域。卒然駭土崩，掩取曳徽纆。趙卒紛蹂躪，秦坑亂填塞。一網舉無遺，毒甚弋人弋。策功頗自矜，賣之無怍色。耳餘並宵小，禄産本奸慝。凶終堪齒冷，誘殺豈心惻？詎如行序親，密計肆羅織。之蟲又何知，隸也實鬼蜮。役使作機詐，聞見罔不盡。吁嗟南飛影，春來幾行北。莓苔菰米叢，未便認樂國。水户畜一媒，價且百金直。我欲取而烹，偷風庶一革。

西齋暮懷

空齋神魄清，風雨驚飍飍。徐起闢前牖，墻蕪餘落日。淅瀝鳴枯枝，摧飛抵箭疾。尚有長椶蕉，離披響瑟瑟。寒蛩語不豪，牀下低啾唧。歲暮繁霜零，草木齊結實。勞人百慮煎，堅匪金石質。暝色到眼蒼，冬氣侵肌凓。去景明朱霞，來程暗黟漆。有帳雍門彈，無益金丹術。高鴻杳南翔，微月炯西出。翳燈照孤影，惆悵此擁膝。

蘭陔堂詠懷

遠出不得養，皤然歸蘭陔。蘭陔雖有蘭，蕭颯寒風吹。朝采不滿掬，暮采存霜荄。羞饍未足供，循陔空爾爲。入門顧老母，顔衰髮皚皚。窮冬闕甘旨，頤養將何資？母俯謂阿奴，清貧故自佳。汝安固窮節，我心爲之開。東家羅鼎烹，難叩所從來。未如此菽水，潔白無疑猜。怡然對童孫，書聲出茅齋。齋前林鳥下，五步三徘徊。意似營返哺，覓食來空堦。感念此微鳥，瓶罄同情懷。分以一握粟，啣啄毋遲回。秋禾四方登，我甑匪難炊。茅容亦何人，默愧祇自知。

杭州府學舍後發地得表忠觀斷碑二片爲作長歌

杭州學廨土花碧，博士閒園數弓闢。園丁舉鍤鐵錚鳴，忽得崚嶒兩叚石。是石肇勒元豐年，淋漓玉局揮修椽。新宫之前贔屓，礱來山骨四片堅。何年轉徙頖池側，缺嚙地底埋荒煙。其一左方綴小字，神物重摹存欵識。懸知波磔歷紅羊，斷文零落前塵事。只今新廟枕湖湄，舊觀典型森位置。穹碑完好字較肥，此本神明迥遒異。亦知傳刻各不同，古本未可追元豐。穠纖態度辨苗髮，老眼不受塵沙蒙。坡公論書左瘦硬，翻謂杜陵評未公。試觀此本却骨立，意所不期神爲通。我感斯文顏一憮，五代十國喧戰鼓。石鏡鄉前起異人，堂堂開門作節度。電掃羅平無剩聲，猶發濤頭萬枝弩。錦衣大樹秋忽零，券鐵一方浩無主。殘碑出土省遺聞，望之疑帶龍山雲。安得岐陽獵碣十，盡使排列光氤氲。

殘　菊

園卉跡如掃，猶餘一叢菊。凄風動深寒，淡煙羃幽獨。窺籬凍蝶稀，經砌踆烏速。半乾數枝葉，不敢苔蕪緑。孤露迴照空，摧頹耿拔俗。任受嚴霜零，却謝塗泥辱。夕英雜蔫鮮，欲采不盈掬。忍效靈均餐，留伴清心目。

省先君墓

孤墳鬱岧嶤，遠目辨處所。心先步屧到，奔飛沿柱渚。藉草悽拜起，冥冥若我撫。生存反必面，凝想涕如雨。周遭視元堂，疚心竄狐鼠。經營憶泣血，躬負此抔土。緣何舍之去，頻年闊羈旅。遂令城社蹤，月黑恣嘯舞。柏樹手所栽，柏子已如許。霜枝蒼翠蟠，倏更七寒暑。幾節親祭掃，沾灑捧雕俎。港西望高曾，塘北望妣祖。荒荒煙氣白，咫尺先靈聚。茲辰一展省，家廟陳椒醑。冬祀得及時，齋宿隨諸父。結念邱壠間，環護情延佇。誓將挈家返，傍林結茅宇。四時繞童穉，永爲薦馨主。旦晚兒南旋，痛苦識此語。日落千盤迴，暝色起平楚。

先君墓柏

群柏初種時，根梢僅三尺。今茲繞墓圓，鬱鬱蟠空碧。挺拔過人長，張王嫌土窄。凝然後凋姿，豈懼霜霰迫？得地靄峭崒，佳氣騰日夕。已見翠實繁，欑蔟滿枝格。一枝屼孤高，日月光相射。車蓋擁童童，正中照幽宅。其餘環左右，磊砢具骨骼。朱霞映文章，寒雨流膏液。蓊蔚仰生成，陰森棲魂魄。往者海鵬風，萬木齊顛坼。我時抱林號，偃蹇幸脱厄。風詩咏蔽芾，遺民猶愛惜。緬懷嘉樹傳，咨賞存故跡。矧此宰木重，永永麕無斁。毋俾樵牧傷，實惟子孫責。從此榦千尋，貞堅等鐵石。漬淚昔手栽，壅土哀思積。補植向祖塋，瞻望情脈脈。昂霄互崢嶸，寒通煙霧白。峨峨臨川公，墓表撰輝赫。椽筆灑千言，字字同珙璧。鐫摹待國工，斲珉博且碩。翠趺蹲前林，一徑墓道闢。經營見兀突，庶幾我心懌。踟躕立斜陽，蒙羃飛仙鼯。辭歸屢回首，阡隴暮雲隔。

夜　雨

夜長不能寐，矗點打瓦閣。檐溜乍瀉奔，洶助風聲惡。空窗清入心，孤衾冷到脚。醒醒酒力過，睒睒燈花落。癡僮鼓雷鼾，荒村斷寒柝。然疑省去留，是非悟今昨。初服仍奔馳，故鄉轉漂泊。愁當晏歲逼，事豈常情度？麥畦忽萸滋，蕉塢增蕭索。物態固難齊，霶霈任冥漠。

雨不止

元雲深墨凝，跳珠散平陸。寒氣羃朝昏，濁流漲山谷。已聞壞堤堰，實恐壓墻屋。稻畦雖大稔，甕牖豈俱足？無食飢腸鳴，無衣凍破肉。對此蒼茫天，誰復哀煢獨？清池亂芳艸，空陂倒叢竹。汀鴻瞑嘹唳，沙鷺冷拳踻。高舘闔牕櫺，長烟裊燈燭。我量稱小户，怪底費醽醁。點滴入宵聲，枕上聽琴筑。

霰

信宿苦連綿，猶未斷雨脚。薄暮急霰零，欻爾響膈膊。迅厲先聲馳，颯爽快陣斫。中間雜霢霰，容與覺小却。飄風聒烈烈，後勁更陡作。瓦溝瞰鏄投，墻背横空掠。撲衣未覺繁，着面一何惡。窮陰亘遠天，祁寒入深幕。知幾泝曩哲，雨雪旋錯寞。天地歲峥嶸，江山勢遼廓。振我敝緼袍，借君新煖閣。萬事吾弗知，一壺早已涸。

大風

大塊積寒噫，動地發驚飈。中宵浩呼洶，巨靈亂砰磕。乾冷過雪霜，銛利甚箭筈。村翁煨榾柮，村婦紉毛褐。元冥候未知，迍賤氣已活。我生志清曠，快意事沙汰。萬籟有時鳴，一氣不可遏。既濟虚唱喁，不平互推奪。結衣手忽龜，出户耳直割。頗疑海水冰，詎怪山木拔？扶桑不倒拆，奩啟紅鞢鞨。

題汪憲章先生最遺照

崎嶇萬山巔，一官落戎僰。其俗好鬬很，抹額辦掎掊。公乃使之冠，揖讓頓修飭。至今昆明傍，故老思遺德。閨門儼朝典，古訓是法式。一子生崛奇，世系增輝色。嘉醴出氿泉，靈源不可測。

贈沈君

槐街塵夢省奔忙，水竹清緣問故鄉。底用空尊憂北海，故應割肉壯東方。小窗掃蠹兒能辨，大手屠龍老未忘。同是韓公門下士，江山鴻筆話潮陽。

雪後訪人

自緣訪戴未迴舟，清興端應並子猷。噩夢初醒千日酒，奇觀須上一層樓。誰能坏户成高卧，試與凌虚作勝遊。赤日西來寒照耀，相將豪咏到東頭。

臨江哭爲括庵

臨江哭，哭何人？海内知己晨之星，一星飛墮東海湣。光芒飄忽流天垠，元穹氣薄黯零落，九原之底明焞焞。壯君虎步出金陵，同時奇雋實嚮臻。鶴洲博士氣噴薄，相與豁達開心神。不愁位壓百僚底，乘時謁帝攄經綸。眼前萬輩盡脱略，登高遠呼心所親。今時然諾徒紛紛，千春歇絶雷與陳。千春不絶雷與陳，鶴洲與我交結真，君欲參之意何勤。素心得數幾晨夕，以膠投漆無舊新。君今長夜不復晨，此意千劫難沉湮。秣陵之書吾未報，洪河注淚波滃淪。丈夫挺挺八尺身，上佐堯舜活我民。自許契稷匪夸誕，肯與齪齪爲等倫？不爾鴻濛縱獨步，神物并隱黄金鱗。一夕蓋棺歘已了，冤恚欲訴於蒼旻。昨者青門攬衣巾，轟談入夜寒生春。金鞭拂雪未忍别，長歌激越驚衆賓。擬添霜髭續相見，山窗剪燭當頻頻。百年談笑杳莫再，數莖病髮空如銀。大江茫茫煙霧昏，群靈如雨回江濱。魂來魂去騎游雲，我欲攀雲邈無因。文章小技勞許與，當時把作瓊瑰珍。作詩哭君君應聞，更作驢鳴送君去，壤蟲盤繞區中塵。

弢甫集卷十一

詩十一　古今體詩二十五首

庚申開歲五日邀玉巖備三集蘭陔堂用陶詩作起句

開歲倏五日，霽雪飄平林。開我藝蘭徑，惠然來素心。一二童時交，鬢變欣盍簪。當時釣遊處，煙蕪不可尋。以兹生百慨，匏尊勸齊斟。勿云此酒薄，風味良清深。不見膠與漆，多化辰與參。夔曠大合樂，塤篪難爲音。徵願矢獨往，異夢而同衾。得知此林廬，復幾聞春禽。眼前其一醉，敝屣千黄金。

陳情詩上盧公并序

獻歲發春宜聽鼓，應官而去；上堂拜慶仍作歌，將母而來。都緣離裹之情，乞達由中之請。伏念調元生於白屋，乳係母之躬親；呱矣黄頭，病依母之懷抱。邐迤沉緜者三載，涕洟拊畜之千方。竟日忘餐，綴心肝於文褓；靡神不禱，泥首額於閨幃。行則扶牀，惜伶俜之在眼；

立而束髮，積憂悖以成身。洎乎就傅而還，苦作餦餭之計；間或廢書而泣，莫爲甘旨之謀。本僑寓之衣冠，又凋零乎親友。浮名蹭蹬，舊業蕭條。百凡家緒之艱辛，並累庭闈之顧慮。抑猶泝深恩於罔極，實有爲中壼之所難。憶康熙攝提單閼之交，值吾浙饑饉流離之歲。時先贈公客遊於外，唯我太君代匱於家，了無儋石之儲，以備饔飧之給。斯時也，二百緡而營斗粟，道傍餓者駢闐；七八口之聚蝸廬，膝下丱兮婉孌。有緜作布，有布作襦，慈線留手中之跡；無虀食鹽，無鹽食淡，齋廚乏釜底之羹。嘗總持數片之麻，曰盡此則晨炊可得；遂聽徹五更之漏，至癯然而假寐不遑。把釧拆花鈿，日糴太倉之米；牽蘿補茅屋，不資鄰壁之光。記阿奴方在成童，嗟吾母勤於教子。青熒燈火，鬖髿之鬌影常依；稠疊書籤，鴉軋之機聲相錯。窗前雪滿，初不知寒；缸内煙銷，眂而報曙。攜予季于堂下，望吾父兮天涯。此生我劬勞，從未有如吾母之顧復，而食貧辛苦，亦未有如吾母之備嘗者也。既而馬首塵紅，大有四方之志；嶺頭雲白，空含千里之悽。京洛十年，蓬飄不定；斑衣五彩，夢想無因。倉皇别我高堂，僥倖成兹一第。方喜近長安之日，已悲隕少微之星。篋有征衫，點點猶存血淚；庭餘寸草，依依只向春暉。恨莫挽於終天，情倍殷於愛日。捫疚心而承顔不出，稟慈訓而結綬以從。豈敢棲遲，勉圖報効。隨班趨走，希毫髮之裨朝廷；秉燭勾稽，遇山陵之成典禮。濫廁含香之署，罪恐積之如邱；偶吟陟屺之詩，心已惄焉若擣。瓜期甫滿，荷服思旋。詣大府以訴私情，謂母年之已老；叨名卿之加温語，指禄養之可迎。留我備員，數四懇辭而不獲；馳章入奏，九重制可之方宣。維時昧死以聞，遂有省親之乞。廼諸大臣群驚其冒瀆，惟聖天子特予以矜憐。既授之官，又給之假。此如天之聖德，澤沛同春；而結草之臣心，涕零如雨。忍半通之遽解，請四月以爲期。豈其誓王墓以中留，實欲奉潘輿而北上。其如仰瞻慈鬢，既無一寸之不絲；近侍寢門，焉得三冬之勿藥？赴部而心驚魂夢，勢恐誤公；倚牀而耳聽呻吟，情難去膝。况對支離之弱弟，例宜終養之有人。已感移咨，不圖封駁。顧吾母自去秋以後，衰同雪裏之萱；念老年有夙疾之嬰，懼比風中之燭。夫雲飛北闕，戀戀者，臣甫之心期；而日薄西山，奄奄者，母劉之氣息。惟聖朝以孝治，憫臣子之烏私。蘄俯察乎微忱，用仰干乎大德。慨焉具疏，邀破格之恩憐；泫矣銘心，甚磨崖之感鏤。俾得維持湯藥，調護晨昏，深被陽和，漸蘇寒喘。荷皇上鴻鈞之再造，沐明公大惠之頻施。衰齡多一日之延，賤子沕千秋之感。仁人孝子，原素涵錫類之思；知己感恩，更代進陳情之表。三代同朝鼎盛，祝公爲楓陛之元臣；百年就養春多，許我作蘭陔之孺子。

宫漏曾依畫省聽，早傳御輦向慈寧。春暉煖暎週寰宇，温詔親啣重六經。開府推恩承孝治，循陔乞養仰皇扃。雪消鈴閣無私謁，話到陳情眼最青。

湖南人家有玉蘭一株高數丈偕玉巖往觀花蘂稀疎纔放邀仝作

路轉黄妃塔，芳艸平如研。數折邇荒垣，瓊樹抗風榭。隔簷望眼明，皚蘂一枝亞。之子宛高邱，就見泝精舍。霏微三素雲，神光自縞夜。璐珮遥目成，珊珊遲未下。似厭雪瀰空，疎朵翻蘊藉。遊逢汗漫春，孰若清香乍？數蘂馥晴煙，詎爲鮑所化？欲知山家盆，紅泉挹新醡。醉吸窅無言，芳氣空尊瀉。明春緑波生，扁舟省斷汊。

謝盧公即請旌先君詩并序

竊惟春秋名例，最難邀特筆之榮；左右服勤，總莫報劬勞之德。遄辭盛典，此意已鐫心版之中；旋發幽光，一言敢進閤鈐之下。日者循陔乞養，含情仰瀆清威；因而來諗作歌，封事乞通宸聽。得蒙許諾，願已遂乎斑衣；聿賜稱揚，德更昭乎彤管。是母是子蒙給四字額，方驚顧乎衮褒；有君有臣，並根原乎孝治。在老母寒閨辛苦，事足千秋；在小子没齒感御，情餘載拜。猶飭查夫事實，將上請乎恩華。樹之風聲，封之石窌，竟勤惓而至此，轉鏤戢以何窮。雖例有未符，敬請收回成命；而心乎獨寫，已經叨被洪鈞。況乎道左喧騰，不數門標通德；楣間輝映，何殊臺築懷清。必徵諸天下後世而有聞；斯酬我知己感恩而不忝。母歎然曰：『老婦何足以當之？兒勉旃哉！』明公之教，在是矣。原夫生當盛世，沐浴清化者有年；回憶前人，諷詠遺言於在昔。顧汝躬爲陋質，希抗志於古人。臣壯矣而百無能，忍自隳其硜硜之微節？古何者爲三不朽，寧虚擲夫冉冉之流光。豈曰能賢，當思爲孝子名臣之後；如其不類，曷以對大人君子之前？吾年在桑榆，意祇期於同穴；汝品爲瓦缶，恧莫答乎知音。無廢先人，庶以畢庭前教子之願；便爲佳士，乃不傷閤下知人之明。人亦有言，母以子貴；吾爲此懼，名者實賓。豈備官未之聞耶？亦奉令可無罪耳。是固然矣，抑有愴焉。今夫蘅蘭之香，久而彌烈；忠孝之節，誠則必形。蓋吾之食貧習苦不足言，若考之積德累仁何可泯。念藁砧之樹立，偉節有三；聞戚黨之追思，令名不一。肉粥養親，一也；團練感神，二也；醫活千人，廉辭一介，三也。其他美行，未及屢書。即此大端，足憑公論。今者都人士，奉恩詔而請旌；恭惟大中丞，采輿評而入告。此其時矣，可無言與？夫字灑如椽，愧榮光之下賁；聲傳通國，悲潛德之久湮。豈敢干之以私，亦云道乎其實。天旌有待，由汝名節之弗光；父善未彰，養我鼎鋓而猶鬱。母言如此，知不孝之罪通於天；公意見憐，仰至仁之心錫爾類。母子相依爲命，聲與淚俱；松楸載錫之光，恩隨春至。是用備陳三德，于焉瞻戴二天。嗟我先君，童齡喪母。時大父病嬰反胃，我先君痛若椎心。火爇風爐，所熬者肉糜、肉汁；藥虛金匕，侍寢于四年、五年。窮思蘄進乎羊脂，篤疾莫延乎烏哺。抱鐺一哭，喉塞無聲；搶地連朝，神昏不食。卧倚廬而血漬，見食器則兒啼。鄰家盡廢相春，弔客聚觀流涕。此則先君之至性也。若耿逆之蠭午，爲康熙之甲寅。舊籍姚江，爭防海寇。衆共推爲練長，爰申誓於祖祠。維我始祖，字曰仲才。在唐宣宗官爲御帶，有黎陽郡王之封號，爲海濱黔庶所欽瞻。一夕戒嚴，寇兵欲上。交衢燀赫，儀馬紛陳。儼袍帶以遥臨，煒金燈之四照。彼師其遁，吾土以寧。鄰堡數千家，炊煙相望；潮塘百餘里，徒御不驚。胡能被此神庥？斯實得之誠感。三年竣事，當途識其能軍；一棹薄遊，長揖何曾受爵？此則先君之膚公也。錢塘僑寓，遂爾誅茅；秦緩能醫，却非賣藥。療人間之奇疾，妙比洞垣；麾户外之豐貲，義疎金穴。病者若迎夫春氣，謝之莫取乎秋毫。所以年幾八袠而考終，群哭立雨中而不去；紼執千人而會葬，遠送過江上以如歸。此則先君之仁德也。蓋源皆出於不匱，恩則見其善推。孝之至而神乃通，心苟存而人以濟。故鄉父老，欲配栗主於先祠；開府徽猷，求達楓宸之奏牘。今上宫廷侍養，鴻慈普被春暉；先臣草莽遺賢，隱德宜邀綽楔。肅然起敬，生前蒙潁水之式廬學使劉公凡；信而有徵，殁後得臨川之表墓少司農李公紱。六詩三筆，千載一時。惟公能闡幽表微，則史且揚芳流藻。先御帶威靈遍寰宇，西湖曲奏神絃；先府君魂氣薄層霄，東海家聞尸祝。自可察鄉人之議，原非盜處士之聲。雖貤贈已沐覃恩，而褒旌未膺祀典。皇天后土，鑒先子之平生；夜鶴曉猿，望聖朝之恩澤。伏惟閣下移孝作忠，立身行道，久深仰望，絶少因依。已見艸廬之間，高懸華采；并期先子以下，咸拜隆施。不惟存没均沾，抑亦神人胥悦。其事則懸于煌煌節度，其恩則戴于世世子孫。敢竭誠以疏引，雖鈍筆其能已乎？謂有作以伸懷，則巴人有深愧矣。

春滿斑衣百感生，慈闈老眼乍增明。大書已見懸垂露，特疏還蕲奏抱鐺。歸鶴待盤華表影，啼烏不斷故園聲。松岡雪涕龍章下，光照中丞萬古情。

沈烈婦汪氏

妾有夫，向黄壚，夫行弗亟妾與俱。觸棺絶粒未許徂，一杯之滷妾所須。妾身分明拜舅姑，同牢而食數月餘。堂前有叔娣，膝下無藐孤。妾可以死無踟躕，未能代養語嗚嗚。血濃墨淡留妾書，妾今逝矣從吾夫。

春日渡江用高青邱渡浙江宿西興民家韻

捩柂春湍豪，雲陰黯將夕。中流如汎鳧，煙樹辨江驛。既濟爭牛車，案衍浮沙積。邅迴時使然，浩歌聊取適。輿竹掠荒亭，駕空閣雙石。近覿過江山，揖翠欣即席。忘形面層青，未用區主客。颯颯雨沾衣，暮靄江城隔。

晚發西興用青邱早過蕭山歷白鶴柯亭諸郵韻

泛舸出溪墅，遠浦漁榔鳴。離離江樹暝，滬火疎星明。榜人暗招呼，一艫穿孤城。市樓夾春水，中通往來行。居人暮沉湎，雪釀流泉傾。湘湖田溜急，落塘響波聲。隔岸相應啼，沙禽不知名。冷堠乍聞柝，深宵報水程。江寒客篷溼，雲薄村月晴。家山入夢遠，荒雞到耳清。滉瀁汀路外，漠漠墟烟平。

夜過錢清用青邱次錢清謁劉寵廟韻

宵霽江光白，微瀾漾汀口。越人善操舟，衝鷺孤篷走。連罾驚撥剌，蘆屋語漁叟。芳洲春浪滿，鵁鶄愁雨久。峭寒動客枕，惜盡壺中酒。暗知墟井過，緣岸吠村狗。

曉次越州用青邱登蓬萊閣望雲門秦望諸山韻

春山未肯晴，溼煙颭樹杪。船頭散疎雨，江城初破曉。層空壞重雲，兀立塔勢矯。草芳雉雉多，水滿浮鷺小。東風氣力勁，帆疾過飛鳥。朝色曖千巖，奇秀當門繞。鏡光溢百里，一片青未了。禊亭人語空，樵徑仙蹤杳。在處作清遊，孤鴻漾天表。

雨望夏蓋湖

湖面晝濛濛，雨脚挂天半。墨蒸夏蓋雲，散作白汗漫。崩浪蹴神魚，荒陂叫飢鸛。芳草渚田生，界水平如案。圍空漲春嵐，入海青不斷。萍翳繪此圖，推篷納奇觀。孤舟逆風吹，篙力破湍悍。松巖趁驛亭，煙中人語亂。

五夫舟行

汀塢寫水竹，海鶴巢雲松。石橋空波偃，活泉沸淙淙。衣簑水田立，毋乃谷口農。行舟一犬吠，岸斷煙溪重。古虬滴春雨，唐荒失秦蹤。殘花黏去棹，清景沿緣逢。罨畫澹相屬，層嵐秀前峰。

望獅山

好山如舊識，對我放遥青。迤邐緩撥棹，佳處當迴汀。太初自一氣，偶結青猊形。豈伊費摶鑿，妙冶歸空冥。東偏峰勢轉，春煙發秀靈。超忽變態屢，天錦開雲屏。故鄉依海曲，此路夙所經。漆髪映山翠，倏已抽星星。惟餘霞外思，一見塵眼醒。

宿田家

信意緣春源，不覺煙塍晚。茅茨生客留，沽酒廻墟阪。新月静荆扉，寒花縞沙堰。夜半漏鄰燈，童起看牛飯。

津夫畫梅

疎花看若空，怪底暗香發。誰與伴孤清，青天一明月。

夢先君二首

已孤眇何怙，舊庭悽獨倚。寰區走易遍，曷由追杖履？中宵忽夢見，疾趨前拜跪。宛愬平昔居，蒼顔顧而喜。骨肉紛在旁，歡若初歸里。真畏復却去，凝矑私注視。堂隅藹晴暉，轉照烏皮几。乾坤有此境，倚着休更徙。胡爲不少延，承顔片刻耳。涕零呼我父，月白窗鳴紙。我父棄我去，驚呼杳何益。微生贅人間，此夢得幾夕。悲來詎有涯，歡逝了無跡。空號霜柏林，白日撫窀穸。陰寒承淚地，生艸宛血赤。永懷邱墓鄉，暫至影如客。旅泊江城限，欲歸乏長策。哀頽念老母，顔鬢失光澤。足知繞膝歡，奈此屢空迫。輾轉至明發，哀疢難塞責。

贈友

頗盡新知樂，還含舊國情。園廬忘主客，尊酒話平生。書閣連雲曉，江城帶雪晴。相將春塢坐，百遍聽流鶯。

寒食哭浩賓弟

春艸叢生雨似煙，池塘寒食淚涓涓。東樓得續連枝夢，也當今生未了緣。

泛舟出長泠港

漠漠洲渚迷，沙禽叫相屬。舟人昧川涂，别汊誤已數。儃佪出前浦，沿源凡幾曲。煙樹兩厓分，春江雨中緑。滮滮陂塘水，噴飛漱鳴玉。二麥際天青，萬頃漾遐矚。故鄉去遲遲，幽思紛綸觸。欲攜阿鐘歸，耕稼安土俗。

次錢清謁劉公廟和青邱韻

日斜雨工散，高臺矗港口。簫鼓蕩春波，舟夾群龍走。是日龍舟四集。揚靈裊風旂，水祠集村叟。萬古投錢瀨，清風吹永久。四面秧田青，羅拜陳豚酒。我亦郡遺民，釃奠臨芻狗。

舟過白鶴浦望山

遠山紆畫屏，近山修眉嫵。巖腰十數松，羅羅青可數。瘦石鼠尾皴，巉峭入畫譜。是時晚晴初，翠潤過春雨。返景漏層雲，灼崖紅一縷。俄而夕烟蒸，白漫氣騰釜。棧空秀靄連，赭龕海門户。輸與垂綸翁，柳下闘釣浦。

謁林處士墓二首

水窟青嶼孤，未許他山近。煙坡勢坦迤，單峙含秀韻。冷落幾樹梅，無人徧存問。荒亭簷瓦墜，秋苔污雀糞。遶巖陰磵凹，濱湖古木僨。平淺一阿邱，天豈于我靳？聚菰以爲粻，采菊以置醞。竺西廬未結，雲眠亦隨分。

吾愛王子衡，遠哀少谷逝。李諮葬和靖，衣緦爲出涕。高舉映穹壤，是豈攀聲勢？誰穿薦菊泉，水仙配殊賚。從享許由傍，曠典須特制。日夕半煙墟，霜柏滿風砌。縞衣去不還，湖山自清霽。起語六一翁，寂寥詎無繼？

明宜城邱公闔門殉節詩

嗚呼崇正末，國事壞不支。宜城登政府，僅得一月期。玉殿寸寸蠹，犯手將奚施？大盜煽荆襄，長驅風火馳。佀侃防禦計，收燼猶可爲。收燼竟莫爲，家國隨煙煤。黄沙陷白日，烈骨争灰飛。讀史探禍本，嘅弔紛涕洟。當時夫己氏，奉之保傅師。元辰大朝會，冕旒欲拜之。思陵亦英明，枋用乃不疑。千秋東閣疏，空空存其辭。

簡郡使君

秋來天氣佳，梧桐滴疎雨。雨歇白雲流，澹沲如垂縷。拄頰對青山，雙臚冷天宇。焦尾時一彈，清聲出環堵。逶迤御板輿，小園退殘暑。公等翊昇平，色養叨我許。晨昏戀蘭陔，未愛入州府。况思古之人，曰澹臺子羽。

下户銖兩貲，老幼實係命。貧民生愈微，富民爲之浚。哀哀彼氓蚩，公庭心膽震。笞榜畏及身，含詞不敢竟。一夫或失所，仁者引爲病。猗歟良牧夫，庶獄惟其慎。我念屬蒼生，風謡扇隆盛。惻惻使君心，上答堯舜聖。

弢甫集卷十二

詩十二　古今體詩三十九首

泛小舟赴湖南草堂

出郭塵事屏，巾舄野航受。澄湖千頃水，一洗多生垢。雲巒照眼明，萬象俱芻狗。夙齡愛巖棲，真境落吾手。輟棹鶴渚灣，吟屋垂深柳。琴書位置便，况有盈樽酒。商量伐竹樹，看山開户牖。大夢寓槐安，小隱訪谷口。却詢釣魚舟，路似花源否？

壑　庵

嶄巖白雲堆，幽壑神所闢。一庵撫有之，淙峥逗靈跡。梧竹雨瀟瀟，疎響破澄碧。空廊俯瓏玲，谺竇驚崩剨。坦邐地半弓，窪尊可觴客。清水一霞生，坐對芙蓉夕。

幽居洞

詰曲上陰陂，巖穴殊窈窕。雨歇散流雲，人稀下飛鳥。石牀滴寒淙，青溼苔錢小。幽人意徐于，斜陽類清曉。仙鼠掠虚岑，泠風戛叢篠。宴坐聽遥鐘，心與谷音窅。

南山亭

湖山夕景佳，兹亭領其要。西塢起生煙，東峰餘落照。遥嵐如海波，澒洞浮仙嶠。葉葉釣篷歸，掃鏡延清眺。緑樹抱重扃，凉風動虚竅。竹所亂螢飛，巖陰獨鶴叫。塵域吾弗知，首作雲將掉。林月雨洗餘，澄輝特娟妙。

觀摩厓家人卦

偉哉涑水書，辭嚴筆亦正。空山留此蹟，萬古鬼神敬。淋漓襲氣母，磅礴衝斗柄。蒼厓玃碣古，老腕純鈎勁。晚天煙靄重，溽雨苔花盛。光怪出嵌岩，熊熊照幽敻。

晚覓琹臺二字不得

琹臺久煙蕪，大字聞鑱石。渴尋顛米書，神明想猶昔。俗書如無鹽，緑屏漫刻畫。天女下層城，詎止簪花格？苔昏蹟已漶，煙凝光復夕。神物有昭晦，欲睹難强索。摩厓古隸存，精氣暗相射。迢遞下空亭，月漾湖波白。

湖南草堂顏以摩厓雲壑二字亡友括庵跋感而有賦

在昔北山移，俗士欺雲壑。攢譏理應爾，今我顏不怍。摩厓有此書，好事俾響拓。取以顏艸堂，盛美不嫌掠。高空列屏風，水墨爲誰作？啣杯對煙雲，朝夕變態各。跋中意。語清腕亦遒，妙奪元和脚。迸淚追蜀州，幽吟事如昨。

湖南草堂舊是葛先正屺瞻講舍

司農湖南講，從者累數千。布袍映泉石，徒步風翛然。清遊入靈竺，浮榮等飛煙。斯人今則亡，風流照遺編。盛事久零落，精舍主屢遷。刺船入葛港，古水名猶傳。故物貞父筆，挂壁銀鉤連。湖光收不盡，佳賞分前賢。楹帖『收盡湖光春色，挽回太古浮風』，爲黄汝亨題。

夏夕寺前散步

嵐合四山暝，古寺鐘初歇。亭影動清池，已晃波間月。孤雲散高天，微風動深樾。流螢喜客過，數點上巾襪。壞塔形模粗，煙中秀硉矹。夜闃現澄明，心清悟超越。滑過白石灣，香入青蓮窟。暗覺星河秋，凉露沁肌髮。

携琴篪晚步湖上二首

琹兒雅好亭，予問兩兒：『眼前景，汝何愛？』琹曰：『愛亭。』篪曰：『愛水。』凉風四面至。隔林暑氣清，到檻嵐光翠。坐看山月明，正爾可人意。

篪兒雅好水，萬象涵清虚。空明寫圓月，活潑游鯈魚。相看兩不厭，請結湖邊廬。

雷峰亭上

波光挹虚明，湖風凉到面。怪石蹲亭坳，趁憩腰脚倦。林深亂蟬嘶，垣荒一蝸篆。柳寺緑漪圍，松屏白雲卷。佇想日啣山，霞綺浮瀾絢。娱人富清暉，須盡煙雲變。

與客遊嶴庵

一從棲南屏，諸境爲我有。客來與盤遨，幽尋此爲首。細徑穿林霏，石嶴瀦深瀏。巖窪小龍泓，清寒試盥手。一枝風折蓮，妙香入佛牖。洞外界蔬枰，竹裏安茶臼。蒼厓亦可廬，雜樹亦可栖。有意結僧隣，便作耕耰耦。

偕登南山亭

洞門盤窈曲，忽造虛亭上。晴湖天日開，陽光羅萬狀。巖氛紅扶疏，谷樹緑滉瀁。空冥寫攢螺，生綃着數舫。爾我不自知，葛巾入屏幛。浮邱諒難期，佳辰聊滌宕。城中類火甑，熱毒不可傍。咫尺歸蕭齋，竹牀頗清曠。

虎跑僧送泉水

湖水已澄甘，未若虎跑冽。滿汲出層岡，餉我勞觸熱。大瓢貯瓶甖，傾瀉白勝雪。狼藉戒青童，愛此澆吟舌。活火煎風爐，松毛手自爇。留僧試雲腴，色香汎清絶。除煩瓦閣凉，析酲碧甌潔。品泉非桑苧，幽事亦可悦。

草堂夕詠

將秋蛩響急，既雨荷氣清。歸禽隔巢棲，活泉遶舍行。山閣遠燈上，林磵孤煙生。村沽取薄醉，霽照開虛明。露坐來溪友，誰能掩柴荆？雅懷問釣遊，洽此幽居情。隣犬既盡識，野鷗不寒盟。凉夢飲湖渌，高吟對霄崢。巖荈有數味，風笙不一聲。寂寞自適意，焉知身後名？

夏景園廬和韋

空堦苔色静，高林蟬語多。竹榻午夢醒，慧日青峨峨。冷光瓶灑雪，驟響瓦翻波。山扉生晚計，終焉此層阿。

園亭覽物和韋

樹深山鳥樂，雨歇渚花新。渴脣漱清水，汗手冰寒筠。北窗有静侶，盡屬羲皇人。

慧日精舍

盤紆盡仄磴，精廬在巖椒。鳥影下寒壁，松聲轉空寮。疎櫺挹西爽，千峰秀層霄。一峰白雲吐，一峰忽已消。一峰一峰嬗，徐復青岧嶤。山房疏幽泉，泉色汎清瑶。高林掃炎暑，孤嘒鳴元蜩。虚龕客趺坐，枯硐猿騰超。目清塵跡窅，心寂冷趣饒。夷猶瞰湖月，借宿吟凉宵。

準提閣

連岡徑忽夷，危構架寥廓。樹杪湧全湖，寒净鏡光拓。夐出飛鳥上，層層偃林薄。雷峰左肘蹲，孤塔狀頹削。嶧蜀諸遠山，青窅煙漠漠。萬景滙小窗，幽覽意冥寞。照屋小嵌巖，尻股恰可着。石泓一勺清，真率木瓢酌。下視吟舍低，數間翳雲壑。晚嶂一燈明，悟是松顛閣。

晚登雷峰觀落照

斜陽射赭塔，巉崿皆金光。層霄蔚彩翠，一逕摩青蒼。峰霞然合沓，湖漪散滂洋。金牛方隱見，踆烏暫翺翔。投壺天帝側，張樂軒轅旁。路逢皇初平，縱横叱群羊。霓旌澹偃蹇，羽衣紛飄揚。秋山蟋蟀響，鬼火冬青凉。倒景倏已滅，弦月遥相望。搜吟沾夕露，癡坐孟溧陽。

夕遊虎跑

颼飀一徑風，松泉競清響。盤沿渡石梁，面壑林扉敞。日落山色濃，秋近節氣爽。寂静憩諸天，新凉納方丈。石亭甃澄泓，香臺逼緯象。竹几寫微吟，匏尊得真賞。幽樹暝禽棲，空階白月上。客自愛清遊，銜煙復孤往。舊識龐眉僧，相送出灌莽。意行欺猛虎，彭觥策鐵杖。

枕上聞曉鐘

杜陵類達道，晨鐘發深省。今我棲近寺，每曉煩相警。一貧幽趣滋，一疎塵跡屏。惟作白華吟，垂雪心耿耿。傍湖魂夢清，交秋枕簟冷。默數百八聲，聲聲入淵静。空岩谷音遥，落月窗光冏。妙境湛虛明，天機相與永。

水心寺

青攢山外山，白漾湖中湖。此間起池閣，波光周四隅。有來棹小艇，水面爲康衢。亦復度略彴，輪蹄影絶無。噉花魚千頭，掃煙柳數株。開軒赤日澹，秋氣先菰蘆。葺屋水中央，夙願久已孤。經營詫先得，讓彼金仙徒。月行不出沼，恍現毘社珠。今宵水明樓，清夢追飛凫。

大雨

大聲翻盆來，湖山晝冥晦。邱塍已黄埃，焦卷飛灌溉。檀欒一園竹，顛風盡舞態。迎凉失消中，决溜洗荒穢。餘點猶撒菽，油雲散霼䨴。稚兒誦新詩，清音出閣外。對此夕景佳，青山幾人在。桔槔卧沙畦，眼冷看秋菜。

霽夕

一雨滌炎毒，几席生新凉。天風透竹閣，飄飄吹我裳。溼螢千點緑，歷亂前池光。清豪階蛬語，澹遠水芝香。默坐起遥思，薜荔延山房。太初不可作，南屏跡久荒。圖經手自勘，佳遊未全償。明朝沿溪澗，飛泉落滂滂。

西湖改名高士湖

我有一尊酒，酹之高士湖。緬昔石川子，遨遊太初俱。仿彼沔川舊，曾改郎官呼。郎官雖自好，未若高士殊。巖居況有塢，湖水相縈紆。一瓢兼一鶴，清伴未云孤。秋空橫鐵笛，吹裂小蓬壺。南屏參我跡，嘆息斯人徂。扁舟汎湖水，隨身一物無。但能作高詠，驚起眠沙鳧。

虎跑僧續送泉水

我數飲名泉，頗能别泉味。山僧擔相送，未待飲之既。翻嫌調水符，續取覺詞費。今年暵旱天，秋暑尚可畏。城中百源乾，瓶罌不輕乞。鑿井議自公，千鍤導觱沸。今杭秋城在處開官井。而我注滿甌，清吸沆瀣氣。重問大慈山，木樨着花未？

石屋洞

我昔遊天台，凌空愛樓嶼。牽迫難久留，却想至今懊。此屋類南鄰，散策時得到。但須帚策勳，荒穢跡一掃。碁殘江雨餘，石枕堪寄傲。幽窟漾渟泓，仄房開窔奥。月洞迴清輝，青鞋與黄帽。環山萬樹蟬，秋淺暫聒噪。

雨後登南山亭

秋雨盥衆緑，草木浮清光。空明見湖面，平堤白泱泱。漁灣一舠出，落葉揺瀟湘。晚煙起村舍，流水穿僧廊。炎節有代謝，物態豈能常？元蟬聲忽幽，一絲寫清商。華鯨數催暝，松杪收頽陽。冥搜亭上立，風灑薜衣凉。

仝玉巖登南山亭

一亭久單賞，今與君共之。泬寥湖漪浄，澹淹林光滋。連雨山谷潤，萬物含清姿。餘威灼秋暑，陰洞明朱曦。磵樹黄一葉，揺落憬自兹。凉風散衆樾，攢緑方參差。志士羞苟得，好景取不訾。坐餘無盡意，重遊復何時？

雨後登南山亭

黑雲奔輪歸，白雲氿泉出。争道亂虚亭，往參意恐失。既至跡如掃，山缺銜落日。磵竹碧叢叢，秋氣迴蕭瑟。坐石數歸鳥，壞葉感我膝。新瀑倒穿煙，未若流光疾。澄湖啟鏡函，裏外清暉溢。穆穆接金波，淼然水天一。

雷雨薄暮小霽倒景射慧日峰作黄金色

疾雷驅雨至，巖谷俱震動。薄晚簷瀑衰，亂雲尚流汞。陰霞射到景，一峰金籠嵸。負天鵬背闕，戴山鰲首聳。的皪翅鬣黄，海衆砉驚悚。草木琉璃映，煙霧潮汐涌。倏復歸虚無，長虹孰遮擁？　御照破晦冥，異事非鑿空。

登九曜山

攀躋慧日頂，高岡若連棧。離立塢石圓，碩果天所産。飛策升九曜，危嶂不可剗。巑巑南北峰，秀色二髻綰。主賓面育王，一氣結巙嵯。秀鑱青天高，光射明星睆。何人癖看山，以頰拄手板。却歸坐秋窗，揖翠獨把琖。

普度親庵并序

葛屺瞻爲母報恩，捨宅作庵，自爲之記。

葛公講學人，所居化佛場。親恩以是報，作記垂千霜。猶勝王半山，捨宅度子雱。當時議祀典，得從兩廡傍。秋陰移古樾，午聲送清吭。高枕冷翠納，净甌苦緑嘗。一雨入虚谷，叢玉鳴浪浪。吾廬着處是，卧吟擬艸堂。

夕照庵

秋畦冷頹陽，隣僧指破殿。佛身苔花皴，幢脚蛛絲罥。陰風倒母竹，新雨長孫莧。張王蛇藤青，古棺積廢院。宇宙生總浮，逝者疾流電。北望魂羈孤，凝思淚如霰。亡友介百櫬尚留京師夕照寺。

普寧寺舊址

石塔零落餘，斜陽滿初地。菜畦匹方罫，數枰畫青翠。碎蝶聚散輕，娟娟弄寒吹。荒墟想布金，萬事飽興墜。鐵作窣堵坡，烟消没故驓。參寥不可遇，並湖獨延跂。遠槳劃煙波，傍舍鳴霜荔。天際數鴻冥，默含無盡意。

月夜登南山亭

圓輪穆無聲，萬象入清冷。石構凌高空，夜遊燭省秉。四山颯鳴秋，群木動疎影。澄湖如好女，當鏡轉深靚。明河挂簷角，白浸寒星耿。鬼語移楓坪，烏啼墜桐井。岩虚響乍砯，洞黝光屢冏。老猿坐招手，引我跨重嶺。

雷峰亭上遇驟雨

秋暑有餘灼，油雲黑一縷。食頃湖晝晦，飁點疾如弩。虛亭缺週遮，杉漆翠衿舞。殷殷連山蟠，豐隆震天鼓。朱光抱南麓，怪樹着雷斧。下上動溟茫，意怵神靈聚。迴飈送奇凉，廓然見天宇。浮煙動青螺，攢空一一數。不辭巾屨溼，皴法參米譜。米友仁有《湖山烟雨圖》。

弢甫集卷十三

詩十三　古今體詩四十首

沈辭立先生修誠自禾至草堂以詩二章見贈奉答

先生天所遺，杖履到嵐谷。看雲八十秋，蒼白飽經目。身長耆英社，胸羅獻徵録。邱園歷塵劫，野史舊聞熟。賞我循陔歸，貽詩掃兔禿。秋蘭豈足養，聊得從初服。覯止喜朱生，相將留草屋。道故白景趖，清尊試浮菊。籃輿可近舁，南屏暧松竹。百歲從清遊，題名次巖腹。

同予齋登南山亭尋準提閣遊慧日精舍三首

今朝霽風日，山氣益蕭爽。雲歸銷微暧，木落遞清響。葉舟散明波，鴉軋鳴遥槳。林疏見寺紅，隔湖瞭若掌。人立亭宇空，鴈飛天地廣。寒圃浄蔬稜，幽洞捲蘿幌。諦視涑水書，鍥壁鐵畫朗。嗜古竹垞翁，夙遊具真賞。筍石惟一株，松屏更百丈。早秋君未來，孤蹤日數上。

凛秋草木哀，雲根露微徑。緣厓學猱升，賈勇洗蹭蹬。蕭寥山閣鎖，殘僧委破甑。惟拾一湖秋，林表鏡光瑩。打頭病葉飄，拭汗坐石磴。却溯弱齡跡，卅年塵夢醒。松顛憶偷遊，犖确不畏暝。迤西踏平岡，策竹趁餘興。破靄山鳥飛，雲窩一聲磬。

小松濤響清，徑轉蘭若見。犬識生熟客，桂零前後院。峰坳舊石澇，絶少秋雪濺。崩雲忽覺豪，槁竹絶類狷。露畦晚菘長，雨檻緑莎徧。風細拓幽欞，涉瞬嵐霞變。人非買山隱，時近納日餞。空青采煙華，澹白噏春片。寂聽東林鐘，下巖猶未晏。

育王山

濱江延層青，氣象屹汝獨。鼓鋭攀松藤，螺盤入雲族。天清叫孤鴻，山虚響群木。雙高羅寒襟，三折盡遠目。秋空標識孤，一峰類釜覆。崎嶔上上頭，恨不棲叢竹。緣郛行如蟻，細逕斷來躅。唯聞隔谷樵，丁丁動巖軸。

玉虚觀

峰頂藹蒙蘢，雲木藏道觀。南牖納微風，憩石屏漿汗。當階日月池，水涸逢秋旱。倚爐跛道士，烹茗以松爨。引客上星臺，古罍鐵花燦。連山結尻股，白雲散汗漫。丹房秋雨零，破壁黄泥墁。寒堦脱葉深，颯沓栗鼠竄。宴看潮起滅，意忘小劫换。出塵亦由人，世紲詎足絆？

同予齋飲湖樓

黄葉散巖足，緑條斷湖㵎。惜此一尊醲，互勸心所親。中年傷哀樂，孰能全其真？陶洗賴山水，不事絲竹新。與子結契來，廿載遵沙塵。愧慚魚與鳥，放志左兹辰。新凉生高檻，商風激白蘋。未須論後會，當盃無虚廵。迤邐望雲壑，曾不隔城闉。醉歸蕩夕月，相將上釣艑。

梅花嶼是陪元歎先生飲處

湖光轉清新，公歸遂不復。却追洗金螺，煙樓尚爾矗。戴笠過段橋，雨點飛碎瀑。下上明霜楓，猩紅出朝沐。虚檻發高吟，錚錚音在谷。風流清穎尾，霞舉孤山麓。豈伊千載去，昨月疑仙躅。悽過黄公壚，迸淚等撒菽。秋魂不可招，颯颯風吟竹。

冷泉亭坐月

泉月併作秋，妙境清入骨。下礿崩雷轉，暗厓古香發。石危不可磴，木斷大可筏。豹聲數犬嘊，人立一猿突。泬寥輪已西，倒巖影踈樾。衣色凛飛霜，禁冷坐猶兀。風寂鈴不語，雲滃塔忽没。隔洞聞經魚，孤僧踟奥窟。

宿借秋閣

夜樹辨虛窗，月色猶在嶺。暗泉落寒滴，近竹摇碎影。涎蝸四壁乾，露鶴一聲警。清話强僧陪，跋燭趣更秉。藤榻初着膝，夢遊恍屢省。疥綴遊客詩，古塵黯弗屏。安得白社人，對案寫清景。峥嶸抱冬心，松雪皓耿耿。破凍上霄梯，天地極清冷。秋風日夜深，幽趣當續領。

曉登飛來峰

清曉躡靈峰，白雲生我脚。日杲霜樹明，露泫秋藤落。林鵶先客起，石鷲抱苔削。飛梁亘空巖，冷跡着猱玃。松色翳盤岡，淙流響倒壑。穆遊天地初，百洞鬼所鑿。凌虛嘯青冥，木葉下遼廓。颯然泠風回，東林數聲鐸。

呼猿洞

神房入深黝，日高窗靃曙。寥豁小有天，清光烔殆庶。氣孕太古寒，幽深滴如濾。仄罅透松風，激雪泠然去。石脚狰虎蹲，雲口呀鼊呿。秋山颯多響，木落鳥驚遽。邃谷梟荒藤，連臂挂且覷。長嘯僕亦能，猿父知何處。

韜光丹泉

雲根一坳水，蜥蜴之所伏。舊傳回道人，燒藥此棲宿。丹光如芙蓉，的皪照冥谷。巖穴中枵空，酒民容枕麯。久視亦何爲，委運忘淹速。草木秋風催，溪山清景逐。登高覽元化，萬象新我目。烹泉良復佳，傍厓恰可屋。

劉讓宗維謙自華亭見訪過塘棲坐船頭快吟得句云客醉孤舟月蛩吟兩岸秋不覺下水舟人未之知也尋覺急廻舟讓宗尚浮水面引之登過草堂話此事爲足其詩贈之

客醉孤舟月，蛩吟兩岸秋。何人追太白，高咏擅風流。未許騎鯨逝，還來汎蟻遊。浮沉身世在，我亦一輕鷗。

方家峪上菊公先生塚

元廬護雲嵐，宿艸秋更緑。風流渺山河，清淚一溼目。杰士蹇不遇，老死葬厓谷。餘事作詩人，竹素留清馥。天空澹孤月，露白疎群木。魂來我不知，靈風吹肅肅。今秋南屏棲，荒峪近往復。古歡不可追，寒泉薦芳菊。

映壁院俗名梳粧臺。

搴莽入空欞，負屋得峭壁。石泓蓄深寒，倒映清歷歷。遺宫甃地道，堙洞窺幽閴。皐亭一瓦解，何處避鳴鏑？梵閣想梳臺，宫礎埋沙礫。易墮景陽鐘，唄音破岑寂。古水光如刀，意難割愁戚。舊山朵朵青，秋堙曖輕冪。

松風石室

滑磴盤磽确，石室頗清妙。野薔秋不花，盤墢青窈窕。數曲繞垣低，松山面幽峭。虛簷入松風，催發唶然嘯。莓臺屧跡絶，荒冷蟪蛄弔。山廚起炊煙，一縷出蘿蔦。倚樹寂無言，深塢自斜照。

鳳麓寺

清遊如流水，逢坳注盤礴。青林古僧居，看竹例插脚。曲房烟靄侵，結構傍崖崿。山心愛幽森，茗話入恬漠。不知秋風夕，桐子窗前落。覆地雲下堦，窺人月到閣。小住良復佳，晚歸亦不惡。度嶺乞一笻，紫玉鏗然削。

鳳麓泉

一窪照衰興，清泌居鳳麓。改邑不改井，宋社久已屋。愁腸未能湔，聊瑩弔古目。往來故宮月，水華變淒燠。白帝運金寒，秋氣坳泓蓄。泛菊山醅香，陶巾從之漉。

夕度萬松嶺

秋月已上嶺，清輝隨行屨。湖波一灣白，雜樹皴煙霧。光開四際暝，江山宛米聚。振衣立虛亭，泠然發超悟。緣陂數茅茨，影動村犬護。商飈轉遥屏，倒壑松聲度。緬想冲晦廬，柴門隱竹樹。芳草没前蹤，露飛溼寒兔。徐處士宅在此嶺，見《北窗炙輠録》。

濂溪先生祠

湖上風月多，吟弄趁遺搆。入門黯荒凉，斷瓴委階甃。苔龕栗主欹，下上饑鼠鬭。有司墜不舉，破窗秋草茂。琳宇鬱相望，千柱壓群岫。低徊舊宫閟，自應壞積溜。圖藏夜壑舟，力難負之走。天邊太極巖，虛光四通透。前池霜倒蓮，餘香沉緑皺。依微吾與意，歸路猶可覯。

尋白塔舊址不得

秦坑猶未憯，楚炬亦未酷。何來西蜂蠆，肆螫無量毒。當年一瓶蹲，俗名一瓶塔。魂號曲江曲。褥匣三泉曉，鬼燒秋原緑。盪毁又一賊，至元間毁于張士誠。炎崑無剩玉。園陵慳麥飯，萬古同壞局。淒淒尊勝巷，埋灰掃殘躅。稗史義唐林，冬青照寒旭。快哉石像掊，宜學斷斯獄。

葬冢婦沈氏屏風山麓

吾兒黯腹痛，不語吾知之。矧兹賢孝姿，王姑紛涕洟。紫翠渲屏風，元堂閟在兹。雖無新封樹，環蔭天所爲。下陂潄流水，涓涓去逶遲。渫雲擘新絖，落月懸清規。雪夜寒寂歷，群鳥鳴參差。百年倏鼎鼎，同穴期吾兒。無窮向平債，得了終何時。順運理人事，看山洗深悲。

梵天寺三首

江天浄如掃，森影寫雙塔。幢字緑相映，秋雨過雜遝。崇基高下荒，壞户夜不闔。殿瓴落豐草，白日毚兔踏。鑿石妙蓮華，景射金奩帀。晻蔓杪欏陰，柏子粲于蠟。遥山赴東溟，一氣青合沓。流觀衆妙存，散步起怖鴿。碑鑱小詩清，天機出寒衲。廢殿東一碑刻宋僧惠詮詩。真想宛在兹，落葉寒颯颯。

東院闃無聲，應户一僮小。荒凉坐古佛，飯几下飛烏。北窗鳴秋風，石塢獵叢篠。陰壁贏獨活，冷砌蛬已悄。殘僧如飢鳥，覓食出林表。爐空無長物，吾意滌膠擾。廣階類方池，多受月色皎。榻此納清寒，擬看上方曉。

曦車忽而西，禪寮轉獨叩。入門雙柏在，蒼勁謁耆舊。焚香坐秋爐，心清滅諸寇。將老神充實，素髮未用耨。白雲寒容容，靈源洩虛竇。往來抱故山，茅簷與滃覆。破寂海濤喧，千巖響奔輳。起看雪練飛，手拄椰栗瘦。

和厲太鴻鶚移居韻四首

清秋雨灑碧苔餘，近覓橋東水竹居。地類青城吾不唾，泉縈細石子能渠。已教料理疏松逕，未擬誇張榜草廬。熟識南村舊鄰好，相將踪跡武陵漁。

鵁鶄招呼滿樹顛，林中散步拉臞仙。秋池影寫青銅鏡，晚酒香浮藥玉船。僮熨生衣慵未着，龜支舊榻醒猶眠。筆耕辛苦饔温飽，糞視人間使鬼錢。

洋州風竹映溪斜，罨畫村莊賸客誇。琴雅清如姜白石，釣汀涼映水蘋花。情知退谷無多伴，世守平泉有幾家。薜暈侵堦餘鳥跡，先生閉户寂無譁。

秋堂清迥足音聞，敢謂巢由謝放勳。時一中之原不惡，身將隱矣復何云。催飛霜塢楓千點，添養蘆塘鴨幾群。深竹團茅吾未改，東皐煙月要平分。

崇聖院

碧鮮一院竹，淅瀝動雨意。隨喜向孤園，遊屐暫引避。緣堦秋草濃，閒房極清閟。前輩渺音塵，翰墨餘芳翠。有嚴調御贈素上人詩軸。萬慮散遊氛，聞鐘宛深致。蕭森樂當年，蟬蜕非有爲。霽峰冒輕嵐，落葉颷徐吹。看山飫新得，焉知老將至？

响佛庵

叢篁映天緑，一石現佛像。拖娑萬個影，妙作清净想。摵摵黄葉飛，晴空江雨響。蘚磴躋高平，看雲界泱漭。鹿坪一花開，僧樓群鳥上。飕飗竹爐鳴，苦茗給心賞。持詑桑苧翁，半盞秋意爽。他日續清緣，屢到勞吾杖。

九日登南高峰

良辰不可辜，况兹風日美。絶頂覽秋光，一江白于紙。沙雁聲落雲，湖樹影在水。飛泉布忽挂，攢峰屏疊倚。人生無愚賢，情識憂患始。幼耄驚電流，此山終古峙。峴首與牛山，感嘆本殊軌。未若兩冥冥，舒嘯青霞裏。浮邱去我遠，虚邈謝瓊蘂。洗眼鉢盂潭，坐看夕嵐起。

先照壇

大槐仝鼾夢，天愍昏瞀積。地底轉靈曜，出海乾坤白。空中號天鷄，神光此先闢。迅疾御飛輪，晶瑩挂環璧。日月息華池，元精耿激射。宵半凌孱顔，照見一腔赤。圓景日夜移，烏兔苦崩迫。楓含初醉容，燕作已歸客。佳節引登臨，林嵐忽已夕。未知從今去，當着幾兩屐。

千人洞在天池洞右。

天池窈而深，此洞更修廣。昔人遺鉼竈，宛作花源想。中包小墟落，谺竇不盈丈。奥房透寒暉，元牝斷幽響。穿深營趺居，張空結圓網。黝仄不敢窺，排空試以杖。吾公在壑谷，歡宴神思蕩。豈如宅煙霞，葆真得素養。老樵獵乾薪，饞猿拾脱橡。天地留荒廬，霜濃陰木長。

偕友遊滿覺壠點石庵二首

曲塢來已遲，桂謝衆香散。偃蹇山之幽，秋色碧雲斷。溪横獨木橋，樹倒千尺岸。緑草寒更萋，鬢髮晚忽換。崎嶇塵路夢，借醒巖石畔。松鬣鳥翻飛，煙華日零亂。懸崖霜萬樹，丹黄漸參半。荒池尾曳泥，敗寺喙畫墁。客意耦我閒，物情供静翫。幽洞響水樂，熟蹊猶可按。

到庵聞丁東，山水自終古。空岩秋氣盛，落葉滿庭户。佛樓架𥨍窣，虚檐響接武。耄僧雪盈顛，荒院等瘠土。寒深授衣天，破衲手紉補。接筧泉涓涓，不勞汲瓶甒。馴猿喜似人，崩石怒于虎。漲谿雲不訾，插壁竹可數。依岫結層軒，積溜欹苔柱。會須挈榼過，對牀聽夜雨。

丁婆井

危壁滴琤潺，彷彿水樂意。漾演蓄蒼麓，終歲清景閟。泉德類高人，窅無出山志。有時喧浴鵠，未許奔渴驥。園夫日搰搰，用力灌寒翠。抱甕豈不勞，似謂厭機事。巖濞流暗脉，滂沛秋雨至。澄泓瀦上方，留潤袈紗地。

三益庵

山下泉如環，山上泉如玦。甃貯瑛瓊瑤，白日印光潔。包絡一陂陀，廬竹吟騷屑。方丈闢高空，萬象覩起滅。露英夕可餐，水荇秋可擷。衝寒披鹿裘，佇看江天雪。

方丈後石池可愛復作一首

高下石泉三，即此成三益。陰崖一坐鑒，清迥映心跡。新泓雨後盈，靈源巖罅坼。秋氣灝瀍涼，孤光澹虚白。千頃滄浪情，縮寄二三尺。心賞渺誰與，俯見吾影隻。

弢甫集卷十四

詩十四　古今體詩四十三首

春日江上獨行四首

曠蕩出門去，春山眼中粲。要眇寫神光，疋練橫清旦。遥青剡中巖，佳賓我乎舘。義難招之來，雲沙嗟目斷。瑶玉弄溪流，澄江未一盥。磊磊灘石圓，臨漱雅任誕。餐秀自朝夕，生面不厭看。青鞵何所得，佳處詎容贊？

江邊聳浮圖，朝嵐縈窈窕。紆徐徑平岡，其下圍風篠。我欲盤虛空，意恐驚飛鳥。却顧海亹烟，浮空白淼淼。山脚攢蜂窠，撞春力不小。骨母砥濤頭，陡峻一峰矯。蕩潏泝嚴瀧，三浙波了了。老漁蜻蜓舟，釣雨一簑窅。

草青定山春，東風冷騷屑。鮎口截衝波，墟里靄明滅。惜哉失清遊，不見寒江雪。朅來感江妃，蘅皋捐玉玦。松鼠啼青林，新吭送尖咽。行行越沙溆，危橋卧雌蜺。連山青盤盤，皴法轉奇絶。欲攜顧長康，清暉論曲折。

江山四應接，不覺穿遥村。孤花明空磵，石上走虬根。野樵銜虎過，冷翠飛松門。遠天雨意散，清聞鵁鶄言。麥田鳴决决，碧流春水渾。依微還山雲，芳嶺曖高屯。思翻水仙操，睥睨青桐孫。世無禽夏友，幽賞祇默存。

雲栖洗心亭

入山轉幽邃，徑緑千篠篍。西坳一池水，有亭俯清虚。咬苻魚策策，打瓴雨疎疎。春燈上塔外，夕烟過澗初。寺僧擔薪歸，濕翠兼松樗。今夜栖蘭若，我心方晏如。

宿雲栖

環山竹樹碧蘢葱，一宿香臺聽夕鐘。祇謂嶺頭猿叫嘯，不知門外虎行蹤。香盛齋鉢湖田米，翠爇茶爐雪磵松。明借一笻扶客去，白雲留在最高峰。

度白沙嶺

尋山意不孤，仝行有竹杖。絶險賴扶將，梯空神倍王。連峰碧巑巑，巉峭鬼工創。濱江啟門户，入峽堂皇壯。削成倚重冥，排奡壓疊嶂。寒陂樹鬱盤，曉竇雲奔放。何人腰脚輕，往踏屏風上。對面即屏風嶺。崎嶇下巖根，芳草春泉漾。

望屏風嶺

去年住湖南，南屏照吟屋。霜空著丹黃，秋光冷雙目。揭來籲白沙，對面春山簇。淋漓劈斧皴，水墨披橫幅。叫雨飛時禽，攢宵秀古木。陽厓新綠濃，芳月浮嵐馥。峥泓靄鈎連，烟岡故平矗。林猿下飲處，飛流匯深谷。一厂藏巖腰，誅茅居可卜。

過金沙澗

空波湧金碧，非復故沙澗。連雲石綽楔，落成景已晏。僧圃灌春蔬，漁舠橫翠亂。雪樹遠山低，花水平橋漫。延佇澹無依，一聲北歸雁。

與朱排山楓期湖上予後至有作

芳夢結春山，清心數宵漏。未雞瓦閣鳴，餘雨散豌豆。拓檽望東熹，元雲魚浪皺。寒襲青氊衣，穿衢滑簷溜。步出西城闉，幽人迎把袖。負慚圯上來，勞動關門候。邁往志雲窩，宴却心兵寇。雨晴意總佳，芒鞋曬相就。勞生催白髮，客歲星過霤。西溪雲盡香，沿緣足吾齅。

㕙泉

渟泓兔兒泉，甃蓄醐醍白。愛寫癯影明，芳草紆遊屐。天光發澹演，方廣四五尺。中涵一片霞，識是太古石。清暉相嫵媚，鱗皴漾青赤。幽竇蟹眼生，蜿蜒疑此宅。終古在山心，冷潔見高格。霜空挂寒冰，潭潭精氣射。洞酌來樵漁，洗面斷熱客。

西溪看梅二首

秦亭揖客入，蒼翠瑩目睛。回溪度橫彴，碧流瀉春聲。勁樹羃寒緑，東西竹雞鳴。溪㵎一株雪，獨立無將迎。溟濛水雲暗，虛空自孤明。晻暍衆香國，離群葆凄清。豈希謚貞白，冷癖繇生成。藴真野塢老，淡漠民無名。清遊飽新得，目擊儋忘情。

冷香浩無垠，虛舟泛花海。放乎石人塢，瀰漫萬花滙。鴻濛孕大文，揮洒出真宰。本色謝雕繪，靚麗壓衆采。茲晨天嫩晴，平碧籠翠靄。張王際天白，猶有玉蓓蕾。倒壑泉淙淙，崩巖石磊磊。屐齒折不憂，如鐵孤藤在。可憐城市翁，没齒未津逮。

望法華山出雲

昧旦雨浪浪，陰晴晝未定。橫渫姤羅綿，法華轉幽勝。一峰氣上騰，蓬浡起飯甑。澶漫數峰鋪，春湖浩延亘。龍下窅無心，麋至詑不脛。飛白谺然開，翻墨忽而暝。鴻濛勢欲吞，春山意未醒。靈活半腰迴，清峭一角賸。迤邐數縷出，急瀑送清聽。超忽重岩消，修蛇辨微逕。我欲策孤笻，一往破淖濘。觸石探真源，所有遍持贈。

永興寺

蘿逕轉石橋，香刹已劫火。尚留一雪堂，驚鼠隨瓦墮。沙彌喜客至，爲啟青銅鎖。廊簷黯塵灰，繩床不登可。空階碧磴橫，苔深位置妥。討春倦腰脚，信意科頭坐。老樹相扶將，春妍着花朵。沉冥植花人，梅塢築魂硪。馮具區墓在梅塢。禪燈消熒熿，清歌散婀娜。夜半壑舟移，溟茫元氣柁。

洪墳松樹

迤邐東穆塢，夾道松輪囷。陰森三二里，虛濤捲高旻。春風吹雨過，溜濕蒼皮皴。繞徑葉細滑，清芬滿苔茵。墓前石羊虎，無聲卧荒榛。翁仲苦缺齧，翠碧繡冠紳。參霄詎無恙，圍拱綿冬春。大者幾牛挽，小者摧爲薪。烟墟兀斧跡，岌岌千龍鱗。尚書播勳業，碑詞已漫湮。悵望白栗山，行歌逐樵人。

晚出東穆塢度金山嶺望餘杭諸山雨歸夕照庵二首

參連夕氣佳，圓峰七十二。遥嵐淺凝靛，晚髻施新髮。轉面烟螺横，離立更位次。雲中白道紆，疎松小如簪。却沿花溪遠，橋崩春水駛。笠夫導客前，一竹入空翠。登嶺建高瓴，他山藹隣比。巖源溯天目，初祖兒孫媚。彷彿洞霄宫，青霞蔚奇意。際天萬雲巒，尺只收盈視。卧壠石辟邪，憩坐雙脚跂。何方送飛雨，灑袂忽而至。

雨抛幾點麤，松檜亂清響。却看遠山青，烟螺指諸掌。夕鳥盤峰尖，石滑不可上。前横濕翠濃，翩然迴竹杖。有會步遲遲，方山寄遐賞。單椒秀平疇，介立意不黨。小憩嶺下亭，樵子歸三兩。東南數峰暗，崦嵫薄開朗。陰霞疊魚鱗，水墨契真想。纖絺疎復密，穿林拂鶴氅。暗香泱漭浮，生路誤一往。暝投古寺宿，燈窗極莽蒼。

同排山仝宿夕照庵二首

晚雨澌澌下，巖幽萬木參。豆房停蠟屐，梅譜檢經龕。白話殘僧樸，清齋早筍甘。相將過永夕，朝旭半空含。

理公歸隱處，厓古石苔荒。臢客留聽雨，清吟與對床。風聲隣虎穴，塵夢斷羊腸。老衲今相識，春旗許寄將。

出西溪看落花

昨日白在枝，今日白在地。青山一夜雨，如霰夾溪墜。方畦汎流塵，餘香不可篲。開落渺何因，春風冷廢寺。家野雪參差，清光倏如駛。生憐絶磵身，雲卧終古意。亞空蕊未坼，飛着一鳥翠。元工妙雨晴，無迹寫芳事。

度桃源嶺

梯烟度層岡，草青石徑細。東偏雨氣散，春空露一髻。徐放衆峰出，攢螺秀天際。嶺首戴孤亭，江練橫明霽。依約越嵐重，陽光互開閉。却看西溪樹，映水低如薺。巖阿壘怪石，太古結根蒂。汝壽保堅頑，人命苦浮脆。插脚入白雲，百年幾坐憩。窈窱洞門陰，雨過長薜荔。

排山對飲湖樓

好風輕拂檻，早柳亦已黃。松醪注尊釃，春味和心腸。雪盡放暖翠，雨過浮新香。勸酬移芳晷，滿飲明湖光。茲樓登已數，景物滋蕃昌。映花檢雙鬢，未肯銷微霜。孤亭水容與，遠塔烟蒼茫。醉望舊吟舍，晚屏雲錦張。

哭墨麟

吾生膠漆數本稀，寥寥散布琴上徽。昨冬括庵魂旐歸，臨江遮哭張白幃。亂濺一斗紅珠璣，失聲今又漬裘衣。墨麟一箇不可鞿，乘景忽與塵土違。糢糊淚睫將焉睎，東奔絶岸雲濤圍。寒螺簇簇青窻扉，海山海水回靈旂。我欲從之斷因依，子氣衝斗狀不頎。子才豪横弩發機，摧殪强貴如豘豨。西乳羌奭童嬰肥，讒口不獲施呵譏。峨冠重拜東驂騑，吟毫日夕收清暉。剛稜憂我讐脂韋，夜夢招赴横江磯。陔蘭秋采香菲菲，弔子縗練登堂闈。驍驚病虎形模非，心爲英雄涕潸揮。欲别不别三嗟欷，廿年三聚療渴飢。恨不六合相追飛，時之交道蓋已微。爾我蹷蛩其庶幾，曹蜍李志禄位巍。白鬚不死猶牙緋，碧翁顛倒徵祥機。子死不煩宗祝祈，武原蕭瑟薤露晞。素槳空劃蘆之碕，瓊華采采誰同嘰？大雅廬室遊蛜蝛，由拳錢載穿林霏。相逢話舊情依俙，當年吟醉追京畿。

藕花書院 內祠故浙撫王國安。

陳跡省南屏，湖莊窮瀲灎。翳此水竹隣，清遊補所欠。壞墻攢修青，冷塢坼圓艶。春木漾烟沙，坐卧皃翁占。殘僧供香茗，勝於緑醥釅。蔽芾懷風詩，塵窗翰藻掞。傳芭走村巫，湖上靈旂閃。飛飛夕雨催，不辭巾角墊。

見太鴻家隣墻杏花作

花信數暗催，連宵酥雨浹。晴初躡芳塢，硃蕾隣墻頰。春色主人借，客復工應接。亭午日華明，攢紅不勝捻。登墻窺宋玉，未信斂笑靨。微辭若爲通，脉脉情詎愜？流鶯不惜聲，巧囀出花葉。徙倚賞年光，錦坊謝遊涉。豪家壓玉欄，過瞬成小劫。私覬良復佳，一再紆步屧。隔院香漸濃，難留一雙蝶。

登越山

巖壑盤紆翠靄重，清秋草木尚蒙蘢。樓基零落空飛翼，山勢蜿蜒自卧龍。江渚雲沙翹一鷺，石壇風雨舞群松。五湖照去耶溪月，何處堪尋少伯蹤？

渡百官江易小舟

依依故鄉路，一葦亂舜江。江面非闊遠，風湍激奔瀧。行客競利涉，沙岸相舂撞。臨江虞帝祠，神鼓秋逢逢。敝屣帝天下，陋彼巫言哤。髣髴白雲陰，三妃裊靈幢。小憩重華亭，水石聞寒淙。斜陽澹流影，魚艓無篷窻。夕風起湖漵，飛過白鷺雙。

十月十五夜月

中天麗孤圓，疎朗白榆列。冷光散元冥，霽魄亘寥泬。浄宇一輪行，深宵萬籟闃。縱浪形影癯，撥棄身世拙。苦愛迎晶輝，甘禁受凜冽。悟入天地初，清機不可説。森寒瓊霄虚，静窈玉鑑潔。一氣涵海山，高深景不滅。瀏連此境佳，明恐蟾兔缺。

十六夜月

東溟白輝上，未覺輪小虧。高天掃氛翳，清虚渺無涯。前墀迥空闊，孤影延徘徊。悠然接炯照，宛覿心所期。東西泝川陸，娟娟常我隨。寒深高舘静，清霜在裳衣。今夕非昨夕，流光不可追。勿嫌冷沁鬢，偏明黑間絲。虚求大藥餐，昭昭寖已馳。冬蓂一葉下，遞凋固其宜。枯林烏雀冷，寂寞懸清規。

十七夜月

昏鴉甫安棲，欻爾鏡光發。浦溆明微瀾，篠笿動疎樾。華星入漢飛，孤雲向空没。千里共澄輝，川廣何由越？憶昨草堂歡，聯影如蛩蟨。虚白映窗櫺，清夢猶恍惚。良會安能常，生離一何卒。繁憂知幾許，金波漾溟渤。霜氣冷三霄，山痕青一髮。乖違數使然，素魄有圓闕。

寒夜犬聲

寒夜聞狺狺，聲大信如豹。未知見底物，欻起向空叫。惺忪候籓籬，猛迅出藜藋。群然逐聲影，百吠祇取鬧。客睡纔朦朧，倏使清夢覺。披裘出前楹，宵景展孤眺。寓久頗熟識，低垂尾頻掉。曠野濃霜飛，中天白月照。我欲延幽人，繁愁釋繚繞。

寒夜吟

景短天易暝，風冽水初凍。星攢萬點嘒，玄穹逾曠空。書燈死分翳，隣機悄不動。雞栖伴惺忪，僮語含睡夢。剔蠹恨半黏，投鼠快一中。麑裘透嚴寒，鴨爐過暴烘。客居雅興孤，月出清影衆。荒陂嘯魍魎，枯林結霧凇。乾坤一傳舍，今古迭相送。鬢髮有時變，黃鶴誰能控？適意想誅茅，息機甘抱甕。長腰且素飽，焦尾亦嬾弄。擊缶吟頗豪，荷鍤飲殊痛。緬懷茹芝翁，雲卧依岩洞。霜霰滿溪橋，曉看玉蝃蝀。

培墓土

鞏厚在謀始，古者不修墓。當時渴經營，功力未餘裕。元宮不數尺，落落環封樹。陰風蔓草縈，寧免侵狐兔。況我去故鄉，望隴嗟修阻。歸來踏寒霜，痛淚落顧步。今晨畚鍤興，暄煖殊凝沍。俄頃增岧嶢，馬鬣瞻永固。翠柏當更繁，根節資培護。僉云一雨過，鬱鬱騰烟霧。明年寒食祭，載繞回塘路。諸孫齊拜掃，影在荒阡聚。春風白蝴蝶，灰飛莽回互。嗚呼嘯舞群，穿穴亦已屢。哀哀生我親，遺骨存兹處。山川雖間之，魂夢常延慕。爾毋此竄跡，慼我涕如澍。異類感良難，誰守荆榛暮？驅除苦無策，踟蹰不能去。

渡百官江

獵獵回風亂落鴉，百官江上布帆斜。寒雲半鎖岧腰樹，濁浪平淘岸脚沙。雨雪連朝迷客渡，塗泥一尺困牛車。莫嗟行路難如此，好就津頭賣酒家。

哭琴兒

兒生不好弄，端謹頗類祖。形模宛小同，私願覷繩武。自從我失怙，銜恤夢我父。醒觀兒動止，遺影惻若覩。我罪邱山積，我兒鬼伯取。我兒一以逝，祖孫杳終古。豈惟哀兒殤，痛淚濺如雨。昨我病京華，命危繫一縷。兒淚墮連珠，怵惕難出户。奔波走南北，憂樂幾散聚。好潔惡囂塵，先我歸黄土。

金洪元音信端人，與汝情特厚。幼穉留客齋，撫愛過於手。孤燈照旅榻，謂浩賓弟。霜夕聯床久。南歸望燕鴻，貽牋等瓊玖。兒請以淞箋貽元音。洪也喜騰沖，病深開笑口。足知兒至性，古義敦世友。案頭所讀書，斕斑心血嘔。遥與故人訣，草青骨當朽。汝父行有遺，降割不汝壽。悲風吹蕭條，一哀送廣柳。

寄懷季直三首

下直仝車暮雨天，燕葱胡餅亦堪憐。何人得似張夫子，懷抱令吾一輾然。

東閣官梅絶夢思，思君烟淡月濃時。魂來魂去三千里，只要江天曉漏遲。

誰教官馬未還官，待漏東華曉月寒。一自春風吹影散，無人温語共凭欄。

謁禹陵

南鎮朝群后，來同萬國盈。堯封分岳牧，舜海彙蓬瀛。輯瑞防風戮，垂衣藻火明。璿璣窺日月，柴望秩嵩衡。疏鑿開三統，隨刊總八紘。龍門五丁鬪，鰲極九州平。癸甲辭家食，庚辰按水程。支祁江底鎖，河漢地中行。緑字看疇演，元圭告績成。教民豐草茀，誓衆有苗征。天禄占先定，王舟負不驚。謳歌揚甸服，貢賦入陽城。冷穴金書閟，新圖玉帛呈。川祇千載護，雲氣兩階生。窆石凌空矗，梅梁亘古横。園陵黯蕪没，峋嶁粲光晶。栝柏環丹嶂，龍蛇捧畫楹。安瀾思舊德，拜下肅峥嶸。

重有哀一章

末俗志婚宦，孺慕移厥初。至性有沈生倫敘綱，戀戀白雲廬。應舉聞親疾，連夜歸舟挐。侍寢以爲寶，榮名擲土苴。吟壇秋判袂，頻年音信疎。乾坤元氣薄，怛化歸太虛。姚璊山輝亦禾士，孝弟埋荒墟。斯人竝已亡，噫乎天祝予。

題鄭君觀瀑圖二首

雪波百道捲空明，髣髴秋河瀉有聲。底事留將青眼對，知君酷愛在山清。

怪石嶄巖選一邱，偶然得意寫飛流。圖係鄭君自寫。忘機較勝台州掾，只似人間水上鷗。

浙江文叢

桑調元集

〔第二册〕

〔清〕桑調元 著 林旭文 點校

浙江古籍出版社

秦關八表（下冊）

序

壬戌之秋，門人請定予詩十四卷、文六卷。詩先鏤板成。尋宅憂，無心及文字，門人不敢請，仍委㡀篋中。積日月踰十年所，所作又多于前數倍。兒子請合編之授梓，憂散失也。嗚呼！是無能之辭，烏足貴惜？惟是平生涉歷、友朋誙諉之跡具見于是文。雖不合清規，顧弱毫所摭紀，不可遽就湮沈。

曩亡友朱予齋，因拙草藁中有傳序其尊甫、誄其母夫人之辭，遠自平泉寄剞劂之貲，慫予竟其事，于以見孝子之用心，欲表揚先德潛光。雖以予之不文，謬有譔述，不聽没諸覆瓿，冀藉以彰于世。其纏綿悃欵，使人怦怦難恝諸懷。况吾倫紀之因依，事境之振觸，有攄其鬱結尤耿惻不忍灰棄者乎。然則姑板此，勿論其言之不能文與灼然不足行遠，亦無辭剡藤之夭閼爾矣。

昔朱子躬承道系，其各體著述，俱遠有師承。散行效董江都、曾南豐，尤能根極性命，用真氣排奡，大昌厥辭，有擅名作家不敢方儗焉者。調元忝出餘山先生門下，既燭理不明，履道不熟，而于斯事又實無分毫工夫。第率胸臆爲之，漫浪傾吐而已。然知者鑒予清夜之慚惶，固不在是也。爰釐爲三十卷，書一語弁諸首。

乾隆二十八年癸未中秋日，桑調元自序。

弢甫集卷一

論

辨君子小人論

治天下之要，莫急於用人。用人之要，莫急於辨君子小人。君子小人，未易知之而辨之也。以帝堯如神之智，成湯天錫之智，宜於人無不燭其隱而觀其深矣，而於伯鯀、尹諧，猶幾幾乎失之。故《虞書》曰：『知人則哲，惟帝其難之。』《商書》曰：『其難其慎。』蓋深慮乎人之難知，而所以覈品於心術之微，程材於事爲之著，姑以試其可久而得其真者，如此乎其詳以審也。故鯀殛諧誅，元德升而十六相隨舉於巖廊之上。百工以釐，庶績以熙，三宅三俊與咸有，一德之氣類相感。敷求哲人，旁招俊乂。近則協於厥邑，遠則丕式見德。堯與湯卒不損其知人之明，而成帝王之上。理其要，在克辨乎君子小人，任勿貳，去勿疑，惟和惟一，以有此美也。

君子小人，道消道長。其乘除由於陰陽之氣運，其扶抑由於神聖之事功。事功所以持氣運，而氣運即隨之轉，故神聖不委諸氣運也。神聖之事功，辨君子小人而已矣。君子小人克辨，則小往大來，賢人出而氣運昌；君子小人失辨，則大往小來，賢人隱而氣運至於極壞。予竊稽《大易》，觀《否》《泰》二卦之象，相對相反，慄乎毛骨爲之竦，而心神爲之怵以悸也。《泰》之《彖》曰：『天地交而萬物通也；上下交而其志同也；内陽而外陰，内健而外順，内君子而外小人，君子道長，小人道消也。』此克辨君子小人，之所以著其休也。《否》之《彖》曰：『天地不交而萬物不通也；上下不交而天下无邦也；内陰而外陽，内柔而外剛，内小人而外君子，小人道長，君子道消也。』此失辨君子小人，之所以形其咎也。勢之成也，如冰炭、白黑、薰蕕、涇渭之相懸。開通閉塞，關繫乎天下萬物之數；而内外消長，其初祇肇判於一幾。然則小大往來之間，辨之不可不早辨矣。

一君子進而衆君子由之以進，正與正相合，其道德性命根乎禀受、成乎學問者，本並出一原。故同升諸公，衆正翊贊，師師凝績，勢之所必至也。一小人進而衆小人由之以進，邪與邪相引，其權謀術數逞乎嗜欲、熟乎營求者，亦並出一途。故朋比爲姦，衆邪黨附，師師非度，亦勢之所必至也。《泰》之《初九》曰『拔茅茹』，《否》之《初六》亦曰『拔茅茹』。君子小人之相連並進，各從其類。三陽在下與三陰在下，其乘時用事之勢，已各不可遏。然一則幸其征，惟恐其不征也，慶之也；一則勖其貞，難乎其爲貞也，危之也。

君子之素爲君子，非一朝一夕之操持；小人之變爲君子，豈革面革心之神速？默覘氣運者，於泰初之彙，欣欣然喜；於否初之彙，惻惻然憂之矣。君子之得時則駕也，所設施皆中行之道。寬裕有容，苛察之能弗矜也；果敢有爲，振作之氣倍厲也。思深慮遠，經綸必極周詳；秉道嫉邪，投契不容昵比。故擴『包荒』之度，鼓『馮河』之勇，絶『遐遺』之愆，著『朋亡』之正。《泰·九二》之『光大』，豈小人曖昧狹隘之所可同年而語哉？從來君子不依藉乎小人，而小人間貌附乎君子。故《泰》之《二》則曰『朋亡』，《否》之《二》則曰『包承』。小人而順承乎君子，亦小人之有意向者也。而君子之氣類固殊焉：進以禮，退以義，據理而答，不惡而嚴，固嶽嶽懷方以處之。不然否何以云亨，而群之未必不終亂也。

夫平陂往復者，運也；艱貞勿恤者，道也。《九三》處《泰》極之時，而君子憂盛危明之心，正於斯見之。不敢任乎氣數之自然而動色相戒，持盈守滿，制治保邦之謨謀出焉。使不以道力持乎天地之際，其何福之能食？君子之明於憂患，而不使其心之一息放逸也。安以是保，危以是持，亦何時而不用其兢兢也乎？《泰》之《三》固以其處於極盛而思其艱，《否》之《三》不以其無能肆害而忘其懼。小人志於傷善而蓄而未發，其蓄焉者故在也。《否·六三》之『包羞』，豈其志不欲騁哉？有識者能無爲君子寒心哉？君子非懼其禍之將及己也。君子以身任天下之安危，則護善類而防邪慝，固不容於不深長思也。至《泰》之《六四》，而小人群然得志矣。同惡相濟，合謀害正，印纍纍，綬若若，翩翩下集，睢盱之態，尚忍言哉！天運之可挽也，是《否·六四》之『有命』也。人事之當盡也，是《否·六四》之『離祉』也。君子志願得行之時，即君子疇類獲福之時也。觀於《泰·四》之『不可復爲』與《否·四》之『堪與更始』，而知泰之難恃，一跌而遂至斯極；否之可回，一振而咸與維新。然則泰未即爲休，而否未即爲咎也。其故只争乎君子小人進退之機，而休咎倚伏之勢如圜之轉，可畏也。

懿矣哉！君臣同德、上下交修之朝之予人欽慕也。柔中虚己，保泰下賢，惟與碩德感孚，不爲讒邪所間，願伸於大君，祉遍於萬類，是《泰·九五》之象也。且夫王業，未有不致其憂勤愓厲而能久安長治者也。『其亡』何其危，『苞桑』何其固。撥亂而反之正，思患而爲之防。《否·九五》之『休否』，夫固有以致之。戒天禄之永終，怵天命之難諶。無疆惟休，無疆惟恤。陽剛中正之君與弼直謨明之臣，其交相應而互相警，多在於此。故其盛也，萬幾有兢業之思；其壞也，天子有無愁之曲。君子之匡贊其君，則必陳四方水旱盗賊，以聳愓乎勵精圖治之心；小人之蠱惑其君，則必致多端聲色狗馬，以恣行其執迷不悟之事。此其大相逕庭者也。夫泰之終爲否與否之轉爲泰也，氣化盛衰，人事得失，反覆相尋，固理之常而無足怪。故有『城復於隍』之嗟，有『否終則傾』之喜。然所重者在人事，則不可聽其將然而莫爲之。所命亂而猶必告命，則不付之於無可如何。『否傾』而出於『先否』，則非安然而得其攸濟。

夫陰陽之消長，君子之消長也。其來有萌動之幾，故其乘而起也，日盛而莫之止；其轉有旋撥之紐，故其隨而返也，終變而不久處。於盈作易者，於陽之復，君子之升，則迎而喜之，於是乎有『大烹』之養，有『好爵』之縻，有『晝接』之榮，有『觀國』『賓王』之美；於陰之生，小人之進，則遏而絶之，於是乎有『公餗』之覆，有『鞶帶』之褫，有『勿用』之戒，有『負乘』『致寇』之讖。《泰》卦於君子多危悚之辭，懼泰之難終保也。故《三》則惕之以『無往不復』，《六》則傷之以『城復於隍』。《否》卦於小人多戒勉之辭，冀否之猶可支也。故《二》則許其『包承』，《三》則幸其『包羞』。然君子難進而易退，守十年不字之貞，秉舍車而徒之義，此素履獲吉，不亂於小人之群，而國家事遂不可言矣。小人易進而難退，受不足敬之服，蒙非據而據之醜，此比匪有傷，竟成不戒以孚之謀，而衆正人斥逐殆盡矣。

予嘗觀上下千載君子小人進退之際，而知否泰之所由生。雖曰天運，豈非人事哉？唐虞時『八元』『八愷』中，惟庭堅與五臣之列，殳斨、伯與、朱虎、熊羆名見於四岳、九官、十二牧之外。四岳、十二牧，同亮天工者，其名且失傳。《魯論》專舉五臣爲言，以謂舉其大者數人，爲前後代之所莫能匹，則固已彰其勢之極盛。而其次而降焉者，數之不勝數，亦不必悉數之也。當時天之生才，固極其多且美，而聚其多且美於朝者，何無一之遺也？是其氣類足以感而召之。一君子進而衆君子俱進，一大君子進而六德三德之君子無不進，則小人無所容其身以售其姦，故曰『何憂乎驩兜，何遷乎有苗，何畏乎巧言令色孔壬』也。

三代皆籲俊掄材，而孟子獨稱湯之立賢無方，是豈無故哉？有商用人之法，不拘族系，不採虛聲，自耕築起爲大臣而不之疑。懋官懋賞，惟其賢惟其人。凛上帝之簡在，謹衣裳之在笥。《汝鳩》《汝方》，《尚書》雖列其篇目，而其文既逸，然《伊訓》《説命》諸篇可考也。其時之賢路開通，官常整飭，收之也博，覈之也精。商六百祀，爲精明强固之天下。周祚雖過八百，弗及也。周道親親，世卿稍覺倚重。周公仰思而未合，其殆爲是與？故吐握致勤，辨論致審，綴衣、虎賁、趣馬小尹，皆庶常吉士。僕御侍從，罔匪正人。賢才之氣脈盛，故國家之氣脈如之。賢才之氣脈長，故國家之氣脈亦如之。

漢治最爲近古，求賢之詔屢下，責郡國以名聞。河南守吴公治平爲天下第一，而所薦者爲賈誼。舉者賢，則所舉必賢。君子與君子爲類，不信然歟？韋彪《貢舉議》曰：『士宜以才行爲先，不可純以閥閲。然其要歸，在於選二千石。二千石賢，則貢舉皆得其人矣。』其亦知此意也乎？何武辟鮑宣，史高辟匡衡，周景辟陳蕃，王渙辟仇覽，辨於其類也。蕭何薦曹參，丙吉薦西河太守杜延年、廷尉于定國、太僕陳萬年，大臣以人事君，猶有克知灼見之遺風焉，則其類先正也。

唐魏徵、王珪之徒，在太宗左右，事之大小，無不議論諫諍。當時邪人庸人相參者少，雖有如封倫、李義甫輩，太宗又能識而疎之，故能成貞觀之治，宋曾鞏嘗欣慕而樂道之矣。而魏徵上十漸之疏，猶懇懇以昵小人、遠君子爲戒，斯辨之不容以不瞭然者也。元宗用宋璟、姚崇、張九齡、韓休輩而治，用楊國忠、李林甫等而敗。憲宗用杜黄裳、李藩、李絳、裴度等而大業振舉，用皇甫鎛、程异而隳之。裴度耻與鎛、异同列，上疏曰：『臣若不退，天下謂臣無耻。臣若不言，天下謂臣負恩。』而帝不悟也，是何其明於始而暗於終哉！則克辨之難，在有意中興之主且猶然也。中間若德宗用崔祐甫、陸贄等而安，用盧杞、裴延齡而危。曦光乍開，重霾疊閉。

嘗與李泌論即位以來宰相，曰：『盧杞忠清彊介，人言杞姦邪，朕殊不覺其然。』泌曰：『此乃杞之所以爲姦邪也。倘陛下覺之，豈有建中之亂乎？』帝猶謂亂爲天命，非杞所致。贄奏人主擇輔臣，輔臣擇庶長，庶長擇僚佐，得人爲易。帝不聽。又謂延齡誕妄小人，不可用。帝又不聽。其後若穆宗時，牛李分朋，更相傾軋。敬宗時，李逢吉用事，所親厚者八關十六子。其暗而莫辨，更不足言矣。

宋李沆咸平間爲相，帝問治道何先，對曰：『不用浮薄新進喜事人最爲先。』其辨之固已明矣。王旦、寇準不知君子小人之必不容並立，故卒爲王欽若、丁謂所傾。真宗不知君子小人之必不可雜進，故治卒未純。婺州吕本中謂知漢唐小人易而宋難，知熙寧後小人易而前難。知之者，惟王旦、李沆耳。然旦固不可謂之真知也。蓋辨之明若斯之難也。仁宗時杜衍、富弼、韓琦、范仲淹在廷執政，歐陽修、余靖、王素、蔡襄爲諫官。退夏竦以從清議，舉措得宜，此石介《聖德詩》之所爲作也。其詩曰：『衆賢之進，如茅斯拔。大姦之去，如距斯脱。』蔡襄亦言於帝曰：『一邪退，則其類退。一賢進，則其類進。衆邪並退，衆賢並進，海内有不泰乎？』至和間，趙抃上言，務欲朝廷別白君子小人。帝納之。斯可謂之休風矣。神宗亦勇於有爲之主，誤信王安石，更有傳法之韓絳，護法之吕惠卿，而國紀已大壞。至哲宗元祐間，司馬光爲相，吕公著、范純仁輩同心輔政，宇内復治安。而其後枋臣誤爲調停之計，致使楊畏、章惇、李清臣、鄧潤甫、邢恕、蔡京等諸姦横發，至有詆司馬光姦邪，當先辨者。顛倒是非，一至於此。徽宗建中靖國間，邪正雜進。權給事中任伯雨曰：『君子小人並用，終於君子去，小人留。』不聽，由是蔡京、童貫之毒氛熾播，刻立黨碑，而北宋已墟矣。則全無辨別之故也。理宗時，梁成大等附史彌遠，正人盡遭擯斥。朱瑞常既劾魏了翁、真德秀落職，成大貽書所親，曰：『真德秀乃真小人，魏了翁乃僞君子。此舉大快公論。』小人之無忌憚，有不顧人齒冷者。以程伊川之賢，而指之爲姦者，出自蘇軾，且引以爲己功，其他則又何說？

由是觀之，其克辨也若此，其失辨也若彼。而否泰之運，迭爲倚伏於其間。且一朝之事，一君之身，而克辨與失辨，前後或殊，則泰否亦從之而異應，不可以不慎也。

夫人固不易知，知人亦不易。小人之中，有其言辯，其行堅，其見聞之博，足以出人之所不能；其情貌之深，足以欺人之所不見；其智術之巧，足以移人之所好而不悟；其才藝之美，足以行人之所難而不憚。誠有如明鄭曉之所云者，則其爲小人，尤不易知，所宜辨之又辨者也。漢武帝知霍光之忠，而不能知上官桀之詐，此固有難燭其姦者矣。或有慮人之難知，而欲以術鉤取之，則又不可。唐太宗時，有上書請去佞臣者，帝問：『佞臣爲誰？』對曰：『願陛下與群臣言，或陽怒以試之。彼執理不屈者，直臣也；畏威順旨者，佞臣也。』太宗曰：『君源也，臣流也。濁其源而求其流之清，不可得矣。君自爲詐，何以責臣下之直乎？』太宗此言，可謂深知治本矣。又嘗謂魏徵曰：『爲官擇人，不可造次。用一君子，則君子皆至；用一小人，則小人競進矣。』徵對曰：『然天下未定，則專取其才，不考其行。喪亂既平，則非才行兼備，不可用也。』

夫太宗之言是也，魏徵之言非也。《易》曰：『開國承家，小人勿用。』豈謂草昧雲雷之日，布經綸者可不必期於君子，而爲苟且之計耶？後世之治不古若者，率由此也。夫開國之始，即宜專用君子，矧其在承平也。予嘗謂獨智小數之夫，一長可取或一言之合，概以爲才，而置之要地，則氣類相引，輕薄猥巧之徒雜然並進，而官方大壞矣。善乎，張横渠之言曰：『弓調而後求勁焉，馬服而後求良焉，士必慤而後智能焉。士不慤而多能，譬猶豺狼不可近。』此辨人才者之所當先審也。崔與之上疏理宗曰：『天生人才，自足供一代之用，惟辨其君子小人而已。忠實而有才者，上也；才不高而忠實有守者，次也。用人之法，無踰於此。』斯言得之矣。

若夫辨君子小人之方，古亦有之。皋陶曰：『亦行有九德，亦言其人有德，乃言曰：載采采。』亦既核其實矣，而必觀之，彰厥有常而乃定。李克曰：『居視所親，富視所予，達視所舉，窮視所不爲，貧視所不取。五者足定之矣。』五者不能遍觀而熟察之，則視所舉而舉者之品定，視爲所舉而所舉之品亦定。總不離乎類聚群分之説而已。李德裕言於武宗曰：『致理之要，在於辨群臣之邪正。夫邪正二者，勢不相容。正人指邪人爲邪，邪人亦指正人爲邪。人主辨之甚難。予以爲正人如松柏，特立不倚。邪人如藤蔓，非附他物，不能自起。』夫特立者，君子之以義理爲身之幹，小人之所不得而假借者也。張浚曰：『不私其身，慨然以天下百姓爲心，此君子也。謀求之計甚密，而天下百姓之利害我不顧焉，此小人也。』其言之剛正不撓，無所阿嚮，此君子也。辭氣柔佞，切切然伺候人主之意於眉目顔色之間，此小人也。樂道人之善，惡稱人之惡，此君子也。人之有善，必攻其所未至而掩之；人之有過，則欣喜自得，如獲至寶，旁引曲借，必欲開陳於人主之前，此小人也。』君子小人，無時無處而不相反，此亦言其入朝之概爲然。《魯論》所言周比、和同、驕泰之類，不一而足。究其處心積慮，於公私義利間盡之。視所以，觀所由，察所安，聽其言，觀其眸子，人焉廋哉！抑蕙荃化爲茅，百鍊剛化爲繞指柔。君子之失足爲小人，一須臾頃耳。陽和布煖，鷹化爲鳩，識者猶憎其眼，則小人之純變爲君子，誠難也。此則流品雖難猝辨，而卒無不可辨焉者也。

顧君子嚴氣正性，未見其可欣喜而輔成君德，其益無窮。小人則能先意承志，以悦人主之心；乘間候隙，以中人主之欲。雖覺其舉動之非端亮，而暱而不能割，其害亦無窮。朱子曰：『君子小人，迭爲消長。直諒多聞之士遠，則讒諂面諛之人至。』蓋人臣之賢不肖，關國家之興亡，而實有天意存乎其間。若人君果能遠小人、親君子，則讒諂面諛之人亦無不遠，直諒多聞之士亦無不至之理。則本源之澄澈，在君心矣。《記》曰：『王中心無爲，以守至正。』夫惟一正而後可以合衆正，一正而後可以卻衆邪。所謂取人以身者，此也。

弢甫集卷二

序

儀禮集編序

《禮古經》，篇五十六，漢出孔壁，爲完書。劉歆欲列諸學官，諸博士荒，固莫置對。唐時猶存，後亡之。所存十七篇，尚賴明經、學究專科經注並習，未庋閣也。王氏新經，眩亂設科，專《小戴》，而《禮古經》益否晦。然《禮古經》爲經，而《禮記》訓故之特重於他禮經。學者抱守殘缺十七篇中，獨《軍禮》亡耳。吉、凶、賓、嘉，小大於是焉稽，通辨而推行之。有周盛時之闓典，斌斌如矣。且所存原不止《士禮》，融貫精腴，可上下行於世。吕枏嘗偕其僚合公侯伯及士子，習行於太學。人識是經之寶貴，其行於今蓋寡，特不之行耳。

予鄉友教南屏山，禾之盛生來，從事是經，不輟寒暑昏曉。生精敏，送難鉤元，暗與古合，多抒特見，發前箋之所未嘗。經奥之抉，疏訛之糾，砉中理，解刃之游且恢恢然。既數年，生用功益勤，而專倣何晏、范甯，臚先説而衷之己意，裒然成編，分卷如經之舊：前卷綱領，標其凡；

後卷附録。勘正監本、石本，補顧炎武、張爾岐之缺，鄭、賈、楊氏之圖之失，胥正之。高識炯炯，辨經與記之參錯。熊朋來目《儀禮經》後即記，惟《士相見》諸篇無之。敖繼公疑有之。而逸生則謂《士冠禮》舊自記，《冠義》以下爲記。然此乃《戴記·郊特牲》文耳。準諸例，自『若不醴，則醮用酒』已下即記矣。《士相見禮》舊無記，準諸例，自『士見于大夫』以下即記矣。其注或連傳經爲傳隔之類，悉與更定。諒哉言乎，庶乎經之功臣已。

昔范祖禹奏陳祥道注解《儀禮》，乞下兩制看詳，備禮官討論。詔從之。今上崇右經術，世豈無范祖禹其人？而生爲陳祥道，詎忝乎？抑此自論實獲，固百世之業也。韓子曰：『獨抱遺經究終始。』歐陽子曰：『學者當師經。』生其務篤於經，是師求意，得心定、道純而充實，盡終始之，究得聖人之意。次第釐訂群經，而《周官》，大、小戴本，是經表裏，當先就緒。予老矣，猶及爲生續序之。生名世佐，字庸三。

毛詩明辨録序

昔文中子以《春秋》《尚書》與《詩》同目爲三史，上下千餘年，朝野之得失存焉也。而《詩》之微婉、善感人心，有過於《書》法之謹嚴、告誡之沉懇者。姦人之雄，悍夫之蠢愚，示之衮鉞之寄，渾噩聱牙之編載，或恬弗之恤。而下里清謳，無心之唱歎，入乎其耳，觸乎愴焉，有痛之真，輒涕泗迸流，怦惻不自禁。故興之善物歸焉。顧人代荒遠，其采貢存刪之故，通儒莫能究晰。

史遷謂古逸三千餘篇，歐陽推《詩譜圖》，又當不啻乎是。然季札所觀，雖次序與今異，而全詩亦止此數。故朱子亦謂夫子固未曾删，特刊定而已。舊自《齊》之下，即歌《豳》，歌《秦》，然後歌《魏》；而今以《豳》爲《風》殿，退《秦》於《唐》後。論者探夫子之微意，言人人殊。而鄭氏《詩譜》，則且《檜》先於《鄭》，依《邶》《鄘》先《衛》之例，《王》在《豳》後，與《雅》《頌》接。雖未爲無所見，然經自聖人定後，議論所不敢到也。王魯齋直欲去淫風三十五篇。陳少南要廢《魯頌》，噫，其甚矣！學者生古人之後，其疑之不可通，闕之斯已耳。

沈君艮思，學贍而思勤，於經史並有著撰，而《毛詩明辨録》先板行，屬序於予。予受而讀之，見其貫穿諸經，左右咸逢；又身歷邊地，考古風土之遺，辨晰名物，致爲精覈；即音韻，亦細與折中。而大旨發明朱子之《集傳》特詳，意思名通，不執一見。朱子雖不主大、小序，而菁英要靡不搴掇。是録亦羅其元要，罔有缺訛。其洵不爲毛、鄭佞臣，而多於前功矣乎。夫前人志有所觸，發之於聲詩，明者能於千百載下，善以意逆之，而知其在高山，在流水。是三百篇留牙生之操得君起，而爲其子期泠泠絃軫，識聽其真，以之拈説匡稚圭之所不是過。而興、觀、群、怨之蘊奥，益抽闡發皇而不可以已，是四始六義之一快也。其群經之纍如珠貫，史論之靡靡可聽，殆弗可測量已。君名青崖，大興人。

春秋三傳明辨録序

古子沈子邃於春秋學，其後裔艮思君起而昌其緒。覃精研思，積有年月，著《三傳明辨録》。爬疏晦塞，探闡元微。通三家之郵，啟全經之奥。於聖人筆削之義，若隨素臣面承音旨於緇帷也，若引高赤之儔，以難以解，重席之間，齗齗如也，若與杜、何、范氏專門討尋，泝董、劉，沿啖、趙，匯百十名家，下上其議論也。

夫不通群經，不足以治一經；不知史法，不足與談經術；不博研象緯、山川、方名、器數之宏賾，不足窮遐極幽，俾微言大義之可考而彰也。君條貫群經，《詩》《易》並有撰述，又史論縱横，誅姦發潛，旁羅衆妙，叢書無所不究，於古今輿地特詳，繪列國圖瞭如指掌，著書富而用心勤如此。自來箋疏《三傳》，不乏恢奇。而劉原父之《權衡》、程積齋之《本義》爲最善。王子思通《易》與《春秋》，更擅史論。張元德作《地里沿革志》，説經鏗鏗。君兼之矣。前後以例論《春秋》者林立，幾成聚訟。至窒礙輒多流遁，或厭苦之，則徑欲破除，獨抱遺而究終始，二者皆偏也。《魯論》序言志，先顔淵，重德也；問將伐顓臾，首冉有，責與謀也；於晝寢則名予，於聚斂則名求，蓋重貶斥之。孔門弟子，親見聖人華衮蕭斧之用，遂爾傚仿。謂名字進退無關係，可乎？其他記事，直書見義，二十篇中亦不屑屑一例，此可知《書》法所自矣。然則聖筆神明變化，詎可窺以一成之見哉？正例、變例，衆説紛綸而出。名通之見，彙同異而折其衷，如飲上池水，洞見臟腑癥結，故治之也中。後有好學深思之士，不且於是耽之成癖與？

擬明史列傳序

劉君芳草，以史氏家居，撰《擬明史列傳》五十篇。其所傳，類皆文章、忠義、志業、魁閎之侶。有明三百年，日星河嶽鍾聚之奇，已撮其標；而氣運興衰、朝常國是終始之由，亦略見於是。不必覽全史而具知其體要，蓋卓乎紀載之良也。

夫人者，國之紀也。洪武開創之初，劉青田、章龍泉輩應運而興，如人氣體强固，精神折衝，宜乎蹶陳殲張，代元而有天下，撥亂世反之正，比踪於漢唐宋之隆，功業如此其煌煌也。中間扶拄鰲極，代不乏人。而金川門破，駢闐善類摧殘。雖一時威勢呿張，而殄瘁之機已伏。沿及璫禍橫流，膏殷碪鑕，糜爛沸湯，英魂毅魄悲嘯於覆盆昏曀之天，其慘酷有不忍言者，而明社已屋矣。吾嘗論其邦家元氣之傷，不傷於靖難、奪門，而傷於屠僇方、鐵、景、于諸公；恒幹之亡，不亡於流賊縱横，而亡於鎮撫司慘毒繆、周、楊、左諸君子。如尫羸垂盡，外潰内訌，又安能苟延旦夕殘喘哉？此一代人才，或榮或悴，邦祚之炎熄因之，皆所謂磊磊軒天地不可磨滅者與！而其間文柄獨持，壇墠迭起，嘘噏其生氣於爛煤破楮之餘，非惟文雅風騷之結習不忘，其關係於朝家之運會甚大。

昔歐陽子愛司馬遷善傳偉烈奇節，欲學作而怪無可書。及得一壯其事者，次第之，又自謂未知其文能如遷書，使人讀而喜否。今有明一代之人之偉烈奇節，較歐陽子之所謂壯其事者且百之，而君手提衮斧，觸事激昂，歌哭淋漓，磐攄其胸中如是鬱蟠不可柔馴之物，一寓之龍門排纂之體，則人之喜讀其文，爲之叫呼起舞，更宜何如也。君辭榮最早，年近耋矣，而好學不倦，以承以啟，孜孜述作，豈獨其文可傳哉？君名青芝，襄城人。

萬子迂談序

勝朝江州萬淺原先生，起家進士，爲西曹，歷外臺，官至左布政，以執禮不阿拂衣歸。優游林下三十年，年躋耋餘，著《萬子迂談》。舊刻淪于兵燹，其孫朝紀重鋟之，屬予訂其亥豕，乞弁一言。

予攷先生居比部，却嚴分宜子請託，治滇楚閩汴，紆籌兵食，慮悉而識周。凡三涖閩，值寇倭交訌，全莆城者再，閩倚爲長城。然則先生夙蘊，已略見諸行事。所談絶不迂，顧志氣犖犖，于世不爲桔槔，一時權嬖莫之逞。終始淬厲一節，甘以泉石老，即謂之迂也宜。當隆萬時，旱潦洊臻，流寇已蠹大廈，乃有一木復撤之，身退不用矣，猶以力所克，爲築堤、興學，德在鄉邦。家訓《女誡》見于篇，具可爲法。六經皆有劄記，而于《樂》尤攄特見。謂『聲依永』乃樂器之聲，不從蔡氏之注，確指四清聲。糾，宋陳氏疑爲無用，欲去之。謬謂黃鍾管九寸，寸皆九分；若以十，則三分損益，不可行。蔡西山謂大呂、夾鍾、仲呂，當用倍數，此惑于律管候氣之説。

夫用倍既非三分損益之法，播之五音，仍止用半律，非自然之數。候氣止可用之冬至，寅月陽氣已出地上，午月且自上降下，安有飛灰之理？著論萬言，卓乎可傳。曾與李于鱗仝曹司。韻語亦琅琅可誦。蓋先王實抱有爲之才，遭時孔棘，而爲嵬瑣所尼，故其題築廬詩云：『心懸魏闕三千里，身在匡廬第一峰。』知人論世，誦讀其詩書者，咸嗟惋之。

予爲濂溪書院山長，與其廬隣近，嘗步屧過之。見堂中楹帖，猶鐫其先大夫句『裵亰聽瀑之軒，諮訪軼事愾焉』，興仰止之思。其子姓，多從予遊。而朝紀獨流傳先集，誦厥清芬，俾光烈播海宇。微特祀于其鄉，見先正之言立也。先生名衣，字章甫，淺原其號。

性理粹言録序

開封司訓某君，甫臨學廨，輒出其夙所輯《性理粹言録》以教弟子員，而問序於予。

予惟宋五子性理之書追配《論》《孟》《學》《庸》，如日月江河之經行於天地，萬類之所資以生成者也。新安施氏，復取有明薛、胡、羅、高四先生之粹言，以類相從，系諸後。其條目一準《近思録》，規模大而節目詳，不煩經營，而成建章千門萬户之體勢，可謂語之詳矣。君以其書浩繁，窮鄉僻壤，不能悉購。且瓊林瑶圃，盈目皆寶，入者不知所取也。乃約爲是録，庶幾擇之精焉。居恒以此教於其鄉，今司訓是邦，梓而行之，以廣其傳。其汲汲於昌明正學，不負厥職，有迥異於衆者。夫天下之人才，出於學校；學校之陶冶，繇於師儒。正學不明，師儒之勤者，亦衹以科舉時文課弟子。夫科舉時文，未嘗非正學之所統貫，而祈嚮一差，苟焉富貴利達之是徇，幾忘其所有事。朱子有言：『學校之政，不患法制之不立，而患理義之不足以悦其心。』用慨然於設官之徒費廪禄，思得一當職者，教之理義。今此條具在録中，誠千古陶冶人才之大關鍵也。

嗚呼！理義原具於人人之心，教者一實心提唱，學者必蒸蒸向風，翕然丕變。况中州道脈，承伊洛之淵源，湯、耿諸先生講學之流風未遠。省會之學校，又爲各州縣之倡。吾知手是録，以鼓勵群才，振興絶學。俾凡爲士子者，端其祈嚮，進而抽闡諸儒先之大全，以力求實踐，將蘄至於聖賢之域不難。吾於兹有厚望焉。

弢甫集卷三

序

李穆堂先生別稿序

《傳》稱不朽者三。自來殊尤魁碩之士，隨其才性成就，各有所立。其實事業文章，不本乎道德，則鶩謀駔詐之所經營，不足謂之功，洸洋無實、妖淫阿曲之辭，不足謂之言也。古之大賢，本元深固，雖跧伏窮巷，勳業不得施，無著述之流播，亦煒然有聲光於穹壤，不可得而湮滅。其出而光濟於時，肩任區宇，勳庸紀乎太常，德澤流乎蒼生，又以其所渟蓄之菁英，溢爲文辭，大者媲謨訓，並雅頌，次亦足發抒萬有之性情，檃括百代之藴奥，咸有資於實用，而不爲無益之撰述。自三代以來，曠數百年，而一覯猶傾蓋。然若穆堂先生三不朽之盛，以身兼之，則豈非皇朝之名世，應休運而篤生者乎？

先生中年始達，揚歷中外，勇以天下爲己任，屢折復起，終始一節。凡所建竪，在人耳目。七十懸車，從容進退。身名並泰，休有烈光。其本深實茂，盤礴鬱積於中，抑自有不容已於言者，炳烺班布。海内學者，翕然師尊之，惟恐望門墻而不得入也。先生初藁，行世已久，續有別稿之刻。其瓌瑋大篇，包絡川岳，崢軋霄漢，奇出乎無窮，而昔年所謂三應之作，亦列焉。蓋先生率爾操觚，必歸於正。鴻罏鑄物，小大受範，有非人工之繪畫雕鎪所得而倫比焉者。其中殷殷利物之思，發乎至誠，滂沛乎毫牘，足爲經世之訏謨。天下後世，必有用其所指陳，以溥厚澤而垂永久。豈與迂生小儒蟲篆鞶帨之技，屑屑較工於字句乎哉？

夫理、道、性，生而有之。熟研諸心，疏觀諸事，明白不惑，沖融有餘，足乎内，流乎外。不必比擬古人，而盎然發舒，自各如其所得之淺深，所養之氣之大小。臨川文獻甚盛，鄉先正之振聲接武，傳世而行遠者，後先相望。先生代興，超然獨騖，以視昔賢，誠所謂同歸而殊塗，一致而百慮者也。調元固陋，以蠡管之見跂先生爲人。因讀先生之文，而妄爲測之如此。

空同詩鈔序

詩本陶冶性靈，而性靈觸撥，一時或橫溢莫可制。聖人欲授之範也，故曰發情止義。若千古偉人之生，心胸皎若雪日，根元忠孝，世俗嵬瑣之見，不入乎其中。一有感於倫理世故，纏綿菀結，若有物焉，蓬勃不可按抑，宣爲聲詩，滃然蒸浮，如山川出雲，瀰漫碧落，自然回薄萬狀。古今作者，淺深各有所得，而統宗籠蓋，萬舌同聲，首推少陵杜氏。蓋醖釀深厚，忠義形見，忽不自知傾注所至，其妙躋巔奥，何嘗不由才雄學贍？顧原本發皇自性情之正，爲之所由，與雕蟲篆刻，羞壯夫之顔者異矣。

有明弘正間，李空同先生立起詞壇，奮袂大呼，寰宇響應。同時以明秀逸健狎主齊盟者，究莫之敵。後稍稍異議，至錢牧齋昌排不已。夫崇擁之者，專詫其雄深絶特；而嫉其名聲，又以撏撦剥割爲誚讓。皆未究其根柢所自，未可爲知先生者也。孟子之誦古人詩也，主乎知人論世。先生發跡在孝宗時，早直言敢諫，戚宦切齒，出力欲擠之死，幸不玉碎。主明臣直，青史至今以爲美談。洎至武宗，顛覆典刑，權璫肆毒，明社岌岌。先生憂時愛主，厲志士仁人之大節，忠憤激發，奮筆代韓文草疏，身家頂踵，毫不之顧。憾者之凶焰，百倍壽寧。及身之火，頻撲頻燎。其慬而獲免，天也！而先生拳拳忠愛，獄中竄所，荒閒困躓之區，攄懷咏物，贈答往還，罔不繫心廟堂，悲吟時局，變風變雅，繚繞其憂傷哀憫之思。嗚呼，何其摯也！林貞恒詆鄭少谷仿杜，謂時非天寶，地遠拾遺，比之無病呻吟。牧齋呵之，可謂能知人論世矣，而卒不知先生。先生之於杜，身世魄力，悉與脗合，徒摘其一句一字之沿襲，誚爲北地雲霧，豈通論乎？彼無其性情，而才與學又遠不逮，漫爲優孟，予亦病之矣。

先生之八世孫辛燿從予遊，道其父欲刻先集之詩，以廣厥傳，因檢行笈鈔本授之，釐爲一十六卷。夫豈謂持擇之精善，庶不没先生之真，俾學者知世有少陵，自有少陵之詩。先生其許我乎？

鶴洲殘稿序

詩無真可寫，敝敝焉以雕繪爲事，雖卷軸塞穹壤，其中固無詩也。匪微無詩，抑無人。先生生大家，性孝友，豪於結友。中年薄宦，奇貧，見於詩辭，有甚於拾橡栗自給者。其孤清介立，不於人俯仰，風概可想見。予嘗謂士貧賤，不可得而衣食，則士貴；詩寫其貧賤，不可得而衣食之情，則詩清。先生天質超妙，存詩不多，幽夐獨出，閒倚聲爲小詞，亦婉麗入人心。其胸中之所有，灑於楮墨，終古不澌滅也。先生之子嵩齡，出先生詩詞殘稿，屬予訂而序之。予掇其菁英，各釐爲一卷。先生行似薛包，困似袁安，早年似郭泰，予特於其平生之清味有挹焉。古云執鞭所忻慕者，其在先生與？

坳堂詩集序

先生之詩，絶空依傍，直吐性靈。潛居蝸廬，獨吟自豪，絶不與人競名，抱知希我貴之意。殁後二十有三年，厲樊榭過調元所，雒誦之。目其五言，出屈翁山上。睎慕風節，以平生不識景丈爲恨。嗚呼，先生殁不多年，已得一揚子雲矣！後世之揚子雲豈少哉？然先生俯仰寄意，吾寫吾真，今後世之子雲有無，固弗之計矣。原稾分《菊公》《坳堂》《醉翁》三集，今統標曰《坳堂》，嗟先生之志也。集故富，先略爲撰次八卷。

香草齋詩集序

客春，予應道山書院之聘，別雷學使翠庭。學使閩人，手條列其鄉之儁哲姓名，盛推黄君莘田，予心異焉。汪徵士槐塘夙遊閩，亦向予津津齒君爲是中之鉅才長德，而詩之駸駸及古，匪今所多有。予至之日，即訪君廬。怪石嶔蹲，老藤蟠蔭，烏九尊敦斑斑然，蕉葉之研墨氣未乾。君古須眉，啜苦茗吟其中，兀然山澤之臞也。促席論詩，一見即成衿契。予出户必詣君，情味相得如昆弟。君善病，予亦中海嶠嵐瘴，右臂幾不仁。急辭歸，别君帷榻間，依依不忍捨。予酷愛君詩，惜無書人繕録。君輒舉平生所著《香草齋集》授予，屬訂定。予歸，事箴砭。病良已，秋走南岳，歲暮抵舍。今年來江右，主濂溪書院，携君詩行笈中，至是乃得卒業。

閩詩派導自二藍、林膳部、高翰籍與王皆山輩，號十才子，力仿唐音。鄭少谷以矯峭變之，而高霞居、傅前邱與屬和，其後曹石倉、謝小草仍操其土風。君才思滔滔，多師爲師，清麗綿芊，而風骨凝然，獨超衆孇。其繰抒性靈，自溢其清真于灑落之餘，不橅陶、韋而合。蓋如其標格，以爲聲詩，杰然足振南中風雅之緒。蓋有以見吾翠庭、槐塘之不輕推許，而名下士之無虚若是也！君掇皮皆真，相對俱見肺腑。自爲孝廉，頻上公車，不肯趨徑途，卒蹭蹬不得志。其時長安要津，莫不傾倒君，而持節嶄嶄如是，牽絲出粤東，强項倦折腰，敝屣一官固宜。而爲粥食餓者，不敢出嗟來之聲，舊愛至今在人口。集中惻惘時艱，彷彿元道州春陵之作。吾有以知君之爲政，不負夙昔之志也。既歸田，窮且老，生事益微，風雨獨吟，不問户外事。而名公之知君者，擁節至是邦，必式廬，鄭重邀吟唱。陳蕃、昌黎以欵接孺子、玉川爲華。而二三老成，皆兒時釣遊之侣，琴歌酒賦，相與倘徉于山椒湖澨之間，信足以破岑寂之孤踪，洽衰遲之清興已。予獨悵不得常與君數晨夕，共賞析。數千里外，聊寫此素心，序而歸之。

盛氏詩序

人足跡僅出入里閈，無高山大川、灝瀚磅礴之觀以拓其心胸，無重關壞壘、故宫荒陵之墟址以發其悲凉憑弔、峥嶸感慨之思，無羈愁落拓、况瘁不自聊之境地以推激其抑鬱磊砢之志氣，則才亦掩遏不盡攄，而作爲詩歌，末由沈雄踈宕以礬露其精光。故動忍增益，微特道德功業然也。

公生於禾，少涉桂陽，間關歸自楚奥。領鄉薦，數試春官，不得志。往返齊、魯、燕、趙水陸之涂，復遊甌粤，出函谷西絳間所在，弔古悲歌，閲涉益深，詩益縱，才益以騁其奇。晚爲學正於湖之安吉州，意致故蕭凉矣。中間過吾郡之西湖，瀟灑吟嘯，光映泉石。而《硤山訪孫公洞詩序》，彷佛淵明《桃花源記》。遊方之内，渺然有塵囂外想。重憶孫公洞詩，清絶似天隨子，殆厭薄世俗，有超摇高舉之志歟。予與公子交，屬訂遺稿而序之。詩若干卷，然則公之轉徙崎嶇，少壯東西遊走，抑塞以終老，固未爲不幸也。公名楓，字丹山。

刑鑒序

聖人不得已而用刑，非欲傷殘之。固生全是務，蕲其同歸於善，以成平明之治。而末造深刻之吏，巧鉤距，密文網，逞其鑿空之能，以草菅無辜。下多冤人，上成繆聽，法令滋彰，民氣慘痛，於是有水旱、癘疫、兵燹之災，而國亦隨之壞。嗚呼！是曷可鑿也？

按察使嚴君，先是作《刑鑒》一書，首列王言，見我朝仁厚積而德教成，太和洋溢於宇宙者，固有所自。上述經訓，次述仁言。駢羅法戒，一本正史，信而有徵，使柔良之心油然生，而殘酷亦畫然有所懲。猶恐其未之怵也，取古今濫刑之受奇禍者臚陳之。天道好還，不寒而慄。以附録終焉。此非惑於因果報應之説。福善禍淫，聖人明訓，外氏竊之，以恣其繆悠之談，其實本之吾儒。昭昭不爽，庶尤之報，天罰之極，《甫刑》已書之策，聖人固有取焉。彼不畏天罰而叢庶尤者，亦可以少悟矣。夫人身有瘡疻疾痛，呼吸關通，呻吟朝夕，食不甘味，轉側牀褥，神魂慘悽。況完好肢體，鮮潤肌膚，生加鉆鑽，重予箠楚，斷莫屬，死莫生。此其至痛，言之傷心，長民者奚忍不欽恤之、哀矜之也哉！

昔朱子奏劄，請詔儒臣博採經史，暨今古賢哲議論及於教化刑罰之意者，聚爲一書，以教士與官。事未及行。此書固足畢前賢之遺志，標百代之良規，以佐洽好生之德。君今方外臺，長準人，用心平恕，以素所自得施諸官。且使天下讀是書者，釀仁心而重民命，溥衍厚澤於無窮也。

淫鑒序

《記》曰：『男女，人之大欲存焉。』欲横而不可止，雖刑法之峻，曾莫之制。聖人有憂之，躬修内行，以厚示之别。復以禮防之於未然，使習知所守，而不敢驟焉以决其閑。故内外多貞慤之行，而俗以大淳。上古之民樸，儷皮爲聘，婚姻正而風氣龎，犯淫慝者無聞。后夔娶元妻而不祀，自是以降，色荒之戒作，始有無别無義者，敗壞其間。妹喜禍先亡國，而褒、妲接踵。下之淫風流行，士女之耽，至不可説。《春秋》所紀淫亂之蹟，益奇而穢。至叔季，遂莫可究詰，有心世道者所爲愍惻也。

君先作《刑鑒》，既屬予序之。又作《淫鑒》，述經徵史，列格言，終之以貞淫之報。其思悲而慮深，其言森竦而可怵。聖賢禮教，備極詳明，古今事跡具載。人禍天譴，毛豎魂驚，所以消人邪心，納之禮義者。在平素，懇苦無乎不至。今身秉常憲，流播此書，使民知廉耻而重犯法，誠協中之一助也！先君子有言：『人罹重辟，十之七八，禍由女戎。其一二，犯他罪名，窮其根元，尚多暗起於是。甚可畏也。』嗚呼！詎不信乎！顧尤物移人，申公巫臣雖明知其不祥，而卒溺桑中之喜，殺族隨之。愚者忽經訓，忘史鑒，與之言及身與子孫之慘禍，則惕然色變。故修吉悖凶，百殃百祥，咸由自作。言之確鑿，庶可寒淫人之心，而挽其覆轍。是著書者之苦心，固有所不得已也。若君子愛其身如瑛瑶，不忍玷缺，循理塞欲，固有本原。昔程子以忘生徇欲爲深耻，陳卧子不肯鑠精神於粉黛，三立是務，孳孳不遑，又遑論温柔有鄉，且重冒帷薄不修之耻乎哉？然則君之爲此書，重垂鑒戒以云救也。

弢甫集卷四

序

湯文正公家書序

言之垂世而行遠者，期於旨遠辭文。顧君子道義藴於胸，直攄其所見，而卒爲凡立言者之所莫能及。蓋操觚率爾，惟正之歸，自足以法天下而傳後世。故又曰：『言不貴文，貴於當而已。當則文。』

睢州湯文正公，德業彪炳海内。其遺書巋然與有宋諸大儒並世，既傳而習之矣。而公之孫滌齋，復刻公官京師所遞家書一册，調元受而讀之。見公之肫誠，上受國恩，惟懼不克報稱，而特以雝和謙謹飭後昆。凡師友親賓，誼從其厚。下至臧獲，亦罔不曲引之就範。微獨可爲家訓座銘，而官箴士誡，胥於是乎在。雖恒言俗語，不必綴緝章句，如執筆學爲文之所爲，而理精意摯，粹然儒者之言。嗚呼，足以傳矣！

周元公謂治天下有本有則，端本善則之道，在誠心充溢而灌注以和親。公家有雍熙之軌，而出撫江服，入侍禁闈。裨補於國是民瘼，頎乎其至之心，漸涵朝野。尋常家郵所及，一字之濃，漬乎楮墨。其根源之所從來者，深且沃也。吾嘗讀《周元公全編》，其家書具載不遺，語即米鹽，悉與《圖説通書》相表裏。吾於公家書亦云。

紅崖草堂詩集序

吾嘗讀人之詩，詩類多曹蜍、李志，則以作詩之人多曹蜍、李志之人，吾安從責其詩之爲廉、藺哉？兩間扶輿清淑之氣積厚，乃毓廉、藺，艱難而希有。故論交千載，一代之人之廉、藺可指而數也。一代之詩之廉、藺，亦落落布立於古今壇坫之間。蓋天地之心之所最珍而吝予。實則氣力克辦，亦止此，故絶不多覯。

萬君西田，志堅而才雄，平生萃精力於詩。年近五十，始領鄉薦。既老，一對大科終不遇。浮沈史館，出爲莘縣令。僅三月，卒於官。卒後十年，吾始來大梁書院。君之子圃持君《紅崖草堂詩集》乞序於予。予受而讀之，見其奇氣鬱勃，如雷崩濤立，震蕩天地，而清微窈眇，則又若泠風吹空，孤月在水，飄然氛埃之外，渺不可即。蓋其人固慷慨恢奇，思有所建豎於時，而壈坎不得志。故勁絃無儒響，其視人世蠅營狗苟之爲不值一唾，故持身特峻潔而介立，清音之孤發，有由然也。君既晚不達，得一同之地，思爲古循卓，以大攄其所欲爲，不幸三月死矣。其治譜粗見，莘之人至今能道之。自少爲諸生，目擊昏墊流離，沈痛惻怛，以歌詩代監門之圖，欲陳闇闔無由。吾有以信君之爲政，不苟同於流俗也。弔古咏史，誅姦發潛，時出獨見。君夙蘊之根氏，略見於此。

信乎！詩之廉、藺，非廉、藺之人弗克爲之矣。今古廉、藺不多有，並吾世而有君，弗獲一面。追君依史館、對大科及謁選時，予俱在京師。以未通名相識，交一臂失之，爲無窮之私恨。今於秋空月明，油窻颮然，抗聲擊節，讀君之詩。知君之清氣在乾坤，終古不散，必於太虛中聆吾之聲，鑒吾慕悦之思，其許吾爲人間一知己矣乎。君名邦榮，襄城人。

胡拙翁詩集序

詩窮後工，豈不信哉！以予觀故太史胡拙翁詩，清妙溢於心腑，天然傾吐之述作，若陶、韋之與同遊也。其沉思雕鎪，又日月斬新，道人之所未經。人知其工，而不知蕭閒是放，淡泊與遭，適成其爲窮者之辭也。拙翁壯舉於鄉，强而通籍，入承明著作之庭。達雖稍晚，不可謂之窮。顧銜䌹絛冰，嘗除夕瓶罍洗如，所知餽一兔，燔以分歲。尋以憂歸，遂鍵户不出，沉吟日夕，閱五六寒暑。不腥羶之慕，而味乎藜藿。衣薜衣，冠籜冠，徜徉於雨陂烟渚之間，得山水禽魚樵牧耕漁者之情性。而一二淪寂之侣，剥啄荆扉，聯牀倒斝，醉輒競洩其嘻笑牢愁之音。雖躬踐清華，實蕭然秋士也。未幾而乾坤清氣，即還太虛矣。嗚呼！是烏得不謂之窮乎哉，而詩乃工？

昔歐陽永叔序梅聖俞詩云：『年今五十，猶從辟書，爲人佐。』當在署忠武、鎮安兩軍判官時。又云其後十五年，病卒京師。蓋已陟都官矣。以聖俞之才，經屢薦，僅得一召試，賜進士出身，非趙概等十餘人師錫於朝，何由編修《唐書》以終老耶？拙翁能平步致身，遇較優於聖俞，而卒不獲和聲鳴盛，以抒其所蓄積，且年不杖鄉而殁也。天之於拙翁何如哉？然不窮，則詩未必工。惜乎其佳篇散軼者多，不得如聖俞之詩之有類次之者也。公子瑞麟，克以詩世其家。從予遊，求序其先稿之僅存者，乃咨嗟而書之。拙翁名安，字静庵，拙翁其號，襄城人。

張圖東詩集序

昔蘇子瞻序王定國詩，以發乎情止乎忠孝爲詩之正；若變風變雅，則發乎情止乎禮義而已。夫舍忠孝無所謂禮義，顧可區而二之耶，烏得以之言正變？唐成伯瑜言詩之正變，風、雅、頌俱有，條辨甚明。吾以謂時有平陂，音旨自別，初不必截然界畫。變風如《鄭》《衛》。《定之方中》有公劉遷國之遺，《出其東門》秉義去《漢廣》不遠。不獨《干旄》《緇衣》，著好賢之孅也。是亦可謂《鄭》《衛》之正風。若《豳・七月》，謂之變，不可也。魯之《駉》、殷之《那》，未必非正頌。《周・小毖》，其不謂頌之變乎？惟禮義本乎性，生形而爲忠孝，各極其正變之旨，而得其情之真，斯則三百之根源也。

予客中州，得交圖東張君。君過予，論詩彌日，下上古今作者，絲牽繩貫。其衡也平，不爽銖分，蓋於是久且深矣。君生清門，於門才中特雋拔。當康熙末，長安行卷、温卷，鱗次響臻。君獨不得一躍名場，其不肯爲桔槹俯仰，風節棱棱可見。而胸有嵂屼欲吐之奇，所歷人境合離、年時哀樂之故，一發之於詩。少譤遊明聖之湖，壯浮淮黄，北登薊邱，南涉桂林，晚而弭節乎嵩洛之間。自趨庭以至陟外臺一境，自爲一集。養邃而氣和，不爲劖絶陡峭之音。春容夷愉，以抒寫其欲嗚。尤工於道衷曲，綿至婉麗。攬當境之精微，穆乎若春風無聲之被面，滲乎若冷泉激雪之沁肝脾也。嗚呼！此豈無所得而然耶？其植根於子臣肫懇之胸，而攄露之耶。其油然繰正變之緒，適歸於安雅者耶。夫惟情之真者不腐，此掇皮皆真矣。彼馳騖一時、獵取浮名者，能與之共千古耶？君以予知燥濕之絃也，屬予序，而序之。君名學林，字念耕，號圖東，丹徒人。

張紅洲詩集序

聲詩盛於唐，騰聲風雅之窟，所在代興。魁碩之士發揮三才，操持萬象，攬洪纖之物色生態，抉露無遺。又特具磊砢不可抑遏之氣，振觸古事今情，誅姦發潛，訇轟激蕩，不可以已。舉中之礨磈，作崩雷，自喉間出，乃成穹壤之奇。擲筆豪吟，浩然自得，此時直可遺身命，又烏知富貴紛華爲何物？此詩人之一快也。而造物之忌，即中之，其得窮有自來矣。

予與張君圖東論詩神合，乃出示其從兄紅洲之遺草。紅洲以縫掖徵入金門，飫禁厨，被宫袍，修秘殿書，不可謂不遇。然竟阨於春官，遲回出宰孝昌，注上考矣，而卒蹶，且羈滯不得賦歸來，類湘纍之憔悴顑頷以終。天之於紅洲何如哉？當依光日下，其伯父文貞公方秉鈞軸，又其時風會，多有爲求奇材獻所益者。而其家群從負熒煌鴻藻，俱不得志於有司。紅洲於文貞公殁後，始僅僅得舉京兆，此足以見沙隄之無私交，而門才之不詭遇，爲絶無而僅有也。紅洲居長安桂玉之地，窘既若東方生，而罷官瀔川，亦絶無送老資。前後奇困，幾同拾橡者之所爲。華髮蒼浪，望大江之船帆，經石門之風雨，夢想故園，渺不可即。嗚呼！其不謂之窮矣乎？平生咏歌，多情欸，尤達事理，善持論。胸有不可，往往借史編陳跡，以寫其盡傷之心。雖在廢棄，猶關心見聞疾苦，忘我躬之不閲，怛然若痛之在己。吾又以知其詩之本元，至深且厚也。唐以來詩人之達者，若高忠公、范石湖、王弇州輩。一代指不多屈，而窮者接跡若一轍。紅洲有此編，足以壽其聲光，亦可以無悶矣。紅洲名弘敏，字訥夫。

參知公詩集序

文辭之精者，無如《詩》。探三百之源，凡發乎情，必禮義之止。麗以淫者，君子弗言也。般倕之巧，偭越矩規，不能成一器。故親《風》《雅》者，恒多師以爲師。建章千門，中天百尺，無豫章楩楠之材，不中施斤斧。然則萬卷不破而下筆有神者，無之。性情正矣，才思瑰奇矣。諳昔賢之例，總歷代之規，庫羅之於胸，笥儲之於腹，自謂秘妍之抽騁，惟吾欲爲。乃終其身無一篇神解，無一句自得之趣，則又以謂詩有别腸，不可强而躋焉。且夫天機清妙之詩之洋溢乎毫端也，睇天地之遐曠，披雲物之鮮新，有會於中，嗒然而作，矢口於意之所不經，而爲拈斷數莖者之所汗僵而莫之望。此蓋有天焉，非惟人弗能至之，即作者亦不自知其所至也。

參知公早歲特達，其奉使于中州也，行部所至，時而爲豪吟，爲密咏。觀其心，忠孝肩民物，和聲鳴盛，懷古登臨，夷愉激昂，各極其淋漓觸撥之致。而浮雲名位，續藻景光，物外遠神，彷彿朱弦疏越，泠然唱嘆之音，公殆自此遠矣。公方富於春秋，炎暉事業與時炳烺，豈沾沾焉與誅茅拾橡、冥心孤詣之夫殫陰、何之用心，角屈、宋方駕之能哉？蓋動乎其天，不蘄然而然，鞭梢飄脚，涷雨飄風，黄塵之所蓬勃，清流之所環帶，興酣落筆疾抒，寫於河聲嶽色、烟雲杳靄之間，即此聲詩小道，亦烏能量其所至乎哉？調元辱公贈詩，且徵拙序。竊誦窺覘之所得，而嘆公之性光空明，爲不可幾也。

南臯生詩序

詩言志，志不存乎倫理，而徒摛風雲月露之詞，豈足以稱詩哉？蓋體非麗以則，雖疊卷盈箱，焉能爲有無也？南臯生所作經義，代聖賢立言，獨自抒其纏綿悱惻之性，令人讀之顔動而耿心脾。惜所在散失，惟聲詩尚存敝簏中。觀其纚寫性靈，根元孝友，語無弔詭可駴愕，而肫諄濃至。其情真，其詞和而爽，其幽思鬱結，亦了了可見縷脉。絶去蒙曖黝昏之狀，既正厥志，而言非無自而攄，卒爲絺章繡句者之所莫能掩其工。充壯年，學力方駸駸而未之止，惜乎其遽擲筆而還乎太空也！予爲編定三卷，試帖數十章，儕書院諸生受簡爲之，多爲當途名公所咨賞。亦有適興隨時效作，又綜列一卷。許許州西峰，曾與禊辰酬唱，念舊識之淪亡，悼英才之殞折，敦篤乎風騷古誼，而鋟板以永其傳。嗚呼！其邀契匠之嗟稱，曷有窮哉？

弢甫集卷五

序

昭忠録序

忠烈之光，燀燀天壤。雖鼎遷社屋，大節不與之灰燼。其深入乎人之心，頑艷並爲之激發，愈久愈煒煌，不可得而磨湮也。明政不綱，國至天啟已寸寸蠹。莊烈帝承其極敝，志乎撑扶而著手輒誤。大盜逼乘輿，國祚以斬，則不知人之禍速也。有一高陽相國而不能用，卒使之家居，死于難。其忠義之氣塞蒼冥，不能支有明大厦之傾，而萬世之天柱地維賴之尊以立，讀史者心盡傷有餘涕焉。方流寇躪河南，鄭州右通政魏公在林下。先未雨修州城，練鄉兵扞禦，賊來洶洶，不可障。城破，不屈死，時年垂七十矣。髯戟張罵賊，聲如洪鐘，類顔真卿叱呵希烈，耄益壯。歿百餘年，人猶多唏嘘數行下。狀其忠憤，生氣凜凜，如初飲霜鋒時。人固有一死，設溘先朝露，曷以表其挺立昂然不可奪之節哉？然則越二年，見黑霧黄沙之滿燕薊，虞淵之日以沉，亦必殉節死。其悲恚入地，當更何如也？

予嘗過鄭州東門外，伏謁公祠下，里老猶爲予指公殉節處。予憀慄放招歌，長歌以當哭。公之礽孫雲從，從予遊，請予立傳。復哀集諸誄、銘、碑板、詩歌、文辭之爲公作者，彙爲一集，名之曰《昭忠録》，而予爲之序。

王澮園詩序

予之初識君也，自己未秋，予以循陔陳情，乞君轉達。其後以旌先君孝義事，數得相見。五六年來，予嘗往來錢塘、餘姚間，雖獻歲不一投名刺相問，君不以予爲簡也。今年秋，君出詩一編見示，問序於予。予讀之，見其氣象清遠，方百端倥傯，翛然一寄興於湖山之外，釣篷梵榻，亦與流連，類此中别有所得也者。而水旱之憂喜，今古之懷思，盎盎注流於柔翰，極悱惻不能休。吾知君之惠澤在民，而不知君之能詩。人知君之能詩，而不知君胸中懇乎慷慨，鬱盤浩浩乎無所係也。

昔劉須溪目韋應物居官閟閟，有恤人之心，其詩與孟浩然意趣相似。今觀其游涉山泉，超詣物外，而斯民之康，俸錢之愧，不以掃地焚香置也。元結《窊樽》《石魚湖》諸詩，不必歸老江海，便有引竿刺船之致，而舂陵二三策，不啻秋月華星之照宇宙。明府遭際隆平，與道州固懸如穹壤，而體天子之仁恩，不忍事追呼，一意存活，則獻其辭，詎不足以當國風之採？而揮琴財賦之疆，燮理人之乏術，此意特與蘇州近。然則深山採藥，飲泉坐石之風韻，聱叟漫郎之襟期，吾又安從窺君之藴也？官於杭而富湖山之吟咏者，白傅、蘇公不必漫爲摭比，君之詩、君之心存焉矣。抑近日西泠盛風雅，而獨向迂慵背世故之人索一言以爲序，其亦以予爲知君之心而能味其澹泊矣乎？

轉蓬集鈔序

士有不得志，不能躬耕，則聊爲鄉塾師，束脩之所入，不足供饘粥，其或無以爲養，無以爲禮，誠有足傷者。然啜飲盡歡，斂葬稱財，君子猶謂之孝與禮。以其暇彈琴詠歌，猶足以自樂，即不幸饑年不能存，骨肉猶相聚於家，有以致其愛恩，無憾也，曷爲而漫遊哉？

吾友張田毓，與茅君同寓舍，劇稱君之貧病而工詩。予耑訪之時，伏枕就旅榻相見，手其詩以歸。窮愁之作過半，好大言，雖不副其實，然憤時傾吐其一身之不謀，憫憫然有恤天下人之心。傷不能養老母，厥考尚在淺土，楮墨有涕淚痕，是其志可哀而取也。遊幕府，骯髒寡所合，卒大困。田毓既客他所，君病或差或劇，予不暇常相見。尋有人言君瀕危者，予急往視。病果亟，乃悉出其詩稿，託予選而録之，越夕竟易簀。

先是，病中作悲歌，言刻詩、題墓二事，不知誰何了之。君殁，予爲題其隴碣。越三年乃克。删存其詩稿百五十篇，分三卷，授之梓。君率胸臆爲詩，故以窮得工，惜未盡其才。假使君得善地以養其生，有藥餌以扶其羸病，病可已，益肆力於風騷，以發抒其所欲言，當更蔚然精甚於方干、羅隱，何也？　客之負才不遇，讀其詩而悲之者，當何如也？
非計，幕之遊爲尤非。　且天生才而窮之至是，既不得如孟溧陽、賈長江之稍伸其眉，其寃且更
君集故名《轉蓬》，予哀君之志，欲謀養葬以出，而轉蓬卒不返，故仍其名。　追恨其客遊之
詣。　而今止於此，悲夫！

禾中雜咏序

雪舫周君往視事於禾，涉旬而返，手詩一帙示予，屬爲之序。

夫古之得志而行其道者，其涵負已形諸設施，不必其文辭之鳴，草屋之潛。　夫幽居而澄照，憀然有感於中，不能不詠歌其志。　故《風》之作，感物而動，動又嘘吹乎物，而所感至於無窮。　變而爲《騷》，其憂思益以深，而其言益要眇，泂瀁而不可以已，故工於窮之説著。　雪舫早通籍，其門才並華耀於時，仕路平進，亦無憂乎弗達，非類乎窮者。　競一詞一思之妍秘，而握管即弗能休，蓋其才有足多者。　吾觀其所述作，自屬之於長，同官爲寮，從遊之門下生，往復唱酬，虚而能受，善陶冶其性情。　聽村氓謳諺，課量晴雨，惻乎有憫民之心。　披榛弔古，忼慨激發，又非僅橅寫景光，徜徉烟水者之所爲。　中年不無傷於哀樂，間或結其纏綿之思，怊悵之音。　吾所知於雪舫者如是。

抑吾聞韓子汲汲於致身，頗見之詩文，其後身歷中外夷險，俱偉有建豎，赫然驚人，以謂心

乎憂天下而不能山林獨善，卒踐其言而不慚，雪舫之志甚遠。願益厚其本根，以抒所欲爲。豈直操泠泠之絃，問世之有無牙、曠哉？

十笏樓詩集序

歲己未、庚申間，予與盧子敬甫留餘姚之新城，寓徐氏十笏之樓，與君昆季朝夕談讌，歡相得也。時舜江南北諸名士畢集，相與爲琴歌酒賦，往復過從。主人賢而好客，夜鐘殘月，春雨簷花，傳觴卜夜不聽休。敬甫豪於詩，逢興會，輒落紙颯颯如飛。君兄端雅，類衛洗馬之清羸，恬吟密咏，翛然自持。而君神色遒上，若懸鼓之待撾，探奇觚，起角逐，杯闌燈灺。予亦比東諸侯，提一旅來會。聞鼓而進，致師詞壇，一唱一酬，遇得儁，諸君子讙呼咨賞，聲動屋山。天日晴朗，著屐登客星之山，潄龍泉之水，層嵐環翠，參和墨痕。嘗試上舜江之樓，喟然長嘯，雪波浩洶，魚龍迴集斷岸。韻無日不拈，客無日不從，而主人與醉吟無倦容，何其樂也！

六七年來，風流雲散，諸名士或出或處，希接音塵。君兄北渡江淮，歷燕趙之區而返，中年傷於哀樂，不幸兩目翳翳然，若輕雲之蔽月。敬甫客甬東，因人作遊，過蕙江蘭墅，望昔日讌遊之處，舴艋如梭，不得稍泊水滋，一問故人。而予伏處虎林，效閉門種菜者之所爲，雖時或激發作候蟲時鳥之鳴，而鬢髮已星星矣。

今年秋，君過予林居，手其平生之吟稿，問序於予。其顔不待酒而韶，其興猶昂藏飛動，不減把鑿落、弄參差、凭欄嘯咏時神致，其吟情之壯浪，豈顧問耶？予獨不能無唏嗜於中，爲序今昔聚散之感而歸之。若其詩之工，世固不乏賞音，無俟予之贅論也。

大梁試帖序

唐試帖爲八比權輿，馭題有法，西河毛氏既覼縷之矣。僕來大梁書院，課日四書題二道，更詩題一道，與唐帖經日試詩同例。以五言六韻、韻得題字爲宗，蹈其常也。間有官限韻，則遵之。其馭題法，謹操繩尺，不使或軼。唐近體，凡酬贈登臨，引韻無離題發義者。題繁重則四句、通首完題不等。逸才不耐故常，時或破格。至試帖，必無不合格者，謂之破題。頷頸腹尾，分賦合賦，要以兼綜變化爲能。不兼綜則題意割裂，中無變化則板耦如泥塑，且滋合十之病。落韻或頌颺歸美，或善禱攄忠愛之忱，或負其異於衆，或自鳴不遇以寓悲惋。試帖多諱忌，無諷刺，或激昂所至，亦不自禁。古人最重干請，試帖未免有情，惟克占地步，斯可矣。若就題單闡一義作結，或補題所缺，或以背爲向，要無汎設。其沖澹夷猶，獨寫遠致，則自得之妙也。其法多與今八比合，顧體裁得矣。必陶鎔書卷，精運心思，興會所至，一氣鼓宕，矩範束之至嚴，而此中神妙，踴躍奮迅而出，有不自知其所以然者，斯爲極筆矣。

匝歲所課積帙，遴其尤雅者，鋟諸木。初學有一字一句之俊，與施修潤録之。僕亦時有作。唐光化間，鄭谷覽省試帖，不慊，輒作一篇，奇工。此擬程、擬墨之始。僕則慚之矣。江浙遊學之士數人，一體録入。幼兒繩箎隨侍，篤喜學詩，所作多，所收較盈，非謂其能之也。次兒繩球，以省覲至，一與於會，附録焉。題不綴『賦得』二字，初唐便如此，崇簡也。得詩一百七十八首，釐爲四卷。杜老目文章爲小技，於道未尊，是固然矣。抑技與道之小大，亦視其人之自爲。從來典禮製作，大書深刻，苟矯誣不經，識者賤之。山謡村曲，一言衷諸大義，涕灑頑艷，吾烏能小之哉？僕願與高才生精心研入乎此，即此是學，不徒嘘鄒、枚之寒焰爲矣。

洞庭集自序

客歲杪，予汎扁舟東西兩洞庭間，洪波寒涌，雜樹冬榮，憑眺連旬，背冬涉春。元日重登縹緲峰絶頂，支藤獨往，以猿鳥爲儕侶，嘯吟自適無礙。寺僧詫予無事淹留度歲，以爲偏愛孤寂，而不知予攬巨浸層巖之奇景，目不給賞也。是山夙無三斑足暢清遊，無所恐怖，轉窮鄧尉、靈巖諸山，看萬樹梅花，有生眼所未經。登高弔古，至湖州長史故墅而還。所歷景並奇而曠，然最勝無如西洞庭者。三面環湖，危峰突出雲表，下臨滉瀁。一夕月將午，偶拓窻，大呼奇絶，得『月墮水中央』句。似覺心腑澄空，滿眼皆詩。惟七言歌行足攄歷落之清興，故所作皆七言古詩云。

嵩山集自序

予性好遊，有遍五嶽之志。歲戊辰來中州，嵩山雲嵐固應入吾屐底，顧忽忽蹉跎至今。山中友人貽予書曰：『名山如好友。子客中州而不嵩遊，是交一臂失之也。』予遂發憤，賃一柴車，無朋儕，無傔從，所至停軌於坡陀之足，獨策一藤，窮幽極峻。意有所得，則嘯呼作爲歌吟，淋漓題厓壁，不著名，祇署『獨往生』，自前遊天台、雁蕩、洞庭之勝已然。喜老而濟勝之具尚在，汲汲遍佳山水，足果汗漫遊之諾。道所經古跡清景，輒一詩與收拾。中有寄吁慨不能已者，物外人未得竟。無心肝，吟畢即置之，要不使胸中留滯。予早就恬寞，於世味久雪淡。間齒及衰遲，亦怵於没世無稱之實，非畏景之晏也。詩不求工，聊記吾目前遊蹤已矣。

華山集自序

今秋本志遊華嶽，夏間負痾，願乃息。中秋時，適老友朱排山使至，邀仝作此遊。排山之子令醴泉，就迎養。夙與予爲西泠山水遊伴，遂規爲禽向也。予病良已，興勃發。時秋雨連綿，道泥濘甚，所至陷淖中，顛頓萬狀。渡灞河，幾入彭咸之所居。達醴泉，而排山忽病足，不良於行，天殆欲成吾獨往之蹤也。乃回輈至嶽麓，雨淋漓不止，默禱於嶽廟。詰朝，火輪躍出，照耀萬蓮華，簇簇可數。金天開豁，静掃氛翳，獨趹萼浮空，妍鮮如新出滄池中，實乾坤奇景也。予勇攀鐵索，上撫蒼龍背，吟眺三峰頂，瀏連不忍還，恨不餌黄精，長避静石室間。兹遊極險悸況瘁，而此中所得殊多，足以償吾勞矣。雖絶無謝朓驚人句，存之。

弢甫集卷六

序

汪氏家譜序

顔常山、張睢陽之家而有譜，把其卷，熊熊有光；思其人，凛凛有生氣。世世子孫，揚其祖之奇忠大節以爲榮，而學士大夫悲歌之，贊嘆之，以爲千古人倫之楷法。其名久而愈芳，其蹟遠而愈揚。蓋家乘與國史相表裏，故其上薄霄漢之光氣，得使百世之人共仰之也。

吾悲乎有明萬曆間江南下注司廵檢餘姚汪秉之忠節，而獨其家之譜書之也。廵檢以土兵禦賊，矛洞胸死，不異顔常山、張睢陽。其時，上官抑之，不以聞。雖有御史王立賢表其間曰奕忠第，而跡未大著天下，後世末由得而咨嗟稱道之也。廵檢之曾孫布衣鑒修其家譜，大書之。嗚呼！布衣修其家之譜，表其祖之奇忠大節，以示子孫，以告天下之學士大夫。天之不没廵儉，使有仁孝之子孫，發其潛德之幽光，理固有不爽焉者。

然布衣隱東山，居敝廬，衣敝裘，濁醪糲飯，將蕭然物外以終其身。雖能奮筆以修其家之譜，傳其祖之奇忠大節，天下之學士大夫猶莫得而遍聞稱述之，使其祖之名與顏常山、張睢陽等也。是上官抑之，而國史遺之之罪也。吾故表而出之，欲俾其祖之名與顏常山、張睢陽等，且冀修《明史》者採而書之，以與其家乘相符合，不終泯泯也。若布衣修譜之有條理，元元本本，以用其仁孝之心思，固不俟予之贅言也已。

熊氏家譜序

家之有譜與國之史同。史崇闕文，故荒幽不可詳書。法如郭公、莒子，蓋其慎也。其峥嶸横出，則特筆淋漓，以爲邦之榮，家之芳。標亮節足張其聲光者，登諸譜系，赫赫燀燀，其族姓遂出簪纓甲第、裙屐門風之上。

吾觀光州商城熊氏之譜，竊獨有感也。熊氏出陸終少子季連之裔孫鬻熊，其後熊繹國于楚，至勾亹王，世以爲氏。前明時，熊氏族望豫章之進賢爲盛，由進賢遷商城之胡太里。作譜者爲康熙壬子孝廉、令綏寧、諱奕久者，創之，著世系圖，條分繩貫，簡而明，覈而有法。先譜毀于兵燹，紀載得諸大父前明司寇公、諱奮渭者口述。司寇公知先祖名僅五世，先塋僅四世，故今譜斷自司寇公之父孝廉、令陽城、諱偉者始。先則紀世次而已，不可得而詳也。綏寧公生十月而孤，母夫人張太君遭亂流離，撫教藐孤有成，與司寇公之母蓼太恭人苦節之貞，後先映發，並閨中之傑也。綏寧公孤苦奇貧，坎壈百端。覩其自述，殆令人氣塞。然剛方峭厲之氣，卒無忝厥祖。吾獨韙夫司寇公之勁直不阿，氣崚嶒上薄雲漢而耀日月也。當天啟不綱，魏閹盜柄，太阿倒持，楊、左諸君子奮舌迭出，憤擊聲殷殷如雷霆。公于是時爲工科給事，上《亟納舉朝擊邪之疏》，不報。洎典試山左，以趙高對二世、仇士良告同列發策，遂落職。禍不爲楊、左之續，幸耳。崇禎初，起兵科，累晋兵部侍郎。早移疾歸，代過商周，優游宅里，年九十有六考終。天之培護直臣，俾身名完善，如此乎其壽而康也。嗚呼，是豈特譜系之光乎哉！

公之曾孫孝廉啟究及予門，求序其家譜，爲具道其作譜之原起，并書予之怦激不能已云。

陸氏家譜序

自宗法失而士夫之家少土著。家不土著，譜不可得而成也。源遠而流益分，數傳而後子孫有莫知祖考之名者矣，况行履乎！　予族世居餘姚之孝義鄉，先君子文侯先生僑寓錢塘，志乎歸，而未得也。嘗命小子調元他日必歸乎姚，爲姚人續，營邱壟必於姚。先人之敝廬、先疇之畎畝，在姚者世守之，弗敢失也。蓋聚族於斯久矣。先君子之志乎歸也，重土著也；先君子之重土著也，維宗法之壞於既往，而完家譜之美於將來也。故調元謹守邱隴於故鄉。

鄉之舊姓曰陸氏者，系出齊湣王次子通，封國於平原般縣陸鄉，子孫遂以爲姓。宋之末有諱大觀者，爲秀夫之從祖。秀夫奉二王至餘姚之柳隩，留從祖以存祖祀，遂卜居姚之雲柯鄉，後復從雲柯遷孝義。自得姓以來，迄於今七十有三世矣。其六十八世孫復以明經爲司訓，實能遠稽近考，以成其家之譜。有分譜、合譜、本支譜。發凡起例，用意勤而序事晳。予既偉其克成厥美，而益念土著之家之爲舊姓子姓之世系祖宗之法戒。族聚則易覈，衆見則不誣。世脩而不缺，則尊卑明，賢否别，情義聯，得宗法之遺意焉。吾姚諸鄉，率多土著。先君子嘗言：『吾鄉之風俗，最爲近古。吾魂魄眷戀而不忍去。』觀於陸氏之譜，足以見吾鄉樂土之可依，故家喬木之可貴，而司訓之賢之可爲士夫法也。

東山志序

志一統、志九域者，其筆不容不簡。省志稍詳焉，府志加詳焉，縣志又加詳焉，而莫詳於一山一水之志，羅幽賾以紀其勝者。然簡而該，則不略；詳而知所裁，則不蕪。此地志之書，亦必具作史之三長，乃稱善也。

餘姚之勝區曰東山，晉謝文靖公棲遲於是，明謝文正公生長歸葬於是，鄉先正之有德善功烈，輝映於余支。汝仇之渟泓，雞鳴牛屯，茅杏之蒼翠，間者代相望也。郡邑之志有不能詳焉者，是不可以無志。文正公之族孫某，綜甄志之。其事實，其筆覈，用心可謂勤矣。其先太常某，志上虞之東山。上虞之東山，文靖公世居之所，其人物多載謝氏，類家傳、訓序之體。吾則亟善之，以爲孝子慈孫之心，在發其先人潛德之幽光，以補郡邑之志之所未詳。况此志之紀載，不止謝氏也哉。予占籍錢塘，家世本餘姚。遠祖御帶公祠宇之在東山者有二，《志》所云一在臨山西門外石山壟、一祔四門之龍王廟是也。祖之事跡，他志載之而不詳。先君子文侯公嘗命小子調元爲碑，以揭諸廟。尚未果，故此志亦未能具書。

昔孔子時，惟魯克存典籍，故稱望國。其時，觀《易象》《春秋》者，韓宣子也；觀樂者，季札也；述太史盟府之所載者，展禽也；命周人出御書者，南宫敬叔也；命宰人出禮書者，子服景伯也。孔子嘗之杞，得《夏小正》矣；之宋，得《坤乾》矣；與左邱明如周，觀書於周史矣；又嘗以車一乘、馬二匹，與敬叔俱至周，問禮、樂於老聃、萇弘矣；郊射、明堂、朝廟之制度，靡不考矣；得百十二國寶書矣。而少皞氏以鳥紀官，猶無考也。郯子曰〔一〕：『吾祖也，我知之。』乃學焉，而得其詳。蓋考古若斯之難也。吾祖爲邑之燭溪人。燭溪密邇，《東山志》於邑先正例不及旁載，而二廟實在東山。傳所謂『法施於民則祀之』，例得大書《祠宇志》中。夫汲汲咨採，惟恐或遺，乃深有合於好古敏求之志。故以吾家乘及他書所載吾祖事蹟具告之，俾此志之有所考，以補其缺焉。

謹按：祖諱憲保，字仲才，餘姚之燭溪人。唐宣宗時官御帶，偕稱姓者，奉使海昌，歿爲神。初祀上虞羅巖山，賜額『靈濟』。宋建炎間，助禦金人。張浚聞於朝，建廟。思陵南渡，檥舟海濱，獲濟。思陵德之，封顯應王，配食海昌長河廟。元至正間，塞黄河，加封。明景泰、嘉靖間，又塞河，廟祀張秋。神兵却島夷，廟祀杭之聖塘灣，又祀貼沙河，乃封顯應黎陽郡王。先是，祖妣潘夫人亦加惠順封號。此當得備書。祖行九，有兄八人：長諱通保，封顯順王；次諱漢保，顯勝王；次諱定保，封號無考；次諱國保，顯政王；次諱鎮保，封號無考；次諱全保，顯惠王；次諱志保，顯昭王；次諱義保，顯烈王。皆宋時封。此當得附書。

校勘記

〔一〕『郯子』，原作『程子』，據《左傳·昭公十七年》改。

有濟録序

歲壬申，關中數月不雨，無水泉引灌之所，野草不青。時被災尤者，凡七邑，醴泉與焉。天子仁聖，既溥予撫恤，又加賑者再，又特恩降中旨，賙賜有加。大吏惟皇仁是廣，殫心籌民天，令親民官勸蓋藏之家出粟，以惠鄰里，分别請敘功，予旌門有差。醴泉朱令承德意，懇苦勸厲，真摯形顔，睦婣任䘏之心油然而生。首有義士，捐粟如千石，爲粥以食饑者。令乃大聲標舉，城市先響應，遍郊坰村堡，遠邇激發，争輸恐後。下至稍足糊口之户，亦勉出斗斛以助賑。令爲設粥廠四，炊以釜甑，給以瓢罌，井井有法。胥徒不得因緣爲奸，而就食無蹲沓。有婉婉姹孺，攜盂挈瓶，歸而以哺其老羸之不能來者；又有散比閭以粟，藉之舉火，又貸粟而不取其息，所在多有。于是一邑之民無菜色。此足以見烝民好德之良即心而具，奮迅踴躍而出。醴泉之俗之厚，爲尤難得，而足稱美也。患已濟，令條綜樂善者之姓名與其所施之多寡上官，褒旌華衮之言。令所自書案牘之尾，合爲一編，附邑乘之末，示後來，以垂諸不朽，用旌既往之迹而噓善氣於無窮。取程子『存心愛物，于人有濟』之語，命其書曰《有濟録》。

桑子過而善之，曰：『嗟乎！此關中大儒所言《西銘》之理，推而見諸設施者也。』天下疲癃殘疾，煢獨鰥寡，皆吾兄弟之顛連無告。同邑民饑而乏食，各隨其力之所能爲，推而與之，毫不之恡，于仁體流露最爲親切。蓋聖朝百餘年涵濡之久，民風駸駸淳古，故承流以宣化。如此乎其感動之神，下令若流水也。夫爲善最樂，愜足乎吾心。本不蘄及身之福澤與子孫之流慶，而天道福善，若操左契而不爽。吾又以知豐年降康，醴泉之民集慶有餘，而施無不報，有由然也。然則義民心乎愛物，彰彰有濟，如是，豈必一命之士爲足以推施其志！令之廣勸民爲善，其取義至深遠矣！令名家濂，字性之，予同邑門人，以進士令兹邑。予以遊華過此，喜而爲之序。

送沈君之震澤序

瑶琴無絃，牙、曠不能聽其音；匏樽無醪，伶、籍不能嘗其旨。非絃非指，鏗然而鳴；非糟非釃，醺然而醉。蓋得其意焉。予椎，不能詩。翳然林水幽清，風月頫仰之間，頗得詩趣。今春憩江浦，新篁繞户，寫延空青。山、嵇之友，把臂林中，則沈君其人也。蕙茝襲芳，琳瑯映秀，長宵不寐，坐發清興。鳥棲初定，輕烟近浮，東溪新月，團暎竹光。天息蒙翳，白雲微綴，柳風無聲，緑絲蕩摇。時聞遠蛙鼓吹，疊作疎鐘一聲，神清遠矣。於斯時也，促膝影連，舒心無極，同趣不言，清韻合調。是雅音少知，醉鄉孤侣，而余與君獨成倡和。意湧新致，則泠然而會，豁然而開，若與心謀。清虛縈繞，新詩滿懷，直可忘疲，致足怡矣。

今君將之震澤，言余曰：『余先遊震澤，面商陽美竹林立，古塔岑聳，遥睇流矚，蒼然暝色。背太湖，湖水衍溢，廣縱萬頃，水鷗乘和，遊鱗躍波，輕船緣岸，蘭杜繽紛。外則澒洞怒盪，飛浪雷驚，跳沫雨駭，吞吐川壑，摧蕩陵谷，草澤烟沉，沙渚霞映，景無所彌。左則湖脉連注，支流洄溵，古寺鐘磬，響徹林表，龍象蹲伏，林刹鬱茂，若華没耀，雲暗通川，長橋月暎，漁子榜歌。其右則康莊，古邱兀起，竹木翳如，市廛連接，飈聚塵合，盈視平隰，桑柳迷亂，雞棲樹杪，犬吠柴門，川陸遞發，古渡雲平，野塘霧溼，春氣融暢，繁花的皪，群木葱蘢。誠足滌拓襟情，遊騁心目。』余笑曰：『湖之浩演，桑竹之陰曖，山之窈，雲霞之輝爛，禽魚之飛沈，月之明，烟之浮散，皆詩意也。子行矣。慎毋欲炫高山之操而張其絃，矜長鯨之吸而歠其釃也。』

弢甫集卷七

壽序

似笠先生八十壽序

五倫皆天倫也。父子、兄弟之生之出乎天，人皆知之。君臣以義合，夫婦問名而聘娶，朋友傾蓋論交。於是有參之人合之説。此三代以下，道不明，倫不惇，舉世滔滔，日即於窪而莫之砥也。夫無逃於天地者，君臣。一與之齊，終身不改。爲夫婦，猶不謂之天合乎？生民之始，物萬而人一，無羽毛、鱗介、爪牙以自衛其生，群相親愛，嬉嬉與遊，踆踆焉奔走喘呼，患難之與恤。四倫之睽闕，藉之彌縫匡救者，朋友也。人合焉者，吾未見其有是也。跂行喙息之倫，莫不愛護其同類，則莫不有朋友焉。微獨黄鳥之嚶鳴，卭岠蟨之齧草而負之走也。然則《傳》何以稱人倫？曰：倫，人之所自盡也。故人之人之者，責其爲人君，爲人臣，爲人父，爲人子，爲人昆弟、夫婦、朋友之謂也。其合，則皆以天也。《虞書》不云乎，『天敘有典』，『天秩有禮』。明乎，其皆天也。我惇我庸，則其人自爲之云爾。道不明而倫乖，横目之民遇父子兄弟，汎汎然如江萍之適相值，而又烏知朋友之誼之根於性生哉！此不知天之過也。

先生，天下之信友也。自少出門與人交，相見以心，無長幼、新故、遠近、貴賤、疎親，一從之遊，悉規之於善。尤汲汲於拯人之災疢，不顧手足、毛髮之濡焦，盡氣力往奔救，至老而不倦。先生之父馨聞公著《獨行》，予爲《獨行傳》，以告諸世。先生承其家，爲名家後。及見幾社、復社之舊人，故風節磊砢，處細事亦鶴鶴，不苟其心乎。赴人之緩急，以然諾爲邱山，固天性使然，而又不入於負氣任俠者之所爲，醇然一衷於道義，兹其所以不可及也。人有凉於其友者，先生義形於色，曰：『是烏賴有朋友？』其人大慚，改前之爲。乾隆元年夏，先生爲友事，忽至京師。見者驚喜，比之鳳至麟遊不是過，尋即超然去。蓋聞先生之風者，薄夫敦而與世無求，老而爲其友跋涉。調元目擊心識之，而以爲先生古義之邈無匹儔也。今歲夏五，爲先生八十生辰。調元幸得過從先生，聞古老之逸事，式瞻儀刑，親承音旨，樂於心而不忍去，去而不忍忘也。乃爲文，以介先生之眉壽，其亦天倫之樂事也夫。

袁石生杜孺人雙壽序

君子高年邵德以爲榮身，以其居之安貽之於其後，故神明泰然，無外物以摇其精，至耄而獲康彊之福。其妻子亦不咨咨，惟温飽之是適。金翠之粧，犀筯鸞刀之供，弗豔也。鮮衣怒馬，不以爲華也。游之乎真素之源，養之乎醇和之府。善氣蒸蒸，昌其世而吉之逢，固自有以召之，夫豈偶然哉！

袁君石生代襃然舉於鄉，擅名書畫。其先君州使君膺仁皇帝之知，君亦膺憲皇帝之知，俱以翰墨邀御題第一。君令德平，攝歷城、商河，民母依之，乃翩然解龜，鍵户蒔花以自娱，年七十而有嬰兒之色。繼室杜孺人，有萊婦之風，樂初服以偕老。前三年，年六十，至是九月、十一月，初度之辰，後先稱觴以爲壽。

予至汴，交之深者，惟君最。尋常出門，輒過君家。曲巷蕭清，門徑楚楚，緑葉紫蕤，交蔭階牖。入其室，古彝鼎斑斑然，瓶罍巾拂與響拓繢皴相映發，茗飲清談，依依不聽去。予性耽簡澹，未嘗就人家一飯。君時欲觴予，予以謂不若清泉一甌之有味，顧重違君情。嘗小集，中饋殷濃之意，見乎杯槃之精腆。雖一鬭飣，殆甚於蒸殽折俎。内外之賢而好禮如此。炎歊之午，冰雪之晨，襟期之振觸，肺氣之纏牽，一見君便脱落，直以君爲忘憂之草。君於予亦爾，故兩人相得無間。君有以資老，近得一孫、一女孫，更無不足。於，君所夫才而韜，宦而不靳達，饒田廬而薄奉好施，天欲豐予以名位，而君與孺人儉取之，宜乎厚畀之壽，積所餘以流其慶也。

古所稱知足不辱，知止不殆，静可延年，有穀以貽孫子，君悉有焉，復何所須乎哉！予於兹不可無祝詞，侈陳此以祝君，相與哆然開口，舉觴徑醉，亦不自知老之將至也已。

金氏七十雙壽序

予鍵户齋居，久不預人事，遠近所嘗相識，罕書跡往還。比京師友人比部金澍與其弟吉士洪孝廉潢致書於予，乞予一言，壽其兩尊人。蓋夏五爲其父毓崑君七十生辰，而母夫人在春正也。予輟翰不從俗酬應，又年時中有所感，凡親知生辰，例不往。而君固予所愛重而不能忘者，不可以無言也。

先是，曾爲君之母譔八十壽言矣。君習韜鈐，起家進士，侍周廬，歷官滇黔間。奉母之言，母以紡吉貝花作布，導夷僰，至今衣被六詔，功德不細，夫人實共成之。協鎮尋甸，晋階一品，高氣節，蟬蜕金紫。顧夙夜專教子以儒術，文藻蔚然，門才魁三輔。孟、仲、叔先後成進士，具宦達。季登賢書，幼及孫並蒸蒸起京兆，禮闈奏名，金氏輒與，可謂鼎盛矣。

予曩在京師，旅而進主君家。君子若孫，多從予遊，待師至忠且敬。飲饌極腆潔，凉房燠館，冬夏静深，所謂星帶草堂者也。予下直，景每晡，食已，即秉燭，環萃諸生，講論經義至宵分，以爲常。予子弟、姪甥、女夫，咸在供給，無倦容。臧獲嚴事唯謹。予請急歸，不出。予女夫因世講，如予在草堂時。中間更歷憂樂，情纏綿不已，夢魂遥牽縈，數千里不隔几席。君故嘗就予暇對啜茗，作曲室談。嘗親持脯羞，勸食問勞，懇懇如骨肉。別數年，積思良苦。會君次子溶自御史臺出閩中，奉君往道武林相見，班荆歡甚。兩家兒曹，向童丱共几硯，俄已冠，依依捉衣袂不忍釋。已闢養堂於漳州，聞康强無恙，至是君與夫人年七十矣。度漳州娱親官舍，僚屬賓朋稱颺雜沓，其樂可知。而比部輩侍母夫人於城南之邸第，館省能文之士，侈祝嘏者定不乏。而獨遠郵書於寂寞之濱，索及無能之辭，而予不敢不勉應之者，亦自以與君親厚無間，即其家之致敬於師，予所躬受焉者。徵其内外肅恭，子孫之賢而好學，於以知君與夫人富貴壽考之自，使山中人猶不能忘之，其視華軒絡繹、簪組登堂之稱頌爲何如也！遂書以爲序報之。

黄來初先生七十壽序

邵武黄君𡵓谷以進士起家，令仁和，政成，居上考，升牧無爲州。尊甫來初先生適以是時壽七十，君得代，將之任，以間獲歸覲省，拜慶於堂，甚盛事也。

古無祝壽之文，惟上壽爲壽而已，是亦祝壽之權輿也。祝爲人父之壽之文，尤不概見。予考之《詩》，所言壽考，壽豈黄髮台背、純嘏難老之類？凡稱頌君子者，不謂之祝爲人父之壽，不可也。祝壽不必於生辰。《七月》之六章曰：『十月穫稻，爲此春酒，以介眉壽。』八章曰：『十月滌場，稱彼兕觥，萬壽無疆。』而五章序十月，有改歲之文，意周正已行於豳俗。故酒曰春酒，而值歲將改，周而復始，於祝壽之禮，宜是臘月祝壽最爲近古。十月，周之臘也。今先生之壽辰，正當夏正之臘。貞下起元，壽如環之無端。最近古而又適合古與今與？其殆無弗宜與？

夫躋堂稱兕，出於下之頌其上。今君之惠澤，貽於吾邑之民。吾邑之民戀戀不忍舍，欲留之，弗得。田夫野老、芻童漁婦，愛戴之而及於其父，情縈牽焉而不能去諸懷。曩者先生曾就養邑署，既而翛然遄歸。熙春之臺如霞，天池之山如畫，榴軒酒田，徜徉杖履，忘其年之至於古稀。則吾邑之民之懷思之者，眇若松喬之一見，殊令人彷像其眉鬚之古，且羨無爲之民得新承甘雨惠露之施。他日開養堂於州之治，先生採紫芝，擷稻孫，與州民皆遊毛公之洞，登陟九華之樓，康强壽考，樂且無疆，尤吾民所思之而不能忘。

調元與君爲同門友，亦邑之民也。爲道田夫野老、芻童漁婦之所欲言而弗能者，以祝先生，則亦猶是躋堂之義也。抑吾聞古之勤勞王事，誼不得顧其私，故四牡騑騑，於將父有所不遑。君以殿最遷擢數千里之遠，得寧親以歸。先是已叨恩，封如其官，綵衣稱慶，適遇懸弧之辰，視古之倭遲周道，彷徨懷歸爲何如也。春酒既熟，斢以奉之。

族父甸集先生壽序

士即伏處隴畝守一經，於親也篤，於取與也嚴，志氣温温，容貌朴茂。蓋得一㪷元氣之達官，不如得一培元氣之處士。固以所重之在乎是也。

吾族父甸集先生，早歲補博士弟子，彈琴詠歌足自娱，不汲汲仕進之干。家僅自給，人之有求者，量周之，不濫不嗇，曰有節所以有恒也。多男子，朴者教之耕，力作以時，故常稔。篝燈以課秀者之讀，讀聲琅琅出林竹外，則大喜，不令讀者預家事。遣子有元從調元游，讀至宵分不輟。予勞之，趣之寢，則作而曰：『吾父望小子有立，懼有忝也。』其辭色懇苦然者。先生接人色和而語莊，人心醉之。調元曩歸姚，數見先生語先緒不去口，遇族子弟悃悃，誠長者也。精神内歛，動止如三四十歲時。别三年來，聞神采炯炯。先生年已六十矣。夫善人有後仁者壽，此理之常，確然無疑。有元尚脩文行，行大有聞於時。先生正康强壽考，足覩後昆之興起。豈惟族之昌，抑亦國之光。調元不獲隨族子弟執觴，謹郵此以爲序。

朱清江李孺人雙壽序

予籍錢塘，祖居古姚州。歲渡重江，歸宗祠，必取道蕭山。通川過乎邑城，市樓燈火，兩岸喧闐，烏榜紅舷，啣尾絡繹，迤邐至於錢清之江。經漢太守劉寵之廟，泊舟展謁。登一錢亭，流連風景，其水澄清浩瀚，菰蘆演漾，與瓜畦禾塍相映發。一碧千頃，文魚聚散，游泳可數。當水光月色，漣淪上下，發清嘯，作微吟，徘徊不忍去。里人膢臘報賽，汎龍舟以娱神，簫鼓震宕，旌旗鮮明，衣香人影攢簇於祠下，承平樂事，有簾舫水嬉之風。田土沃而物産豐，魚稻充牣，男耕女織，俗習清美。居人率多仁壽，黄髮垂髫，嬉然自得，古桃花源不是過。

臯曹朱君實居其地，世有清德，席豐厚，能賙恤其里黨。君少孤，克自樹立，游於庠。雍正初元秋闈，幾獲雋而失之。遂慨然筮仕，欲有所發攄於時。初受任朔州倅，旋歷閩省邵武，調臺灣。雖職居參佐，上官奇其能，歷署邑篆，所至輒有聲。比來河南晉今職，奉檄馳驅，據鞍矍鑠，年向老而才力甚壯。秩未滿，東行興發，思向山陰而上小舟，遂飄然解組歸。配李孺人有閫德，白首相莊，出處俱得其內助。君之歸也，有孫可弄，有飴可含，有書可讀。湘湖之腴田，歲收足以自給。初無求於人世，而人世以不盡其才，縶維之不得，爲可惜也。

明年攝提在孟陬，爲孺人設帨之辰，而君以陽月懸弧，俱年七十矣。同官慶古稀齊眉之盛事，計來歲稱觴之期，欲得予一言以爲之壽。予既賢其引年而歸，外庭中闈有以娱老，却自顧非仕宦而縻於此。故鄉山水之窟，夢寐縈懷，亦决志言旋。夙愛先賢遺愛之地，吾友釣遊之鄉，思卜居爲鄰，扶杖逍遥，翠竹白沙，信意吟和，而內子與孺人通門問訊，婆娑語笑，執翿由敖，其樂陶陶，將必有日矣。爰書而爲之序。

錢母王太君壽序

爲善蒙福，理有固然，而數或不可知。獨貞節之母，其子必賢且才，而食報也豐，有决不爽焉者。斯義也，先正嘗發之，而原其所以，則貞節者之歲月，涉歷艱難，微特矢靡他，皎乎冰雪，挺乎竹柏之爲奇也。户牖之飄摇，支以孱寡婦之手口；藐孤之撫，危如一髮懸千鈞。比諸貞臣之罹憂，殆甚焉。故蒼旻之鑒之也尤邇。且其爲教也，母而父之，恒嚴以爲慈。有嗃嗃，無嘻嘻。食以堇，衣以敗絮，學宮之傍，而荻之畫。孑立之身，百事迫之前也，故達。

予與嘉定錢松交，見其人愨而能，言不支，行不逕，遇事燭照而不矜鋒穎。予敬而兄事之，因以知其母夫人王太君之賢。太君之寡也，松兄弟俱穉，哺以乳與糜，與餦餭粔籹，保有故宅，遺書撫教之，以至於成人，亦云勤渠矣。况遭家多故，厥緒棼如。當是時，外罔之風雨洊加，雖哲夫猶不易爲之枝梧，而太君綢繆所至，備殫拮据，卒能周護喬柯，聯綴斷縷，不擾神色，而家難以紓，外內帖然，固非尋常茹荼集蓼者之所可同年語也。今松既以纂脩《古今圖書集成》策翰墨勳，出膺民社，折復起爲淇令，益敏於爲政，歷盤錯，起謳歌，循卓之猷駸駸日上者，太君教也。於是太君年已老矣，明歲月正上元爲太君七十有三之初度。松惟日是愛而親是娛，以予之夙知之也，書來徵予一言以侑爵。予何以侑太君哉？予惟舉太君苦節之磊磊者，昭諸管彤，俾松無忘其艱難，更奮焉樹立，彪炳於皇朝，彰太君之德之懿。既書以歸之，復執筆以俟。將歲祝之以踰於期頤，颺松無窮之業，而侑太君無算之爵也已。

朱母沈太君壽序

世咸謂父嚴而母慈，是固然矣。實則正家之道必能嚴，而後慈可稱也。《易·家人》之《傳》，不惟以嚴君謂父，母亦謂之嚴君。父君乎外，母君乎內。父君乎外，而士之生也，志乎四方，有不遑家食焉者。母雖無攸遂，而代有終，正位乎內，成內助之美。家人利女貞，以此也。家人之言暖暖然，行煦煦然。十爲恩掩者七八，恩一勝則不得其正，惟女殆有甚焉，其何貞之能利？故恩取乎明。物莫明於火，離火之明，得之乎中，虚内之主也。六二位乎此，所謂内之嚴君也。嚴斯明明，斯正貞者。正也，明乎内而家正。風乎國，風乎天下，莫不自兹出，乃見利貞焉。嘻嘻則吝，嗃嗃過於嚴矣，而未失。夫固舍嚴無以爲慈之道也。

禾朱氏之母沈太君，持家以嚴，其夫子在，時出遊燕、楚、秦、晋間，太君代匱，家政井井，訖習辛持門户，教子義方，稱克家。今三孫且杰然成立，能文工書，知名於時。無專成者已，莫不代之成。備甘旨以奉君舅君姑，潔脯修於明師，羅酒漿以待賓客戚屬，而自處極約，肅然爲中饋，主内言不出，歷久如一日。至是太君年八十矣。予客禾，交朱氏，其族黨於冬月介太君壽，徵一言於予。予謂母嚴而子若孫俱賢，家無不理，斯謂之善成其慈，爲人父之止於慈亦然。若太君之克盡母道，予甚欲天下正家者之模之範之也。樂得而稱之，以爲壽。

尚母張太君八十壽序

近今在三之誼蓋微。北直南宫尚生連輝，不遠千里，驂兩馬，駕柴車，命其子御之，涉河至汴，省予于大梁書院，道舊論文連日夕。生鬚鬢皚然，與予衰遲相對，情味濃至。憶乾隆戊午，予點水曹，同曹張君季直最相得。生爲其表弟，因緣及予門。是秋獲舉京兆，明年予請急歸，遂不出。書問絡繹，欲擔囊走錢塘，尋予林居。聞予年來友教四方，東西無定所，且好遊名山，笻枝稀挂壁，乃不果來。昨上禮闈試，遇浙士，輒問予近狀。場屋頻遇予門弟子，大喜，呼同門生，詢知予復主大梁書院。今開歲，遂果夙願，蓋别已二十年矣。生老而好學，試春官，僶得僶失。以侍母夫人張太君于北堂，踏省門，志不怠。太君以孝慈爲禮宗，流徽管彤。其尤難者，君舅有侍姬，性未平易，治命遣之。太君曲將之以雝柔，仁漬于閨門，薰然成和，久而自化，竟歡洽，不令去。其臻遐壽，而子孫蕃昌，有由也。今年嘉平月，值八十生辰，生拜起，乞予一言。于其歸，用書之以爲序。

吴母胡孺人七十壽序

吾嘗閲世，見家之興、後之昌，率由母儀。壼德之含宏，故氣運特久而滋。大士夫之經世也，磊落英多，綜大紀而不暇及乎其微。故委折纖毫之必周，非至静而用心慈恕，莫能優柔體恤，俾家人外内之具得其宜。此其維持爲甚密，而其葆護而煦養之者爲甚深也。

吾前十年，曾序吴生母孺人六十壽矣。其時高增需次儒官，高堎爲諸生，勢隆隆起。吾知所以爲之券者，以先是佐君子出粟賑饑，活千人者，必封也。居無何，高堎舉於鄉，高增司訓會稽。會稽人士藹然如秉宣文君之教，群仰有賢母矣。至是母孺人年躋七十，長居上考，次與計偕，待詔公車，授邑令，綰墨綬銅符以歸，拜佳慶，國人榮之。予適應友人聘，來中州，二子以書來，乞序母孺人七十之壽。

予惟母孺人之德淵懿温厚，卓爲浙西士大夫家之規範，有不可一書而罄者。予嘗主其家，内言不出，僮奴卑謹而忠愛，吾知母孺人之治家嚴而有恩也。予忝賓師，飲饌酒漿必潔且腆，吾知母孺人之能養且祀也。二子名在仕版，不令一日輟學，諸孫滿前，童幼且能誦《十三經》，吾知母孺人之以詩書之脈裕後昆也。吾友旭昭君，輕財好施，遺産不欲過豐。而高增營甘旨，經紀厥家。俾高埈專學業，登賢書，以光大家聲，而高埈亦克成厥志。浙人至今以爲美談。且方年壯志雄，勳業正未可量。嗟乎，此母孺人教之也！夫劑之也和，其達之也必順；載之也厚，其發之也必大。而遠循是以往，其佳慶寧有底乎？遂書以貽之。

李母袁宜人五十壽序

銅山李使君，以分治河渠，丞開封郡，常櫛沐風雨於工所。官事家事，井井就理，則内助袁宜人力也。宜人性仁恕，持家以禮而恩浹臧獲，貴而能恭，富而能儉，居安而能勤。相外庭起家，分郡符。有四子，從吾遊者三，而長尤賢。宜人從世母、從嫂兩世，厲冰霜之操，膺崇臺綽楔之褒。宜人命子乞予撰合傳，以表其幽貞。海内莫不知袁氏之有雙節，其貴德識大體，有迥非釵笄之所能及。

今春正五十初度，衆親賓咸欲爲宜人稱觴，而客歲失其伯子，情有不釋然焉者。伯子才而好學，婚之明年，及予門，非召不歸，歸輒旋踵詣學舍。除夕開歲，往返祇數日。此固其子之精心於問學，亦以見北堂之訓，恃如其怙，納之義方，其子之向學不必如樂羊子之須勸，而其婦勉夫勤學之懿可知也。此又其陰教之行也。乃天顧早奪之，其茫昧殆弗可解。然吾聞伯子遺言，勖其婦善事尊嫜。又從予四年稔，見予罕爲祝嘏之文，而懇懇預求一言以壽其母，則伯子固未嘗失也。大梁書院爲中州英才薈萃之藪，是中州英才知有伯子也；中州諸執事月有試，嘗拔之冠其曹，是中州諸執事知有伯子也；就試京兆，日下名公卿交刮目，名士争願與之交，是日下名公卿、名士知有伯子也。俟其弟生兒，以後伯子，讀其手澤所存之書，煜然大發其潛光。信乎，伯子固未嘗失也！宜人其可釋然晋一觴矣乎！於是衆親賓侈傳予文，以爲宜人壽，且以是爲左契焉。

盧敬甫六十壽序

調元平生兄事無多人，惟敬甫交最篤，亦最先。自總角坐同席，吟同研，出入早晚必俱。居東苑中，嬉遊嘯歌之地，形影無一日離，里之婦孺所稱爲雙先生者也。長，俱有室。以貧，出授經謀養。分合無常，然猶歲時伏臘，兩家往還若織。既而調元走軟紅，奔波世途，絆羈浮名，僕僕無寧歲。洎請急歸，而髮之鬢者已半素。始一意匿影衡廬，與敬甫追兒時歡如故。顧或仍以衣食，牽往東西，不獲恒聚。當調元出遊，時累敬甫送别寄懷，怊悵稠疊。而敬甫性落拓，早無意干進，雖踏場屋，汎汎如萍浮江湖，見有棲泊處所，了不繫著。曾一對大科，至京師，尋浩然歸其數間之草堂，著書哦詩，以舒放其天。中間哀樂頻經，晚益貧，能不累心，益用廓廓，無纖芥於其胸。偶覓得杖頭，輒偕所善，買郭西小舟，汎葑香柳陰之間，酣呼笑謔，不知日之已夕。烹魚湖樓，沽酒姥肆，遭雨借青籜笠，過段橋，迤邐入城闉，見之者以爲仙。

昨秋，調元因故人招，入大梁。客居岑寂，屢書邀敬甫，將同登吹臺之上，嗣慷慨懷古之遺踪。敬甫有以自樂，莫肯來也。今年之四月，敬甫六十生辰。予垂老，猶倚風塵，不獲登堂奉羽觴，而書此爲壽。見調元與敬甫，少親厚無間，初不異趨如此，而迄慚其道之能自肥。且才子文詔，著述代興，魁然有聞於時，爲無央之樂，同人罕有及之者已。

弢甫集卷八

傳

汪玉然傳

汪樹政，字玉然。考秉，明萬曆間江南下注巡檢，禦賊死之，監察御史王立賢表其閭曰奕忠第者也。時癸丑六月，賊掩至，夜火四起。衆欲走，巡檢持不可，率土兵力戰，矛洞胸死。公子樹敏，從陷陣，奪父屍，矢損一目。而樹政年十六，亦奮呼從，梃中足，足折。賊怒巡檢拒敵，併力攻，特急。樹政從父兄，殊死戰，衝突烟焰中，不少懾，卒協獲屍歸，賊不敢躡其後。事定，上官諱抑不以聞，旌恤之典缺如，遂歸鄉里。後樹敏一出爲輝縣丞，樹政竟服賈，養母終其身。著《勉旃録》訓子，大指言五倫俱歸於孝，語質而理足，與經傳合。其曾孫鑒既爲巡檢立家傳，而屬其友桑調元傳公子。予惟公子大節在從父兄鏖戰，故連父兄書之。秉字懿卿，樹敏字襟春，餘姚人。

桑調元曰：父元殞，兄一目眇，而身折足。以擊賊語，全而歸之者，其必在是矣。公子從父兄，執干戈以衛社稷，其不爲童子錡之續者，幸耳，豈不偉哉！卑官死禦寇，弟子輿尸，而上弗知，有明末造之事可知已。嗚呼！

朱先生傳

先生朱姓，諱彝爵，字宁臣，秀水人。父貴陽守，諱茂時，年七十有四生先生。少穎異，能文，年十四爲諸生。明年，娶揚州守陳公女，有壼行，余嘗誄之者也。又明年，居父喪盡哀，弔者涕下。魏塘夏季思者，先生師也，乃言曰：『爾亦知孝之有大焉者乎？爾兄耄而爾少，慮有乘閒搆釁者，苟小有言，非孝矣。』時伯兄年踰七十，先生少且慧，父奇愛之，人咸意室中之藏之爲所私也。乃晝夜號，居喪次，不一入室。婦方有娠，亦如之。既葬，聽伯兄撥產析居，箱籠了無長物。既而伯兄檢視，珍玩、古書、遺金具存，曰：『人言妄也。』欲分之，以病篤，不果。而先生食貧，無片言。仲兄爲叔父後，產屢耗，始終周給之惟謹。謀禄養生母王，以貢謁選，司訓杭州。有張生者，爲其叔所訟，理諭之，得解。丁生母憂，尋走京師，思一展所學，以友事轉入秦，得疾歸。先是，爲同里李君尅期馳秦中，取官文書還，釋其罣累事，義聲震士林。至是更爲友勞勩，遂不起，年四十有一。德是、嵩齡，其子也。

桑調元曰：吾客鶴洲，見孝廉嵩齡居母喪，何其哀也。德是早歿，嵩齡嚴事寡嫂，撫兄子如子，急友難若己事。嗚呼，先生教之矣！使先生得所欲爲，以教家者教天下，俗不歸厚乎哉！

忠節魏公傳

公姓魏，諱尚賢，字禮孟，號明賓，鄭州人，明萬曆丙辰進士。初通籍，志捐軀報國，授大理評事，轉中書，恤刑畿輔，多平反，活爲盜誣者三十餘人，晋吏科給事。彗星蚩尤旗見，應詔直陳數事，詳《名臣奏議》中。又與曾林若疏請釋劉光復。鎮撫司久缺刑官，因淹繫踵斃衆，家屬數百人震哭長安門外，與楊惠世疏請鞫釋。光宗即位，十六日不視朝，與孫朝肅等上書宰輔，請册立東宫甚切。至熹宗立，議崔文昇進紅丸，宰輔不應私爲出脱，忌者遂出公知保定府。檢有神廟時加派銀八萬兩餘，悉還之民，殫心弭盗。復左遷順天府通判，尋升户部員外郎，轉通政司參議。乞養，不許。轉右通政。

逆璫魏忠賢故進退公，示招邀，且遣人啖以美官，乞聯譜爲昆弟，以姓名宛若輩行也。公裂眥曰：『若刑餘，直冰山耳，乃欲污吾宗系乎？』疏婦寺子姪，秖可賞金帛，不可濫玷爵秩。逆璫益啣之。挺擊事起，救高攀龍、劉宗周、鄒元標甚力。萬璟受閹毒廷杖，與陳長祚奔闕救，上弗及。魏大中下鎮撫獄，搒追誣賕數萬，無敢近者。公攜大中子學伊入視，諭獄卒善視之。上《速殛元兇以雪忠臣之恨》一疏，逆璫怒切齒，方欲甘心於公。會莊烈帝立，璫敗。上三疏，一逮獄，一獄死，一追贓。又言：三案，天下之公議；《要典》，逆璫之私書，宜急投水火。帝悉然之。

崇禎五年，以憂歸，遂不出。布衣蔬食，絶請謁，教後進。時流賊猖獗，出家貲倡修州城，以磚易土。賊薄城，部署鄉兵擊賊。城陷，群擁至東城樓上，斷公一食指，脅屈膝，公大聲怒罵曰：『賊奴，吾大臣。恨不碎汝首，可辱乎？』遂死之。時十五年五月初四日也。年七十九，葬州南魏家河。

桑調元曰：公立朝挺挺無所阿，又以飽喫官飯、受成俗吏爲耻，故所至盡心職業。嘗曰：『事期有益於國，功不必歸己；言在能明其是，過不必諉人。』其根本從來遠矣。長身玉立，美髯拂拂。出身初即期報國，卒峥嶸罵賊死，不負堂堂七尺。嗚呼，偉哉！

循吏梁公傳

公姓梁，名澤，字恒白，號采山，廣東順德人。父器圃。先生與陳元孝、王蒲衣、族兄藥亭唱酬有名。公生奇穎，又家學，工詩文、分書，未弱冠舉于鄉。時貢士試春官，未分省，行卷爭投徑途。公秉節嚴峻，屢躓，乃謁選，得浙之海鹽令，慨然以卓魯自矢。恫瘝民瘼，孜孜求興利除弊。功令編保甲，革里胥，行順莊。他邑率多陽奉，或治之而棼。公實心釐剔，妙中機宜，政乃成。徵粮令民自操斗概，監司遣人下縣，倚勢作威，公笞之，申報上官，媿謝之。海潮囓塘，先事綢繆，得晏然無恐。聽訟明恕，曲諭以禮義。暇集士子衙，齋飯脱粟，講論不輟，陶成甚衆。攝秀水、平湖二邑，不以暫理易素志。吴有倒好之諺，呼爲『梁天青』。太守與公殊意，見公一處以正直，恢恢無掣肋。時高安相國朱文端公撫浙，首稱梁令善，標之爲則。文端公内陟都憲，特薦之，行取辭。縣士民遮道攀戀，數百里不絶，有送至滸墅泣别者。至京，丁内艱，尋以前令民欠波累，重至舊治。衆扶老攜幼，擁拜如曩日。會蠲積逋，放還，惜不竟其用。公怡然吟嘯歸。康熙庚子秋闈，公爲參詳官，本房得朱嵩齡、陳佑，鄰房薦馬維翰、杭世駿，以道義、文章、經濟見于時。調元列乙榜，出公門下。頃修邑志，邑人懷公舊愛，争就調元，屬爲之傳，用質言之如此。

桑調元曰：天生奇才，或湮沉下里不著見。著見矣，用之而效，又得名卿薦剡，類圭璋之特達，復以牽累見遺。今上思揚、馬之才，旁求切至，卒無有以之應詔者。調元感公平生氣鬱塞。嗚呼，若朱文端公，安可復作哉！

吏部侍郎俞公傳

公俞姓，諱兆岳，字岱楨，世籍海寧，筮仕宣平校官，七遷至吏部侍郎。有識略，治跡焯焯。令大田，民有送妹嬪壻家，不返。前令誣服壻，纍係多人，公悉脱其械。齋宿城隍祠，夢朱旗書『輦』字，鞫輿丁，得實抵法。調臺灣，平土寇，戎弁張文武勞圖貴富，公陽喜，圍爐設讌，火其狀，曰：『殺人邀賞，必有天殃。』卒誅止渠魁。移開州牧，以憂不赴。免喪，補松江同知。銳鋤奸，與守忤。會朱文端公軾出視塘工，公曰：『必以石，民乃不魚。』文端然之，薦董其役，堅如錢江老塹。升青州守，前忤者適提刑，召伶觴公酒，方行，立起曰：『山左旱，餓莩枕藉，宜急綏流亡，忍對笙歌終讌乎？』提刑慙愕，思重傷。公乃引疾。憲皇帝心知强項，徵入見，拜通政參議。江南海溢，遷太僕卿，往築塘捍禦，亘八千餘丈。工竣，今上嗣統，擢開府洪都。初，公捐臺灣秏米萬餘石濟賑，條免蘇松浮糧四十五萬石，至是請汰南昌糧銀以萬計者七，汰大江沙糧銀以萬計者一，汰潯贛兩關陋搉銀以萬計者九。教民節儉，俗以殷裕。陟少宰，過里門，時嵇閣部曾筠總海塘，分司者壞民田墓畚土，公以告，弊立除。入銓堂，後撫訐免糧事不實，下刑部，直其謾，將復用，而公以乾隆戊午六月卒矣，壽七十有七。用進士終大竹令，招復流户，遺策折吴逆機牙，曰宣琅，公考也。寡字二孤，稺者裁十一齡，鬱爲時棟，旌不以例，曰吴太君，公妣也。子三：良模、鴻赤、敦仁。俱仕。敦仁與予爲同年，同年之從孫思謙從吾遊，乞傳公。予惟公勳在史宬，以邑乘須登公，特書之。

桑調元曰：公之休烈多矣。予獨念天行潦旱，堯湯所有，惟長率屬不憚濡焦救之，乃可氛祲弭而釋民之咨。顧徵歌選色，競姱嬉之讌，溝中瘠罔聞知，聲嗷嗷耳不之恤，公畫傷于中，讜言觸諱，寧擲郡章去。斯其爲仁者之勇哉！而遭逢克知灼見之朝，尤令俊宅感涕于無窮也！

景先生傳

先生姓景，名星杓，字亭北，仁和人。父邦鼐，字三岳，豐於財，性任俠，出貲爲人排大難三，人呼爲『景三俠』。先生生而磊落，不拘小節，常集畫艦數十，招詩人、酒徒、劍客遨遊禾之鴛鴦湖。故通音律，方洪飲，援篴作數弄，隔湖人傴耳嘹亮。有奴曰：『青猿最趫捷。』酒酣耳熱，起射林薄間，命青猿疾取箭爲樂。赴友難，白晝刃人都市中，散萬金如流水，難得紓，家業洗如，意頗侈以爲豪。已而幡然折節讀書，葺屋城之東臯，花木叢竹環蔽之，不見廬舍。屏妻子，獨居三十年，名曰『拗堂』，自爲之記，詆世事多失直，吾拗之。畸人騷士叩扉，劇談茗飲終日。顧壯志不能遏，謂豪傑非天生，乘時得志便見奇節。論世事成敗輒奇中，慷慨吐論，聲如洪鐘。精心種菊，秋光瓌麗，爛如華蓋流蘇。花時，達官貴人、孌童艷妾趾相錯，類不見主人而去。因自號曰『菊公』。尋厭其喧，遂弗種。散菊種數百於東城，數年後人猶呼爲『景氏菊』。賣文爲活，連遇歉歲，奇窮，義不苟取。元日，盎無粒，粟屑、薯蕷爲食而已。不問晴雨，恣遊湖上諸山，憑弔古今，詩成自歌，震蕩林木。所著有《菊公詩》五十卷、《拗堂詩》八卷、《醉翁詩》二卷、《菊公詞》八卷、《拗堂詞》一卷、《松風詞》一卷、《拗堂文》十六卷、《文羹》一卷、《山齋客譚》十卷、《蜨史》三卷，俱手録，書法絶類山谷。晚器後進，桑調元慨然許託焉。庚子秋，疾作。故妻王孺人已下世，子二，留次子侍疾。易簀前一日，命檢詩文稿授調元，屬『他日編存吾集，寧簡無繁』，枕上詠《別同好》詩，浩然而逝。其日爲重陽日，壽六十有九，葬方家峪。

桑調元曰：先生豈詩人哉！自著令以程式取士，奇才不得盡達，竟槁項黄馘匿窮山，藜藿不充而死，如先生其一矣。聲光未滅，猶以其詩傳。悲夫！

繡甫湯公傳

公姓湯，諱斑，字繡甫，睢州人，文正公潛庵弟也。湯氏始祖寬，在前明世以軍功著，閲數傳，文學蔚興。公曾祖希范，祖敏。父祖契，生二子：長文正公，次公。公少聰穎，兩冠童子試，補諸生，食餼，以歲貢選授開封府滎澤縣學教諭，康熙五十八年八月四日卒，得年六十有五。娶袁孺人，克佐公孝養，子四，孫若干。

文正公起大科，出爲節使入爲卿，太夫人軒太君在堂，奉養晨昏，惟公是賴，故得一意盡瘁王事。嘗一省兄京師，一於吳門即遄歸，孝友聲聞通國。方公喪父時，纔十齡，兒啼，哀毁如文正公。長，讀書立行，一以文正公爲師。仕路聲華，牽引子弟，率易登巍科，膺膴仕。文正公又聲望動巖廊，既嶄嶄卓立，無纖芥私營。而公秉承家學，砥節端正，恬然義命自安，雖文譽騰踔壇場，終其身不得一第。居鄉里，意念抑抑自下，人不知爲貴介弟。急師門之厄，脱諸圜土。園通友人墓道，改營阡隴，瘞遺骼於高壤，不使沈沮洳。汲汲敦善行若不及。嗚呼！士豈以昭晦論，此足與文正公濟美矣。

桑調元曰：予至睢州，拜文正公祠堂，因世講得交其孫曾類，謙謹守禮法，不侈世家，不營競，不以能文章自豪，上有先正之遺風焉。況公親兄弟，師友一堂，其粹然樹儒門規範，以教於家，以型於鄉，宜哉！

王繩巖家傳

君姓王，名作霖，字雨臣，繩巖其號，一號怡齋。晋太保祥之後，由江淮遷於杭。曾祖之謨，拔貢爲令。祖茂芳，歲貢，有著述。父曾期，中書舍人，碑刻行世。君生三歲失恃，育於祖母，性至孝。少即工書，年十七修書藩邸，弱冠爲諸生。尋丁外艱，家多凋喪，撫兩女弟，叔母邱嫂群從，孤寡咸無缺養。乾隆初元試，入實録館。戊午竣事，賜宴及文綺白鏹，授主簿需次。至乙丑，選丹徒。厲清操，習勞勩，上官廉知之，檄辦版圖黄册，蠹弊一清，滋以爲能。攝丞上元，制府引爲白事，勢不倚，私不行，百務井井，竟積瘁殁於官。嗚呼，君誠可謂偉男子矣！

自廉節風微，士夫出身便爲私圖，智昏多藏，往往以墨敗。苟倖而免，罔顧名檢，巧營金窟，宦與市通，其沈壓百僚之底，漁錙銖者，無論也。君不卑卑，官杰然，義無苟取，有敏幹才，渴爲時須，且内行修，孝友純明，研詩、文、書，法其家學，能變而之古，心聲心畫如其人，體貌温温，儒雅可挹。殁於乾隆丁卯六月九日，年僅四十有八。悲夫！子三：長，某，亦工書；次，廷佐，諸生，從予遊；次，某，後其兄。

桑調元曰：予昨送君之官，君喟然謂末吏之雜爲可羞，思一洗齪齪狀。予韙之，作詩壯其志，君果克踐言死，以清白遺子孫，所遺厚矣。予獨嗟善者之不留爲世範也。

都事張君傳

君張姓，諱邦曜，字旭明，號曉亭。其先宋劍南節度使南軒公始遷浙，至聖三公遷山陰之張家塾。考諱允謨，生四子，君行三。性仁厚，于親故最篤，無大喜怒，甘清貧。初筮仕山東，丞歷城，署令郯城。兩詣京及河南，招飢民回籍，安集得所。調河工，察隄閘泉源水勢，著勞績。勘東阿災，散賑。紀大功二，爲中丞巡捕官甚見信任。值辦西邊軍需，中丞擇縣名之佳者，如招遠、清平、霑化等，君與聞之。承辦各州縣畏赴行，間私萬金求解免，君悉卻之，但告以部署已定，毋恐而已。丁憂，服闋，補黄縣丞。盜以平，擢河南布政司都事，署郡丞、別駕者，屢稱練達。自康熙庚寅至乾隆癸酉，老而解組，歷官四十餘年。事上官不阿，寮寀待以坦白。

其尤著在康熙五十一年，沂水妄人田文如誣同縣趙瞎子九十餘人不軌，并及官弁。仁皇帝特遣官逮問，時中丞蔣公陳錫遴幹事之員，衆推君，即檄委并授王命旗，治官弁之違約束者。歷下至沂水，四百里餘，君馳間道，一晝夜至。衆驚神速，且載王命旗，懼即擒戮，城中惶遽，罷市。君廉其事誣妄，大聲曉以無罪，一就訊立雪，且被誣僅九十餘人耳，衆何洶懼爲？遂安堵，市如故。將按召册内諸有名，令請治鞫具，君曰：『無庸。』日集僚友行館飲酒宴樂，或懼得罪，逡巡引去。隸以數人至，録姓名里居，即縱歸，約隨赴省。人情大定，自束身詣庭下，縱如前。四日畢集，有與册内仝姓名者十餘人，請與俱，絶後累，一路聽散處，不問，官弁亦隨行。既至，司臬欲囚衆，君不可，請仍委收領，如逋亡，甘功令。比讞，不失一人。得田文如誣狀，坐之，衆盡釋。其被誣及親黨子弟赴省偵視者，累數百人，悉手香諸署前，歡呼動地，泥首謝，既而並云，云泣下，觀者咸感動。脱其時不廉實豁達推誠如是，愚氓或竄匿，且激變。矧長途縲絏無辜，至復拘幽囹圄，綴民叛案，其被累有不勝言者。宜上官奇君之胆識，益加器重。臨淄人碑諸口，至今以爲美談也。

君罷官，貧病，不克歸，卒于十九年八月初三日，壽七十有三。娶俞孺人，子四，孫三。長子翰先君卒，遺孤肇淳，懇苦向學，庶能起厥家乎。

桑調元曰：予至汴，識君。廣顙豐頤，鬚髩若雪，對予作鄉語，煦然長者也。初不知君臨事變，機警胆決，處之恢恢有餘。使得居高位，定疑難，建偉勳，當聲施爛如，而卒沉下僚以老，至窮困不給也。予能無悲憤菀結于中乎哉！

陸莘田先生傳

先生姓陸，諱章，字莘田，一字息村，世籍平湖。祖諱懋德，遷嘉興之春波里。考歲貢生，諱濤，遷王溪，行載府志。妣孫孺人，子三：長諱之謨，次諱惟寅，先生行三。幼遭大父喪，克哀毁，及宅憂，躬行古禮。古禮之實亡於今，名爲三年喪，僅衰麻在身數日而已。先生家自初殯洎練祥，朝夕一溢米，枕苫塊，盡哀杖而起，見者怵然汗有泚，始識居喪如是，俗以歸厚。伯仲同爨，終身不私一錢。陋室論道，怡然自得，金窟笏牀之户，莫能如也。家雖貧，遇親友急，必勉周之。歲飢，糾同志巨姓，出粟煮糜以賑，全活無算。先生力綿而志殷，籌畫幹濟，力居多。補諸生，蹶秋試，偭得復失。值選拔，學使已注，意有尼，以年老中止。泰然安義命，略不介意。訓後學篤信程朱，隨所見導以實學，不專攻舉子業。對童蒙亦如成人，盛夏衣不見體。自伯子歿後，殷殷以身提唱，語和而莊，學者樂親炙，咸師尊之。娶屠孺人，繼譚孺人。生三子：長寶忠，後伯子；次寶信、寶禮。俱先卒。先生終於乾隆丁巳五月初八日，壽七十有四，私謚非古，故略而不書。

桑調元曰：予初至禾，禾人士稱召成陸先生，見理明而處事斷，洵儒流之圭臬。蓋即伯子也。自稼書先生倡道於浙西，楊園先生翼之，餘山先生則特立於浙東。若召成先生，所造卓卓，流風未斬。予不及見召成先生，見先生，得遺範焉。老成盡謝，少有表彰之者。嗚呼！是誰之責乎？

蒿廬孝子傳

吾友方君渭漪輔，休寧人，以諸生貢成均。遵先命，課子特勤，生七子，不遠千里及予門者四。歲戊辰，予應大梁聘，過吴門，時君方廬墓，欲望若堂而未得也。比旋里，聞君已旌于朝，衆藉藉所謂蒿廬孝子者也。君之子環，跪請爲之傳。傳曰：

君考化居于吴，愛佳山水，欲仿傍要離塚。舊事病痢，傍徨寢舍治飲，子煩攟裳席，扶如厠，凡三十七晝夜。彌留時謂君曰：『曾祖、祖二世未葬，祖母年高，弟稚弱，諸從父貧，汝其成吾志。』君涕泣受命，遂瞑。哀毁柴立，扶柩歸。事祖母、母盡色養。母殁，尋承重祖母喪，哀毁如初。完弟婚，翼之成立，不幸客死，經紀其喪，撫幼孤如子。從父、從子之不給者，生養死葬，盡禮。曾祖考妣、祖考妣，俱營葬于本邑，獨任之。守治命，卜吉壤于吴縣蒸山，奉考妣就窆，結草舍于塲，上食如生，存者三年，哀至則哭，聞見者莫不感動。君長身玉立，美脩髯，至是慘瘁，淚滴處春草不生。夫廬墓以事親，不得復云爲名。手撫宰木，若噓呵生氣，以蕃昌其枝柯；稽顙片石，光緻如縣，又如袵席温温然。

不孝孤調元辭先孝勇公之隴，北上至河間，大雪，感愴有句云：『依墳墳土煖，眠起盤旋三尺土，若定省晨昏，喘息呼吸之通也。』又云：『别墳墳土孤，若旁無侍子，龍鍾之老，杖履左右無扶掖，時憂顛仆也。』居常省墓，遠見馬鬣，若久離膝下，歸覲趨拜，吾親見而喜也。依倚墓傍片刻，若喁喁敘别來事不休，惟恐子之去也。拜辭隴上，數數回顧，淚眼昏眵，吾親目送，步遠一步，至路轉弗見，惘惘有失也。不孝孤振觸至此，不禁淚涔涔然萬行下也。

桑調元曰：予别君十年餘矣。君長于予，俱年近古稀。君矍鑠，不難臻期耋。予則疾病侵尋，復遭慘戚，魂侍吾親之日當不遠。安得即成良覿，絮語曜首之子之哀思乎？

曾孝女傳

孝女曾氏，名衍綸，山東長清籍，居歷城，牧郴州尚增之女也。母張宜人病痪，孝女年十五，随之官，侍湯藥，眠食寒暑不暫離。會寢舍老嫗遺火，漏四下，始燄燄及帷幔。女踉蹌啟户喊呼，衆鼾睡，拔關擂門，驚噪起。遽轉搶入房，勢已熾，冒炎烟。掖母，母故癉，身奇重，盡力弗克起。頭髮焦有聲，慟哭籲救。老嫗及侍婢薄床，眼眩瞑赤，烏亂着面，狂奔出。母麾女去，女撲母身上，兩臂擁母，首膚爛灼，猶呼救不絶口。衆號之出，曰：『母死，何以生爲？』烈焰中叫母，哀慘轉急，既漸微燼矣。實乾隆戊寅年十二月二十四日丑時也。詰朝，撥灰諦視，女堅抱母，兩尸合并，體魄胚凝，磊砢若黟炭，然見者莫不酸鼻。父以翰林出令蕪湖，甲子年八月二十日孝女生，許字歷城毛公子，均州人。立祠于郴江寺側，例得請旌於朝。

桑調元曰：予適在歷下，孝女柩至，萊陽周守一爲予言之，相對雨泣。予嘗讀李翱《高愍女碑》，翱自謂豈出班孟堅、蔡伯喈下？至今覽者涕泗沾襟，其文能使烜赫不滅，良然。予弱毫非翱比，而獨嗟二儀浩氣鍾于弱女子。蕪湖而生此孝女也，蕪湖之光也；郴州而死此孝女也，郴州之光也；長清歷城而魂歸此孝女也，長清歷城之光也。異哉，孝女之行而不家聞户知也！於是奮筆作《曾孝女傳》。

弢甫集卷九

傳

獨行先生傳

獨行先生者，其高、曾三世膴仕，有名。祖上舍鳳，娶前明馮祭酒夢禎女。馮二十有一歲稱未亡人，至八十有六終，先生爲之請皇朝之旌焉者也。考文學大遇，上舍卒乃生，子五人，長即先生。年十三喪母，肫肫見至性。大母特哀憐之，封股療大母，疾殁而哀有加。家貧，客遊梁，盗發其母殯，先生聞故，盡氣力號奔歸。一省父，即刺血淋漓，書牒投之官，蒲伏郡省庭，肩一囊，重趼上下旅宿。歷二年，所盗得矣。有司治，不盡法則，復大慟，期死訟。走京師，却歸。一省父，父適中痰，聞聲一張目，瞑矣。先生痛恚發狂，慟昏仆甦，欲自殺者屢，救者、見者淚霰下。既渴葬，乃嗚咽曰：『不孝罪山積。母殯罹慘毒，讐未復，復喪吾父。身不即殞，更何意人間世爲？』乃屏妻子，斷滋味，絶吟笑，歸空寂以終身。初，先生少補校官弟子，覃研著作，文譽翔起，又以世著名德，思濟時自見。至是灰一切，悉焚所作詩文藁於墓前。顧少子修誠可儒，遠托友教之學，而令長子修端農而食。蕭然從此逝，終已不顧。獨往探江右諸山，轉遊燕，却入閩，旋徙荆楚。中間間一過家，亦偶客交親幕。磎刻自處，托於禪，比苦行僧二十年，竟客死武昌。所善楚督，使人護其喪以歸。卒年五十有九。妻先一年卒，先生不知也。先生姓沈，諱蕙纕，字馨聞，秀水人。

桑調元曰：古之獨行人，跡類奇而孤，其或不得已而然，志隱隱可泝也。激而之乎禪，以自廢其中，恫乎有餘悲焉。若先生者，不其皭然與？

湯屺南傳

湯然，字屺南，睢州人，文正公嫡元孫明經雲麓公之長子也。少端重如成人，爲博士弟子試，輒冠其曹，遂選拔，辛酉舉於鄉，計偕洊列乙榜，注選教諭。性至孝，痛母早逝，受室之夕，私抱持其弟，泣甚哀。壬戌，需試中書，留京邸。忽心動，急馳歸，父果病。亟侍湯藥，數十晝夜不少懈。僮僕勸之小休，泣弗應。咸感動，爲盡力。居喪致毁，營葬必誠信，尫羸泣血，君子以爲難。弟爕穎異，父奇愛之。父歿後，尋病卒。哭至沈痛，群從唁之，曰：『吾心已如死灰也。』天才奇敏，文筆開朗無纖塵，萬舌嗟賞如一，名動日下。海寧相國陳公以世好特延見，不再往，彌加器重。書法秀逸，畫尤蕭閒淡遠，故承雲麓家學，又座主華亭張南華少詹指説六法，直駸駸參駕古人。爲詩、古文、詞俱工，嘗問業於秀水張瓜田徵君，所業益進。四方聞名，徵求者響臻郵筒，絡繹相望。處世温和，類以情恕，至大節，挺挺不撓。善持論，片言解紛，動輒微中，或問教弟子法，曰：『當先動其天良。』其孝友至性過人。感事盡傷，得心疾，居恒憂鬱，獨居涕被面，忽忽不聊。既伶俜偃卧，胸耿塞如有物不化，於夢中號呼父母、弟，嗚嗚嬰兒啼，枕函縱横流如河，淒迷不醒，醒益慟，弗能止。數數夢號呼兒啼，遂不起。易簀前數夕，有友人就，作竟夕談。詰朝，猶力疾書，其和外祖觀察王公詩，竟爲絶筆。乾隆十五年十一月二十九日卒，得年三十有四。子一，若堔。

桑調元曰：屺南嘗過從，予與談藝，纔引端，即了解。以予所見，高才生聰悟濬捷如屺南者，絶無僅有。予方欲引與究明絶學，續文正公遺緒，而屺南死矣。屺南之死，死於孝友，不忝文正嫡元孫。世顧僅以文采風流目屺南，獨予知屺南。而天奪屺南之速，屺南之所成止於斯也。悲夫！

茅商隱傳

茅君名逸，字商隱，浙之會稽人，父兄並諸生。少能文，不屑屑舉子列。好爲詩，大言欲濟世，人目爲夸，不之恤。喪父，不克葬。貇苦謀養母，屬兄且課讀供菽水，辭家遊幕府，期以十年歸，當羅甘旨，盡頤養，而營厥考馬鬣之封。客中州，出入郡邑幕，伉直少諧，館穀不足糊口。浮沈久之，既無所遇，念母老、兄艱瘁，恚無以爲歸計。又睨時之爲多不可意，輒憤形辭色，欲抒所擘畫，無自得，效一洩之歌詩，作顛草書，狂吟中夜。旅困，數空匱，劇悲怨，病作。良已，顧窮不自聊，益困，益病，益懟。憊數日，知死所，益嗚，聲悲。夢囈，號其母以歿，乾隆十五年六月二日也。得年四十，不娶，無子。先篋藏白鏹三金，雖絶粒，病窘萬狀，緘如故。託鄉友并衣裘歸以遺母，可哀也已！鄉友爲葬於汴城曹門外母社之墟，予大書題其墓，刻其詩《轉蓬集》三卷，行於世。

桑調元曰：予識君，由同邑友張明經琨。明經老遊梁，予亟勸之歸。君歿時，明經授經他往。予選刻君詩，明經歸矣。予以詩爲清緣，知君困，欲爲君規一幕下托足地。訖君歿，不可得。嗚呼！吾固悲才人之失職，浪遊且落拓，困依幕下，終失其所爲悲復悲也！

省庵翁家傳

省庵翁，姓朱氏，諱寶文，字豸公。始祖千二公，籍海寧，葬花園，呼『花園墳』。朱氏八世祖遷錢塘，占今籍。翁生而孝友，年十七喪父，毁幾滅性。無何，兄病且劇，憂形於顔。及卒，哀稱其情。兄無子，己子生，以爲兄子。子殤，又生子，距兄歿十三年矣，卒爲兄後。事母李孺人盡孝養，家被火，中落，力致甘脆。母性嚴，怒家人有過，輒不食。翁長跪曲解，必得歡乃起。嫁女弟奩餙豐厚，母顧而色怡。二女嫁從儉，所親以爲言。翁嘆曰：『婚事稱家，且吾女安得視吾妹也！』居母喪，類孺子慕，而克慎終，君子以爲難。嫂詹孺人年二十八而寡，旌門得請，如典禮，嚴事之以終。卜考妣葬，葬有日矣，穿壙得沙石，乃號慟，不克葬，一夕鬚盡白。久之，復得地，下有古塚，亟掩之去。又購地，地爲族祖塋餘壖，後人貧而割售，初未之知也，尋知之，立歸焉。又購地，去家五六十里，家人以爲遠，翁愀然曰：『是誠遠。他日不且以遠疎省視耶？』復棄去。最後得地於五雲山之麓，躬事窀穸，以兄嫂祔，眠食山中匝月，巍然若堂，既完且固。至是，心力殫矣。先未克葬時，與人言，涉井椁窆石，淚若霰。服食疏樸，佳辰未始出遊。親朋有讌會，謝不赴，或强之，則涕泣告之故。垂老而傳，家事不令關白。把卷宴坐，踰二十寒暑，神明炯然。娶何孺人，耋齡齊眉，賓敬不衰。乾隆甲子上元日，無疾而逝，壽八十有一。子楓、棆，諸孫甚盛。爲兄後者，楓也。

桑調元曰：歸熙甫曰：『余論東園翁，悉載用拯之言，蓋以爲其家傳不得而略焉。』余論省庵翁，載楓之言，而特著其孝友。自世以奇節相耀齒，及庸行則忽之。士夫内行之有慚者，多矣。余書此，以云救也。翁倡捐貲，掩骴於九曜山，親親錫類之餘耳。余言其弗略矣乎！

梁岐山傳

梁翁岐山，名鳴鳳，考城人，世農業。曾祖傑，祖之仁，當前明寇熾，克存其兄之遺孤。父永福，善事繼母，子四，翁其長也。貧能養，躬耕大樊集，白髮奉親，爲孺子慕，聚諸弟，怡怡如也。率長子宣力農，教次子賓力學，食餼於庠。翁年七十四卒，卒時母董孺人年九十四矣。母方在弟嗚珂所，翁彌留嗚咽，遺教曰：『我無狀，不克終事母，翻貽母悲哀。恐大耋餘哭子猝不測，我罪戾滋大。我死當祕，弗使母知，云偕諸老人朝名山未歸。顧諸弟及妻趙氏善事母。』嗚嗚語不成聲，氣遂絶。殁後家人詣董孺人前，去縗絰，承顔如初。踰月，葬已，董孺人尚動定康强，杖履猝至，長幼惶遽，諱如遺教。里人咸相嗟異。

嗚呼，翁不愧力田孝弟矣！世之下也，競以貲雄閭里，稱富商大賈相高，而卑農夫喬僿。不知古儒者匿采於野，類多事躬耕。漢設科農，貴與士等。若翁之藝黍克孝，耄而不衰，豫順於家，敦龐於俗，晚而聯枌榆黄髪，作百年長樂社，宴飲過從。鄉先生之致仕者，願與爲布衣交。博士争式廬，以式後生小子。此俗之所以駸駸復古也與！

桑調元曰：翁之孫曰源、曰漣，從予遊。寒畯之門，且以文學興矣。原其祖之植德孔固，有穀以詒孫子。其所從來者非一世，欲弗興，得乎？

馮翼廷傳

馮贇，字翼廷，汝州郟縣人。九歲喪父，哀慟尫瘠，孝其天性也。事寡母李氏，盡色養孺慕，耄而益篤。歡奉甘脆，不假手子婦。母年九十失明，晝夜侍牀褥，湯藥躬親，未嘗偶廢離。祝天身代，根於至誠。閲六年，弗懈。母好施予，分財與群從，賙恤戚黨，並先意承志，無所悋。滑縣周某，饑年攜家流寓旁舍，周病卒，一藐孤始孩，妻李氏號擗欲殉。乃爲之殯葬，給贍孤寡，孤壯爲之娶，今有子矣。他嗜義多若渴。創石橋於老瓜營三，侯家莊一。尤慷慨爲人所難，蓋動稟慈訓爲之。孝義聲聞通國，而母之善益彰。卒年七十一歲，名在太學。乾隆十有四年，詔旌其門。

桑調元曰：馮君生，髫齔違其父之撫愛，何其不幸也！顧人世母子團圞，稀有逾耆艾者。君著其母之膝，盥以淚，哺以餦餭，長而克經紀厥家，備潔白之養皬首鬖鬖。孀齡至大耋，而子年亦過古稀。舐目還明，反哺勸飽。却憶素幃燈黯，煢煢兩影，凄迷幼耄，相尋寢舍，互倚爲命者，餘七十寒暑。又無仕宦陟山之嗟，服賈遠牽車之苦，時時氣聯喘息。冬景之暄，愛日之長，孰有如君者乎？

李來泰傳

李策奇，字仲標，來泰其號，夏邑人。祖邦禎，發窖金，輸築河隄，全活邑人。考孝廉汝健，有令聞，家範謹肅。公少穎悟，下筆傾其座人，恂恂自持，克遵禮法。髫年入泮，既冠，舉于鄉，爲前明萬曆癸卯、庚戌見賞于湯霍林，瀕得而失。丙辰，韓若海載之貳車，論者惜焉，公一不芥意。擁萬卷，鍵關課子，篝燈洛誦不稍輟。或風之謁選，慨然曰：『家居亦爲政布德教，詎須名位哉？且士各有志，不可强。』卒不折彭澤之腰。內行醇飭，孝聲騰溢，送往尤盡哀禮。與兄弟分財，甘受凉瘠，復推濟其荒落者不之倦。撫教庶母弟策雄，予以膏腴，課之爲諸生。遇猶子兆繩如子，三粥産，卒給之。戚黨亦多待以舉火。歲丙子後，洊飢旱，人相食。公素儉約，積粟八百石餘，至是大散賑，哺餓夫無算。達官下車考鄉望，巍然被褒嘉。太邱練司馬君豫嶽嶽持人倫，亟許公爲真孝廉。癸未以疾卒，得年六十三。子若孫數傳，益光大其名德之積厚矣哉！

桑調元曰：夏邑爲宋栗庵、沈龍江、吕新吾諸先正樹圭臬之鄉，其淳朴甲于旁郡。洎德徽漸遠，風教稍凌夷焉。公砥名立行，挽時趨復之古，賑荒特其一節耳。生長名家，翔涌文譽，不奢不矜，以承鄉先正之流風，不亦煒與？

方松崖家傳

君方姓，諱倬，字樞臣，松崖其號也。其先得姓於周方叔，唐元英先生隱鑑湖，四葉，遷祁門，又十二葉，遷休寧之珊溪，珊溪之望遂著，十五葉，至君。考諱某，妣王，生子四，君爲伯，叔、季並早世，君撫猶子，視子不啻。少讀書，貫大義，不屑絺繡章句。與仲樂莘化居溧陽，基本廉讓，業日益饒。治家儼若朝典，不失雍熙之軌，訓子弟以孝友，躬爲之率。宗祠後搆巍樓廣庭，獨肩之。於親族之孤惸，婚嫁殯葬，百意賙卹。有貸君數百金者，貧莫之償，即歸其券，其人爲位於城隍祠，祝君長生，則立去之，恥以義市。一遊太學，不干進。子姓能耽誦習，列膠庠，腆予之膏火有加，用争礲淬力學，攻文有聲。方氏家塾，蓋斌斌焉。君既於叔、季喞鴒原之痛，而幸與其仲俱居溧陽，白髮相婆娑也。烟晨月夕，弟勸兄酬，嬉遊歡讌無間，年皆七十餘，和樂且孺，里人艷之如仙，素高鄉望，群呼爲『兩長者』。君體最强，偶感疾，輒訣家人，晝夜之道了然，惟戒弗爲佛事而已。夫敬祖宗、收族屬、友兄弟、教子孫、賤利貴、義爲善、不近名，有一於此，足以風末俗、垂令聞，況首邱不惑於浮屠之説，挺然有儒者風，豈徒稱善人於鄉里間哉？君娶於王，前卒。子二，孫八。君殁於乾隆九年十二月廿九日，壽七十四。

桑調元曰：君之孫浩遊學於杭，從予遊。去就京兆試，往返踰七千里，冒霜霰捉馬檛，復止於杭。歲云暮矣，弗聽歸，仍從予遊。遊學如常，聞疾，亟急馳省，而君已易簀矣。浩隨其尊人，自溧陽扶柩歸休寧，道於杭，衰絰踵予門，求傳君。而浩以治命從予遊，遊學故反不及面，涕泗交頤，嗚咽述君行如此。嗚呼，予其可無言乎哉！

方樂莘家傳

予既傳方君松崖，丙寅五月六日，樂莘君卒，君松崖之仲弟也。兄弟四人，叔、季早卒。與松崖友愛奇篤，族著珊溪，市隱瀨水，總角至白首，伯仲怡怡。尚義好施，急人之急，尤敬宗收族，鼓勵後昆向學。平生風概，競爽松崖，予所謂群呼爲『兩長者』，鄉望素高者也。君少試童子，冠其曹，人成均，不希仕進，善心計業以饒，爲人指畫多中，無所私，人樂近而欽畏之。松崖之殁也，君過時猶哭，遂清羸成疾，疾猶啣哀，遂形神慘瘁，不自知七十老翁之自傷其生也。遂黯然有首邱之志，歸珊溪數月，卒。遺令諸子曰：『吾幸從兄九原，無所苦。念宗田雖贖，恐歲久費不足。汝曹能益捐二百石田，則大善。治喪弗用浮屠，吾先人已然，毋替家法。』卒年七十二，距松崖歿二年耳。嗚呼！叔世倫理偷薄，期之喪，名存焉而已。三年之喪，食稻衣錦，恬不爲怪，又何從推施其仁愛，其本匱也。君哭兄而至隕其生，其孝親、敬祖、慈子孫，以賙恤儔類，無所不厚，有自來矣。君諱鼎，母夢雲成『鼎』字，故名。字樂莘，又字再伊。生四子，長萊，次某某。孫男十人，長濂，次某某。君之族姓考妣，於《松崖傳》詳之矣。

桑調元曰：《書》云：『孝乎惟孝，友於兄弟。』觀君之篤於兄如是，松崖之於弟，蓋可知也。松崖之孫浩，君之孫濂，並從予遊。兩長者之孝友純明，其誠有以爲子孫法哉！

陳廣田傳

君陳姓，諱永治，字北山，廣田其號，漢太邱五十八世孫。先世自餘姚遷杭。考太學生，諱嘉惠，文與字有名。妣楊孺人，子二，長即君。孝友端愨，動必以禮，弱歲補校官弟子，試輒前列，蹭蹬場屋十七次，薦不售。專精醫，盡傳張獻暉之術，贊獻暉著《醫法心傳》一書，自著《靈樞素問注》《百病主治》二書，足與抗行。强年喪考，極盡哀禮。營母養，游京師、山左、江淮間，尋依子舍不出，色養備至，怡怡篤友愛。喪妣已踰不毀之年，執喪如初，人嗟嘆爲老孝子。愬苦營葬祖、考、妣，盡封馬鬣。嚴寒大雪，在山中浹旬，誠信无悔。今年三月，疾作，蓋積勞受寒溼所致。君以畢葬恔于心，從先人地下，無所苦。飲食不進旬餘，清明如常。彌留作遺教：首禁佛事，人體魄仝歸于盡；治棺毋過厚，附身以布素；卻親友賻賵；治喪毋用酒肉鼓樂；月即出殯，須葬我青芝塢祖塋側，魂魄得長依祖父；喪儀惟具銘旌，大轝用旛幢，近佛用頭沓，則僭；百事以禮，毋從俗。翛然而逝，乾隆乙亥三月二十二日也，壽六十有六。娶楊孺人，子二：廷書，庠生；良策。孫，師儉。君平生謙恭儉樸，錙銖不苟取。與人交，淡若水，德光自煦煦照面。身介立，炎門不一投足。所著經解、詩、古文辭，藏于家。

桑調元曰：予與君，于交游並慵。雖相識不深，知予子婦抱奇疾累年，君一治，立瘳，始奇君術。叩所學淵淵，奇不止此。崒然古心貌，端人正士也。予方幸暮年得一舊益，俄聞君逝，潸然出涕。俗之流日下，漓淳不知止。君又往，孰與砥其滔滔乎？

黄澮園家傳

今分居嘉善之黄氏，隆師迥出流俗。予次子繩球席其家塾，興德以狀求予傳其考，不獲辭。君諱治安，字思民，澮園其號。黄姓系出江夏，其先有新安守元集公，卒葬黄墩，家焉，十餘傳，再遷祁門古林。階承德郎、諱大順者，君曾祖也。階奉政大夫、諱鳳翔者，君祖也。授中憲大夫、太平府知府，諱鍾，是爲公考，並祀于鄉。考守蒼梧太平，留公侍大父母，盡色養。中憲四子，君行一。考没時，季甫生，撫教成立。執喪哀毀，孝友有聲。拓宗祠，廣祀田，厚族人，自奉薄而博周人急，其性然也。

雍正庚戌，博士大尹以學宫之就傾也，謀新之殿堂廊廡、賢宦節孝諸祠以及衙齋費不貲，經始殊艱，君出獨任。鳩庀有恪，不惟其貲之輸，策堅緻永久，輪奐耀雲日。落成，體貌孔肅，池藻生光，髦彦蔚興，所關于人文不細。先是，承德以郡無試院，士子跋履江陰、旌德間，特慨然創搆，世藉其蔭。君歲修葺，益號舍，潔几席，數十年滋勤厥事，有司宴然受其成多。士就舖抒毫，免上雨旁風之患，不知君實纔不匱之思，踵而增之之力也。歲戊申，都編户逋賦，纍纍破産，鬻償不足，公悉與代輸，户得完聚，里胥絶跡，村厖不驚，欣欣有更生之慶。義聲動郊閈，而君無德色，睟然古長者也。

君于乾隆十五年八月卒，壽六十有八，階資政大夫、布政使司參政。元配許，繼室方，贈封夫人。繼室後公三月卒。子十三人：興仁，湖南衡州府知府；興讓，荆州府同知；興位，太學生，早卒；興禮，廣東佛山同知；凝道，山西河東道；興德，庠貢生；興悌，太學生；興祖，需次主事；興教、興儒、興化，俱太學生；興倫，需次州同；興睦。女四，孫男三十四人。興位子孝熹，泰興縣知縣。孫女三十九人，曾孫男七人，曾孫女七人。可謂蕃衍矣。

桑調元曰：富而好施，求之今人中，不乏古道。獨注心于膠宫頖水，于章縫之士，謀其適而加之敬禮，子孫奉以爲法，樂與詩書爲緣，後必有發其聲光于子墨之林者。吾于黄氏有以券之矣。

臧文學芸自傳

文學姓臧，諱承灝，字杏士，芸自其號也。得姓於魯臧僖伯，先世自無錫遷長興。明有諱瓊者，進士，仕參政，官給諫時疏論萬貴妃，劾輔臣萬安、西廠汪直，載郡邑志。曾祖貢生㬇如，與參政並祀於鄉。祖廩生宸獻，父貢生錫申。母章孺人，生六子，文學行三。少喪兩兄，能曲體親志，善屬文，父奇愛之。冬睡嘗以手捧父足，滌厠腧惟謹。布袍敝，私語母新其袖，父怒不之許，終身遂却華衣。年十八喪父，毀幾滅性。母泣語曰：『汝若是，吾與汝伯仲之孤寡及穉弟，曷賴耶？』乃抑情，懼傷母心，委婉承顔。時家室漂摇，風雨洊侵，卒能拮据捨持，完故家喬木，人咸欽其意度老成。補邑諸生，文譽翔起，家課方嚴，幼叔父與小弱弟並接跡黌序，撫教肫摯，共甘苦，爲婚娶，終始一節。食指既繁，母命析箸，美田産悉讓寡嫂，與弟分其餘。尋居母憂，力任喪葬，盡哀禮。相幽宅高燥，自言精魂注于是，如入窀穸，燭其情形。他告以吉地邀福，弗易也，曰：『親安，子姓安矣。』適丁氏女兄早寡，無子，貧無依，迎歸。生吾養，殁吾葬，撫所後孤成立。屢躓場屋，遂息意，友教門弟子獲儁去。輯《四書講義》，詩宗龜堂，著有《午莊集》，所業時文，吾友趙燃乙序其遺藁，行之。卒年五十有七，乾隆壬申十一月十二日也。娶朱氏，貢生德度女，逮事君姑，以孝聞，佐養教内外戚屬，傾奩匣。先三年卒。子一，榮青，進士。

桑調元曰：進士君述其父行，傷其父不獲登朝，又家貧無奇節震人，所得爲不越家庭之常。嗚呼！士讀書植品，達則攄其偉抱，窮以束脩圭璧之身型于家，式于鄉，又奚欠焉？善無不報，闇然日章。子以終、賈之年，排金門，特達，將續參政公煒煌之遺緒，鼎嘉橋宅里不益發其潛光哉！

弢甫集卷十

傳

馬墨麟傳

君諱維翰，字墨麟，號侶僊，姓馬氏，海鹽之㑳浦人。生而器識宏達，穎悟超常兒，九歲能詩文。康熙庚子舉於鄉，次年成進士。諸公争邀致之，不往。雍正甲辰，特選爲吏部稽勳司主事，轉員外郎。試陜西道御史，掌河南京畿道，陟工科給事中，監督倉場。出四川清丈田畝，先川南，次川東。轉户科掌印，留莅建昌道。上官搆之，君通揭部科，解職赴部質，復元官。乾隆丁巳，起江南常鎮道，丁外艱，得中風疾。庚申五月四日，卒於家，年四十八。

憲廟注意人才，命柄臣選諸進士之賢能者。君眇小丈夫，不得與，氣憤直前，曰：『今日選賢能耶？賢能安從見？選魁梧狀貌耶？國家事非仗此辨。顧選意何居？』柄臣奇之，選留吏部。甫視事，發胥姦，予杖。故事：馭銓曹胥，飾體貌，犯重付法司，輕革黜，不杖也。君杖之，銓政肅清。攝他司，益整暇，所至有聲。其清丈川南、東也，糧浮於田必請減，相要害，改黎州千户所爲清溪縣。兑占桑昂邦寺部跳梁焚掠，及烏蒙，我師會剿，君駐打箭爐，供糗糧芻茭，絡繹不匱。雪冰山積，鑿徑纔通馬，苦寒裂膚，與厮養同飲食辛苦。捐俸佐軍需，論事悉中機宜。西夷平凉山數百里地震，疾馳勘災，條上之，散賑得實，建昌人感之雨泣。三渡水，摩岁蠻殲厰，夫方進勦，君力陳營兵不輯，開各厰病蠻狀，遂得請，罷厰撤兵，撫各番，誅止其魁，全活無算。在蜀七年，意不阿上官。既被搆，赴部質，時親王總部事，極威重，捽免冠。君以兩手按所著冠，抗聲曰：『奉旨不免冠！』醮問故，則又抗聲曰：『旨解職，非革職也！』乃趣具疏請革職。會憲廟賓天，事旋白，復原官。

君遇事勇，無所詘。居恒沖和坦易，雅近情。事親孝，迎養於蜀，先意承志。贈大父、封父如其官，禄分族戚，視友如性命，好奬士類，居常鎮，品目江南人文，文教風動。所著詩、古文，精悍如其人。入蜀後，所詣益進，同時浙西以壇坫自矜許者，舉莫之及。已刻詩十二卷，未刻詩十卷，古文十卷，《舊雨集》二卷，藏於家。《舊雨集》者，君裒其平生所交友之作也。

桑調元曰：曩予讀君論勦撫事宜諸篇，贊畫如神，筆挺挺踵《史》《漢》，以謂經濟文章兩不可澌滅。頃，君之子某持狀乞予傳君。予遊山，久乃歸，某又從所親南去，無從索其家藏稿。古史傳體類，援述人書疏，以見其平生。予欲述君文而末由也，姑就狀及予聞見傳之。君文自爛爛如日月，予獨以君之忠直才略不得竟爲可惋恨也。予請急歸，君書來賀。予以齟齬之身，乃今得免玉碎，而君不久即下世矣。悲夫！

美玉吴公傳

公姓吴，諱瑜，字美玉，嚴州建德人。性肫摯，事親竭力，至勞苦，不使親知之。兄弟怡怡，群從三十人，均愛如手足。年飢助賑，視力所能爲，不之恡。又爲粥于里中，餓者來繩繩，手操瓢以食，聲不嗟而容有頩。平居人有急，傾箱倒庋，率以爲常。自奉極儉約，冬一裘，夏一葛，不渝儒素風。子謙鍅令滎澤，奉歸清俸百金壽公。公曰：『吾誠知此金潔白，顧吾家居，粗足娱老。汝倖沾寸禄，曷若將此金買田滎澤，膳孤貧以廣皇仁乎？』亟封還之。至今邑之被恩者，感頌不去口。從祖無子，生事葬祭具得禮。所親張拱三者，義不就人一飯，食于公二十年。没，葬于家塋側，屬子孫無缺祀，人尤以爲難。壽六十有九，生兩受封，晋贈僉事道，如子官。乾隆十一年，詔祀于鄉。

桑調元曰：吾聞古有義烈區明，須就謝仁祖索食者。公能使所親安之終身，邱隴亦得所因依，非獨公長者，乃其所親亦誼士也。家法綿延，俗日以淳龐，豈猶不古若與？

介亭湯公傳

公湯姓，諱準，字穉平，號介亭，睢州文正公諱斌之四子。少岐嶷，有遠志。年十三，書『聖賢自可期』五字于片紙，文正公喜而勖之以正學。遂體究儒先，默識貫穿，基本于身心踐履，不務講學名，嘗曰『爲學不在多言』，蔚然文正公堂構也。器宇昂藏，中含澄澹，一時遠邇負盛名者咸爲心折。顧試輒躓，貢成均，不希榮達。雍正初元，州牧欲舉公賢良方正，峻却之。闢臨漪園，俯清池，畜白鶴，陂阜掩映，竹樹扶疎，昕夕吟嘯其中，悠然覺身世之兩忘。篤孝友，居憂不見齒，視諸兄疾若在身，欲炙艾分痛。四十鰥居，旁無侍姬。雍正十三年六月二十七日考終，壽六十有五。所著有《臨漪園詩稿》二十卷、《文稿》八卷、《贅言》十卷、《文正公年譜》二卷，行世。娶侯孺人，子三，孫四，祔葬于棘故城文正公賜阡之次。

桑調元曰：予讀《贅言》，多近裏著己，不作惝怳高明狀。文正公初師夏峰，晚年深有得于子朱子之學，一歸確實，故其庭訓涵濡爲至真且切也。嗟乎，斯可闡微也已！

司訓孟君傳

君姓孟，名承謨，字丕顯，睢州人。幼穎敏，受《孝經》《小學》，輒志躬行。本生考鄉飲賓珍奇愛之。序當後叔父璞，依膝下兒啼，弗忍離。本生考命之曰：『先王制禮，不敢廢也。且汝出爲後，吾子汝，汝父吾，天親豈有間哉？』乃泣受命，就爲後位。營考葬，哀禮兼盡。母疾，一日疾馳四百里，以醫歸治，得愈。宗族稱其孝。侍所生父母疾，數十晝夜與兄承烈親湯藥，不少懈。喪葬必誠必信，罔有悔。兄體先志，推與家財之半，君固辭。戚黨鑒其忱，與酌分，而初志各得。白首和樂且孺，群以爲難。再從弟承志少孤，撫教之成立，列膠庠。而承林以非同宗，弗使之後。力學淹貫，尤邃於三《禮》。弱冠補博士弟子，旋食餼，數困場屋，以貢選裕州訓導。諸生有見侮豪胥者，胥懼君伉直，進百金求曲庇。君怒麾之，白當事，直諸生，士氣大振。丁内艱，廬墓泣血。服闋，除陜州學，竟不赴。喪偶，遂鰥居。開家塾，延名宿，成就四方英彦。晚葺屋，廣貯卷帙，顔曰『書香』，課子若孫以自娱，州刺史罕識其面。子曦，孫永莒、永棻、永芳，曦、永棻從予遊。永棻庚午魁其經，舉於鄉。

桑調元曰：矍相之圃，爲人後者不入。惡乎！其求爲之也，受重者必以尊服服之，全乎其爲之子也。同宗則可爲之後，否者烏乎可？君戀戀所生，於所後也篤，特嚴乎弗可爲後者，誠深於禮教哉！兄弟怡怡，穀詒孫子，蓋其流慶長矣。

李生傳

生姓李，名振藻，字光庭，江南銅山人。從親之官河上，聞予主大梁書院，來從遊。性沉默，寡言笑，終日扃户伏几，園圃不窺。既而偕其兩弟及予門，雞鳴起，漏三鼓不休，居恒誦讀，已，寂無聲。篤好詩，手録古今名家各體之尤，積成卷帙，風雪苦吟。予嘗夜參半偶啟户，四顧寥闃，望其牕，燈熒熒也。歷試詩文，常冠其曹，名在太學。今春就京兆試，日下英雋雲集，覽其旅邸揮毫，莫不傾心下之，争相與愛重。既報罷，趨學舍如初。秋，病痁，歸，爲庸醫誤投藥，九月初十日卒，得年二十三。娶燕氏，無子。初既娶之，明年來學，非親召不歸，歸不三日返。

每歲小除夕，始偕其弟歸。開歲二日，維誦琅琅在學舍矣。如是者，凡四閲寒暑。一歲相離旬日耳。攻苦力學，其家腆給之飲饌，常縮節之，以賙同舍生之急。盤餐不過蔬具，亦未嘗見其著鮮衣也。彌留，神清朗，以不得終事父母爲孤生我恩，勖其妻善事舅姑。早夭早寡，命也。其母明年年五十，習見予之不汎序壽也，乃額榻遥請曰：『得吾師文壽振藻母，振藻瞑矣。』無他語，遂逝。

桑調元曰：哀哉，生之夭也！生歸而病劇，鴞鳴於樹，向其所居學舍匝月。既殁，於月黑風饕，彷彿聞悲嘯聲。諸學子咸隕涕，不驚以伯有，其汎愛縈人心，睠然思之深也。生之精魂猶依依學舍，予能無祝予之悲乎哉？

南皋生傳

南皋生，姓張，名濟川，字東之，仁和人，端甫之子也。予向有别業在東皋，闢餘山書屋，友教四方之士。生居南皋三里而近，池陌縈紆，桑竹掩映，沿緣女墻，村墟明瑟。時問字者，率不遠千里，英雋饗臻，兩兒偕承庭訓。生從予遊，論文講學，烟晨月夕，吟讌流連，參相得也。性端厚謹默，口不臧否人，人咸畏愛之。或干以非意，恬不與校，暇輒來聚講，群呼爲『南皋生』。十餘年來，諸生騰踏天衢，入館閣省署，出綰郡邑符，而生與兩兒淹青衿中。予勖以志業，遇合則俟命，乃倍相鏃礪。生從其父，受江右林學使之聘，往閲文，甄拔多杰士。會予主大梁書院，父挈之來遊，偶與課，書院當途交口稱其才。教讀大河南北，争先延致之，與名輩相唱酬，聲益翔起。今年館於輝縣之孟氏，百泉故多佳山水，而主人夙搆省園，有池亭花竹之勝，生題咏殆遍。同操奇觚者，莫與抗行。夏，忽病暑，遂捐館舍，時乾隆十九年六月望日也，得年三十有六。易簀時遺筆告主人，謂不能終事父母、畜幼弟，不孝不悌，毋厚殮。筆法遒勁。前數日，予猶接其手書，悵不克偕吾兒侍聞緒論也。同母女弟歸吾次兒，稔知生四歲，母陸孺人患咯血，見紅輒驚號，喪時哭不絶聲三晝夜，見者流涕。逮事曾大母錢太君遘危疾，願減己算益壽，疾果愈，復延數載。大母吴太君猝中風卒，父遠客，治殯事必誠必信，不貽父悔。孝事後母顧孺人，無異所生。娶名士王曾祥女，生一子，早殤，女二。所作文多散逸，存詩四卷，許許州茨板行之。

桑調元曰：生篤信予。嘗晰奇疑，必以予言爲折衷。所業詩文，他老師宿儒可否之，不遽爲慗喜也。暌離困躓，疾病羈愁，夢寐依歸。惟予晚近師弟子之誼微矣。生乃篤在三之古義，有石徂徠遺風。胡天祝予，而竟早世。悲夫！悲夫！此已足千古矣。

熊烈婦傳

烈婦黄氏，商城人，祖總戎瑞，考國學嗣益。少失怙，事母孝。年十九，歸同邑生員熊學乾。事孀姑如母，紡織操作，篝燈佐讀習，勤不踰閫，和敬娣姒，御下以慈，戚黨交稱之。閲三年，舉一子，殤。夫素患咯血，至是悲，病轉劇。罄脱釵珥營醫，湯藥親嘗，朔望默籲神以身代，私隕涕，五年如一日，夫竟不起。哀慟絶水漿，矢投繯立殉，母、姑力解，得免，時康熙壬辰六月也。是年九月，號泣葬夫畢，復自縊，血迸，耳目口鼻赤，淋漓幾絶，奔救乃甦。見者澌澌淚下，百方慰勸，輒慟訣曰：『夫亡無子，何以生爲？與其飲痛延視息，孰若早從夫地下？』絶粒數日，不死；仰藥，不死。防者益力，乃陽事紡績，澹澹如平常。明年三月晦夕，乘閒竟縊于靈側，年二十有七。次早，衆臨視，顔色儼然如生，已致命遂志矣。邑合上其事于大吏，以格于例，不得旌。今恩詔予旌，其得請也宜。

桑調元曰：烈婦之畢命，多在于夫。屬纊之辰，椎心呼搶，慷慨從死，如歸其常也。乃若視飯含不得殉，封窆穸不得殉，繼之絶粒、仰藥。自夏徂春，隔歲而卒如其志。如江流之千折必東，此豈一時激昂之爲？其矢志不移，貫金石而泣鬼神，定識定力然也。要其五年侍疾，憂悸勞瘁，蓄積有素矣。嗚呼！志終婦道，一死百了，旌不旌，曷計焉？

袁氏兩世節孝合傳

銅山袁氏，姑朱氏、婦董氏，年二十四而寡，嚯首完貞，同。薄産不足供饘粥，辛勤紡績營甘旨，以孝事尊嫜，同。無子，艱難立子，以後所天，盡瘁撫教，同。歲時膢臘，中間無人承祀，姑婦煢煢相倚以縞素，兩鬢奉蒸嘗者垂二十年，同。姑以婦少，不忍再立嗣，而以子畜婦，婦以時無可爲嗣，須有待立嗣，而以身代子奉姑，淒風苦雨，寒閨弔慰，同。乾隆四年，得天旌，同。姑守節四十三年，已畢志同穴矣；婦猶鶴髮鬖髿，經黯淡孤幃三十餘霜，巋然在也。初，姑有三月遺孤，未三歲而殤，尋立嗣，終舅姑養，撫兩世之嗣子，傷已；婦則無子，於孀姑病篤先一年，始克立嗣，姑歿而嗣子方孱幼，抑又悲矣。朱氏考，沛縣處士其闇；夫，需次縣丞鑑。董氏考，豐縣監生曰俊；夫，儒童渡。嗣子桂有，生周晬而孤。長嬪於耿，亦寡，誓守志者，其女也。

桑調元曰：以予所聞，銅山袁氏姑婦並弱齡守貞，苦辛立嗣，中洊臻饑饉，交加雪霜，集蓼茹荼，無聲飲泣，疾病沈綿，纍纍死喪相繼，手薦豆籩拜，後無黄口藐孤，抑何不幸哉！洎後嗣再續，宗祏終延。賜坊巀嶭，雙矗海天，冰寒玉潔，接跡爲女宗，照耀管彤，永永名臚祀典。袁氏族望彌甲於江南。嗣子桂其勉承先緒〔一〕，登進於時，以丕增大母與母之奇光。嗚呼！兹非其厚幸與？

校勘記

〔一〕『桂其』，上文作『桂有』。

祥符陳氏雙節傳

祥符之陳有謝氏、王氏，以貧而完貞，盡撫教之道。謝之孫宗舜，爲邑諸生；王之孫龍標，舉武科。天固必昌其後，而吾獨追其風雨幽閨、嫠影相倚、寒燈紡績、食蓼茹荼數十年爲可悲也。謝歸宏義，年二十二而寡，守節三十一年殁。王歸宏禮，年二十五而寡，守節三十二年殁。謝于歸時，夫即病瘵，刲股以療其夫。無子，欲殉，其母止之，勖以撫嗣爲重。待兄公舉子僎，已後之而殤，悲不自勝。夫之弟宏禮子佾復後之。佾固王所出，長子也。次子俸，方周晬而孤。王泣，欲殉，謝力勸撫孤而止。時二孀悲啼共一室，家赤貧，無所依藉。撫藐孤，歲時潔奉祀，營葬其夫，並出自女紅。謝撫佾如己生，王訓佾事母如所生，尤百方體恤謝，如同根，真摯形顔。謝常省母，所親以年饑乏食，勸之改適，遂鎔鉛吞之，得救解，竟以是嬰疾不起，戚黨並以爲難。

桑調元曰：宗舜從予遊，求傳其祖母甚殷。謝再撫孤，其同穴終以志殉。王哀謝之早寡，而旋以身歷歲寒，同挺冰霜之節。予勉其昆弟發憤自立，競爽濟美，以罄發其先之幽光。天之昌雙節之後，其可量乎哉！

王李氏傳

王李氏，滎澤諸生李輝女。輝祖韜與其弟桂，手刃父仇，刲肉以祭，自歸獄，卒得原。歲饑，輝家就食南召，會同邑王汝盤與俱。汝盤幼侍母疾，以孝聞者也。知輝女賢，爲長子家熒求婚，許字之。既，汝盤歸里。輝轉客裕州，卒。汝盤亦喪妻，攜家熒及次子家興播遷四方。久，家熒年二十有一，氏少一歲，貧不克婚。舊陽信令吕鼎祚言於嘉祥令王麟度，使就婚裕州。

甫九日，偕歸。道遘疾，尋卒。氏哀擗至痛，顧舅病叔幼，生無所藉，乃跪慰舅曰：『媳即兒，弗戚。』舅漫應之，母兄來咭視，試微探，輒大慟，曰：『非惟不可嫁，且不可死。』强之歸裕州，曰：『李家女，王家婦，死依舅耳。』冀舅出一語留之，竟默然。遂利刃割左股，深寸許，一塊赤淋淋擲地，曰：『吾志也。』母驚號曰：『爾信能養舅乎？』曰：『能。』忍股痛，晝夜績冷屋以爲養。舅病傷氣，進寬解，强無哀容。值桂玉，時飯不足食舅與叔也，而後食，食故餘。舅初見餘而飽，嗣每食必餘，覺之，趣同時食。度釜中物無足飽舅與叔者，食少告飽，或陽病弗食。卒共讓，不下咽，相嚮哭，極哀。聞者淒惻。邑孝廉王博捐館金周之，好義者踵至。衆請於官，給盈餘地二十八畝，而縣尉諶虞臣請於令梁溥，又給如前數，又益四十四弓。舅養以足，而氏執女紅不須臾懈，叔讀書稍輟，泣儆之學以勤。初周之，受必泣拜於内，既足養，遂峻却。行且謀叔娶，待立後，以畢志云。

桑調元曰：嗚呼！是豈特數日同牢，之死靡他，足奇哉！羸者舅，弱者叔，儉者歲而節孝之志行，能使戚族、通國、他州邑上守令、下士夫、里三老莫不一意感動，而大義區明，有挾書册偉鬚眉所不能見及者，兹其性然與？崇臺綽楔，汗簡數行，可竢而覯其奕奕也。

朱節母詹太君傳

孺人姓詹，其先本姓方，後外舅，從詹姓，贈徵仕，諱學曾。女也年十九歸于朱，贈文林，諱某。事舅姑如父母，舅病，醫云宜食淡，烹飪不下鹽豉，而味彌旨。鄰火延及，與娣婦何孺人共扶姑出，家具惟剩一縷金箱，孺人物也，悉以供姑。先是，曾出奩佐嫁娶，一無所私，針紉佐養舅疾踰年。火後，依母家，餉姑無虛日。生子勝，殤。事夫疾甚謹。年二十八而寡，矢殉，投繯者再，救得甦。未匝月，哀毀得疾，卻湯劑，母與姑連晝夜百方恤護，少閒，泣曰：『病累兩大人若此，脱死當若何？自今請忍死，顧安得後吾夫乎？』尋叔生子乾，撫如己出。乾又殤，慟哭，執初志，慰以再嗣。久之，娣婦有娠，踰期未産，憂悴形顔。閲二十月，生楓，爲未亡人已十有三年矣。置楓于懷，喘息呼吸，積憂勞育成六尺。楓向學，已弱冠矣。孺人以家計累叔，慨然曰：『古人善養，不盡以禄，其治生宜。』楓嘗夜讀，孺人輒喜，謂學原非爲科名也。楓病痁，泣止母夜視，乃頷之，私謂女兄曰：『母夜分不能來，是衰之徵。曩雖固止，不得也。』女兄曰：『母夜至，問頻頻，戒家人弗言耳。』楓乃大慟。其老而顧復如此。雍正乙巳，得旌，載省志，年已七十。又十年，終，乙卯七月二十有二日也。孫家濂，成進士，令醴泉，貤贈如例。

桑調元曰：予交楓，言及母，未嘗不潸潸下也。其喪本生，又未嘗以降服減，哀不治舉業。有《排山詩集》聞于時，母之撫教勤矣。家濂卒以儒起家，節孝之昌，積世而彰，尤信。

朱母何太君家傳

孺人姓何氏，父諱某，嬪于朱省庵，翁配也。孝事君姑二十年餘，喪哀祭誠，治家有法，待下有恩，戚黨以爲禮宗。省庵兄自公未壯早殁，未有子，詹孺人一志身殉，孺人則固止之，請俟舉子後兄公。已得子矣，詹孺人以爲子，年就傅而殤。詹孺人志如初，孺人則又固止之。又得子楓，卒後之。娣姒卒同終事姑，同居雍肅六十年。詹孺人天年終，卒以節孝旌於朝，孺人成之也。孺人舅氏黄翁，翁之父母祀無主，莫爲之葬，且失柩所在。孺人則命楓周訪得之，祔黄祖塋，黄族人不可，則又奉金以供黄族祀，乃克葬。孺人有孤姪，撫嫁之如女。子二：楓、棆。楓後世父，子家濂，有儁才。女二，孫五，曾孫一，數十外孫曾。年九十有一，乾隆庚午開歲五日考終。

桑調元曰：調元傳省庵翁，道翁孝友章矣。《説苑》曰：『孝衰於妻子。』《易通》曰：『家人離，必起於婦人。』人未嘗不乃心孝友也，婦人離之，妻子衰之，兄弟家人間，恫乎有難言之憾焉。省庵翁之孝友，出乎其天，而又增孺人内助之美，俾娣氏大節照耀管彤，被崇臺綽楔之榮，年踰大耋，子孫繩繩，太和絪緼，光昌有自，豈偶然哉！

仲婦張氏傳

仲婦張氏，吾友端甫本之女也。生周晬，母陸孺人殁，與兄濟川仝哺育于大母吴太君，曾大母錢太君並絶憐之。少端静，友愛其兄篤摯，數歲知私哭其母，一兄一女弟交相悲憐，事後母婉順。喪大母，哀毁。年二十有五，歸吾仲子繩球。勤繡紉，精烹飪，吾家居授徒，數十人聚講舍，佐理井井。小兒女布素衣，冬夏俱整潔。球兒連年從客中州，間歸遄返，必製衣履奉予。

乾隆十九年十月二十有六日，以産疾卒，得年三十有四，球兒不及殯也。生子二：勳傳，八歲；曾傳，五歲。女二：長，七歲，許字禾中沈熹；次，纔生十九日耳。哀哉！濟川居常與對語，各泫然涕盈襟，母殁久而悲思不澹。洎客死輝縣，家人秘不使知。病亟，見其母與兄俱，曰：『兄殁，胡不我告？我當隨兄侍母去。』乃卒。卒後，吾妻汪宜人涕泣告予曰：『仲婦賢孝，顧初來竊繫隱憂，殆不能成子姓。越二年有身，憂頓釋。先是，仲兒病臟癰，累年左右管起膿血，淋沾不絶。婦謹護其病，得良醫以瘳。親黨中遘此病率不起，良醫亦罔効，蓋婚後尚爲處子者年餘。其苦心如是。既生兩孫，又以産卒，吾何以爲心，兒安能不悲復悲也？』予聞而益哀之，爲之特書。

論曰：娶婦爲子姓，吾兩孫仲婦出，宗祊賴之，抑猶似續之常。獨持大義，瘳所天痼疾，活所天，卓然有古列女風。又惓惓死生念母，非獨其兄孝子也。

季子繩篪傳

予季子繩篪，字軒竹，行五，性篤孝，有氣誼，幼無玩好，衣食辭華美。嘗除夕與壓歲物，置几上，不復問也。予友教餘山書屋，病危甚，沈明經右鈞診視。兒時年十三，出跪右鈞前，雨泣曰：『我父病至是，必先生審良方急救，只在今日。』右鈞且扶且揮淚曰：『讀書人家子也。』仝堂相顧涕下，僮僕且感動。是夕有起色，兒侍側，目未交睫也。早歲群經成誦，爲詩文輒驚老宿。成童補校官弟子，從吾入大梁書院。鄂中丞虛亭課士，奇兒文，招面試，益奇之，贈筆墨，即賦詩謝。嘆曰：『大器也。善成之。』蔡學使葛山還朝，亟稱其才敏解正。陽怡齋招課其子，試童子卷八百，細與評騭，或謂其筆墨之費，通邑士子德之，合詞請主講書院。會秋試，歸，束脩外，卻怡齋厚贈，志守吾家規也。所親登上第，曰：『是無足異，惟人品學問不及古，吾疚也。』予爲先孝勇府君營石綽楔，令析箸，各爲生。長兒繩鏞有痼疾，株守薄產。兒對長兄嫂曰：『勿憂。吾束修所入，義不獨贍。』秀水顧生夫婦歿，無子，數棺在淺土，兒首倡醵金葬之。從予潯陽，董廉訪定巖延致家塾。予遊北岳未返，苦邀之往虔南，固辭。予遄返，遣歸。值其母病痰，每夕侍至五更，不忍離。陽出寢門外，聞喘聲即繞牀褥，經年不懈。予再入大梁書院，久病，乃差次兒繩球歸，述予狀。逼歲除，即束裝曰：『安可一日闕侍左右耶？』母命開歲啟行。途中乘馬病重繭，度關山，省覲予顔，私涕透重襟。居無何，兒疾大作，彌留曰：『兒不孝，不克終事父母，反遺父母戚。他日願祔邱隴側，庶魂魄得長依侍。』口呼父母，兩晝夜不絶聲。予止之，曰：『兒不能絲毫報罔極恩，此時得多呼幾聲，畢兒戀慕，明即不聞此聲矣。』乾隆二十三年四月二十五日，歿于大梁書院。娶汪氏，文學晴江溶女。子二：詩傳，四歲；徽傳，裁半歲。定巖選《菲泉集》詩十卷、賦文二卷，序而鍥行之。衆私謚『文孝』，予謂私謚非古。沈司臬萩林題其墓曰『五岳詩人之季子、文學軒竹桑君墓』。

調元曰：予初赴大梁書院，行河長口，遇甚雨，肩輿先至獨山。兒車泥濘，距三十里，不獲聚。逆旅各愁賦長歌，次曉追及，喜相慰也。洎攜柩返，過獨山，大雨注如曩時，人馬迷中野，天將暮，幾露宿，欲賦竟不成章。悲夫！悲夫！

弢甫集卷十一

碑

大梁書院新建奎閣碑

兩間元氣磅礴，凡理大博物之處，體勢隆盛，類有神以主之。下至小道精能，菁華蔚茂，技之至者通乎神，况人文興起，關貞元之運、邦國之脉、古先聖賢之統系綿延託以不墜者乎？中州河洛圖書之所自出，萬古文明於是焉闢。人文盛而神靈聚，光氣尤彪炳於天下。考《天官書》《孝經援神契》，咸以謂奎主文昌。夫天文昭回，雲物班布太虚，皆造物者默運之，造物不自以爲功也，則於此寄柄於奎之神，理固有可信焉者。

大梁書院固中州省會育才之地也，歲庚午初夏，諸生請建奎閣。予與諸生捐貲經營之，踰月而成，乃敬奉奎神像於閣上，以時享祀。是秋，獲雋十人，榜首至第五得其四。明年禮部試，三人成進士，衆咸欣欣以爲美談。予謂鍾靈毓才以光昌文運，微特科名絡繹已也。道之著見爲文，文昌則道與俱昌。宋乾德五年，五星聚奎，爰啟濂洛關閩之盛。尋墜緒而遠紹，匪異人任。維神有靈，凡篤志於濂洛關閩之學，立心以直，不爲詭隨，率爾操觚，必軌於正。早夜深造，以求自得者，神啟其衷而錫之福。吾與諸生惟此是勖，以牖神智而迓鴻庥，或出或處，俱希有益於時，有聞於後世，神默佑之功，不更彰明博碩乎哉？且夫豪傑非天生也，士苟能辨志卓立，孜孜闇脩，以躋於有成，堅苦一生，自足千古，則天地鬱積之元精，悉以其身凝承之，然則已之一心開明，即神佑之所歸也。諸生並躍起，請書予言，勒之石，而鑱諸姓名於碑之陰。

新脩關龍逢墓碑

直臣爲國之元氣，常憲由之以貞，過舉由之以改，喉舌所爭，腹心手足俱賴之維持，乃克神志清而骨力挺，以成精明强固之治。故殺直臣者，國必亡。自古直臣，首夏之關龍逄，殷之比干繼之，其名懸日月，光烈照宇宙。遺隴並峙中州，光岳鍾毓之氣，殆非偶然。

入函谷關五里許，關龍逢墓在焉。歲久不治，廉察河陜張君特謹修之，若堂之封，巍然完聳。而比干墓在殷墟大陸之阡，長松數百參天，封自周武王，宣聖手爲題碑，昭回穹壤。上中廵，親擷杢藻，所以發舒忠直之氣者，度越萬古。此僻在荒莽之墟，千百年墜典，一朝光舉，用以仰推睿謨，盡守臣之職分，攄望古之殷懷，其關係致爲閎鉅。屬調元書之碑。

夫治之創爲首善，亂之創爲首惡，《書》稱受罪浮于桀，吾以爲承三皇五帝之治，桀顧力肆矯誣，恣爲淫虐，而殺直臣一事，尤爲喪國基本，不謂之首惡不可。猶之伊尹説湯伐夏，獨得稱聖之任。何者？創非常之原難，踵前事之師易也。然則公之以直諫播先聲也，固其奇偉首出者矣。嘗試推公之心，非惟九死不悔，直欲以就戮之慘動桀之悔萌，或竟幡然改轍，挽曷喪之夏日，免放廢于南巢。此公之至願，希冀萬一，而卒莫之遂，所爲抱痛九原者也。殷之興也，成湯從諫不咈，高宗從諫則聖。一興一亡之跡瞭然。《詩》曰：『殷鑒不遠，在夏后之世。』《書》曰：『厥鑒惟不遠，在彼夏王。』所陳若合符節，嗚呼，徵也夫！君名學林，丹徒人，工詩，其必有揚徽垂誡之篇，與《詩》《書》相發明者乎！

杞縣新建志學書院碑

書院爲二黌地，泮壁之區，教澤鴻溶，而昕夕親師，習業有恒，觀摩熟而成材易，莫書院若也。杞之有書院也，於前明莫之考。皇朝順治末，吴令守寀即尊經閣、敬一亭遺址創爲之。康熙末，寧令佑於玉泉街重建之。洎乾隆初，令茲土者輒移之學左，而書院失其故所。

昨歲壬申，安溪潘君調茲邑，慨然謀興起人文，捐俸爲倡，購巨宅，新其規置，書院以成，榜其門曰『志學』。門内齊厨左右列，入重門，講堂嶹如，兩廡各爲學舍九，又進爲樂道堂，東西齋顔以『希聖』『紹賢』，築養心亭於其後，清池演漾，芙蕖卷舒，足以發吟風弄月之趣。羅四庫書實之二西齋，延明師，選英雋，資之膏火，遂志敬業，魚魚雅雅，弦誦清鏘，禮儀肅共。時臨講席，風聲遠馳，墜典畢舉，乃屬予爲之記。

予韙君之以『志學』揭之名，俾士睎乎是而不苟於利禄也。杞故爲伊尹所生之鄉，然必學顔子而厥志乃充。周元公之翼士而進之賢聖者，舍是無所置其力。伊志宏大，顔學精密。不宏大，則不能視天下無一物非己，而自任也輕；不精密，則於己治之疎，而其道不足以推而通其要。一仁盡之，聖則安，賢不違，即令名不失，亦必於是求之。士一其心而不雜乎他，則作爲文以發明精藴，非華膴之梯媒，時乎得志，决不肯以身家榮肥頓喪其生平。誠如是，大道之光昌有日矣。豈特區區科名接踵，詑人文之盛乎哉？ 君之志學，夙有本元，故立教以此爲抽闡其義而書之石。君名思光，字涵亭，戊辰進士。

弢甫集卷十二

碑

大梁書院建五賢祠碑

儒者嘗言，一爲文人，便無足觀，亦薄其徒侈才藻，騖雕章琢句之爲，其行義不可聞也。若攄其宏負，峥嶸激發，大有關于招揭天常、世運治忽之故細，亦拈舉動容，深入人心之隱。如三百篇之風，聖人删之爲經，敢少之乎哉？

五賢祠聯中州風雅之脉，俎豆之于吹臺之傍。始唐高、李、杜三公慷慨登臨，後人慕之，而作三賢祠。空同、大復兩公壇坫有明弘、正間，聲實彰耀于土中，遂增署五賢，久之湮圮。乾隆十有九年，司臬沈君慨舊跡之淪，過大梁書院，謀所以復之。書院東故有書屋，規度軒偉，予謂祀五賢也宜。君即捐俸脩堂，皇製龕帷，顔簷額，擇日潔奉牲醴，安栗主于堂，墜典以舉。時空同八世孫辛燿拜謝于階下，喜大雅之景光久而彌炎，後裔誦先人之清芬，有餘榮焉。其興起斯文之功甚鉅。

夫『知人論世』本真乃出唐天寶之亂。杜公、高公走間道，一謁帝于彭原郡，一及于河池，亮節如日明。中葉權璫盜枋，李公奮筆代草疏，何公封事偘偘風生，俱身名挺特。獨青蓮公傳聞異辭。《新唐書》稱公于禄山反，轉側宿松、匡廬間，璘起兵，逃還彭澤。至宋人次第公集，直云『璘敗，坐繫潯陽獄』，則逃還彭澤之節不著，而且謂史誤前哲，亦早有辨其非者。予特以杜詩證之，而知公之志行不可誣也。杜詩于王維，則表其緣主而病，庾信之收，心跡可原。于鄭虔則啣嚴譴之傷心，悼台州之得罪，初不以『忘形爾汝之交』曲爲解也。獨于公，比諸還漢之蘇武、不事秦之黄公。宿松、匡廬間，何殊持漢節茹商芝乎？復大書『楚筵辭醴』，與逃還彭澤之特筆合。顧此義誰陳？當時之法已用，所爲寃痛于『梁獄上書之辰』也。杜之詩，不誠謂之信史矣乎！然則《唐書》杜詩烺烺可據，初不必援子儀再造唐室，指其救免之功爲足掩罪也。嚼然五賢，垂輝千春。其著述之根原並磊砢如是，兹其難能可貴也與！嗚呼，來者多賢，可以興矣！君名廷芳，中辭科，由翰林累今官，仁和人。

吴公祠祀田碑

古之鄉先生，仕而表著其德善功烈，老而陶冶其里之後生，俾德業是考問，没而流風迤邐以長，依依有弗諼之思。故祭于社，有司主之。其潛采不耀于時，孝友罔間人言，爲衆之所矜式。睦婣任卹之行，戚黨賴之，以濟其乏。鄉望魁然，鄙人薰之而善良。昔我有先正，載在祀典，其芳澤均不可泯也。

公生有厚德，好施鄉人。久而思之，既上其事，得請于朝，祀于其鄉，以子僉事君謙鈷貴膺封者再，晋贈如其官。天之發其幽光，已烺烺莫之閟。嵳峨特祠，矗于丹崖緑水間。僉事君復以分遺，續置田三百畝爲祭産，請于總督喀公、巡撫雅公，檄所司載入府縣志。田毋得他鬻，以永奉歲祀于無窮。嗚呼！爲善無不報，積之而發其光熊熊。直道之行流注于民心之同，自古而然。朝家操激揚之枋，彰善于既往，俎豆尸祝之，以爲都人士風；厲節使大臣以及承流宣化于是邦者，炳然書諸方策，著于令甲；鑒孝子不匱之思，以爲類之錫。俱宜大書特書，屢書不一書，而調元竊有恫于是也。先贈公以煮肉糜侍父疾，練鄉兵，退海寇。與邀天恩之旌表，調元規建石綽楔于通衢，老病力耕研田，奔走四方，頻年志不得遂，是子之賢不肖有殊，調元所爲泫然感愴不能已。已而令德祀百世，固理之灼然不惑者。偉哉！此祠祀之緜緜，其亦山高水長矣乎！公諱瑜，字美玉，嚴州建德人。

王澮園明府去思碑

澮園王明府視事於錢塘七載，民懷其德，一旦以詿誤左轉，邑之人争奔趨於當事，乞留。以方有命，引見弗得達，則相與伐石西山，踵予門求文以爲記。予謝疴家居，不聞户外事，而明府之廉且明出於誠心之盎注，固予所飫聞也。

明府之乳民也，引赤子近几席，煦煦然若慈保之提攜食飲之。胥徒不假之虎冠，甌窶之氓來堂下，問所疾苦，使得盡語，毋或結轖而含厥恫，遘膠葛，亦弗忿疾於頑，以色聽微櫛其譸張，委蛇刃解，情既得，則又惻然有哀矜之心。若已陷之於辜，於歲征剗除無藝。聽村氓之輸將，不令一小胥呼擾。衆德之，駢闐供，惟正恐後，不累乎長上。間有逋户，或語以笞榜，則愀然掩耳不欲聞。嗚呼，何其仁也！辛酉甲子之秋，濤江衝涌，固塘岸，常不遑食。餘杭南湖受天目萬山之水，隘不能瀦，疾風甚雨助汎溢，塘塍四決，灌上下鄉田廬。明府乘瓜皮艇勘災處所，雨澌澌被面，衣盡濡，與農夫村婦喁喁泥淖中。賴天子仁聖，數散籽予賑，盡心力惠窮檐，毋實蠹腹。其豈弟類如是。

今夫父母之於子也，朝夕撫畜我，顧復我，忽有故委之去，則驚呼叫號，涕泣牽衣不聽行；或父母轉席豐腴適心志，雖攀之不得爲己悲，而念我父母猶稍稍慰，苟或非所宜然而然，則益縈紆愁思，依依環之不忍捨。然則今我邑人之依依縈思於明府也，烏能已乎哉？抑予更有慨然於中者。明府嘗報最循卓，以部曹注仕版矣。使即上徵軺，大抒其經猷，發跡於時，内臺垣卿列，外方岳監司，應赫然休有烈光，徒以需次逡巡獲蹭蹬。予既睇宦波之蕩潏，而又嗟賢俊之不及時大用爲可惜也。然天高聽卑，行將入覲闕廷，必且以治行終長者，懋膺榮擢。我邑人戀戀於明府，明府亦先侍其尊人、御史大夫、司臬於浙，吟眺湖山之名勝古蹟。踰十年清緣未斷，或邀蒼昊之私，重剖符至止，則此行也，父母孔邇，其終有以撫我矣。遂群喧然請書之石，石有時而泐思無時而諼也。明府名緯，字象文，號澹園，鑲黃旗漢軍舉人。

弢甫集卷十三

對　記

太極似何物對

太極似何物乎？太極無物亦無似，物於物而不物物，非太極也，不恒似而時似，非太極也。天下無獨，必有對，惟太極無對。故包乎萬有不滯於有，立乎至無不淪於無。無而孕有，斯非窅無；有而體無，斯爲妙有。夫子言《易》有太極，有而不有；周子言太極本無極，無而不無。有而不有，不有者乃其所以爲有；無而不無，不無者乃其所以爲無。無者有之對，有者無之對。凡物之所謂有無，非太極之所謂有無也。必求有無於融化有無之際，而太極之有無可會矣。故朱子曰：『太極之妙，不屬有無。』此其所以無對也。邵子謂道爲太極，而程子有『惟理無對』之説。邵子又謂心爲太極，而朱子有『惟心無對』之説。然則太極之爲無對也，昭昭矣。

無對則不可以物言，不可以物言則不可以似言。竊嘗觀太極之圖，太極不可得而圖也，不得已而强圖之；稱太極之名，太極不可得而名也，不得已而强名之。故觀其圖、稱其名者，必探其不可得而圖之妙與不可得而名之精，斯則聖人之意也。夫書不盡言而固已盡言矣，圖不盡意而固已盡意矣。是在善會者自得之。以物喻物，物而不化；以似擬似，似而不真。而況以物喻無物，以似擬無似者乎？張子曰『《大易》不言有無，言有無，諸子之陋』，亦謂有生於無。及『有物先天地，無形本寂寥』等語，眦於有無之方所，故目爲陋耳。若有無隱顯，通一無二，何必不言有？如孔子言『《易》有太極』是已。何必不言無？如周子言『太極本無極』是已。且『極』也者，本借屋之脊棟以取義，而特繫之以『太』，明乎尊而無對，非凡爲『極』之可比也，然則『極』固已借物之似以爲言矣。『極』而繫之以『太』，則仍無物之可似而已矣。夫『皇建其有極』『會其有極，歸其有極』，見之於《洪範》。『無極』二字，見於《老子・知其雄章》。《汲冢周書》有『正人莫如有極，道天莫如無極』之語。柳子曰『無極之極』。康節曰：『無極之前，陰含陽也；有極之後，陽分陰也。』其言有言無，意各不同。而夫子與周子之言，則固不眦於有無之方所，而相爲表裏者也。且搆形似之語以形容太極者，昔人亦不乏其説，如『槖籥』『元珠』『磨盤』『水銀』『果核』『水車』『月川』等語，不一而足。曷若『無形而有理』一語之爲明徹也，而又何物之可似乎哉！

姚氏山園清課圖記

古能文之士、清逸之流，記園亭林麓之勝，類多手搆別業，嘯歌遊處其中，自鳴其適志者；或輿屐所至，流覽某氏之名園，觴詠連日夕不能去，興酣落筆焉者；亦有高臺曲池，莊院巨麗，千里飛書，序其落成之月日，騈羅之景物，乞名人記之，鐫諸石以爲勝概者。此其大都也。騷人秋士，牢落風塵，欲息其勞筋而不得，則幻想清幽嶄絶之壤，意爲布置締築，以寄其無聊之思，而先爲空文以記之，殆畢世而莫之遂也。而俗流之羈紲名場，腰組綬，首冠簪，老死溺没，無自出拔其力，可以闢榘臺棋墅，華榱文棟，奇花美草，陂水以爲沼，壘石以爲巖，破千家之産爲之，終其身不得一至，僅於其圖乎指目之，雖揮毫伸紙，膏脣舐舌，津津道林泉，而飲冰莫解其内熱。噫！其可哀也已！

由拳姚氏出其先人《山園清課圖》，求予文以記之。圖列其子孫群從，雖平居嬉遊，子弟必執經從。峰巒洲渚，松篁菰蒲，鬱乎蒼蒼，有山林江湖之觀。由拳爲澤國，無崇山峻嶺，而圖中之攢霄拔地，若武夷、天台之盤矗，輪囷之奇材，磤碒之奥阯，非人世闤椈之所能籠而有也。然則爲斯圖者，亦追其清峻之志品，寫其寓興焉耳。夫寧居井絡，身未嘗作勞薪，無繫於金紫之縧鏇，力可以搆小園，蒔花種魚以自樂，而有慕於巖壑之幽峭，坐石徜徉，灑然自得，其襟期依約可想。吾故樂得而記之，以當客中之卧遊。其群從之舊往還者宛然，開圖識之，若笑相視而莫逆，予獨無概然於中乎？

馬氏墓田記

章邱諸生馬莢述其二親保先世墓田事，乞予爲之記。莢之言曰：『寒族自文學始祖遷于縣西十里之温家莊，歷七世，共五十餘塚葬于村北，先塋由來久矣。莢之父與母居常言：「祖壠不可不培護，乃子姓根本地。此公産，慮族衆有赤貧者無以爲生，或議動摇。予家苦無餘貲，計惟粥日用器物得值，以給族人，歸吾世守，乃可常保。」大父老而傳，父遠出。歲飢，族人果議棄塋地。母亟以此指跪稟命于大父，大父韙之，粥值得白鏹二十五金，給族衆，立券，隴以永存。至今馬鬣纍纍，封樹茂蔭。父歸省墓，泫然以謂幸克成初志。此保有墓田之顛末也。大母嬰篤疾，二親徬徨營醫藥，衣不解帶者八閱月，卒，盡哀禮，事親並務竭其力。乾隆戊辰，邑大飢，大尹命貸各村倉穀，須保者，不時納即責之償。富豪悉畏匿。里人無保者不得穀，向吾父曰：「以累子。」父慨然任之，散給惟均。衆感德，穀稔，悉完納，不煩追呼。母爲外祖總兵官諱進明之女，少婉順。來歸，經大喪，訓四小姑内則、女工，辛勤佐送嫁，宗黨稱，無閒言，皆從仁孝植根。不肖莢淹滯章縫，兄純仁、純義、純智、純哲，俱無能起家，以表揚二親。求吾師記墓田以彰潛德。』語跪，跪泣如雨。予聞而肅然敬仰，且感莢之誠也，爲書其所述以貽之。

其始祖應友，庠生。父名玥，字燦然，藉田農官，年過耋老，與孺人李白首相莊，今並康强無恙。行見芟等鍾祥振家聲，以大發其幽光。本深末茂，理有固然已。抑觀農官之高祖麇生思禄著《家訓》十三篇，知其世德燕詒者遠矣。

弢甫集卷十四

書後

書東山志後

予既序《東山志》矣，顧按志中分一十七門，有『鄉彦』而無『寓賢』。予惟東山以晋謝文靖公棲遲於此得名，是山以寓賢著也。明謝太傅、少宰父子引退林臯時，葺亭臺池隖之勝，攜賓從爲雅會，四方遊屐響臻，同邑之達官、隱君、騷人、墨客相與觴咏爲歡者，率多名輩。明丁未運，高人避地至此，其詞賦嘗散見於志中。夫至自四方者，以此爲蘭亭梓澤之遊，桃源栗里之避。即同邑如蘭風、開原、孝義諸鄉，步屧過從，雖不等於遠地之寓公，然吾所志者東山，則凡非東山之土著，不謂之寓公不可也，則志『寓賢』也宜。凡地志體例，類載『藝文』。此志末卷登詩篇，而文則不録。志詩篇之小序曰『《嘉泰志》之末，復綴輯古詩文一卷，不忍佳文之委棄』云云，然則《嘉泰志》固並輯古詩文矣。且志藝文非獨慮佳文之委棄也，古跡之無考者，往往藉遺文逸句以當文獻之徵，故趙、歐陽搜羅金石文字，雖斷銘殘篆，莫不椎拓而綜録之。古賢率爾題名，志日月於荒崖絶澗中，採之亦知人論世之一證，斯以知文之宜録。苟爲古之所留餘，悉宜一一攟拾，并毋論其佳與不佳也。如『隄閘』志沿革，非撮舉諸碑記，何以悉其顛末？末紀國朝雍正甲辰年七月十九日丑寅二時海溢，溯海溢前明正德中，徵諸馮憲副蘭詩有『壬申秋七月十九日將曙』之句，前後月、日、時悉巧合，此足以覘造化盈虚消息之機，憲副之詩足當詩史。此《志》從而攟拾之，上備史宬之採擇，下爲百世後攷古者徵信之藉，洵精且覈矣。

夫文之當攟拾亦猶是也。少宰搆東巖别墅，臚其景二十有八。稽舊志之所載，覈諸石刻，彼此異名，《志》中兩存之。吾則謂辨舊志之譌，賴此東巖一片石耳。天下有手闢别墅，剫其佳名於石壁，而所書有舛誤者乎？惜乎其漫漶不能盡識也！夫流連烟月，吟弄景光，其異同之名，本無關輕重。然由是推之家國天下之故，其或取證於斷銘殘篆、荒崖絶澗之鐫題者，豈少哉？施武子志會稽，有識者謂其太簡。《鎮東軍墻隍記》，顧徵君寧人於卧龍山西岡得之，《志》不載，張淏《續志》亦不載。《東山命名辨》中謂施公《嘉泰志》假手於人，記載未備。乃此《志》録詩而遺文，毋亦簡而未備也乎？且留心攟拾，豈惟在碑碣哉？吾遠祖御帶公封號事跡記諸舊志者殊略，家乘無可取證，嘗詣西湖桑九郡王祠拜伏，畢，仰瞻栗主，則御帶公兄弟九人封號具存，獨行三、行五兩公止書郡王。出，視墻坳有一碑陷墻中，摸剔可辨。碑立於萬曆三年戊寅，海昌進士刑部四川司員外郎沈友儒撰文，末系《神絃曲》二章。碑記多與家譜合，惟封號只書御帶公，并不經封號備書之八公，僅書諱而已。又概言宋封王爵而顯應等。封號賴栗主存之，則家譜之所取證焉者也。試於東山攟拾遺文充栗主之類，若祠堂、墓道、坊表、鐘鼎、楣梁、旌幢、龕壁、橋埠、烽墩等題識，撰記俱博收之，以資證辨，庶足爲完書也已。明朱伯賢右卒葬蘭風鄉，其遺跡或在牟鸚、桃灣、老塞諸山，未可知。夫窮摭鄉先正遺蹟以著之篇，固作者之責也。爰書其後而歸之。

書莊翁與子書後

莊君出其父前後所與之家書兩帙示予，屬予書一言於其後。予讀之畢，作而曰：『嗟乎！翁之慈，君之孝，其弗可及矣！』翁嘗書其先人詩示君，又幼藏其先人所與之家書，至老而寶翫之，以終其身。予因以知翁與君之慈孝，夫固有所導之也。

抑予有惻惻於心者。始予年未弱冠，以家貧，負米江介，離家只五六十里；次至海濱，蓋三百里；而遥次至京師，蓋四千里而近。中間漂依山左，近棲泊禾中，或遠或近，曾不能依膝下，手菽水以承歡，而吾父母之髮已皚皚白盡矣。嘗客京師，以元日至浙江公所，肅恭升堂，遥拜吾之先人，祝吾父母嘉慶。蓋依人作活，禮不可借他宅以拜吾先人。惟吾省公所，吾先人靈爽庶一式憑焉，因於此祝吾父母嘉慶。望白雲而延佇，思親舍之迢遥，意蓋悽然未能堪也。去歲客舍除日，得吾父手書，喜而躍。是夕守歲，燒紅燭，敬對之達旦。噫嘻！不爲游子，疇知游子之幽憂愁思有如是耶？調元生不肖，志行不光，無能博升斗之禄以養，又家無負郭之田，不能衣襏襫，持耰鋤，力耕以供子職。塵埃袞袞，南北奔波不一役，明年又不獲已，擬事遠遊矣。吾父母日益衰老，而遠遊仍不可以已。三千之罪之莫大者，不肖又安所得而逃之？前四五年，吾父手作書，點畫猶清朗，近則吾父之眼益昏花，點畫有糢糊缺囓者，而諄諄訓不肖持身讀書，益反覆懇苦不能休。予又因以知爲人父者之慈其子，固無有弗至焉者。而爲人子者，則誠有肖有不肖也。君聽予言，其亦有惻惻於中者乎？

重書莊翁與子書後

自來名賢之家訓及書誡、詩箴，語於庭、揭於座之格言，非獨其詒謀之遠也，天下後世之聞其言者，亦多所警動焉。予讀莊翁《與子書》，慨然有所激於中，而感其教我之宏多也。翁之言曰：『英雄作事，大都在不如意處自爲磨勵，然後能有進步。』又曰：『昔年有作用人，二十外三十内，平生事業無不一一料理。』又曰：『苦志讀書，奉養不必如此豐厚，但得此愈要早晚攻苦，不獨可以消受一生，得力全在於此。』至哉言乎！何翁訓子之切，望子之深，欲其奮激志氣，厚培事業本根，博練平生之材幹。慮不如意，則正可資磨勵；一聞豐厚，則又愓其懷安，重期以一生之得力。肫肫乎如此，其至也。

夫艱難困苦，天之吝而不輕予於庸庸者也。庸庸當之，亦摧頹其氣，銷鑠其志，而無以自立。故天常以之私豪傑，豪傑承天之私而動忍增益出焉。予生三十有六年矣，向亦未嘗經極險悸之境，而漂流頓躓，徒步單衣，衝冒於酷暑祁寒之候，躑躅於荒涼懊恨之區，捫心囓指，潸自酸辛。所謂『勞苦餓乏拂亂』之遭，所在多有，而至竟義理未熟，才識不長，豪氣因事漸平，本志則未克乘時而立。嗚呼！予之庸庸而必見嗤於豪傑審矣。天非絶無意於予，而予之負棄天甚矣。酒闌夢覺，披衣奮起，未嘗不顧影悲歌，激昂涕下。今聞翁之言，益令我心驚面熱，汗浹背流也。其他言可採甚多，予特舉其有警於予者，表而出之，抑期後生同志之並警乎此也。

弢甫集卷十五

書

寄上陳榕門先生書

調元之省先隴而歸也，不敢寧居，亟儆裝赴汴，而明公已移節閩中，不及追送前旌，一奉清誨，然疇昔教言猶在耳。至書院，得所留惠後學諸書中，有明公雕本，殷勤訓廸，如聞謦欬，雖萬里猶覿面。乃進諸生於庭授，使誦習，以毋庋閣爲戒。首小學、《近思録》、經傳、《養正遺規》，次正史。約諸編課程，寧簡毋繁，期於恒久漸進。退而肅恭披卷，率先諸生，以之自鞭，於衰晚庶暮而炳燭，猶勝闇行。

伏惟明公撫中州僅半載，士民熙春陽中，忽違依怙，相遇龐眉總角，罔不嗟思。蓋仁心之灌漬於人者，深且浹也。調元返江鄉祖籍姚州，目擊旱荒，凋瘵之餘，饑羸相望，傾囊以賙親故，不能果一日之腹，心傷涕流。始悟古聖之任，非惟不饕富貴，并不遑計及勳勒鼎鐘、名標竹帛，只目前萬衆嗸嗸，直當如救焚拯溺之急。調元迂愚，自耽屏跡，有負昔聖賢牖隙明之恩，無分寸効於時，觸心之疚，惄焉如擣。方今天子仁聖，紆顧閩疆，特命鉅人碩德往，拊循其衆，計所以戢寧之者，必無乎不至。海濱鄒魯、考亭夫子之遺跡在焉，本朝李、蔡二先正振興經學，綿延道系，又逢明公以躬行提唱，俾翕然歸於確實。鰲峰書院之風聲，環海仰望有加。調元悵不能揖讓其間，聞緒言而被餘光，曷勝躑躅，抑又悲夫習俗之敝也！士大夫交煽風流，以道學爲諱，彼非以道學爲不美之名也。望道學至峻不可攀，人之從事於斯者，第相率而爲僞焉耳。夫僞誠可嫉，嫉僞道學而甘心爲真放辟邪侈，如之何其可也！

調元少遊餘山先生之門，奉緒餘爲同人抽闡，恨樹立不光，所詣觕疎，無能一挽川瀾之倒。及來書院，揚皇靈以敷教，又中州風氣淳朴，庶竭其愚，一興實學，而倡莫之和。功利之習中於人心，士之投贄而來者，志於苟得而已。言及於道，則相顧眩愕，蓋湯、耿諸先生之風渺矣。昔蘇子瞻亦宋之賢者，謂『腐儒亦解愛聲色，何用白首談孔姬』。嗚呼！孔、姬未嘗屏聲色，亦惟於聲色發中其節，即協乎道已，不克由聖而禁絶。人之談此，何説也？又云我必欲破他『敬』字，已不能持敬，而以謔浪笑傲爲横流之决，又嫉正人君子之持敬，而必欲破之。士風之壞，率因乎此。調元誠私心痛之。子游宰武城，尊聖訓，以學道爲治。治與學無二轍，舍道無學，舍學道無以爲君子小人。而末流日讀聖賢書，操觚爲八股之文，辨晰津津，至立身行即，輒背而馳。人何自而有真儒，世何自而有善治哉？調元前奉别時，言不敢抱咫尺之義偷安里閈，自顧齒危髮禿，略無表見，誠得承明公之下風，助宣文教，藉以昌明餘山先生之緒，正在此時。而事勢無恒，卒不獲罄伸其志。夫登高而呼，其勢加激。必上有提唱之人，風會易隨之轉。今亦不敢妄自頹棄，力所克爲，期於必盡。人不能以道學自擔，獨不當學爲人子，學爲人弟，學爲諸生耶？隨其才質而誘廸之，科舉八股無非道，俾終無背焉，斯可矣。調元之所夙夜矢心，以仰答明公之知愛者如此。且先聖賢之典籍，點點俱濺心血，於鑠有神，其聲光如日月之照臨，風霆之鼓動，景星卿雲之昭回，甘雨瑞露之霑溉，誠覆被漸涵之，久當必有砉然得其性靈而旁搜遠紹之者，是則調元之所望彌賒，而竊爲軒聱者也。炎暑勤勞，伏惟萬福。

答魯君論詩經韻書

前論《詩經》用韻之變，見古人屬詞之工。頃辱惠書，覆按所語未協，直謂不當以韻言。僕性惷愚，又荒學殖，何敢言詩？然有疑於中，不敢不盡陳，以求剖析也。

三百篇用韻，漢唐後謡諺歌行之詞，縱横百出，權輿於此，其韻亦不止於兩頭中央等例。秦碑三句一叶，漢語一句兩叶，並已導源於《載見》《靈臺》諸詩。其尤奇者《陟岵》，『子』、『已』、『止』韻，『季』、『寐』、『棄』韻，『弟』、『偕』、『死』韻，横溢不可名狀。凡此皆韻之變。韻變而音節亦變，不待言矣。他文無韻，固不礙詩。而無韻則不成歌，不成歌則比音無節。樂之始終條理存乎音，音之節存乎韻。詩者，樂之章也。人聲則以韻爲歌之節，絲竹等器則以韻爲音之節。唐人稱拍板爲樂句，一字之聲，數轉乃成，非拍板莫之節也。韻則爲詩之句入樂，即隨詩之句爲句，非此無以節歌，非此亦無以節群音也。《鶡冠子》曰『五聲不同均』，西河毛氏釋之曰：『宮、商、角、徵、羽聲本不同，且即一均之中，亦必取聲之不同者而彙於一宮。』蓋以不均爲均，而韻名焉。故古人爲詩，即二句三句無同聲者，而其宮則同。僕嘗考唐人之詩，兩句聲不雷同者，惟杜、韓能之，他則未免相犯。賦者，古詩之流，不歌而頌，亦必用韻。西河亦謂古文排比數句，並宜著韻。引『廄有肥馬，野有餓莩』爲證，『馬』『莩』，古韻也。夫雜文不必韻猶且著韻，況於詩而可無韻乎？劉勰云：『異音相從謂之和，同聲相應謂之韻。』和者，和也。一唱三歎，雖不必同宮，而亦可和韻者，均也。必衆音彙於一宮，而乃能均。許氏《說文》『「韻」字，古與「均」同』，此之謂也。《國語》立均出度，必五音之均立而後萬聲之節奏乃出，無韻則度無從出，樂於何節乎？顧西河謂『聲之不同者，彙於一宮』，劉氏又謂『同聲相應』，二語似岐而義則一。蓋劉氏之所謂『同聲』，即同宮也。如虞廷賡歌『明』、『良』、『康』三韻皆同宮音，『明』、『良』爲『陽庚』之通，『明』叶『芒』，則『庚』歸『陽』，是所謂同聲相應也。『明』、『良』、『康』三韻不同聲，所謂取聲之不同而彙於一宮也。二說本合，而其中別有不同者。毛氏爲『五部三聲兩界兩合』之說，必謂五部、三聲、兩界、兩合所不通者而偶通之，斯謂之叶。其本通者，何事於叶？故『明』不必讀『芒』，自可與『良』爲韻，以此爲聲不同而彙於一宮之的。亡友劉讓宗著《詩經叶音辨譌》，駁之曰：『據此則《關雎》首章「鳩」、「洲」、「逑」同尤韻，反不入格乎？』語甚雋快，然不同聲而彙一宮之說，自確不可易。假如二句詩『芒』『忙』、『康』

『糠』、『洲』『州』、『逑』『求』聯叶，即犯同聲之病，而西河必以庚陽並叶爲不同聲，則難免於讓宗之所譏矣。曩與讓宗面質此義，讓宗深然之，而《辨譌》書已板行，以未及載鄙説爲恨。且即同宫之中，又必同等，乃爲細密。讓宗謂亭林顧氏引楊慎，指《凱風》『夭』、『勞』二韻，以『勞』叶『僚』，爲才老多事，不知蕭韻係收音三等，閉音四等，豪韻係開音一等。朱子從才老之叶，欲其歸於同等，正古人用心精細之處。然則韻之必細爲叶，無論今韻古韻。詩之必以韻，言不誣也。《周頌》多不叶韻之文，他詩亦間或有。豐氏《魯詩世學》顛倒改竄牽合之，誠無可取。此自是世代湮沈，求之不得。朱子疑其有和聲相叶，以三嘆爲和聲。如劉氏『異音相從』之旨，正於無韻中求韻，豈謂詩祇以音言而不以韻言哉？

讀足下文鈔，論韻學三書大概亦宗西河。其中即有『古無所謂韻』之説，似本西河之言『切韻聲類，原自難拘』『何嘗以之上繩六經、下檢百氏』等語，而即斷以爲有音無韻。竊詳西河此語，謂律韻雖嚴，不宜太瑣耳，未嘗謂詩之可不以韻言也。西河指今韻爲律韻，歷序韻書原流，以此爲平水劉淵所作，且云：『劉韻則何足據？』無論今韻併非劉韻，邵青門辨之甚覈。青門謂元陰氏兄弟始併上聲拯部，删減三千一百字。而『五部三聲兩界兩合』之説，西河之所舉以言毛詩者，仍不能不據依今韻。其五部從今韻而分爲五也，其三聲即今韻所分之聲也。舍今韻則兩界何由劃？舍今韻則兩合何由成？自云由裸而求衣冠，而衣冠實裸人國之所給。然西河祇言今韻不足據，未嘗謂毛詩不以韻言也。故又謂就字本音約略相按，則在倉頡造字之初。

其字音、字義，原即與用韻若合符節。雖起古人於地下，亦若有不自知其然者。此所謂元韻也。偉哉，斯言炳烺直如日月！夫豈獨倉頡造字之初有此元韻，即盤古以來，倉頡未造字之先，元韻亦自在天地間。蓋因造字而見，非因造字而有也。韻書雖始於魏晉間，而亙古之韻非晉魏間人所能鑿空而造。且使鑿空而造，則六經百氏，當無一弗齟齬，而千百載下，又誰能轉輾宗述，講求精密，奉此私智所撰之韻乎哉？

近世言韻最著者，亭林顧氏、西河毛氏兩家，李文貞近宗宣城梅氏，邵青門遠訂上海潘氏。崑山三徐，亭林之甥也，謂亭林、西河，各持其説，難於通兩家之郵。及《字典》出而西河之霧已披其半，而『五部三聲兩界兩合』之説，讓宗亦謂發人未發，有功韻學。僕少讀杜詩，至『真』、『寒』並叶，聚訟者訖無一當，得毛説而豁然。特其持説過堅，閩人陳季立逢此罵會，固不足言其呰謷。朱子集矢於吴才老，則冤也。西河明目張胆，云古文讀字，從無定準，又云一字二音可通用，又云協音不拘字義，都歷歷有證據。而《候人》『祋』與『芾』協，朱子以未部有『芾』韻，『祋』字兼註帶音，即呰之曰：『未韻之「芾」，是蔽芾，非韍芾。』出爾反爾，吾不能爲之解。足下以古音之亡歸獄於朱子用才老韻，毋亦沿西河之流而揚其波耶？僕固陋，不敢詆前輩，亦性不喜詆前輩。曩與讓宗在南屏書舍促膝至夜分，鄙意欲從『五部三聲兩界兩合』探其源，而準劉氏同聲相應之説，仍細加叶。蓋作字母等韻者，知以切韻聲類求之而不知其源，知五部三聲兩界兩合之源，必謂於聲之絶不同者，既屬相通，不必再叶，亦殊欠諧。質之吾讓宗，以爲何如？讓宗笑曰：『是西河、亭林之調人也。』來書中舉『奕奕』『秩秩』等疊字，『棘心』『吹笙』等抽折，寧都魏氏已有是説，此固無有以韻言者。緩調、急調，恐亦只是文法之工，若謂情有舒慘，韻亦有緩促，則《常棣》末章談笑而道，其果慘而促乎？《四牡》末章屏營將母，其果舒而緩乎？且遲其聲，初不關詩句。無論何詩，皆可遲聲。太真於《清平調》終，遲聲以媚。彼詩之叶韻與《四牡》同乎，異乎？論韻學第三書中指示從入之途，遂可旁及貫通，若堂上辨堂下得失。

竊見李文貞公謂等韻與經世互有得失，推之多有未密。萬里上官氏謂司馬公《指掌圖》及《蒙古韻》皆不出了義字母區域，而盛推邵子以聲起數之精，乃仍有言其未密者矣。稼堂潘氏師亭林，又與衛爾錫辨論添減字母，自謂天然條貫。而讓宗謂字母天造地設，斷不可更張。足下才高識明，於韻學言若易然，又有『詩不以韻言』之創見，僕竊不能無疑也。求不我棄，解其癥結，而正其紕繆。幸甚！

答趙然乙書

白澤祠一把袂，僕時方在疚，不得展意序舊。尋復訪前旌，已遄發矣，悵惘至今。白雲在天，想望無極。僕以性迂才拙，終養後遂無意復出，開門授徒，用供饘粥。暇則青鞋布襪，獨往東南佳山水間，窮幽邃，縱意嘯歌，聲蕩林谷，時或作擘窠書，淋漓巖壁，與紫翠相糾結，歲以爲常。昨秋應故人之招，猥主大梁講席。竊意身無毫髮裨於時，或以平生承學之區區，公之吾徒，小播教澤，庶稍逭天壤間蝗粟之誚。德凉學固，冗不見治，遂思即引去，苦爲當途縶維，稍待秋風凉冷，徐還敝廬。自林居久，不閲邸報，私念二三知己，不去諸懷。所蘄群公接武夔龍，宏潤巖廊。比如僕者，亦田間之一蒼生，俾晏然歌詠虞唐，心乃大快。頃見哲兄明府於中州，歡然道故，喜接手書，藹如良覿，急詢邇日動定，知早灑然投簪賦歸田矣。在先生，道高而神恬，出處一節，進則抒藎忠以補遺忘，退標魁閎名德以儀刑鄉之後進，均有所佐佑於世道，表見不虚。獨海内仰望丰采，思竟其用，爲時棟礎。讀曩者所上封事，若黄鍾大吕之鳴，噌吰天地。今先生爲霖之手斂治田園，則蒼生望轉喁然耳。明府遺愛於浙西東，邦人思之比父母。僕爲故民，身被厚蔭，忍匿盛美而不揚乎？行見嵩人來暮之歌，與浙汜去思相映發矣。伏惟炎暑自愛。

答劉芳草書

瓜田徵君造訪歸，得先生手教，珍重逾於瑛瓊瑶。近又於徵君齋頭見尺素，叨念及鄙人緒冗心尨。久闕奉報，且感且慚。僕於文藝，夙無師承。中年東西遊走，進退漫浪，竟不獲潛心於此。晚復塵昏，荒落滋甚。讀所著《明史列傳》，表章忠直義烈，楮浮生氣，令人杭聲擊節，神色並振，古所稱不朽之業也。抑磊砢不可磨之情性，亦煜煜軫蓋間矣。僕雒誦餘，劄記疑義，不圖輒達左右，正藉引容光之照，得消闇汶。而先生不鄙棄之，遂許附諸蘭簿之末。顧茲涼菲，其何以堪！屬委作序，自當撰上，蒲牢在前，不敢發聲，是以遲遲。見賜哲兄群從大集，經術文章爛萃高門，或映徹九泉，或標撮群彦，何觸目見琳琅珠玉也！

僕濫主斯席，抗顏而爲人師，德力不自量度，夙夜疚悔，亟欲引退，蒙當途縶維，義不可即去。然行止雲浮，究未可定。僕少爲餘山先生門弟子，老未聞道。旅進宦學者，如干年，旁鶩詞章者如干年，今須鬢星星矣。中夜以思，千杵撞胸，苦心誰質？歸將掃半畝之宮，課童子數人，供朝夕饘粥。究心先師之遺緒，不敢著書，以欺後人。希小有得，以稍釋平生之愧負，於願足矣。秋爽萬福！

重答劉芳草書

頃得手書，獎飾拙序踰涯分，赬汗不敢承。顧蒙許調元一知己，死不恨。調元感次骨，何遂得此於先生，又寧敢外耶？疑義蒙縷解，訛字並賜採納賞晰，不殊接席，何快之如！抑垂問拙序中語，實無他深指也。

大著《列傳》類取匡濟忠直，特筆表之，以爲一代人物事蹟關目，故遂可括全史。若唐、李、王、盧、歸、徐、李、何、康諸君子，亦有事功、氣節可書，而所謂登壇設墠，剷滌卑瑣，特與慷慨釃墨，眉須戟張。至論震川，許其撰述當不在歐陽子《五代史》下，惜用違其才，淋漓惋憤，光不盡抒其能，有弗能已於激昂者耶？不然，《列傳》僅五十耳，於旋斡乾坤，揞拄名義，誠不可泯滅，而持聱牙之筆，嗚毫颯颯，遺經獨抱於荒江虛市間者，寧必動容正襟，盡氣力橅繪之耶？此不謂先生之結習乎文雅風騷不可也。且文章之關運會，審矣。功德配以立言，其業本甚闕鉅。時無宿學鴻生發抒乎日星河漢之文，并一朝功德亦闇而弗光，此先生於有明匡濟忠直特表之，使凛凛千載者也。此唐、李、王、盧、歸、徐、李、何、康諸君子，先生又爲之生面特開者也。然則先生之學之才，後之知人論世，立起嗟咨於襄城白頭寂寞家居一史氏，可知也。然乎，否乎？幸更有以教我。天寒，伏惟珍愛。

答查藥師書

曩錢坤一道足下天秉高奇，於門才中特著翹穎。嗣覯《汴源書院學規》，規橅閎遠，節目細密，益嘆夙學之有本元，而勤勤誘進英髦之心之蟠固不可以已也。即思具尺素通問，以旅緒振觸，又抗顔爲師，持勤補拙，劼劼不暇。越始衰之年四五稔，精力頓疲苶，故百務簡略，未及披慕悦之忱於左右。然心乎奇士，不一日置也。辱先賜書序悃欵，詞氣若河流東下，汪汪不可涘，知肆力於古甚邃。書法亦蒼古，比於陳遵。尺牘之可寶，惟推奬過實，使人頳顔汗來。叨惠雕本《韻語》，喜，燒燭讀至宵分。竊見腹笥手椽，攬勝懷古，才情涌溢而出，與坤一聯句奇麗，五言高處往往似小庾，繼今爲之不休，其又可量所至哉！許滎陽明府久屬神交，悵咫尺不得良覿鄭、劉。風雅之邦，有此賓主唱妍酬麗，僕之濃羨，何翅汝陽之逢麯車於道口涎垂也！蕭晨方盥，得家書，作洪喬者紆程始至，故續遞書畢入，此獨稽遲。開緘得西穆先生訃，失聲一慟，紙面雨滛。云六月病暑，數日遂不諱。兒子蠢愚，不知當言卒日，又恐衰遲感傷，故後函絶不復及，究不知以何日終。天乎，何奪吾西穆之速也！西穆里居，見面垂三十年。前歲長至日蒙招，同同里盧玉巖論交金牛湖之四賢閣，各賦七言古詩一章，三人約爲昆弟交，數數過從。今歲，周、盧申之以婚姻，盧之女孫，僕外孫女也，許字周之孫，書札往還甚懽。猶憶去年人日，西穆觴玉巖與予於書齋，匆忙言序查氏詩，即送之行。今讀來教，有西穆先生序正之語，殆即爲大集元晏耶？老成徂謝，心交當共此悲涕。僕竟日不食，作答時怦怦心痛，并檢定交詩，拙稿是正把握。開歲爲期。不宣。

再上陳榕門先生書

自從星沙得聆説書，平實之明訓，體之於心不敢忘，因知一舉動亦必歸平實也。夫道本平實，天之行生昭昭在人聽睹間者，無一不可按驗循是，以達於人之云爲，更何僻詭之可尚？道一而已，歧之則已非。故不平則陂，不實則洸洋恣肆，入於元虚寂滅而不可究詰。《中庸》一書，專爲隱怪者作隄防，而後世横流之潰決已。楊墨佛老之迭出而莫之止，而助揚其波者，更甚焉。嗚呼！則皆不平實之流，至於斯極也！古大聖賢早能不惑不動心，以上達無窮。

調元少遊餘山先生之門，白首無成，年踰六十，猶未能卓然自立。顧從静中嚴勘身心，間中細閲世故，始知萬事有命，上哲能立之，俟之下學，必知得徹，乃可以爲君子。《論語》末章編書確有微意，近稍稍覺小有把持。昨年濫席廬陰濂溪書院，思大闡元公之教，學者頗有所感動，尋以主者去而義不可淹。思返故里，適大梁舊席專伻招致。今春復赴此，忽抱風疾，許久始瘥。方患劇時，於去來頗無怖戀，惟奇痛難忍，思古賢處此，必有以自勝，乃深愧平昔之用力疎也。

餘山先生遺書大篇，舊已校定，今收輯散亂，遄事編摩，謀授剞劂，名曰《餘山先生遺書》。前已陳一二，曾入清鑒，極蒙印契，隨當繕録全編，并調元抽闡鄙論亦附篇末，將統求是正。謹齋沐，西向敬求大序一篇，以昭示來學，俾斯道有光。感激恩私，非小子之所敢專承也。餘山先生踐履確實，揮發淵微，東南倡道，實與稼書、楊園兩先生如鼎三足，尊奉在海隅學者之心。昨翠庭雷公深知而佩服之，調元質雖窪愚，不敢阿好。惟大君子垂察。瀛寰望君實之身以乳我蒼黎，伏惟眠食萬寧。不宣。

弢甫集卷十六

雜著

卻巧文

壬申秋孟，炎氛熾赫。烏下虞泉，西林蟾白。桑子露坐招涼，遠睨空碧。門隸過焉，云：『今茲七夕，將歸飭媌娙，蠲設几席，羅陳瓜蔬，拳膝頓頷，假靈帝孫，天巧創獲，神光合離，銀灣漰湱，其迓鴻鼇，智濬巾幗。』桑子莞爾曰：『面膏髻丫，騃癡求索，覬擅組紃，希利刀尺，景闇鍼穿，事同戲劇。』哂而麾之，披襟脱幘，風乎堂密，頹焉意適。交睫朦朧，星芒亘射，恍覿錦袿，翩來靈跡。

乃言曰：『帝孫鑒汝，汝拙之魁。操一骯髒，履百崄巇。老不更絃，踵前之爲。凡汝所爲，帝孫稔知。髫齡十四，餘山是師。引跂考亭，循是階梯。世之所迂，汝趨步之。樹身爲的，集矢攢譏。是謂拙學，道與時乖。文章小技，絶嗜古辭。《爾雅》斯擴，時好匪追。噫彼妄庸，怒目裂眦。專非其是，欲成之虧。跫音有人，解后賞奇。譁稱私汝，益肆詆諆。是謂拙製，俗不汝諧。釋褐分曹，徊翔冬部。掌故橋陵，檢稽旁午。晨驂侵星，夕案秉炬。敗轂羸蹄，泥塗淋雨。糲飯藜羹，齋厨轢釜。嵎負者虎，穴居者鼠。不鼠不虎，獨立無所。是謂拙宦，蟬蜕冕組。行路悠悠，兄儔弟侣。徵逐讌遊，强親笑語。貨之輒取，觴之輒茹。滃滃訿訿，臚登蘭譜。汝一切否，矜慎許與。是謂拙交，宜汝踽踽。書林兀立，學子分行。笈負景從，齗齗一堂。毛膚裨販，駢躐朝廊。高官逐逐，神已澌亡。二三峻拔，執義堅强。唾視媕阿，經行煒煌。或滯下僚，或淹文場。服者蠖屈，叛者鴟張。是謂拙教，德命相妨。嚴哉庭訓，紆納義方。手十四經，雒誦琅琅。急非所先，謀豈云臧？彼《兔園册》，挾之騰驤。齟齬鑿枘，身罹咎殃。遏絶詭隨，復誤家郎。是謂拙詒，荆户厖凉。汝之前君，亮節煜煜。童侍父疾，躬熬肉粥。羊脂噎哽，抱鐺喑哭。海氛漲天，練師祠屋。賊艘連檣，宵遁讋伏。孝勇皇旌，名鐫青竹。規石綽楔，汝志虔篤。費溢千金，衣食嗇縮。舌耨筆耘，硯田蘄熟。不以銖分，波累親族。弟子結駟，故人厚禄。酷羞佽助，矢潔於玉。烏頭嵲嵲，何時雲矗？是謂拙營，嗟老而秃。餘拙不貲，數難更僕。帝孫哀汝，命錫汝福。破鑿中央，奏功忽倏。疏瀹巧源，襟顔勿恧。惟圓惟輭，百巧具足。稽首致辭，前稱下民。腑臟惷愚，帝鑪所甄。剷斲剛稜，施斧無因。學攀狷介，闇不爲鄰。文傷箕簸，斗不能神。撫躬道直，券取賤迍。多謝諸少，不我雷陳。黔非吾徒，皜則日親。教兒芳潔，貴於朱輪。血誠締構，標拂霞旻。愚公移山，志結千春。屬於孫子，終建嶙峋。衆拙之府，儲積輪囷。神縱欲福，功難響臻。葆我大拙，完厥性真。靈耀歘去，返於絳津。帝孫嗟咨，賦授不鈞。轇轕萬衆，愛巧如珍。閴寂孤生，棄巧如塵。餐蘖食飴，存乎其人。蘧然有覺，徐于欠伸。閒斂拙手，上負星辰。闕摅黼黻，默塞經綸。敬謝靈匹，寶拙終身。』

招　魂

予亡友朱嵩齡予齋，秉心正直，負經世才，司教台州之太平大府，屢欲特疏薦達，宵人尼之，竟不得志，侘傺以終。爲作《招魂》一篇，敘其平生交好。歿者魂可引嘯呼存者，與予同放小招。事俱摭實，聊以寫哀。

蓀有生之濩落兮，升灝氣于清穹。趣修文于冥漠兮，窅玉佩之瑽瑢。慮蛾眉之見嫉兮，類人寰之莫容。乍興盡于紫虚兮，飄精爽于四方音仝。乃招曰：『魂兮歸來！無往東瀛些。狼山聯綿，霜毛猙獰些。海門蕩潏，洪濤舂天音汀些。蜃氣噓結，白日晦冥些。母歿不及視殮，哀啼若嬰些。歸來歸來！如皋不可以羈身音丁些。魂兮歸來！無適南荒些。巉巖大庾，矗若劍鋩些。磵州險奥，骸骨多不葬兹郎切些。羅陽鑱天，死與麋鹿仝坑居郎切些。墨顏縗絰，病羸尫些。歸來歸來！高廉不可以投蹤即王切些。魂兮歸來！西陲不可以遊些。崎嶇嶓潼，地常破壞維陬些。灞滻滔滔，沉没飽蚖鰍些。厥考入關，攖疾歸不救居尤切些。歸來歸來！毋往罹災將侯切些。魂兮歸來！北都不可以淹些。金門屢蹶，騖傲驥以騄驒些。灰煤從風，面目涴黔些。冰霜砭骨，皴羔鬣鬖些。五侯七貴，跡不交參些。督亢凌兢，桑乾瀺瀺些。歸來歸來！息轡銜些。魂兮歸來！無上重霄些。帝居深嚴，玉宸無繇朝些。頭簪嵬峨，憯李貓些。腰鞓晶熒，猛靈獒些。當關索魄，猩語而狼饕些。歸來歸來！任彼宣驕些。魂兮歸來！無下九幽些。鬼門黝蔓，其路阻修些。紙錢綷縩，買導前驅居由切些。衆厲餒而争噬，不吐口音彄些。富埒猗頓，挾貲以役朋曹徂侯切些。盱睢跳踉，聲咿嘎些。歸來歸來！焉可逗遛些？魂兮歸來！無滯平泉些。米廩傾頹，寄栖數椽些。鹽虀不贍，土銼無烟些。有美子喬，徐元肅。顧寒氈些。入棺寂寞，疇周旋些。回睠故鄉，道里千些。黄巖拗嶺，插重元些。夜壑移舟，萬有捐些。空號臯甫，逝飛龍之翩翩些。魂返故居，無遷延些。魂兮歸來！道姚州些。東山高士，汪鑒。卧層邱些。萬樹梅華，環石樓些。傾倒瓊漿，酣獻酬些。魂兮歸來！經西泠些。瀁漭水烟，擊汰揚舲些。上客談諧，汪錫祺。廣座傾些。博物寓公，周復旦。識天星些。有温者容，沈塡。照瓊瑛些。素心吟嘯，會群靈些。胥山同姓，朱楓。藉香蓂些。東臯舊侶，盧存心。酹湘醽些。閔予蹢躅，恨填膺些。溯遺響于西風些，尋故蹟于南屏些。歸乘回風駐雲旌些。魂兮歸來！入裴島些。菲菲鶴洲，羅芳草些。崎嶔怪石，曲徑繚些。葱蘢古木，蒼藤繞些。苔階浄緑，啄飛鳥些。秧田延碧，犂野老些。南湖樓舫，烟波淼些。真如塔火，霜月皦些。晻靄雲沙，躍駕鴇些。涵淹蘆蕩，發荷蓼些。歸收萬景，供哦眺些。魂兮歸來！舊宇寧神些。芬苾宗祊，從先親些。敬恭瑶案，對如賓些。長溪逸老，沈脩誠。篤愛如琪珣些。書笥經笥，萃儒珍些。陸奎勳、陳佑。磨盾賦詩，馬維翰。來幹人些。雁山遊伴，周坦。樂仝群些。青霞徵逐，聯芳鄰些。城南徵士，張庚。追寫真些。州東碩生，張仁浹。緬音塵些。纏綿甥盛百一姪朱孫稻，望颸輪些。一死一生，見交情些。鱗鱗貴富，昧平生些。自古有然，曾何足懷悶眉兵切些。歸來歸來！聊放志於衡門典因切些。

亂曰：書博士兮作官閥，和璞獻兮輒遭刖。紉蘭佩兮睇天闕，猘唁唁兮憎且齕。蘊芳馨兮不得發，巫咸莫問兮終古銜冤。魂歸來兮長水潺湲，青蠅爲弔兮白馬奔，蓀大度兮包怨恩。

濂溪書院上梁文

蓮華峰下，文光映南斗之傍；楓葉江頭，教澤播潯陽之派。盈虛有數，逢人傑以地靈；風月無邊，宜夏絃而春誦。心平書院事，等諸建學爲先；手厥易通道，乃可立人之極。必根源之研究，惟光霽之昭臨。泝昔賢程邵張朱，並衍元公之脈；相此地陰陽動静，渾如太極之巖。氣毓扶輿，地當爽塏。山重水複，用擇名區；月吉辰良，爰升高棟。喜藏修之得所，覩開繼之有因。一爲文人無足觀，非美斯愛，愛斯傳乃藝而已；行有餘力則以學，惟直則公，公則溥其庶矣乎。雲霞遂以蔚蒸，後學從兹興矣；庭草于焉交翠，先賢實式憑之。

兒郎偉抛梁東，窗草綿芊生意融。暘谷一輪晴日麗，扶桑萬道曙霞紅。

兒郎偉抛梁西，澄潭霽月映玻璃。元辰翠岫雲成蓋，寒夕璇霄氣吐霓。

兒郎偉抛梁南，美滿光風漾彩嵐。坤軸自應蟠道系，離垣豈止盛朝簪？

兒郎偉抛梁北，九派文瀾動江國。含宏灝氣灑襟懷，耀遠奎光拱辰極。

兒郎偉抛梁上，蓮峰高峻同瞻仰。眼睇乾坤意轉舒，手捫日月神尤王。

兒郎偉抛梁下，濂溪清泚長涵瀉。培士林中大選掄，鑄人爐裏新陶冶。

伏願文峰光麗，學海淵澄。萬笏鍾靈秀，出睎賢之士；千冠萃美醇，攄載道之文。尋舊緒于圖書，斯爲至矣；發新知于師友，不亦重乎？期濬導乎蒙泉，共昭宣夫聖蘊。

桑氏家訓

子弟須樸誠，毋輕儁。門風須清白，毋赫燀。言須温厚，毋尖酸。行須慈祥，毋刻薄。衣須布，毋華美。食須蔬，毋肥甘。己有微長，須韜斂，毋炫露。人有隱惡，須掩覆，毋宣揚。篤守謙恭，受無窮之益。緊持廉恥，嚴有主之防。學業須專攻，毋龐雜。工夫須綿密，毋間斷。倘入仕路，拔本澄源，毋妄取一錢。常時里居，安分守己，毋預外一事。恕以推情，勇于改過，受恩惠毋忘，被横逆毋校。友毋雜交，人無輕信。糧無遲輸，婚毋早對。博奕飲酒，是最下之污流。昏暮乞哀，是不肖之穢臭。資質雖愚，毋早廢書册。用度雖絀，毋苦累交親。毋作幕客，毋爲吏胥。殯葬毋用僧道，宴會毋用優伶。祭祀須誠敬毋慢，醫藥須詳慎毋疎。毋結盟兄弟，毋認乾爺娘。毋賽會迎神，毋拜斗禮懺。器不妨舊，毋嬾脩補。屋不嫌卑，毋慵掃除。毋輕就暱好之家止宿，毋遽留疎遠之客居停。毋放債圖利錢，毋借物飾體面。毋愛當竭之力，毋依依親近。拈絲粒當思來處不易，撫髮膚當思生我劬勞。阡隴毋妄希吉地，早入土爲安。婚姻毋仰攀高門，惟積善有慶。婦女毋弄筆墨，傳出字跡。孩童毋縱生性，養成驕癡。淫詞小説，見即燒之。孌僮艷婢，立即去之。人不節儉，終至于貧窮。人不勤勞，終淪于卑賤。祇願正人常光臨説正言，不願邪人偶引去作邪事。孝友是一團和順做成，嫌隙是滿腔拂逆釀就。不蘄家有敗行檢之達官，只期世生護元氣之善士。吾言已諄復矣，汝曹其聰聽之。

桑氏家訓約言

忍嗜慾，節衣食。慎交遊，嚴取與。吾子孫其世守之。

弢甫集卷十七

學規

大梁書院學規

夫讀書植品，士之所有事，而非實勝之是務，則終無由立。人即知識開明，一心所窺者淺，故必充之問學，而知乃日進高明。顧千言萬語，衹使收已放之心，約之入身，以爲向上之尋，斯下學上達之功見。倘文與行二之，則全無一是。幸而軌轍求合，抑猶虞其塗澤爲之，則根已全虛，雖自詭文之淹通、行之魁特，終其身無分毫之實獲，爲尤可哀也。故立誠爲學者之關中河內，舍是無以定其基址。『子以四教：文、行、忠、信』，可括《論語》全書，并可括《十三經》，傳古今無窮之書。其中審端用力之方，自有節目次第。循序而進之以漸，雖資性未敏，亦或先或後，或疾或徐，駸駸赴乎是而莫之量。僕賦性芚愚，規模迫隘，衹求近裏著己，所可力者，懇苦自鞭。竊舉平生向學之方，縷縷爲諸生告焉。

一、辨志

學莫先於辨志。志如懸的，萃心與力中之，苟其的一差，誤中之害莫可詰。亘古今惟『三不朽』撑拄天地，此外别無有。人今與諸生接，甫啟口，輒進之於『三不朽』，或不能無驚疑，然無以爲也。德不能及孔、孟、程、朱，而忠、信、廉、潔，一節之表見，一行之執持，不謂爲德之立不可也，此豈謝弗能乎？功不能經天緯地，溥利群生，而隨處存心，一民一物之克濟，寧不云功之立乎？此豈謝弗能乎？立言不必定援筆著書，傑然成一家之則。漢東平王只『爲善最樂』四字，其言立矣。此豈謝弗能乎？矧由是而進，即蘄至於古之不朽非難。中州風氣淳朴，前聖遺澤最深且厚，近爲湯、耿諸先生講學之鄉邦。諸生之志，固辨之不可不早辨也。

一、立本

立本之道，在孝弟慈。人孰無父兄，人孰無子弟？我有父兄我事之，我有子弟我撫教之。孝友子諒之心油然而生，得之性而無待於强，惟注力在察識擴充，俾滿其分，斯貴耳。嘗見士夫之於父母，養非不足也，禮非不具也，而或且旁移其慕，曾不若野人之於父母，肫肫濃至，天性爛然，則是野人之父母較之士夫之父母爲重也。忍不忍也，故君子之於孝弟慈注力也篤。移之忠，移之順，推諸子，惠萬民，莫不基於此。未有不厚培其本而枝葉能薆昌者也。《康誥》

言『祇』『恭』字，與《大學》合，先後聖於此恒警動言之。蘇長公謂今之人有書而不讀爲可惜，予謂今之人有親而不知事爲可惜也。此予與諸生言及此，能無怦怦感惻於中乎？

一、窮經

聖人之心存乎經，不凝神静氣以窮之，則聖人之心不可得而見，而經乃晦。更穿鑿附會以瀆亂之，而經亡矣。窮經之大致有三：曰博綜，曰折衷，曰自得。先之以博綜，所見廣而參稽有資，則疑義從之生；然後會衆説而折其衷，則至當歸一而論乃定；久之動乎天機自得之妙，不待游刃而豁然中開，非侈謂前賢之觕而我得其精也。芻蕘之所見，犂然有當於聖心，是天之聰明散乎衆人之心者，時而呈露其義，未始經人道，而一拈舉之，確不可易，斯樂莫樂於此矣。即一操觚而不本之於經，則根氐薄而論説皆膚。韓、歐、曾之古文皆大醇，而朱子尤醇乎醇。時文中王、唐、瞿、薛、歸、胡諸公之所爲，俱灝衍不可崖涘，經熟也。窮經之方，自少及多，通其少而多者徐由之貫。《十三經註疏》、崑山徐氏所刻《經解》之外，逸簡甚衆，窮年皓首，莫得其端，此多而無紀也。今就《四書》專經，條分縷晰，融會貫通，不墨守斷爛之講章，時有心得。一經畢更及一經，群經可次第程功，不苦其難，不憚其煩，不好奇以妄爲之説，則經義如脱穎，豈獨錐末之見已哉！

一、學古

古之器至堅厚也，而細緻爲今之工巧所不能過。古沈而今浮，古用力深而收功遠，今慮淺而欲速，無惑乎不相及也。人不學古，則其人也凡近，或遂至嵬瑣而不足論。文不學古，則膚庸拙僿，紛雜無章，甚且勦襲雷同，文壞而士品亦喪，可恫也。《易》曰：『其旨遠，其辭文。』夫旨遠矣，辭即不文，庸何傷？然且謂不文不足以行遠也。故理道已明，行文要自有矩矱。《六經》之文，天地之大文也。天地之大文，陰陽寒暑推移變化無端倪，而按諸通復往來之度，井井不亂。《六經》之文，文成法立，不以文鳴而爲文之至，故其妙與化工埒。古今之文之卓然成家者，莫不取則於是，是豈無工夫所得到哉？程子謂無子厚筆力，不能作《西銘》。夫《西銘》之理直詣精微，而非操筆力如子厚，作之無由，此足覘行文之須用功取法矣。孔、孟生於今，必應舉，應舉必爲時文，爲時文必期合程度，而斷不舍馳驅之範以詭遇，可知也。吾平生論文持六字訣，曰：『出落清，柱意明。』出落清，則如建章宫，千門萬户，自有次第；柱意明，則肢股中血脈貫而不容左右互易，此其大較也。其細微曲折，當俟講文、閲文，詳悉指畫，而揭其大旨如此。此非一人之私言也，古法如是，吾與諸生共學之而已。

一、博習

人之質性，有專講習時文，日猶不足者。而聰明奇儁之士，隨地不乏，徒以時文可取科第，既已優爲之，而遂不他及，其所成亦遂止於是。學術文章不盡其才，致爲可惜。夫窮經爲本，固人人之所宜務。而諸史群書、詩、古文辭舉，足以開廣識見，裨益性情，俾德器深以醇，才猷閎以達。朱子天秉絶人，其於道學根氐、經傳淵源，既已契先聖之心得，集群賢之大成，所作傳注如日月經天，江河行地矣。《綱目》一書，上續《麟經》，皆天地間之大文。而旁通博覽，於書無所不精勘。所作詩、古文辭，卓然爲南宋大家。皆學力深邃，遠有師承，非由臆作。此以知大儒通三才，綜群術，斷非拘墟自域、抱殘守固爲也。諸生中有才地超群、孜孜好學、志爲宏通博碩之彦，裕廊廟之徽猷，發山川之鴻藻。承學之人雖愧淺陋，願以所聞於師友者共講明而切究之。此内實源流相貫，非僅侈梁園詞賦已也。

一、静

爲學莫先於養心。心凝然不妄動，漸幾於澄澈，以之窮理而理明，以之處事而事當，以之執筆爲文，而淵然之思探入深微，俾出之晃朗而無纖毫之翳雜，單微所縈能穿溟涬，胥由此也。天地古今之精蘊，決不翕聚於浮動之胸，故人須沈静，而器識斯廣，學業斯宏，他日之所成就亦遠大莫可測量。一日之間，務期默多於語，止多於作，則氣漸寧謐，諸事就安詳，而静可幾也。孟子曰：『養心莫善於寡欲。』周子曰：『寡之又寡，以至於無夫耳目口鼻之欲。』聖人所不能冥心以處也，而猥云至於無，不幾折人於二氏之門徑乎？蓋澄然無事，動輒不踰乎矩，則欲無非理，即謂之無欲矣。下學之所不能驟臻，則寡之，斯爲善術。故聖人主静，君子慎動。若心無檢匣，浮躁飛揚，神疲而識昏，氣粗而言厖，不惟器宇遠於儒者，即細與之論文，亦豈能有所入哉？

一、恒

天恒覆則恒清，地恒載則恒寧，日月恒照則恒明，聖人純亦不已，故貞。夫一常人，心有斷續，詎便妄幾乎是？然不可不勉强秉持，以注於是也。無恒不可作巫醫，南人之言，大聖取焉。不恒其德，或承之羞，左右前後，紛紛藉藉，齊以羞進，《易》以謂『其來不可禦』也。其集莫之窮也，故或之。或之者，非疑之也。有先招之者矣，而奚爲不急用？吾占考之俗諺，則如彼；徵之經言，則如此。無恒固無一而可，而人顧以或作或輟之功，掛名從事於學，文與行亦安能有獲？凡人苟有所爲，精神常聚則光華自生，吾嘗試之矣。書之難句讀者，日日往復之，而疑意忽開朗，即得其理解；事爲之難合者，日日經營之，而機緣忽凑，訖有所成就。故其方莫善於恒，有恒者之不二其心，其於可否無所擇。聖人猶與其質地之堅確，况衷於道而俛焉日有孳孳不已也。吾願與諸生綿密以之。

一、整

凡人心志整則無非僻，舉止整則無傾邪，事務整則無紛厖，文思整則無雜亂。竟日課程，限定作何誦習，整飭不紊，則日起有功。當讀書時，思講求作字，即謂之務外；當讀此書時，忽欲研究彼書，亦謂之放心不收。若義理觸發、旁推交通者，不以此繩，否則皆執持不定所致。讀一書，自序文以至終篇，首尾勘究，不令一字放過。案頭惟專對展讀之書，餘列他几，不更紛陳。若時當次及，則掩此卷而更易之。程子言敬以『主一無適』爲訓。『主一』之謂敬，『無適』之謂主一，此直致功於内。而復恐心之出入無時而難爲操也，更以『整齊嚴肅』爲言，而吃緊處首在於『整』。整則無適矣，無適則主一矣。杜絶諸妄端在一『整』，此吾有見於『整』之一法爲親切而有味也。課文之日，尤貴乎整。浮游耳目，濁亂心神，輕爲交接語言，此不整之尤者也。釋回增美，願諸生深得力於整，弗以吾言爲河漢。

一、勿聚談

廢學百竇之滋，總由於聚談。昔夫子所嘆爲難者有二：一爲『飽食終日，無所用心』之人，此不過頽惰之流，自棄而已；一爲『群居終日，言不及義，好行小慧』之人，其滋害爲特甚。夫麗澤之益，朋友講習，專在於賞奇析疑，則道日益明，文日益進，此不在聚談之列。若聚談，則多説一句無益之話，少讀一句有益之書。既已雙失之，且『不及義』『行小慧』，勢所必至人品淪敗，將不可窮究。學者惟日孳孳猶恐不及，安得有餘閒聚談？即稍有餘力，亦須静坐凝神以涵養德性。平生所痛懲者，在聚談一節，是用動色相戒。在諸生，肄業於斯，自必厲志精進，決不蹈此。而特揭明戒者，防微杜漸，區區過慮之苦心也。

已上諸條，爲法者八，戒者一。能盡事此法，則無所庸戒。一或稍不戒，即足以敗法有餘。循法爲之，有無窮之益。吾翹首拭目相待，深爲諸生願望之也。所戒或忘，便有無窮之損。我心惻，我顔憮，不願諸生之出此也。僕來自浙氾，諸生居中州，不遠數千里相聚，所事何事？此中固有至情關切。教之所以爲教，學之所以爲學，詎等汎汎悠悠？期諸生争自濯磨，相與有成。處則爲經明行修、束修圭璧之身，出則建致澤徽猷、彰黼黻鴻業，用以副聖天子振宣文教之隆，賢執事樂育群材之盛，並峥嶸自立，鬱爲時棟，吾亦與有榮施焉。尚其勉旃謹旃。

道山書院學規

竊惟士人立志宏遠，『三不朽』皆吾分内，顧收斂身心，厚築基本，先自切近處用功，循序漸進，以馴至於高明光大之域。愚自少從事於斯，今老已冉冉將至，益覺下學工夫爲不易盡。年來友教四方，專揭近裏着己規模，共相鞭策。惟蘄言可共明，行可共守，雖姿在中人以下，亦易遵循，弗離繩檢之内，將來充積日新，光輝發越，作磊磊軒天地之人，亦不越此。敢以素所用力之處，明白指陳，與諸生交勉之。

一、遜志

古今講學，首自《説命》開先。時敏修來由於遜志，道德中固着不得一毫盈亢，即功業文章都無窮盡。自鄉國天下以及尚論古人，層累增高，何處可容滿假？使挾區區佔畢之見，輒高自位置，大道程途先已蕪塞。坐此病者，率多雋異之士。天之生才不易，人之成材實難，何忍屑越自棄，致爲可惜。試斂心靜氣，虛而善受，自必精勤深造，天下第一流人物，舍此誰屬耶？至聖嘗言『何有於我』，又云『我無能』，又云『是吾憂』，大賢若無若虛，達者慮以下人，俱不止謙沖之意，直是義理，本是無窮，敏求詎有止境？故地位愈高，心志愈遜，愈遜則愈高。一滿假，即止矣。凡事不日上，即日下，其後頹敗有不忍言者。聖門狂者次中行，人多不識狂者真面目，試叩狂者之志是何志，狂者之言是何言，直欲將古人一擔上肩。其所謂古人，即堯、舜、禹、湯、文、武、周公諸大聖。狂者欲一氣進取，志大言大，乃於道理上争，多非於意氣上自負，特行不掩而目爲狂。若一味盈亢，是顛是妄，非所謂狂矣。嘐嘐之概于此，可細心體認。遜志自得最是學者一生受用處，故首言之痛切。

一、植品

士先四民，晞千聖，其大要在五倫着力。自來稱天倫，稱人倫，此各有實義，當晰何謂天倫。父子兄弟，固以天合；若君臣之義，無所逃於天地之間；夫婦一與之齊，終身不改；朋友聞聲相思，傾蓋如故，至久要不忘。俱有天存焉，故五倫皆天倫。此非予之私言也，『天秩』『天敘』發自《皐謨》，朱子亦嘗言之，苟昧乎天之由來，一倫未盡，即悖天矣。何謂人倫？《傳》言爲人君，爲人臣，爲人父，爲人子，兄弟、夫婦、朋友可即此類推。《中庸》言『五達道』，不加『親、義、别、序、信』字，欲令人顧名思義，緣名責實，一爲虛位，即不成之爲人。人道最大，上可參天地，爲三才，否則下折入于異類。異類且猶有隙明，葆之弗失。彼無親者媿虎狼，無義者媿蟻蜂，無序者媿鶺鴒，無别者媿雎鳩，無信者媿黄鳥。人而不如異類，烏乎可也？明乎天之自然而不可易，人之當然而不可離，認得真，做得徹，乃可俯仰無媿怍。只因心矗眼翳，自謂由朝至暮，我有何過，及細細檢勘，方知一日之中，于倫理有多少不盡分處。一念放過，百念莫贖。圭璧之身，稍有玷缺，終身負疚。尚其冰兢自愛。

一、研經

經者，聖人之心血灑於紙上，萬古的皪鮮明。人自束髮受書，即已雒誦，乃童而習之，白首不知其義，非不講解也，剖晰至精，只作一場話説，終身毫無干涉。間有博通《十三經註疏》《通志堂經解》，瀾翻滚滚，侈然自負爲通儒，及考其行事，是處背謬，直是不識一字。王阮亭作王彦章詩感嘆英雄，惜其爲朱温盡節。愚謂當時之臣類多長樂，莫怪其盡節于朱梁。彦章武人，識得一『忠』字矣。又如蔡順采葚、丁蘭刻木之類，委巷之子，識得一『孝』字。子夏有言：『雖曰未學，吾必謂之學。』蓋指此也。《四書》列《十三經》中，朱註至精至當。苟沉潛研入，反之于身，其違背處，生無限慚惶，其脗合處，生許多快樂。雖尋恒語句，一番舉似一番新。精心熟復，愈咀含愈覺有味。蓋此中義藴，如瓊漿玉液，汩汩乎來若是。吾嘗中夜以思，有不知足之蹈之手之舞之者。使囫圇讀過，書與我暌隔，雖盡四庫五車，何益？此非謂不必博綜，特念一生誦讀，得一句一字，真知實踐，親切殊常，乃可稱爲研經。逐漸體驗，心志開明，隨處受益，貫穿群經，勢如破竹，即就現在所得，益加涵泳，有一段融洽意趣，其樂陶陶，庶幾學古有獲。

一、攻文

文所以載道。雕飾曼辭，了無裨益，況涉於淫邪耶？故文無難易，惟其是爾。理道折衷，至精至細，所貴講去其非而求其是。自正學微而異説起，不取鎔經義，任意撦撏，擇焉不精，去道愈遠。須根極有宋諸大儒之緒論，而博採積策之醇，以自鑄偉辭，當必菁華蔚茂。顧行文要自有矩矱。朱子於詩、古文各遠有師承，非師心傾注，初不欲以文名，而卓然爲南宋正宗，則法固不可不講也。時文發揮聖賢義藴，以理爲主而氣輔之，其中成規森列，要不可偭越，一一宜講究精詳，大致不外『出落、清柱、意明』六字之訣。成、弘、正、嘉、隆、萬、天、崇以及國朝之體裁，悉具於禮部頒發選本中。各取其資之所近，服習揣摩，平奇濃淡，並堪競爽。敏者兼其所專，次亦獨成一格。範我馳驅，自然有獲，詭遇亦時失之，其可不端所習乎？

一、養心

人參三才，籠萬物，惟一心爲之。心得所養，則光明洞達，至虚至靈，亦何事不就理？一失養，則昏濁瞀亂，無一而可。故養心爲最要。孟子曰：『養心莫善於寡欲。』耳目口鼻四肢百體各有欲，一心之微，何堪衆欲之攻。聖人聲律身度，動不踰矩，故人心即是道心，無所謂欲也；沉溺之人一念來復，欲仁仁至，只此一念合於道心，平旦之清明，幾希不泯，微乎其微，餘便不可問矣。學者用力操存，惟在寡欲。欲固人所不能無，一時未易雲浄冰釋，則寡之一法爲吃緊。倘智慮竭於營求，精神鑠于粉黛，意思昏于徵逐，志氣墮於宴安，擾攘終身，訖與草木同腐，可不謂大哀乎？何如劃除紛雜，俾坐多于行，默多于語，静多于動，心體漸澄，以之看書而理澈，以之作文而意精，酬酢萬事，井然不亂，則養心之道得也。

一、警惰

萬種病根都起於惰。一頹惰，不可收拾矣。户樞不蠹，流水不腐。精神日用，則日出奮迅淬厲，心如明鏡之不疲於照，材力若刃之新發于硎，天下事都以一『勤』舉之，了無難處。若畏避退縮，志氣奄奄不振，父兄師友空施鞭策，便是心體中痿痺之疾。至聖于無所用心之人大聲激厲，直謂博奕猶賢乎已。先賢于飽食終日、無所猷爲之人，愍其所事不踰飲食宴遊，卑瑣與下民一致，怵目警心之論，聞之當蹶然而起。湯盤『日新』之銘，從一『苟』字奮發，便可擔當宇宙間繼往開來之巨任。吾請躬自援枹，與諸生一鼓作氣。

已上芻言，爲法五而爲戒一。不汎作臚陳，意在真實礲錯。此邦爲子朱子倡道之鄉，流風餘韻，漸被良深。恭逢聖道光昌之日，增設書院，加意作人，賢執事並同心振厲，大播風聲。末學濫竽講席，雖所見淺陋，不敢不竭其愚，是用砥礪諸生爲有體有用之才，處爲衆式，出爲時珍，俾海濱鄒魯不墜先型，於兹有厚望焉。

濂溪書院學規

西江爲先賢過化之地，《白鹿洞學規》揭示聖經要旨，規模宏大，節目精詳，天下學校俱當奉爲圭臬，愚更何庸綴語。第生平自省缺疚，或恐人亦蹈此，不憚苦口敷陳大都，寧爲謹嚴，毋爲通脱，局量不免於拘，而繩趨尺步，庶不至于顛躓，謹以素所致力之處質言之。

一、不欺

天人之道，一誠盡之；學問之道，一存誠盡之。無妄之謂誠，不欺其次也。爲學自不妄語始。司馬温公以此教劉元城，元城初若易之，及身體力行，始覺畢生難副。温公平生所爲，無一事不可對人言，只是不欺而已。《中庸》言『誠者，天之道，誠之者，人之道』，與《論語》言『忠信』，《大學》言『誠意』，《孟子》言『至誠而不動者未有』，若合符節。孔孟後，道統中微，江都昌黎延其緒，至周子爲吾道中興之祖，發圖書之精藴，總歸一誠。誠者聖人之本，而思者聖功之本。『思曰睿，睿作聖』，自《洪範》發之，孟子直言『思誠』，而周子乃大暢其旨。妄人不知有思，能思則已向善，然必至通微，而思之致克盡。《論語》言『再思』『近思』，《中庸》言『慎思』，是就一事一理上立思之範；孟子、周子之言思，是舉全體大用。殫思之功，直至孳孳務實勝，乾乾不息于誠，無非一思之所蟠綽，而其益乃畢收。

諸生生周子卜築書堂之鄉，流風餘韻猶存，今又興復濂溪書院，去先賢之世六百有餘歲，近先賢之居不踰咫尺，咸思立起振拔，從不欺用功入手，勉勉循循，以求無妄之復。愚與諸生，其敢不勉乎！

一、事親

人子于親，生之膝下，喘息呼吸，一氣關通。人有親而不知所以事之，本實先撥，枝從而亡。莫説倫常道德一齊破壞，即富貴福澤亦無處盛載。孝子之奉其親，視無形，聽無聲，纏綿懇摯，至于斯極。今有親而尋恒視之，即不至十分悖逆，而澹澹若等閒，是何天性之恩之凉薄也！父母之于子，顧復肫肫，至子長成，而身耄老猶不稍替其恩勤。獨子之于親，區區孺慕瞻依，一往不可復追。由壯盛以泝孩提，渺然如六季想黄農之世，是可痛也。夫仁恩本乎錫類，忠可移君，順可移長。妻子合，兄弟翕，而父母順。朋友不信，非孝。倫理俱由是而篤。極之，不敢妄斷一樹，妄殺一獸，仁愛之三坎斯盈。一出言，一舉足，而不敢忘父母。父母殁，思貽令名必果。終人子之身，皆事親之日也。

諸生讀書植品，思行道揚名以彰父母，無一時一事非事親切務，毋茫昧此義，俾士子之于親，反不如野夫村婦，目不知書而至性激發，猶能愛重其所生也。

一、尊經

經者，聖人之心之熱血洒在方策，水火所不能磨滅，佛老所不能溷淆，壞屋故堆中騰日月光，吐寶藏氣，足以牖長夜之靈明，啟群蒙之聞見，不可不尊奉之也。尊奉之者，匪徒咿唔佔畢，誇博洽已也。一生讀聖賢書，須還叩己心有幾句得力處，方徵實際，否則讀完一經，依然舊日心情、舊日行徑，直是懵然不曾開卷，良由塵俗塞其神明，無緣濯故見而發新機，雖讀盡五車，何益？即偶有觸發，于我心有戚戚，隨過隨忘，塊然故我，豈所謂學于古訓有獲乎？甚至瀾翻佐其譃浪謬解，浚民脂膏，是謂侮聖人之言，尤君子所動色相戒、痛心不忍言者。必一心凜承，終身佩服，雖淺近之語，有得于心，爲真實受用。況經義炳炳烺烺，昭揭中天，照見自己幽隱病痛，消癥結而砭膏肓，何快如之！身入寶山，觸目見琳琅珠玉，何可空手回也？吾所謂尊，如尊德性之尊，拳拳服膺而弗失，是所望于同志。

一、攻文

文所以載道。言須有物。果有物充牣其中，雖風雲月露之辭，何嘗不感人心腑，爲千秋不刊之述作。如八伯光華糺縵，《七月》觱發載陽，退鷁隕星，張弧載鬼，亦不爲怪，俱可闡明內聖外王之藴，不然挾《兔園册》，繁稱遠引，摭拈累幅，衹目之爲陳言而已。況時文代聖賢立言，談道理各有梯階，論天人各有分際，研精抉奧，絲毫不可踰越，非澄心體會聖賢語氣，雖雕飾曼辭，去之愈遠，況勦説雷同，恬不知恧乎？且時文自有軌範，先正名文具在。題出而情生，文成而法立，胸儲書卷，腕運銛毫，勿橫騁才情，須細循法脉，一切禪元外道之論，不敢攙入其中。吾所謂攻，非徒專治求精雅，宜駁去膚浮，透露精藴。上者足以羽翼經傳，明道覺世；次亦引人潛心考業，閉門造車，與軌合轍，不蹈師心自用之失。雖極變化而不離乎宗，美斯愛，愛斯傳，按之俱不詭于道。此固不可粗心浮氣，襲取而得之也。

一、不浮

浮動之胸，名理不集。故聖人主静，以立人極。静非杳冥寂滅也。先定之以仁義中正，則有主而實，無欲而虚。聖德之默成，賢學之深潛純粹，胥在于是。主静，即主敬之極功也。學者爾思憧憧，不能澄定，外既波靡，内亦坐馳。故浮者多躁，鎮之使安；浮者多矜，抑之使下。歛其飛揚跋扈之氣，進以優游涵泳之功。能重則學亦固，以約則失自鮮。然後德器成而志業確，但守蒙以養正之規。山下出泉，方静而清，不致汩亂。以之應事而慮精，窮理而疑晰，研經作文亦昭朗不翳，滂沛如流，身心何等快樂！昔程子見人静坐，便謂其善學。收攝心神，使歸于寧静，乃能咀含理味。若徵飲聚談，露才使氣，吾不願諸生之偶蹈之也。尚其嚴重自愛。

已上五條，皆近裏着己之言。愚少時游餘山先生之門，教以立志大，存心細。今老而無成，忝主斯席。泝先賢圖書昭示之遺澤，承群公振興文教之盛心，務蘄與諸生勉于實學，文行交勵，出處有光師友，並身有乎道義，爲天下尊且貴之品。其義至重，其聚至樂，毋以吾言爲迂而忽之也。

弢甫集卷十八

墓　誌

觀察虔南定巖董君墓誌銘

君姓董，諱榕，字念青，號定岩，北直豐潤縣人。曾祖諱純心，祖諱銓，父名湧，官長洲令，妣杜太君，俱贈封如例。君以宅太君憂，哀毀昏迷，于乾隆二十有五年四月二十有七日，水死於南昌舟次，享年五十，詳予所作哀辭中。

君生而至孝仁厚。甫就傅，行坐手書諦觀不輟，博聞彊記，工書法、詩、古文，下筆葩流，與江南北鴻生狎主齊盟。乾隆丁卯拔貢，廷試第一，遽綰綬河南，未得書名淡墨，櫜筆石渠，嘗以之不足于懷，其實古豪俊初不係此。予每劇談，廣君意，功業雖未竟，其才舉炳烺，可登汗簡者已。澤被生民，祝綿畏壘，足不朽于人間世。况文采不可磨滅：作《九歌》追步屈宋，詩、文集等身；作《周易觀象》，未畢；撰《芝龕記樂府》，行世。根源忠義：刻《周子全書》，搜採極博；及《聖學入門》，具闡攄實學；刻《體仁録》，薈萃吕叔簡《刑戒》、先儒恤刑格言，黄虞臣《宦海慈航録》、《治譜》在是矣。內行醇摯：封公歸自潯陽，隨至彭澤界，涕泣跪送，鵠首望帆影不見猶弗起；太君老病少睡，侍至四鼓，苦命之退，猶遲徊；踰年無稍間，或理官事，即肅冠佩出，連昕夕不假寐；撫愛弟椨，不殊同母；與人交，或加之非意，委曲周旋，卒感激，誦君德。

治履始攝陳州，倅令于鞏，歷孟津、濟源、新野，調繁夏邑，陞陳州別駕，兼鄭州、陝州、許州。翠華中巡，辦大差三十有七處，置頓嵩陽，三賜宴并珍物便蕃。遂即真，許州，陞浙之金華守，遷江西南昌、九江，陞虔南觀察。遷擢俱膺特詔。其最著在孟津縣民與孟縣民爭黃河灘地，前以委勘者挾私，令東西分界，民咸苦之。君就商於孟令，議改津南孟北，孟令以成議格。各詳報上官，重委勘，竟如君議。又慮莠民私毀界址，以沿河最敬龍神，立小廟十餘，訖永定。新野水溢，捐粥賑饑，勸富商巨室協濟，四越月，至麥秋乃已。上命三使軺省災，民以實對，並嗟稱董令真民之父母。夏邑卑溺，有乾隆四、六、七、八、九等年逃户尾欠，波累親隣，爰竭貲貸償之。鄭州瀕黃河，多沙阜，三十六陂久湮，計疏淤澤，當免水患，成沃壤。公餘精心相度繪圖，啟請撫軍襄勤鄂公：濬金水河，環城如帶，入僕射陂，闢稻田三百餘頃；濬賈魯河，由薛家岡入圃田，永除張橋淪没。功既成，鄂公名新河爲『庚午渠』，曰：『牧之功德，吾民永賴矣。』黃河北岸口決，奉檄查陽武、封邱、祥符、延津、新鄉、滑縣災，手填印票，詳分賑恤，遇沮洳，駕艓子救災民千數出，又以連日乏食垂斃，捐六百金，均給之。奏聞謂有古名臣風金華，災後尚徵捐賑，未全納之穀，立飭停止，具報上官，悉免之。南昌檄赴星子縣，勘開玉瑚隴、糧艘避險形勢。知隴前之洲北則德安，河南則章江，入湖之水暴漲，冒過洲上，退即洲出，隨濬隨淤，難通舟楫，末由避險。況玉瑚隴爲咽喉，蓼花洲爲中腹，永利橋爲尾閭，腹尾皆易擁，鑿隴且有傷民田，報弗便。時主者意頗鋭，調君九江，終細審君言，寢其役。豐城水決壋入城，君馳往救護，得寧，請更立脩壋規條。屬境有飛尖船賊，悉擒獲，論如法。厲禁贛俗錮婢溺女，婢既得不愆期，更置廣生簿，民生女，俱小字廣生。録南安大庚囚，苦心平反，顏髩俱悴。所至彰癉古今善惡：濟源請廟祀明末邑尉李應選，罵賊死。節旌萬里尋親孝子何兆祥；許州脩潁考叔、蔡順祠墓，漢前將軍關公廟中退曹操像廊下；金華表吕、何、王、金、許遺書，並禮其後。尤以尊崇學校，興起人文爲己任：鼎新夏邑黌宫；各境内書院並脩葺優禮。創濂溪書院于匡廬之陰；開睎賢路；架濯纓橋；搆太極廬、聖藴殿，祠奉元公，以二程子配；列『光風』『霽月』『生意』『灑襟』四亭于各峰之巔中；建雲岑樓；築師道堂，首延予爲山長；造須友堂，奉勞餘山先師。諸生至臘杪大雪，猶燈火熒熒。贛亦有濂溪書院，院後筆峰屬僧寺，買歸之，輪奐一新。故君歿，遠近士民盡流涕。君階中憲大夫，分巡江西吉南贛寧，兼水利道，攝贛關事。

娶王氏，舉人石柱公女，例封恭人。子二：光益、光端。女一。君從弟揚經紀其喪，予偕送雙櫬歸君里，以某年月日祔葬板橋新阡。封公率童孫凶服稽顙，求誌銘。非調元，誰當爲君誌銘者？君篤愛予詩，乃爲詩以銘之，曰：

予生慎契托，稀疎結佩纕。況復遠權勢，慵親綬與章。曩爲大梁客，四友聯文場。磊落馬石蓮，峨峨圖東張。通家惟沈氏，與君並徊翔。把麾金華去，悵望天一方。予從南岳返，延之升講堂。尋恤篪兒天，遠泝贛水長。欸洽書帷內，吟醉豐臺傍。嗚呼君逝矣，送櫬還浭□，維彼三君子，路祭釃椒漿。申唁太公前，委命于穹蒼。矢願課藐孤，琢玉成珪璋。誌銘落吾手，泚筆涕沾裳。所寶垂令名，此外何所望？若斧是君室，千秋固且康。上從先靈遊，下發昆來祥。他年天門上，雲旗互飄飀。訪君一晤語，俯世遺粃糠。

古春沈君墓誌銘

君沈姓，諱萬椿，字蒼期，號古春。其先嘉善人，遷嘉興硯溪，君祖某也。君考鶴菴公，妣邱太君，生三子，長即君。

孝友性生，立心仁厚，身儉約而厚施于人，克以德圭臬其鄉，親志是養，承歡罔弗至。鶴菴公量宏達，憂人之憂。君先意曲體，往佽助，力不遺餘。客來情話連昕夕，饌必精腆。里中兒體寒生粟，鶴菴公目憐之，即給之絮襖，後乃施寒衣以爲常。女兄既嫁，慮二人苦思之，謀近居，便於歸寧。進菓餌，必備分餉親之僕婢，終身飲食優異，雖有過不加之色。篤愛同氣，幼服食即讓甘美，兩弟偶出外遇風雨，心輒怦怦，必歸始釋然。有疾病，徬徨營醫藥，不幸相繼早世，哀擗治喪葬，殫瘁心力。以次子大璋後季弟諱萬榮，撫從子如子。娶於陳，終始賓敬，既喪，方中年，不再娶，亦無侍姬。人方之王右丞，却不以浄因。鰥居教子，嚴整汎愛，相接煦如春風，語必導之以善，相戒奢華，謂不惟省費，實惜福。歲飢衆乏食，君作糠餅，先自食，及家人，而分所親升斗，以不能徧賙爲恨。時時助人沐櫛下窆。有謀葬者，乞吉壤於君田，予之，聞其孝且貧也，并歸其值。某姓以寃擬大法，其三子，二應流徙，一尚幼。君憐之，與資控理，得直。願爲役終身，君卻之，而賙卹其家。里失火，將及君屋，君冒炎烟入，捧栗主，幾不免，他物不一顧。燄既熄，紛紛扛負，還其家具。其重不克舉者，沉於河，環守之，舁之出，檢點毫無遺亡。蓋夙感其德，爲之救護如此。

以太學生考授主簿，歿於乾隆二十年四月初五日，壽八十有一。配陳孺人。嘗掃墓治具，君姑邱太君泣下，謂老病不能親上舅姑冢，又自傷其親墓，兵荒後子姓遠徙，缺拜掃。孺人即告君，謀省墓，屬子孫永無廢祀。勤紡織，手紉所施衣，助成君志。雍正十一年六月初五日，先君卒。子三：長庠生圭璋，早卒；次大璋，出爲後；次峨璋，監生。女二，適知縣吴高增、監生金廷琛。孫四：燾、熙、熊、燦。燾、熊、燦，大璋出；熙，峨璋出。熙後圭璋，熊後峨璋。孫女九。以今歲某月日，孤子等奉合葬於秀水羽字圩之原。大璋及予門，予女孫許字燾，泣請銘。銘曰：

積厥善，衆心薰。盛德感，古罕聞。封若斧，善士墳。後炎炎，氣烟熅。

文學張樸堂墓誌銘

君姓張，諱鍠彥，字景琦，樸堂其號，宋橫浦先生之後。南渡，始祖浩然遷仁和臨平鎮之亭溪。八世祖中復，嘉靖壬子舉人，潯州司李，婚于艮山莫氏，遂卜居焉。子一陽，萬曆己卯舉人，桂陽令。子奇玲，萬曆己酉舉人，避權璫，不仕。子太學生驊是，爲君高祖，廪貢生。肇祉，有文譽，君曾祖。太學生振宗，君祖也。考文學國榮，孝而能文。妣趙孺人，舉人薦詞科永嘉教諭驪淵女。

君生而穎悟，文規先正，下筆立就，補校官弟子，九戰秋闈，不利，無戚戚容。熟史事，旁究雜家者流，罔不通曉，尤精形家術，試奇中。脩内行，舌耕養親，具甘旨，距考授經地遠，月數省。節縮束修所入，葬三世十棺、宗人數十塚。外舅處士世俊，外姑丁孺人，予族父母也，無子，爲合葬艮山，期世祀之。蓋惓惓于莫氏之鬼，不使餒，而并祀先外家之栗主者舊矣。祖塋在峻嶺，或遠六十里餘，老遇雨雪，必躬祭掃。君爲大宗，雍睦而恭，持義甚嚴，克正族，周恤三黨不少恡。處世不激不隨，課生徒五十載，多成就，盡誠導之以正。最惜字跡，嘗上書當途，禁陶器字。平居諄諄以此相勸誡，教子義方，務脩行明經，毋點庠序。體故憊，病三月，將易簀，遺令勿用浮屠。終于乾隆十四年正月十六日，享年六十有八。

娶吾族女兄。子二：灝，庠生；汶，爲從弟後。女二：一適錢塘庠生朱學周；一早卒。灝以十六年十二月朔，奉葬于臨平亭子村祖塋之次。予以親知，嘗接君，温温德光照顔，義當銘。銘曰：

吾族父，雲昇公。睇良山，馬鬣封。撰墓表，涕沾胸。厚所厚，風義崇。爲君銘，納幽宫。天可必，興厥宗。

湯府君廩貢生滌齋墓誌銘

湯府君，諱之暄，字亮宇，號滌齋。始祖諱寬，曾祖諱祖契。祖文正公，諱斌，先系載文正公弟繡甫傳中。文正公起家進士，復登大科，歷官工部尚書，祀名宦賢良祠，膺上謚。以理學事功炳彪海内，學者斗山尊之。考行四，歲貢生，諱準，生子三，公居少。

性孝友，肩世家典禮罔闕遺，胸次灑落，娱詩文以終老。色養二人，克承厥歡。侍父疾，日夜不離寢舍。喪，盡哀禮。伯氏早世，卹悲經庶務，不以之累仲氏，撫兄子如子。仲氏耽醉吟，慵治生，洊歷儉歲，俾不匱衣食，與篤情好，無間言。女兄適蔣氏，與伯仲分地三頃贍之，歲奉其租，他日用物咸備，廿年如一日。兩自出成立，始歸其業，比乃訝徭役之頻，蓋曩代爲理，初不知之也。曾祖妣趙恭人祠節烈，文正公祠賢良，捐貲累百，次第完治榱桷，于病中趣成之。營祀田，修邱隴，支供往來，達官謁奠，悉謀于族衆，置田如干。文正公遺書板漫漶，獨謀重梓之。聞方公望溪録文正公佚事，以謂南中紀載頗多湯氏子姓，宜蒐訪，遂矢南遊編纂。適歲饑，且病，未果。

居恒接人和煦，遇義所當爲，輒毅然直前。族有藐孤，爲家奴所欺，勃然合族人直之于官。有群從，夫婦繼歿，子幼，宵小覬覦，爲區畫，命某撫其孤，得帖然。丁丑夏，仲氏疾亟，公夜起，步蹉跌，傷首，遂中風。及聞歿，痛不克往視殮，槌牀大慟，命子往襄理。周身具，還報，復長號不已，有句云：『地下雙親如問訊，道暄指日侍冥塗。』遂不起，乾隆二十有二年七月二十日也，享年五十有六。以食餼，爲明經，早謝省門不踏。宅後有臨漪園，爲厥考舊墅，時加葺，不令蕪廢。疊山濬池，雜蒔花竹，搆精廬數椽，課子孫絃誦其中。春秋佳日，興到嗒然而吟，下上今古，以攄其磊砢之懷。著《咏古詩》一册、《國朝見聞録》二十卷。方寸不攖聲利，易簀前一夕，口不能言，索紙作書，惓惓以祠宇、墓田、神道碑、遺書爲念，遺令顧群從、姑表。

娶袁孺人，太學候選州同諱璸女。子二：長拔貢生，揀選直隸州判珂；次瑞。女二：一適蔣庸；一許字孟某。孫三：纘高、顯高、念高。今卜某年月日葬于城東之新阡。孤子珂以調元有世好，凶服來乞銘，爰按狀書之。銘曰：

孝乎孝，友于兄。結念篤所生，惴追及九京。節烈文正光埏閎，丹楹峨峨矗紫冥。逍遥臨漪謝浮榮。欲考德，視兹銘。

進士知縣改教授分嶽周君墓誌銘

君姓周，諱守一，字季和，分嶽其字。先世淮南人，明初遷萊陽。高祖諱伯達，進士，官巡撫，祀於鄉。曾祖諱世祐，蔭侍衛。祖諱止，庠生，早卒。祖母趙太君，苦節，旌表。本生祖諱正，進士，浦城知縣，著有《取此居》詩、古文集。父諱星顯，浦城公第三子，歲貢生，中年鰥居，力學不遇，著《四書東軒精纂》，生二子，君其次也。

生而孝友，居母喪，哀毁柴立，率婦事祖母，奉父，並善承志意。父以居内憂，哀痛成疾，侍藥餌七年如一日。卒，與兄盡哀禮。性沉默，攻苦，紹家學，試輒冠其曹。辛酉，學使按臨，七試古今學，俱冠十邑，遂拔貢。甲子，舉京兆，耑成進士。徐謁選，得蜀之南部令。路經梁、晉、秦、隴，周覽戰耕、屯牧、險要，吟弔興衰、故跡。過落鳳坡，酹龐士元墓，賦詩，蜀人及行旅騷士萬舌傳之。既之任，地交秦蜀，犬牙彈丸一城，着亂山中，井絡稀闊，距市鎮遠者，墟里類不過三五户。俗呼盜爲『嘓嚕』，時縱横出没。君躬履郊墅，練鄉勇，實心編保甲，村置一鼓，一鼓鳴，群鼓應，攢簇遮邏，嘓嚕望風遁。歲卻鹽井陋規千餘金，示永禁絶。日坐堂皇，斷讞必以情。夜檢案牘，斗插屋瓴不休。立社倉，勸種樹，災賑親勘户口，飢羸蒙實惠。閲寒暑者再，無匝旬宴坐署廨。時吏治尚强悍，多交結武弁。武弁者，蜀所謂海查也。草履縢纏，黨連莠民，告密要路，變亂黑白。君廉，得一武弁奸發，摘罷之。衆海查側目，欲中以奇禍，不得鏬。蜚語四騰，卒最强悍而殿循良，改授濟南府教授，不得盡其用。顧擁寒氈，教士以敦品勵學，監濼源書院，英雋從風，鍵户勤脩，故負文名。

自未第及需次時，里居寓邸，所在名公卿延設講席。謝銅章，淹滯川中，長官争邀致。至是濟南名士，不遠五六百里，負笈景從獲雋者，指不勝僂。平生受當路禮聘，商訂文藝，無一語及私，巋然舊德之望也。嘗慨然語高才生曰：『兹吾少時舊遊地。憶與朱景韓、曾南村、李秋崖諸公握管追逐，謂磨礲奮發，當不似今日爾也。比意氣都消，素髮毵毵，重與諸君作文字，緣世味真如嚼蠟。』予來濫席，闡明勞餘山先生實學，君叩生死義，予舉先生遺書示之，曰：『人之死大。聖賢精氣渾合于日、星、河、岳，助兩大，生成忠、孝、節、義。一節克立，分麗四時之氣，歷久不滅。常人無以自存，則漸微漸泯。强梁負屈者，能爲厲，不能久也。』君病甚，予就問，以未能揚先德悽傷，予解以時命，且言晝夜之理，乃起謝曰：『吾今願爲餘山門弟子矣。』易簀時，神氣清朗，洒然而終，乾隆辛巳八月二十九日也，享年五十有八。所著詩、古文辭如干卷，藏于家。

娶張孺人，庠生諱樋重女。子三：勤家，廪生；勵家，庠生；勛家，太學生。女二，孫七，孫女九。以某月日葬于某原，預自誌墓碣，末系以歌，曰：『土花兮碎縷，耿漆燈兮悄獨苦。漏盡兮聲鐘，不復爲人兮踽踽。寒食過兮野棠開，家人歸去兮紙灰舞。留恨石其嶙峋兮，天蒼茫而無語。』諸孤以誌銘請，即用其韻而銘之，曰：

纂紀文章窮脉縷，哺乳嬰赤祛疾苦。古道蒺藜行罥踽，青鸞引歸刑天舞。天門詄蕩萃古賢，往摇玉佩與欸語。

弢甫集卷十九

誌銘

張君墓誌銘

君張姓，諱懋賞，字士政。其先休寧人，考諱某，遷於海鹽之貢湖。生君始四歲，病革，語君妣程孺人曰：『吾家世居休寧，祖宗墳墓在焉。我死，子幸有成，當歸葬我於休寧。吾志也。』程孺人以孱嫠哺襁褓之孤，僑寓零丁，撫且教，甚篤而有方。君少讀書，强記誦，志意卓犖，不事章句。性至孝，以少孤，弗克事考，常就母問考平生，動作狀及，摩挲故物，皆飲泣。依依母膝下四十餘年，盡色養，藹慕如嬰兒。垂髫時，聞母之述考治命，志歸葬於休寧也，仰抱母而哭，母亦撫之哭，俱失聲。既長，日夜謀歸葬，顧以力絀不克舉，則默自椎痛。中夜起坐，枕函襟袂盡溼。喪母後又七年，始克如先志，卜兆於休寧之汪塘山。君時抱疾，狼狽扶柩往，至則憊瘁已死。死一日，復甦，乃克成葬。先墓無遠近，咸識之以石。尋遷秀水，占籍焉。先世皆不仕，君亦淡榮進。名在太學，所親監河工勸之仕，不應。教子讀書立行，語不及富貴利達。

好施予，視人急猶己。中痰，不能語，以指就衾，畫『厚』字示子。卒年七十有六。娶於程贈光禄諱某女，繼室汪諱某女，後君一年卒。子天麟，太學生，將以某年月日葬於某原，而乞予爲之銘。予嘗主君家，識君君子也，顔和而語肫，不可以不銘。銘曰：

君之考，死而戀祖宗之邱墳也。君之妣，茹荼撫孤而式於笄裙也。治中饋以待師友者，君之嬪，而子有文也。然則樂而藏斯，而人倫無憾者，君乎！

故鄧州學訓導金山書院山長宋君墓誌銘

君姓宋，諱錀，西五字，其先山西洪洞人。遷祥符，爲始祖者，大公也。六傳至對廷，有隱德，生增廣生，諱燮，君祖考也。以次子鏻貴贈奉直大夫，旌孝崇祀，諱豐，君考也。妣白太君，贈宜人。

君幼端重，奉直親課諸子，君共學，友愛無間。弱冠入郡庠，冠其曹，旋食餼。奉直性方嚴，能曲意承歡。侍病數月，殫勞瘁。居喪致毁，不以貧儉其親，卜葬必誠必信。事母亦如之，母就禄養於粤，春秋高，躬迎之歸。從母寡而無依，養生送死，盡恩禮，立季祭。會以合族賑恤貧乏，片言解紛，穹然樹鄉望。

以明經筮仕鄧州訓導。麾鄭生之獄貨，脱靳生非辜之文網。奉檄築刁、嚴二河隄，胥吏不能因緣爲姦，不私羡金。康熙間，學正段維宸、張垓後先捐俸修學宫，君繼之，州人士臚其事於石。君訓士嚴，兼主講金山書院，士憚之，漸涵久而翕然悦從，依依不忍去。自師道不立，家塾、黨庠、術序、國學師、弟子相習於媮，壞棄規檢。毋論明經修行，茫然不知置力，即區區佔畢，亦罔尺度可觀。下至責贄修，逐遊讌，樂群敬業之風滋渺矣。君獨以嚴顔正論相爲鏃礪，律己潔白，約髦士於準繩，真意盎流，俾處則圭璧自愛，敦厚風俗，出則發攄其所蓄，以利澤於時而收實用。惜乎小用之而澤莫之究也。然風聲鼓動，自一州以至寰宇，苟盡如君之飭厲，英才何患不育，儒風何患不蒸蒸蔚茂乎哉！尋以病乞休，屏居郊墅。乾隆庚午三月二十八日卒，享年六十有七。所著詩有《乙未續稿》一卷，藏於家。

配王孺人，前工部侍郎贈尚書諱某曾孫女、太學生諱无尤女，謹言笑，却紛華，操家勤而事尊嫜以孝，先君卒。子一，丁奇，需次教諭。女四，孫三，孫女二。將以某月日合葬於某原。丁奇介族父某持狀來，泣求予銘，而鄧州士有哭拜繐帷，謂分師弟而恩父子者。嗚呼，可以銘矣！銘曰：

教維嚴，師儒官。師以親，學以安。賓賓學子淚汍瀾，我爲此銘名不刊。

庶吉士李君參梁墓誌銘

君姓李，諱薛，字參梁，夏邑人。其先籍山西洪洞，遷是邑，自諱宗賢始。數傳至諱邦禎，發窖金助堤工，以次子孝廉諱汝先贈知縣。季子孝廉諱汝健，子策奇，亦孝廉，散賑八百石，予爲之傳。子六，次諱若裕，是爲君祖，世稱孝友先生者也。子諱應煇，爲君考，贈如君官。子三，君居長。生時，故開封郡守薛諧孟入君祖夢，故以之名字。

君性絶敏，少就傅，歸，君祖問所讀書，曰：『三十而立。』問何謂『立』，應聲曰：『如山之不可動摇。』君祖奇之，曰：『此子異日當卓然特立也。』讀書不出户，限二十餘年，穿穴經史，篤愛《朱子語類》《近思録》等書，揭古箴於座右。好成就後學，娓娓講論不倦。貧不能從師者，引至家，飲食教誨之。事親至孝，伺動静起居，恂謹如穉子。父素患痰，臘月疾亟，氣上逆，不能言，伸大小指，衆莫喻。君泣曰：『是爲伯姊孀、季弟幼也。』考遂目瞑。哀至，輒從者三年。盡以良田美宅予幼弟，延明師教，督之入泮。立孀姊嗣，取其女，室長子，其家多紛難，力排解之。君考矢志不入公庭，少年被牽官事，縣尹李君，旗人，鞫君不至，不窮詰，事以寢。君考德之，欲詣謝，弗得。隔數十年，君卒訪謝之。君考念家乘未脩，君協脩成，乞長洲韓文懿公序。簡端爲文，直抒性靈，自成一家，則所著古今文，藏於家。康熙庚午鄉舉，魁其經，庚辰成進士，改庶吉士。闔户不事交接，習國書，講求經濟，究史策務，不負秀才時志願。居日下，頻遞家問，悸縈夢寐。聞母患創，會歲終鎖印，不及請急，遂棄官踉蹌歸。憂鬱成疾，癸未正月二十一日，先母氏月餘卒，得年四十有七。吏議私歸罪，掌院韓公以孝思情急入奏仁皇帝，詔弗問。

娶傅孺人，永城庠生諱培初女。子三：誥，監生，已卒；詩，拔貢生；講，廪生。女一，適永城監生喬欽。孫秉鈞、秉乂、秉哲、秉銍、秉鑑、樹楷、樹條、樹庸、樹穀九人，秉鈞、樹庸、樹穀並庠生，樹楷、秉哲並監生。孫女六人，曾孫六人，曾孫女八人。至是距君殁五十一年矣。孺人當連遭大故時，喪盡哀禮，體恤君幼弟及君幼女弟，克終君志。君考妣遲卜窀穸，遺令欲得贈典，乃以禮葬，卒援例，遂厥志，封若堂焉。孺人父母，亦置林地十六畝，永永承祀。收撫族女，營嫁。恤飢年老嫗，予之衣。售地者，以祖塋在上，還其券，不責值。殁於乾隆丙辰年五月三十日，壽七十有七。君與孺人贈封如例。于乾隆十九年某月日，子若孫奉合葬於黄家漊祖塋之次。講與樹庸及予門，以狀來，泣求銘。銘曰：

急省母疾未及請，棄官馳歸出至性，特免吏議陛下聖。君學懋，邃《尚書》。孝乎孝，君陳如。弟友于，妻刑于。終膺綸封光元廬。銘深刻，石不泐。

武鄉縣知縣學山李君墓誌銘

夏邑李氏多及予門者，乃持武鄉令學山君行述，乞予銘，遂不復辭。

按狀，君諱援，字方謀，號學山。始祖宗賢，自山西洪洞遷夏邑，數傳至邦禎。邦禎生孝廉汝健，汝健生孝廉策奇，行誼見予所作《策奇傳》中。策奇生孝廉可秩，學行聞鄉邦，有《芒山堂集》行世，君祖也，歲貢。生翊，贈如君官，君考也。子三人，君行二。

秉質潁異，具卓識。弱冠爲諸生，高等，食餼。屢躓場屋，乃就教諭，臨漳士風一振。畢母喪，以急公授江西上高令，厲清操，子視黎庶三載，政成，當報最。丁外艱，服闋，補山西武鄉。

武鄉僻處岩隩，素稱難治。君課農桑，興學校，煦民如家人父子，賞罰明信，俗用丕變。城南瀕漳河，當孔道，夏秋山水暴漲，多淹溺，乃急捐俸築橋，亘數百丈，患以寧，至今人呼『李公橋』。奸民張成魁仇監生李繁芝，夜刃其兄金魁，移屍繁芝門，結詭證搆繁芝。君鞫繁芝恂謹，不類兇人，疑有冤。成魁肆横，若銜極冤狀。君精心簡孚，得實，成魁懾服，駭汗呼：『天理昭昭。對神君不敢匿。』置諸法，萬舌稱快。攝沁邑，脩常平倉廒，例苛派，私潤囊橐。君捐貲爲之，一無擾累。地丁耗羨例加徵十之三，君屏除之，沁人父母戴君。官山右十餘載，旁邑碑惠政于口。

性孝友，官臨漳，聞母彭太君疾，立假歸省，奉湯藥。後聞訃，見星奔，號慟不欲生。上高凶問，至哀毁如喪母時，終身以失奉二親含飯爲恨。析産獨取瘠薄，賙貧乏，恤姻黨，汲汲爲善若不及。

君生于順治戊戌四月五日，卒于康熙辛丑十月十九日，壽六十四。娶孺人牛氏，孝廉玘女，逮事君舅君姑，盡婦道，賓祭惟謹，撫藐孤盡力。生順治己亥四月二日，卒于乾隆辛酉九月二十三日，壽八十三。子二：長仁，監生；次人鳳，側室吕氏出，監生，繼卒。女一，適歲貢生孟瓏。孫二：曰暐、曰㫨。仁將以某月日奉君與孺人柩葬于某原。銘曰：

世不古若民相賊，茂宰辭聽參以色。鞫得其實殘口塞，剚兄嫁禍常憲殛。脂膏不潤篚篚飭，長虹跨岸漂没息。漳河行子誦遺德，銘照幽宫光不蝕。

故龍川知縣盛君墓誌銘

君姓盛，諱熙祚，字晴谷，宋名臣文肅公諱度之後。五傳司諫諱瑄，南渡居錢塘。又四傳，爲元制置使，諱天祐，子諱轅，贅朱張，雙姓。遷嘉禾。又八世，至贈承德郎諱洪，生進士，東昌守諱周。東昌孫，進士，臬使，諱萬年。臬使曾孫，進士，官桂陽，諱民譽，君祖也。舉人安吉學正，諱楓，君考也。生子八人，君行三。

考病學廨，君與伯兄侍牀簀，日夜撫雙足，目不交睫半月，彌留受遺令。雖伯兄爲家督，奉繼母，撫教諸弟。弟少者，生爲遺腹。擠持拮据，君實任之。尋詣京師，館貴游所，出入南北，文特瑰奇，而試不利。元配朱孺人歿，續婚於故少司寇馮公。公方令長安，際西北用兵，軍需旁午，賴君若左右手。寄籍商南，補校官弟子，食餼，例改歸，乃捐貢，籍嘉興。馮公遷牧膠州，欲爲君捐教職，固辭，不得。袖其貲入試，而卒返之。會馮公緣長安罣誤，君經營南北備至，獲開復，授盧州知府。時例，得薦一人任州縣，公遂以君名聞。雍正六年秋，引見，天語嘉獎，試用粵東，署靈山令。盡塞利竇，海疆鹽多私販，衹取足銷官引，不争羨錢，民甚德之。移吴川，君以先人於明神宗時立監司勦倭功，祀於電白之迎恩街，欣往拜祠下。其祠在邑内者，重新之。聽訟曲諭以情理，公事一無累民，邑大治。題龍川俗健訟，嚴禁食斷腸草之嫁禍者。建尊經閣，實以載籍，置祭器、樂器，文教蔚興。修縣志，舊《吴川志》久失脩，併攟輯成完書。以勞勩病，氣上逆，聲亟喘不絕，兩目上視，筋虹起，旬餘獲差起視事，滯案一清。顧頻已頻作，卧理之。獨檢驗不憚深山窮谷，風雨寒暑，必親往。精力素强，染痾久，肌肉盡削，遂乞休。瀕行，士民截鐙相屬。馮公林居及歿，養葬厚。分清俸，贍給兄弟子姪完婚娶。厲絃誦，贖舊宅，使骨肉團居，遍賙親友，而分子田宅，不令贏餘。歸，養痾數載，以哭伯兄，疾轉劇，迤至不起，終於乾隆十七年八月，得年若干。

妣吴太君，繼鍾太君，元配司訓朱公女，繼少司寇馮公女，並贈封如例。子三：百一，增廣生；百朋，監生；百二，庠生。女四人，孫十二人，女孫七人。先是卜吉於南菜先塋之旁，葬其元配，今其孤以某年月日奉君合葬焉。狀來乞予銘。銘曰：

予始交君自神京，由君妻弟朱嵩齡。僑寓天壇倚油檑，三人聚影燈青熒。並試太學趨跉竮，崇文城門晚愁扃。相扶沙路看昏星，交憐迍賤澆湘醽。卅年飄散風中萍，平泉靈旐裊青冥。昨哭裴島風凄泠，君黯卧痾在軒屏。捉手生訣清涕零，驚呀惡耗汳上聆。又弱一箇無延停，我今尪存支離形。詄蕩蕩思追飈軿，東天荒忽雨群靈。比秣陵書書此銘。

運判蓼塘席君墓誌銘

君姓席，諱襄，字成叔，號蓼塘。其先河南人，系出唐禮部尚書文襄公諱豫，徙吴之洞庭東山，自唐武衛將軍諱温始也。至有明，中舍晋階僕少，諱本楨，是爲君曾祖。諱啟寓，官虞部者，君祖也。諱前席，需次中舍者，君考也。中舍與其兄師當湖陸清獻公，板其遺書，傳世行遠，承學唯謹。以仲子按察副使貴，贈兩代如其官。祖妣吴氏，妣徐氏，俱贈恭人。生三子，幼者君。

生而明慧，七歲失怙，哀若成人。自少能擘窠書，運帚于地，如舞渾脱，爲文日進。以侍母，之兄官舍，僕僕南北，廢舉業，居内憂，偕治喪葬，哀禮交盡。初卜築城西，以邱嫂樂幽居，遂推讓而就曹溪别業，因先世所遺老宅增葺之。乃籍青浦，循例謁選，入，得分司鹽驛于浙。上官咸器重之，攝令湯溪，峻卻商户贄，規邑行餅鏹必鎔以輸官，胥匠朋比爲奸，君任民便，自封投匭。辦萬年吉木，倍蓰于他邑。遄裹糧入山，厚其值而事早集。上官滋以爲能。山邑無陂澤，遇暴漲輒漂没，不雨即涸。時值恒暘，君步禱，甘霖四沛，其已成災，力請蠲。是秋又苦雨，上游水溢，横刷金嚴，桐廬尤甚，而湯溪亦困。乃亟按行，請恤不輸載。于新令，仍協辦賑，罔有濫遺。去之日，截鐙于道，有泣下者。賑桐廬，復煩君行，躬勘户口，均給。精敏無匹，補運副。凡二十一場銷引，歲以數十萬計。釐剔朗朗，頻繁監掣，陳鹺要數十條，兼攝泉局，前後上官信任彌篤。適前中丞挂吏議，牽連鹽道及兩分司，去官。君飄然解組歸，搆精舍于後圃，招賓親，落成歌呼自得。有句云：『峰則有九，徑則有三。遇花而賞，命酒輒酣。』先是，嘗偕群從遨游湖上，西墅起樓數楹，醉吟烟月，瀟洒徜徉，其素性然也。事從父如父，友愛諸昆，脱數千金與之如芥。青浦飢，出五百金煮粥，利濟人汲汲如不及。殁于乾隆丙子十有二月七日，享年五十有二。任分司杭、寧、紹、温、台運副。娶顧氏，庶常秀野孫女，候選州同知萸寮女，和敬如賓。子一，紹容，候選部員外郎，加三級。君階奉直大夫，配例封宜人，以子階，當晋贈如其官。女二，孫二。君宦于浙，命子及予門，有知舊。今孤以某年月日奉葬于某原，衰絰稽顙請銘。銘曰：

磨龍賓，策海王。借我寇君活羸尪，攀轅有圖遺愛長。宅此幽墟，雲來以昌。

太學生葉君宜臣墓誌銘

君諱啟憲，字宜臣，葉姓，宋石林公諱夢得之後。先世自新安遷居洞庭東山，世爲東山豪族。七世祖心川有文名，勝代貳鄉榜，卒不達。曾祖景瑞，妣周氏。祖長吉，早歲不禄，妣朱氏守志，相繼殁。考國宏，生六齡失怙，育于祖父母，孝聲聞戚黨。嘗客六合，買一婢，詢知爲前令女，不責其資而遽歸之，時高令榜其楣曰『義薄雲天』者也。妣沈氏，生子三，長即君。幼端重，篤于所生，克先意承志。長，化居華亭，竭力供甘旨，歸侍寢門有常期，依依膝下，不忍别。年逾强仕，狀若孺子，宅外内憂，毁瘠見骨，扶桐竹起，幾不勝喪。忌日，嗚咽如初奉諱。尋常與親友道故，及考妣軼事，輒涕洟滿面。營窀穸必誠必信，傾貲盡所得爲，自以爲兩親棄養，人子所得殫心力，惟此而已。族父某業鹾于杭，負國帑累千。君故相左右，人危其波及，趣令急去之。君獨慷慨區畫，代償千金。有仇其族父者，義其所爲，聘之經理鹾務，啖以利，毅然不往。持己以正而謙以接人，家庭嗃嗃，課子雒誦甚嚴。子錦從吾游學，不令一日廢，見其列膠庠，曰：『一衿何足言喜？』能承先志也。心極隆師，吾嘗接之，色煦而意肫，吾亟呼爲長者。君名在太學，乾隆癸酉正月二十有六日卒，壽七十有一。

配陸氏，先君卒。子三：長如鏊，繼歿；次如鏡，監生；次錦，庠生。孫二。以乾隆癸酉五月十有一日葬于白浮山，孤子泣請予銘，予夙重君，其奚辭？銘曰：

佑其業，儒其行。孝于親，根厥性。義形于色，獨也正。勒吾文，券餘慶。

海鹽錢君孺人朱氏墓誌銘

禾之士錢載遭其母夫人之喪，泣踵門，稽顙乞予爲之銘，曰：『不孝載生六歲而生母下世，方兩歲時，即育於母之懷。及失生母，父方遠遊，留京師六年，門户惟母是揞。弟妹並幼，撫之均。一家故食貧，母以儉勤，精心代匱，日用無由饒而未嘗輒至於絀。母歸吾父數年，即連居姑舅之喪，哀毁得疾，自是不能有身，爲疊置側室，恩意周逮。值家緒糾紛，佐吾父，却漂摇之風雨，完故家之牖户，同心黽勉，外内以寧。同居娣姒兩早寡，雝肅無間，爲助理嫁娶，諸兒無常母。母之舅氏倪居圩匯，無子，愛女甥特甚。村廬竹木駢羅，桑麻蔚蔭，母嘗喜居之。歲時躬親祀事，必豐必潔。吾高祖孚於公以諸生疏魏忠賢十大罪，唐藩稱制，擢爲御史，所遺緑紗豸袍及犀簪一，居恒展視，勖後昆以忠孝。棄養之日，箱篋無長物，惟存此而已。載年已長，每讀誦至宵分，茗未嘗不温，果餌未嘗不具備也。』言已，聲嗚嗚，涕雨下。予乃喟然曰：『信矣，夫母之慈且賢也，於子之戚徵之矣。』遂書之。

孺人姓朱氏，系出新安，入籍於禾，祖昌來以子振貴封文林郎，舉鄉飲大賓，壽終大耋，列郡志。考拔太學生，妣倪太君。孺人年十七歸仝邑太學生錢炌，無所出。子三：載，副榜，側室陸氏出；莊；星。女二，側室丁氏出。孫四。壽六十有三，卒於乾隆辛酉年某月日，以次年某月日葬於永安湖祖塋之西洲航山麓。先是，太學君以先塋丙舍山水可樂，語孺人百年後當同穴於此。今遂并營生壙，側室陸氏祔焉。陸氏卒於康熙癸巳年，得年二十有八，生子載，不爲無年矣。銘曰：

登高邱，望遠海。樂哉藏斯，無有後悔。先可依，姬可隨，夫也規之願弗違。有子而才，爾熾其宜。

彊甫集卷二十

墓表

族父雲昇公墓表

公諱世俊，字雲昇，吾家遠祖唐御帶公籍餘姚，苗裔世爲餘姚人。公曾祖岐，娶於汪，繼室。某子大鳳，娶於褚，生子五：心華、心懷、心還、心誠、心泉。心還娶於沈，生子四，長即公也。次子龍、如球、百勝。

公六歲出就外傅，能兼誦家塾所授書。既長，家赤貧，年二十七喪父，盡哀禮。時藪澤寇出没，慎游寓，愛西湖山水，僑居於杭。夙精醫，求毋弗往，不責報，報亦不却。顧獨工削履楦，對客操斤，閒敏立就，神氣恬然。就購特昂其值，信手推予親識，不錙銖。蓄而養母，長得豐腴。有欲學其技者，曰：『始吾爲斯楦也，手木而心尺咫之，至於再，至於三，熟視既得矣。急揮斤追之，猶人而弗天也。爲之三年，神始凝，以楦遇木，木迎吾斤，而楦成，吾弗知其所以然。』學者終絀。故人潘君客死台州，遄奔往，免而扶櫬歸，泣曰：『是無子無親戚，吾喪主也。』

窆之於其鄉。御帶公功德被民，爲水神，所在祠禱杭之寶石山陽。祠久將圮，聞於守土者，新之，遂以公奉祠，春秋執事有恪，灼然玉舉於賢裔中。年六十五丁母憂，爲孺子慕。

娶丁孺人，歸安宇三公女，無子，先卒，一女適仁和諸生張鍠彦。度所後無可意者，慨然曰：『吾祖吾父，繩繩有後，吾可弗後。』生於順治癸巳年九月五日，卒於雍正丁未年九月二十四日，壽七十有五。丁孺人順治乙未年七月二十四日生，雍正癸卯年十月十五日卒，壽六十有九。女夫於乾隆戊午八月二十六日奉柩合葬於艮山之北麓，鄰張氏之阡，將世祀之。懼久而湮也，外孫諸生灝狀其行，請調元爲之表。噫！其胡可以弗表？

族子調元曰：公與吾先贈公仝出燭溪派，仝以醫濟人，仝寓於杭。調元自童時，見兩翁聚首，挑燈作餘姚鄉音，或望雲樹，涕交下，不知其所以也。問於先太宜人，太宜人色黯曰：『欲歸依餘姚先壟，不得也。』先贈公既歸葬餘姚，而公坏土留於此，潛采弗彰，百世下誰知有公者？故著公世次生卒特詳。其孝義，舊人多能道之，而托跡於技，無心而不可與謀。公何人哉！

增貢生湯公容齋墓表

公姓湯，諱之昉，字晴嵐，容齋其號，睢州人，文正公潛庵之孫，副榜封朝議大夫渭厓公諱濬之子，母袁恭人。先世詳文正公弟繡甫傳中。朝議公生八子，公行四。

生而端重，質稍魯，故學彌確，誦習終身不忘。入州庠，補增廣生。朝議公年高，公兄弟或遠宦，或卒，或幼，慨然綜家政，承歡堂上，撫諸子，恤孤寡，一身肩之。援例貢成均，無意仕進。事親盡色養，疾營醫藥，至廢寢食。伯兄孟升公清宦京師，餉遺相屬。姊氏早寡，倍友恤。洽比親族，初終如一，賙匱之，無吝無德色。友人胡文學貧，老而卒，餽贈弔賻有加。從子卒，方卧病，家人秘弗聞，偵知之，嗚泣枕上不止。性和而介，當途聞其名，争式廬，未嘗一干謁。時片言解人紛，不稍涉利，鄉望益峻。嘗以祖訓督子弟學，曰：『少年宜苦。苦則志定，志定將來不失足。毋濫交，專親詩書。近老成，縱質庸未克大成，亦可收放心，免大過惡。』其篤守文正家規如此！宅朝議公憂，誠信洽殮葬，竭盡哀禮。會雁行相繼徂謝，子婦及從子先後短折。十餘年間，九遭凶戚，殫瘁心力，形神並凋。乾隆十一年三月朔卒，享年五十有五。

娶劉孺人，州同諱如翰公女，逮事君舅君姑，烹飪必躬親，以孝謹聞。撫嫁從女，子子如己出。韓僕婦婚三日而其夫遠出，十餘年不歸，引置左右。矜惜得所，疊經哀悼，勞苦佐外庭擘畫。公殁之明年二月十有二日，克葬於林家店之新阡。後六十日，孺人遂卒，蓋四月十三日也，享年六十。子五：長雲祥；次雲讓，甲子舉人，後伯兄；次雲錦，先公卒；次雲程、雲翼。孫男五：過、遯、遷，雲祥出；适、遵，雲讓出。孫女二。以是年十月四日合葬焉。嗚呼！士夫著見，以功業文章相高，而内行或忽爲平近。當庭幃衰老，晨昏喘息，動須扶侍，伺察入微，支庶繁而用廣揞持，疾病死喪俱賴，曲至中禮，以罔有唏悔，此非性情摯而才識贍，内外同心，至死黽勉未易，周浹倫理，代匱無缺遺也？

公伯兄爲調元庚子座主。辛丑過公里，拜朝議公及公於堂，肆筵甚盛，意有他客，私緝御，知爲特設。蓋調元實與朝議公俱副榜，故禮數優異，此足徵養志之一端也。夫聖賢大道寓諸庸，爰按狀表而出之，以謂無忝理學後昆，不信然乎？

崇信縣知縣王府君墓表

古期喪皆得去官持服。賈逵以祖父，戴封以伯父，韋義、楊仁以兄，譙元以弟，陳重以姊，輕組綬而重喪服，具得以伸其哀。明洪武定承重祖父母丁憂之制，皇朝乾隆詔令遇本生親喪，得離任，持其所降服。所以教天下以孝，曲體人子之哀思，俾風俗駸駸復古，民德歸厚也。十七年，河南武陟令王君肯穀以本生父梅川府君憂去官，服喪服稽顙，乞予文以表墓。予於君爲同年友，君以爲人後不得持三年喪，貌黝然哀毁，義不可以辭。

按狀，府君諱承曾，字嗣徽，梅川其號，系出太原，由茂陵遷醴泉。副康熙甲午鄉榜，雍正甲辰舉於鄉，丁未以會試明通榜，授岐山教諭。六年考最，中丞碩公薦，升甘肅崇信令。乾隆丙寅攝高平，甲子爲臯蘭武闈參詳官，戊辰以疾致仕。今年七月九日，終於籍，享年六十有七。文思夙敏贍，所著有《克己集》《蠡測集》《遊洪堰小草》《三龍集》《芮谷集》，藏於家。

其令崇信也，地故瘠，民貧且愚，男女不知耕織，乃規度城北汭河夾岸可營水田，捐工勸墾，開引水渠，灌稻畦百頃餘，歲收豐稔。又刻《紡織圖説》，製百紡車散民間，教之婦功，民衣食以饒。初，居民市瓜蔬，率遠走得之，涇州平凉吉貝之布值等紈帛。不兩年，諸物充牣，他邑且駢集趁虚，雜樹陰濃，蔚然映城坰廬舍。嚴保甲，境内厖不夜吠。禮教聿興，絃誦之聲户接，進膠庠士，導以脩行明經，口洮洮不倦。如司教岐山，如家居爲文社師，如爲邑書院山長，時士風大振。崇信歲歉，代輸民賦千金，衆歡呼且雨泣。聽事必攄誠感動，訟以平。攝高平亦如之。中間中丞黄公特列薦牘，格不行。總制尹公特器重，謂可御史，未及薦，移節去。上官同寮交口稱碩人長德。鄰境涇州靈臺被波潤，躋堂頌祝。謝政後數年，舊民猶自其邑詣門羅拜，對涕洟，戀戀若赤子慈母之不忍捨。嗚呼！此豈可倖而得之與！

曾祖諱九牧，前明進士，官曲沃令。祖諱廕啟。考諱孫璋，諸生，妣張氏，官教諭時，得貤贈。娶汪氏，以肯穀前令臨漳得封如本階。子三：長即肯穀，出爲後，癸丑進士，官縣令；次肯構，監生，早卒；次肯穫，監生。女一，孫一，孫女四。肯穀所後祖考諱孫瑋，三娶，元配張氏，繼李氏，繼劉氏。劉太君年十九而寡，無可後，待十餘年而肯穀生，撫爲嗣孫，得天旌。五世祖妣閻太君、祖妣張太君，並守苦節，得旌，載省邑誌，人呼王氏三世貞節云。曲沃公釋賈大司馬漢復爲諸生時冤獄，官軍聞警，圍醴泉。公縋城見大帥辨白，賈大司馬亦疏救，一城民賴以全。闖賊入關，不污僞命，被榜掠索餉，尋知公清介，義釋之。其家世濟美，有自來矣。

夫爲善無不報，貞節之後、忠孝之門，率多光昌。府君爲吏，開衣食之源，大興教化，厥功懋焉。肯穀仕，遵治譜，闢養堂，迎事於鄰之治所，居喪不以降服減悲哀，於以見府君之光裕特隆，事皆足以爲俗之勸也。乃表於某原之阡，使觀者興起焉。

萬文學蓮村墓表

文學萬蓮村，葬有年矣。予爲濂溪書院山長，見其子朝紀有勞于書院，前太守董使君榕顔其楣曰『功在二爨』者也。予心韙之，則斂容却立，曰：『先君菑畬于是，小子敢不終畝。』遂肅衣冠拜，泫然求表其考之墓。予不忍辭。

按狀，君姓萬氏，諱方傑，字元鄴，别字蓮村，德安籍，居德化。先世進士，官左布政，諱衣，以忠直斡濟著。子孝廉，官監司，諱嗣達，忤魏忠賢者，君高祖也。特恩賜進士，官繕部，諱堯一者，君曾祖也。祖諱邦敦，父諱映彩，皆諸生。君生而穎敏，工文。試學使，未午納卷，即入泮，旋食餼。早喪母，事父以孝聞，撫母弟方順。研經一室，怡怡如也。好施予，恢復祭産，豪强避跡。先人遺聽瀑軒，君復肯搆，晴雲宿檐，雪流繞户，名花文石，與圖書參列，故家喬木，蓊蔚溪橋間。延從兄方英教族之佳子弟，築讀書精舍，資以膏火，及他姓髦秀，多所成就。方英殁，藐孤朝銓稚而零丁，視如己子，卒成立爲諸生。從弟方筠，彌留託以二子，撫教亦如之。其勤勤于家塾，樂成人美如是。

夫周急恤孤，慷慨好義者類能之。獨心乎引掖絃誦，俾賓賓媚學子燦列書林，繼芸香于奕葉，扇毫素于芳隣，其風徽不可沫也。用書之以爲表。

主事橡村朱府君墓表

朱府君，諱緗，子青其字，别號橡村，歷城人。考諱弘祚，舉人，仕至總督閩浙、兵部右侍郎。諱美先，其祖也。諱仲卿，其曾祖也。諱志高，其高祖也。三世祖妣及妣俱贈封加例。娶王安人，側室李孺人。子四：崇勳、崇道、崇典、崇禧。女三。平生淡榮進，循例授主事，如相如之爲郎，非所好也。優游里居，未入官，卒於康熙庚戌五月初七日，得年僅三十有八。康熙丁亥十月二十有九日，葬于府東鳳凰山之塋，配祔有年矣。今孫曾甚盛。予來主濼源書院，孫彤從予遊，乞表其祖墓，遂書焉。

橡村生負雋才，經史罔不佃漁，旁及天官壬遁，恢恢有餘力。獨等閒視科舉，文專致力聲詩。從開府嶺南時，宗鉅公竹垞相與切劘酬唱。歸歷下，升阮亭王公之庭，撰述皆公爲之序。性純孝，侍兩親寢門，盡子職。考分督河工，薨逝，見星而奔，扶櫬歸。尋奉妣諱永州駕部，兩弟俱遠宦，獨瘁于湯藥，既克葬，遄成疾不起。

先是，築雲根清鑿之堂，楓香之閣，花木扶疎，簾櫳幽靚，四方名士屨交趾錯，讌會賡吟無虚日。阮亭以謂金粟道人玉山雅集後三百年來無此樂，諒哉！予習見豪華貴胄帬履蹁躚，從事聲色狗馬，固不足齒。即築琴臺，營棋墅，品法書名繪，自矜高雅，亦未遽得爲清士。若此天才洋溢，流連六詩三筆，又虚心是正于名公，卓然成名山之業。所刻《嶺南草》《楓香集》《吴船書屋》及《雲根清壑山房》《觀稼樓》諸詩，大都扇明人流風，特以韻勝。苟加之年，盡抒其雄駿，何難與邊、李相馳騁後先？今持是亦聲光不可磨泯，爛煤破楮，爍爍鵲華間，雖名位不稱其涵負，于大雅之林，復奚憾？況性情敦厚，上溯十九三百之本原乎？彤舉于鄉，蕲繼先祖父業，微特公侯之必復其始。用表諸阡，俾騷壇艷稱焉。惜乎，吾不及與敦盤之會，含毫吟嘯於其間也！

弢甫集卷二十一

行狀

餘山先生行狀

先生姓勞，諱史，字麟書，學者稱餘山先生，餘姚人。世居海濱之勞家埭。曾祖見山公，諱伯龍。祖起虞公，諱儀鳳。父元贊公，諱弘毅。俱耕讀不仕。母陳孺人。

先生生而端凝，不與群兒伍。容貌魁碩，秀眉廣顙，光氣煜然照人。既就傅，讀經書，塾師删其注，以己意默誦，遇難字，翻字書切究。家貧歲儉，早出家塾，躬耕養二親，盡誠奉事至壽終，群稱篤行。居常夕荷鋤歸，輒展卷至夜分不倦。或誚其將應舉耶，元贊公曰：『讀書窮理，自正務。詎必科名？』嘗就塾倚户外竊聽，聞説經義，至『克治身心』『敦飭倫常』語，竦然動容，及參論行文佻巧法，俾曲就題目，頭屢掉去。塾師偵知之，召問故。曰：『文以發揮聖賢之理，此恐本意無之。且當年創始作經義，不應有此繩尺。』群瞪顧嗟異。

年十七，反復朱子《大學》《中庸序》，嘆人心之波流，傷異端之簧鼓，慨然立志爲真儒，以斯道爲己任。一意發，必勘辨，公私舉動，纖悉必求納乎禮，奮勇力行，若致命赴敵場。人有以道學目笑之者，愀然曰：『顧不能力進乎是，爲深恥耳。』聞有朱子《近思録》，往縣中坊舖購求不得。適有人自紹興郡城歸，攜是書畀之，喜劇，讀數番，慺立起，設香案，北面稽拜，曰：『吾師在是矣。』握管斷句讀，覩其手澤，勁若鋼鐵，内求諸心，森竦自責。顧天命之性，若君之詔臣，父之付子，兢兢惟恐隕越。一廢職，即膺嚴譴不可逭；一墜家業，即窮無所歸。研精《大易》，取《啟蒙》《本義》，參究横、圓二圖奥旨，有疑義未晰，仰呼『吾朱夫子在天之靈啟我昏蒙』，寢食魂注，不暫釋。上虞顧氏延爲蒙師，其家多藏書，悉發其架籤，日夜閲覽，自經傳及子史，悉覃研，尤聚神於《易》，薈萃諸儒先探賾鈎元之論，兼綜理數參互考索，獨見朱子爲至精至密，冥契四聖人淵旨。年二十四，所學大進，名所居齋曰『須友』。常静夜兀坐玩《圖》，精思有所得，書之，如横渠先生之用功刻苦，而沉潛涵泳，不敢求速化，闡先儒引端之旨而竟其緒，亦時有己見，豁然中開，亹亹紬繹，出前賢論説之所未嘗。月白窗明，萬籟幽寂，此心澄然，抱遺經，究終始，證諸目前人事物理，往往脗合，悠然自得，精神愈生，遂雒讀沉吟，徹旦不寐。如是歷有年所，自言：『余於癸酉歲，于道有所見，亦是零星。及今丁丑，細翫《大易》《河圖》，識所謂理一分殊，殊覺省力。翫邵子所云「脚踏天根始識人，手探月窟方知物」，覺萬物森然具在，且覺吾心之象，五竅居中，宛一《河圖》也，省力甚矣。』蓋癸酉先生年三十九，至四十三而歲在丁丑，恍然有以得其要領。觀象徵事，觸處見理，左右逢原，覺全《易》在胸中，融釋脱落，妙悟元微，迎刃而解。剖别艱深破碎之論，折虚憍而張者，按之無物，咀含故常，味汩汩然來，意境聿新，若初聆聖賢謦欬發明。性有先後天體用之分，指人受胎伊始及分娩墮地時所秉受，其氣質之清濁醇駁，于此别等差。程子謂言性不言氣，不備。備晰及此，尤無剩藴。

著《格物録》，貫徹三才，羅絡萬象，于身于物，近取遠取，高深極于天地，幽隱窮乎鬼神，莫不弋墜之九霄，鈎出之重淵，明形色天性之不離陰陽動静之互宅，造物行生混闢之有常，元工變化錯綜之無定，舉纖毫，無遁情，仍一一歸諸確實，不落影響。斯誠精深曉暢，獨繅微緒，而令萬人灼見者也。著《邇言》，就日用提揭要旨，以示門人，大小叩俱鳴，皆心得精語。教子弟，謂文可不攻，書不可一日釋。勤把耒，暇讀書，不妄言動，農而士矣。洞徹古之學者，一生祇此脩己、治人兩端。不論窮達，俱有當盡之心，當爲之事，俛焉日有孳孳，奉一心爲嚴師，不令一幾輕易雜出。學以剛健篤實爲本，溯曾子、子思、孟子、朱子，惟志氣剛健，特立不撓，克自樹立。計審端致力，歸根立命之地，總歸篤實較然。不欺其志，自不妄語、不妄動始，極之誠立，無歇手處。天人之理，一誠盡之；聖賢之功，一敬盡之。居敬工夫，必整齊嚴肅，始有把握，而喫緊在居處恭。

先生年至艾耆，腰骨挺挺，終日夜正襟危坐，無倦容，而氣體舒遲，從不形疾言遽色。欵接後學，和顔悦色，委曲盡誠開導，見未達，必旁喻曲證，相説以解乃已。故進叩者，望見生嚴憚，就聆談論，仍樂其藹藹可親，不忍去。在坐無久暫，慢易非僻之萌自消。雖傭工下隸，俱引之向道。以謂盡汝當爲職分，務實做去，終身不懈，即是聖人。僕身雖賤而道彌尊，縵佩人或操行穢瑣，即不汝若遠甚，毋自菲薄。販夫貿遷近里居，不忍著僞；芻童牧豎折棄矰繳機穽，非食用常物，不加掩取。鄰族一時風尚。婦人以艷粧炫服爲恧，即童娃出汲，亦目不斜視。近斥鹵郊坰，人有相雀角，懦者力不勝，拉就質先生，輒自屈服，願殺鵝置酒求免。殺鵝置酒，姚俗也。或強梁騁利，辨徑同詣先生所，一見羞赧，囁嚅不出聲，先生因機婉導，歸諸正，輸心聽受。邑令某素敬先生，嘗就問政，對曰：『愛民。』問民何以愛，對曰：『惟利民者是務。』令亟善其言而不能用，卒以之敗。嗚呼！先生一布衣，無絲毫勢力凴藉，以道德光明，至誠感人，信從者衆。韓子所謂『薰其德而善良』者，目覩非虛，乃不僅如王彦方鄉人之稗莠者畏其知，而居堂皇，涖氓庶，顧心折，蓬茅賤士欽仰德輝，聞藹如仁義之言，悦從歎服。闇者求于明，僞者獻其誠，此豈偶然也哉！

先生終老田間，無由展攄其所學。嘗論聖功在操存其心，王道在不私其利。井田不可復，在講求水利；封建不可復，在擇賢久任；學校須慎簡有德望者，隆其體，使爲之師，課實行，而不徒文藝，則人才輩出，窮居殷然與天下相流通達，必民不失望。體用具備而不迂，老尤深詣聽言，遇事輒判仁與不仁，其精強有自來矣。

從叔有範，年小於先生，食餼邑庠，文譽騰踔，問藝多英雋，人有以外事纏牽，不能峻却，先生委婉盡規。初若視爲常談，用益肫懇，詞色殊苦，乃覺心怦怦動，久之皤然有省，詣先生講席，請以師禮事，列弟子行。先生曰：『叔父第矢心聖賢，黽勉實學，有見聞，詎忍不罄告？斯禮所不敢承也。』嗣後，敬叔父、敬師，各盡其道。乃不徒矜尚舉業，務反求諸身心，名德遂光。遇先生門人，禮讓敘情欸，曰：『吾同門也。』

禪人樸實者，潮塘盧氏子。參于叢林，夜趺坐，邏僧過，舉佛號不應，加之竹片，自云通身汗下。往甬上，來謁別，乞先生送行序。先生告之以『哀哀父母，生我劬勞』『欲報之德，昊天罔極』『大孝，終身慕父母。終其身皆慕父母之日，即終其身皆事父母之日也。非終父母之身，乃終人子之身也。故一出言而不敢忘父母，一舉足而不敢忘父母。汝昧此身之所自來，而忘父母之恩勤，從事寂滅，甘心二本，吾不强責汝爲儒，盍歸而爲父母之子乎？』樸實聞之泣下，拘于其教而不能出。有所親養之官署，至病革時痛哭，云一無所得，徒棄父母不事，爲名教罪人，死當以囚服斂，勿召僧送殯。儒者哀其志。先生道明德立，遠近師尊之，來學者益衆，就事提撕，專務倫常日用，鞭辟近裏。

時王學盛行，士憚爲居敬窮理之學，喜趨徑捷，渾倚良知即可以至道，遂詆朱子爲支離。其立教曰『無善無惡心之體』，體若本無善，如何鑿空發得出『有善有惡意之用』？孟子謂『乃若其情，則可爲善』，惡乃陷溺其心而然，詎可並正指爲用？『知善知惡是良知』，似矣，然安得人人如陽明子，見地高，就所見行去無誤？不靠實即物窮理，則『致』字無着，而所知亦不精。『爲善去惡是格物』，謂致知在誠意，可乎？朱子『在即物而窮其理』一語，攧撲不破。陽明子欲徑捷『知行合一』，曷若朱子『知先行後』『知易行難』二語之爲精確，得『博我』『約我』之真脉乎？且陽明子姿秉剛明，亦自由學有聞，學者姿與學俱遠不逮，而遽欲超詣，自反失所依據。陽明子忠蓋國是，戡靖禍亂，此便是真道學，足配兩廡，而所提唱未爲平實。其門人更揚其波，龍溪、心齋竟入于禪，《傳習録》已漸漸蹉移。至《王門宗旨》一編，頽壞無隄防，恐亦非陽明子所忍見其流弊。朱子之學遞傳至何、王、金、許，至河東、餘干，切實無弊。楊園、稼書兩先生，承一脉緒系，導學者于大中至正之歸，縱下學未能至極，亦循循在途轍中，未至流蕩而無所坊，以得文行忠信之真傳也。陽明子《越城稽山書院尊經閣記》，從『心』『性』『命』『四端』『五倫』説到《易》《詩》《書》《禮》《樂》《春秋》，具有條理，終推言經之當尊。與夫聖人作經之意，更舉離經畔道之人，以勸以戒，詞意懇惻。集中所説道理，純粹無踰此文，真能洞見道體而深得一貫之微旨。近世之讐陽明與毀陽明者，俱太甚而未爲允。西河毛氏矜其辨博，痛詆朱子，此多見其囂張，初何傷于日月？其敘王學流派，自有明來幾徧天下，縷覼不遺，學王者侈言其盛，此見尤固。臨濟、曹洞鐘板喧嗚，聖道自昭揭中天，曾何加損？

時紹郡俞太守卿宗王學，行部至姚，見客星山王文成公祠，鞠躬稽拜；孫忠烈公祠，三長揖；吕文安公祠，睨其像而已。先生偶在城，太守素耳先生名，折簡招致，謝不往。乃就見，盛推文成公學術。先生待言畢，徐對曰：『鄉先正表表，千古事功掀揭，誠吾道中柱石。』言未竟，太守遽言未可以事功概其道學。先生曰：『道莫大乎忠君國、拯生民，舍事功更無道學。且文成公與孫忠烈公仝撑拄天地，扶植綱常，皆吾鄉杰出人物。明公當一體表彰，以興起懦頑，明示標準。』太守意雖未合，不能不屈服。同宗副都介巖公之辨延先生至語溪講學，大約端蘄向于知行，嚴辨别於義利，導學者以切實爲己，聖賢之道伊邇，祇在倫常上隨時檢勘。人曠蕩自由，輒謂己有何愆，不知自雞鳴而起，至辰刻已，不無幾多妄念、幾多妄言、幾多妄動。先儒謂檢點一日間於人倫上有多少不盡分處，此宜著猛省。聽者神竦，老成英妙争欲式瞻儀型，親承明訓。

先生晚年涵養益冲粹，色和而莊敬，語正而温醇，人人願近有道，薰然開耳目，若坐春風中也。介巖公惜楊園、稼書兩先生不接席而語，輝映德光，使吾人矜式。夙知吴興有卞君，談理深微，見解明迥，往訪之。與語殊不愜，細叩夙所論説所自來，云得之邢姓者，不肯言其名，意是隱君子，歎息而去。歸姚，渡百官，江舟東下。時先君攜調元還故鄉省邱隴，舟亦迤行川涂，望見鄰舟中端坐一耆儒講論，弟子左右侍聽甚肅，心異之。至驛亭堰，待拔堰，叩知爲餘山先生。率調元詣堰傍草舍敬謁，且請遣稚子過先生舟受教，許之。方論格物致知，調元謂『物即明德中殺列之品類，故天下無性外之物；知即明德中逗露之靈光，故孩提有不慮之知』。先生訝，詰此語誰教汝，具道素無師，昨冬有孝豐錢惕菴先生名之泌來杭，寓鄰寺，得相從講解逾月，聞此乃頷之，重爲剖晰。舟抵岸，先生以調元爲可教，府君即命受業于門。進拜，留語三日夜，聞所未聞，快然開明，怵然憬悚，教以立志大、存心細，誠聰明慎勿誤用。調元生已十五歲矣。

屬寄愓菴先生書，其略曰：『今之篤志爲實學者，誰乎？自功利之習深中于人心，士讀書作文，講明義理，辨晰亦非不精，祇以爲梯榮之具。師以是教，弟子以是學。一得志，惟榮身肥家是圖，沉溺于聲色貨利，抛卻聖賢懇苦守待之本旨，其秉心有不堪言者；一不遇，即怨尤叢集。孟子謂「今之人修其天爵，以要人爵，既得人爵，而棄其天爵」，今之要人爵者，并不是脩天爵，惟將聖賢道理作好時文，即外爲塗飾，亦不過作口頭應酬語，初未嘗砥礪廉隅。某嘗目擊而深悲之。數十年來，欲求同志之友共切劘，興起斯道，使人心習尚盡歸於正，苦寥寥不多見。比聞桑生述先生志皦而行卓，教學者以窮研克治，如聞空谷足音。』云云。既而愓菴門人郎鑕至杭，云愓菴先生已于新歲易簀矣。奉所寄書歸，焚繐帷前，約明年仝至姚，從學于先生。至期詣謁，相顧語至泣下。先生謂鑕質魯，但遵所聞，充所見，一志力行，得寸則寸，終不失其軌。

又明年，三謁先生，命多留數日，講解疑義，訓飭諄復。臨別，直送至埭口，云：『吾壽不過三年，汝恐未得繼相見，故爲此叮嚀。』調元驚涕，謂先生身極强健，調元歲當從父歸姚，何爲作此言？先生曰：『脩短有定數，去來有常理。汝慮家事纏牽，未得脱身，然終望汝重來相晤。』灑涕而别。嗣連歲先君客遊，艱家計且多故，侍慈闈不忍暫離。癸巳新正，先生完長子婚，傳家事。元宵招門人汪鑒聚處須友齋，語是月吾將去。鑒大驚，見先生體甚康，稔先生不妄語，即日自寓舍移侍函丈。汪鑒者，父薄宦滇南，卒，萬里扶柩歸。至漢川，幾覆舟，號哭，志與俱沉。忽飄風，薄沙岸，得免。衆呼汪孝子者也。性尚氣節，返姚從學久。先生謂英氣即客氣，必陶鎔歸寧静，始可凝道。至是惻惻，侍先生啟居。先生方遍從親友家飯。與老者言，言教弟子；與幼者言，言孝弟于父兄；與衆言，言忠信慈祥。有來候者，亦欵洽盡歡。至二十三日，令治木。因家貧，慮倉卒，可便爲之，稱有無，不須過美。飭諸事從家禮行。自喪先生父母，時早不用浮屠、酒肉俗，已有效法之者。二子與門人惶惑，請夜不息火環侍，揮使去，數日來飲食眠起如平常。二十九日，日高舂，趣具湯，沐浴更衣，移床至正寢，炳燭宴坐，尚神清氣定，卻飲食不進。親舊俱集中庭，二子謝乞弗擾。乃泣跪請遺命，曰：『吾平日教汝諄至，第守之弗失，更何言？』對鑒曰：『調元何不來也？調元何不來也？吾遺稿可付之。』乃就寢，齁齁熟睡。親舊俱散，獨二子與鑒侍側，伺動定。至次日寅初，聞喉中痰聲起，二子與鑒急薄枕號呼，逝矣。實康熙癸巳年正月三十日也，距生於順治乙未九月初四日午時，得壽五十有九。親舊聞故嗟異，哭聲載路，至庭不絕。含飯時，顔色温腴不改。是年，四十里内松柏俱凋瘁。

娶陳孺人，幽静居壼内，奉養、祭賓豆惟謹。四方學者至，隨所有設食，不露支詘之迹。外庭徹旦談論，中夜具粉餈湯茗無厭斁。調元頻年就訓誨，躬親受明恩，至漏將盡，聞隔屋機聲猶軋軋。先先生四年卒。子二：長廷栻，恭謹僕訥，娶童氏；次廷模，後先生數月卒。

殯既權厝，汪鑒捧遺書至錢塘授調元，始聞訃，與同學友盧存心就書齋爲位，拜哭，三人皆失聲。存心，夙慕先生之道者也。先是，正月晦夕，調元夢先生自一宏邃大殿宇趨出，執調元手，言：『汝稚子，踽踽欲適萬里程，吾何能釋懷〔二〕？』殊撫恤形顔。調元驚寤，心動，疑不祥。語存心，存心慰言先生屬念之殷云爾，乃果山頽木壞。調元自此安仰安放矣！嗚呼痛哉！後十年調元入成均，瞻仰大成殿，宛如夢中所見規模。先生嘗言，深山窮谷中，果有人篤志力學，造詣深純，必脩身見于世。縱遯世，不見知以没，其神魄必在先聖左右。第未曾奉配兩廡，不分受明禋之享耳。如王安石、王雱父子，何曾敢溷入櫺星門？此以知先生神魂在先聖左右，審矣。

遺書間莫辨草稿，字畫，所言《大易》横、圓二圖義，媿未能測識，不敢妄補綴。中年苦縛塵纓，心飍眼翳。至歸老匡居，静翫微言，始編成卷帙。書有《格物録》，有《大學中庸廣義》，有《邇言》及辨論雜文，今總標爲《餘山先生遺書》，刻之以傳世行遠。先生言人心静極，即能前知。如董五經知程先生來，消息甚大，及叩其中，實無有。釋子禪定能照鑑正如是。然無即物窮理工夫，一應事即昏瞀，坐空山中能知未來，及衣紫開方丈，寸心憧擾，昧然罔覺，禍患臨頭，始云孽障到，致可哀愍。故前知無足異。先生三年前即知全歸之期，至期從容飭家政，别親舊，無疾而終。平素覘幾占事，無不奇中。數根于理，非如京房、管輅、郭璞等專精數學可倫比。蓋從源頭貫徹，故百家支流，如納音、納甲、星經、葬經、醫卜之類，一覽而曉，并識其致遠恐泥處，由流遠與源牴牾之故。故遺書中所言陰陽變化，從《易圖》確實指陳，無惝怳之談，無穿鑿之弊，又懇切引人向大道，繼往開來，闡明天人精奥，與談禨祥迥别。《太元》《參同》潛虚語，多幽隱；《皇極經世》較醇，亦尚有鶻突。先生言四時行，春、夏、秋、冬相遞禪，是天道根乎太極，一氣循環，俱不貳實理流行。邵子以皇帝王霸分屬之，是直以霸爲功用之正，天道詎有是駁雜？當時二程子何不匡正？乃知先生持論醇乎其醇，誠粹然大儒之言也。先生遺命勿請祀于鄉，故後學不敢公舉。又云古者生無爵，死無謚，私謚非古，故不敢以陳文範、孟貞曜私議易名。

子婦童氏，先生同志友憲文先生諱懋德之女也。年十五歸廷栻，不匝月居喪，哀禮見儒門矩範。時廷栻盡却所親賻賵之儀，與婦同心，早夜力作營喪葬。七年而廷栻卒，無子，赤貧，誓守，哀慟不敢殉，將營舅姑與夫之葬。待立後承祧，仍不受一毫佽助，壂而閉户織紡。於雍正元年葬舅姑于河圈，植石楠作宰木。時族衆以地近海不半里，慮洪波衝齧，曰：『此先舅所定葬地，治命不敢違也。』大司空孝感存齋涂公天相知先生平生，屬縣令以『潛修實學』表墓，復碣故里。肩販過此，必駐足流連，嘆息曰：『勞夫子不再見矣。』明年七月十八日，潮溢，蕩民人廬舍，沿海數百里水，獨不没河圈，上下村堡賴以存。夫柩以在淺土漂去，乃號泣特祀，先訣族衆。胞弟子卿與俱行，曰：『若尋夫柩不得，赴海不復歸矣。』衆力阻，謂故塚且多壞，填塗白骨，矧浮厝？且歿時貧，不能具好棺，茫茫野水，何處覓汝夫柩耶？曰：『吾夫柩自可辨識。因木不美，故歲索綯縱横纏千百道，當不散。倘漂没，矢死不苟活也。』數十里外，因草繩絆樹枝，懸着不去，哭舁歸，哀感行道。乾隆甲子始克葬。立從子汝鍪爲後，守耕讀家風。己巳年，公舉得旌表，郡杜太守甲以『索綯奇節』表其門，見聞者俱謂兩家儒風不墜。

副都閩汀雷翠庭學使鋐興學於浙，最欽崇《遺書》，謂可繼宋五子，以『山仰餘光』顔祠楣，稱後學。趣調元早撰行狀，欲作《遺書序》，而遽騎箕矣。惜哉！豐潤董定岩觀察榕守九江府時，創建濂溪書院於廬山之陰，延調元爲山長，讀《遺書》中闡明《易圖》精義，與周夫子《圖説易通》合，特建餘山先生須友堂于周夫子祠側，興起後學。調元詩所謂『乾坤此舉萬萬古，須友祠桷偕初終』，又云『餘山精靈陟丹構』，是也。定岩初宗王學，因與之細讀《遺書》，且舉睢州湯文正公答當湖陸清獻公書相證，云：『某少而失學，長無師承，晚乃知朱子之學切實謹嚴。』語不及孫徵君。初，文正公辭官歸，師孫徵君夏峰于蘇門山。著論發揮王學，解王門立教之旨，於上三語特詳明，至『爲善去惡是格物』一語，懸置無所解。作徵君墓誌銘，推尊其師宗傳，溢於毫素。晚年顧心契朱子，一歸醇正，宜何所取法，乃悟，遂欲效文正公之宗朱子，作《聖學入門》課程，爲餘山承學之人矣。仁和沈萩林司臬廷芳續竹垞朱氏《經義考》，推先生邃于《易》學，卓爲經師、人師，遂自稱私淑門人，于山東濼源書院建朱子祠，以楊園、稼書、餘山三先生從祀，大昌朱子之學，以上泝先聖之傳。調元方濫席濼源，共相鼓勵，士莫不感奮。黄勉齋先生作《朱子行狀》，閲年久而始成。調元徧訪門人故老，遲之又久，始齋戒泚筆，其神怪事悉不録，具質言其實。朝廷他日徵求儒林耆碩遺跡，上之史館，俾有據以傳信焉。

門人桑調元謹狀。

校勘記

〔一〕『釋』原作『故』，義不通，據《碑傳集》卷一二八《勞先生史傳》改。

弢甫集卷二十二

行狀

似笠沈先生行狀

嗚呼，秀水似笠沈先生逝矣！予有母之喪，齊衰而往哭之。先生孫元杲凶服至門，泣請予狀先生。予在疚，不能屬辭。顧自以夙昔過從談讌甚洽，曾語予，他日當有筆墨累子，予不敢負心諾也。爰即予見聞，狀其概。

先生姓沈，諱修誠，字辭立，似笠其號也。先世南渡，居會稽，三遷家秀水之長溪。至僉事公謐、副使公啟原、修撰公自邠，三世起家進士，治行文名俱炳焯。修撰子太學生鳳，爲先生曾祖考。妣馮孺人，前明祭酒夢禎女，皇朝以節旌其門。太學歿之四月，子文學大遇生，是爲先生祖考。妣包孺人。文學蕙纕，先生考也。至性奇篤，事詳予所爲《獨行先生傳》中。妣高孺人。

先生生六歲，母口授經，絕穎慧。年十三，父挈之入楚，寄所親就學，徑獨往，窮江右巖壑，棄家不顧。時先生齒雖穉，知父激幽憤自廢，號挽不得，酸感旁人。母奇愛先生，遽數千里外爲客兒。家故艱，兄修端僅長先生一歲，伶俜繫母氏憂。嘗中夜飲泣，轉奮起，懇苦力學不少休。尋歸，客蘇州。弱冠，寄籍崑山，補蘇州郡學弟子員。既壯，省父，北走燕。父將入閩，請從之閩，父止之，命就館以養母。因遊楚，父自閩遥令秋試畢而來聚于楚。歸，適會母病，不即行。丁母憂，毁瘠踰禮，秘不敢聞于父。亟迎父歸自楚，而父所善楚督已遣人護父喪還矣。先生慟欲絶，營喪葬，備極哀瘁。平生篤于内行，遵治命，建曾祖母坊于先塋之側，以父純孝請旌于朝。事兄終身，盡友恭。寡嫂依以居，爲立後授室，厚分田宅。事陶氏姊如事兄。族黨蕃衍，恤貧乏，教孤幼，虔享祀，舉以身任之。

重意氣然諾，以友爲命。客秦中，總角交朱苧塍先生病亟，親送之濟寧，及考終于家。李晴峰嵯使左右手倚先生，每事諮而後行，近脂膏不之潤，後教其藐孤。年垂八十矣，爲奔波南北，扶其顛厄。兩家子弟嚴事先生，拜牀下。予目之動容。高安朱文端公撫浙，下交先生，訪以興革大政，不避猜怨，指陳，如革里書，其尤著者也。有寡婦子馬某，持一米囊，豪右指爲其家所失物，就刑鞫，將誣服。先生爲直之，當事弗聽，慷慨義形于色，卒白其冤。素負經世才，足迹涉燕、齊、秦、晉、梁、楚間，爲人作封事及擘畫巨事，動中機宜，一規以義。天嗇其遇，竟以明經終老。文筆迅如下瀨船，詩蒼勁絶俗，惜鼂采夜光之無人摭拾也。性强記，通古今，道勝國軼事、江南北耆舊衣冠容貌，娓娓宛在目前。至忠義激發，鬚戟張眼，爛爛如巖下電，使懦夫亦神王。嗚呼！今不可得而復聞其語矣！

先生生于順治辛丑五月二十有七日，卒于乾隆甲子八月十有四日，壽八十有四。娶徐孺人，先先生卒。側室許氏、張氏。子道熙，許氏出，孝友純慤，爲中殤。族子年多踰强艾，難乎爲後，乃擇于族孫。著族孫爲後，説告于祖而後之，即元杲是也。撫盛氏女爲女，適丹徒主簿朱源。張氏出一女，適諸生于啟元，亦先卒。

予後生，親炙先生之風義，不能忘也，亦不能詳。謹狀。

金公行狀

雍正戊申某月日，菉漪金公以疾終，其孤泣述其父之行，而乞予狀。予以公之篤行，禾之人士時道之也，乃徵信而狀之。

公姓金，諱兆篁，菉漪其字，宋文肅公後。當元至正間，有諱國寶者，自漳州遷於禾，始爲禾人。歷九世而至公之高祖伯韶，年十五，領萬曆丙子鄉薦，著述有聲。曾祖元石，副天啟辛酉鄉榜。祖子冶，庠生。父道雋，太學生。初，元石生五子，長子冶，次子彝。子彝以明諸生殉國難者也，生三子，長太學生道闇，次道雋。子冶無子，以道雋爲後。公本道闇次子，道雋年近四十，未有子，配沈氏殁，以公爲後。公居母沈孺人喪，盡禮。已而道雋連舉六子，膝下森然林立矣。公諸事善體親志，家故饒於財，當析産，悉以腴田大宅讓諸弟，而已所願受分田，最磽瘠而又最少餘，蓋藏一無所問。別僦屋以居，至爨烟屢斷，亦安之。公之子實爲長孫，析産時有長孫田百四十畝，亦讓弟士端之子曰潮者得之。遭父喪，率子盡哀成禮。居無何，潮殤。族衆有議及長孫田者，公遽止之，其不忍傷先志如此。篤念所生，往來承侍色笑，並得其歡心。

及居本生母張孺人喪，以降服故，感痛尤至號慟。堊室中寢枕卑溼，兩足成痺，幾不起，食淡且逾年。本生父命之食，始稍進鹽酪。而日夕哀，終不止，久之，竟損一目。其創鉅，其痛甚，其慕也孺。禮制雖有定，而至性孤行不自知，其哀之至於斯極也已。本生父之將終也，以公之長子於諸孫中最長，而祖業無分毫授，議畀之田三十畝。公復輸爲祭産，而出其豫貯柏材之乾美者以治棺。先後喪，哀戚如一。嗚呼，是誠可謂之篤行矣！

公生於順治辛丑某月日，至是卒，年六十有八。配郭氏。子二：長某，舉人；次某。女三，孫男三，孫女二。公易簀時，諄諄以孝友爲訓，此足以見其志之所存。狀之，俟采風者録焉。

弢甫集卷二十三

誄

朱母陳太君誄

嗚呼！梱德之賢而孝，克持大體，樹故家櫽範，如吾友秀水朱嵩齡之母陳太君，蓋罕矣。太君，司訓宁臣先生諱彝爵之配也。考諱祚昌，世居杭，以進士爲郎，出守揚州，歸，遷於禾。妣徐恭人、沈恭人，生母鮑孺人。年十七歸司訓，逮事君舅中憲公。中憲年七十有四得司訓，奇愛之。司訓少英穎，年十四補校官弟子員，明年授室。洛誦、理家務，皆太君左右之。又明年，居中憲喪，太君方有身，號泣盡禮。司訓年最少而兄耄，嚴事之如父。太君於娣姒間，抑然下之，外内無間言。及析居，司訓孝友純明，事有爲人所難者，太君同心處約，就新構之堂宇，櫽故廕之喬柯，黽勉弱齡，措持儉歲。司訓學既成，名聲騰踔四方，英俊之士接軫到户，家儲空然，太君脱釵珥治酒食立辦，座客連句夜歡洽，不知其家無有也。司訓負才屢躓，亟謀養，以貢謁選，典教於杭，問字者溢黌舍。欵禮名儁，佽助貧乏，太君贊襄弗之倦。奉司訓生母王孺人孝養唯謹，壽晨捧觴前，王孺人曰：『戴恭人不及受斯奉，我何福堪之？』尋遭變，哀毁如喪中憲時。太君以嗣息之未蕃也，爲司訓置妾陸氏，無所出而歿。而太君所生子二，長德是，次即嵩齡。女三，俱適名族。前後十餘年，司訓走燕、趙、秦、晋間，少家居。而延明師課子，飲饌必豐必精，躬織紝績紡，率女事女紅，菲衣惡食，畢婚嫁，瘁心力爲之。歲戊子，司訓爲友事勞苦得疾，歸自秦中，遽捐館舍。太君哀慟至劇，轉念司訓家自太傅文恪公來，代有聞人，司訓祖大司寇諱大啟卓爲名卿，考貴陽守諱茂時處膏不潤，以清德遺後人，而司訓不展所蘊歿，先緒不可不續，乃茹痛課子益力。不幸長子德是又賫志卒，痛益甚。顧獨課嵩齡不少懈，及康熙庚子舉於鄉，益勖之脩文行，毋忘先德。嗚呼！何其思之深也。太君少事親以孝聞，結褵三載，喪考。考有子，先卒，孫又羈寓遠方，太君乃迎養生母鮑孺人於家，喁喁語寢門，歡承色笑。鮑孺人年八十猶康强無恙也，而太君於雍正六年某月日以疾終矣。嗚呼哀哉！

余自去夏至鶴洲，拜太君於堂。客鶴洲逾年，見太君老而彌勤，儉而好施，遇臧獲俱有恩，裁家政以大義，言笑不苟，族屬咸欽服之。予既知之稔，乃敬爲之誄，曰：

太君嬪朱，善承尊章。事姑如母，隆厥所生。先後飯含，藉苫居憂。髺髽帶絰，日夕哀號。穆穆中閨，卑謙是守。禮不敢渝，冢婦介婦。析屋而居，張公之浜。支持釜碓，傾奩倒箱。司訓之學，穿貫今古。篝燈佐讀，沈沈漏鼓。司訓之交，俊及顧厨。治具供客，折鈿所爲。司訓驅車，四方遊歷。倚爲代匱，苦辛蠶績。孌彼妾媵，爲司訓謀。縈之葛藟，有木伊樛。司訓服官，膠庠爲家。未知安定，有此助無？抱才入穸，司訓不禄。天乎何辜，酷降凶毒。茹荼訓子，賢必代興。通議中憲，先烈其承。一子早摧，課益勤止。庚子鄉書，儒門蔚起。下有三孫，丕仔丕脩。丕儐肩隨，撫誨劬勞。老迎母氏，孺慕弗衰。鴛湖赤鱗，手鱠進之。載遷鶴洲，梧竹之下。風雨蕭然，綢繆牖户。嫠光賁矣，奄逝於今。距生之年，六十有三。有煒太君，母慈婦順。作此誄辭，管彤徵信。

朱母顧孺人誄

雍正十有一年冬，調元廬墓餘姚，得吾友秀水朱君予齋所作《亡妻顧孺人誄》，孺人以是年十一月二十四日病歿。憶去冬，予齋約予北上，予以先府君夙有痰疾，寒恐劇，辭。孺人贊予齋曰：『夫子盍往杭，視桑翁眠食無恙，同行乎？』予齋遂如杭。先府君疾作，調元怔惶無措，予齋傾行橐，百計營醫藥，調元得專侍牀褥。疾幾危，予齋助調元治木，如調元心。疾差，新正四日，始偕行。予齋與孺人之德如是。今調元在墓次聞訃，既痛先府君之終棄不孝，而感予齋與孺人之德，獲延先府君之壽算。而悼孺人之深，不禁淚潸潸下也。

孺人世籍海鹽，崖州知州諱弘之女，杭州府訓導諱彝爵之子嵩齡婦也。妣許安人，生妣某孺人。崖州公于七子十女中，愛孺人賢，一飲食弗離，多與之衣飾珍玩。年十二，考疾篤，私泣禱。居喪，哀毁特甚。歸葬，悉以曩所蓄衣飾珍玩佐之。精女紅，日可織布三疋。年十六歸予齋，出所織，盈箱。奉舅姑，改歲製履獻，佐理井井。有媵婢及笄，遣嫁之。財無私蓄。訓導公之學署，故廣交遊，鬻産不給，孺人盡所有付質庫。訓導公卒，予齋與其兄俱病，孺人亦病。當治喪，斗米錢二百，百口聚食，孺人支拄之。姑陳太君命分爨，受産無多。太君多病，罄盡，徙居別墅鶴洲草堂，風雨蕭然，無怨色。予齋之兄歿，孺人曰：『兄公歿，寡姒毋庸爨。』乃合爨踰時。予齋嘗病傷寒，不治，孺人刲股進，得瘳。左既創，以隻手治藥餌、哺兒女百餘日。予齋舉于鄉，臘杪猶未與計偕。孺人曰：『夫子行矣！姑吾奉之，家吾操之。夫子行矣！』行之日，家無宿儲。予齋滯京師五年，困而歸。孺人殫心持門户，猝遭姑喪。予齋遠館，視含飯弗及，殯殮盡哀禮。予齋從所親于粵東，久始歸，畢葬事。而葬孺人生妣于崖州公墓側，孺人相爲擘畫焉。姑之生母鮑，迎養于家，年八十餘，姑歿而孝事之不衰。孺人兄子楫，少孤，教養之，俾從予遊。調元館鶴洲二年，拆釵鈿，供賓客生徒酒食，而内常不充藜藿。手樵園中枯枝作爨，傷荆棘，濺赤。夜過半，猶聞機絞聲，人聲則晝夜寂不聞。嗚呼！吾所尤感痛不忘于心者，則去年冬也。孺人享年四十有七，歿之前，予齋得太平教諭官，例贈孺人。子二，丕仔、丕儐，娶莊氏、顧氏。女二，一適庠生盛百一。誄曰：

嗚呼，孺人其賢矣哉！孝于親，孝于舅姑，孝于姑之生母，世未之有也。慷慨好義，吾友之祖，吾友之考也。吾友繼之，孺人爲之耦也。賓客在堂，議食議酒也，匪侈也，守門風之舊也，而已食或不飽也。族子彌甥皆曰吾母也。夫也視兄子猶子，孺人視猶子之婦猶婦也。銅簪入棺，吾烏知金玉之爲寶也？夫官太平，孺人之死也先之；父官太平，孺人之生也後之。

理乎，數乎？天不可叩也。疷者吾妻病，幾隨秋草也。孺人遺之藥與金，乃克杖而起也。而孺人止如斯之壽也。爲斯誄者，焭焭號墓之孤子，孺人之夫之友也。

錢母王太君誄

歲丁巳之杪秋，錢茂南松明府貽書於予，徵其母夫人王太君壽序，以明年月正上元爲太君七十有三之初度也。其汲汲乎謀所以侑爵承歡者無不至，蓋孝子愛日之誠如是。予既爲文以歸之，閱月而太君以疾終。使君有自淇來者，言明府求其治母疾，憂形於色。官舍蕭然，其廉而貧可知。太君歿而毁至骨立，其哀又踰於尋恒焉。明府至性過人，爲士慤，爲官清且明，爲子生盡孝養歿盡哀。微太君之教，不及此。太君之苦節懿行，見於所作壽序中。予獨傷明府之求予文以壽其母，七十之生辰已過矣，今歲之生辰亦過矣，乃耑謀春秋介眉，距開歲無多日，而卒不及。嗚呼，可悲也已！予用特誄太君之德，以彰於世，且以志明府之痛，而藉使君還唁之。使君者，彰德同守李儀卿光型也。使君不妄言者。其辭曰：

太君賢，生於王，嬪於錢。曒之望，光燀燀。女也婉，婦也虔。母也辛且艱。冰霜地，風雨年。筠柏之節貞以堅。當年家多難，我室不毁我子完。深沈出中梱，程嬰杵臼然。教子熟圖書，排纂千萬編。宰百里，烹小鮮。襦袴謡，遍里廛。豆芋謡，沿河壖。誰知萊蕪之甑常無烟。母教之，卓可傳。青竹書，青珉鐫。母鬢白，不復元。西飛烏，東逝川。子泣無聲血淚濺。欲拜慶，不少延。錦屏掩，繐帳懸。祝嘏誰？桑調元。作誄誰？桑調元。

覺羅孝女誄

乾隆十七年十二月十一日，覺羅孝女終於兄樗亭中丞浙之使院，得年二十有八。明年，歸葬於京西之阡。姑生次八，瓊田貴種，名以學誠，字以丹奉。幼墮嫗手，幾碎珪珙。長堅不字，紅妝輟擁。事太夫人，櫛縰笄總。密意婉容，藹承慈寵。壬申之臘，冰霜縞隴。清氣超然，歸于厖澒。春閟泉扃，靈衣飛動。煜煜遺編，儒林齎捧。嗚呼哀哉！乃作誄曰：

二儀儲精，興京盤礴。於惟秩宗，天壽平格。慶流節府，濤江醲澤。有齋季女，瑶臺皓鶴。暫下塵寰，羽儀翠閣。結戀嬰兒，北宫子若。鬱金不御，組璣胥却。問視依依，寧親至樂。習勤遥夕，不廢絲鍼。泠泠逸響，一彈素琴。弱齡委懷，憩於書林。樺烟繼晷，芸香辟蟫。曹大家手，朱紫陽心。素言一帙，道妙研尋。緬古名世，仰止嶔岑。標撮諸老，當代瑶琛。綜甄家訓，咀味清唫。慨焉論治，裨贊崇深。心尤弗諼，門才祖德。貞烈揚芬，託諸副墨。思編女鑑，成書是勒。證史疏經，筆斷不惑。惜哉隙駒，悲泉忽匿。晝夜去來，夙涵清識。萱枝泫顔，荆株黯色。江甸娥媌，銜悽曷極。古藐姑山，在畏吾村。霧翣逶迤，雲旂翩翻。青松隧路，紫苔石門。璚姿春瘞，映徹九原。體損德完，韜其粹温。女中曾閔，巫陽予魂。靈風漠漠，澹淹帷軒。幽蘭不笑，明月無言。嗚呼哀哉！

弢甫集卷二十四

哀辭

謝曰欽哀辭

嗚呼！美玉不完，嘉苗不實，裔雲不凝，文鷦不育，物美易壞，是固然矣。生而不永，不如弗生。蒼蒼者天，其可問耶？餘姚謝生歿於雍正十有二年之七月，春秋僅二十有六。佳士無年，千秋同哭。用悲英雋之銷沈，吾徒之凋瘁也。乃爲辭以哀之，曰：

謝氏書林，門才蔚興，汝曰曰欽，質則高兮。早擲奇觚，文陣握殳，詩城破郛，氣則豪兮。余門立雪，翻然折節，聞道而悦，才則韜兮。學殖無荒，力牖厥明，企於先民，蜕喧囂兮。予身衰麻，泣血嗚嗚，與廢蓼莪，啃居憂兮。環柏青青，先君子塋，春奠一觥，賦小招兮。佻佻子衿，四沸哇淫，汝寂以沈，絃獨操兮。人誰不死，汝則殀矣，賦命固爾，又安逃兮？吾徒之魂，集於帝閽，義序同門，並遊遨兮。脩文有班，王達崑山，揮手人間，雲旗飄兮。鴛湖之濱，編珠是珍，爲盛世臣，死含亳兮。安濤徐觀，烏程錣翰，錢塘逝湍，紛難留兮。王盛俊才，安爲之魁，徐孝孔哀，一字褒兮。汝往後先，何多讓焉，從顔子淵，足千秋兮。而我轉孤，傳失吾徒，吾道非歟，增號咷兮。

董君定巖哀辭并序

觀察虔南董君定巖，以至性居母喪。予赴弔，君持泣曰：『不孝必死。君來或倖生。』予見君朝夕一溢米，絶鹽蔬，哭無時，面深墨，毁瘠。據《禮經》規切，仍悲不自持。將舉殯，伏泣竟夜。瀕行，昏仆地。予急以參納君口，良久乃甦，一長號下咽，續進米湯。喘定，以白布纏胸背，夾健厮掖之匍匐出。語官民衢祭，望丹旐即酹酒，毋觸之哀。抵舟五里許，周道數千人，肅然無聲候過，紛雨泣。輿隸咸呼『孝子，孝子』。舟行，益病且哀，予危言强諫。君稽顙前，謂不孝一旦從吾母泉下，求君撰吾母誌銘。嗚嗚不成聲。長途溽暑，度不能及豐潤，擬馳請封。公臨素舟，庶一見得節哀。先是，封公令長洲，以代償倉穀，稽滯累年。君年十八，乞省父，弗之許。苦思成狂癡，乃令往，即愈。嗣宦中州，未得遂迎養，疾發如初，徑投劾歸。上官惜其才，留調理。二親至，遽霍然。至是既執母喪，又以父家居篤念，疾三發。至南昌，薄晚，醫私語予曰：『五臟壞，六脉散，治無及矣。』予猶就唁數千言，君頷之。詰朝黎明，因自啟船篷，無欄檻，誤墮水，江漲溜急，遂殁。乾隆庚辰四月二十有七日也，享年五十。嗚呼哀哉！予送雙柩歸君里，撰太君誌銘，焚君繐帷前。

予惟君以過哀成疾，昏迷水死，雖情踰于禮，然視世之居喪，靦然食肉飲酒，居内如平常，僅受弔時縗麻在身，即知哀戚，移時已懈，求其齊疏饘粥，百不得一焉。若君之慘痛迫切，一往不返，又篤念老父夙疾復乘，竟不脱縗絰奄逝，頑艶老稚聞之，莫不流涕，詎不足風世砥俗哉？予爲文以哀之，其辭曰：

君胡溘逝兮，曾不少留。殘魄東昇兮，斜漢西流。麾白鼉兮，駕素虬。導天吴兮，衛陽侯。泝彭湖之浩浩兮，通汨羅之滺滺。嗟夫君兮獨往，隨靈均兮偕遊。炳死忠與死孝兮，洵終古之匹儔。夫誰以禮苛繩兮，遂至性其何尤。翩翻裊兮丹旐，溶滴櫂兮素舟。望舊鄉兮繾綣，臨枉渚兮夷猶。睠懷歸兮幽燕，浩揚靈兮浦溆。返城郭兮游魂，遶庭闈兮省父。激陰雪兮林柯，颯悲風兮牖户。倏而去兮忽而來，出不辭兮入不語。倚蘅皐兮遲徊，依貝闕兮延佇。欻大去兮超遥，放小招兮愁苦。供之兮葯房，要之兮椒糈。心欽欽兮思君，目渺渺兮愁予。文魚兮紛騰，蜿虹兮下垂。江妃歌兮海童舞，薜荔幔兮芙蓉旗。奉母氏兮安坐，侍下女兮宴娭。沿遭廻兮叢薄，汎窈冥兮游澌。躡清氛兮神靈雨，列如麻兮仙夫晞。天門開兮詄蕩，瓊佩捐兮陸離。總駟轡兮瑶之圃，蕩鼂艓兮蘆之碕。竦雲冠兮郢士，迎玉樓兮吾兒。君最契賞亡兒繩篪。共吟嘯兮無斁，從翺翔兮奚辭？緬章源之瀰瀰兮，作新廟之翼翼。君肇禋兮聶都，神居歆兮血食。耆騎鯨兮洪濤，應肸蠁兮澤國。騰衆語兮喧闐，曰君靈兮降陟。類柳子之羅池兮，標昌黎之碑刻。詎握管兮騁虚辭，殆傳芭兮感遺德。矧儒雅兮風流，信聰明兮正直。繇天帝兮分符，統波臣兮効職。肅惟馨兮虔南，遠歸藏兮薊北。續些只兮臨風，滋涕泗兮沾臆。昌黎文人，已訾其不實。予豈知而蹈此？姑以妄塞悲，故及之。

張學洙哀辭并序

張學洙，字魯溪，世爲祥符人。其起家進士，贈尚書，有《滋蓺堂集》行世，崇祀，諱一桂者，六世祖也。進士，官通參，崇祀，諱都甫者，曾祖也。父爲吾友蔚庭孝廉菁，著《洪範諸圖》。子三，學洙行二。生有風儀，類南人。性孝友，恂恂謙謹，聰穎能文。予主大梁書院，一見即稱爲令器。乾隆庚午舉于鄉，主司共欽其實。河陝廉訪張公圖東延爲召南書院山長，特加禮異。乙亥十月二十有九日，病卒，得年二十有九。娶石氏，無子，以弟學海子杲爲後。至是已四年矣。予頃抱季兒繩箎之戚，蔚庭過予，相對涕下，憐同病。才子無年，生人之至痛也。意欲得予一文，不敢請。予因泚筆追哀之，其辭曰：

元精鍾萃兮，育子而才。年胡不永兮，降割崽摧。有美邦彦兮，生有令儀。飭冠佩於宴閒兮，秀照席之瓊枝。服勤所生兮，伺無形聲于庭幃。事因母如母兮，藹兄弟其孔懷。秉心若谷兮，恒禮讓于朋儕。詞條蔥蒨兮，摛奇彩之陸離。名早在鄉書兮，爲藻鏡者之所共推。匪微不見忌于同人兮，群喜其騁轡于中逵。圖東具人倫之鑒兮，汎壇席而邀之。媵呼曾子兮，黄並目以顔回悲。蒿里之斂魄兮，偏早折夫英姿。埋玉土中兮，士林之所咸哀。孔鸞鎩翮兮，休留盤飛。荃蓀枯絶兮，鈎吻華滋。天不可問兮，命不可知。逝已四稔兮，流光倏馳。若在初歿兮，紛感念而涕洟。嗚呼！各言其子兮，亦此恨之同齎。追我子之克孝兮，當予疾之難治時。稚齡甫十三兮，跪倉扁而雨泣盈頤。嗟至性之感動兮，見者莫不沾衣。遺文之滿篋兮，與操簡於平臺。俯汴流之急逝兮，身竟歿夫旅羈。憶燈窗之互映兮，曾講習之情諧。神魂其聯袂兮，仰天門之蕩開。敘世好於冥漠兮，謝時俗之喧豗。蔚庭謂予爲同病兮，予更加茹毒於天之涯。病依龍鍾之父兮，死不見乎母與妻。呼茂才爲官閥兮，又焉足芥乎細微？壯者不可保兮，能冀成立乎孩提。寫兩心之盡傷兮，知予文之悲以增悲。

弢甫集卷二十五

行述

先府君行述

嗚呼痛哉！終天之恨，爲人子所同號慘。不孝調元以遠淹京轂，遲之久，始得凶問，椎胸灑血，呼搶立稿死猶恨晚。惟府君孝勇大節尚未彰聞朝野，用忍視息，略陳梗概。

我桑氏系出唐遠祖仲才公諱憲保後。公餘姚人，生爲名臣，殁爲明神，祠宇遍東南，載在祀典。今餘姚孝義鄉下祖廟，土人世世祀之，子姓環居于廟之旁。七世祖子尚公諱志高，以族蕃，析居于塘之北，爲北宅桑；而居塘南者，爲南宅桑。娶胡孺人。子廷瓚公，諱珪，是爲我府君之高祖。娶顧孺人。次子公達公，諱景明，娶熊孺人、何孺人。子旭扶公，諱得祥，娶韓孺人。子升三公，諱貴卿，娶馬孺人，是則我府君之考妣也。世耕讀不仕。府君諱天顯，字文俟。兄弟四人，長諱天助，次諱天位，季諱天穎，府君行三。

幼愛端坐，不好弄。年十三，喪妣馬太君。家赤貧，父老且病，遂廢書治生以營養。父患反胃，不能飲食，府君取肥豚和白粲炊飯以進。肉飯不能進，則進肉糜；肉糜不能進，則進肉汁；肉汁又不能進，則融羊脂在釜鐺，伺氣順時，稍稍以匙進之。年十八，喪考。凡病反胃年餘，率不起。府君竭力侍湯藥，得延壽算四五年。五六十年來，族黨中有善養其親者，人或稱之，其子必歎然曰：『我何足言！若小壽伯，年少家貧，煮肉粥以養親，是難能也。』間有不善養其親者，其父母怒呵之，曰：『汝不聞小壽伯，年少家貧，煮肉粥以養親耶？』小壽者，府君小字也。

康熙甲寅，耿精忠反海上，有警，衆請于官，爲鄉練，推府君爲練長。時年弱冠，辭不獲，乃約衆齋宿禱祖廟，曰：『我祖夙昭靈應，環祠而居之子姓，宜永蒙祖庇。祖既血食兹土，社下衆姓猶之子姓也，其咸藉神庥以有寧居。』乃即廟中，申明進退守禦之法，衆皆如約，更番防哨海口。日夜勞勩，躬爲之先。九月一日，海寇且大上，寇忽遠望見燈炬旗幟排列，擐甲者左右翼，中一人盛袍服，立馬當要路，輒驚遁去。沿海居民具見之。斯固昭我祖之神靈庇佑，亦府君之精誠有以格之也。終練務晏然，鄰堡亦藉無恐。後海頭有高阜數處，潮不能齧，是昔日防哨之壘，土人呼爲『桑公墩』。

嗣十餘年，先世父、叔父俱歿，府君煢煢孑立，營前後喪葬，備極哀瘁。娶于上虞，爲吾前母張太君，生子廣仁，殤。遷居錢塘，張太君敬順，盡婦道，而早歿，歸葬餘姚。續娶于烏程，爲吾母王太君。泫然手一古鏡，授王太君，曰：『此舊物也。善藏之。』府君治生，但取衣食裁足，意不在富。嘗以其贏餘賙貧乏，久之，逋負府君者多，生事日蕭條，府君不之悔，曰：『貧固吾命。』王太君勤儉佐府君，惟府君所欲賙者，賙之。自奉至清苦，人所難堪而處之恬然。歲杪往問人逋，見其家如洗，惻然分薪米與之，不自知卒歲之無多儲蓄也。性沖澹，一無嗜好。市中湫隘囂塵，酬酢畢，輒點勘諸藝術書，于醫家用力尤篤。鈔諸書，作小楷，始終點畫端整。人有諮府君藝術者，應之不拒。著奇驗，略無德色。于醫最鄭重，斟酌方劑，爲名宿所服，治奇疾，辨色即喻。有神術，非世醫所通曉。有名醫奇府君術，從之學三年，顧治法時變，終不能殫究。風雨冰雪之夕，一叩門求府君治急疾，披衣即行，治立愈，全活甚衆。然府君於此未嘗取分毫也。府君意非矯情却謝，慮貧乏者咨且不前耳。

生不孝調元，年已逾四十。次生燮元，年十四而殤，性極孝友。府君教督調元甚嚴，夜課，漏不三鼓不休。貧無力延師，扃一小樓，命調元讀書作文，不聽一日廢學。語調元曰：『汝攻苦，猝難得解，如是異日苟幸疏通，人叩汝，當盡誠告之，勿吝也。』不孝鼎元治生，一以存心仁恕爲訓。餘山先生勞，諱史，字麟書，研精斯道，爲躬行實踐之學。府君率調元歸餘姚，遇于驛亭堰，心仰之，遂移就先生舟，徐聆談論，深嘆服，命調元曰：『先生學有本原，人之模楷，汝其師之。』調元從學于先生，獲聞古先聖賢緒餘。先生論性，謂有先後天體用之分。著書如干卷，得受而講習焉。歲庚子，調元名列副榜。壬寅，從國學考，補八旗官學教習。府君手書誡之曰：『官事雖至小，求副其實輒不易。矧爲人師耶？』雍正丙午，調元舉京兆，勖之立品讀書，益當努力，無躁進。調元等婚後有過，猶命跪庭中，予杖。

晚年傳家務，静坐終日，腰骨挺然。所坐一白椅，經數十年，光澤如髹漆可鑑。寢興有度，飲饌有節。不輕言笑，人咸敬畏之。然接人甚和中，無纖毫畦町。望之雖嚴憚，而彌復可親。里有某婦，貞婦也。惡少播蜚語，激怒其夫，其夫笞之幾死，必欲出之。府君往，正色諭之曰：『汝婦正且賢，鄉鄰莫不知。奈何以浮言乖大義？』其夫重府君言，知府君不苟言，遂感悔，爲夫婦如初，蜚語亦息。日進惟菜羹，嘗手檢菜把，鄰兒譁，睨曰：『何爲日日喫菜？』府君嘆息曰：『孺子，菜乃喫得長久。』里人入户，見無人，取物納懷中。府君與調元從屏隙見之，亟摇手嘿息以竢，聽恣取去，命調元終身勿洩，曰：『彼貧，遂至此。吾不能早周急，可愧也。』

同里先友汪公元錫有花癖，花開傳觴作高會，必邀府君往。時或至，府君所著飲清談而已。盧公天羽寓意于禪，與府君杖履往還，蕭然有物外致，終日談，無一語及家事。二公俱以交洽訂婚姻之好。景公菊公工詩，數過府君，見府君兀坐淵凝，亟嘆爲有道者，贈句云：『桑公古君子，比德于璠璵。』蓋心折之深也。汪公元珍，元錫從弟也，嗜酒，積學，試輒躓。府君引慰之，曰：『窮達，命也。姑盡此瓶。』相與觥籌交錯，不知月之上竹，露之沾衣，酩酊盡歡乃散。林丈美生，豪俠伉直，欽府君爲人，折節爲醇和，里稱長者。羅丈仲吉，年五十喪偶，欲續娶，謀之府君。府君曰：『君有子，成立矣。嘗觀人家乖睽，多由後妻。盍已之？』後羅丈踰耆耋，飫見續娶者，夫婦道苦，家且索，大言語人曰：『吾得大快樂，皆桑公賜也。』族父應侯公服已窮矣，府君與式好如母弟。餘姚、錢唐，時相往還，夜雨聯牀話不休。族子若孫，並依倚如親枝。表姑之夫徐公文伯精于醫，性謹飭，遇劫手輒諮府君。府君放膽處劑，立起沉疴，駭服以爲神。

嶺南梁釆山先生令海鹽，庚子科，調元出先生房。見府君，曰：『公積德，生此高才郎。』府君竦然却立，曰：『不敢承，抑昔人種德。』曰：『吾子孫必有爲三公者，吾不德，要不敢不勉爲善，亦庶幾。』曰：『吾子孫必有爲端人者，高才能文章，兒固未能爾，然亦非所望也。』先生嗟咨而去。潁川劉元歎先生過草堂，見府君輒投契，浹日盤桓不忍別，目府君器宇深澄，類古之清德可師者。盧公之子存心、餘山先生門人汪鑒與調元總角爲昆弟交，進拜于牀下，勖之道義，敬恭稟受如子弟。秀州同年友朱嵩齡過問通門，退與人言府君品概，見見聞聞，俱令人肅然起敬。初，黄巖總戎林公本直聞府君之能爲練長也，將引用之，邀致甚力。府君曰：『吾非知兵者，特以族黨故，勉爲保聚耳。』卒堅謝之。府君明數，學方田粟布，會古意而布算明簡，且識事機，克持重，當事聞府君名，交欲延之幕府，悉辭不赴。歲甲辰，府君壽七十。調元將謀所以稱觴者，府君止之，曰：『汝乞名公卿、賢士夫詩文以壽我，曷若汝勉于文行，得令名以壽我哉？』調元聞命悚惕，遂止。時方舉鄉飲賓，衆推府君。府君曰：『吾固無德以堪之，且吾衰老，耽靜憩，其寧吾病體。』力辭乃寢。府君平生無意親仕宦，而淡榮名如此。

志欲建宗祠、作家譜，曰：『有祠藉以妥先靈，因之歲時合族，幽明于是乎聯綴，且爲後昆能識族中親疎支派，使先人德善不泯滅，斯爲孝子慈孫。』歲歸餘姚省墳墓，嘗流涕顧不孝調元等曰：『吾力不能歸，汝等其成吾志。他時必葬我先人之側，吾魂魄依此土也。』調元等泣而識之，不敢忘。尋常與人言，爲錢唐方音，獨歲時享祀祝告及課讀開吟，必餘姚土音。餘姚鄉人至，毋論親疎，必稱情欵洽。姊適樓公服言，早年守志，不幸撫兩世之孤，年踰八十，完貞以歿。府君始終顧恤之，嘗語調元等曰：『汝樓氏姑一生苦節，何可泯也。』歸計既艱，蹉跎未及請旌，調元等彌以不能承府君志爲恨。烏程舅氏義忠公，蚤孤貧，以力農成家，少與弟相失，中年百計尋之歸，分田宅與之，時稱孝友王家。府君欽重其行，謂調元等曰：『是誠識「孝友」二字矣。子夏有言：「雖曰未學，吾必謂之學。」正謂是也。』命子孫以爲法。蓋府君孝友之性，觸處流露，倍加肫摯也。

自先祖以來，内外長幼，裹衣下裳履襪必以布，世守爲家法，惟靴許用絲，曰：『此承祭見賓之盛服，宜致美也。』嘗訓不孝調元等曰：『人生以孝弟爲根本，更嚴取與，慎言語，節飲食，斯可以爲士矣。居鄉不納閒錢，出仕不攜官物，夢寐何等清恬。食一入口，不得出；言一出口，不得入。大可懼也。論刑辟，十之七八，禍生女戎，其一二他犯。細推根原，尚暗由此。』君子以爲名言。有偷兒連夕入户，坐守驅之去，後夜分穿穴入者再，府君以鐵擊地，厲聲曰：『偷不可爲也。遇他主人，汝畢命于此矣。』偷兒感悟，泣拜于地，曰：『從今死不敢爲偷矣。顧無貲以營生何？』府君憫之，予以十緡，卒改行爲良民。除夕，尋常設椒盤，雜以蔬果，顧吾母王太君曰：『此上福也。極貧賤，既以度歲爲艱。彼貴者規朝參，富者事握算，此時心尚未得寧。

曷若吾與汝早團聚兒女分歲哉？』蓋安分知足，家人並怡然自得，無外慕也。平生未嘗佞佛求仙，緇黄到門，有求輒與之，曰：『此貧户，非圖作仙佛，亦廣闢養濟院耳。』堂廬卑陋，必灑掃清潔，惟不許板壁糊紙，斥浮飾也。衣雖布褐，垢必澣，敝必紉，曰：『觀此足知内政。』女子以烹飪織縫爲事，不須嫺文墨。或謂知書足悉古今賢哲，識禮義。府君愀然曰：『噫！閨壼筆墨傳于外，自屬非宜。』凡借人書，紙爛補之，線絶更之，不污油煤，歸以完好。家藏書亦然。衣服巾櫛器用，置有恒處。雖黑夜，倉卒就取，百不一失。調元等自兒時服教，率事事整飭，庭内儼若朝典。

昨冬，府君病阻關鬲，調元等彷徨侍湯藥，不忍離。尋愈，進飲食，神氣日振，趣調元赴春闈試，曰：『吾非欲汝博一第以榮我，顧念我祖宗累世清白，宜有所發揚，以徵先德耳。』復屢趣行甚切。春正之四日，調元涕泣，勉就道，亦竊幸府君飲食轉進，節入春和，可保無恙。至十六日，府君體覺清快，起坐中庭竟日。詎意緣此過勞，疾復作，幾半月，竟超然而逝。而不孝調元遂長抱無窮之恨也。嗚呼痛哉！嗚呼痛哉！大斂之夕，雨如注。不孝鼎元昏迷中聞户外號奔來送，至塞衢巷，哭立雨中，俱自言蒙府君治其奇疾得活者也。不孝調元方荷皇上隆恩，召對性理，賜進士，授額外主事，而我府君已不及見之矣。嗚呼痛哉！凶問至京，爲五月八日。家書附鄉人余君，君留滯山東，至是始達。不孝調元悔恨，懭悢就道，不獲維持寢門，親視飯含。復痛凶問稽遲，不早見星而奔，號依喪次，徒爾棲泊寓舍，盼家書不得，魂夢驚噩。今即心腑崩摧，急追府君于地下，亦永永懊恨無及。嗚呼痛哉！臨川李穆堂悲府君之徂謝，爲書『古之篤行』四大字，輓句云：『平生出處兼通隱，志在希文宰相醫。』可以知府君之爲人矣。嗚呼！調元罪大痛深，不可爲人子，至於斯極，復何意靦延喘人間世也！

府君生于順治十二年十月十四日卯時，終于雍正十一年正月二十八日戌時，壽七十有九。調元等扶柩自錢唐歸餘姚，于是年十月七日葬于大塘南廟路港東岸之新阡，與港西岸及塘北祖隴咫尺相望。遂竭力捐倡，合宗人貲，營建家廟于眉山巡檢司城之南，成先志也。元配張太君，繼王太君。子二：調元，娶汪氏；鼎元，娶俞氏。孫六：繩鐘、繩球、繩琴、繩權、繩篪、繩度。孫女二。不孝調元神魂飛散，昏亂摭述一二。惟大君子哀而賜之銘誄焉。

附墓表二首

臨川李紱

雍正十有一年春，浙江錢塘處士桑君卒，其長子調元試於禮部，以通知性理蒙特恩，賜進士，授工部額外主事。聞訃即哀號，南歸治喪葬，疏食水飲，絶肉食者三年。既免喪，赴工部，其飲食如居喪時。或勸之，則流涕謝曰：『吾求吾座主臨川李公表吾父墓，必得公文，而後畢吾心喪也。』余聞而哀之，然方司邦計，卒不暇以爲。又數月，左遷，少閒，乃按其狀而書焉。

君先世居餘姚，唐時有仲才公諱憲保者，有功德於民，鄉人神祀之，君始祖也。曾祖諱景明，祖諱得祥，父諱貴卿，並不仕。君諱天顯，字文侯。生而凝重，愛端坐。年十三喪母，父患反胃疾，君棄書册，治生以養。鬻肉爲糜，或鎔羊脂以進，百方求所以宜胃者，父疾延數歲，始卒。孝聲聞里閈。有語孝行者，必曰：『何如桑郎小壽？』或父母訶其子不順者，必曰：『獨不聞桑小壽之養親疾耶？』小壽，君小字也。既冠，學書計，精數學，勇於爲義，鄉望益高。康熙十有三年，逆藩耿精忠反，連海寇犯浙東，海壖震動，咸團練入保。然非君所居鄉推君爲練長，辭以少，不聽，乃率衆誓於仲才公廟，曰：『吾祖神靈必相佑。然非信賞，必罰。神不據我也。』衆皆曰：『諾。』一夕寇果至，率衆往拒，見神亦盛服，立馬交衢，賊大駭，不及戰而散。咸謂君精誠足以通神明，益奮勵竞事，無警。聞其才者，欲延入幕府，或請授以武職，卒謝不應。既而曰：『吾遂無所濟於人乎？』試治醫方，即精邃。遊錢塘，寓居焉。治疾奇中，有求必往。卒之夕，來哭者塞庭，後至者立雨中不去，聲載路，皆其藥所活者也。生平以去邱墓爲歉，歲必歸餘姚省眎。卒之後十月七日，調元等遵遺命，葬君於餘姚之大塘南廟路港，與先壟相望，以成君志云。

三代而下，鄉三物之教不行，士苟志於富貴利達而已。自戰國時孟子所見，已比於東郭墦間之乞羣，然失其本心而不悟，孟子所爲哀之也。君孝行聞里黨，才名著於官府。乃招以幕務，不應；任以武職，不受。已足以激頹風，又汲汲於濟人，非僅如石隱忘世者之所爲也。可無表而出之乎？

君生於順治十二年乙未十月，得壽七十有九。娶妻張氏，繼娶王氏。子二，其次曰鼎元。孫男六人，女二人。乾隆元年，朝廷贈君如子調元官。因爲論曰：唐始推恩臣工，封贈其先世。孝之則，類之錫也。顧仕止有時，恩雖覃，或得或不得也。今天子至仁，在籍者皆及，非常格也。而君適遇焉，贈工部主事，古冬官之職也。兩配並安人，榮有室也。是何脩而致然耶？君之德也，表兹隧道，石無時以泐也。

江都馬榮祖

錢唐篤行君子桑弢甫調元屬余爲厥考文侯表墓，既力讓，不得，遷延六閱月，竟未就也。余與弢甫名聲相聞，今上丙辰召試保和殿中，始於殿中識面。先是，弢甫成進士，授工部屯田主事，歲在癸丑。其父已於正月卒，相距三千里，寄書中道沈擱，閱五月乃克聞訃。以是痛毒尤深，謀所以不朽其親者尤篤。余兩人別既久，庚午遇於大梁，弢甫主講席於此已四稔。承學者無慮數十百人，人人自以爲得師。士夫蘄傳其先人，多相率拜請作傳誌，惴惴以不得當爲懼。瀧岡之表，弢甫應自爲之，而顧以屬余，余用是益瑟縮，不敢輒作。一日遊華歸，坐余獨倚樓，譚諧正劇，忽棖觸前事，仰天長號，淚涔涔濺几席，一署盡驚。余爲愴焉出涕。屈指其父之歿已二十有一年，《記》所謂『非終父母之身，終其身而已』者。非是父，莫生是子，遂毅然奮筆而傳之。

翁諱天顯，文侯其字，世居餘姚。遠祖仲才公仕於唐，歿爲明神，載在祀典。族姓環廟而居，悉安耕讀。自翁遷錢唐，蘄新其堂構，督其子弢甫辛苦問學。學成名立，卒光顯其前人，世咸嘆翁有子。翁童時以孝聞，後以捍衛鄉井，辭功不受賞，遂以孝勇大著於時。家酷貧，無以爲養，廢書治生，力爲善行，至老如一日。翁行三，昆季相繼歿，十三喪母，十八復喪父，零丁孤苦，爲天地之窮民。父患反胃，飲食鮮進，謀所以療父疾者靡不至。五六十年來，里中有稱善養其親者，其人輒顰蹙曰：『我何敢望小壽伯？』有不善養其親者，其父母詈之，即曰：『小壽伯亦人子，若奈何不效小壽伯？』小壽者，翁小字也。甲寅，耿精忠反，翁年甫冠，衆服公義勇，請於官，推翁爲練長。翁既爲衆推，誓以身捍賊，默禱於祖廟，即誓衆廟中，導以進退更番之節。約束既定，一軍屹然。九月一日，海上賊舟大至。忽遥望空中炬燭天旌旗，紛簇如雲擁，左右翼擐甲突出，戞摩鏗然，中一人盛服勒馬立，揚鞭指麾，遂驚遁。海上居民具見之，皆咋舌，以爲誠感。至今海頭高阜矗立者數處，潮上不能嚙，即昔日防哨出没地也，土人因呼『桑公墪』。

翁既學治生，尤精岐黄術，窮探古方，自以意酌量損益，望色洞臟腑，立起奇疾。他名醫折節就傳業，顧治法與時變化，竟莫能得其關鍵要領。風雪酷暑中，一聞剥啄，披衣拔步往所，全活無算。不取直，即有與者，緣手散盡。臘盡，或無以卒歲，意恒晏如。一夕，里人入户，四顧無人，取物納懷中。翁與子從屏隙窺見，亟摇手屏息，任恣取。既去，戒子勿洩，曰：『吾不能早周急，令至此，可媿也。』又偷兒連夕入户，坐守驅之，後夜分穿穴者再，翁以鐵器擊地，厲聲曰：『偷不可爲也。』其人躍出，伏於地，曰：『自今死不敢爲偷。顧無資以營生，奈何？』翁憫之，給以十緡，去，卒改行爲良民。玻甫業以文章發皇其篤行，同學生無與抗行，或謂翁曰：『翁積德，生此高才郎。』即惶遽却立，曰：『昔人種德，謂後世必有爲三公者。吾不德，亦庶幾後世有爲端人者。高才能文章，兒何遽能爾？然亦非所蘄也。』年七十，有司議舉翁鄉飲賓，力辭，謝曰：『吾何德以堪之？』後九年而卒。其務實退讓，皆此類也。顧翁雖遷錢唐，卒未嘗一飰忘故里。尋常與人語，語皆錢唐；至歲時享祀祝告，則喃喃操土音。每至餘姚省墳墓，顧玻甫泫然曰：『吾力不能歸里，汝其承吾志。』又思建祠、作家譜，曰：『祠以妥先靈，且得歲時合族。有譜則後昆能識支派之所從來。他日幸葬吾先人側，吾魂魄應惓惓此土也。』玻甫泣受命，卒如翁言。大殮之夕，雨如注，號奔而來者，塞衢巷，哭立雨中，良久不忍去，則昔日受恩與起奇疾者也。臨川李侍郎穆堂輓詩云：『平生出處兼通隱，志在希文宰相醫。』其爲名公卿愛惜若此。

弢甫集卷二十六

祭　文

祭盧天羽先生文

嗚呼哀哉！公高士也。息於竹林，寓於蓮社。公何往乎？騎雲上天。門開蕩蕩，公遽游焉。公於考妣，孝思若結。考爲茂宰，志秉炳列。晚而生公，即爲藐孤。撫之教之，生妣氏朱。妣誦金經，命之箋註。箋註乃成，泫然孺慕。壯一遨游，斡濟多方。皤然高隱，善刀而藏。他山賡和，其音則雅。數子流風，於今蓋寡。若陶子師，若湯西崖。若沈澗芳，歌呼與偕。林皐之下，醉吟轉洽。坐者歌詩，隨者荷鍤。其尤善者，爲馮少渠。爲景菊公，爲王玉樞。俱先物化，頻揮老淚。空谷音跫，靈光殿巋。嗟予小子，憶束髮時。才子存心，予兄事之。升堂拜公，公謂可教。偉哉古人，勖之則傚。爲詩古文，手予砭箴。存心與予，集號同心。數間草堂，罔間寒暑。攻錯玉石，依倚卭岠。公之愛予，愛存心如。愛予器予，爲播令譽。予躋公惜，予奮公喜。匪期通達，期有爲耳。予年既壯，屢蹶塵紅。碌碌者予，此意愧公。公與府君，情味繾綣。二老龍鍾，無幾相見。兩家子姓，姻戚通門。兄公之子，壻公之孫。孫年雖幼，能讀書矣。公之厚德，垂裕在此。予遭大故，煢煢孔哀。見星而奔，衰絰歸來。已矣先君，冀公壽考。疇知蒼天，不遺一老。兹來一慟，衰絰在躬。吾弔乎哉，沈痛在中。予與存心，相視泣血。疇昔之晨，哀哀永訣。枯已枯淚，斷已斷腸。風聲撼木，白日無光。因我先君，哭公入痛。恍兮惚兮，靈幃如夢。輾轉因公，哭我先君。二老往來，闃寂無聞。予持存心，一慟欲絶。兩面涕淚，互沾衰絰。存心持予，痛不欲生。哀哀煢煢，我弟與兄。入骨之傷，生無爲養。今具椒漿，靈其在上。

祭馬龍馭文

嗚呼！君其竟揮手人間耶？子夏有言：『雖曰未學，吾必謂之學。』其君之謂乎？君孝乎惟孝，友於兄弟；教子以義方；於朋友也，性命相於。急人之急，兩姿千萬，直等錙銖。敬愛文人，掃賓榻以待，潔腆勑乎中厨。疇昔館予。從渡江而東者，不乏英雋之徒。若盛世佐，若朱家濂。學成名立，後先騰踏於天衢。匪浮名是榮，實經術博灝，詞藻敷腴。並嘗藏脩於君之廬。予友李君介百，繼予講席，君禮待之如予。介百客死京都，君邺其寡孤。孤幼也賙之，孤長也教之，歷十年餘，而古義弗渝，即此足以大書特書。宜乎君之子文麗，入庠序而蔚然爲儒。眷亡兒以嘉姻，不幸早夭，感痛若没之初。吾之官北上，艤舟真江之浦。君邀把盞歡呼，出百金以贐吾。吾奉先君遺教，不敢受親朋之餽，歸而奉以爲壽，而君弗納此區區。頃予遊梁，再過真江，慨然道故，仍别酒之沾濡。俄驚聞怛化，不禁涕淚之淋裾，欲奠一觴，而匏繫客途。今遣兒子繩球持椒醑以酹生芻，即以贐吾者奠君，庶禮尚往來之義與！君贐吾紵文綬，予奠君歸黄壚。浮雲逝，白日徂。一俯仰，千欷歔。嗚呼！嗚呼！

祭沈古春文

嗚呼善士，鄉邦之望。如何不淑，耆老忽喪。衆人雨泣，矧予交親。溢湧老淚，用弔幽淪。生而篤行，信古君子。以予所見，罕得有此。篤行維何，孝于其親。子曰色難，根諸性真。孝乎惟孝，友于兄弟。弟走風雨，望歸湔涕。念悲其遠，心在女兒。引居密邇，昕夕歸寧。兩弟不禄，擗踊沈痛。手營幽宫，兒哺以湩。如賓相敬，妻實刑于。傍無姬媵，中年鰥居。一心纏綿，厚注倫理。波厥仁恩，惟力是視。朔風破肉，鄰兒衣單。親意憐之，予襖禦寒。寒者孔多，廣施厥襖。婦手針紉，德心繚繞。偷兒入室，資以青蚨。卒爲良民，古彦方如。誌銘予手，書不能徧。鄙人聞風，薰德而善。碑郭有道，乃無愧辭。觀其善報，徵厥隆施。里火不戒，入捧栗主。凡兹家具，輕于一羽。頃之焰息，牽扛歸廬。衆請點檢，不没錙銖。來非號召，樂爲扞護。此何以然，感德之故。古未有是，德誠懋哉。睦婣任卹，從孝友推。傳非楮墨，衆口不朽。予所啣悲，不重執手。壬申春夕，再赴中州。瀑雨浪浪，門纜扁舟。樺燭高燒，既醉而别。别胡其遽，相顧情熱。予仰令德，松施女蘿。待團圞宴，拄杖婆娑。昨歲杪歸，滮湖墨黑。欲訪不前，惡耗心惻。予仲兒婦，賢孫外姑。棄小兒女，猝歸黃壚。此情悢悢，悲不我獨。肫摯姻親，罹虐何酷。新正期晤，對攄老懷。閩嶠趣行，夢繫天涯。予病遄歸，正堪聚首。聞已上仙，淚釃一斗。老成凋謝，哭匪由私。湖鄉後生，孰模楷之？况兩家孫，年俱黃口。一喪外姑，一喪大舅。予心振觸，哀以增哀。番番二老，緣慳往來。薄奠風前，生芻一束。有酒在尊，有淚在目。嗚呼哀哉！尚饗。

祭同曹伍君文

嗚呼！以君之品之才，而年止是耶？君之奮跡也，兄弟同舉於鄉，同對策於大廷。人皆以爲華，而君曾不之誇。簡畀古冬官之職，尋以憂去。服闋，不遽起，蓋戀戀太夫人之色笑於家。昨者君之孟出宰山右，而君復歸青瑣，日接席而不我遐。值泰陵工作方殷，典制實鉅且繁，賴君之小心勾檢而獲終事之無差。今之夏五，君忽焉歐血，漸羸瘵之有加。既而君之家室適至，意服食料理，當霍然病已。撥羈思之紛拏，俄悲夫佳兒不育，翻抽哀緒以如麻。芼芳羹於一匕，搜靈藥於三椏。庶二豎可袪而去，而豈謂人間興盡，徑乘清風而籋紫霞也乎？

嗚呼！君年僅三十有一，瞻前路之方賒。今中道逝矣，痛志業之不竟。竟年光遒盡，疾於赴壑之脩蛇。既陳夫公奠，又申之私悼。念邸寓之蕭條閴寂，類塊處之匏瓜。且歲多淫雨，濛濛沾溼，延篆壁之行，蝸蹇驢孱。僕蚤驚心於省漏，晚凝睇於市燈，而崎嶇困頓於盈尺之泥沙。青綾被冷，月落河斜。計旦晝之職業，而幸心之無瑕。蓐食而出，苟無饑渴，又誰爲之顧恤？以比夫飯來開口之神鴉。迨魚軒至止，蠟映窗紗。噫相見無幾日耳，而生也有涯。君之令子夭者，應候乎泉臺，而存者號望乎靈車。君之嬌女，索父而啼，迸乎丹砂。有母而眼枯心痛，有兄而衰，有大婦少婦而髽。嗚呼！人生無蔕，原漂宕乎人海之浮苴。顧椒焚而蕙歎，其能免乎同曹之涕泗而咨嗟？

祭張東升文

嗚呼！惟君志行之醇篤，氣節之剛方，非祇爲閭里之賢，而蔚爲邦家之光。雖氣壓百僚之底，而挺挺不撓之梗概，孰能掩其磊落而昂藏？尋恒膺一命之榮，名點乎仕版，即志存乎苟得，而滿谿壑於槖囊，匪微末吏也。即侈然臺省館閣，挂籍聖賢，亦罔恤乎名節。而蠅營狗苟者，其常睢盱阿諂，承奉權貴，并要路之奴隸，亦極意邀結門館，而甘心列爲雁行。又孰秉乎正氣，持乎直節，爲中流一柱，砥萬派之瀾狂？惟君也。天與異稟，森灝氣其噴薄，而競聳乎龍眠之巑嶪，爭洶乎大江之滂洋。慨慷激發，擲一官如敝屣，而伸常憲之紀綱。君以笞豪門之奴罷官。嗚呼！如君者，求之古人中，豈可多得？誰執史筆而書竹簡之煒煌？引歸東苑一區水竹之居，正可適志而徜徉。蒙眷以嘉姻，方幸小子得親承英傑之論，而受誨於東廂。胡昊天不弔，遽返真氣於瑤閶。有蘭者肴，有椒者漿。陳辭告哀，靈其來饗！

祭張丈聞蒼文

嗚呼！惟公生禀正氣，剛直性成。自童年就傅，已見頭角之峥嶸。雄才豁達志經緯，於世務不局，局於縫掖之書生。公嘗謂毛錐生活，雕蟲篆刻，非壯夫之所營。通達時變，前籌借箸，爲名公卿之所倒屣而争迎。歷秦、晉、楚、粤、齊、魯、燕、趙、梁、陳之郊，身行何止半天下，俱磊磊落落，策畫必盡其丹誠。大筆淋漓，爲人作封事，以上告於彤廷。其利黎蒸也，膏液滲漉，暗澤潤乎柴荆。小有弗合，决然捨去，不可以一日留，而視千金若芥子之輕。蓋嚴氣正性，有古烈士之風，而不受乎塵俗之攖。家居孝友，事親竭力，克視聽於無形無聲。值鴒原之黯慘，遂鞠育乎猶子，不啻膝下之童嬰。以撫以教，膠庠接踵，並卓越乎髦英，佇搏扶六月，直上乎九萬之程。觀所後之哲嗣，恂然式穀，卜昌後而著乎令名。調元夙依姻戚，覩嶽嶽如公者，誠佩服而心傾。胡昊天之不弔，遽騎箕而上征。嗟時流之波靡，失里閈之儀型。吾悲夫正人逝而末俗圮，豈徒以私痛而淚如涷雨之零？冀靈爽之昭鑒，歆椒醑之芳馨。

弢甫集卷二十七

祭文

祭盧母楊太君文

嗚呼！太君泊然棄養，其何之？太君猶吾母，調元猶子，而今其焉依？太君之賢，古列女如是者亦希，雖范、班之筆，莫與狀其至仁之音徽。宗黨戚屬，無論知與不知，咸相與感嘆而歔欷。而調元之稱述，又何所私？匪惟無所私已也，而悲傷涕洟，且不暇乎稱述之爲。

調元生十餘年，而得與太君之子存心訂千載之交期。兩家子弟互拜於堂下，藹然兄弟之怡怡。太君飲食之存心與調元均一，而曾不異乎生我之恩慈。有丸者熊，亦分餉之。而辛苦勖存心、調元之爲子而才，逮各有室家。而馮之淑媛爲存心之先妻，調元娶於汪，亦棗脩相見，而不啻奉姑嫜以盤匜。太君視調元猶子，而視汪猶子婦。二門之内，省問之軌，齊出乎雍熙。馮育子而汪育女，訂子之昏早在乎母之懷。兩兄弟宛同一父母之生，而娣姒亦繾綣於中閨。悼吉光之遽殞，吾女猶未及乎笄。吾母先太宜人與吾妻哭之也慟，而太君更何如其悽愴。二十年來，太君之孫巋然成立，舉於京兆，而珮聲歸到乎鳳池。夫豈謂區區之世榮足以光乎太君，而實太君坤厚之德足以肇夫遠大之基。太君以撫子也撫孫，以撫子婦也撫孫婦。吾莫能名其恩斯勤斯而閔斯。人言少渠之外孫，白雲之子，彂甫之女之夫，持不律橫掃者爲誰？非太君之德，又孰能鍾毓此孫，而妙摛乎焕爛之文辭？而况曾孫孕七月而生，天亟送此書種之奇。太君年登八十有五，考終之夕，猶訓子孫以忠以孝而明大義，如日星之垂。嗚呼！是豈可得而湮没？惟調元知之深，言之確，久旱之天，淚如寒雨之灑。自吾母之棄養也五年，於兹時依依於太君之帷。今太君又逝矣。上天下地，調元真煢煢無恃，而以心喪纏吾之悲。嗚呼哀哉！尚饗。

公祭臨川李母吴太夫人文

於太夫人，我師之母。我師之母，亦我大母。師名世才，陶歐陽友。母生名世，孕氣獨厚。方幾大耋，俄終綺牖。母之篤生，滎溪之湄。歸侍郎公，莊敬齊眉。公好客遊，家政母爲。育男子五，母爲之師。匪惟藝文，道德睎古。師也學成，聿起南土。五經紛綸，首被鄉舉。釋褐登朝，奮超儔伍。作督躋卿，如芥斯取。取可掮可，巍班芥如。所不朽者，大書特書。書不一書，虎僕其濡。爲國名臣，爲時碩儒。浩然吾養，戟霜眉鬚。頻折頻起，帝詔親除。臣骨自鯁，臣身不孤。穆穆金波，承華是直。一皓天留，巋然舊德。今之韓愈，僵走籍湜。退食齋心，趨朝正色。悉由母教，以盡臣職。中間建節，迂道里門。光錫宸翰，加有恩言。欲其多壽，拜天之恩。尚方之珍，賜予便蕃。起居八座，以上酒罇。榮賁三朝，實有錫命。南北養堂，頻繁拜慶。山谷上塚，清詩疊詠。騰踏門才，斗南綿亘。惟憲皇帝，升配禮成。銜命祭告，妙選列卿。南鎮建康，師幸南行。省覲孔亟，得請於廷。使事既竣，浮鷁兼程。熟夢倚閭，胡噩而驚。江天蒼蒼，江月明明。江樹靡靡，江風不寧。嗚呼天邪，不鑒精誠。僅兩旬耳，遽速雲軿。煢煢我師，哀哀在疚。泣血椎心，痛徹昏晝。往不可復，若星過霤。終天之恨，恨莫殫究。某等灑涕，詎比常倫？三浙之滋，説經齗齗。其源有自，西江奫淪。母實導之，沿泝特親。仰望塱舒，其色如銀。陳詞滴淚，雨泣無垠。

祭朱母陳太君文

嗚呼！太君之德，生秉柔嘉些。有嬀之後，胄則華些。翼翼門楣，幡則雙而馬則五些。十七于歸，翠翹金縷些。於朱是嬪，從祁祁之下女些。維司訓之婦些。維刺史之子婦些。維尚書之孫婦些。潔作羹湯，奉君舅些。氣下色愉，姑則夫之生母些。如賓如友，倡無不隨些。接娣姒兮，謙謙懋令儀些。下逮妾媵，被恩施些。門有車有騎，治食器些。中厨洗如，付質庫以其釵珥些。贈報之雜佩，取諸笥些。僕夫整駕，君子遠之四方些。女事織紝，男業縑緗些。躬嗛粗糲，供師以脯膾酒漿些。杭之郡官，儒官些。從以魚軒，花映講壇些。問紗帷兮，所須樺燭燦銅槃些。前後執喪，永號縞幕些。哀哉娠而塈，下弔有白鶴些。倏所天之隕兮，荃焉能不怨乎皇穹些？陶嬰黄鵠，中年不雙些。篝燈課子，淚淙淙些。曰先緒其克承，他又何求些？歲值上章，鶚羽初高些。詢孝廉船，宛在鶴洲些。有美文孫，粲粲珠三樹些。上有所生之母兮，迎歸而還哺些。語而絜些，慕而孺些。絲絲之鬢，俱素些。葱蒨名園，包裴之島些。故家喬木，千章十抱些。爛爛芝華，采采以娱老些。禮以爲宗，問通門些。倏雲軿兮上征，紛涕淚其沾巾些。肴芬酒冽，跽陳於華軒些。靈其髣髴，歆此俎尊些。

祭朱母顧孺人文

嗚呼！天道茫耶，昧耶？孺人之賢，而年竟弗遐。孺人之賢，賢夫誄之。三黨曰然，姬姜之師。調元亦敬作誄，誄厥内則。誄文在紙，淚則沾臆。沾臆之淚，大德其忍忘哉？感深存殁，予心用是哀哀。酒絜雞炙薄奠，將誠欲道予感激。不更誦孺人之平生。賢夫予齋，調元兄事。嫂事孺人，蓋兄嫂其真不愧。我無兄嫂，我有兄嫂。賢哉兄嫂，嫂胡不獲與兄偕老？疇昔之歲，館於鶴洲。賓客生徒，玉漿瓊羞。鶴洲三年，花鈿盡坼。花鈿盡坼，孺人不惜。古者截髪留賓，祇勉供一朝。以古視今，孺人其勞。勞其小者，孺人德大。大德維何，予哽咽言之淚四沇，予心傍徨。

昨年之季冬，予齋將攜予北上。予辭以親老，弗獲追從。孺人語夫，盍往於杭？視老人康强，獻歲其偕行。遂往於杭，予考疾作。助營醫藥，罄倒行橐。當是時也，瞀亂予懷。生我者父母，助我者予齋。考疾漸減，日進飲食。考壽有一日之延，亦予齋之德。予齋之德，孺人之德。微予齋，其疇助予寢門晨夕？考疾既減，趣上公車。獻歲四日，於焉首塗。塗經於禾，艤舟草堂。柏盞椒盤，猶得一嘗。迨見星奔歸，予不可以爲子。煢煢予枕塊，而婦病欲死。婦病欲死，又遠繫孺人之心。何以惠之？惠之以葠。又何惠之？惠之白金。白金與葠，艱難謀致。婦病不死，孺人之賜。廼孺人亦病，謂即克瘳。嗣聞沈綿，予夫婦私憂。天乎何酷，難以理論。酸風黑月，有訃到門。嗚呼！孺人卒不起矣！極知勞瘁，馴至是矣。三黨之悲，涕瀰瀰矣。矧予夫婦，悲無涘矣。感與悲俱，疇能已矣？噫乎！予齋更何倚矣？維靈其享此薄奠而來格乎。嗚呼！

祭盧母李孺人文

嗚呼！孺人之賢，其無間於宗黨戚屬之口者，如出一口之稱揚。而吾女亦歸於城南之氏族，其知之也尤詳。孺人之温恭淑慎，動遵禮法，洵足爲楷範於姬姜。何昊天之不弔，遽殞乎賢淑，俾內外之感嘆而悽傷。

孺人之來歸於我息溟也，吾亡友海門爲之蹇脩。珈冠珠佩，嗣徽音於燭房。從所天寢門定省，極孝事於姑嫜。芳則芼之，鮮則鱠之，時洗手作夫羹湯。迨壂而當大事，則必誠必信，以執乎姑之喪。微特姑也，於庶姑亦存殁禮，意之周詳。息溟負才不偶，篝燈伴夫雒誦，屢經旣於厖凉。相與慰乎時命，而無幾微之怨乎穹蒼。黽勉有無，食貧且甘之如飴。而支持井碓，且罄拆乎釵梁。雜佩問報吾吟社之侶，嘗過從讌咏，中夜聞食器之鏘。

生有四男，子子岐嶷，輩立類封胡遏末之輝映乎東厢。外庭之教之也勤矣，猶復熊丸，分給乎北堂。海門之殁於京邸也，其藐孤疇依與？爲經紀而慷慨盟心，卒訂密戚於潘楊。斯固吾息溟之磊砢不群，亦孺人爲之贊襄。操内政之整肅，以冬以夏，針紉潔治乎巾裳。親賓上下，誠家室之具宜，罔不謂閫德之幽静而慈祥。

吾女王姑楊太君之耄耋也，孺人左右維持，不啻王姑之扶將。楊太君老而目霿，時時就慰省之，而曲承語笑於幃牀。太君之逝，終始盡哀禮於繐帷之旁。吾女之歸，嗟禮教之未嫻，而孺人誨之恤之。噫！兹恩意其又可忘？吾女從夫於日下，聞太君之訃，一慟幾絶。今復聞孺人之訃，其哀以增哀，定崩痛於心腸。

嗚呼！如孺人者而早逝，吾安能叩乎天道之茫茫？况遺弱女，猶在童穉，其誰爲之撫惜而檢理乎奩箱？然善無弗報，而終聞後之熾昌。嗚呼哀哉！尚饗。

弢甫集卷二十八

賦

憎己賦并序

昔賢作《閔己賦》，致不聊矣。顧其意少骯髒，且或似蘄人之憫之也。竊謂其賦可不作。予固不願爲人閔，即己亦不之閔也。乃若自憎，則有焉。作《憎己賦》。

上天下地兮，前古後今。聖賢豪傑兮，肩立如林。顧我何爲兮，綴生於漸江之潯。宕漂人海兮，載浮載沈。有體如痺兮，有舌如瘖。噲其會食而操筯兮，頽乎入息而就衾。蚩蚩無知兮，以默塞而爲心。神明弗我佑兮，師保弗我臨。志與氣其閉抑兮，又何論乎磊砢而巖嶔？百年鼎鼎兮，幼耄相尋。駕飛黄之上駟兮，疇追及乎分陰？予年其既壯兮，志四方而辭家室。親老其弗能養兮，徒疚徒怵。弱季其伶仃兮，嗟弗能爲之恤。嵬峨一壯夫兮，呻佔畢細故。糾紛而膠葛兮，撫此歲月其坐失。我性自踈兮，人謂弗暱。我身躭勞兮，天置諸逸。我才弗優兮，境益之絀。我智弗達兮，命逢其窒。詶客兮，或忘甲乙。按數兮，或爽六七。倀倀東西兮，或寐逵術。悠悠旦暮兮，或懵時日。先師其有嗤兮，長而無述。謂我爲饑兮，寄食年年侏儒。毋我笑兮，腹已果然。謂我爲寒兮，冬披黑豻。攬衣且過骭兮，賸有舊氊。謂我爲憂兮，繩網弗牽。雖落拓而無患兮，優焉游焉。謂我爲疾兮，體骨中堅。雖黯黯於風塵兮，庶幾形全。聲色狗馬兮，早謝厥緣。窮通得失兮，俱委於天。奚儓儗而偃蹇兮，志難宣。睠宇宙而長懷兮，涕如流泉。

不黠不癡兮，匪少匪老。民各有心兮，予亦蓄兹微抱。束髮而向學兮，惟古義其窮討。久無所標建兮，庸視履以自考。罔立厥德兮，罔明厥道。罔樹厥功兮，罔揚厥藻。静操一絃兮，自知溼燥。炯持一鑑兮，自覘醜好。浮名爲糞兮，令聞爲寶。身弗克紹於先正兮，惄焉如擣抱。咫尺之小義兮，孰能動乎穹昊？我行其敢憒憒兮，我心草草。

踽凉而無向兮，予亦拙謀。遵迂疎之軌轍兮，乘寂寞之輪輈。不鬱鬱其久居兮，更勞勞其焉求？吾將往躋於名嶽兮，舒長嘯乎崇邱。激天風於遼廓兮，盪吾胸以銷憂。吾將往凌於滄海兮，發浩歌於洪流。洶濤瀾於萬里兮，放吾矚以遨遊。願獨往而弗顧兮，何延佇而遲留？欲登高而無梯兮，欲浮深而無舟。吾不能馳烟而驂虎豹兮，又不能衝波而駕龍虬。復徙倚於塵坱兮，悵息意於冥摎。形等土木兮，名同贅瘤。己實引爲憎兮，於人乎何尤。或反道以趨騖兮，益起穢以承羞。姑爲世所詬厲兮，惟默企乎前修。

雞肋賦

猗翰音之品族，固充庖之所珍。供雕俎以肥臃，陋兹肋之具陳。雖偕熟乎翠釜，未堪和以芳辛。辱鸞刀之割剖，分取薄乎饔人。何一體以登几，乃珍賤之殊倫。羌支離以存骨，難勸餉於上賓。荷君厨之未遽棄兮，置之鼎砧之側。遇饕餮其猶未好兮，入瓊筵而寡色。命易牙以燔煎，維此下箸其焉食。匪滋味之有貪，感昔言而心惻。棄之如可惜兮，食之又無所得。念一臠之苟取，非正士之夙期。叨區區之予畀，可彊起而嘗之。不希飫乎雋永，未望療乎輖饑。際孟夏之食菽，謂與此其適宜。情固鄙乎染指，物亦謝其朵頤。嗟君子之投匕，異需雲之取象。虚丈人之欵洽，愧茅生之孝養。憶伏雌之有烹，歌扊扅而慨慷。嗤齊廷之食跖，窮饌玉而侈蕩。耻口腹之累人，乃今免乎口爽。感南鄭之舊事，群且躂乎曹公。留杜子而作鎮，回鞭鐙之瓏瓏。彼楊脩之嚴裝，誠偉見之略同。惟有棄而有取，能識務而稱雄。寓微旨於口實，悲棲遲之罔功。更皇皇其焉求，亦今古之所恫。

亂曰：至人無累，不爲物役。泯棄取之成心，又烏知所遇之肥瘠。

扶竹賦

康熙丁酉，家園産一異竹。下合節，上分竿，接葉交柯，亭亭並立。昔劉氏於東陽，洪氏於寧海，咸有連理竹之瑞。東陽、寧海，浙地也。浙固多異竹哉。王子年《拾遺記》云：『竹之美者，有錢塘之扶竹焉。』余居錢塘而家産此，此則扶竹也已。爰爲之賦曰：

猗與修竹，環兹北樓。緑影上捎乎碧漢，青光俯映乎瀦流。葉解清飈，亂翸襦之翠羽；梢摇明月，影簾幕之瓊鈎。勁節虚中，瑶玉之竿峻拔；香苞嫩籜，琅玕之管新抽。龍孫躍瑶壇之曲，犢角穿石磴之幽。其始也，一一駢頭，若稚子錦裲之秀；紛紛削節，若瑶姬玉指之柔。其後也，矗矗嵚崎，若巉巖之排峭石；森森行列，若軍壘之列長矛。俱各差池異狀，長短不侔。

爾其覩陰陽之鍾異，具配匹而呈奇。莖同生以並出，節合抱而相持。抽凌雲一寸之心，清標得侶；竦拔地千尋之榦，貞操能齊。含翠新梢，交比死央之翅。膩香春粉，雙沾蛺蝶之衣。笴既連生，形比同功之繭；竿猶對植，狀如合巹之巵。含胎則并包乎奇偶，發枝則宛具夫雄雌。雨洗娟娟，韻並超乎塵俗；暄籠窈窕，影不見其參差。盟托冰霜，寒歲相扶以共立；情踰膠漆，平生那解夫相思。苔色濃兮根互結，露華渥兮葉同滋。怨復怨兮遠相别，樂莫樂兮長不離。

彼夫天帚垂青，黿斑暈碧。黄岡大者如椽，淇澳美兮如簀。高柯從泰岳含霜，修篠自梁園壓雪。籠篛之産十圍，篔簹之生千尺。或怪變雉頭，或細名鶴膝。籦篗之韻凄凄，篙簕之竿籊籊。山名鼓吹，簫管植於空林；壇播陰森，宫商奏於仙石。莫不寄嘯傲於高人，賦碧鮮於詞客。

別有篠枝蕭散，篁篾青葱。蜀郡則鐘籠篁笿，吳都則桂箭射筒。由梧檀欒而蔽日，蒼筤姌嫋而含風。勁則標會稽之箭，方則珍大夏之笻。篠簜比瑶琨之貢，箖箊試寶劍之鋒。密密叢深乎雲母，參參挺拔乎龍公。雲愁山鬼之巖，幽篁一徑；月冷湘娥之渚，斑淚千叢。亦各清姿拔萃，秀色凌空。

孰與夫同柯婉孌，共笴綢繆。實惟合體，乃覩雙頭。精瑩可愛兮，筠無染恨；繡蕩相交兮，枝可掃愁。哀彼孤生兮，霜根特長；悲彼苦節兮，鐵幹獨修。笑彼綿林兮，空然斌媚；陋彼叢薄兮，亂無匹儔。浮筠生兮風互折，篾簩茂兮毒交稠。紛垂絲兮絲縎怨，環護居兮居罹憂。荷天工之妙合，成此君之好逑。翩兮嬋娟之並，天然嫵婉之求。

吾思夫蹟著奇徵，行標芳躅。子孝動天兮，冬笋茁青；臣忠貫日兮，萊篁聳緑。林結金蘭兮，朋好聯翩；叢輝花萼兮，弟昆敦睦。誠爲立美節之稜稜，扇清風之穆穆。若夫琴韻思和，蘭閨願淑。諷雅曲於《關雎》，企芳踪於挽鹿。詎冀緑箬之有意，似解人歡；偏憐碧篼之多情，都成眷屬。自昔東陽寧海，曾聞連理之筋；於今東苑幽居，親見合歡之竹。此米家畫内之所希傳，亦戴凱譜中之所未録。倘其化龍而同去，絶勝葛陂；如其作鳳以和鳴，何殊嶰谷。豈似柯亭製笛，人吹離别之音；當令嬴館裁簫，仙作纏綿之曲。伊旋生於子母，願濃成慈孝之陰；羌載産於公孫，或繁列雲礽之族。系之以歌曰：

烟雲一碧新梢長，中有異質同扶桑。珊珊琳瑚削此篁，一節一目俱相當。皇都陸海春茫茫，烟啼露壓遥相望。信美吾土多春陽，同心相感大厥祥。長春之管映閨房，中林和歌歡未央。

除夕觀花火賦

維夕其除，曰春已迎。赤奮謝乎更籌，攝提貞乎斗柄。候三百六旬之初景，漏響半沈；驗七十二候之餘灰，鼓聲三竟。主人敬，合客歡，宛如家慶。張六曲之屏風，懸九枝之燈檠。紅燃榾柮，嘘煖氣於賓筵；緑泛屠蘇，洽濃情於觥令。其既醉止，各盡厥歡；有物於斯，請觀其盛。衆賓離席視之，蓋火樹銀花之競勝也。

於是載辭酒監，爰命火正。鼓二儀之橐籥，覩萬象之交迸。則見其朱光乍起，紫燄交加。炫乎階齒，照乎簷牙。其始作也，亂抛珠豆，紛茁銀麻。璀璨兮綻金枝之蘭蕋，晶熒兮飛玉瓣之梅花。其小縱也，曳千絲之紅錦，撒萬顆之丹砂。焕爛陸離兮，赤氣沖融乎日月；輝煌蓊蔚兮，絳氛擁護乎雲霞。其大放也，瑸瑸璘璘，若赬霓之貫蜃市；訇訇磕磕，若赭驃之曳雷車。赫熾突衝，若火牛出陣之烈烈；烜燀輳轢，若燭龍啣照之銜銜。寧徒等於還沓毰毸階墀，舞朱羽之鷺；磾礠的皪霄漢，掣紫金之蛇也哉。

爾乃驚聞爆竹，過千乘萬騎之𠪚轟；倏現星橋，揚九斿五注之旖旎。垂垂綵縷，高懸乎瓊貝瑶珠；孑孑彤竿，遍灑乎犀錢玉果。珊瑚碎鐵網之枝，菡萏擎玉池之朵。迤邐芒角，乍射東而射西；絶熾炎精，忽旋右而旋左。是固奪偃師之巧，魚龍曼衍而争呈；試天女之奇，花雨繽紛而悉墮。渾疑仙窟之樺烟，非比塵寰之爝火。

維時乍觀眩目，熟視怡神。類絳火樹之煌煌，輝兹華屋；比蔓金苔之燦燦，照此朱茵。得借餘輝，詎用燃藜作照？非矜奇焰，寧云燒蠟代薪。守歲同歡，重斟醽碧之酒；朝元必肅，將蹴軟紅之塵。薰九天兮天復旦，照乙夜兮夜嚮晨。賤子何知，擬賦扶桑之日；群公有興，同看京輦之春。

東海釣鰲賦

有大人兮，以天地爲蝸居，以古今爲駒過。視五岳若犧登於俎，觀二曜若蟻行于磨。尋六合之音塵，落九天之咳唾。美哉夸娥，尚二山之能移；嗤彼秦王，何一橋之難作音做。凌雲之氣匪高，超海之志匪大。右顧鼇叢之區，早折五丁；左瞻龍伯之國，又弱一箇。爰乃長蚪弗駕，遵東海而徜徉；巨鰲思釣，就南鎮而踞坐。

且夫鰲之爲物也，秉離之精，而骨則磊落嵚崎；居坎之宅，而脊則突怒偃蹇。横幾千里，而賦蹣跚之形于陰陽；伏億萬年，而吸溟濛之氣于混沌。鬐則如墨雲之鋪，目則如赤日之烜。半天晦黑，由其一閉一呿；平地陸沉，由其一側一反。章亥之足，可于其背往來；巨靈之掌，難于其身推輓。

爾乃神物可取，若臨淵羨魚之不禁；釣具方携，如見兔顧犬之未晚。其釣維何，墜波底一彎之月；其線維何，挂天邊萬丈之虹。爲朒爲朏，鈎自垂乎昏曉；乍晴乍雨，線自颺乎西東。障尾閭而置罶，刳石筍而爲筒。小艇纜牽乎井絡，長竿柄揭乎斗宫。羌儲餌兮既久，翳投食兮殊豐。磔千秋之元惡，烹萬輩之群凶。籍之不容倖脱，數之不可勝窮。聚之腥臊臭腐，堆之磈礧崇隆。擁束而至，囊括而空。是皆不容于覆載之内，舉畀之大海之中。

將以引其欲之饞饕，厭其齶之齮齕。已而洪濤沓翻，三山淪没。燀赫乎陰飈陽燄，鰲頭怒肆軒昂；[身危]陒乎地軸天樞，鰲足横施搪揬。其見餌而驟攫也，若錚錚龍爪之拏虚空；其得餌而大嚼也，若崿崿狠牙之噬肥腯。其乍吞鈎而近前也，若砰砰弓弩之機齊開；其欲脱鈎而逸去也，若號號鬼神之聲殷發。

于時大人乃眉舒齒粲，掣諸波兮輕盈；意静神閒，入吾手兮倏忽。遂擬斷其骨兮以支四極，無俾駢厥首兮以戴十洲。既而迴顧世人，多以貪而賈禍；念兹一物，更無知其何尤。乃釋其自纏之線，乃脱其自上之鈎。瞥縱之入海而去，復令其冠山而遊。大人乃遊心于元始，釋意于冥搜。視大海兮杯勺，視大鰲兮蚘蝥。

四　六

教習公讌序

同人結綬，情比苔岑；別館橫經，禮如膠序。恰迴風兮舞雪，當勝友之如雲。玉宇瓊樓，遠近鳳城之圖畫；珠紹象軸，後先虎觀之聲名。争迎鶴氅之仙，催瀉螺心之酒。原夫教習之初設也，雲籠殿陛，播先皇綸綍之音；日映橋門，萃俊士組纓之選。大昕釋菜，元子親師；午夜拈芸，小侯向學。入成均而接武，緬前輩之儀型；引屬國以觀光，添我朝之掌故。

斯時也，玉河已合，瓊席方開。鋪瑶屑於天街，長留宵月；望紅牆於帝闕，誤認朝霞。樺燭烟飛，下鵷鸞於臺閣；青油幕駐，來簪珮於蓬瀛。隨車指縞帶之翻，入座促金樽之倒。喜觀滕六橫空，播灑以紛披；達擬曹參隔舍，歌呼之震蕩。幸叨陪乎末坐，忽有感於中懷。肉奮絲飛，門外已深三尺；酒酣耳熱，筵前願進一言。

惟兹迹略雲泥，遂爾誼聯膠漆。當年石鼓，群公曾手自摩挲；此日綸扉，天子正宣其出人。以爲陳跡，疇則無心？看宮花苑鳥之相親，路向層霄而轉上；憶帽影鞭絲之如昨，情經浩劫以難消。謙謙既挹乎虛懷，藹藹還舒夫煖眼。譬之龍爲霖雨，尚不忘碧水之寒潭；鳳集梧桐，猶自念丹山之舊穴。群赴曾孫之宴，光照幔亭；喧傳老子之文，氣浮函谷。若夫東華走馬，頻瞻尺五之天；太學看碑，尚隸三千之籍。相逢弟子，並出韓門；閒話賓親，常通鄭驛。敝車羸馬，當風未厭酸寒；酒賦琴歌，即席與叨唱和。顧凌雲青嶽，豈岡阜之勢能齊？出旦金烏，匪參昴之光可配。亦云大雅，許與同源；詎謂小山，不期承蓋。嗟乎！臯亭木落，歲月星馳。金炬沙隄，往復濯龍門下；錦囊斑管，徘徊買駿臺前。歸矣靈光，顧同行其孰在？遐哉閶闔，思獨對以何時？人雖磊砢而崎嶔，事或悲歌而慷慨。然而天留碩果，成二十四考之勳名；吾豈匏瓜，得三十六宮之春氣。亦可襟期朗暢，不須繫白日以長繩；意氣激昂，直可望青雲而平步者也。

調元少而失學，壯不如人。四庫縑緗，仰企古人於夢寐；九衢冰霰，俯慚今我之浮沉。不憂臭味之差池，端賴風流之提唱。抽毫對雪，請俟鄒枚作賦之才；把盞趨風，尚餘高李登臺之興。

西湖景物序

東浙名區，甲於天下；西湖仙壤，秀絕吴中。旁帶羅城，疊作烟波千頃；前襟江水，別爲花柳一洲。地獻畫圖，人呼蓬閬。兩水縈洄其際，形似鴛鴦；千山飛舞而來，名標龍鳳。塔蹲峰頂，截風雨以將飛；亭出湖心，湧水天而矗起。峰連吴岫，粉堞雲通；徑接白隄，畫橋烟鎖。層層紺殿，優曇祇樹之林；面面朱欄，楊柳芙蓉之館。正爾陰晴堪賞，濃淡相宜；矧此炎景如蒸，火雲方熾。丹山碧澗，高臨清暑之臺；翠柏青篁，幽覓招涼之宇。波涵淼淼，舟如野鶩之輕；風引颼颼，人比秋菰之冷。金沙溶漾，淺映玻瓈；碧荇參差，横牽翠帶。荷粧未老，連朝露粉尤紅；鷗戲不驚，萬片雪翎盡白。蕭蕭葭葦，洲中秋色先呈；鬱鬱松柟，嶺上清陰不散。

爾乃奔騰龍窟，洗騊駼騏驥之群；游戲魚梁，下鸕鷀鴐鵝之隊。銀湍珠沫，濺飛浴鵠灣頭；玉乳金膏，滴瀝呼猿洞口。捫蘿以上，躡壁而登。夫其仄逕巉巖，陰厓靈怪。峰峰樹擁，齊聽蟬鳴；穴穴風迴，疑聞虎嘯。皋亭黛抹指，顧在層雲飛鳥之間；葛嶺煙横去，來自碧磴蒼苔之外。湖光若練，樹頭掛一片晶輝；山面如屏，天際展千重繡彩。江奔萬馬，潮聲過靈隱之樓；潭起雙龍，雨勢動韜光之壁。泉華噴落，僧家枕簟清涼；木葉飛來，仙客衿裾縹緲。樵歌滿路，大都半嶺而還；磬響諸天，頻自層空而下。虹殘遠郭，净暑氣於郊坰；霞蔚前陂，羃嵐光於林麓。南屏古寺，全隱歸雲；西崦人家，半啣落照。若夫鐘能催月，柳盡棲鴉。水魅山夔，吟弄溪橋之月；雲裳露舄，裵裒河漢之天。石屋藤牽，星斗玲瓏窗牖；玉岑苔滑，烟雲繚繞階梯。絶壁高吟，宛如鸞嘯；扁舟横笛，欲使龍驚。此誠賦不盡於渼陂，畫難工於輞水者也。

嗟乎！流水閲人，高臺懷古。金牛隱見，思漢跡之蒼涼；石佛嵯峨，笑秦踪之荒誕。薪摧古木，檜少永嘉；塵化高僧，塔存慧理。翻經作社，相傳靈運之亭；摘句驚人，空指賓王之寺。别有牀空竈冷，猶然塢問仙翁；鶴去梅荒，尚復廬尋處士。山圍故苑，曾彈内院琵琶；水落新畦，不照平章燈火。名額既苔侵古篆，粧臺亦雨洗殘脂。蘇子成隄，顧而曾樂；參寥有井，游豈如初？乃若舊宇生風，唐宋三使君之蹟；殘碑蝕土，岳于兩少保之靈。弘奏疏於漢京，虹吐忠州之生氣；歸祠堂於魯殿，天留徽國之遺型。是達人不慕紛華，或僅心耽風月；志士求無磨滅，尤能氣壯山川者矣。

僕者生長於斯，魚鳥都能親我；睠懷自昔，烟嵐亦復撩人。泛舟錦帶之橋，波光自碧；載酒風篁之嶺，山色常青。歌舞想當年，將毋視爲尤物；登臨期我輩，或有感於斯文。

三月一日盧息溟招集數間草堂序

春深小苑，纔迎百五之時光；人聚衡門，詎數尋常之主客？端居多暇，荷良友之招邀；永日相將，合同人爲歡笑。時則泥沾蠟屐，宿雨初收；風襲麑裘，輕寒未散。破蒼苔之磴，細路逶迤；開紅藥之軒，曲欄宛轉。地隔塵囂而得静，天逢晻靄以加妍。披度幙之春風，柳眠乍起；轉烘簾之午日，花醉將醒。誠可舒嘯咏之幽情，發觥籌之雅令矣。

爾乃吟成大叫，意氣昂藏；興到連浮，襟期豪爽。在諸公，才盈八斗，允號大家；在賤子，量過三蕉，未甘小户。無妨酩酊，姑中聖而中賢；有意流連，遂卜晝以卜夜。俄而燈移牕外，竹影交花；人醉筵前，茶香醒酒。翻觸十年之舊事，慷慨橫生；暗生千里之離心，悲歌復起。兒時賡和，雅稱總角之交；壯歲浮沈，苦負登車之志。何況論文有約，常思渭北春天；剪燭難期，絶悵巴西夜雨。彼夫右軍超曠，移情俯仰之間；坡老名通，寄嘆盈虚如彼。昔人同感，達者興懷。然而濠濮論心，雖是知音難得；竹林把臂，仍呼我輩不羈。此則疏觀生物，聊爲隨處之徜徉；休計索居，且盡當前之欵洽者也。

於是重斟犀角之杯，酒波倒捲；競擲鼠鬚之筆，墨陣橫排。既敷衽以相宜，即閉門而亦可。數間同聚，盧仝之吟作結交；三友環看，桑户之笑成莫逆。倘諸賓有興，醉且無歸；賢主多情，援而知止。則三春正盛，先成一夕之快談；上巳非遥，徑請連朝之痛飲。

桑伯子詩序

風騷之作，情性所流。故誦之可想其爲人，而作者原藉以言志。流連境地，發興良奇；憮寫景光，竭情斯妙。得意疑爲神助，驚才本自天生。岑寂懽娱，激昂恬適。隨其一唱三歎，歸乎異曲同工。

伯子士望攸崇，吾宗之杰。少即爲名公所推激，天令作詞伯以徜徉。豈詩必窮而後工，乃律則老而益細。昨者曾爲梁客，逌然時發郢吟。過舊苑而磊砢作歌，意自得也；登高臺而慷慨懷古，誰能和之？況乎小筆風流，逸情雲上。掣鯨魚不遺翡翠，賞秋菊又有春蘭。莫測長才，具含深致。若夫治安之策，即在聲詩；草莽之臣，特抒忠藎。是碌碌十九人之列，無此謨謀；而洋洋三百篇之遺，獨存元本者也。綜平生鴻製，未窺全豹，先見此一斑；問海内名流，豈無他人，不如我同姓？

棣華樂府序

棣華樂府者，盛氏四丈、七丈、八丈之所作也。同調得朋，近喜連枝之並；倚聲協律，各存百闋之多。睇厥門才，豈止標乎鼎足？齒其家數，咸有感於風心。追話當年，雅傳勝事。人如冠玉，賦並鏘金。掐譜肩隨，方滌紅絲之硯；當筵喉囀，遽橫紫玉之簫。春催映肉之花，寒勸殢人之酒。兔華圓缺，虬箭沈浮。艷句消魂，鵑灑方啼之血；濃情書夢，蠶牽到死之絲。恬吟既刻燭而成，俊賞亦擊盃未已。古猶今也，旗亭頻唱雙鬟；兄及弟兮，墨苑詎徒聯璧？吴頭楚尾，那堪《水調》之悲；趙北燕南，偏惹《柘枝》之怨。雨飛今舊，夜夜懷人；亭數短長，年年作客。睆無情之烟樹，蕩有限之年光。沈碧波中，送來黯淡；軟紅塵底，訴出飄零。此則芳草黏天，斷腸辭就；羅裙窣地，團扇書殘者也。

移鵲尾於案前，窺豹斑於管内。欲效顰而不得，竊置喙以何傷。謂四丈緘愁隱約，傷春蹙南國之蛾；吐調蒼涼，叫月斷西風之雁。七丈《子夜》《吴歌》，嫋嫋三日遶梁；《霜天曉角》，嗚嗚一聲入破。八丈盎流古韻，湘靈瑟則江上峰青；冷瀉幽情，鮑家詩則秋墳鬼唱。無論豪蘇膩柳，俱屬妍辭；比於瘦燕肥環，總爲尤物。如斯之論，寧不其然？乃一則苦敝黑貂，十上頻聞毷氉；空儀丹鳳，九苞頓失毰毸。一則嘔出心肝，天上之召歸何亟；不勝羅綺，人間之看煞堪嗟。過七丈以論心，屬一言之弁首。龍門捧袂，低徊久之；象軸題辭，唏噓而已。

日者一梳涼月，滿把商飆。吟牖方開，觥筵未散。提鉛握槧，空馳傖父之光陰；減字偷聲，不作少年之生活。已印雪鴻之爪，重燃蠟鳳之灰。在逝者黯度前塵，神仙已葬；而生則拚犁慧舌，綺語難銷。往來蟹籪魚莊，醉醒笛村棋墅。悠然而去，依依縈棹之白蘋；鏗爾以吟，歷歷記歌之紅豆。

張氏印譜序

雪晴小苑，鳥跡剛留；日上南軒，客蹤重到。頻窺石鼓，悵予生之已遲；新入寶山，訝天才之莫及。吾友張也，名早播於文壇；我心寫兮，時則觀其藝圃。車渠瑪瑙，鐫鐵筆以成章；雪藕冰蠶，印丹砂而作譜。靈書鬱律，似曾往叩龍威；奇字璘瑞，何必不爲蟲篆。雖云寓意，自有得心。人共服其多能，是誠堪與道古。

周官則有掌節，《左傳》亦載璽書。印有官私，秦之前已經發軔；篆分大小，漢以後始覺濫觴。蘇季子之金章，歸於何處；馬相如之瑶篆，尚在人間。佩亦何常，傳之其偶。顧或斯或籀，詎嘗雜施鐘鼎之文？爲玉爲金，亦未礲取峰巒之石。因心作則，踵事增華。緬想斯風，變於何日。而况任參僞體，且二篆之不分；縱號專家，於六書乎何取？典型邈矣，感慨係之。然而荆關畫苑，恒借標題；趙董書家，偏資鑒別。拾得古通侯之印，祇比於折戟沈沙；諦觀諸墨客之章，直不啻撥雲見日。審知真贋，妙別毫釐。豈惟儒雅芳名，文鐫秦漢；抑且官家別璽，欵認宣和。隨爛煤破楮以流傳，映錦軸金題而輝耀。宋則晁、姜諸子，元惟頫、衍兩家。遞有甄綜，咸成譜録。而或者識精考古，技遜攻堅；別有畸人，擅兹絶藝。相沿家派，三橋能繼其祖風；獨樹前橅，雪漁允推爲巨擘。詢諸當代，未乏名流。共知夐出尋常，聊爲數其一二。有若穆倩則旌竿早豎，默公亦旗鼓相當。華亭之英，曾標葛起；如皋之秀，乃有許容。顧亓山試問何如，陳石樓頗稱杰出。凡兹老輩，固自超群；在昔鉅公，雅多好事。用激揚其聲價，並吟諷以歌詩。舊德雖徂，餘風未謝。

嗟乎！螭虎辟邪之紐，後人姑惟意所爲；龜鸞垂露之書，古帝亦隨時而作。要惟精於繆篆，運彼銛鋒。擇其善者而從，不離古文近是。一波一磔，吾欲觀已奏之刀；如琢如磨，君豈有未攻之玉？

易氏印譜序

才情駿發，藝事流傳。翳惟風雅是親，未謂聲名之濫。心聲心畫，須蠲恒似之形；海水海山，堪領澹忘之韻。道也進乎技，斯事絶非偶然；志乃凝於神，解人自此遠矣。即如傍工繆篆，不過游戲生涯。而稽古精嚴，眼辨三倉之體；問奇博奥，指陳二篆之源。詎有鴻生而譌蟲跡？斯固通材之攸擅，抑觀銛鍔之所成。譬彼禪風，臨濟、曹溪之異派；又如繪事，摩詰、思訓之分行。並濬靈心，以揮妙手。秦漢之氣，括真意於鴻濛；天水之波，散綺文於潭谷。蔚爲宗派，斷自元明。趙王孫以迥秀之姿，鐫高名於龍虎；子昂圖章邊作龍虎文，係『天水』二字。文待詔以聯輝之美，傳清業於冶弓。往哲風微，蘇爾宣、丁源公渺乎誰嗣？時賢玉映，許、葛其殆庶幾。摩倣而得天然，謂雪漁之弗可及；游行而含仙致，惟穆倩果無與儔。蓋其意所不期，砉奏刀而入聖；微乎獨造，恍離物而存神。谷園學之，亦虎賁之形模彷彿；彦明佳甚，程氏。則虬髯之意概縱横。品列正奇，宗分南北。乃若禾之真木，徐氏。杭之介菴。張氏。昔也虚谷聞跫，今已靈光失歸。鄉之先輩，一藝其可忘諸？海内名流，多材是之取爾。

於斯時也，乃有人焉。才著專兼，名居吏隱。詩文書畫，克世其家；台蕩湖山，恰羅諸勝。猶出一編印譜，屬題數句巵言。夫其有玉能礲，願借他山之錯；發硎不頓，妙爲虚刃之游。壓龜紐於鴻爐，扛龍文於健筆。志士鍊成心鐵，暗自摩挲；鄙人試運毛錐，未辭刻畫。要以上乘既得，知其半夜傳衣；神品斯標，留此夕陽粉本。其人爲誰？則湖湘易氏也。

爲河南士子謝恩科

孝思錫類，賡天保定爾之章；壽考作人，上聖主得賢之頌。祥鍾慈慶，屬流虹繞電之期；

運仰文明，追詢岳闢門之代。況事則繩其祖武，而恩爲簡在帝心者乎？克行曠典，端在昌時。欽惟皇太后祚毓有娀，德齊太任。宮中堯舜性彌，鞏固乾坤；天上苞符彩掞，升恒日月。徽音嗣美，協康彊逢吉之休徵；聖善揚芳，啟俊乂在官之雅化。

欽惟我皇上孝邁虞周，文昭雲漢。承顏椒掖，握自天申命之圖；選雋蘭臺，歌復旦重華之景。甄陶萬類，物自荷乎皇慈；和順千方，德無加於聖孝。茲逢聖母，福凝萬壽，歡騰長樂之宮；遂爾恩科，詔下九霄，喜動大來之日。聿標駿烈，式廓鴻規。閏仿《虞書》，期三百六旬伊始；壽探周策，萬二千五百有奇。莫大乎尊，莫大乎養，成豫順而著黃中通理之徽；必得其名，必得其壽，表坤貞而熙鴻號無窮之美。翩翻起舞，鶴如太乙之仙；的皪高懸，珠似文昌之氣。臨軒策士，臚傳捧一朵紅雲；視膳問安，上壽醉九重春色。惟帝賚旁求乎天下，同瞻文德誕敷；惟皇來自服於土中，尤覺湛恩汪濊。昨者鑾輅過軒轅之洞，親受芝圖；今茲龍光照王母之壇，遥稱玉斝。聖德高逾崧岳，顯厚載而善則歸親；恩波廣溢洪河，占彙征而功惟法祖。收中原之豪傑，隨上國之衣冠。春氣融和，梁苑振蟾宮之步；秋風薦爽，燕臺參雁塔之題。摛式歌且舞之清詞，抒生甫及申之灝氣。若南河、北河之水，挾萬派以朝宗；若太室、少室之山，向五雲而繚繞。鄒枚授簡，頌聲喧文雅之臺；元愷升朝，才子出高陽之里。紫禁之萬年，枝煖蘐庭，開閬苑之花；黃鐘之六律，音和嶰管，采淇園之竹。卜年卜世，則臺邊蓍草神龜，上覆黃雲；有翼有馮，而岡上梧桐翽鳳，朝迎紅旭。覽春明之物色，早逗陽春；觀豫省之人文，丕揚和豫。潍涣汎清寧之繪藻，圖書浮河洛之榮光。燦映北辰，千里雲連芒碭；瑞呈南極，一天星聚潁川。翕受敷施，自時中乂。才收岳降，三川之色似霞蒸；衆効嵩呼，萬歲之聲如雷動。從此青雲騰踏，共矢忠君報國之誠；紫氣蘢葱，遥陳地久天長之祝。

答沈樗莊書

海内知名，風格迥超流輩；夢中傳筆，詞壇每見佳篇。憶蓮社于當年，竟至失之交臂；訊萍踪於異地，乃能相知以心。欣會合之有時，惜分離之太遽。追風莫及，已馳櫪馬之韁；觸暑遄歸，轉遘河魚之疾。腸回九曲，日似三秋。呼兒烹鯉，書有加餐相憶之言；如岠依蛩，情傳得草聞聲之喜。未願封侯于萬户，快成知己于一朝。天下談士相聚而言，詎曾有此？十年聞名而不得見，是則然矣。

古如可作，君以太白、子瞻爲歸；儗不于倫，僕豈荆州、廬陵之侶耶？要之擅厥長才，索暗中而亦得；讀其麗製，信名下之無虚。豹僅窺乎一斑，狐早集夫千腋。擬沽十千之酒，爲論四六之文。聞其年陳討檢有云，骨騰肉飛，詎乏驚奇於儷體？就此時而論，酒酣耳熱，一爲主客之歌行。寧惟覯屬對之能，所貴極横行之妙。毋呵小技，具識苦心。昔嵇相國欲薦君於詞科，乃安期生輒游仙于海曲。結念非存霄漢，留蹤疇計雪泥？時得雋有椒園，此舉差强人意。省歸來於栗里，吾生自樂天真。身則焉用文之，足固未嘗刖也。夫窮通有命，奚忍拋萬卷之書？得失捫心，當別作千秋之事。所見門才卓絶，並御二龍；若其天性翛然，獨推一鶴。爲數江鄉之彦，不幸汳上之遊。有若馬石蓮崛起于韓江，張圖東騰冲于徒浦，張瓜田春容於檇李，查巖門奮迅于鹽官。四君皆到中州始交。當前指僂，皆爲我國顔回；此外心傾，其在神交阮籍乎！謂沈房仲。曩者無縞紵之投，是以未識也；今兹詢東南之寶，豈其易盡哉？

嗟乎！吾意肫然，豈止昌黎之拜東野！君言過矣，且謂從吾之學陽明。第稱疊席於經師，泚然流汗；況奏聚星於太史，恧矣赬顔。爲營石綽楔于通衢，故攜管城子於遠道。兒曹弄舌，未如小鳥之綿蠻；長者瑩蹄，偏指新駒爲叱撥。均叨獎飾，詎敢承當？恭惟至性至文，應屬旌門之巨筆；是父是子，彌振泣血之深衷。抱沉痛於終天，難湔罪戾；賫大文而入地，用表幽潛。再拜乞夫華衮，千行隨而雨下。悲可知矣，尚何言哉？若夫詅癡符不堪覆乎醬瓿，光明錦斯可懸諸國門。固宜俯憐梨棗之災，仰望瓊瑤之報矣。至若讀書有種，預期遥集之成名；學《易》何人，共卜商瞿之得子。願栞書之有托，佇弧矢之高懸。禱祝之誠，殷拳于是。伏惟珍愛，以慰思存。

爲家君壽盧天羽先生八十楊夫人七十序

老人星現，朗映秋分；紅女線添，喜迎長至。以兹佳候，爲懸弧設帨之辰；維我通門，有舉案齊眉之範。會耆英而年齒，於今日耋；傳賢媛則音徽，亦古所稀。百歲期頤，天錫之以純暇；十年以長，地行厥有雙仙。於胥樂兮，何其盛也！

恭惟先生韻則高騫，道惟偕隱。家世爲四傑之一，詞華且七步而三。理味可娛，靜者之心多妙；時榮非好，逌然之嘯何長。出入墻東，優游硯北。與漁樵而争席，倍覺忘機；集芰荷以爲裳，聊堪適志。此微獨清德可師也，蓋亦有賢耦之助焉。恭惟夫人慧解法言，恪遵內則。孟光擇對，釵只留荆；靖節續昏，人並如菊。既相將以却聘，遂雅意於安禪。在先生，妙註金經，逃緣有托；在夫人，如揮玉軫，倡乃能隨。室中虚白自生，松下清齋與共。歡然偕老，敬之如賓。乃若有子而才，爲時之彦。操筆承其家學，登壇冠乎人群。諺亦有言，後進領袖有裴秀；吾卜其遇，高文典册用相如。流風其殆庶乎，富貴恐不免耳。

僕鄰數間之屋，實聯兩世之交。不量力而笞兒，令論學以取友。堂開三益，叟則招之使來；集署同心，兒以扶焉得直。雞鳴風雨，蠹食詩書。攻苦交深，並給熊丸於柳母；唱酬自洽，載賡鳳曲於桐孫。第令摩厲以須，安問樵蘇不爨？以爲可教而辱教，中才亦望有成；擇其善鳴而使鳴，奇士夫誰與敵？一彈指頃，二十年來。子又生孫，頭露嶢嶢之玉；老寧再少，鬢餘皎皎之絲。童子何知，倏壯而有四方之奔走；老夫耄矣，幸晚而成二老之往來。賢者是兄，愚者是弟，無多友簿之金蘭；男願有室，女願有家，申以孫枝之蘿蔦。心乎愛矣，顧而樂之。乃秋冬之仲彌佳，翁與姥正當初度；而《豳》《魯》之詩偕美，酒與壽俱咏曰朋。瞻灝氣之所鍾，月呼端正；按春陽之始復，天無改移。走也不文，拜而進祝。介眉壽，則群斟盃緑，飲此何辭？

問頭銜，而翁號書蒼，讀之不倦。猶有誇張少年，處吾則尚少三齡；未須料理白頭，人婦亦行將七十。兩家子弟，年年陳醽醁之觴；百世婚姻，藹藹合團圞之宴。中梱全爲人瑞，任鄰翁揚東里之美談；連宵正賞月明，知老子動南樓之高興。

金母馬太君八十壽序

輝輝寶婺，如皓月之中天；葉葉水芝，點青錢於半沼。庭來舞鶴，占紫氣以翾飛；客有歌驪，望白雲而遄返。踰一月則夏維書五，便逢縣帨之辰；當八旬而歲必論千，宜有介眉之作。於是臨風贈策，命僕夫姑駐征蹄；即席揮豪，博下女齊開笑口。大年有頌，小住爲佳。

太君望樹銅標，德含玉質。十三爲婦，嗣宜家宜室之徽；左右承顏，得君舅君姑之志。侍尊嫜之奇疾，匝年而湯藥親嘗；成夫子之賢名，畢世之笑言豫順。猗歟樛木，御其下以彌寬；煦彼鳲鳩，視所生而倍摯。流黃織素，率先誡女於勤渠；紆紫拖金，豈止教兒以宦達？令子毓崑君，起家韜略，直周廬扈從之班；爲國干城，表邊塞詩書之將。雍容鷺堠，題名登百丈之山；迤邐魚軒，視膳過雙江之水。既而移官尋甸，前將軍則鈐轄專城；並轡元戎，太夫人則綸封一品。羽導歷紅苗之寨，扇以仁風；冰心暎白玉之壺，賓茲清節。雅歌終日，欣接文儒；禮射連營，宛成揖讓。悉承慈誨，以戢巖疆。抑有美焉，尤其大者。

今夫霜機軋軋，最崇布素之風；玉手摻摻，足溥女紅之利。廼聯幐如雪，空收吉貝千堆；

而比户戒寒，莫貯巾箱尺幅。太君則肇開風教，廣播經綸。躬爲織女之師，手授紡車之式。妙穿梭於腕下，遲落剪於窻前。於焉杼軸非空，襁負歸來。緩緩氓蚩，有抱裙裾裁處；垂垂女子，乃生載弄之瓦。庶人以上，皆衣其夫。豈非功可媲夫西陵，類興蠶績；俗則沿乎南詔，紀在麐編者乎？且夫臣忠子孝，北堂之懿訓昭然；武達文通，東第之榮光赫若。孫枝挺拔，彤廷字對三千；比部平反，丹管條陳十二。况晋備鷹塗之選，更騈羅蟾窟之香。列在膠庠，共羨章縫子弟；起拈翰墨，自稱騷辯門徒。小者誰何，固已盈庭競爽；生而岐嶷，寧惟五世其昌已哉？

僕者因依華省，寄泊高齋。自古論交，叨附紀群之雅；從吾講學，庶幾翺籍其尤。相期空冀北之群，相伴有江東之弟。矧攜來兒婿，疊呼小友於階除；而相厥孫曾，俱授遺經於鐙畔。既忠且敬，久抗顔而爲子師；曰壽而康，用介福於其王母。因不辭而撰序，書用榴皮；亦舍此以何能，芬揚萱草。乃若小人有母，嘗結夢乎蘭陔；聖主如天，即沛恩於椒闕。許之覲省，得伸寸草之心；於以旋歸，正熟蟠桃之歲。它日者奉潘輿而北上，依依嚾首交親；割郈宅以同居，藹藹錦綳圍繞。雖内言不出，端令範於閨門；而賓至如歸，洽芳鄰於世講。兩家合奏，按東生續補之詩；百歲期頤，會孟氏三遷之里。仰慈幃之並健，喜子職之常供。顧而樂之，必有日矣。爰擘花箋於裴野，群看建烏楔而來；遂銜芝檢於萊堂，予且著斑衣而去。

吴母胡孺人六十壽序

龍淵千頃，扁舟如在滄浪；漁笛數聲，舊客借醒塵夢。際圓紅之方杲，睨澄碧以殊寒。海蜃嘘來，晴飛煙雨；雲虹駕處，冬汎春波。葭吹將見天心，蘭臭恰逢地主。斟浮浮之新釀，色灔翠濤；懸的的之華星，輝明寶婺。羡標英於西水，繇稟訓乎北堂。如吴母胡孺人者，有足稱焉。

孺人毓自清門，所生則名書國乘；嬪于良士，著代而德懋閨庭。蓋洗手作羹，藹雙承乎色笑；而驚心嘗藥，敬曲體乎姑嫜。時且閲乎冬春，身弗離夫左右。極甘鮮而進匕箸，詎常時瀡瀡之供？問痛癢以就牀幃，效細意抑搔之舉。躬欲代之而不得，患已入於膏肓；力既竭矣而加勤，孝則根乎天性。是可爲天下法，奚止風浙右之媌婭？無以報新婦恩，直可媲山南之祖母者也。

抑吾聞之尤其懿者，則賑荒不一而足，種德殆莫與京乎！曩者屬饑饉之頻仍，惻然見流離之填溢。時則賢雄倡議，因而仁里同心。散米以濟鄉邦，爲粥而食餓者。其規畫抑何井井，既拯救之有方；其捐輸不厭多多，遂全活者無算。而夫人則仁心爲質，嗟菜色之紛紜；婦道無成，贊藁砧而慷慨。傾箱倒庋，罄銖兩以相經營；援困扶災，倍尋常之爲任恤。可不謂好行其德，助發粟於倉中；洽比其鄰，鄙持籌於燭下者乎？

竊嘗見夫釵笄恒謹，操其筦鑰。心存阿堵，慳爲難破之天；家有兩娑，守則常稱曰虜。夫受其制而不耻，物期有濟而無由。所在皆然，良增永歎。而琳宫寶刹，輒隨喜以布金；錦纜牙檣，時宴遊而饌玉。不知射晴空以紺碧，何功德之可言；墮芳徑之鈿珠，更嬉遊之足戒。然則聞賢媛之風者，其亦回薄俗之弊哉！况復性含静一，徽極柔嘉。終身舒不怒之容，遇事有常貞之德。以兹式穀，卜五世之其昌。邇者介眉，值六旬之初度。

僕也過宣公之里，暫繫吾舟。登陶母之堂，遂爲斯序。蘄鶴鳴於二子，雋發其同；序燕喜於百年，屠維伊始。金樽注緑，佳辰來不速之賓；錦幖裝紅，他日捧重封之誥。女當添線，占鴳景於璇窻；僕尚賡詩，譜鵝笙於華黍。

張母劉太君六十壽序

鳳鳴六琯，肇啟黄鐘；鶴算千齡，先週花甲。起居翠閣，太夫人色笑暄然；廵歷茆檐，東諸侯聲施煜若。煦煦陽春之脚，德易流行；霏霏寸草之心，暉難報答。芳叢味俊河之魴，蚤進盤匜；愛景光妍冬之日，晴烘簾幙。香飛錦帨，霞簇斑衣。太君禮嫺内則，教秉義方。家本從龍，奮跡三韓之外；嬪而挽鹿，流徽一曲之間。女誡母儀，是皆然矣；官箴家訓，弗替引之。却揚北海之高風，爲話南軒之舊雨。聊資開口，以助介眉。

曩者鄭氏階頭，多生書帶；江生夢裏，方綻筆花。來往朋遊，盡寰瀛之名士；朝昏談讌，罄藝圃之清歡。玉笋連催，青浮竹葉；銅槃列照，紅吐芙蓉。擊鉢賡詩，花塢俄看月上；圍爐道古，屬簾詎識霜飛？藉非陶母殷殷，剉薦截鬟而不惜；奚自陳賓藹藹，闔門投轄以忘歸。蓋聲華已並八厨，而契托惟迎三益。故爾門庭不雜，因之翰墨日新。既肆力於詞鋒，復精心於繆篆。孝廉船在，已標才子之名；《金石録》成，亦見雅人之致。

憶賤子擔簦日下，在看碑太學之年；與郎君把袂風前，草修禊蘭亭之序。竹林繁露，商奥義則絶不窺園；木葉秋雲，賞新吟而時邀題扇。飛黄嵩騁，何人如渥木之駒；結緑須攻，視我等他山之石。是母是子，不去口以稱賢；孰主孰賓，並忘形而爲友。彼一時也，於胥樂兮。

既而飛舄東臨，值行春而載槖；將車北上，恰道舊以班荆。蕭蕭冰雪之辰，鹿鹿風塵之際。紅氊錦幰，相映璧人；席帽旗亭，亟呼詞客。道旁良覿，彌深兔苑之交情；車上同行，猶顧雞壇之儔侣。謂朱予齋、周肄三。意良厚矣，僕豈忘之？此仰睇停雲，大有懷人之句；而遥斟春酒，可無侑爵之辭？爰操側理以書，用獻北堂爲壽。人歌天只，群戴蘇天之天；兒咏母兮，更依杜母之母。板輿御處，時看滿縣之花；鈿軸封來，奚止一通之誥？河山十二，棠陰近莅乎小東；賓客三千，萱翠遠踰乎大耋。

盛母鍾太夫人七十徵詩啟

春深檇李，花明祓禊之堂；歲熟蟠桃，鶴舞長生之宴。一鈎新月，暎寶婺於瓊霄；幾曲清流，汎羽觴於翠渚。人集繁華之日，冠蓋如雲；天迴和暢之風，芝蘭滿砌。芬揚彤管，允徵懋德於珩璜；韻譜瑤笙，宜掞新詞於華黍。

太夫人少嫺女誡，躬作禮宗。習高山流水之音，式含静好；逌旭日泮冰之歲，彌著柔嘉。其來歸也，春續鸞膠，居室而嗣爲家督；秋攀蟾窟，蜚英則升在鄉書。映雪軒窻，佐清吟於寒夕；采蘋澗沚，主禋享於齋辰。進厥羹湯，奉尊嫜之色笑；遺之雜佩，來夫子之朋遊。仁類鳴鳩，子則飼之如一；誼隆葛藟，根有庇以加蕃。蓋承郡符藩服之家聲，大體之搘持不易；而操酒榼詩筒之内政，同心之黽勉殊勞。苟惜我釵璫，則戚黨之艱虞孰拯？亦屏茲羅綺，斯門庭之清約可師。

乃若安定作儒官，旁舍之横經甚盛；孟光爲淑耦，後堂之舉案相莊。絡繹生徒，煦春風於廣座；繽紛食器，輝夜月於中厨。相逢白髪之門生，猶話絳紗之舊事。與聞經義，便稔徽音。此名不後於宣文教，實遵其内則者也。

既而玉樓作賦，諸孤藐以差肩；石闕啣碑，少子生爲遺腹。斯時也，苟龍有八，庭前之食指綦繁；陶鵠不雙，鏡裏之愁顔獨黯。故家喬木，綢繆緑野之堂；斷杼零紈，似續青箱之緒。空闈畫荻，凌冬之影帶清霜；静夜辟纑，照壁之光凝寒冰。先辦禾塍之税，户不驚尨；争攤柳篋之書，案惟剔蠹。於是泮璧成爲家塾，蕋珠刊列名經。服官傳仙令之聲，封鮭勵藎臣之志。孫曾諱沸，中外駢闐。溯昔稱未亡人之始，纔三十有六齡；迄今爲曾王母以來，已七旬之初度。

竊嘗徵之女史，惟撫孤教育之爲難；洵不爽乎天心，俾逢吉康强而未艾。層巖積雪，益堅松柏之心；藝苑歌風，大播蘅荃之氣。可無巨作，以頌遐年？伏願鳳逸高才，龍跳奇筆。介兹眉壽，即留蘭亭醉本之珍；稱彼兕觥，不數金谷芳園之會。千篇錦帙，春暉明上巳之天；百歲巍坊，綽楔表高陽之里。

吴君傳

君諱文煒，字旭昭，姓吴氏，嘉興人。以諸生貢太學。少便能文，時向春波浣筆；晚非得志，一令天府知名。吾所樂得而書是，在炳然之美。則康熙壬寅、雍正壬子賑事，爲最著焉。天災流行，堯湯所有；民生休戚，邾魯相聞。顧論策於救荒也無奇，而存心於愛物者有濟。君其勞矣，衆實賴焉。

其初賑也，旱魃爲虐，隔年之蜡饗不通；監門有圖，中澤之鴻哀殆遍。粒珍如玉，形瘠於鳩。當事咨嗟，勸爲粥以飽餓者；君言磊落，請散米以肉骨之。並扇仁風，不經蠹手。户稽其口，人予之糧。對貿貿而忍道嗟來，發陳陳則固云周急。念流亡者衆，輸則争先；謂鄉黨宜親，賚之恐後。三日宿於賑所，四方聞而蹕之。

其再賑也，海田則螟螣薨薨，江省亦波潮汩汩。目此人民之蕩析，心乎兄弟之顛連。鳩同志十有九人，礲香秔五百餘石。福城寺裏，漏澤院中。男女分攜，旄倪量給。其來轉夥，攸濟靡遺。惻乎偏予長腰，流者不吟瑣尾。開賑於二月之吉，竣事而一人不傷。無食之民，免轉乎壑。有司曰善，爲表其閭。即一事亦堪傳，活千人者有後。子二：高增、高埈。得文譽，有父風云。

桑調元曰：禾有陸氏紹成，哲人早謝。其弟莘田，風範斯存。在君家石塔之浜，尋前輩臯比之帳。緑蕉摇於砌畔，清茗啜於杯中。予有往還，君緣晋接。伊惟曩者，曾是藹然。與耆老爲因依，貽後昆以橅楷。蓋尊師敬學，亦綦難哉！其樂善好施，有自來矣。

吴母胡孺人傳

孺人姓胡，太學生儆菴之女。嬪于貢生贈知縣旭昭，高增、高埈兩知縣之母也。封孺人。乾隆十九年十月二十三日，終于阜寧縣署，壽七十有五。歸葬秀水。子二，女五，孫男十，孫女八。

生而淑慎，孝于庭闈；嫁更温恭，宜其家室。事君舅君姑，等所生而克謹；遭杖桐杖竹，迭送死以纏哀。沐櫛連三月之間，挽髽在十旬之際。哀勞過甚，尫病不支。因孝感而獲痊，倍辛勤以佐讀。名一登于天府，勸慰淹沉；時兩值于飢年，贊襄賑濟。喞感在萬人之口，代終出慈母之心。五夜書聲，授熊丸而教子；十年壇席，腆脯酒以供師。僕亦曾擁臯皮學焉，並成麟角。儒門鵲起，仕版雁行。一則秉鐸過江，秀競千巖而雨化；一則牽絲隣省，仁敷百里之雷封。節孝搜揚偉矣，大儒祠祀；脂膏謝潤潔然，小市價平。肯構生輝，鐫聖賢之像；登瀛競爽，成寒畯之名。凡兹南國嘉猷，悉稟北堂懿訓。徐歸同穴，下報所天。年已過古稀焉，事則爲今烈矣。

桑調元曰：天必報人之善，家惟利女之貞。賫賑而𪏲粥盈瓢，昔則食諸餓者；膺封而疊衣在笥，今兹安且燠兮。船是孝廉，簡能而紆墨綬；官于學校，報最亦綰銅章。女夫淡墨書名，孫子青衿成列。母之流徽遠矣，吾之點筆諒哉！

答王方伯聘主大梁書院啟

明公英鍾昊會，光映崧高。日下摛文，三筆耀龍鸞之采；天中沛澤，四郊沾禾黍之膏。爲豫之屏藩，帝心簡在；將晋之節鉞，衆口交推。策對萬言，早歲貫天人之秘；謳聞列郡，中州洽風雨之和。門才自鳳洲以來，有此登壇蔚起；公望握麟符而後，即爲開府儀同。治以勸學爲先，然後民知敬學；意惟尊師是急，俾之人自得師。不圖睢州夫子之鄉邦，濫以浙右鄙人爲山長。

追維曩日，曾依謝傅庭中；參附齊年，並出歐公門下。遂承許與，謬勞席設饘堂；特辱招邀，亟擬規傳鹿洞。殊慚荒陋，豈敢抗顔而爲？深荷勤拳，難違刮目之待。却憶巴山夜雨，來看梁苑秋烟。豈其地固相宜，或亦天爲作合。蒙施聘幣，儼具緘書，光賁臨之，愧叨而已。

伏惟人文日炳，德教雷行。懷四書院之主賓，藉以昌明絕學；承八大家之流派，因而振起鴻文。叩之則鳴，于我何有？教其不逮，非公而誰？多士群企乎飛騰，佇快覩扶搖而上；吾兒初學夫繢藻，亦從遊澌涣之間。勉副嘉招，已覺奉清光之不遠；附塵拙集，亦足觀微志之所存。

答張圖東

頃承手教，感荷心知。如高文乃盡態極妍，在拙跋豈同工異曲？正爾飛花點溷，難飄空際之香；豈其妙曲驚魂，出自爨餘之響？古駢體原重五經粉碎，僕效顰曾無一語入元。不免相因乎陳陳，安得生新之蔟蔟？殆有可憎面目〔一〕，何來速化神奇？祇益多師，細講別裁之體；殊慚今日，惟觀屬對之能。不遠秋闈，談須拊掌；想多夜夢，望苦回腸。冰鑒有孫揚，良馬自群空冀北；風流屬張翰，步兵早名震江東。盤敦壇前，其相合者有兩；櫜鞬道左，可許立而爲三。辱承七夕有懷，寵以一詩見寄。韻則依之而和，句雖倍而難酬矣。

校勘記

〔一〕「憎」原作「增」，據文意改。

爲濂溪書院請題求宸翰

元公倡道，舊居廬阜之陰；書院育才，新建濂溪之上。惟開府事多師古，注心于食墨之先；亦分曹謀屬僉同，併力在鳩工之際。自去秋卜築，方雲搆于岩阿；洎今夏落成，即翬飛乎霄漢。賢關乍闢，先標入道之門；聖蘊宏開，高擬傳心之殿。濯纓橋畔，泝伊洛之源頭；太極廬前，尋孔顔之樂處。繞周遭之邱壑，神則充周；列高朗之亭臺，襟惟灑落。爰諏吉日，遂集生徒。祀事孔明，虔駿奔乎在廟；德心克廣，欣于邁以從公。物有其容，禮成而退。青燈的皪，並駢集乎齋房；絳帳翩翻，每環羅乎講席。虹霄雨霽，横天邊之秋水晴川；龍洞雲歸，挂林杪之疎星淡月。泗濱春滿，日可尋芳；三尺寒深，人思立雪。聚四時之光景，著萬古之文明。覩雍容揖讓以相先，喜游息藏修之得所。有吾與點意依然，吟且弄之天機；匪我求童蒙美矣，静而清之道脉。龜趺屹立，穹碑照燭乎雲岑；蠹簡編摩，《大序》闡揚乎《圖説》。

昨者遥臨棨戟，瓣香晋謁乎賢祠；今兹辰告訏謨，封事請頒乎御筆。以周子爲道學中興之祖，宜予表彰；以書堂爲庭草交翠之區，當思振起。洪惟聖人，首出契間出之英賢；獨稱茂叔，生知啟學知之統緒。公乎入奏，求銀榜之高懸；帝必曰俞，出乾文之丕焕。衆之所望，今也其時。况前太守，系出廣川，在此地經營慘淡。仰大中丞，時之安定，俾群倫鼓舞歡欣。垂厥千春，在斯一疏。將見雲蟠五彩，護奎畫以紛綸；氣曜三辰，映璇題而燦爛。陟降先賢靈爽，挹光風霽月以無邊；濯磨後學心思，比鹿洞鵝湖而有耀。清鏘絃誦，添和潺湲流水之聲；都雅章縫，增輝縹緲浮嵐之色。成人有德，朗如玉山上行；童子尋師，煖在春風中坐。静則虚，動則直，于聖學其庶乎；德爲藴，業爲行，以文辭者陋矣。講習深而感思遠紹，師道立則善人多；陶鎔久以上應旁求，賢才輔而天下治。蓮華峰峻，蹤前修而仰厥高山；竹葉杯香，告成事而酹兹清酒。光炳乎日星河岳，宸章揚厲以無前；群瞻夫文物聲明，公德昭垂乎不朽。

書張圖東詩後

讀新作，仁漬寸丹，倦舒雙白。懷蘇州理人之術，含漫郎刺艇之思。看今又來之花，衷哀紫陌；待幾回圓之月，徙倚西樓。三百古詩中，情綜群怨；十九寓言内，意取逍遥。哀彼嗷嗷，公其與之安宅；作此寂寂，我欲完厥唾壺。多方以惠及之，一笑自遣而已。況奚啻萬事之足，又新排一卷已成，即此可欣誦而忘倦。凡今出群誰是，于後必傳無疑。

再書圖東詩後

篇三致意，輒復奇工；日九回腸，彌增篤愛。此真西子，堪執定鏡而求；誰鼓焦桐，弗有刺船之慕。前跋語，本無心爲四六；于藝林，且不齒于尋常。猥舉名賢，謂且鼎立而三矣；倘臨大敵，將毋戟持失伍耶？無不我可，其醜遂忘；有若君才，厥妍獨聘。春去也，陳迹以之興懷；詩有之，長言又加咏嘆。如篇中所云者，是可忍，孰不可忍？即物外偶見之，人言愁，我始欲愁。特出一奇，横標二快。食蛤蜊而殊難如意，有杜康亦即可解憂。用供軒渠，莫嗤率爾。

三書圖東詩後

聞鳴聲悲，頻唤奈何；覩語言妙，正復絶倒。詞必出自己，去陳蓋其難哉！市可麾如兒，出新真無窮矣。從東來而見夫己氏，欲哭乃有長歌；誰西懷而見彼美兮，當歸在兹望遠。物不得其平，吾爲此懼；世那知其故，識者猶憎。有感于斯，誰能遣此？

四書圖東詩後

此乃爲和平之響，絃已新更；前不無噍激之音，俊故難忍。然三百篇，旨歸忠厚，何嘗删有北之投？况尋常語，妙入詼諧，頓遣作向西之笑。雖五味令人口爽，亦拚嗅河豘；且一曲令我情移，而翩招雲鶴。論逐兔于仕路，寧必争韓盧之先；知作佛在詞壇，夫豈落靈運之後耶？

五書圖東詩後

短句最工，古詩尤妙。滄洲不遠，冥心于解組之時；世路多難，揮手在懸車之歲。從兹攜幼入室，寧有蓬心？舊曾求牧與芻，能無蒿目？高臺留鸞鳳之嘯，豐草引麋鹿以遊。既得遂初，其氣自夷而曠；却教懷舊，其言猶愴以思。掌有雙珠，真看萬事之足；門羅群雀，了無一塵之驚。惟鴻影冥冥，感蕭凉于文苑；顧雞栖落落，憐漂泊于吾徒。翳此事之共推，等盛筵之難再。音飛空外，思裊天中。汴泗交流，今夢隨木蘭舟畔；金焦兩點，他時尋鐵甕城邊。

弢甫集卷三十

四六

請旌史烈婦談氏

竊惟從容就義，杰士所難；婉孌捐生，貞心獨摯。欲了未亡人之事，遂徵如皦日之心。夫豈有爲而然，要亦孤行其是。逝矣相從於地，慨焉求表其閭。

秀水縣故史談氏，賢而且孝，烈以全貞。少依母氏之靈帷，兒啼骨立；間傍兄兮之書案，《女誡》心通。長而來嬪，猗歟婉順。鬈髧是挽，哀能執舅之喪；盤鱠親陳，敬盡事姑之道。曾無數歲，俄失所天。號慟摧城，更何心乎苟活；慘思同穴，撫著膝之藐孤。時則勸止之君姑，付以應嗣之猶子。希延一綫，黯守空閨。遂留寡鵠之生，以望鷇烏之長。天乎不禄，殤也堪悲。彌堅身殉之情，尚攬手縈之緒。久寒孤影，猶棲弄玉之樓；擬化春魂，趣作韓憑之塚。爰卒瘏以卜地，獲銜恤以爲塋。不日成之，吾事畢矣。堂存白髮，有冢婦以承將；土掩黄腸，從吾夫爲得所。乃於葬之明日，竟爾赴乎重泉。蓋當馬鬣之封，已定雉經之志。惟義所在，視死如歸。距藁砧初歿之時，於茲五載；及烈婦云徂之際，正值季春。生惟二十有五年，殉則下旬之三日。

晏然不動聲色，沛乎可塞蒼旻。預留絶命之詞，完得靡他之節。誰其激者，自謂當然。詎因沾厥貞名，而能具斯定力？崢嶸若此，嗚呼烈哉！稔悉芳徽，尤悲獨行。不忍俾之湮没，仰求賜以題旌。逝者抑又何求？僉曰不可奪志。謂人生如輕塵弱草，何辛苦至斯！論一死於泰山鴻毛，其蓄積然也。標茲勁節，如松柏之有心；激彼頹波，屹江河之砥柱。

請旌盛節婦倪氏

心如松柏，經苦鍊於霜寒；香播蘭蘅，實首關乎風化。所以烏頭綽楔，聖朝之褒錫彌隆；而白首空幃，惇史之表彰是急。

秀水縣盛倪氏，乃心貞淑，厥行孝慈。生自清門，嬪於右族。高堂頤養，得湖鯽而鱠銀絲；中閫眉齊，對梁鴻以舉玉案。克相問安而罔懈，唯聞佐讀之爲先。何期白玉樓成，藁砧長夜；青銅鏡掩，翠閣無春。方痛失乎所天，便欲隨之入地。且號且踊，一顧一悲。斯時也，龍鍾之君舅，老踰七旬；鶵鷇之孤兒，生纔九月。苦無叔伯，危在宗祧。知瞑目之爲難，擬殉身而不可。於是衷諸大義，茹厥深哀。慘矣未亡，同穴矢終身之志；孱焉作苦，寒機有徹夜之聲。漂搖風雨之廬，凛冽冰霜之歲。常營甘旨，承顏盡養老之心；滿抱辛酸，瀉淚堪讀兒之面。婦而爲子，既養葬之俱誠；母以兼師，亦撫教之有道。蓋五馬雙旌之祖澤，沿溯非遥；而千鈞一髮之宗支，綿延不墜。操持有體，望中之喬木添陰；閲歷多艱，摘後之卷葹獨活。昔哺以泣，今弄而含。其乍作孤鸞也，祇二十八歲；其常爲寡鵠也，俄三十餘年。故郡誌煌煌，特筆表共姜之節；鄉評藉藉，同聲揚孟母之徽。此誠志激清波，盟存皎日者也。夫以信而有徵之節操，請當之不愧之宸褒。念嫠緯之艱難，鬢已絲絲如雪；憫孀閨之黯淡，涕曾點點成冰。亟揚彤管之熒煌，匪石具彰懿行；早俾賜坊之嶕嶢，如雲群慕禮宗。

申請旌盛節婦倪氏

操勵冰霜，久矢貞心於寒歲；光争日月，急揚潛德於空閨。事爲雅化之所先，情乞恩褒而恐後。

秀水縣盛倪氏，堅貞天植，純懿性成。弱歲于歸，戒雞鳴兮昧旦；高堂佐養，奉魚鱠以維時。無何鳳斷雙飛，乍痛所天之摧折；鸞成獨舞，莫名此日之悽哀。夫歿而殉厥身，擬黄泉之可見；淚枯則繼以血，奈白髮之何依。蓋系則單傳，舅過七旬而曰耄；而脈延一綫，兒生九月以稱孤。强遲窀穸之追隨，劇苦門庭之撑拄。代侍鳩頭之杖，忍涕承顔；連封馬鬣之墳，挽鋻負土。呱呱黄口，長而與以熊丸；黯黯青燈，養則出於蠶績。孱焉克立，幸承皂蓋之宗祧；泫矣含思，隱繫藁砧之窀穴。

此蹤希孟母，都人群仰芳鄰；而節比陶嬰，郡誌大書懿範者也。用重陳夫節操，敢上請乎恩華。蓋至難者撫藐孤，最苦者爲嫠婦。始自廿八歲守孤幃之月，已遽詠夫柏舟；又幾四十年飛兩鬢之霜，宜早封之石窌。鴛湖波映，仰聖化之用光；烏楔雲連，俾完貞之丕著。則直道行於三代，休風媲乎二《南》矣。

請旌計節婦王氏

苦節之貞，於孀閨爲特重；藐孤是撫，俾宗祏之綿長。死總靡他，誓古井波瀾之不起；生而弗愧，比程嬰杵臼之所爲。在弱女子爲尤難，斯古管彤之深貴。

秀水縣節婦計王氏，賦姿本粹，秉節彌堅。年在及笄，隨地著柔嘉之範；眉齊舉案，移天彰敬順之風。見廟而還，嗟先舅先姑之弗逮；執巾以侍，信宜家宜室之與偕。無何天乎不弔，慘舞絶乎青鸞；人則未亡，愍悲鳴乎黄鵠。顧膝下遺雛之待育，乳抱呱呱；矢心中同穴以追從，血灑點點。孤幃月冷，年猶未滿三旬；兩鬢霜濃，時已倏更二紀。斯則酸心之最甚，而亮節之炳如也。追夫子相莊之歲，見兄公早逝之辰。黽勉鹽虀，支持伏臘。謙而善下，奉冢婦以如姑；勞且能先，躭仔肩於一己。閫人言之無間，藹娣姒之惟和。亟襄窀穸之封，益著閨幃之懿。尊嫜克葬，得吉卜於牛眠；祔窆同營，亦旁成乎馬鬣。蓋外庭病瞽，既倀倀其無之；而中闈賢明，乃井井而弗亂。吁其瘁矣，僉曰孝哉。

爾其敬以兼哀，想音容而流涕；豐而且潔，湘釜錡以昭虔。教子綦嚴，總縈懷於式穀；從師致敬，先食報於采芹。雁序能文，雞壇接武。寡婦之子有見矣，通國之人皆稱之。禮以名宗，女還有誠。蒿簪闇淡，却羅綺以終身；蠶績辛勤，照金釭於遥夕。時或齋居素食，哀感忌辰；從無禮佛朝真，戒從彼法。通有無於親黨，加培護乎善良。喜群從之英英，勤於向學；恤孤嫠之黯黯，厲厥完貞。顧睞不惟其窮，解推務從其厚。有夫之姊，無子而孀。亟迎養於寒閨，十餘年所，遂送終於窀穴，一力任之。既身與經營，復兒爲祭掃。可謂死生攸賴，恩禮俱隆者矣。

是用發潛德之幽光，邀聖朝之盛典。伏祈訪覈亟予旌揚，則風化繼於二《南》，而德施流乎萬禩矣！

請旌張節婦衛氏

苦含荼蓼，矢孀居一片之心；寒練雪霜，表天植千尋之節。懿範傳諸簡册，隆褒受自裙笄。有美必彰，於今爲烈。

秀水縣節婦張衛氏，毓質高門，結褵弱歲。巾車挽鹿，著淑德於唱隨；翠釜烹魚，播孝聲於姻戚。時親操乎井臼，既習辛勤；亦雅愛乎布荆，惟先節儉。何圖所天無禄，頓成黄鵠之不雙；搶地興哀，直似青鸞之欲絶。便欲隨之長逝，更何惜乎餘生。然孤兒方上係宗祧，而夫子則旁無昆弟。擬殉捐而不可，知撫教之爲難。爰乃飲血踟蹰，殫心搘拄。機絲軋軋，苦爲湩乳之謀；燈火熒熒，用續箕裘之緒。繐帷風冷，廿八齡初恤縞衣；奩匣塵濃，六十載常憐蓬首。年已幾於大耋，事足炳乎千秋。死誓柏舟，共欽芳潔；生斑竹淚，用表幽潛。藐孤已踰六旬，身每依乎膝下；單影恒棲一室，言不出於梱中。

俯念窮嫠，亟彰苦節。先煥貞名於雙闕，旋徵節壽於百年。則典禮旌揚，佇報昇平之人瑞；而姬姜法式，争傳圖畫於女宗。

請學使旌節婦唐何氏

嘉興縣節婦唐某氏，賦姿淑慎，秉節堅貞。早聞女史之箴，實奉大家之誡。知親心而善體，僉曰孝哉；執婦道以能柔，嬪而賢甚。堂陳春酒，歡侍君姑；盤進江魚，禮存介婦。燃燈佐讀，事蠶績於深宵；操臼耽勤，警雞鳴於昧旦。至敬有蘋蘩之潔，惟和得家室之宜。詎圖命厄所天，痛玉樓之遄賦；魂消爾日，期窀穴以同歸。哀欲城摧，淚如河注。方椒漿之手奠，指嵩里以身從。謂冢婦承顔，可委厥堂前之養；而慈姑正色，輒付以膝下之孤。爛漫諸雛，牽母衣而號慟；零丁一脉，資嚋乳以生全。乃茹血以躊躇，姑挽鬟而支拄。純孝而勤供滫瀡，勸餐則宛代藁砧。深哀而重繫絰麻，視含亦克襄娣姒。既以婦而爲子，更能母以兼師。苦雨飄摇，寒冬凜冽。念兩髦而矢死，無一隴以爲生。於是啣方寸之悲酸，冰紅點點；踰尋常之辛苦，織素聲聲。謀粔籹以止啼，折海圖而得煖。練裙竹笥，俾愛女以于歸；古架牙籤，課孤兒以成誦。以十年之畫荻，得二子之采芹。凡教之以義方，俱本之於苦節。箕裘克紹，讀父書而手澤存焉；襁褓有成，慰夫志而臣力竭矣。溯杞妻一慟之始，時年則剛過三旬；迨孟母三遷以來，此際已久踰二紀。

雖未符成例，難邀綸綍之褒；而屬在芳徽，忍没冰霜之操。乞詳學使，恩賜扁音。使下里之窮嫠，叨當途之華衮。則輝生孀幗，獨彰巷菴既摘之心；而望係禮宗，群勵松柏後凋之節。

請學使旌節婦張左氏

竊惟節厲冰霜，一結褵而終身不改；心如松柏，矢同穴而之死靡他。婦以代兒，奉尊嫜而終老；恃而兼怙，撫嗣子以成人。昔已形單，舞青鸞而欲絶；今兹髮白，歌黄鵠以不雙。完貞既在乎蓽門，華衮宜加之銀榜。

杞縣節婦張左氏，少稱淑慎，老秉堅貞。生自清門，太沖之藩堆筆札；嬪于舊族，仲蔚之徑滿蓬蒿。不御鉛華，鄙畫眉而描螺黛；惟供甘旨，敬洗手以作羹湯。挽鹿來歸，祇見和柔之色；鳴雞戒旦，雅聞静好之音。雍容處娣姒之間，藹然和氣；揚詡在賓親之口，籍甚孝聲。倡隨未滿乎十年，存殁忽分於一夕。所天不禄，遽長棄乎蘭閨；入地相從，誓遄追乎泉路。膝下只伶俜之女，懷中無提抱之孤。灑點點之紅冰，方悲沐槨；下茫茫之白日，遽欲磨笄。斯時也，指扶杖之白頭，顧念舅姑需養；付承祧之黄口，僉云似續可延。于是隱忍椎心，踟躕飲血。機絲軋軋，用爲滫瀡之謀；刀尺頻頻，藉作餦餭之計。數經歉歲，資糠籺以爲生；虔事寢門，備芳飧而無闕。杖兼桐竹，挽髽而聲咽烏啼；隴植松楸，負土而墳成馬鬣。裙裝竹笥，遣女嫁以勤渠；巹合匏尊，畢兒婚於辛苦。延宗祏於一綫，式穀似之；報藁砧於九原，臣力竭矣。其始伴孤栖燕也，在二十七齡；其終稱未亡人也，歷四十七稔。勁節允堪爲内則，高年已過乎古稀。視膳而立庭幃，衆謂有子矣；含飴而弄襁褓，於今抱孫焉。

年與例符，宜上請九重之旌表；事因力絀，特仰求一字之褒揚。伏惟風教權衡，人倫軌範。宣聖朝之雅化，標厥管彤；發嫠婦之幽光，表其宅里。天而爲杞，補媧石以終完；星恰名張，類匏瓜之無匹。墨花揮洒，抒特筆之輝煌；紅篆屈盤，揭窮簷之燦爛。將見昭垂史册，東樓之文獻攸徵；師法姫姜，南國之徽音永嗣矣。

贛江修禊序

餳香粥白，際一百五日之韶光；燕語鶯啼，催二十四番之芳信。春方入暮，日未成旬。渡水湔裙，時已過乎上巳；尋芳印屐，節又值乎清明。鑽火青楓，杜子美之清吟可誦；流觴曲水，晉永和之故事堪追。爰依直指之光，用作遨頭之宴。殆欲臨流而賦，遂教命駕以遊。

斯時也，緑葉紫莖，采來洲畔；金絲翠縷，插遍簷前。人趂新晴，天開宿霧。濯枝雨過槐街，不動纖塵；趍船風收蕙渚，惟搖細縠。紅牙按拍，喧比户之笙歌；珠勒纏鬃，溢亭衢之車馬。滚畫毬於蹴踘，落花飛絮成團；彈鐵撥於琵琶，裂帛輥雷競響。兔葵燕麥，禁烟疑介子之田；馬磨牛醫，上塚效龐公之俗。樹頭樹尾，歷亂殘紅；山北山南，紛飛灰白。晝漏咽銅龍之點，春香消寶鴨之熏。輕上籃輿，出郭已無塵事；遄登桂艇，擊空便泝流光。帽影鞭絲，翠幕齊排銀榜；茶香酒氣，畫樓盡捲珠簾。青帘飄颺林腰，緑幘延緣江口。各攜親近，諸將亦至於軍中；相與晤言，名士咸游於亭上。紅遮人面桃花，小港之村；碧送馬蹄楊柳，平橋之路。近泝鴨頭而下，晴横兩岸之烟；遠沿黿尾而東，煖聳層巒之翠。南連五嶺，森列瑶簪；北下雙江，交縈羅帶。迤邐城郭，矗章貢之樓臺；繚繞關津，通粤閩之舸舳。於是杯傾瀲灔，吸殘琥珀之漿；笛弄蒼凉，吹出龜兹之譜。攬芳菲於瑶溆，盱錦繡於銀灣。鸂鶒鳷鵲，洗翅依依於蕩槳；蘼蕪荃茝，揚芬襲襲於行厨。才子乘春，恰遇群公假日；佳人拾翠，復逢仙侣同舟。

因兹禊事之修，屬有畸人之感。紛吾酒半，却思江上前塵；翳爾鬱孤，屢過花邊小刼。狼烟當日，焰烘葛姥之城；羽檄連雲，警徹梅鋗之嶺。摧蛾眉以化燕，卸兜甲而爲猿。怨何如乎，悲可知已！今則春草池塘，争摘麗藻；夕陽花塢，雅集群英。乂用平康，涉蘅臯而汎蟻；咏歌勤苦，睇桑陌以祈蠶。聊抒爲政之閒心，不等蕩舟之樂事。旁觀生齒，垂髫黄髮熙熙；密邇知心，賢主嘉賓藹藹。下臨無地，舒眄睞以無窮；覆幬如天，識優游之有自。觥籌交錯，曰今日之遊樂乎；桴鼓不鳴，蓋天下之平久矣。

嗚呼！生也有涯，誰則有彭聃之壽？没而不朽，乃堪增史册之光。地屬爽鳩，滾滾興衰之迹；人非麋鹿，茫茫聚散之期。惟灑落襟期，不嘆蜉蝣於天地；亦昂藏意氣，彌生龍馬之精神。身雖寓於蘧廬，跡自殊於槐坂。此德功炳焕，名常欽宇宙之垂；文字滂洋，流豈患江河之廢也哉！

調元漂萍處處，閲如水之光陰；弄墨年年，厠趨風之壇坫。班荆道故，曾並轡於中原；傾蓋論交，又題襟於南國。浮雲落日，天氣則不定陰晴；蔓草平原，心情亦頗傷哀樂。荷故人之欵洽，振今我之蕭騷。雙綰烏紗，謝氏庭前之玉；分操斑管，江生夢裏之花。刻羽引商，迭和陽春白雪；撫絃動操，一彈流水高山。徐返凫舟，重斟犀盞。沙汀烟暝，點漁火之星星；粉堞雲迷，指譙樓之歷歷。開熒煌之晚市，晃浩瀚之春波。已聯浮白之歡，足暢踏青之興。輿儓雜沓，渡頭紛簇紅燈；衙鼓鼕隆，月下迅回金鐙。不作傞傞之舞，胥歸抑抑之堂。堂係王文成公所題。暫遣乎人世悲歡，矜繁華於是日；興懷乎古今俯仰，係感慨於斯文。

豐臺清讌序

波浮鴨緑，初經曲水流觴；醅泛鵝黄，又對仙臺華月。峥嶸八境，蘇子瞻題句之邦；晼晚三春，王逸少騁懷之日。則有廣川賢主，亟開玳瑁之筵；滿座高朋，齊映芙蓉之幕。翳此幽棲小築，仍虔院之芳蹤；宛如故國平居，署豐臺之雅號。疎排六枳，籬編麂眼以玲瓏；老挺孤松，户映龍鱗之焕爛。平岡迤翠，分曉勢於香爐；曲澗縈青，漾春波於彭蠡。幾片雲根矗地，歷落嶔崎；十圍鐵榦參天，輪囷夭矯。結棕棚於天半，不須畫棟連雲；横板彴於溪邊，已見紅欄耀日。綿芊芳草，依窄徑以紆廻；苒荏新蒲，占斜塘而晻靄。和風習習，襟翻乳燕以輕颺；遲日曈曈，吭引鳴鳩而婉哢。露苗烟甲，界畫楸枰；雨籜風枝，鼓吹竽籟。汲澄泓之巨井，飛玉液而灑銀瀧；墁繚繞之長垣，映緋霞而輝縞月。漆園葱蒨，栩蝴蝶於夢中；射圃晴明，懸豹熊於的上。亦可襟期閒適，追莊叟之逍遥；志業恢宏，慕文成之俊偉矣。

乃若七姬貞烈，萬載芬芳。崇樺桷之熒煌，交薦沚蘋溪藻；飾釵笄之端靚，晃摇羽蓋霓旌。亦有精應房星，靈鍾天駟。雲雷畫壁，羅俶詭之戈鋋；螭虎華龕，幕莊嚴之帷幔。外則鬱孤雲渫，騰緑耳於璇霄；光孝烟清，吼蒲牢於金地。廉泉道氣，常瞻霽月光風；竺嶺禪機，漫説雷轟電掣。玉岩遥聳，嵐通睥睨之間；崆阜高蹲，靄散艑艖之外。江流淼淼，雄關夾鎖西東；林影森森，危塔孤撑遠近。此則從而寓目，藉以開懷者也。

于焉洗滌金罍，遄飛三雅；接聯瑶席，傕捲百分。只須飲吸長鯨，未用歸騎駿馬。懵騰耳熱，狂爲倚劍之大言；魂礧胸横，奮激碎壺之壯志。冲霄有氣，空負南狐東馬之才；就日無因，尚遲風虎雲龍之遇。徘徊客路，飄蓬梗於天南；依倚官齋，望烟嵐於嶺北。鄉關遼廓，私憐夢以當歸；酒賦喧豗，共喜主能醉客。臣今老矣，數莖白髮難抛；僉曰壯哉，一笑韶顔尚在。若夫駢羅萬卷，家藏繁露之書；統領諸州，手握雙江之節。值炎暉之歲月，勵汗簡之勳名。乃敷祗以論心，忽拱宸而凝睇。蓋以夷欒萱砌，屏開就養之堂；張王椿庭，灘異還鄉之水。風飄榆莢，垞隔刺榆；雷迸竹萌，城遥孤竹。前望岧嶢大庾，寧如碣石恒陽；遠臨浩渺天池，未似滹沱滄海也乎！用是寄懷鄉國，粗構池亭。鸜眼犀紋，即等朔方之石硯；紅英絳萼，便同北地之花園。閣憶無梁，佛寺之旃檀彷彿；塔思有角，相輪之金碧依俙。得古物以摩挲，何殊商鼎；陟空坳而盼睞，輒擬陳宫也歟！是則某水某邱，儼童子釣遊之所；一觴一咏，續群賢會集之期。于胥樂兮，此一時也。

僕者性實迂疎，自許膏肓泉石；才尤淺薄，休言詩賦江關。叨夙契於素心，遂交加乎青眼。參横月落，劇思夢到羅浮；草長鶯啼，尚爾身留章貢。顧豐盈犀角，尋師指杏樹之壇；而美滿螺心，勸客拆梨花之甕。既情諧於膠漆，復盟洽於鳧鷗。載酌龍頭，群抽虎僕。在諸公，不有佳作，何伸雅懷？在賤子，敢竭鄙誠，恭疏短引。詎數綿津舊事，允爲瀲水佳談。郢曲俱成，底用罰依金谷？吴箋獨擘，殊慙序比蘭亭。升圓魄於東山，映長庚於西崦。泓然墨瀋，倒流峽之詞源；頹厥玉山，扶滿身之花影。飲須知節，毋沾夕露於衣巾；興自無窮，早訂芳筵於櫻笋。